DEAN KOONTZ

ESPEJO MORTAL

DEAN KOONTZ

ESPEJO MORTAL

Traducción de
Antoni Puigrós

CÍRCULO DE LECTORES

A Phil Parks,
por lo que a menudo está dentro,
y a Don Brautigam,
por lo que a menudo está fuera.
Y por tener todo ese talento
sin ninguna de las perceptibles
y fastidiosas neurosis.
Bueno..., casi *ninguna.*

Primera parte

PAPÁ NOËL Y SU DIABÓLICO HERMANO GEMELO

Este año el invierno fue extraño y gris,
el húmedo viento olía a Apocalipsis,
y los cielos matutinos tenían una peculiar manera
de deslizarse felinamente hacia la noche.

EL LIBRO DE LAS PENAS CONTADAS

La vida es una comedia implacable. En esto reside su tragedia.

MARTIN STILLWATER,
Un obispo muerto

CAPÍTULO PRIMERO

1

«Necesito...»

Recostado en el cómodo sillón de oficina tapizado en piel, meciéndose suavemente con un diminuto magnetófono en la mano derecha mientras dictaba una carta a su editor en Nueva York, Martin Stillwater advirtió de pronto que estaba repitiendo la misma palabra, con una especie de susurro impreciso.

«Necesito... Necesito... Necesito...»

Frunció las cejas y apagó el magnetófono.

El curso de su pensamiento se había deslizado por un desvío para detenerse ante un dique. No recordaba qué había querido decir.

¿Qué era lo que necesitaba?

Era sábado. La casa no sólo estaba en silencio, sino que parecía pavorosamente tranquila. Paige se había llevado a las niñas a almorzar y luego al cine.

Pero aquel silencio sin criaturas era algo más que una simple condición. Poseía sustancia. La atmósfera parecía haberse vuelto más densa con el silencio.

Marty se llevó una mano a la nuca. La palma estaba fría y húmeda. Se estremeció.

Fuera, el día otoñal estaba tan silencioso como la casa, como si hubieran evacuado todo el sur de California. En la única ventana del estudio, situado en el primer piso, las anchas tablillas de las persianas coloniales permanecían entreabiertas. La luz del sol se filtraba entre ellas proyectando sobre el sofá y la moqueta franjas estrechas de un color dorado rojizo tan brillante como una piel de zorro. La franja luminosa más cercana recorría una esquina del escritorio en forma de U.

«Necesito...»

Su instinto le informó de que algo importante había sucedido hacía apenas un minuto, sólo que fuera de su campo de visión, y lo había percibido subliminalmente.

Hizo girar el sillón e inspeccionó la estancia a sus espaldas. Aparte de las cobrizas franjas de sol que se intercalaban con las sombras de las persianas, la única luz procedía de una pequeña lámpara de escritorio con una pantalla de cristales emplomados. Sin embargo, incluso en aquella penumbra podía ver que se encontraba solo, en compañía de sus libros, de sus archivos de datos, y de su ordenador.

Quizá el silencio parecía anormalmente mayor sólo debido a que la casa había estado llena de ruidos y alboroto desde el miércoles, cuando las escuelas habían cerrado con motivo de la festividad del día de Acción de Gracias. Echaba de menos a las niñas. Debería haber ido al cine con ellas.

«Necesito...»

La palabra había sido pronunciada con una tensión peculiar, y con vehemencia.

De repente, una aguda sensación de amenaza, de peligro inminente, se apoderó de él. Era el temor premonitorio que los personajes de sus novelas experimentaban en ocasiones, y que siempre se esforzaba en describir sin recurrir a los tópicos.

En realidad, hacía años que no experimentaba nada parecido, desde que Charlotte había caído gravemente enferma cuando tenía cuatro años y el médico los había preparado para enfrentarse a la posibilidad de que padeciera cáncer. Todo el día en el hospital, mientras la pequeña era conducida en camilla de un laboratorio a otro para las pruebas, todas aquellas noches sin dormir y luego los días interminables antes de que los médicos aventuraran un diagnóstico. Marty se sintió atrapado por un espíritu malévolo cuya presencia parecía espesar el aire, dificultando la respiración, el movimiento, la esperanza. Finalmente resultó que a su hija no la amenazaba ningún mal ni ninguna dolencia sobrenatural. El problema era una enfermedad de la sangre perfectamente tratable. Al cabo de tres meses, Charlotte se había recuperado del todo.

Pero Marty recordaba perfectamente aquel temor opresivo.

Una vez más se encontraba entre sus garras heladas, aunque sin motivo aparente. Charlotte y Emily eran unas niñas saludables y bien adaptadas. Él y Paige eran felices juntos; absurdamente felices, si se consideraban las muchas parejas de treinta y pico años conocidas suyas que se habían divorciado, separado o traicionado mutuamente. Y, por lo que se refería a la cuestión financiera, disfrutaban de una seguridad mayor que la que habían imaginado en su vida.

Sin embargo, Marty sabía que algo iba mal.

Dejó el magnetófono, se acercó a la ventana y abrió del todo las tablillas de las persianas. Un plátano, ya sin hojas, lanzaba su larga y desolada sombra a través del pequeño patio lateral. Tras aquellas nudosas ramas, las paredes de estuco amarillo pálido de la casa contigua parecían haber absorbido toda la luz del sol; reflejos dorados y de color castaño teñían las ventanas, y el lugar estaba silencioso, aparentemente tranquilo.

A la derecha podía distinguir un trozo de la calle. Al otro lado de la manzana, las casas también eran de estilo mediterráneo: paredes de estuco y tejados de tejas doradas por el sol vespertino, adornadas con palmeras de hojas colgantes. Tranquilo, bien diseñado, calculado al milímetro, su barrio –y de hecho toda la ciudad de Mission Viejo– parecía un refugio al caos que aquellos días reinaba en el resto del mundo.

Cerró las tablillas de la persiana, bloqueando totalmente la luz del sol.

Al parecer, el único peligro estaba en su mente, y era producto de la misma imaginación que lo había convertido, finalmente, en un escritor de novelas de misterio razonablemente exitoso.

No obstante, el corazón le latía con mayor celeridad.

Marty salió de su estudio y avanzó por el pasillo del primer piso hasta el inicio de la escalera. Allí se quedó tan rígido como la barandilla en que apoyaba la mano.

No estaba seguro de qué esperaba oír. ¿El leve crujir de una puerta, pasos subrepticios? ¿El roce furtivo, los chasquidos o los golpes amortiguados de un intruso que caminaba lentamente por la casa?

Poco a poco, a medida que no percibía nada sospechoso y su corazón recuperaba su ritmo natural, la sensación de un inminente desastre se disipó. La ansiedad se transformó en simple inquietud.

–¿Quién anda ahí? –preguntó, sólo para romper el silencio.

El sonido de su propia voz, cargado de perplejidad, disipó el mal presagio. En aquel momento el silencio sólo era el de una casa deshabitada, desprovisto de amenaza.

Marty regresó a su despacho, al final del pasillo, y se instaló en su sillón de piel, detrás del escritorio. Con las persianas cerradas y sin otra lámpara encendida que la de la pantalla de cristales emplomados, los rincones de la habitación parecían retroceder más allá de lo que permitían las dimensiones de las paredes, como si fuese un lugar en un sueño.

Dado que los motivos de la pantalla de la lámpara eran frutas, el cristal protector del tablero del escritorio reflejaba óvalos y círculos luminosos de color rojo cereza, morado ciruela, amarillo limón y azul arándano. El magnetófono, que reposaba sobre el cristal, también reflejaba el brillante mosaico en sus bruñidas superficies de plástico o metal, centelleando como si tuviera incrustaciones de piedras preciosas. Al estirar el brazo hacia el magnetófono, Marty vio que la piel de su mano parecía granulada e iridiscente como la de un exótico lagarto.

Vaciló un momento, estudiando las falsas escamas del dorso de su mano y las ilusorias piedras preciosas del magnetófono. Como en cualquier obra de ficción, la vida real se confundía con la ilusión.

Volvió a coger el magnetófono y pulsó durante un par de segundos la tecla de rebobinar, buscando las últimas palabras de la carta sin terminar que dictaba para dirigirla a su editor. El silbido agudo y el chirrido de sus palabras, marcha atrás y a gran velocidad, sonó como un idioma extraño al salir del diminuto altavoz.

Cuando pulsó el botón de reproducción, descubrió que aún no había retrocedido lo bastante.

«Necesito... Necesito... Necesito...»

Frunció el entrecejo y cambió de tecla para seguir rebobinando, retrocediendo el doble de lo que lo había hecho la vez anterior. Aun así:

«Necesito... Necesito...»

Volvió a rebobinar. Dos segundos. Diez. Alto. Reproducción:

«Necesito... Necesito... Necesito...»

Al cabo de dos intentos más, encontró la carta:

«… así que debería ser capaz de entregarle el borrador final de mi nuevo libro dentro de un mes. Pienso que éste es… Bueno… Éste…»

El dictado se interrumpió. El silencio brotó del magnetófono… y luego el ruido de su respiración.

Cuando por fin empezó a salir del altavoz el sonsonete de aquella palabra, Marty se había inclinado en el borde de su sillón, observando con el entrecejo fruncido el aparato que sostenía en la mano.

«Necesito… Necesito…»

Comprobó la hora. Aún no pasaban seis minutos de las cuatro.

En un principio el vago murmullo era idéntico al que había percibido al recuperar la noción del tiempo, y se oía como una respuesta a una letanía religiosa interminable y poco imaginativa. Al cabo de aproximadamente medio minuto, su voz en la cinta cambiaba, volviéndose más aguda y apremiante, acrecentada por la angustia y luego por la rabia.

«NECESITO… NECESITO… NECESITO…»

La frustración hervía en aquella palabra.

El Martin Stillwater de la cinta –que muy bien podía haber sido un auténtico desconocido para el Martin Stillwater que estaba escuchando– parecía alguien que sufriera una aguda aflicción emocional por la falta de algo que él no podía describir ni imaginar.

Como hipnotizado, contempló los recortados ejes blancos del magnetófono girar sin cesar tras la tapa de plástico transparente.

Su voz enmudeció, la grabación llegó a su fin y Marty volvió a consultar su reloj. Pasaban más de doce minutos de las cuatro.

Había dado por sentado que tan sólo había perdido la concentración unos segundos durante los cuales se había deslizado en una especie de breve ensoñación. Sin embargo, habían sido siete minutos, o tal vez más, los que había permanecido con el magnetófono en la mano, olvidada la carta a su editor, al tiempo que repetía aquella palabra.

¡Dios mío! ¡Siete minutos!

Y no recordaba nada de lo sucedido. Como si hubiese permanecido en trance.

Apagó el magnetófono. La mano le temblaba, y la casete resonó sobre el cristal cuando la dejó sobre el escritorio.

Marty abarcó con la mirada el estudio donde había pasado solo tantas horas maquinando y buscando solución a tantos misterios, donde había metido a innumerables personajes en serias dificultades y los había obligado a hallar la forma de escapar de algún peligro mortal. La estancia era completamente familiar para él: los estantes atestados de libros, una docena de cuadros originales que habían reproducido en la sobrecubierta de sus novelas, el sofá que había comprado anticipándose a las sesiones de perezosa maquinación, pero que nunca había tenido tiempo ni necesidad de utilizar, el ordenador con su enorme pantalla.

Pero aquella familiaridad ya no le resultaba tranquilizadora, pues en ese momento estaba impregnada de la extrañeza de lo que había ocurrido minutos antes.

Se secó la palma de las manos en los tejanos.

El temor, que lo había abandonado brevemente, volvió a hacer acto de presencia tal como hacía el misterioso cuervo de Poe, posándose encima de la puerta de una habitación.

Al despertar del trance y percibir el peligro, había esperado descubrir que la amenaza procedía de la calle en la figura de un ladrón que registraba las habitaciones de abajo. Pero era peor que eso. La amenaza no procedía del exterior. Por algún motivo, el mal estaba dentro de él.

2

La noche es profunda y sin turbulencias.

Abajo, la luz de la luna tiñe de plata las nubes y por un instante la sombra del avión se ondula sobre el vaporoso mar.

El vuelo del asesino, procedente de Boston, llega a su hora a Kansas City, Missouri. Él se dirige enseguida a la zona de recogida de equipajes. Los viajeros que aprovechan la festividad de Acción de Gracias no volverán a casa hasta el día siguiente, de modo que el aeropuerto está tranquilo. Las dos pequeñas maletas que constituyen su equipaje –una de las cuales contiene una pistola Heckler and Koch P7, silenciador desmontable y cargadores ampliados con munición de 9mm– son las primeras en caer a la cinta transportadora.

En el mostrador de la agencia de alquiler de coches descubre que su reserva no se ha extraviado ni ha sido interpretada erróneamente, como a menudo ocurre. Le entregarán el Ford grande que ha reservado, en vez de embutirlo en un coche pequeño.

El empleado le acepta la tarjeta de crédito a nombre de John Larrington y la máquina de la American Express la verifica sin problemas, a pesar de que su nombre no es John Larrington.

Cuando le entregan el vehículo, éste funciona a la perfección y huele a limpio. Hasta la calefacción funciona.

Todo parece ir sobre ruedas.

A varios kilómetros del aeropuerto se registra en un agradable y anónimo motel de cuatro plantas, donde un recepcionista pelirrojo le informa de que la tarifa incluye desayuno –pastas, zumo y café–, que le servirán por la mañana sólo con que lo solicite. También le aceptan la tarjeta Visa a nombre de Thomas E. Jukovic, aun cuando él no se llama Thomas E. Jukovic.

La habitación tiene una moqueta anaranjada llena de quemaduras y el papel azul de la pared aparece roto en varias partes. Sin embargo, el colchón es duro y las toallas suaves y esponjosas.

La maleta que contiene la pistola automática y la munición sigue cerrada con llave en el maletero del coche, donde no podrá tentar la curiosidad de los empleados del motel.

Después de permanecer un rato sentado en el sillón frente a la ventana, contemplando Kansas City a la luz de las estrellas, baja a la cafetería para cenar. A pesar de que mide un metro ochenta de estatura y pesa ochenta kilos, come tan abundantemente como un hombre mucho más corpulento. Un cuenco de sopa de verduras con tostadas al ajo. Dos hamburguesas con queso y guarnición de patatas fritas. Un trozo de tarta de manzana con helado de vainilla. Media docena de tazas de café.

Siempre ha tenido mucho apetito. A menudo se siente famélico, y a veces su hambre parece casi insaciable.

Mientras come, la camarera se detiene un par de veces para

preguntarle si la comida está bien preparada y si necesita algo más. La mujer no sólo se muestra atenta, sino que coquetea con él.

Aunque sea razonablemente atractivo, no es de los que puedan rivalizar con un actor de cine. No obstante, las mujeres coquetean con él más que con otros hombres más atractivos y mejor vestidos. Su indumentaria –zapatos de marcha Rockport, pantalones caqui, suéter de cuello alto verde oscuro, sin joyas y un reloj barato– no es de las que destacan. Y eso es, precisamente, lo que él pretende. La camarera no tiene ningún motivo para confundirlo con un tipo rico. Aun así, de nuevo la tiene allí, sonriéndole coqueta.

En una ocasión, una rubia de ojos color whisky que había conocido en Miami en el transcurso de una fiesta, le había asegurado que lo rodeaba una aureola intrigante. También le había dicho que había un magnetismo subyugante en su preferencia por el silencio y en la pétrea expresión que solía mostrar su cara.

–Eres el compendio del tipo fuerte y silencioso –había insistido ella, juguetona–. ¡Diablos, si actuaras en una película en compañía de Clint Eastwood y Stallone no habría ningún diálogo!

Luego la había matado a golpes.

No es que estuviera enfadado por algo que ella hubiese dicho o hecho. En realidad, la relación sexual con ella había sido satisfactoria.

Pero había ido a Florida para volarle la tapa de los sesos a un tipo llamado Parker Abbotson, y le preocupaba que más tarde la mujer pudiera relacionarlo de algún modo con el asesinato. No quería exponerse a que la rubia facilitase a la policía una descripción de él.

Después de matarla había ido a ver la última película de Spielberg, y luego una de Steve Martin.

Le gusta el cine. Aparte de su trabajo, las películas son la única vida que tiene. A veces parece que su auténtico hogar es una sucesión de salas de cine en distintas ciudades, aunque tan parecidas a los multicines de los centros comerciales que muy bien podrían constituir el mismo oscuro recinto.

Ahora finge no darse cuenta del interés que la camarera siente por él. Es bastante bonita, pero nunca se atrevería a liquidar a una empleada del mismo motel donde se hospeda. Necesita encontrar a una mujer en un sitio con el cual él no tenga ninguna conexión.

Da la propina justa, pues tanto la tacañería como la generosidad son medios seguros para que lo recuerden a uno.

Después de regresar brevemente a su habitación en busca de su cazadora de lana con ribetes de cuero, ideal para una noche de finales de noviembre, se sube al Ford de alquiler y empieza a recorrer en amplios círculos el barrio comercial de los alrededores. Busca la clase de local en que dar con la mujer adecuada.

3

Papá no era papá.

Tenía los ojos azules de papá, el cabello castaño oscuro de papá, las orejas demasiado grandes de papá, la nariz pecosa de papá: era una copia exacta del Martin Stillwater cuya fotografía aparecía en la sobrecubierta de sus libros. Incluso hablaba como papá cuando Charlotte, Emily y su madre llegaron a casa y se lo encontraron en la cocina, bebiendo café, pues les dijo:

–Es inútil que finjáis que habéis ido de compras al centro comercial después de la película. Os he hecho seguir por un detective privado. Sé que habéis asistido a una partida de póquer en el salón Gardenia, apostasteis y fumasteis cigarros.

Se levantaba, se sentaba y se movía como papá.

Luego, cuando salieron para ir a cenar al Islands, incluso conducía como papá. Lo que significaba que lo hacía demasiado rápido, según mamá. O, sencillamente, «con la seguridad y habilidad de un genio del motor», si se veían las cosas desde el punto de vista de papá.

Pero Charlotte sabía que algo iba mal, y eso le preocupaba.

Oh, no era que se hubiese apoderado de su cuerpo un extraterrestre salido de una vaina gigante llegada del espacio ni nada tan exagerado. No era tan distinto del papá que ella conocía y al que quería.

La mayor parte de las diferencias era de poca importancia. Aunque por lo general se lo veía relajado y despreocupado, ahora estaba algo tenso. Él mismo se notaba rígido, como si hiciera equilibrios con un huevo sobre la cabeza..., o como si esperase que en cualquier momento alguien o algo fuera a golpearlo. No sonreía tan fácilmente ni tan a menudo como solía, y cuando lo hacía, parecía como si fingiera.

Antes de hacer marcha atrás con el coche en la rampa del garaje, se volvió para comprobar si Charlotte y Emily se habían puesto el cinturón de seguridad, pero no exclamó «el cohete Stillwater con destino a Marte está a punto de despegar», o «si cojo las curvas con excesiva velocidad y necesitáis devolver, por favor, hacedlo en los bolsillos de vuestros chaquetones, no sobre mi preciosa tapicería», o «si alcanzamos velocidad suficiente para retroceder en el tiempo, no insultéis a los pobres dinosaurios», ni ninguna de las otras tonterías que solía decir.

Charlotte observó que estaba preocupado.

En el restaurante Islands servían excelentes hamburguesas, fantásticas patatas fritas –que podían encargarse crujientes–, ensaladas y tacos. Los bocadillos y las patatas fritas se servían en unas cestitas, y el ambiente era típicamente caribeño.

«Ambiente» era una palabra nueva para Charlotte, y su sonido le gustaba tanto que la utilizaba cada vez que se le presentaba la ocasión. Aunque Emily, la pobrecita, siempre se quedaba en las nubes y, cada vez que Charlotte la utilizaba, preguntaba: «¿Qué es eso? Yo no veo ningún ambiente». Tener siete años podía ser muy problemático. Charlotte tenía diez –o los tendría dentro de seis semanas–, en cambio Emily acababa de cumplir los siete en octubre. Emily era una buena hermana, pero, por supuesto, tener siete años era tan... *sieteañero.*

En todo caso, el ambiente era tropical: colores vivos, bambú en el techo, cortinas de caña, y montones de macetas con palmeras. Tanto el chico como la chica que servían las mesas vestían pantalón corto y unas vistosas camisas de estilo hawaiano.

El lugar le recordaba la música de Jimmy Buffet, que era una de esas cosas que tanto gustaban a sus padres y a Charlotte le tenían sin cuidado. Pero al menos el ambiente era fresco, y las patatas fritas de lo mejor.

Se sentaron en un reservado en la zona para no fumadores,

donde el ambiente era mucho más agradable. Sus padres encargaron una Corona, que les sirvieron en unas jarras heladas. Charlotte pidió una coca y Emily una cerveza sin alcohol.

–La cerveza es una bebida de mayores –comentó Em, y luego señaló la coca de Charlotte–. ¿Cuándo vas a dejar de beber esas porquerías de críos?

Em estaba convencida de que la cerveza sin alcohol podía emborrachar como la cerveza de verdad. A veces, después de tomarse un par de vasos, fingía estar borracha, lo cual era una estupidez y la hacía sentirse avergonzada. Cuando Em empezaba con su rutina zigzagueante y sus eructos y los desconocidos se volvían a mirar, Charlotte les explicaba que Em sólo tenía siete años. Todo el mundo lo comprendía: ¿qué otra cosa podía esperarse de alguien que sólo tenía siete años? Pero, aun así, no dejaba de sentirse avergonzada.

Para cuando la camarera les trajo la cena, mamá y papá ya estaban hablando de cierta pareja a la que conocían y que iba a divorciarse; eran aburridas conversaciones de adultos que rápidamente podían estropear el ambiente si se les prestaba atención. Y Em iba apilando patatas fritas formando montones muy extraños, como versiones en miniatura de las esculturas modernas que habían visto en un museo el último verano. Estaba absorta en su tarea.

Dado que todos estaban distraídos, Charlotte abrió la cremallera del bolsillo de su cazadora tejana, sacó a *Fred* y lo depositó en la mesa.

El animal se quedó inmóvil bajo su caparazón, encogidas sus patas rechonchas, sin cabeza, tan redondo como el reloj de pulsera de un hombre. Olisqueó el aire con cautela, luego estiró la cabeza fuera de la fortaleza que acarreaba sobre su espalda. Sus oscuros ojos de tortuga examinaron el nuevo entorno con gran interés, y Charlotte supuso que se sentía asombrado con el ambiente.

–Quédate a mi lado, *Fred*, y te enseñaré lugares que una tortuga nunca ha podido ver –le susurró. Echó un vistazo a sus padres. Aún estaban tan pendientes el uno del otro, que no se habían dado cuenta de que había sacado a *Fred* del bolsillo. Ahora se ocultaba de ellos tras una cestita de patatas fritas.

Además de las patatas, Charlotte comía unos tacos rellenos

de pollo, de los que sacó una tirita de lechuga. La tortuga la olisqueó y volvió con asco la cabeza. Charlotte probó con un trocito de tomate picado. «¿Vas en serio?», pareció preguntarle la tortuga, rechazando el bocado.

A veces *Fred* podía volverse malhumorado y difícil. La culpa era de ella, imaginaba, porque lo había echado a perder.

No creía que el pollo o el queso fueran buenos para el animal, y no iba a ofrecerle ninguna de las migajas del taco hasta que no se comiese los vegetales, así que mientras mordisqueaba las crujientes patatas fritas, se dedicó a mirar alrededor. Como si se sintiese fascinada por los otros comensales, ignorando al obstinado pequeño reptil. Si rechazaba la lechuga y el tomate era simplemente para molestarla; si se convencía de que a ella le tenía sin cuidado que comiese o no, entonces quizá se decidiera. *Fred* tenía siete años, de los de tortuga.

Entonces se interesó por una pareja de *heavies*, con prendas de cuero y peinados muy extraños. La distrajeron unos minutos, luego la sobresaltó un ahogado grito de alarma de su madre.

–Ah –exclamó su madre después del grito–, pero si sólo es *Fred*.

La desagradecida tortuga –a fin de cuentas podía haberla dejado en casa– ya no estaba junto a su plato, donde la había dejado, sino que se había arrastrado en torno a la cestita de patatas fritas hacia el otro lado de la mesa.

–Sólo lo he sacado para darle de comer –exclamó Charlotte, a la defensiva.

–Cariño –dijo su madre al tiempo que levantaba la cestita de patatas fritas para que Charlotte pudiese ver la tortuga–, no es bueno para *Fred* tenerlo todo el día en el bolsillo.

–No ha sido todo el día. –Charlotte cogió la tortuga y volvió a metérsela en el bolsillo–. Es sólo desde que salimos de casa para cenar.

Mamá frunció el entrecejo.

–¿Qué otros animalitos has traído contigo?

–Sólo a *Fred*.

–¿Y qué me dices de *Bob*? –preguntó mamá.

–¡Oh, agggg! –exclamó Emily, haciendo una mueca hacia Charlotte–. ¿Llevas a *Bob* en el bolsillo? Odio a *Bob*.

Bob era un escarabajo, un bicho negro de movimientos

lentos, tan grande como la última articulación del pulgar de papá, con leves manchas azules en el caparazón. En casa lo tenía dentro de un tarro grande, pero a veces le gustaba sacarlo y observar cómo se arrastraba con dificultad sobre la mesa o incluso por el dorso de la mano.

–Nunca traería a *Bob* a un restaurante –les aseguró Charlotte.

–También sabes que no deberías traer a *Fred* –dijo su madre.

–Sí, mamá –admitió Charlotte, sinceramente turbada.

–Es una estupidez –le advirtió Emily.

–No mayor que utilizar las patatas fritas como si fuesen piezas de un juego de construcción –dijo mamá a Emily.

–Estoy haciendo una obra de arte. –Emily siempre hacía obras de arte. A veces se comportaba de manera muy extraña, aunque sólo tuviera siete años. «Picasso reencarnado», la llamaba papá.

–¿Escultura, eh? –preguntó mamá–. Entonces, si haces obras de arte con tu comida, ¿qué harás para comer? ¿Un cuadro?

–Es posible –replicó Em–. Un cuadro con bizcocho de chocolate.

Charlotte cerró la cremallera del bolsillo de su cazadora, encarcelando a *Fred.*

–Lávate las manos antes de seguir comiendo –le advirtió papá.

–¿Por qué? –preguntó Charlotte.

–¿Qué era lo que estabas tocando?

–¿Te refieres a *Fred*? Pero si *Fred* está limpio.

–He dicho que te laves las manos.

La brusquedad de su padre le recordó a Charlotte que él no era él. Papá raramente se dirigía a ella o a Em con rudeza. Si ella se portaba bien no era por temor a que él o su madre le dieran un cachete o la regañaran, sino porque era importante no decepcionarlos. La mejor sensación del mundo era cuando conseguía una buena nota en la escuela o interpretaba bien alguna pieza en un recital de piano, porque entonces sus padres se sentían orgullosos de ella. Y no había nada peor que echar aquello a perder y ver una triste mirada de decepción en los ojos de ambos, aunque no la castigasen ni le dijeran nada.

La aspereza en la voz de su padre la envió directamente al lavabo de señoras, pestañeando a cada paso que daba con el fin de reprimir las lágrimas.

Más tarde, de regreso a casa desde el Islands, cuando papá apretó el acelerador, mamá le dijo:

–Marty, esto no son las quinientas millas de Indianápolis.

–¿Te parece que voy rápido? –preguntó él, como si se sorprendiera–. Esto no es ir rápido.

–Ni siquiera el justiciero enmascarado podría conseguir que su Batmóvil alcanzara velocidades así.

–Tengo treinta y tres años y nunca he tenido un accidente. Jamás me han multado ni me ha parado la poli.

–Porque no han podido cogerte –replicó mamá.

–Exacto.

En el asiento de atrás, Charlotte y Emily se miraron y sonrieron.

Desde que Charlotte podía recordar, sus padres siempre bromeaban sobre la manera de conducir de él, aunque su madre hablaba en serio al querer que redujese la velocidad.

–Ni siquiera me han puesto jamás una multa por aparcar mal.

–Por supuesto. Resulta bastante difícil conseguir aparcamiento cuando la aguja del velocímetro no para de moverse.

En el pasado, sus réplicas y contrarréplicas siempre habían sido humorísticas, pero, de pronto, él contestó con aspereza a mamá:

–¡Por el amor de Dios, Paige! Soy un buen conductor, éste es un coche seguro y me he gastado en él más dinero del necesario precisamente porque es el coche más seguro de los que circulan por la carretera, así que ¿te importaría dar el tema por concluido?

–Está bien, perdona –dijo mamá.

Charlotte miró a su hermana. Em tenía los ojos desmesuradamente abiertos a causa de su incredulidad.

Papá no era papá. Algo andaba mal. Extremadamente mal.

Sólo habían recorrido una manzana cuando él redujo la velocidad y se volvió hacia mamá.

–Lo siento –dijo.

–No, tienes razón. Me preocupo demasiado por ciertas cosas –contestó mamá.

Los dos se sonrieron. Todo arreglado. No iban a divorciarse, como aquella pareja de la que habían estado hablando durante la cena. Charlotte no podía recordar siquiera haberlos visto enfadados más de un par de minutos.

Sin embargo, aún seguía preocupada. Tal vez debería registrar la casa y el garaje para ver si encontraba alguna vaina gigante procedente del espacio.

4

El asesino conduce como un tiburón cruzando las frías corrientes de un mar nocturno.

Es la primera vez que está en Kansas City, pero conoce las calles. Un dominio total del trazado es parte de su preparación para cada encargo, por si se da el caso de que la policía lo persiga o las circunstancias lo obliguen a huir a toda prisa.

Curiosamente, no recuerda haber visto –y mucho menos estudiado– ningún plano; tampoco puede imaginar dónde ha adquirido una información tan detallada. Pero no le gusta reflexionar acerca de las lagunas en su memoria, ya que pensar en ellas abre la puerta a un negro abismo que lo aterroriza.

De modo que se limita a conducir.

Por lo general le gusta conducir. Tener un vehículo potente, que responda a sus mandatos, le da una sensación de control y resolución.

Pero de vez en cuando, como le ocurre en ese momento, el movimiento del coche y la visión de una ciudad desconocida –independientemente de lo familiar que le resulte el trazado de sus calles– hace que se sienta pequeño, solitario, a la deriva. El corazón empieza a latirle con fuerza. De pronto, nota las palmas de las manos húmedas y el volante le resbala bajo la presión.

Entonces, al frenar delante de un semáforo, se vuelve hacia el coche que tiene detrás en el carril y, bajo la luz de las farolas, distingue a una familia. El padre conduce. La madre va sentada en el asiento del acompañante; es una mujer atractiva. Un chico de unos diez años y una chica de siete van en el asiento trasero. De regreso a casa después de una salida nocturna. Puede que vuelvan del cine. Hablan, ríen, los padres y los hijos juntos, compartiendo el instante.

En su situación de deterioro, aquella visión es como un mazazo sin piedad, y se le escapa un leve gemido de angustia. Sale de la calle y entra en el aparcamiento de un restaurante italiano. Se hunde en el asiento. Su respiración se hace agitada y superficial.

El vacío. Siente pavor al vacío.

Y ahora lo tiene encima.

Se siente como si fuera un hombre vacío, hecho con el cristal más delgado, frágil, apenas algo más sólido que un fantasma.

En momentos así, necesita desesperadamente un espejo. Su propio reflejo es una de las pocas cosas que pueden confirmarle su existencia.

El complicado letrero del restaurante, con sus luces de neón rojas y verdes, ilumina el interior del Ford. Cuando inclina el retrovisor para mirarse, su tez tiene un tono cadavérico, y sus ojos se hallan iluminados por cambiantes formas de color carmesí, como si unas hogueras ardieran dentro de él.

Esta noche, su reflejo no es suficiente para reducir su agitación. A cada momento que pasa se siente menos sólido. Quizá respire una última vez, expulsando con esa exhalación la última sustancia etérea que le queda.

Las lágrimas nublan su visión. Se siente abrumado por la soledad, y torturado por la falta de rumbo en su vida.

Cruza los brazos sobre el pecho, se abraza a sí mismo, se inclina y apoya la frente contra el volante. Solloza como si fuese un niño pequeño.

No sabe cuál es su nombre, sólo los que utilizará mientras esté en Kansas City. Desea tanto tener un nombre suyo, que no sea falso como el que aparece en las tarjetas de crédito. Carece de familia, de amigos, de casa. No consigue recordar quién le ha encargado la misión que ha de llevar a cabo –ni ninguno de los trabajos que ha hecho con anterioridad–, y tampoco sabe por qué deben morir sus objetivos. Increíblemente, no tiene ni idea de quién le paga, no recuerda dónde ha conseguido el dinero que lleva en la cartera ni dónde ha comprado las ropas que lleva.

Y, en un nivel más profundo, tampoco sabe quién es él. No tiene recuerdos de la época en que su profesión era algo más que la de asesino. No tiene ideas políticas ni religión ni una filosofía personal, de la clase que sea. Cada vez que se interesa por algún tema de actualidad, descubre que es incapaz de retener lo que lee en los periódicos; ni siquiera es capaz de centrar su atención en las noticias de la televisión. Es un hombre inteligente, y sin embargo sólo se permite –o le permiten– satisfacciones de naturaleza física: comida, sexo, o la salvaje excitación del homicidio. Vastas regiones de su propia mente aún son desconocidas para él.

Transcurren varios minutos bajo el neón verde y rojo.

Las lágrimas se le secan. Poco a poco deja de temblar.

Se pondrá bien. De nuevo se recuperará. Tranquilo, controlado.

En realidad, emerge con sorprendente rapidez de las profundidades de la desesperación. Sorprende la prontitud con que desea proseguir con su último encargo, y con la simple sombra de una existencia como la que lleva. En ocasiones le parece que actúa como si estuviera programado, a la manera de una máquina estúpida y obediente.

Por otro lado, si decidiera no continuar..., ¿qué otra cosa podría hacer? Esta sombra de vida es la única que tiene.

5

Mientras las chicas estaban arriba, cepillándose los dientes y preparándose para acostarse, Marty recorrió metódicamente la planta baja, habitación por habitación, asegurándose de que las puertas y las ventanas se hallaban cerradas con el seguro puesto.

Había recorrido ya la mitad de las habitaciones –y estaba comprobando el pestillo de la ventana que había sobre el fregadero de la cocina– cuando fue consciente de la peculiar tarea que se había impuesto. Como es lógico, cada noche, antes de irse a la cama, comprobaba las puertas de delante y de atrás, además de la corredera que separaba la sala de estar y el patio, pero por lo general no verificaba si una determinada ventana estaba cerrada con el seguro, a menos que tuviese la certeza de que durante el día la habían abierto para ventilar la casa. No obstante, en aquel momento estaba comprobando cada ventana y cada puerta tan escrupulosamente como un centinela se aseguraría de las defensas externas de una fortaleza asediada por el enemigo.

Mientras concluía con la cocina, oyó que Paige entraba. Al cabo de unos segundos, ella le rodeó la cintura con los brazos, por detrás.

–¿Te encuentras bien? –preguntó ella.

–Sí, bien...

–¿Has tenido un mal día?

–En realidad no; sólo un mal momento.

Marty se revolvió entre los brazos de su esposa y la abrazó. Se la veía tan espléndida, tan cálida, tan fuerte, tan viva...

No le sorprendía que la quisiera más ahora que cuando la conoció en la universidad. Los triunfos y los fracasos que habían compartido, los años de lucha diaria por hacerse un lugar en el mundo y buscar el significado de aquel logro, constituían un campo abonado en el cual el amor podía crecer.

Sin embargo, en una época en que el ideal de belleza supuestamente lo personificaban las animadoras profesionales de los equipos de fútbol de primera división, con sólo diecinueve años de edad, Marty sabía que un montón de individuos se sorprenderían al oír que él encontraba a su esposa cada vez más atractiva a sus treinta y tres años. Los ojos de Paige no eran más azules que cuando la había conocido, ni su cabello más intensamente dorado o su piel más tersa y elástica. Sin embargo, la experiencia le había dado carácter, profundidad... Por muy sentimental que pareciese en aquella era de cinismo, en ocasiones ella parecía brillar con una luz interior, tan radiante como el personaje más venerado en cualquiera de los cuadros de Rafael.

Bueno, tal vez él tuviera un corazón tan blando como la mantequilla, tal vez fuese una víctima fácil para el enamoramiento, pero consideraba la sonrisa de Paige, y aquella especie de desafío en sus ojos, más excitantes que seis animadoras desnudas.

La besó en la frente.

–¿Un mal momento? –preguntó ella–. ¿Qué ha pasado?

Marty aún no había decidido hasta dónde debía hablarle de aquellos siete minutos perdidos. Por el momento quizá fuera mejor minimizar el profundo misterio de aquella experiencia, ver al médico el lunes por la mañana, e incluso hacerse algunos análisis. Si su salud era buena, lo que había ocurrido en su despacho tal vez tuviese una singularidad inexplicable. No quería alarmar innecesariamente a Paige.

–¿Y bien? –insistió ella.

El tono de su voz le recordó a Marty que doce años de matrimonio excluían los graves secretos, independientemente de cuáles fueran las buenas intenciones que motivaran su reticencia.

–¿Te acuerdas de Audrey Aimes? –preguntó él.

–¿Quién? Ah, ¿te refieres a *Un obispo muerto*?

Era el título de una de las novelas que él había escrito. Audrey Aimes era el personaje principal.

–¿Recuerdas cuál era su problema?

–Que se encontró a un cura colgando de un gancho en el armario del vestíbulo.

–Aparte de eso.

–¿Es que tenía otro problema? A mí me parece que un cura muerto ya es suficiente. ¿Seguro que no complicas demasiado tus argumentos?

–Estoy hablando en serio –replicó él, aunque era consciente de lo extraño que resultaba comparar una crisis personal con las experiencias de la heroína de una novela de misterio que él mismo había creado.

¿Sería la línea divisoria entre realidad y ficción tan confusa para los demás como a veces lo era para un escritor? Y si era así, ¿podría escribirse un libro basándose en esa idea?

Paige frunció el entrecejo y dijo:

–Audrey Aimes... Ah, sí, te refieres a sus lagunas.

–Amnesia.

Una amnesia temporal era una grave disociación de la personalidad. La víctima visitaba lugares, hablaba con gente y se ocupaba en distintas actividades mientras aparentaba una absoluta normalidad; sin embargo, luego no podía recordar dónde había estado, ni qué había hecho durante aquellas lagunas mentales, como si hubiera pasado el tiempo durmiendo profundamente. Una amnesia así podía durar minutos, horas, incluso días.

Audrey Aimes había empezado a sufrir amnesia temporal cuando tenía trece años, en que habían salido a flote recuerdos de una infancia desdichada que había reprimido durante doce años, e intentó apartarse de ellos psicológicamente. Audrey estaba convencida de que había asesinado al religioso mientras sufría otra de sus crisis de amnesia, aunque, por supuesto, era otra persona la que lo había matado y lo había escondido en el armario, si bien el extraño suceso estaba relacionado con lo que le había ocurrido a ella cuando era pequeña.

A pesar de ganarse la vida desarrollando complicadas fantasías, Marty tenía fama de ser emocionalmente tan estable como una roca y tan tranquilo como un perdiguero sedado, y probablemente era por ello que Paige sonrió, negándose a tomarlo en serio, se puso de puntillas y lo besó en la nariz.

–Así que te olvidaste de sacar la basura, y ahora vas a decir que fue debido a una desintegración de tu personalidad provocada por unos malos tratos horribles que padeciste cuando tenías seis años y que has reprimido durante largo tiempo... Debería darte vergüenza, Marty. Tus padres son las personas más agradables que he conocido en mi vida.

Él no le hizo caso, cerró los ojos y se llevó una mano a la frente. Empezaba a sentir una fuerte jaqueca.

–Hablo en serio, Paige. Esta tarde, en el estudio..., durante siete minutos... Bueno, sólo sé qué diablos hice en ese tiempo porque lo tengo grabado en una cinta. No recuerdo absolutamente nada, y eso es muy inquietante. Siete minutos muy inquietantes.

Marty sintió que el cuerpo se le tensaba, y Paige comprendió que su esposo no bromeaba. Cuando él abrió los ojos, vio que la juguetona sonrisa de ella se había esfumado.

–Quizá exista una explicación muy sencilla –dijo él–. Puede que no haya motivos para preocuparse. Pero estoy asustado, Paige. Me siento estúpido, como si debiera limitarme a encogerme de hombros y olvidarme de lo sucedido y en cambio estuviera inquieto.

6

En Kansas City, un viento frío pule la noche hasta que el cielo parece una losa infinita de cristal transparente, en la que las estrellas se hallan suspendidas y tras la cual se encuentra encerrada una vasta oscuridad.

Debajo del enorme peso de espacio y negrura, el Blue Life Lounge se concentra como una estación de investigación transoceánica en el fondo de una fosa marina, presurizada para resistir la implosión. La fachada se halla cubierta por una brillante piel de aluminio que recuerda un remolque de la Airstream y los restaurantes de carretera de los años cincuenta. Luces de neón, verdes y azules, desgranan las letras del nombre sinuosamente caligrafiado y perfilan la estructura, centelleando sobre el aluminio y emitiendo señales tan seductoras como las lámparas de Neptuno.

En el interior, donde un grupo de *rock and roll* vocifera un tema de veinte años atrás, el asesino avanza hacia la enorme herradura de la barra en el centro del local. La atmósfera es densa a causa del humo de los cigarrillos, el tufo de la cerveza y el calor que despiden los cuerpos. Esa atmósfera casi lo repele, como si fuera agua.

La gente ofrece imágenes radicalmente distintas de las tradicionales escenas del día de Acción de Gracias que las pantallas de los televisores emiten este fin de semana festivo. Los clientes de las mesas son en su mayoría jóvenes broncos formando grupos, y con un nivel de testosterona mayor de lo que sería deseable. Gritan para que se les oiga por encima de la música estridente, agarran a las camareras para llamar su atención y lanzan gritos de aprobación cuando el guitarrista improvisa un buen solo.

La determinación de esta gente a pasárselo en grande adopta la cualidad frenética de una colonia de insectos.

Un tercio de los hombres de las mesas va acompañado de sus jóvenes esposas o novias, todas muy maquilladas y con el cabello crepado. Son tan alborotadoras como los hombres, y en una reunión familiar estarían tan fuera de lugar como una bandada de vistosos y chillones papagayos junto al lecho de muerte de una monja.

La barra en forma de herradura rodea un escenario ovalado, bañado por la luz roja y blanca de unos focos, donde dos jovencitas de cuerpos extraordinariamente bien formados se mueven al ritmo de la música imitando eso que llaman baile. Visten una indumentaria vaquera, todo flecos y lentejuelas, ideada para estimular, y una de ellas provoca silbidos y chillidos al sacarse la parte superior de su atuendo.

Los hombres que permanecen sentados en los taburetes de la barra son de todas las edades y, a diferencia de los que se hallan en las mesas, parecen estar solos. Permanecen en silencio, observando a las dos bailarinas de piel tersa. Muchos se mecen ligeramente o hacen oscilar la cabeza con expresión ensoñadora al compás de una música mucho menos impetuosa que las canciones que el grupo interpreta en aquel momento; son como una colonia de amebas marinas, mecidas por la suave corriente submarina, esperando estúpidamente a que ésta arrastre hacia ellos un bocado de placer.

Él toma asiento en uno de los dos taburetes vacíos y encarga una botella de Beck's negra a un camarero que podría cascar nueces doblando la articulación del brazo. Los tres camareros son tipos altos y musculosos a los que sin duda han contratado por su capacidad para convertirse en guardias de seguridad si hace falta.

La bailarina del extremo opuesto del escenario, cuyos senos se bambolean libremente, es una morena despampanante, con una sonrisa de mil voltios. Se halla concentrada en la música y parece disfrutar con la actuación.

Aunque la bailarina más cercana –una rubia de piernas largas– resulta más atractiva aún que la morena, sus movimientos son mecánicos, y parece ausente debido a algún disgusto o por estar bajo los efectos de las drogas. No sonríe ni mira a nadie, sólo enfoca la vista a algún sitio lejano que sólo ella puede ver.

Parece altiva, desdeñosa con los tipos que la miran, incluido el asesino. Éste obtendría un enorme placer sacando la pistola y metiendo algunas balas en ese cuerpo exquisito; una en el centro mismo de su rostro enfurruñado.

Sólo de pensar en la posibilidad de arrancarle aquella belleza se estremece de excitación. El robo de su hermosura lo atrae más que la posibilidad de quitarle la vida. Él valora muy poco la vida, pero mucho la belleza, pues su propia existencia resulta a menudo insoportablemente desoladora.

Afortunadamente, su pistola se encuentra en el maletero del Ford de alquiler. Si ha dejado el arma en el coche es precisamente para evitar tentaciones de esa clase, en que se siente impulsado a actuar con violencia.

Dos o tres veces al día siente el irrefrenable deseo de liquidar a alguien que se encuentre próximo a él; hombres, mujeres, niños, lo mismo da. En la cautividad de estos oscuros ataques, odia a todos los seres humanos por igual, tanto sean feos como guapos, ricos o pobres, listos o estúpidos, jóvenes o viejos.

Quizá su odio proceda, en parte, de la certeza de que es distinto de los demás, de que siempre ha de vivir como un desplazado.

Pero la simple alienación no es el principal motivo de que a menudo fantasee con una matanza al azar. Necesita de los demás algo que no están dispuestos a darle. Y, puesto que se lo niegan, los odia con tal pasión que es capaz de cualquier atrocidad..., a pesar de que ignora qué es lo que espera de ellos.

Esta misteriosa necesidad es en ocasiones tan intensa que le resulta dolorosa. Es un ansia parecida a morir de hambre, pero no es hambre de comida lo que siente. A menudo se encuentra en el tembloroso borde de la revelación, descubre que la respuesta sería asombrosamente sencilla sólo con que se abriese a ella, pero el conocimiento siempre lo elude.

El asesino toma un trago de la botella de Beck's. Quiere beber la cerveza, pero no la necesita. Querer no es necesitar.

En el escenario elevado, la rubia se quita el sujetador, exhibiendo unos pechos firmes y pálidos.

Si fuera en busca de la pistola y los cargadores ampliados que guarda en el maletero del coche, podría conseguir un total de noventa disparos. Y cuando hubiese matado a la orgullosa rubia, podría liquidar a la otra bailarina. Luego a los tres camareros musculosos, de sendos disparos en la frente. Está bien adiestrado en el manejo de las armas de fuego, aunque no recuerda quién lo ha adiestrado. Muertos ya esos cinco, podrá disparar a los que huyan, muchos de los cuales no perecerán a consecuencia de los disparos, sino pisoteados en el pánico de la huida.

La posibilidad de la matanza lo excita, y sabe que aquella sangre le permitirá olvidar, al menos por un corto tiempo, la dolorosa necesidad que lo atormenta. Ya lo ha experimentado en otras ocasiones. La necesidad nutre la frustración, la frustración se transforma en rabia, la rabia conduce al odio, el odio genera violencia... y la violencia a veces es un alivio.

Bebe un poco más de cerveza y se pregunta si no estará loco.

Recuerda una película en que un psiquiatra aseguraba al protagonista que sólo las personas cuerdas cuestionan su propia cordura. Los auténticos locos siempre están firmemente convencidos de su racionalidad. Por lo tanto, él debe de estar cuerdo, incluso hasta el punto de dudar de sí mismo.

7

Marty se apoyó contra el dintel de la puerta y observó mientras las niñas se turnaban para sentarse en la banqueta del tocador del dormitorio para que Paige les cepillara el cabello. Cincuenta pasadas cada una.

Tal vez fuera el movimiento suave y rítmico del cepillado, o la tranquilizadora escena hogareña, lo que contribuyó a calmar su dolor de cabeza. Fuera lo que fuese, el dolor remitió.

El cabello de Charlotte era dorado, igual que el de su madre. El de Emily era de un castaño tan oscuro que casi parecía negro, como el de Marty. Mientras su madre la cepillaba, Charlotte hablaba sin parar con ella; por su parte, Emily se mantuvo en silencio, arqueando la espalda hacia atrás, con los ojos cerrados, como si experimentase un placer felino.

La zona que cada una de las hermanas ocupaba en el dormitorio que compartían evidenciaba lo diferentes que eran. A Charlotte le gustaban los carteles llenos de movimiento: globos coloridos contrastando sobre una penumbra desierta; una bailarina clásica en un medio *entrechat*; unas gacelas en pleno salto... Emily prefería los que reflejaban las hojas en otoño, los abetos con ramas cargadas de nieve, o el plateado oleaje al deslizarse por una pálida playa a la luz de la luna. El cobertor de Charlotte era verde, rojo y amarillo; el de Emily era de felpilla beige. El desorden imperaba en el lado de Charlotte, mientras que Emily apreciaba la pulcritud.

Luego estaba la cuestión de los animales de compañía. En el lado de la habitación correspondiente a Charlotte, unos estantes de obra contenían el terrario que constituía el hogar de la tortuga *Fred*, el frasco de boca ancha donde el escarabajo *Bob* tenía su casa en un lecho de hojas y hierba seca, la caja donde residía el jerbo *Wayne*, un segundo terrario cuyo inquilino era la serpiente *Sheldon*, una nueva caja donde la rata *Bigotes* pasaba gran parte de su tiempo vigilando a *Sheldon* a pesar del cristal y la rejilla que los separaba, y todavía había un último terrario ocupado por el camaleón *Loretta*. Charlotte había rechazado las sugerencias de que un gatito o un perrito eran animales de compañía más apropiados.

–Los perros y los gatos andan sueltos todo el tiempo, no puedes guardarlos en una casa bonita y segura donde protegerlos –había replicado.

Emily sólo tenía una mascota. Su nombre era *Mirón.* Se trataba de una piedra del tamaño de un pequeño limón, desgastada por el agua del río Sierra, donde Emily la había encontrado durante sus vacaciones el verano del año anterior. En ella había pintado dos ojos enternecedores, y aseguraba:

–*Mirón* es la mejor de las mascotas. No tengo que alimentarlo ni ir limpiando tras él. Siempre está a mi lado, de modo que es listo y muy sabio... Y cuando estoy triste o quizá enfadada, basta con explicarle lo que me molesta y él se lo traga, así que ya no necesito seguir pensando más en ello y puedo ser feliz.

Emily era capaz de expresar ideas que a primera vista eran absolutamente infantiles, pero que a poco que se reflexionase en ellas parecían muy maduras para una niña de sólo siete años. A veces, cuando la miraba fijamente a los ojos, Marty sentía que era una niña de siete comportándose como una de cuatrocientos, y le costaba aguardar a ver cuán interesante y compleja sería cuando se convirtiese en una mujer adulta.

Al finalizar el cepillado, las niñas se metieron cada una en su cama y Paige las arropó, les dio un beso y les deseó felices sueños.

–No dejes que te coman las chinches –le dijo a Emily, pues la frase siempre despertaba en ella una risita ahogada.

Cuando Paige retrocedió hasta la puerta, Marty cogió una silla que estaba contra la pared y la colocó a los pies de las dos camas, exactamente en medio de ambas. A excepción de una lamparita de lectura alimentada por pilas, que sujetaba en la parte superior del bloc de notas, y de un Mickey Mouse iluminado interiormente y conectado a un enchufe de la pared cerca del suelo, Marty apagó todas las luces. Seguidamente se sentó en la silla, sostuvo el bloc a la distancia idónea para leer, y aguardó a que el silencio adquiriera la misma cualidad de agradable expectación que llenaba un teatro en el instante en que empezaba a levantarse el telón.

El clima estaba a punto.

Para Marty aquél era el momento más feliz del día. La hora del cuento. Independientemente de las otras cosas que hubieran podido ocurrir después de levantarse para enfrentarse a la mañana, siempre esperaba con placer esa hora.

Él mismo los escribía, en un bloc de notas titulado *Cuentos para Charlotte y Emily*, que quizá algún día llegara a publicar. O tal vez no. Cada palabra era un regalo para sus hijas, de modo que serían ellas quienes decidiesen si querían compartir esas historias con alguien más.

Esa noche marcaba el inicio de un regalo especial, una historia en verso, que iba a proseguir hasta Navidad. Quizá fuera suficiente para ayudarlo a olvidar el inquietante suceso de su despacho.

> Bien, ahora que Acción de Gracias ya se ha marchado
> y se ha comido más pavo que el año pasado,

–¡Está rimando! –exclamó Charlotte, entusiasmada.

–¡Chissss! –la reprendió su hermana.

Las reglas de la hora del cuento eran pocas, pero importantes, y una de ellas era que ninguna de las niñas podía interrumpir la narración a mitad de una frase o, en el caso de un verso, a mitad de la estrofa. Sus aportaciones eran valiosas, y sus reacciones apreciadas, pero al narrador de cuentos se le debía un respeto.

Volvió a empezar:

Bien, ahora que Acción de Gracias ya se ha marchado
y se ha comido más pavo que el año pasado,
más relleno tragado y boniato engullido,
y con ambas manos en la boca se ha embutido
ensalada a granel y bizcochos a montones,
difícil será caber en los pantalones.

Las niñas reían allí donde Marty quería que rieran, y éste apenas pudo reprimir volverse para ver lo mucho que aquello complacía a Paige, dado que la historia también era nueva para ella. Pero nadie respondería a un narrador que no fuese capaz de aguardar hasta el final para recibir su aprobación. Para el éxito era esencial una inalterable actitud de seguridad, independientemente de que ésta fuese genuina o falsa.

De modo que aguardamos ya la gran fiesta
que hacia nosotros se acerca y se acerca.
Seguro estoy de que sabéis a cuál me refiero.
No es domingo de Pascua y tampoco el seis de enero.
No es un día para estar triste ni abatido...
¿Qué fiesta es pues, jovencitas, la que os digo?

–¡Es Navidad! –contestaron al unísono Charlotte y Emily, y la celeridad de su respuesta confirmó que él había conseguido atraerlas hacia su encantamiento.

Dentro de muy pronto, un árbol instalaremos.
¿Por qué sólo uno? Puede que dos coloquemos.
Con brillantes adornos y cintas y oropeles
que te dejen asombrado cuando lo contemples.
Guirnaldas de luces por el techo, muchos colores...
Ojalá que ninguna pezuña las rompa a coces.
Sal sobre las tejas para que la nieve derrita,
Si Papá Noël cayera, no sería cosa de risa.
Podría fracturarse una pierna o hacerse un corte,
o incluso romperse la crisma, de tanto rebote.

Marty lanzó un vistazo a las pequeñas. Sus caras parecían brillar entre las sombras. Sin pronunciar palabra, le suplicaban: «¡No te detengas, no te detengas!».

Dios, cómo amaba aquello. Las amaba a ellas.

Si el paraíso existía, tenía que ser como aquel instante, en aquel lugar.

> ¡Pero atención!
> De una terrible noticia acabo de enterarme,
> que ojalá al final la Navidad no nos amargue.
> A Papá Noël lo han drogado, atado, amordazado,
> vendado los ojos, tapado los oídos, capturado.
> El trineo se halla aparcado en el patio trasero,
> alguien le ha robado la tarjeta de retirar dinero
> y sin demora los ahorros se le van a esfumar
> de tanto como la tarjeta le van a usar.

–¡Oh, no! –exclamó Charlotte al tiempo que se acurrucaba más entre las sábanas–. Esto empieza a dar un poco de miedo.

–Pues claro –replicó Emily–. Lo ha escrito papá.

–¿Y va a dar mucho miedo? –preguntó Charlotte, tirando de las mantas hasta que le llegaron a la barbilla.

–¿Llevas puestos los calcetines? –le preguntó Marty.

Por lo general, Charlotte llevaba calcetines para dormir, excepto en verano, pues de lo contrario los pies se le enfriaban.

–¿Los calcetines? –preguntó–. Sí, ¿por qué?

Marty se inclinó en la silla y bajó la voz hasta conseguir un tono fantasmal:

–Porque esta historia no terminará hasta Navidad, y para entonces te habrás asustado tantas veces que los calcetines se te saldrán solos de los pies.

Entonces Marty adoptó una expresión malvada.

Charlotte tiró de las mantas hasta la nariz.

Emily rió entrecortadamente al tiempo que exigía:

–¡Vamos, papá! ¿Qué pasa luego?

> ¡Escuchad!
> El son del trineo con sus campanillas plateadas
> desgranando sus ecos por colinas y hondonadas.
> ¡Observad por los cielos el reno en su recorrido!
> Sin duda algún estúpido ganso lo ha instruido.
> Su conductor deja escapar una risa de bribón,
> como de loco, de estúpido, de rufián o de matón.

> Que algo anda mal incluso un tonto puede asegurarlo.
> Si éste es Papa Noël, entonces es que está malo.
> Farfulla entre dientes, parlotea, escupe y chilla
> como si padeciera de un ataque de risa.
> Sus malvados ojillos como una peonza giran,
> será mejor que alguien avise a la policía.
> Una inspección de cerca confirma su psicosis
> y, queridas mías, ¡su repugnante halitosis!

–¡Oh, cielos! –exclamó Charlotte, tirando de la manta exactamente hasta debajo de los ojos. Aseguraba que las historias de miedo no le gustaban, pero era la primera en quejarse cuando en un cuento no aparecía alguna escena que provocara temor.

–Entonces, ¿quién es ése? –preguntó Emily–. ¿Quién ha atado a Papá Noël, le ha robado y ha huido en su trineo?

> Pero atención cuando la Navidad llegue este año
> porque hay novedades que pueden causar mucho daño.
> El diabólico gemelo del Papá Noël de verdad
> ha robado el trineo y pasea por la ciudad,
> a la vez que aparenta ser su buen hermano.
> ¡Madres, de vuestros amados hijos tened cuidado!
> ¡Por la chimenea de vuestras casas penetra
> ese enano diabólico, ese majareta!

–¡Oh,no! –exclamó Charlotte, tapándose la cabeza con la manta.

–¿Por qué es tan malvado el hermano gemelo de Papá Noël? –preguntó Emily.

–Quizá tuvo una infancia difícil –contestó Marty.

–O puede que ya naciera así –intervino Charlotte, debajo de las sábanas.

–¿Puede la gente nacer mala? –inquirió Emily, aunque respondió a su propia pregunta antes de que Marty pudiese hacerlo–. Claro que puede. Si hay gente que nace buena, como tú y mamá, entonces tiene que haber otra que nace mala.

Marty estaba absorto en las reacciones de las niñas, le encantaban. A un cierto nivel, él era el escritor que almacenaba las palabras que ellas utilizaban, los ritmos de su forma de hablar, sus expresiones, en vistas al día en que pudiera necesitarlos para alguna escena de sus novelas. Sospechaba que no era admirable ser tan consciente de que incluso sus hijas podían convertirse en material literario; tal vez fuera moralmente reprobable, pero no podía cambiar. Él era el que era. Aunque también era un padre, y reaccionaba primariamente en ese nivel, archivando el momento en su mente porque algún día los recuerdos serían todo cuanto le quedaría de ellas, y deseaba ser capaz de recordarlo todo, lo bueno y lo malo, momentos sencillos y grandes acontecimientos, en Technicolor y Dolby Stereo, con absoluta claridad, porque para él todo era demasiado precioso como para perderlo.

–¿Y no tiene nombre, el diabólico hermano gemelo de Papá Noël? –preguntó Emily.

–Sí –contestó Marty–. Claro que lo tiene, pero tendréis que esperar a otra noche para conocerlo. Hemos llegado a nuestra primera parada.

Charlotte sacó la cabeza de entre las sábanas e insistió a coro con su hermana en que volviese a leerles la primera parte de la historia, como él ya imaginaba que harían. Incluso durante la segunda lectura se sentirían demasiado interesadas para disponerse a dormir. Le pedirían una tercera lectura, y él las complacería, ya que entonces las niñas estarían lo bastante familiarizadas con la historia para retenerla. Luego, al final de la tercera lectura, estarían profundamente dormidas, o a punto de estarlo.

Mientras daba comienzo a la primera estrofa, Marty oyó que Paige se dirigía hacia la escalera. Lo estaría esperando en la sala, probablemente con el fuego crepitando en la chimenea, quizá con una copa de vino tinto y algo para comer, y ambos se acurrucarían juntos y se contarían mutuamente las novedades de la jornada.

Para Marty, cada cinco minutos de la velada, tanto en aquellos momentos como más tarde, serían más interesantes que un viaje alrededor del mundo. Era un individuo incurablemente hogareño. Los encantos del hogar y de la familia resultaban mucho más atractivos que las enigmáticas arenas de Egipto, el esplendor de París y el misterio del lejano Oriente juntos.

Después de hacer un guiño a sus hijas, reanudó el recitado de la historia:

–Bien, ahora que Acción de Gracias ya se ha marchado…

Por unos instantes se olvidó de que algo inquietante había sucedido en su despacho, y que la inviolabilidad de su hogar se había visto profanada.

8

En el Blue Life Lounge, una mujer pasa rozando al asesino y se desliza sobre el taburete que hay junto a él. No es tan hermosa como las bailarinas, pero sí lo bastante atractiva para las intenciones de él. Vestida con tejanos y una ajustada camiseta roja, podría ser simplemente una cliente más del local, pero no lo es. Él conoce la clase de mujer que es: una Venus de rebajas con la habilidad congénita de una contable.

Entablan conversación, inclinándose el uno hacia el otro para poder oírse por encima del estruendo de la música, y pronto sus cabezas casi se rozan. Ella se llama Heather, o eso asegura. El aliento le huele a menta.

Para cuando las bailarinas se retiran y el conjunto musical se toma un descanso, Heather ha llegado a la conclusión de que él no es un poli camuflado que está de servicio, de modo que su actitud se hace más temeraria. Sabe lo que él quiere, tiene lo que él quiere, y le hace saber que él es el comprador y ella está dispuesta a vender.

Heather le dice que frente al Blue Life Lounge, al otro lado de la carretera, hay un motel donde una chica que conozca al recepcionista puede conseguir que le alquilen una habitación por horas. A él eso no le sorprende, ya que para el deseo y la economía existen unas leyes tan inmutables como las de la naturaleza.

La joven se pone la chaqueta forrada de piel de carnero y juntos salen a la fría noche, donde en el aire helado el aliento mentolado de Heather se transforma en vapor. Cruzan la zona de aparcamiento y luego la carretera, cogidos de la mano, como si fueran unos estudiantes enamorados.

Aunque ella sabe qué es lo que él quiere, no sabe qué necesita más de lo que él mismo lo sabe. Cuando él obtenga lo que quiere pero no consiga aplacar el ardiente anhelo que siente dentro de sí, Heather descubrirá la clase de emoción que a él tan familiar le resulta: la necesidad nutre la frustración, la frustración se transforma en rabia, la rabia conduce al odio, el odio genera violencia... y la violencia a veces es un alivio.

El cielo es una inmensa placa de hielo transparente como el cristal. Los árboles se yerguen resecos, sin hojas, a finales del desolado noviembre. El viento produce un sonido frío y lúgubre al salir arrastrándose de la vasta pradera del entorno y atravesar la ciudad. Y la violencia a veces es un alivio.

Más tarde, después de haberse agotado con Heather más de una vez, ya sin la garra urgente del deseo, descubre que aquella miserable habitación de motel le recuerda de un modo intolerable la naturaleza plana y roñosa de su existencia. Ha saciado su deseo más inmediato, pero su deseo de algo más en la vida, sus ansias de orientación y de significado, no han disminuido.

La joven desnuda, sobre la que yace todavía, parece fea ahora, incluso repulsiva. El recuerdo de la intimidad con ella le repugna. No podrá, o no querrá, darle lo que él necesita. Al vivir al margen de la sociedad y vender su cuerpo, ella es una desplazada, y por lo tanto un símbolo enfurecedor de su propia alienación.

La mujer se ve cogida por sorpresa cuando le da un puñetazo en la cara. El golpe es lo bastante contundente para aturdirla. Cuando Heather se queda fláccida, casi inconsciente, él desliza ambas manos alrededor de su cuello y la estrangula con toda la fuerza de que es capaz.

La lucha se desarrolla en silencio. El puñetazo, seguido de la extrema presión sobre la tráquea y la disminución del riego sanguíneo hacia el cerebro a través de la carótida, impide que ella oponga la menor resistencia.

A él le preocupa atraer involuntariamente la atención de otros huéspedes del motel. Pero reducir el ruido al mínimo es también muy importante, ya que un asesinato en silencio es más personal, más íntimo, más profundamente satisfactorio.

De modo que ella sucumbe tan silenciosamente que a él le recuerda ciertos documentales sobre la naturaleza animal en que algunas arañas o mantis religiosas matan a su pareja después de un primer y último apareamiento, siempre sin el menor ruido, tanto por parte del atacante como de la víctima. La muerte de Heather está marcada por un ritual frío y solemne, similar a la estilizada barbarie de aquellos insectos.

Minutos más tarde, después de ducharse y vestirse, sale del motel y cruza la carretera hacia el Blue Life Lounge y sube a su coche de alquiler. Tiene asuntos que resolver. No ha viajado hasta Kansas City para asesinar a una puta llamada Heather. Ella ha sido una mera diversión. Otras víctimas lo aguardan, y ahora se encuentra lo suficientemente relajado y concentrado para enfrentarse a ellas.

9

En el estudio de Marty, junto a la lámpara multicolor de cristales emplomados, Paige siguió de pie ante el escritorio, con la mirada fija en el diminuto magnetófono, escuchando el sonsonete de una sola palabra que su esposo entonaba con una voz que iba del susurro melancólico al gruñido de rabia.

Al cabo de dos minutos, Paige ya no pudo seguir soportándolo. La voz de Marty le resultaba familiar y extraña a la vez, lo cual le resultaba mucho peor que si no hubiese sido capaz de reconocerla en absoluto.

Apagó el magnetófono.

Al descubrir que aún sostenía la copa de vino tinto en la mano derecha, bebió un largo trago. Era un excelente cabernet de California, que merecía saborearse lentamente, pero de pronto se sintió más interesada por sus efectos que por su sabor.

De pie al otro lado del escritorio, Marty le advirtió:

–Como mínimo hay cinco minutos más de lo mismo. Siete en total. Después de darme cuenta, antes de que tú y las niñas regresarais a casa, hice algunas investigaciones. –Señaló hacia la librería, que ocupaba una pared–. En mis libros de consulta médica.

Paige no quería oír lo que él iba a decirle. La posibilidad de una grave enfermedad era impensable. Si algo le ocurría a

Marty, el mundo sería un lugar mucho más sombrío y menos interesante.

No estaba muy segura de que pudiera superar la pérdida de su marido. Comprendió que su actitud resultaba muy peculiar, teniendo en cuenta que era una psicóloga infantil que, tanto en su práctica privada como en las horas que dedicaba a grupos en pro del bienestar infantil, había aconsejado a docenas de criaturas acerca de cómo combatir y superar la pena por la muerte de un ser querido.

Marty rodeó el escritorio y se acercó a ella, que ya había acabado su copa de vino.

–Una amnesia puede ser síntoma de varias causas. Un estadio primario de la enfermedad de Alzheimer, por ejemplo, aunque imagino que podemos descartarlo. Si padeciera esa enfermedad a los treinta y tres años, probablemente sería el caso más joven registrado en la década actual.

Dejó la copa sobre el escritorio, se acercó a la ventana y miró hacia la noche a través de las tablillas de las persianas.

De pronto, a Paige le pareció un ser tremendamente vulnerable, y le sorprendió. Con su metro ochenta de estatura y sus ochenta kilos de peso, su carácter reposado y su ilimitado entusiasmo por la vida, Marty siempre la había sorprendido por ser más sólido y resistente que cualquier otra cosa en el mundo, incluidos océanos y montañas. En cambio, en aquel instante parecía tan frágil como el cristal.

De espaldas a ella, todavía contemplando la noche, Marty añadió:

–O tal vez sea la advertencia de un pequeño infarto…

–No.

–Aunque, según las consultas que he hecho, lo más probable es que la causa sea un tumor cerebral.

Paige alzó su copa. Estaba vacía. No recordaba haberse terminado el vino. Un pequeño lapsus por su parte. Dejó la copa sobre el escritorio. Junto al odioso magnetófono. Luego se acercó a Marty y apoyó una mano en su hombro.

Cuando él se volvió, ella le dio un beso suave y breve. Apoyó la cabeza contra su pecho y lo abrazó, y él la rodeó con sus brazos. A través de Marty había aprendido que los abrazos eran tan esenciales para una vida sana como los alimentos, el agua y el sueño.

Antes, cuando lo descubrió revisando sistemáticamente las cerraduras de las ventanas, había querido saber, sólo con fruncir el entrecejo y pronunciar dos palabras –«¿Y bien?»–, que él no le ocultaba nada. Ahora habría preferido no haber insistido en que le hablase del mal momento que había pasado en un día por otra parte perfecto.

Paige, abrazada aún a él, alzó la vista y por fin se enfrentó a su mirada.

–Tal vez no sea nada –dijo.

–Algo tiene que ser.

–Me refiero a nada físico.

Marty sonrió con tristeza.

–Es realmente un consuelo tener a una psicóloga en casa.

–Bueno, podría ser algo psicológico.

–De todos modos, no ayudaría gran cosa el que simplemente estuviese loco.

–Loco no. Estresado.

–Oh, sí, el estrés. La excusa del siglo, el embuste favorito de quienes afirman padecer alguna falsa incapacidad, de los políticos que intentan explicar por qué estaban borrachos en un motel junto con varias jovencitas desnudas...

Paige lo soltó y se volvió, irritada. No se sentía molesta con Marty, sino con Dios, o con el destino, o con lo que fuera que de pronto había introducido turbulencias en la plácida corriente de sus vidas.

Se dispuso a acercarse al escritorio en busca de su copa de vino, pero entonces recordó que ya se lo había bebido. De nuevo se volvió hacia Marty.

–De acuerdo... Excepto aquella vez en que Charlotte estuvo enferma, siempre has estado tan estresado como una almeja. Pero es posible que seas un luchador «oculto». Y últimamente has sufrido un montón de presiones.

–¿Tú crees? –preguntó él, enarcando las cejas.

–La fecha de entrega de este libro es más ajustada de lo habitual.

–Pero aún dispongo de tres meses, y pienso que sólo necesitaré uno.

–Y todas esas nuevas expectativas en tu carrera... Tu editor, tu agente, todo el mundo observándote bajo un punto de vista distinto ahora que...

La edición de bolsillo de sus dos novelas más recientes lo habían situado en la lista de libros más vendidos del *New York Times*, cada uno durante ocho semanas. Aún no había tenido un *best-seller* en la edición de tapa dura, pero este nuevo éxito parecía inminente con la publicación de su nueva novela en enero.

Aquel crecimiento repentino de las ventas resultaba excitante, pero también intimidatorio. Aunque Marty deseaba un mayor número de lectores, también estaba decidido a no modificar su estilo para conseguir un atractivo mayor, pues con ello sólo conseguiría que sus obras perdiesen frescura. Sabía que corría el peligro de alterar «inconscientemente» su forma de trabajo, de modo que últimamente se había mostrado excepcionalmente severo consigo mismo, aun cuando siempre había sido el más implacable de sus críticos, y revisaba veinte veces cada página de las historias que escribía.

–Y no debes olvidar lo de la revista *People* –añadió ella.

–Esto no es estresante. Y ya se ha acabado.

Semanas atrás, un periodista de *People* se había instalado en la casa, y dos días después un fotógrafo lo había sometido a una sesión de diez horas. Marty en el papel de Marty. Él les había caído bien, y ellos a él, aunque al principio se había resistido desesperadamente a las súplicas de su editor para que accediera al reportaje.

Dada la relación amistosa que se había creado con la gente de *People*, no había motivos para pensar que el reportaje fuera negativo, pero incluso la publicidad favorable hacía que se sintiese, por lo general, codicioso y poco serio. Para él, lo importante eran los libros, no la persona que los escribía, y –según sus propias palabras– no deseaba convertirse en «la Madonna de las novelas de misterio, posando desnudo en una biblioteca con una serpiente entre los dientes a fin de estimular las ventas».

–No se ha acabado –replicó Paige, ya que el ejemplar con el reportaje sobre Marty no aparecería en los quioscos de periódicos hasta el lunes–. Sé que temes las posibles consecuencias.

Marty suspiró.

–No quiero ser...

–Madonna con una serpiente entre los dientes, ya lo sé, cariño. Lo que digo es que con el asunto de la revista estás más estresado de lo que imaginas.

–¿Y el estrés es suficiente para quedar en blanco durante siete minutos?

–Claro. ¿Por qué no? Apuesto a que es lo que el médico te dirá.

Marty se mostró escéptico.

Paige volvió a estrecharse entre sus brazos.

–Todo nos ha ido bien últimamente, casi demasiado bien. Existe una tendencia a mostrarse algo supersticiosos al respecto. Pero hemos trabajado duro, nos hemos ganado todo esto. No pasará nada. ¿Me oyes?

–Te oigo –contestó Marty, atrayéndola hacia sí.

–No pasará nada –repitió ella–. Nada.

10

Pasada la medianoche.

El vecindario se jacta de las grandes parcelas, y las enormes casas se alzan muy al fondo de la línea frontal de la propiedad. Árboles enormes, tan antiguos que casi parecen haber adquirido una inteligencia incipiente, se yerguen como centinelas a lo largo de las calles, vigilando a los prósperos residentes. Sus negras ramas, deshojadas por el otoño, son como erizadas antenas de alta tecnología que recopilaran información sobre potenciales amenazas contra el bienestar de aquellos que duermen tras los muros de piedra y ladrillo.

El asesino aparca a la vuelta de la esquina donde se halla la casa en que lo aguarda su misión. Realiza a pie el resto del camino, tarareando suavemente una alegre tonada que se ha inventado, actuando como si hubiese pisado aquellas aceras un millar de veces con anterioridad.

La conducta furtiva siempre se nota y, cuando esto ocurre, inevitablemente se dispara la alarma. En cambio, a un hombre que actúa con descaro, con decisión, siempre se lo ve como alguien honesto e inofensivo, no se repara en él y luego se lo olvida por completo.

Una brisa fría del noroeste.

Un cielo sin luna.

Un mochuelo receloso repite monótonamente su única pregunta.

La casa es de estilo georgiano, de ladrillos con columnas blancas. La finca está rodeada por una puntiaguda reja de hierro.

La verja de la entrada permanece abierta y parece que lleva muchos años así. El ritmo y la vida pacífica de Kansas City no consiguen soportar por mucho tiempo la paranoia.

Como si ya conociera aquel sitio, sigue la rampa circular hasta el pórtico de la entrada principal, sube por los peldaños, se detiene delante de la puerta de entrada y abre la cremallera del pequeño bolsillo que lleva en el pecho de la cazadora de piel. Del bolsillo extrae una llave.

Hasta ese mismo instante no es consciente de que la lleva. Ignora quién se la ha dado, pero de inmediato sabe para qué sirve. Ya le ha ocurrido otras veces.

La llave encaja en la cerradura con pestillo de resorte.

Abre la puerta, que da a un oscuro vestíbulo, cruza el umbral hacia el interior de la cálida casa y saca la llave de la cerradura. Cierra suavemente la puerta a sus espaldas.

Después de guardarse la llave, se vuelve hacia el tablero iluminado que hay junto a la puerta con la programación del sistema de alarma. Desde el momento en que ha abierto la puerta dispone de sesenta segundos para teclear el código correcto de desactivación del sistema; de lo contrario, la policía recibirá el aviso. En el momento preciso recuerda la secuencia de seis números para desactivarla, y la teclea.

Saca un nuevo utensilio de su cazadora, esta vez de un profundo bolsillo interior: un par de gafas extremadamente pequeñas para visión nocturna, de un tipo fabricado para los militares, e inasequible para cualquier civil. Amplifican cien veces la menor luminosidad, de modo que puede moverse por cualquier habitación oscura con la misma seguridad que si estuviesen encendidas todas las luces.

Al subir por las escaleras, saca de la enorme sobaquera que lleva debajo de la cazadora la Heckler and Koch P7. El cargador ampliado contiene dieciocho balas.

En el manguito de la sobaquera lleva un silenciador. Lo saca y luego lo enrosca tranquilamente al cañón de la pistola.

El artilugio le garantiza entre ocho y doce disparos relativamente silenciosos, pero se deteriora con excesiva rapidez para que pueda gastar todo el cargador sin despertar a los demás moradores de la casa.

Ocho disparos son más de los que necesita.

La casa es enorme, y diez habitaciones dan al pasillo en forma de T del primer piso. Pero él no necesita buscar sus objetivos. Está familiarizado con el plano de aquella planta como lo está con la disposición de las calles de la ciudad.

A través de las gafas todo adquiere un matiz verdoso, y los objetos blancos parecen brillar con una fantasmagórica luz interior. Se siente como si estuviera en una película de ciencia ficción, un héroe intrépido explorando otras dimensiones, o en una tierra alternativa idéntica a la nuestra, a excepción de algunos aspectos cruciales.

Abre la puerta del dormitorio principal y entra. Se acerca a la cama gigantesca, con su recargada cabecera estilo georgiano.

Un hombre y una mujer de unos cuarenta años duermen bajo las mantas brillantemente verdosas. El marido está acostado de espaldas, y ronca. Su rostro es fácilmente identificable como el de su principal objetivo. La esposa duerme de lado, la cara medio enterrada en la almohada, pero el asesino puede ver lo suficiente para asegurarse de que es el objetivo secundario.

Apoya la boca de la P7 contra el cuello del marido.

El frío acero despierta al hombre y sus ojos se abren bruscamente, como si sus párpados tuvieran el contrapeso de los de una muñeca.

El asesino aprieta el gatillo, destrozando la garganta del hombre, luego alza la boca del arma y efectúa dos disparos a quemarropa en la cara. Los tiros suenan como el suave siseo de una cobra.

A continuación pasa al otro lado de la cama, sin hacer ruido sobre la afelpada moqueta.

Dos balas contra la sien expuesta de la mujer completan su misión; ella nunca volverá a despertar.

Por un segundo se queda al lado de la cama, disfrutando de la incomparable ternura del momento. Estar presente en el momento de una muerte es compartir una de las experiencias más íntimas de la vida. A fin de cuentas, a nadie que no sea un miembro apreciado de la familia, o un amigo querido, se le permite estar junto al lecho de una persona moribunda. Por consiguiente, el asesino sólo puede elevarse por encima de su existencia gris y miserable mediante el acto de la ejecución, pues en ese momento tiene el honor de compartir la más profunda de todas las experiencias, más solemne y significativa aun que la del nacimiento. En estos momentos preciosos y mágicos en que sus víctimas perecen, él establece unas relaciones, unos lazos significativos con otros seres humanos, conexiones que destierran brevemente su alienación y hacen que se sienta incluido, necesitado, querido.

Si bien esas víctimas siempre son desconocidas para él –en esta ocasión ni siquiera conoce sus nombres–, la experiencia puede ser tan conmovedora que siente los ojos arrasados en lágrimas. Esta noche consigue mantener un absoluto control sobre sí mismo.

Reacio a dar por concluida la breve conexión, posa tiernamente una mano sobre la mejilla izquierda de la mujer, que no está manchada de sangre y aún conserva el calor. Luego pasa al otro lado de la cama y aprieta suavemente el hombro del hombre muerto, como si le dijera: «Adiós, mi querido amigo, adiós».

Se pregunta quiénes eran. Y por qué han tenido que morir.

«Adiós.»

Baja y atraviesa la casa espectralmente verde, llena de sombras y formas de un verde radiante. En el vestíbulo se detiene para desenroscar el silenciador del arma y guardar ambas piezas.

Con un gesto de desaliento, se quita las gafas. Sin ellas se ve transportado de aquella mágica tierra alternativa –donde por un breve instante se ha sentido igual a otros seres humanos– a este mundo al que tanto se esfuerza por pertenecer, pero en el cual siempre se siente marginado.

Al salir de la casa cierra la puerta a sus espaldas, pero no se preocupa de cerrarla con llave. Tampoco limpia el pomo de bronce, ya que le tiene sin cuidado dejar huellas digitales.

La fría brisa suspira y silba a través del pórtico.

Las hojas muertas y quebradizas se escurren en remolinos por el sendero de entrada, arañando y rascando el suelo como ratas.

Los árboles centinelas parecen ahora dormidos. El asesino

percibe que nadie lo vigila desde las oscuras y desiertas ventanas a lo largo de la calle. Incluso la voz interrogante del mochuelo guarda silencio.

Conmovido aún por lo que acaba de compartir, se encamina hacia el coche sin tararear la tonada que se ha inventado.

Mientras conduce de regreso al motel donde se hospeda, una vez más siente el peso de la opresiva segregación en que transcurre su existencia. Separado. Apartado. Un hombre solitario.

Una vez en la habitación se quita la pistolera y la deja sobre la mesita de noche. La pistola aún sigue abrazada por aquella manga de piel forrada de nailon. Por un instante se queda mirando el arma.

En el baño coge unas tijeras del estuche de afeitar, cierra la tapa del inodoro, se sienta bajo la dura luz del tubo fluorescente y, con meticulosidad, destruye las dos tarjetas de crédito falsas que ha utilizado hasta el momento en su misión. Por la mañana tomará un avión que lo alejará de Kansas City, utilizando todavía otro nombre, y en el trayecto hasta el aeropuerto irá esparciendo los pequeños fragmentos de las tarjetas a lo largo de varios kilómetros de autopista.

Regresa a la mesita de noche.

Se queda mirando la pistola.

Después de dejar los cadáveres y abandonar el lugar en que ha llevado a cabo su misión, debería haber desmontado el arma en el máximo de piezas posible y haberse deshecho de ellas en sitios muy distanciados entre sí; el cañón quizá en un canal de desagüe para las tormentas, la mitad del armazón en un arroyo, la otra mitad en un vertedero..., hasta que no quedase nada. Ése es el procedimiento habitual, y no comprende por qué en esta ocasión se lo ha saltado.

Una leve sensación de culpabilidad acompaña esta alteración de la rutina, pero no va a salir otra vez para desembarazarse del arma. Aparte de la culpabilidad, experimenta cierta... rebeldía.

Se desviste y se tiende en la cama. Apaga la lamparita de noche y se queda mirando las sombras a rayas del techo.

No tiene sueño. Se siente inquieto y los pensamientos saltan de un tema a otro a tal velocidad que su estado mental hiperactivo pronto se traduce en una agitación física. Se remueve inquieto, tira de las sábanas, reajusta las mantas, ahueca las almohadas...

Fuera, en la autopista interestatal, los grandes camiones ruedan incesantemente hacia sus destinos. El zumbido de los neumáticos, el ronquido de los motores y el silbido del aire que desplaza a su paso crean una especie de ruido hueco de fondo que resulta tranquilizador. A menudo se ha sentido arrullado hasta el sueño por esa extraña música de las carreteras.

Esta noche, sin embargo, le ocurre algo extraño. Por razones que no consigue entender, este familiar mosaico de sonidos no es una canción de cuna, sino el canto de una sirena. Es incapaz de resistirlo.

Sale de la cama y cruza la estancia en penumbras hasta la única ventana. Tras ella aparece la visión nocturna de una ladera cubierta de hierbajos, y encima de ésta un fragmento de cielo, como dos mitades de un cuadro abstracto. En lo alto de la pendiente, separando la colina y el cielo, las gruesas estacas de la valla protectora de la autopista centellean iluminadas por el paso de los faros de los coches.

El asesino mira hacia arriba, medio en trance, forzando la vista en un intento por atisbar los vehículos que se dirigen al oeste.

La cantata de la autopista, por lo general melancólica, es ahora seductora, lo llama, haciéndole misteriosas promesas que él no logra entender, pero que se siente obligado a explorar.

Se viste y hace la maleta.

Fuera, el patio del motel y los senderos aparecen desiertos. Los vehículos, con el morro hacia las habitaciones, aguardan la mañana para proseguir su viaje. En una hornacina cercana donde hay unas máquinas expendedoras, la de los refrescos tintinea como si se estuviese reparando a sí misma. El asesino se siente por un instante el único superviviente en un mundo dominado por máquinas, y para el provecho de éstas.

Instantes después, penetra en la interestatal 70 y se dirige hacia Topeka, la pistola en el asiento del pasajero, cubierta con una toalla del motel.

Algo lo llama al oeste de Kansas City. No sabe qué es, pero se siente atraído inexorablemente hacia el oeste del mismo modo que un hierro se siente atraído hacia un imán.

Por extraño que parezca, nada de esto lo turba, y se somete a la compulsión de conducir hacia el oeste... A fin de cuentas, desde que es capaz de recordar ha ido a sitios sin conocer el propósito de su viaje hasta llegar a destino, y ha matado a gente sin sospechar siquiera por qué tenían que morir ni quién había ordenado el asesinato.

De lo que está seguro, sin embargo, es que de él no se esperaba esta marcha repentina de Kansas City. Se suponía que debía permanecer en el motel hasta la mañana siguiente y coger un vuelo temprano hacia... Seattle.

Quizá en Seattle iba a recibir instrucciones de esos jefes que no consigue recordar. Pero nunca sabrá qué habría podido ocurrir, porque ahora Seattle se ha borrado de su itinerario.

Se pregunta cuánto tiempo pasará antes de que sus superiores –sean cuáles sean sus nombres e identidad– averigüen que ha desertado. ¿Cuándo empezarán a buscarlo, y cómo podrán encontrarlo si ya no opera según su programa?

A las dos de la madrugada el tráfico es fluido en la interestatal 70, sobre todo el de camiones. Cruza velozmente Kansas City, adelantando algunos de estos grandes vehículos y tras las violentas ráfagas de algunos otros, acordándose de una película en la que Dorothy y su perro *Toto* son absorbidos por un tornado y arrancados de las llanas tierras de la granja para ser depositados en un país lejano y extraño.

Con las dos Kansas City a sus espaldas –la de Missouri y la de Kansas–, el asesino se da cuenta de que está murmurando mentalmente: «Necesito, necesito...».

Esta vez se siente cerca de una revelación que identificará la naturaleza exacta de su anhelo.

«Necesito... ser... Necesito ser... Necesito ser...»

A medida que las zonas residenciales y la oscura pradera pasan velozmente a los lados del coche, la excitación no para de aumentar dentro de él. Se estremece ante el descubrimiento que intuye va a cambiar su vida.

–Necesito ser..., ser... Necesito ser alguien.

Enseguida comprende el significado de lo que acaba de decir. Con «ser alguien» no se refiere a lo que otro hombre querría decir con estas mismas palabras; él no se refiere a que necesita ser alguien famoso o rico, o importante. Sólo ser alguien. Alguien con un nombre de verdad. «Un Joe cualquiera», como solían decir en las películas de los años cuarenta. Alguien con mayor sustancia que un fantasma.

La atracción de la desconocida estrella que lo atrae hacia el oeste es cada vez más intensa a cada kilómetro que avanza. Se inclina ligeramente sobre el volante, escrutando la noche con intensidad.

Tras el horizonte, en una ciudad que aún no pude ver, una vida lo aguarda, un sitio al que poder llamar su hogar. Familia, amigos. En alguna parte hay un sitio donde encajar, un pasado que pueda llevar cómodamente, una finalidad... Y un futuro en el cual pueda ser como las demás personas admitido.

El coche avanza velozmente hacia el oeste, hundiéndose en la noche.

11

Después de la medianoche, cuando se disponía a acostarse, Marty Stillwater se detuvo ante el dormitorio de las niñas, abrió la puerta y entró en silencio. Bajo el resplandor amarillento de la lámpara Mickey Mouse, comprobó que sus dos hijas dormían pacíficamente.

De vez en cuando le gustaba observarlas unos minutos mientras dormían, sólo para convencerse de que eran reales... Había recibido más de lo que le correspondía de su parte de felicidad, prosperidad y amor, de modo que suponía que alguna de aquellas bendiciones podía resultar transitoria, o incluso ilusoria; el destino podía intervenir a fin de equilibrar la balanza.

Para los antiguos griegos, el destino estaba personificado por tres hermanas: Cloto, que hilaba el hilo de la vida; Láquesis, que medía la longitud del hilo; y Átropos, la más pequeña de las tres, aunque la más poderosa, pues cortaba el hilo a su capricho.

En ocasiones, a Marty le parecía que ésta era una forma lógica de considerar las cosas. Podía ver las caras de aquellas mujeres de blanca túnica con mayor detalle que el recuerdo que tenía de sus propios vecinos en Mission Viejo. Cloto tenía un rostro amable, con ojos chispeantes que le recordaban los de la actriz Angela Lansbury; Láquesis era tan atractiva como Goldie Hawn, aunque con una aureola de santidad. Ridículo sin duda, pero así era como las veía. Átropos era una zorra, hermosa pero fría: boca estrecha, negros ojos de antracita...

El truco consistía en estar a bien con las dos primeras hermanas, y no llamar la atención de la tercera.

Cinco años atrás, disfrazada de un trastorno en la sangre, Átropos había bajado de su hogar celestial y había dado un tirón al hilo de la vida de Charlotte. Pero, afortunadamente, no había conseguido cortarlo del todo. No obstante, esa parca tenía muchos otros nombres, aparte del de Átropos: cáncer, hemorragia cerebral, trombosis coronaria, incendio, terremoto, veneno, homicidio, y muchísimos más. Tal vez volviera pronto a visitarlos bajo uno de aquellos seudónimos, con Marty como objetivo, en lugar de Charlotte.

A menudo, la imaginación desbordante de un novelista era como una maldición.

De pronto, un ruido como de tecleo surgió del lado del dormitorio correspondiente a Charlotte, asustando a Marty. Era agudo y amenazador como la advertencia de una serpiente de cascabel. Entonces comprendió de qué se trataba: la mitad de la jaula del jerbo estaba ocupada por una rueda, y el inquieto roedor corría furioso sobre ella.

–Duérmete ya, *Wayne* –le ordenó Marty en voz baja.

Echó un nuevo vistazo a las niñas, luego salió del dormitorio y cerró la puerta silenciosamente tras él.

12

El asesino llega a Topeka a las tres de la madrugada.

Todavía se siente atraído por el horizonte que se extiende al oeste, como con la llegada del invierno una criatura migratoria puede sentirse atraída incesantemente hacia el sur en respuesta a una muda llamada, a una baliza que no puede ver, como si en sus venas hubiese partículas de hierro que respondieran al desconocido imán.

Al llegar a las afueras de la ciudad abandona la autopista, en busca de un nuevo coche.

En alguna parte hay gente que conoce el nombre de John Larrington, la identidad con que ha alquilado el Ford. Cuando no se presente en Seattle para hacerse cargo de su siguiente trabajo, sus extraños y anónimos superiores sin duda saldrán en su busca. Sospecha que disponen de considerables recursos e influencia; tiene que desprenderse de cualquier conexión con el pasado y no dejar nada que permita a sus perseguidores seguirle la pista.

Aparca el Ford en un barrio residencial y camina tres manzanas, probando las puertas de los coches estacionados junto a la acera. Sólo la mitad están cerrados con llave. Está adiestrado para hacer un puente en la conexión del coche si hace falta, pero en un Honda encuentra las llaves metidas tras la visera.

Después de conducir hasta el Ford y traspasar sus maletas y la pistola al Honda, empieza a conducir, siempre en círculos cada vez más amplios, en busca de una tienda que esté abierta las veinticuatro horas.

En su mente no guarda un mapa de Topeka, ya que nadie esperaba que fuera allí. Desalentado, ve carteles indicadores de calles cuyos nombres le son desconocidos, ignora hacia dónde conducen.

Se siente más desplazado que nunca.

Al cabo de un cuarto de hora localiza una tienda y casi vacía los estantes de salchichas ahumadas, galletitas de queso, cacahuetes, rosquillas y otros alimentos fáciles de comer mientras se conduce. Ya se siente hambriento. Si va a pasarse otros dos días en la carretera –suponiendo que se sienta atraído hasta la costa– necesitará una considerable cantidad de provisiones. No quiere perder el tiempo en restaurantes, si bien su metabolismo acelerado requiere que ingiera comidas más abundantes y con una frecuencia mayor que el resto de la gente.

Después de añadir tres paquetes de seis envases de Pepsi a su compra, se dirige al mostrador, donde el único empleado le comenta:

–Por lo visto se ha montado una fiesta esta noche, ¿eh?

–Sí.

Cuando paga la cuenta advierte que los trescientos dólares que lleva en la cartera –la cantidad en efectivo que siempre lleva cuando ha de realizar una misión– no le alcanzará hasta el final del trayecto. No puede seguir utilizando las tarjetas de crédito falsas, de las que conserva un par, ya que sin duda alguien podría seguirle el rastro a través de sus compras. A partir de este momento tendrá que pagar en efectivo.

Se lleva las tres grandes bolsas de comestibles al Honda y regresa a la tienda con la Heckler and Koch P7. Le dispara al empleado una sola vez en la cabeza y vacía la caja registradora, pero sólo obtiene su propio dinero más otros cincuenta dólares. No obstante, mejor eso que nada.

En una gasolinera Arco llena el depósito del Honda y compra un mapa de Estados Unidos.

Aparcado al borde de la gasolinera, bajo una farola de vapor de sodio que lo colorea todo con su luz amarillenta, devora el contenido de un paquete de salchichas. Está muerto de hambre.

Comienza a estudiar el mapa mientras ataca las rosquillas. Puede continuar hacia el oeste por la interestatal 70, o seguir hacia el suroeste por la autopista de Kansas hasta Wichita, seguir hasta Oklahoma City y luego volver a doblar directamente hacia el oeste por la interestatal 40.

No está acostumbrado a tener que elegir. Por lo general hace lo que... está programado para hacer. Ahora que ha de enfrentarse a las alternativas, encuentra difícil tomar una decisión. Permanece sentado sin saber qué hacer, cada vez más nervioso, temeroso de que la indecisión lo paralice.

Por fin sale del Honda y se queda en medio del frío aire de la noche, en busca de algo que le indique qué hacer.

El viento hace vibrar los hilos del teléfono sobre su cabeza; es un ruido obsesivo, tan desolador como el espeluznante llanto de un niño muerto que vagara por el Más Allá.

Se vuelve hacia el oeste con la misma inexorabilidad que la aguja de una brújula busca el norte magnético. La atracción parece algo sobrenatural, como si una presencia lo llamara desde allí, pero la conexión es menos complicada que todo esto, más biológica, reverbera en su sangre y en la médula espinal.

De nuevo tras el volante, llega a la autopista de Kansas y se dirige hacia Wichita. Todavía no tiene sueño. Si es preciso puede pasar dos noches, o incluso tres, sin dormir y no perder ni un ápice de su agudeza física o mental, lo cual sólo constituye uno de sus poderes especiales. Se siente tan excitado ante la perspectiva de ser alguien, que podría conducir sin parar hasta llegar a su destino.

13

Paige sabía que Marty temía verse sorprendido por otro ataque de amnesia, y esta vez en público, de modo que admiraba la habilidad con que mantenía aquella apariencia de despreocupación. Se mostraba tan animoso y alegre como las niñas.

En opinión de éstas, el domingo fue un día perfecto.

A última hora de la mañana, Paige y Marty las llevaron al hotel Ritz-Carlton, en Dana Point, para el almuerzo del fin de semana de Acción de Gracias. Era un lugar al que sólo iban en ocasiones muy especiales.

Como siempre, a Emily y Charlotte les maravilló el lujo del lugar, los maravillosos lavabos y el impecable personal de inmaculado uniforme. Luciendo sus mejores vestidos, y con cintas en el pelo, las dos chiquillas se lo pasaron estupendamente jugando a ser jovencitas refinadas; casi tan bien como las dos veces en que visitaron el bufet de los postres.

Por la tarde, y debido al desacostumbrado calor para aquella época del año, se cambiaron de ropas y visitaron el parque Irving. Pasearon por los pintorescos senderos, alimentaron los patos del estanque y recorrieron el pequeño zoológico.

A Charlotte le encantó el zoo, pues, al igual que en casa, a los animales se los mantenía encerrados para que no sufriesen daño alguno. No había ejemplares exóticos –todos los animales eran propios de la región–, pero, con su típica euforia, Charlotte encontró que cada uno de ellos era la criatura más interesante y bonita que había visto en su vida.

Emily entró en una pugna visual con un lobo. Enorme, de ojos ambarinos, con una brillante pelambrera plateada, el depredador mantuvo intensamente la mirada de la niña desde el otro lado de la jaula.

–Si eres la primera en apartar los ojos –les informó la niña, tranquila y lacónicamente–, el lobo te comerá.

La confrontación siguió hasta tal punto que, a pesar de la sólida rejilla protectora, Paige empezó a sentirse inquieta. Entonces el lobo bajó la cabeza, olisqueó el suelo, bostezó ostentosamente a fin de demostrar que no se sentía intimidado, sino que simplemente había perdido todo interés, y se alejó con paso cansino.

–Si con todos sus bufidos y gruñidos no consiguió atrapar a los tres cerditos –dijo Emily–, he comprendido que tampoco podría atraparme a mí, porque soy más lista que los cerditos.

Se refería a la película de dibujos animados de Disney, la única versión del cuento que le era familiar.

Paige decidió que nunca le dejaría leer el cuento de los hermanos Grimm, que no trataba de tres cerditos, sino de siete cabritos. El lobo se comía enteros a seis, aunque en el último segundo no podía digerirlos porque la madre de los cabritos cortaba el vientre del lobo y sacaba a sus crías de entre las humeantes entrañas.

Cuando se alejaban de allí, Paige se volvió para mirar al lobo. El animal observaba fijamente a Emily.

14

El domingo es un día muy intenso para el asesino.

En Wichita, justo antes del amanecer, abandona la autopista. En otro barrio residencial, bastante parecido al de Topeka, cambia las placas de la matrícula del Honda por las de un Chevy, lo cual dificultará la localización del vehículo robado.

Poco después de las nueve de la mañana del domingo, llega a Oklahoma City, en Oklahoma, donde se detiene el tiempo necesario para llenar el depósito de gasolina.

Frente a la gasolinera, al otro lado de la carretera, hay un centro comercial. En una esquina del enorme aparcamiento desierto distingue un contenedor de Goodwill Industries, sin nadie que lo vigile. Después de llenar el depósito deja las maletas en el contenedor. Sólo conserva las ropas que lleva puestas y la pistola.

Durante la noche, en la autopista, ha tenido tiempo para pensar en su peculiar existencia y preguntarse si no llevará encima algún pequeño transmisor que ayude a sus jefes a localizarlo. Tal vez han anticipado la posibilidad de que algún día reniegue de ellos.

Sabe que un transmisor moderadamente potente, alimentado por una pequeña pila, puede esconderse en las paredes de una maleta, por ejemplo.

Al girar directamente hacia el oeste por la interestatal 40, una capa de nubes negras como el carbón cruza el cielo. Cuarenta minutos después, cuando empieza a llover, la capa parece de plata fundida, y borra de inmediato el color de las vastas extensiones de terreno llano que flanquean la autopista. El mundo se convierte en un entorno con veinte o cuarenta matices de gris, sin siquiera un relámpago que amortigüe la opresiva melancolía.

El paisaje monocromático no proporciona distracción alguna, de modo que dispone de más tiempo para preocuparse por los perseguidores sin rostro que tal vez estén pisándole los talones. ¿Es de paranoicos preguntarse si llevará un transmisor oculto en sus ropas? Duda de que pudieran esconderlo en la tela de los pantalones, la camisa, el suéter, la ropa interior o incluso en los calcetines, sin que lo detectara por su propio peso o lo descubriese fortuitamente. Eso sólo deja los zapatos y la cazadora de piel.

Descarta la pistola. Ellos no meterían en la P7 algo que pudiese impedir su funcionamiento. Además, se esperaba que se deshiciese de ella en cuanto hubiese cometido los asesinatos para los cuales se la habían facilitado.

A medio camino entre Oklahoma City y Amarillo, al este de la frontera con Texas, sale de la interestatal y entra en un área de descanso, donde diez coches, dos enormes camiones y dos autocaravanas han buscado refugio contra la tormenta.

En el bosquecillo de abetos que rodea la zona, las ramas de los árboles cuelgan empapadas por la lluvia; en vez de verdes parecen de un gris plomizo. Los altos conos de los abetos aparecen retorcidos y extraños.

Los lavabos se encuentran en un edificio bajo y rectangular, y él corre a toda prisa bajo el aguacero hacia el reservado de caballeros.

Cuando el asesino se encuentra en el primero de los tres urinarios, con la lluvia batiendo ruidosamente sobre el tejado de metal y el húmedo aire cargado con el viscoso olor del cemento mojado, aparece un hombre de unos sesenta años. De un vistazo aprecia su abundante cabello canoso, un rostro profundamente arrugado, y una nariz repleta de capilares rotos. Se dirige al tercer urinario.

–Vaya tormenta, ¿eh? –comenta el desconocido.

–Como para ahogar unas cuantas ratas –contesta el asesino, que ha escuchado la frase en alguna película.

–Confío en que no tarde en escampar.

El asesino advierte que el hombre es más o menos de su misma estatura y complexión. Cuando se sube la cremallera de los pantalones le pregunta:

–¿Adónde se dirige?

–Ahora mismo a Las Vegas, pero luego a algún otro lugar, y después de eso a alguna otra parte. Yo y mi mujer, los dos jubilados... Se puede decir que vivimos la mayor parte del tiempo en aquella autocaravana. Siempre quisimos conocer el país, y no hay duda de que ahora por fin lo conseguimos. No hay nada como la vida en la carretera; un nuevo paisaje cada día, absoluta libertad.

–Parece fantástico.

El asesino se demora lavándose las manos, mientras se pregunta si será capaz de matar allí mismo a ese viejo estúpido y luego ocultar el cuerpo en uno de los retretes. Pero con tanta gente en el aparcamiento, cualquiera puede entrar en el momento más inesperado.

–El único problema es que Frannie –comenta el desconocido al tiempo que se abrocha la bragueta–, mi mujer, no permite que conduzca cuando llueve. Basta que caiga una insignificante llovizna para que me obligue a detenerme y esperar a que termine. –Suspira hondo–. Por lo visto hoy no haremos muchos kilómetros.

El asesino está secándose las manos bajo una máquina de aire caliente.

–Bueno, Las Vegas no cambiará de lugar –comenta.

–Cierto. Incluso cuando el Señor baje para el Juicio Final, seguro que las mesas de *blackjack* estarán llenas de jugadores.

–Confío en que antes haga saltar usted la banca.

Sube al Honda. Está húmedo y tirita, gira la llave de contacto y pone la calefacción. Pero no introduce la marcha.

En el profundo espacio a lo largo del arcén están aparcadas tres autocaravanas.

Al cabo de un minuto, el marido de Frannie sale de los lavabos para caballeros. A través de la ondulante lluvia que baja por el parabrisas, el asesino observa que el hombre del cabello canoso corre hacia una enorme Road King azul y plateada, en la cual entra por la puerta delantera del lado del conductor. En la puerta se ve dibujado un corazón, y dentro de éste dos nombres con elegante caligrafía: Jack y Frannie.

La suerte no está de parte de Jack, el retirado con destino a Las Vegas. La Road King se halla a tan sólo cuatro coches del Honda, y su proximidad facilita la tarea que el asesino se ha impuesto.

El cielo se purifica vertiendo todo un océano. No hay viento y el agua cae recta destrozando continuamente el espejo de los charcos que cubren el negro asfalto, para luego fluir por las cunetas como interminables torrentes.

Coches y camiones salen de la autopista, permanecen aparcados durante un rato, se marchan y son sustituidos por nuevos vehículos que se detienen entre el Honda y la Road King.

Él aguarda pacientemente. La paciencia forma parte de su adiestramiento.

El motor de la autocaravana está encendido. Unas columnas de humo cristalizado se elevan de los dos tubos de escape gemelos. Una cálida luminosidad ámbar brilla a través de las cortinas de las ventanillas laterales.

El asesino siente envidia de aquella casa sobre ruedas, que parece más acogedora que cualquier hogar al que él pueda aspirar. También envidia el prolongado matrimonio de aquella pareja. ¿Cómo será tener una esposa? ¿Qué debe de sentirse siendo un esposo querido?

Al cabo de tres cuartos de hora, la lluvia aún no ha menguado, pero gran cantidad de coches han desaparecido. El Honda es el único vehículo aparcado junto al lado del conductor de la Road King.

Después de coger su pistola, sale del coche y avanza a toda prisa hasta la autocaravana, vigilando las ventanillas laterales por si a Frannie o a Jack se les ocurre descorrer las cortinas y atisbar fuera en el momento más inoportuno.

Echa un vistazo hacia los lavabos. No hay nadie a la vista.

Perfecto.

Coge la fría manecilla cromada de la portezuela. No han puesto el seguro. Trepa al interior, sube por los escalones y mira por encima del asiento del conductor.

La cocina se encuentra inmediatamente después de la cabina abierta, tras aquélla hay un espacio que hace las veces de comedor y luego la salita de estar. Frannie y Jack están comiendo, la mujer de espaldas al asesino.

Jack es el primero en verlo; empieza a levantarse y a salir de detrás del estrecho banquillo. Frannie mira por encima del hombro, más curiosa que alarmada. Los primeros dos disparos penetran en el pecho y en la garganta de Jack, que se desploma sobre la mesa. Salpicada de sangre, Frannie abre la boca para chillar, pero la tercera bala de punta hueca transforma drásticamente su cráneo.

Lleva el silenciador enroscado a la punta de la pistola, pero ya no resulta efectivo. Los amortiguadores se han comprimido, y el sonido que acompaña a cada disparo sólo es ligeramente más bajo que el de un disparo normal.

El asesino cierra la puerta del conductor a sus espaldas. Mira hacia fuera: el arcén, la zona para *picnic* barrida por la lluvia, los lavabos. Nadie a la vista.

Pasa al asiento del acompañante por encima de la consola del cambio de marchas y se asoma por la ventanilla de esta parte. Sólo otros cuatro vehículos comparten el aparcamiento. El más cercano es un camión Mack y el conductor debe de estar en los lavabos, porque no se ve a nadie en la cabina.

El estruendo de la lluvia hace improbable que alguien haya oído los disparos.

Gira en redondo sobre el asiento del conductor, se levanta y se dirige hacia el interior de la autocaravana. Se detiene ante la pareja muerta, toca la espalda de Jack... Luego la mano izquierda de Frannie, que reposa sobre la mesa, en un charco de sangre, junto al plato de su almuerzo.

–Adiós –se despide en voz baja, deseando poder disponer de

más tiempo para compartir con ellos un momento tan especial.

Llegado a este punto, sin embargo, está frenético por cambiar sus ropas por las del marido de Frannie y ponerse de nuevo en camino. Pero está convencido de que hay un transmisor oculto en los tacones de goma de sus zapatos Rockport, y que en este preciso instante está lanzando señales que atraen a gente peligrosa hacia él.

Más allá de la salita hay un baño, un armario amplio repleto con las ropas de Frannie, y un dormitorio con un armario más pequeño en el que se hallan las prendas de Jack. En menos de tres minutos consigue desnudarse y ponerse nueva ropa interior, calcetines blancos de algodón, unos tejanos, una camisa a cuadros rojos y marrones, un par de gastados zapatos de deporte y una cazadora de piel marrón para sustituir la suya negra. La entalladura interior de los pantalones le va bien, pero de la cintura le sobran unos cinco centímetros; los compensa ciñendo el cinturón. Los zapatos le quedan ligeramente holgados, pero pasables, y tanto la camisa como la chaqueta se le ajustan perfectamente.

Lleva los zapatos Rockport a la cocina y, para confirmar sus sospechas, coge un cuchillo de sierra y corta varias capas delgadas de la goma de uno de los tacones, hasta descubrir una estrecha cavidad repleta de dispositivos electrónicos. Un transmisor en miniatura se halla conectado a una serie de pilas de reloj que parecen extenderse alrededor del tacón y tal vez incluso por la suela.

Finalmente resulta que no era simple paranoia.

Ellos están siguiéndolo.

Después de abandonar sobre el mostrador de la cocina sus zapatos, convertidos en un montón de virutas de goma, registra presuroso el cadáver de Jack y saca el dinero de su cartera. Sesenta y dos dólares. Luego busca el bolso de Frannie, que encuentra en el dormitorio: cuarenta y nueve dólares.

Cuando abandona la autocaravana, el cielo veteado de gris y negro aparece convexo, como hundido bajo el peso de las nubes. Una lluvia que cae a raudales bate la tierra.

Espirales de niebla serpentean entre los troncos de los abetos y parecen querer atraparlo cuando chapotea hacia el Honda.

De regreso a la interestatal, circulando velozmente a través de la perpetua penumbra bajo la tormenta, pone la calefacción al máximo y pronto deja atrás la frontera de Texas, donde la tierra se vuelve más llana aún. Después de haberse desprendido de la más insignificante de las pertenencias de su antigua existencia, se siente liberado. No puede parar de temblar, pero no sólo porque está empapado, sino a causa de la expectación y la excitación.

Su destino lo espera en algún lugar, hacia el oeste.

Pela el envoltorio de plástico de una salchicha y come mientras conduce. Un olor sutil que se filtra entre el sabor primario de la carne ahumada, le recuerda el olor metálico de la sangre en la casa de Kansas City, donde ha dejado a la pareja sin nombre muerta en su enorme cama georgiana.

El asesino acelera todo lo que le permite la lluvia que torna resbaladiza la autopista, dispuesto a matar a cualquier policía que pretenda desviarlo hacia el arcén. Cuando la tarde del domingo llega a Amarillo, Texas, descubre que el Honda está a punto de quedarse sin combustible. Se detiene en una parada para camioneros sólo el tiempo necesario para llenar el depósito, utilizar el lavabo y comprar más comida para llevar.

Después de Amarillo, avanza como una exhalación entre la noche, cruza Wildorado, con la frontera de Nuevo México al frente, y de repente se da cuenta de que está cruzando las tierras baldías del corazón del Antiguo Oeste, donde se han rodado tantas películas maravillosas. John Wayne y Montgomery Cliff en *Río Rojo*, con Walter Brennan robando escenas a diestro y siniestro. *Río Bravo*. Y *Raíces profundas* se situaba en Kansas, ¿no? Jack Palance borrando del mapa a Elisha Cook, Jr. décadas antes de que Dorothy saliera con su tornado hacia Oz. *La diligencia, El pistolero, Arizona, Los que no perdonan, Cielo amarillo* y tantas otras películas fantásticas, no todas ambientadas en Texas, pero al menos con el espíritu de Texas, con John Wayne, Gregory Peck, James Stewart y Clint Eastwood; lugares legendarios, míticos, hechos ahora realidad y aguardando más allá de la autopista, velados por la lluvia, la niebla y la oscuridad. Casi es posible creer que todas esas historias se están desarrollando en ese mismo instante, en las ciudades fronterizas que va dejando atrás, y que él es Butch Cassidy, o Billy el Niño, o cualquier otro pistolero del siglo pasado, un asesino pero no un mal tipo en realidad, incomprendido por la sociedad, obligado a matar por lo que le han hecho, un alguacil sigue su rastro...

Recuerdos de proyecciones cinematográficas y de pases de películas de madrugada en la televisión –que constituyen, en gran medida, la mayor parte de los recuerdos que posee– pasan por su mente inquieta, tranquilizándolo, y por un rato se pierde de tal modo en esas fantasías, que relaja excesivamente su atención en la conducción. Poco a poco advierte que ha bajado la velocidad a sesenta por hora. Los camiones y los coches parecen estallar al pasarlo, y las ráfagas de viento azotan el Honda, lanzando agua lodosa al parabrisas del Honda, las rojas luces de posición difuminándose veloces entre la penumbra.

Con la seguridad de que su destino será tan fantástico como el que John Wayne perseguía en sus películas, acelera.

Envoltorios de comida vacíos o medio vacíos, arrugados y manchados de grasa, llenos de migajas, se amontonan en el asiento del acompañante. Se desparraman por el suelo, bajo el salpicadero, llenando por completo el espacio reservado a las piernas.

De entre los desperdicios recupera un nuevo paquete de rosquillas, y para facilitar la ingestión abre una lata de pepsi tibia.

Hacia el oeste. Siempre hacia el oeste.

Allí lo aguarda una identidad. Va a ser alguien.

15

A última hora del domingo, ya en casa, después de un cuenco gigante de palomitas de maíz y de dos vídeos, Paige acostó a las niñas, les dio un beso de buenas noches y se retiró a la entrada del dormitorio para observar a Marty instalarse para el momento del día que más anhelaba: la hora del cuento.

Marty siguió con la historia rimada del diabólico hermano gemelo de Papá Noël, y las niñas quedaron extasiadas.

> Los renos surgen veloces entre la noche oscura.
> ¿No veis como el miedo a todos el alma estruja?
> Bamboleante la cabeza, en blanco los ojos,

los graciosos animales no salen de su asombro:
advierten que Papá Noël ya no es su amigo,
sino sólo un impostor que el juicio ha perdido,
y salen de estampida con todas sus fuerzas
para expulsar a ese loco de la faz de la tierra.
Pero un látigo esgrime el hermano malvado,
un arpón, una pistola en el cinto, un palo,
un martillo, y un fusil… ¡Mejor escaparos,
pues también enarbola un mortífero lanzarrayos!

–¿Un lanzarrayos? –preguntó Charlotte–. ¡Entonces es un extraterrestre!

–No seas tonta –le recriminó Emily–. Es el hermano gemelo de Papá Noël, de modo que si fuera un extraterrestre también lo sería Papá Noël, y no lo es.

Con la presuntuosa condescendencia de una niña de nueve años que ha averiguado hace mucho tiempo que Papá Noël no existe, Charlotte replicó:

–Aún te queda mucho por aprender, Em. Papá, ¿qué es lo que hace un lanzarrayos? ¿Te hace papilla?

–Te convierte en piedra –contestó Emily, sacando una mano de entre las sábanas y mostrando la lustrosa piedra sobre la cual había pintado un par de ojos–. Es lo que le ocurrió a *Mirón*.

Sobre el tejado bajan, furtivos y en silencio.
Ah, pero ese malvado es todo un elemento:
a cada reno va susurrándole al oído
y se inclina hacia ellos para darles su aviso:
«Sé que allá en el Polo familiares tenéis,
gentiles astados que dejar solos no queréis.
De modo que si os largáis dejándome solo,
voy a coger un avión y volar hacia el Polo
y al sol de medianoche prepararme un atracón:
empanadas de reno y bocadillos de jamón,
ensaladas y sopa de reno en un puchero,
y toda clase de embutidos hechos con reno».

–Odio a este individuo –dijo Charlotte, enfáticamente, y tiró de las sábanas hasta la nariz, como ya había hecho la noche anterior. Pero no estaba realmente asustada, sólo se lo pasaba bien fingiéndolo.

–Ese tipo ha tenido que nacer malo –decidió Emily–. Seguro que no puede ser así sólo porque su mamá y su papá no han sido tan amables con él como deberían.

Paige se maravilló ante la habilidad de Marty para conseguir la entrega total de las niñas. Si le hubiese dado a revisar el cuento antes de empezar a leerlo, Paige le habría advertido que era demasiado duro y confuso para atraer a las pequeñas. Para que se fiara de la pregunta acerca de qué era mejor: si la percepción del psicólogo o el instinto del narrador.

> Ante la chimenea, se asoma por la torre,
> pero esa entrada es sólo para escaladores.
> Con todos sus trucos un agujero puede hallar
> en el que un gordo con barba blanca puede entrar.
> Del tejado al patio y a la puerta de la cocina,
> ríe entre dientes por lo que ahora maquina
> contra la familia que allí está durmiendo.
> Ese malvado rufián ríe ahora perverso.
> ¡Qué piojo! ¡Qué elemento! ¡Qué basura es ese chinche
> que en casa de los Stillwater intenta escabullirse.

–¡En nuestra casa! –chilló Charlotte.

–¡Lo sabía! –exclamó Emily.

–No lo sabías –replicó Charlotte.

–Sí, lo sabía.

–No es verdad.

–Que sí. Es por eso que duermo con *Mirón*, para que pueda protegerme hasta que llegue la Navidad.

Ambas rogaron a su padre que les leyera todo el cuento desde el principio, las estrofas de las dos noches. Cuando Marty empezó a complacerlas, Paige se alejó escaleras abajo para guardar las palomitas de maíz que habían quedado y ordenar la cocina.

El día había sido perfecto en lo que a las niñas se refería, y también para ella. Marty no había sufrido otro ataque, lo cual había permitido a Paige convencerse de que la amnesia había sido algo pasajero, fuera de lo corriente; aterrador, inexplicable, pero de ningún modo un indicio de que padeciera una grave dolencia degenerativa o alguna clase de enfermedad.

Seguro que ningún hombre podría mantener el ritmo de dos criaturas tan enérgicas, distraerlas e impedir que se volvieran irritables durante todo un día si no tuviera una salud extraordinariamente buena. Por lo que se refería a la otra parte de la Estupenda Maquinaria Progenitora Stillwater, Paige se sentía agotada.

Curiosamente, después de guardar las palomitas de maíz, advirtió que estaba comprobando el cierre de ventanas y puertas.

La noche anterior, Marty había sido incapaz de explicar la intensa sensación de que necesitaban seguridad. A fin de cuentas, su problema era interno.

Paige supuso que debía de tratarse de una simple transferencia psicológica. Él se había mostrado reacio a insistir en la posibilidad de que padeciera un tumor cerebral o alguna hemorragia cerebral, porque todo ello escapaba absolutamente a su control. De modo que se había encaminado a la búsqueda de enemigos contra los cuales pudiese adoptar una acción concreta.

Por otro lado, quizá Marty había reaccionado por instinto contra una verdadera amenaza que se hallaba más allá de la percepción consciente. Como alguien que hubiese incorporado cierta teoría jungiana en su visión personal y profesional del mundo. Paige concedía espacio a conceptos tales como el inconsciente colectivo, la sincronicidad y la intuición.

De pie ante las puertas vidrieras de la sala de estar, mirando a través de la terraza hacia la oscuridad del patio, se preguntó qué amenaza podía haber intuido Marty en un mundo que, a lo largo de su vida, parecía cada vez más preñado de peligros.

16

Su atención se aparta de la carretera que tiene delante sólo para echar rápidos vistazos a las extrañas formas que destacan entre la oscuridad y la lluvia a los lados de la autopista. Dientes cariados de roca sobresalen de la arena y los guijarros como si bajo tierra un gigante abriera su boca para tragarse a cualquier desventurado animal que pasara casualmente por la superficie. Grupos desperdigados de árboles raquíticos luchan por sobrevivir en una región desolada donde las tormentas son raras y los aguaceros más raros aún; retorcidas ramas se erizan en la niebla, tan irregulares y huesudas como las puntiagudas patas de los insectos, brevemente iluminadas por los faros de los coches, azotadas por el viento sólo un instante, para luego desaparecer.

En el Honda hay una radio, pero el asesino no la enciende porque no quiere distraer su atención de la misteriosa fuerza que tira de él hacia el oeste y con la cual busca comunicarse. Kilómetro tras kilómetro, melancólicamente, la atracción magnética se hace más intensa, y es eso lo único que le preocupa. Ya no puede escapar de ella, del mismo modo que la Tierra no puede invertir su rotación y hacer que amanezca por el oeste.

Tras de sí deja la lluvia y finalmente, bajo unas nubes hechas jirones, pasa a una noche clara, cubierta de innumerables estrellas. A lo largo de una parte del horizonte pueden verse picos y cordilleras débilmente iluminados, tan distantes que podrían señalar el extremo del mundo, como unas murallas de alabastro que protegieran un reino de cuento de hadas, las murallas de una Shangri-la en las que todavía centellea la luna del mes anterior.

Se dirige hacia la inmensidad del sudoeste, pasando por el collar de luces formado por las ciudades del desierto, como Tucumari, Montoya y Cuervo, cruzando luego el río Pecos.

Entre Amarillo y Albuquerque, cuando se detiene para cargar aceite y combustible, utiliza los lavabos de una gasolinera que huelen a insecticida y en uno de cuyos rincones hay dos cucarachas muertas. La luz amarillenta y el espejo sucio le proporcionan el reflejo de una imagen que reconoce como la suya, pero en cierto modo distinta. Sus ojos azules parecen más oscuros e intensos que nunca, y las arrugas de su rostro, habitualmente franco y amistoso, parecen aún más marcadas.

–Voy a convertirme en alguien –le dice al espejo, y el hombre que allí se refleja modula las palabras al mismo tiempo que él.

A las once y media de la noche del domingo, cuando llega a Albuquerque, dirige el Honda hacia otra parada de camioneros y ordena dos hamburguesas con queso para llevar. Luego parte para el siguiente tramo de su viaje –quinientos veinte kilómetros hasta Flagstaff, Arizona– y come las hamburguesas directamente del envoltorio de papel blanco, que rezuma grasa aromática, cebolla y mostaza.

Ésta será la segunda noche sin dormir, pero aún no se siente cansado. Está dotado de una resistencia excepcional. En ocasiones ha pasado hasta setenta y dos horas sin dormir, y aun así ha permanecido despejado.

Por algunas de las películas que ha visto en las noches solitarias que ha pasado en ciudades que no conoce, sabe que el sueño es el enemigo invencible de los soldados que desesperan por ganar una dura batalla, de los policías de guardia, de aquellos que deben mantenerse valerosamente alerta contra los vampiros hasta que el amanecer traiga el sol y la salvación.

Su habilidad para concertar una tregua con el sueño cuando le apetece es tan inusual, que evita pensar en ello. Siente que hay cosas en él que es mejor desconocer, y que ésa es una de ellas.

Otra lección que ha aprendido de las películas es que todos los hombres tienen secretos, incluso para sí mismos. Por lo tanto, los secretos simplemente lo convierten en un hombre como los demás, que es precisamente lo que más anhela. Ser como los demás.

En el sueño, Marty se encontraba en un lugar frío y barrido por el viento, presa del terror. Era consciente de que estaba en una llanura tan monótona y plana como una de aquellas vastas extensiones que formaban el desierto de Mojave en torno a Las Vegas, pero en realidad no podía ver el paisaje, ya que la oscuridad era tan profunda como la muerte. Sabía que algo avanzaba a toda prisa hacia él a través de las tinieblas, algo inconcebiblemente extraño y hostil, enorme y letal y a la vez completamente silencioso. Podía sentir en los huesos cómo se acercaba, Dios mío, y sin embargo no tenía idea de qué dirección provenía. Por la izquierda, por la derecha, por delante, por detrás, por el suelo bajo sus pies o por el cielo azabache sobre su cabeza, pero se acercaba. Podía sentirlo; era un objeto de una talla y un peso tan colosales que el aire se comprimía a su paso, se hacía más denso a medida que el peligro se aproximaba. Se aproximaba velozmente, cada vez más rápido, y él sin hallar un lugar donde esconderse. Luego oyó que Emily suplicaba ayuda en alguna parte de la implacable oscuridad, llamaba a su papá, y Charlotte también, pero no podía verlas. Corrió en una dirección, luego en otra, pero sus voces cada vez más frenéticas siempre parecían hallarse detrás de él. La amenaza desconocida se acercaba, se acercaba, las niñas se asustaban y chillaban, Paige lo llamaba con una voz tan dominada por el terror que Marty empezó a sollozar de frustración pues era incapaz de encontrarlas. Oh, Dios santo, y aquella cosa, fuera lo que fuese, estaba casi encima de él, tan imparable como la caída de un meteorito o el choque de dos planetas, un peso inconmensurable, una fuerza tan primaria como la que había creado el universo, tan destructiva como la que algún día le pondría fin, y Emily y Charlotte chillando, chillando...

Al oeste del desierto de Painted, en las afueras de Flagstaff, Arizona, poco antes de las cinco de la mañana del lunes, los copos de nieve forman remolinos en el cielo que anuncia el amanecer, y el aire frío es un escalpelo afiladísimo que le descarna los huesos. La cazadora marrón que hace menos de dieciséis horas ha cogido del armario de la autocaravana del hombre que ha matado en Oklahoma, no es lo bastante gruesa para protegerlo del intenso frío de la mañana. Tirita mientras llena el depósito del Honda en una gasolinera automática.

De nuevo en la interestatal 40, empieza el viaje de quinientos sesenta kilómetros hasta Barstow, California. El apremio que siente por seguir avanzando hacia el oeste es tan irresistible, que en sus garras se siente impotente, como un asteroide capturado por la tremenda gravedad de la Tierra y arrastrado inexorablemente hacia el catastrófico impacto.

El terror lo impulsó a escapar de aquel sueño oscuro y de aquella amenaza desconocida. Martin Stillwater se sentó bruscamente en la cama. Ya despierto, comenzó a respirar de manera tan agitada que temió despertar a Paige, pero ella seguía durmiendo tranquilamente. Tenía frío, y aun así estaba empapado en sudor.

Poco a poco, el corazón volvió a su ritmo normal. Con los centelleantes números verdes del reloj digital, la luz roja del piloto del receptor por cable encima del televisor, y la luz que se filtraba por las ventanas, el dormitorio no era tan negro como la negrura de su sueño.

Pero no pudo volver a dormirse. La pesadilla había sido más real y desconcertante que cualquier otra que hubiese padecido en su vida, y el sueño se negó a acudir en su ayuda.

Se levantó y se acercó descalzo a la ventana más próxima. Estudió el cielo por encima de los tejados de las casas al otro lado de la calle, como si algo en aquella oscura bóveda pudiera apaciguarlo.

En cambio, cuando advirtió que por el este el negro cielo se aclaraba hasta adquirir un tono gris azulado, la proximidad del amanecer le produjo el mismo temor irracional que había experimentado en el estudio el sábado por la tarde. A medida que el color ascendía hacia el cielo, Marty empezó a temblar. Intentó controlarse, pero el temblor se hacía cada vez más violento. No era la luz del día lo que temía, sino algo que el día traía consigo, una amenaza sin nombre. Podía sentir que tendía su garra hacia él, buscándolo –lo cual era una locura, maldita sea–, y se estremeció tan violentamente que tuvo que apoyar una mano sobre el alféizar de la ventana para traquilizarse.

–¿Qué es lo que no funciona en mí? –musitó desesperadamente–. ¿Qué sucede? ¿Qué es lo que va mal?

Hora tras hora, la aguja del velocímetro oscila entre los ciento cuarenta y los ciento sesenta kilómetros por hora. El volante vibra bajo la palma de sus manos hasta que éstas le duelen. El Honda se estremece y cruje. El motor suelta un chillido constante, poco acostumbrado a que lo exijan tanto.

Colores rojo del óxido, blanco del hueso, amarillo del azufre, púrpura de las venas resecas, tan seco como las cenizas, tan yermo como Marte, pálida arena con espinazos de reptil formados por rocas jaspeadas, todo salpicado por arbustos de mezquite marchitos: la cruel inmensidad del desierto de Mojave posee una esplendorosa aridez.

Inevitablemente, el asesino piensa en las antiguas películas sobre los colonos que avanzaban hacia el oeste con sus carretas. Por vez primera es consciente del valor que se requería para hacer aquel viaje con unos vehículos destartalados, confiando sus vidas a la salud y la resistencia de los caballos de tiro.

Cine. California. Ya está en California, la tierra del cine.

Adelante, adelante, adelante.

De vez en cuando, se le escapa un gemido involuntario. El sonido se parece al de un animal que agoniza por falta de agua a la vista de un manantial, que se arrastra hacia la poza que le ofrece la salvación pero a la vez teme perecer antes de poder aplacar su ardiente sed.

Paige y Charlotte ya estaban en el garaje, subiendo al coche, cuando ambas llamaron a la vez:

–¡Emily, date prisa!

Cuando Emily abandonaba la mesa del desayuno y se volvía hacia la puerta que comunicaba la cocina con el garaje, Marty la cogió del hombro y la obligó a volverse.

–Aguarda, aguarda.

–Oh, se me olvidaba –exclamó, y apretó los labios para darle un beso.

–Esto es lo segundo –dijo él.

–¿Y lo primero?

–Esto. –Marty se hincó sobre una rodilla a fin de ponerse al mismo nivel que ella y con una servilleta de papel le limpió la marca que la leche había dejado alrededor de sus labios.

–Oh, qué sucia –murmuró Emily.

–No, era divertido.

–Esto es más de Charlotte.

Marty enarcó las cejas.

–¿Y eso?

–La descuidada es ella.

–No seas malvada.

–Pero si ella lo sabe, papi.

–Aun así.

Desde el garaje, Paige volvió a llamar, y Emily le dio un beso.

–No seas mala con la profesora.

–No más de lo que ella lo sea conmigo –contestó Emily.

Impulsivamente, Marty la atrajo hacia sí y la abrazó con fuerza, reacio a dejarla marchar. La limpia fragancia del jabón Ivory y del champú infantil se habían adherido a ella, y en su aliento quedaban el aroma de la leche y de los copos de cereales. Nunca había olido nada tan dulce, ni mejor. La espalda de la niña era espantosamente pequeña bajo la palma de su mano. Era tan delicada que podía percibir los latidos del joven corazón a través del pecho –que permanecía apretado contra él–, a través de la escápula y de la espina dorsal, contra la cual apoyaba la mano. Lo asaltó la sensación de que algo terrible estaba ocurriendo, y de que nunca más volvería a verla si permitía que abandonase la casa.

Tenía que dejarla marchar, por supuesto... O explicar por qué se oponía, lo cual era del todo imposible.

«Mira, cariño, ocurre que en la cabeza de papi algo anda mal y no puedo librarme de estos terribles pensamientos, como que voy a perderos a ti, a Charlotte y a mami... Mira, sé que nada va a pasar en realidad, porque el problema está en mi cabeza, como un enorme tumor o algo parecido. ¿Sabes qué es un tumor? Bien, voy a ir a ver a un doctor y haré que me lo extirpen. Una vez que me saquen ese tumor maligno ya no me asustaré sin razón...»

Pero no se atrevió a decir nada de todo eso. Sólo habría conseguido asustarla.

La besó en la mejilla, tan cálida y suave, y dejó que se marchara.

En la puerta del garaje, Emily se detuvo y lo miró.

–¿Habrá más cuento esta noche?

–Puedes apostar a que sí.

–... ensaladas y sopa de reno... –recitó ella.

–... en un puchero...

–... y toda clase de embutidos...

–... hechos con reno –concluyó Marty.

–¿Sabes una cosa, papá?

–¿Qué, cariño?

–Eres tan tonto...

Riendo ahogadamente, Emily entró en el garaje. El golpe de la puerta al cerrarse fue el sonido más concluyente que Marty había oído en su vida. Por un instante permaneció mirando la puerta, luchando para no correr hacia ella, abrirla de golpe y pedirles que volvieran a entrar en la casa.

Oyó que la enorme puerta del garaje se abría lentamente.

El motor del coche se puso en marcha, resopló, tosió y aumentó un poco sus revoluciones cuando Paige bombeó el pedal del acelerador antes de salir marcha atrás.

Marty salió a toda prisa de la cocina, cruzó el comedor y entró en la sala de estar. Allí se acercó a una de las ventanas desde la que podía ver la rampa del garaje. Las persianas estaban abiertas, de modo que se quedó a dos pasos del cristal.

El BMW blanco se deslizó por la rampa y salió de la sombra de la casa al sol de finales de noviembre. Emily iba en el asiento de delante, junto a su madre, y Charlotte en el asiento de atrás.

Mientras el coche se alejaba entre los árboles que bordeaban la calzada, Marty se acercó tanto a la ventana de la sala de estar que la frente chocó contra el frío cristal. Intentó no perder de vista a su familia mientras le fue posible, como si su mujer y sus hijas fueran capaces de sobrevivir a cualquier cosa –incluso a la caída de un avión o a una explosión nuclear– mientras no las perdiese de vista.

La última visión que tuvo del BMW fue a través de un repentino velo de cálidas lágrimas, que a duras penas logró contener.

Turbado ante la intensidad de su reacción emocional por la partida de su familia, se apartó de la ventana y exclamó con rabia:

–¿Qué diablos pasa conmigo?

Al fin y al cabo las niñas simplemente iban a la escuela y Paige a su consultorio, donde acudían muy a menudo... Sólo seguían una rutina que hasta entonces no había resultado peligrosa, y él carecía de motivos lógicos para pensar que fuera a serlo ese día, o cualquier otro.

Miró su reloj de pulsera. Las ocho menos cuarto.

Para su cita con el doctor Guthridge sólo faltaban poco más de cinco horas, pero de pronto le pareció una eternidad. En cinco horas podía pasar cualquier cosa.

De Needles a Ludlow y de ahí a Dagget.

Adelante, adelante, adelante...

Las nueve y cuatro minutos hora del Pacífico.

Barstow. Una seca y encalada ciudad en una tierra dura y seca. Hubo un tiempo en que las diligencias paraban aquí. Terrenos del ferrocarril. Ríos secos. Estuco cuarteado, pintura descascarillada. El verde de los árboles borrado por una perpetua capa de polvo sobre las hojas. Moteles, restaurantes de comida rápida, más moteles.

Una gasolinera. Más combustible. Lavabo de caballeros. Dos latas de coca cola fría.

Empleado demasiado amistoso. Parlanchín. Lento a la hora de dar el cambio. Ojos de cerdito. Mejillas regordetas. Calla y cierra esa boca.

Debería pegarle un tiro. Saltarle la tapa de los sesos. Sería satisfactorio. Pero no puede arriesgarse. Por allí hay demasiada gente.

De nuevo en la carretera. La interestatal 15. Hacia el oeste. Barritas de caramelo y coca cola a ciento veinte por hora. Llanuras desoladas. Colinas de arena, pizarra. Roca volcánica. Yucas de múltiples brazos alzándose como centinelas.

Como un peregrino rumbo a los lugares sagrados, como un lemming atraído hacia el mar, como un cometa en órbita continua, siempre al oeste, al oeste, tratando de adelantarse al sol en busca del océano.

Marty poseía cinco armas de fuego.

No era cazador ni coleccionista. No practicaba el tiro al plato ni al blanco por simple diversión. A diferencia de mucha gente a la que conocía, no se había armado por miedo al hundimiento de la sociedad, si bien a veces veía por todos lados indicios de ese hundimiento. Ni siquiera podía decir que le gustasen las armas, pero reconocía que en un mundo tan problemático eran necesarias.

Las había comprado una a una, por motivos de investigación. Al ser un escritor de novelas de misterio, que hablaba de policías y asesinos, se creía en el deber de conocer aquello sobre lo cual escribía. Dado que no era un aficionado a las armas y disponía de un tiempo limitado para investigar muchos de los ambientes y temas que aparecían en cada una de sus novelas, era inevitable que de vez en cuando surgieran pequeños errores, pero se sentía más cómodo escribiendo sobre un arma cuando la había probado.

En la mesita de noche guardaba un revólver Korth 38 descargado, junto con una caja de munición. El Korth era un arma hecha a mano, de gran calidad, que se producía en Alemania. Después de aprender a usarla para una novela titulada *La penumbra mortal*, la había guardado para defender la casa.

En varias ocasiones, él y Paige habían llevado a las niñas a un campo de tiro para que presenciaran el tiro al blanco, promoviéndoles un profundo respeto por los revólveres. Cuando Charlotte y Emily fueran lo bastante mayores, les enseñaría a utilizar un arma, si bien una menos potente, con menos retroceso que el Korth. Los accidentes con las armas de fuego eran virtualmente consecuencia de la ignorancia. En Suiza, donde se requería que todos los varones tuvieran un arma para defender el país en caso de un ataque, la enseñanza de su manejo era general, y los accidentes resultaban extremadamente raros.

Sacó el arma de la mesita de noche, la cargó y la llevó al garaje, donde la escondió en la guantera de su coche auxiliar, un Ford Taurus color verde. La necesitaría para su protección tanto a la ida como a la vuelta de su cita a la una con el doctor Guthridge.

Una escopeta Mossberg del calibre 12, un fusil Colt M16 A2 y dos pistolas –una Beretta modelo 92 y una Smith and Wesson 5904– estaban en las cajas en que las había comprado, dentro de un armario metálico cerrado con llave, en un rincón del garaje. Había también cajas de munición, de todos los calibres requeridos. Desempaquetó cada una de las armas, que había limpiado y engrasado antes de guardarlas, y las cargó.

Dejó la Beretta en la cocina, en un armario elevado junto a los fogones, delante de un par de moldes de cerámica para hornear.

Las niñas no las descubrirían casualmente antes de que reuniese a la familia para explicar los motivos de aquellas precauciones..., si es que podía explicarlos.

El M16 lo guardó en el estante superior del armario de la entrada, justo al lado de la puerta principal. Dejó la Smith and

Wesson en el escritorio de su estudio, en el segundo cajón de la derecha, y deslizó la Mossberg bajo la cama de su dormitorio.

Mientras hacía estos preparativos temió haber perdido el juicio y que se estuviese armando contra una amenaza inexistente. Considerando el ataque de amnesia de siete minutos que había sufrido el sábado, ir por allí manipulando armas era lo último que debía hacer.

No tenía pruebas de la existencia de un peligro inminente. Actuaba por instinto, como una hormiga soldado que construye fortificaciones sin sentido. Nunca le había sucedido nada como aquello. Por naturaleza era un pensador, un planificador, un analizador, y sólo en último término un hombre de acción. Pero aquello era una embestida de respuestas instintivas, y él se veía arrastrado por la corriente.

Luego, justo cuando acababa de esconder la escopeta en el dormitorio, sus preocupaciones sobre su estado mental fueron sustituidas por otra consideración. El ambiente opresivo de la reciente pesadilla, la sensación de que algún peso terrible caía sobre él a una velocidad mortífera, volvieron a asaltarlo. El aire parecía hacerse más denso. Era casi tan irrespirable como en la pesadilla. Y empeoraba por momentos.

«Que Dios me proteja», pensó, no muy seguro de si pedía protección contra un enemigo desconocido o contra los oscuros impulsos que había en su interior.

–Necesito...

Remolinos de arena. Bailando en pleno desierto.

El sol centelleando en botellas rotas a lo largo de la autopista.

Lo más rápido posible por la carretera. Adelantando coches, camiones. El paisaje es una mancha borrosa. Ciudades desperdigadas, todas borrosas.

Más rápido. Más. Como si lo chupara un agujero negro.

Deja atrás Victorville.

Deja atrás Apple Valley.

A través del Cajon Pass, mil doscientos ochenta metros por encima del nivel del mar.

Luego baja. Deja atrás San Bernardino. Entra en la autopista de Riverside.

Riverside. Carona.

A través de los montes de Santa Ana.

–Necesito ser...

Al sur. La autopista de Costa Mesa.

La ciudad de Orange. Tustin. En el laberinto suburbano del sur de California.

Un poderoso magnetismo, tirando de él sin piedad.

Más que un magnetismo. Gravedad. Bajando hacia la vorágine del agujero negro.

Cambia a la autopista de Santa Ana.

Siente la boca seca. Un acre sabor metálico. El corazón le late velozmente, el pulso le golpea en las sienes.

–Necesito ser alguien.

Más rápido. Como si estuviese atado a la enorme ancla de una cadena interminable, cayendo verticalmente en las oscuras profundidades de una fosa marina sin fondo.

Deja atrás Irvine, Laguna Hills, El Toro.

Penetra en el oscuro corazón del misterio.

«Necesito... Necesito... Necesito... Necesito... Necesito...»

Mission Viejo. Esta salida. Sí.

Abandona la autopista.

Buscando el imán. La enigmática atracción.

Todo el trayecto desde Kansas City para encontrar lo desconocido, para descubrir su extraño y asombroso futuro. Un hogar. Una identidad. Un significado.

Allí gira a la izquierda, dos manzanas, gira a la derecha. Calles desconocidas para él. Pero para encontrar el camino basta con ceder a la fuerza que lo atrae.

Casas de estilo mediterráneo. Jardines con el césped pulcramente cortado. Sombras de palmeras contra los muros de estuco amarillo pálido.

Aquí.

En esa casa.

A la acera. Pararse. A media manzana de distancia.

Sólo una casa como las demás. Excepto... Hay algo allí dentro. Lo que primero sintió en Kansas. Lo que lo ha arrastrado hasta allí. Algo.

La atracción.

Allí dentro.

Esperando.

Deja escapar una ahogada exclamación de triunfo y se estremece violentamente, aliviado. Ya no necesita seguir buscando su destino. Aunque aún no sabe cuál pueda ser éste, lo cierto es que lo ha encontrado, y se hunde en el asiento, las manos sudorosas resbalan del volante, satisfecho de haber llegado al final del largo viaje.

Se siente más excitado que nunca, la curiosidad lo domina; sin embargo, liberado al fin de la férrea presa del apremio, pierde su sentido de la urgencia. El corazón late otra vez a su ritmo normal. Las sienes dejan de palpitarle y puede respirar más profundamente y con mayor regularidad que durante los últimos ochenta kilómetros. Sorprendentemente, mediante una breve orden recupera la misma calma y autocontrol que lo dominaba en la gran casa de Kansas City, donde había compartido gratamente la tierna intimidad de la muerte con aquel hombre y aquella mujer en la antigua cama georgiana.

Cuando Marty cogió las llaves del Taurus del tablero de la cocina, entró en el garaje, cerró la puerta de la casa y pulsó el botón para levantar la puerta automática del garaje, la percepción de un peligro inminente era tan aguda y desgarradora que estuvo a punto de dejarse dominar por el pánico. En la febril cautividad de la paranoia, estaba convencido de que lo perseguía un misterioso enemigo que no sólo utilizaba los habituales cinco sentidos, sino medios paranormales. Una idea absolutamente disparatada, por Dios, extraída del *National Enquirer* o cualquier otra publicación sensacionalista. Disparatada pero aun así ineludible, ya que realmente podía percibir una presencia, una presencia violentamente furtiva que era consciente de él, que lo presionaba, que lo sondeaba. Sentía como si le estuviesen inyectando a tremenda presión un fluido viscoso en el interior del cráneo, comprimiéndole el cerebro, exprimiéndole la conciencia para sacársela. Formando parte de aquello había también un efecto realmente físico, ya que se sentía comprimido como un buzo en lo profundo del mar, bajo la presión de toneladas de agua, las articulaciones doloridas, los músculos con agujetas, los pulmones reacios a dilatarse y seguir respirando. La extrema sensibilidad ante cada estímulo casi lo incapacitaba, el fuerte traqueteo de la puerta del garaje le perforaba los tímpanos, la intrusión de la luz solar le abrasaba los ojos, y un olor a moho –habitualmente demasiado débil para detectarlo– estalló como una nube de esporas venenosas en un rincón del garaje, tan acre que le provocó náuseas.

Pero aquel acceso sólo duró un instante, y recuperó una vez más el dominio de sí mismo. Si bien había creído que la cabeza le estallaría, la presión interna cedió tan bruscamente como había aparecido, y dejó de tambalearse al borde de la inconsciencia. El dolor en las articulaciones y en los músculos había desaparecido, y la luz del sol ya no le abrasaba los ojos. Fue como salir de una pesadilla, sólo que conservando la conciencia a ambos lados de la salida.

Marty se apoyó contra el Taurus. Era reacio a creer que la peor parte había pasado, y esperaba, tenso, a que otra oleada de terror paranoico se abatiera sobre él.

Desde el interior del oscuro garaje miró hacia la calle –que le resultó a la vez familiar y extraña– casi esperando que algún monstruoso fantasma surgiera del asfalto o bajara a través del aire empapado de sol, una criatura inhumana e implacable, feroz y dispuesta a la destrucción, el espectro invisible de su pesadilla hecho realidad.

No recuperaba su seguridad, y no podía dejar de temblar, pero su aprensión bajó gradualmente a un nivel más tolerable, hasta que fue capaz de considerar si se atrevería a conducir. ¿Y si un espasmo similar de miedo se apoderaba de él mientras iba al volante? Probablemente no haría caso de las señales de stop ni del tráfico que se acercase en dirección contraria, ni de cualquier peligro que pudiera presentarse.

Más que nunca, necesitaba ver al doctor Guthridge.

Se preguntó si no sería preferible volver a entrar en la casa y llamar un taxi. Pero aquello no era Nueva York, con sus calles atestadas de taxis. En California, las palabras «servicio de taxi» eran, por lo general, un acertijo. Para cuando lograse llegar al consultorio de Guthridge en taxi, la hora de su visita probablemente ya habría pasado.

Subió al coche y puso en marcha el motor. Con cautelosa concentración, salió del garaje haciendo marcha atrás y llegó a la calle, manejando el volante con la rigidez de un hombre de noventa años plenamente consciente de lo quebradizo de sus huesos y del tenue hilo de su existencia.

Durante todo el trayecto al consultorio del médico, en Irvine, Martin Stillwater pensó en Paige, en Charlotte y en Emily. Debido a la pérfida debilidad de su propia carne, se le podía negar la satisfacción de ver cómo las niñas se convertían en mujeres, o el placer de envejecer junto a su esposa. Si bien creía en un mundo más allá de la muerte, donde finalmente podría reunirse con aquellos que quería, la vida era tan preciada que la promesa de una eternidad dichosa no le compensaría la pérdida de unos pocos años en aquella parte del mundo.

A media manzana de distancia, el asesino observa cómo el coche sale lentamente del garaje haciendo marcha atrás.

Cuando el Ford se aleja de él y poco a poco desaparece entre la dorada luz otoñal, se da cuenta de que el imán que lo ha arrastrado desde Kansas va dentro de aquel vehículo. Tal vez sea ese hombre vislumbrado en la penumbra tras el volante..., aunque puede que no se trate en absoluto de una persona, sino de un amuleto oculto en alguna parte del coche, un objeto mágico que escapa a su comprensión y al cual su destino se halla unido por razones no del todo claras.

El asesino está a punto de poner en marcha el Honda para seguir al que lo atrae, pero decide que más tarde o más temprano el desconocido regresará.

Se pone la sobaquera, introduce en ella la pistola y a continuación se pone la cazadora de piel.

De la guantera saca el estuche de piel cerrado con cremallera donde guarda un juego de instrumentos para forzar las cerraduras de las casas. En el estuche hay siete ganzúas de acero, una herramienta de tensión en forma de L, y un aerosol en miniatura con lubricante de grafito.

Sale del coche y avanza abiertamente por la acera en dirección a la casa.

Al final de la rampa del garaje hay un buzón blanco en el que aparece grabado un solo apellido: STILLWATER. Esas diez letras negras parecen poseer una fuerza simbólica. Le transmite una sensación de calma, de tranquilidad[1]. Paz. Por

1. *Still water*: literalmente, «agua en calma». *(N. del T.)*

fin ha encontrado la calma. Ha tenido que pasar muchas turbulencias, violentos rápidos y torbellinos, y ahora ha encontrado un sitio donde puede descansar, donde su alma puede apaciguarse.

Entre el garaje y la valla que delimita la propiedad, descorre el pasador de la verja de hierro forjado. Enfila el sendero flanqueado por el garaje a la izquierda y un seto de acona a la derecha, hasta llegar a la parte posterior de la casa.

El patio trasero está a un nivel más bajo, exuberante de plantas. En él hay ficus ya convertidos en árboles, y una prolongación del seto de acona en los laterales del patio, que lo ocultan a los ojos de posibles vecinos curiosos.

La terraza está protegida por una cubierta de vigas de secoya a la vista, por las cuales se entrelazan las ramas de una buganvilla espinosa. Incluso a finales de noviembre, el techo de la terraza está bordeado de flores rojas como la sangre. El suelo de cemento aparece salpicado de pétalos caídos, como si allí se hubiese llevado a cabo una dura pelea.

Una puerta en la cocina y una puerta corredera de vidrio proporcionan dos posibles entradas desde la terraza. Ambas están cerradas con llave.

La puerta corredera, tras la cual puede ver una sala de estar desierta, con mobiliario cómodo y un gran televisor, está asegurada, además, con una vara de madera dentro del carril interior. Aunque consiguiese abrir la cerradura, tendría que romper el cristal para acceder al interior y retirar la vara.

Llama con fuerza en la otra puerta, aunque por la ventana de al lado ve que en la cocina no hay nadie. Al no obtener respuesta, golpea otra vez, con idéntico resultado.

De su pequeño estuche saca el aerosol de grafito. Se pone en cuclillas frente a la puerta y rocía con lubricante el interior de la cerradura. El polvo o el óxido pueden haber trabado las agujas giratorias.

Después de aplicar el aerosol de grafito echa mano de la herramienta de tensión y la ganzúa conocida como «rastrillo». Introduce primero la llave de tuerca en forma de L para mantener la presión necesaria en el centro de la cerradura. Empuja el rastrillo dentro del canal de la llave, tan profundamente como le es posible, y luego presiona hacia arriba, hasta notar que hace fuerza contra las agujas giratorias. Entorna los ojos para examinar el interior de la cerradura y retira rápidamente el rastrillo, pero éste no consigue levantar todas las agujas hasta el punto de deslizamiento, de modo que lo intenta de nuevo, y una vez más, hasta que finalmente, al sexto intento, el canal parece despejado.

Hace girar el pomo.

La puerta se abre.

Por un instante espera que suene la alarma, pero esto no ocurre. Una rápida inspección del brochal y el quicio de la puerta le confirma que no hay ningún conmutador magnético, de modo que tampoco debe de haber ninguna sirena de alarma.

Después de guardar las herramientas y cerrar el estuche, cruza el umbral y cierra suavemente la puerta a sus espaldas.

Por un momento se detiene en la fresca y sombreada cocina, absorbiendo las vibraciones, que son buenas. La casa le da la bienvenida. Aquí empieza su futuro, y será inmensamente más luminoso que su confuso pasado, presidido por la amnesia.

Recorre la cocina para explorar el terreno, sin sacar la P7 de la sobaquera. Está convencido de que no hay nadie en casa. No presiente peligro alguno, sólo que ésta es su oportunidad.

–Necesito ser alguien –le dice a la casa, como si ésta fuera un ser vivo y con el poder de garantizarle sus deseos.

La planta baja no ofrece ningún interés. Las estancias habituales se hallan repletas de muebles que resultan cómodos, pero sin nada especial.

Arriba se detiene sólo brevemente en cada habitación, obteniendo una visión completa de la distribución del piso antes de dedicar más tiempo a un examen completo. Hay un dormitorio principal con cuarto de baño, un cuartito que sirve de ropero, un dormitorio para invitados, la habitación de los niños, otro baño...

El último dormitorio, al final del pasillo –que lo sitúa en la parte delantera de la casa–, se utiliza como despacho. En él hay un gran escritorio y un ordenador, pero resulta más agradable que práctico. Bajo las ventanas hay un mullido sofá, y una lámpara de cristales emplomados sobre el escritorio.

Una de las dos grandes paredes está cubierta de cuadros, colgados en doble fila, casi rozándose. Aunque resulta obvio que pertenecen a más de un pintor, la temática de los cuadros, sin excepción, es oscura y violenta, realizada con irreprochable habilidad: sombras retorcidas, ojos sin rostro y desorbitados por el terror, una tabla Ouija sobre la cual hay un salvamanteles manchado de sangre, palmeras negras como el carbón recortadas contra una ominosa puesta de sol, un rostro distorsionado por un espejo de parque de atracciones, el centelleante acero de las afiladas hojas de un cuchillo y unas tijeras, un miserable callejón donde acechan figuras amenazantes tras el ácido resplandor amarillo de las farolas, árboles sin hojas y con las ramas chamuscadas, un cuervo de mirada penetrante posado sobre un cráneo blanqueado, pistolas, revólveres, escopetas, un punzón para el hielo, una cuchilla de carnicero, un hacha, un martillo extrañamente manchado reposando obscenamente sobre un camisón de seda y un cobertor ribeteado de encajes...

Le gustan aquellos cuadros.

Es como si le hablaran.

Ésta es la vida que él conoce.

Aparta la vista de los cuadros y, al posarla en la lámpara de cristales emplomados, se maravilla de su luminosa belleza multicolor.

Sobre el cristal transparente que cubre el tablero del escritorio, el reflejo de los círculos, los óvalos y las lágrimas de color resulta más hermoso todavía, aunque más oscuro que cuando se miran directamente. Y, de algún modo indefinible, también parecen un mal presagio.

Se inclina y observa los óvalos gemelos de sus propios ojos mirándolo desde el brillante cristal. Centelleantes con los propios reflejos diminutos del mosaico de la lámpara, no parecen ojos en realidad, sino los sensores luminosos de una máquina –o, en caso de que en verdad sean ojos, deben de pertenecer a algún ser desalmado–, y se apresura a desviar la vista antes de que un exceso de autoanálisis lo conduzca a pensamientos terribles y a conclusiones intolerables.

–Necesito ser alguien –repite nervioso.

Su mirada se posa en una fotografía en marco de plata que hay sobre el escritorio. Una mujer y dos niñas pequeñas. Un trío precioso. Sonriente.

Coge la fotografía para examinarla de cerca. Presiona la yema de un dedo sobre la mujer, y desearía poder tocarla realmente, sentir su piel cálida y flexible. Desliza el dedo sobre el cristal, tocando primero a la niña de cabello rubio, y luego al duendecillo de cabello oscuro.

Al cabo de un par de minutos, cuando se aparta del escritorio, se lleva consigo la fotografía. Las tres caras del retrato le resultan tan atractivas que necesita poder mirarlas de nuevo cuando surja el deseo.

Cuando investiga los títulos en los lomos de los libros que hay en la librería, descubre algo que le hace comprender, si bien no del todo, por qué ha sido arrancado de las grises llanuras otoñales del Medio Oeste y arrastrado hasta el sol californiano pocos días después de la festividad de Acción de Gracias.

En algunos de los estantes, los libros –novelas de misterio– son de un mismo autor: Martin Stillwater. El apellido es el mismo que ha visto en el buzón de la entrada.

Deja a un lado la fotografía con su marco de plata y saca varias de las novelas del estante; le sorprende comprobar que algunas de las ilustraciones que aparecen en las cubiertas le resultan familiares, ya que los originales, que tanto lo han fascinado, cuelgan de la pared. Cada título aparece en múltiples traducciones: francés, alemán, italiano, holandés, sueco, danés, japonés, y en algunos otros idiomas.

Pero nada le resulta tan interesante como la foto del autor que aparece en la solapa de cada cubierta. Las estudia durante largo rato, siguiendo con un dedo los rasgos de Stillwater.

Intrigado, lee detenidamente el texto de las solapas. Luego examina la primera página de un libro, luego la de otro, y la de un tercero.

En uno de los libros descubre la página de la dedicatoria y lee lo que allí aparece impreso: «Dedico esta obra a mi padre y a mi madre, Jim y Alice Stillwater, que me enseñaron a ser un hombre honesto... y a quienes no se debe culpar si soy capaz de *pensar* como un criminal».

Su madre y su padre. Observa con asombro aquellos nombres. No conserva ningún recuerdo de ellos, no puede reproducir sus rostros ni recordar dónde viven.

Regresa al escritorio para consultar la agenda giratoria. Descubre que Jim y Alice Stillwater viven en Mammoth Lakes, California. La dirección de la calle no significa nada para él, y se pregunta si es la casa donde se ha criado.

Debe de querer a sus padres. Les ha dedicado un libro. Aun así, no significan nada para él. Se ha perdido tantas cosas...

Regresa a la librería. Abre la edición en inglés de cada título para estudiar la dedicatoria, y finalmente encuentra una que reza: «A Paige, mi perfecta esposa, en quien se basan todos mis mejores personajes femeninos..., a excepción, por supuesto, de las psicópatas homicidas».

Y dos ejemplares después: «A mis hijas, Charlotte y Emily, con la esperanza de que algún día, cuando sean mayores, lean este libro y descubran que a través del padre de esta historia se expresa mi corazón al hablar con tanta convicción y emoción de sus sentimientos hacia sus propias hijitas».

Deja el libro a un lado y coge una vez más la fotografía, sosteniéndola con ambas manos con un sentimiento parecido a la veneración.

La rubia atractiva sin duda es Paige. Una esposa perfecta.

Las dos niñas son Charlotte y Emily, aunque no hay forma de saber cuál es cuál. Las dos parecen dulces y obedientes.

Paige, Charlotte, Emily.

Por fin ha encontrado su vida. Pertenece a este lugar. Éste es su hogar. El futuro empieza ahora.

Paige, Charlotte, Emily.

Ésta es la familia hacia la cual el destino lo ha guiado.

–Necesito ser Martin Stillwater –murmura, y se emociona al pensar que, por fin, ha encontrado para sí un lugar cálido en este mundo frío y solitario.

CAPÍTULO II

1

En el consultorio del doctor Paul Guthridge había tres salas de examen. Con el paso de los años, Marty las había visitado todas. Una era idéntica a la otra y no se diferenciaban de las demás salas de los consultorios médicos desde Maine a Texas: paredes azul pálido, mobiliario de acero inoxidable, o si no blanco sobre blanco; un lavabo para las manos, un taburete, el gráfico de un ojo. El lugar no resultaba más atractivo que el depósito de cadáveres, aunque oliese algo mejor.

Marty estaba sentado en el borde de una camilla acolchada, protegida por un rollo de papel continuo. Se había quitado la camisa; en la habitación hacía frío. Aunque conservaba puestos los pantalones, se sentía desnudo, vulnerable. Se imaginó sufriendo un ataque que lo dejaba catatónico, incapaz de moverse, de hablar o incluso de parpadear, tras el cual el médico lo daba por muerto, lo desnudaba, le ataba una etiqueta de identificación en el dedo gordo del pie, le cerraba los párpados con esparadrapo y lo enviaba al juez instructor para que levantara el acta.

Aunque constituía un medio de ganarse la vida, un escritor de novelas de suspense era, debido a su imaginación, mucho más consciente de la constante presencia de la muerte que la mayoría de los mortales. Cada perro era un potencial transmisor de la rabia. Al volante de cada camioneta extraña que pasara por el barrio iba un psicópata sexual dispuesto a secuestrar y matar a cada criatura que se dejase sin vigilancia durante más de tres segundos. Cada lata de sopa de la despensa entrañaba un ataque de botulismo.

No era que los médicos le produjeran un temor especial, pero tampoco lo tranquilizaban.

Lo que le inquietaba era la idea que tenía en general sobre la ciencia médica, no porque no confiara en ella, sino porque, de manera irracional, su propia existencia era un recordatorio de que la vida era muy tenue, incapaz de escapar a la muerte. Y Marty no precisaba recordatorios. Ya poseía una aguda conciencia de la mortalidad, y se pasaba la vida tratando de asumirla.

Decidido a no parecer un histérico mientras describía sus síntomas a Guthridge, Marty volvió a relatar las extrañas experiencias de los últimos tres días en un tono sereno, distanciado. Intentó utilizar términos clínicos en vez de expresiones emocionales, empezando con la amnesia de siete minutos en su estudio y terminando con el repentino ataque de pánico que había padecido al salir de su casa para acudir al consultorio.

Guthridge era un excelente internista –debido, en parte, a que era un magnífico oyente–, aunque no lo demostrara. Con cuarenta y cinco años, parecía diez años más joven y su apariencia era juvenil. Ese día lucía zapatillas de tenis, pantalón de algodón y un sudadera con la imagen de Mickey Mouse. En verano acostumbraba llevar camisas hawaianas. Y en las raras ocasiones en que llevaba la clásica bata blanca sobre pantalón oscuro, camisa y corbata, aseguraba que estaba «haciendo el papel de doctor», o «pasando una prueba estricta del comité para la revisión de vestuario de la Asociación Médica Americana», o «repentinamente abrumado por las benditas responsabilidades de mi oficio».

Paige opinaba que Guthridge era un médico excepcional, y las niñas lo miraban con el afecto especial que solían reservar para el tío favorito.

A Marty también le caía bien.

Sospechaba que las excentricidades del médico eran, sólo en parte, calculadas para distraer a sus pacientes y tranquilizarlos. Al igual que Marty, Guthridge parecía moralmente ofendido por la simple existencia de la muerte. En su juventud, probablemente se había sentido atraído hacia la medicina porque veía a los médicos como caballeros que luchaban contra dragones personificados en la enfermedad y las afecciones. Los jóvenes caballeros creían que las intenciones nobles, la habilidad y la fe prevalecerían sobre el mal. Los caballeros más veteranos sabían que no era así, y a veces utilizaban el humor como un arma para vencer la amargura y la desesperanza. Las ocurrencias de Guthridge y sus sudaderas con la imagen de Mickey Mouse podían relajar a sus pacientes, pero también constituían su armadura contra las duras realidades de la vida y de la muerte.

–¿Un ataque de pánico? ¿Tú, precisamente, sufriendo un ataque de pánico? –preguntó Guthridge, incrédulo.

–Respiración jadeante –dijo Marty–, taquicardia, una sensación como si fuera a estallar... A mí me parece muy próximo a un ataque de pánico.

–Pues a mí me suena a un orgasmo.

Marty sonrió.

–Puedo asegurarte que no lo era.

–Puede que estés en lo cierto –contestó Guthridge, con un suspiro–. Hace ya tanto tiempo, que no estoy muy seguro de cómo se experimenta esto exactamente. Créeme, Marty, ésta es una década muy mala para los solteros; hay demasiadas enfermedades asquerosas por ahí. Conoces a una chica, le das un casto beso cuando la acompañas a casa..., y luego esperas a ver si el labio se te pudre o se te cae a pedazos.

–Es una imagen muy fuerte.

–Impactante, ¿verdad? Tal vez debería dedicarme a escribir... –comentó, y con un oftalmoscopio empezó a examinar el ojo izquierdo de Marty–. ¿Has padecido algunas jaquecas más intensas de lo habitual?

–Una jaqueca el fin de semana, pero nada fuera de lo normal.

–¿Mareos?

–No.

–¿Ceguera transitoria, mengua notable de visión periférica?

–Nada de todo eso.

Volviendo su atención al ojo derecho de Marty, Guthridge comentó:

–En cuanto a lo de convertirme en escritor... Otros médicos lo han hecho, ¿sabes? Michael Crichton, Robin Cook, Somerset Maugham...

–Seuss.

–No seas sarcástico. La próxima vez te daré una inyección, y es posible que utilice una jeringuilla para caballos.

–En el fondo, siempre me has dado esa sensación... Pero te diré una cosa, ser escritor no es ni la mitad de romántico de lo que la gente imagina.

–Como mínimo no tienes que manejar muestras de orina –concluyó Guthridge al tiempo que dejaba a un lado el oftalmoscopio.

Con fantasmagóricas imágenes ondulantes danzando todavía en sus ojos a consecuencia del instrumento luminoso, Marty replicó:

–Cuando un escritor empieza, un montón de editores, agentes y productores de cine lo tratan como si en realidad fuese una muestra de orina.

–Sí, pero ahora eres una celebridad –comentó Guthridge al tiempo que se colocaba en los oídos los extremos del estetoscopio.

–Todavía estoy lejos de serlo –dijo Marty.

Guthridge presionó el helado diafragma metálico del estetoscopio contra el pecho de Marty.

–Bien, respira hondo... Aguanta... Expulsa... Otra vez. –Después de auscultarle los pulmones, el médico dejó a un lado el estetoscopio–. ¿Has tenido alucinaciones?

–No.

–¿Has sentido malos olores?

–No.

–¿Las cosas saben como siempre? Me refiero a si has tomado un helado y de pronto has notado un sabor amargo, o a cebolla... ¿Nada de eso?

–Nada.

Mientras ataba el manguito de presión de un esfigmomanómetro en torno al brazo izquierdo de Marty, Guthridge insistió:

–Bueno, todo cuanto sé es que para salir en la revista *People* hay que ser una celebridad; cantante de rock, actor, político adulador, o el tipo que ha coleccionado mayor cantidad de cera de los oídos en todo el mundo... De modo que si consideras que no eres un escritor famoso, dime a quién has matado o cuántos kilos de cera en los oídos has acumulado.

–¿Cómo sabes lo de *People*?

–Estamos suscritos, para la sala de espera. –Bombeó aire dentro del manguito hasta que éste se tensó, y, antes de proseguir, observó el indicador de mercurio–. El último número ha llegado con el correo de esta mañana. La recepcionista me lo ha enseñado, y la verdad es que parecía muy divertida. Ha comentado que eras lo menos parecido a un míster Homicidio que podía imaginar.

–¿Míster Homicidio? –preguntó Marty, confuso.

–¿Aún no lo has visto? –preguntó Guthridge mientras le quitaba el manguito de presión, subrayando su pregunta con el desagradable sonido del Velcro al despegarse.

–No, todavía no. No te lo enseñan por adelantado. ¿Te refieres a que en el artículo me llaman míster Homicidio?

–Bueno, es bastante gracioso.

–¿Gracioso? –Marty hizo una mueca–. Me pregunto si Philip Roth encontraría gracioso ser míster Literatura, o Terry McMillan miss Saga Negra.

–Ya sabes que, según se dice, toda publicidad es buena.

–Ésta fue la reacción de Nixon al comienzo del caso Watergate, ¿no?

–En realidad tenemos dos suscripciones a *People*. Te daré uno de los dos ejemplares cuando te vayas. –Guthridge sonrió pícaramente–. ¿Sabes una cosa? Hasta que no vi la revista no me di cuenta de lo asustadizo que eres.

Marty soltó un gruñido.

–Ya me temía algo así.

–No es tan malo. Conociéndote, supongo que lo considerarás un poco vergonzoso. Pero no va a matarte.

–¿Y qué es lo que me matará, doctor?

Guthridge frunció el entrecejo.

–Basándome en este examen, diría que la vejez. Según todos los signos externos, estás en buena forma.

–La clave está en el término «externos».

–Exacto. Me gustaría hacerte algunos análisis. Serían como paciente externo en el hospital Hoag.

–Estoy dispuesto –accedió Marty, con expresión torva, aunque no se sentía en absoluto dispuesto.

–Oh, no me refiero a hoy. No dispondrán de un hueco hasta mañana, o puede que el miércoles.

–¿Qué estás buscando con estos análisis?

–Tumores cerebrales, lesiones, algún desequilibrio grave en la química de la sangre..., o puede que un cambio en la posición de la glándula pineal que presione el tejido cerebral del entorno..., lo cual provocaría síntomas parecidos a los tuyos. O quizá otras cosas. Pero no te preocupes, porque lo más seguro es que no descubramos nada. Lo más probable es que tu problema sea sólo estrés.

–Es lo que dice Paige.

–¿Lo ves? Podrías haberte ahorrado mis honorarios.

–Sé sincero conmigo, doctor.

–Lo soy.

–No me importa admitir que estoy asustado.

Guthridge asintió, comprensivo.

–Claro que lo estás. Pero créeme, he visto síntomas más extraños y graves que los tuyos, y al final ha resultado que eran producto del estrés.

–¿Psicológicos?

–Sí, pero nada prolongado. No vas a volverte loco, si es eso lo que te preocupa. Intenta relajarte, Marty. A final de semana ya sabremos a qué atenernos.

Cuando era necesario, Guthridge podía adoptar una actitud tan confortable –y apaciguadora al estilo de un médico de cabecera– como una eminencia de cabello gris vestida de traje oscuro. Cogió la camisa de Marty de uno de los colgadores de detrás de la puerta y se la tendió. Un débil brillo en sus ojos traicionó otro cambio en su talante.

–Cuando reserve hora en el hospital, ¿qué nombre debo dar para el paciente? ¿Martin Stillwater o Martin Homicidio?

2

Explora su hogar. Está ansioso por saber cosas de su nueva familia.

Dado que lo que más le preocupa es pensar en sí mismo como un padre, empieza por el dormitorio de las niñas. Por un momento se detiene junto a la puerta, estudiando los dos lados claramente diferenciados de la habitación.

Se pregunta cuál de las dos hijas es la revoltosa que decora sus paredes con carteles de globos de deslumbrante colorido y bailarinas en pleno salto, y tiene un ratón y otros animalitos encerrados en jaulas de alambre o en terrarios de cristal. Todavía sostiene la foto de su esposa y sus hijas, pero los rostros sonrientes que aparecen allí no revelan nada sobre su personalidad.

La otra hija es, al parecer, contemplativa, ya que para decorar su pared prefiere los paisajes tranquilos. Su cama se ve pulcramente hecha, y los almohadones ahuecados y ordenados. Los libros de cuentos aparecen alineados en su estante, y en el escritorio de su rincón no reina el desorden.

Cuando desliza la puerta corredera del armario cubierta con un espejo, encuentra una división similar en las prendas de los colgadores. Las de la izquierda están dispuestas según la clase de vestido y el color. Las de la derecha no muestran un orden especial, cuelgan ladeadas y se apiñan unas con otras de tal modo que las arrugas están virtualmente garantizadas.

Dado que los tejanos y los vestidos más pequeños se hallan en el lado derecho del armario, puede estar seguro de que la niña ordenada y contemplativa es la más joven de las dos. Se acerca la fotografía y la mira. El duendecillo. Tan mona... Pero aún no sabe si es Charlotte o Emily.

Se dirige al escritorio del lado de la habitación perteneciente a la mayor y baja la vista hacia el desorden: revistas, libros escolares, una cinta amarilla para el pelo, un pasador en forma de mariposa, unas cuantas barritas de goma de mascar desperdigadas, lápices de colores, unas medias de color rosa enredadas, una lata de refresco vacía, monedas, una Game Boy.

Abre uno de los libros de texto, luego otro. Ambos llevan el mismo nombre escrito en la primera página: Charlotte Stillwater.

La mayor y menos disciplinada es Charlotte. La menor, que guarda sus cosas ordenadamente, es Emily.

De nuevo examina sus rostros en la fotografía.

Charlotte es bonita, y tiene una sonrisa dulce. Sin embargo, si va a tener dificultades con alguna de las niñas, será con ella.

No piensa tolerar el desorden en casa. Todo debe ser perfecto. Limpio, pulcro y feliz.

En las solitarias habitaciones de hotel de ciudades desconocidas, despierto en plena noche, ha padecido de necesidad, sin saber qué podía satisfacer sus anhelos. Ahora sabe que ser

Martin Stillwater –padre de esas chiquillas, marido de su esposa– es el destino que llenará su horrible vacío, y está decidido a cumplir con sus obligaciones respecto de su esposa, sus hijas y la sociedad. Desea una familia ideal, como las que ha visto en algunas de sus películas favoritas, quiere ser amable como James Stewart en *¡Qué bello es vivir!*, juicioso como Gregory Peck en *Matar un ruiseñor*, y venerado como ambos, y hará cualquier cosa para asegurarse un hogar apacible, armonioso y en orden.

También ha visto *La mala semilla*, y sabe que algunos hijos pueden destruir un hogar y toda esperanza de armonía porque los consume el potencial del mal. Los hábitos descuidados de Charlotte y su extraño zoológico indican sin duda alguna que es capaz de desobedecer e incluso ejercer la violencia.

Cuando en una película sale una serpiente, siempre simboliza el mal, un peligro para la inocencia; por consiguiente, la serpiente del terrario es una prueba estremecedora de la corrupción de esa niña, y lo mucho que necesita que alguien la guíe. Guarda también otros reptiles, un par de roedores y un asqueroso escarabajo negro dentro de un frasco de cristal. Las películas le han enseñado que a todos estos animales se los asocia con las fuerzas de la oscuridad.

De nuevo estudia la fotografía, maravillándose de lo inocente que parece Charlotte.

Pero se acuerda de la niña de *La mala semilla*; parecía un ángel, pero era absolutamente diabólica.

Tal vez ser Martin Stillwater no resulte tan sencillo como ha pensado en un primer momento. Charlotte puede resultar una auténtica prueba.

Afortunadamente, ha visto también otra película en la que Morgan Freeman es un director que pone orden en un instituto dominado por la anarquía, y ha visto también *El rector*, interpretada por Jim Belushi, de modo que sabe que incluso los niños malos quieren disciplina, y que responden adecuadamente si los adultos tienen agallas suficientes para insistir en las reglas del comportamiento.

Si Charlotte se muestra desobediente y obstinada, él la castigará hasta que aprenda a ser una chica buena. Él no le fallará. Al principio puede que la niña lo odie por negarle sus privilegios, por encerrarla en su habitación, por pegarle si es preciso, pero con el tiempo comprenderá que en el fondo él lo hace por su bien, y aprenderá a quererlo y se dará cuenta de lo acertado de su manera de obrar.

De hecho puede visualizar el momento en que, después de muchas batallas, la rehabilitación de Charlotte sea definitiva. El descubrimiento de que estaba equivocada y de que él ha sido un buen padre culminará con una escena conmovedora. Los dos llorarán. Ella se echará en sus brazos, arrepentida y avergonzada. Y él la abrazará con fuerza y le dirá que todo se ha arreglado, que no pasa nada, que no llore. Y ella exclamará con voz temblorosa: «¡Oh, papá!», y se abrazará fuertemente a él, y entonces todo será perfecto entre los dos.

Anhela desesperadamente este dulce triunfo. Incluso puede oír la música emotiva que acompañará la escena, subiendo progresivamente de volumen.

Se aparta del lado que pertenece a Charlotte y se dirige a la pulcra cama de su hija pequeña.

Emily. El duendecillo. Ella nunca le dará problemas. Es la hija buena.

A ella la sentará en su regazo y le leerá libros de cuentos. La llevará al zoológico, y su diminuta mano se perderá dentro de la de él. Le comprará palomitas de maíz en el cine, los dos sentados juntos en la oscuridad, riendo con la última película de dibujos animados de la Disney.

Esos grandes ojos oscuros lo adorarán.

La dulce Emily. Querida Emily.

Casi con veneración, retira el cobertor de felpilla. La manta. La sábana de encima... Contempla la sábana de abajo, sobre la cual ella ha dormido aquella noche, y la almohada sobre la que ha reposado su delicada cabeza.

El corazón se le contrae de afecto, de ternura.

Posa una mano sobre la sábana, la desliza arriba y abajo, arriba y abajo, sintiendo la tela donde hace tan poco tiempo ha descansado el joven cuerpo.

Todas las noches la arropará al acostarla y ella presionará su pequeña boca contra la mejilla de él con un cálido beso, y su aliento tendrá el aroma dulzón de la menta de la pasta de dientes.

Se inclina para oler la sábana.

–Emily… –susurra.

Oh, cuánto ansía ser su padre y mirarse en aquellos ojos oscuros y sin embargo transparentes, en aquellos ojos enormes y adorables.

Con un hondo suspiro, regresa a la parte de la habitación que pertenece a Charlotte. Deposita sobre la cama la foto de la familia en su marco de plata, y estudia a las criaturas que ella guarda en los estantes sin libros.

Algunas lo observan.

Empieza con el jerbo. Cuando abre la portezuela y mete la mano dentro, la tímida criatura retrocede al rincón más alejado, paralizado por el miedo, intuyendo sus intenciones. Él lo atrapa, lo saca de la jaula. Aunque el animal intenta escurrirse, él sujeta firmemente su cuerpo con la mano derecha, la cabeza con la izquierda, y la retuerce violentamente, rompiéndole el cuello. Un ruido débil, seco. El animal lanza un breve chillido.

Él arroja el jerbo ya muerto sobre el cobertor de brillantes colores.

Éste será el inicio de la disciplina para Charlotte.

Lo odiará por ello, pero se le pasará.

Finalmente se dará cuenta de que ésos no son animales de compañía adecuados para una chiquilla. Símbolos del mal. Reptiles, roedores, escarabajos. La clase de criaturas que las brujas utilizan como espíritus protectores, para comunicarse con Satán.

Lo sabe todo acerca de los espíritus protectores de las brujas, por las películas de terror… Si hubiese un gato en la casa también lo mataría sin vacilar, pues aunque a veces son simpáticos e inocentes, sólo gatos y nada más, otras son un verdadero engendro del infierno. Si uno invita a tales criaturas a permanecer en la casa, se arriesga a invitar al mismísimo diablo.

Un día Charlotte lo entenderá. Y se lo agradecerá.

Al final lo querrá.

Todas ellas lo querrán.

Será un buen marido, y un buen padre.

Mucho más pequeño que el jerbo, el asustado ratón tiembla en su puño, la cola colgando entre sus apretados dedos, sólo la cabeza sobresale por encima. Entonces se le suelta la vejiga. El asesino hace una mueca ante la cálida humedad e, irritado, aprieta con todas sus fuerzas, arrancándole la vida a la asquerosa bestia.

Lo lanza sobre la cama, al lado del jerbo muerto.

La inofensiva serpiente de jardín que permanece en el terrario de cristal no se esfuerza en escurrirse para escapar. Él la sujeta de la cola y la sacude como si fuera un látigo, vuelve a sacudirla, a continuación la golpea contra la pared, una vez, y otra. Cuando el animal cuelga ante su cara, está completamente fláccido, y él descubre que tiene el cráneo aplastado.

La enrolla y la deposita junto al jerbo y el ratón.

El escarabajo y la tortuga producen un agradable crujido cuando los aplasta con el tacón del zapato. Coloca sus rezumantes cuerpos sobre el cobertor.

Sólo el camaleón se le escapa. Cuando descorre parcialmente la tapa del terrario y tantea en su busca, el camaleón sube por su brazo, veloz como una centella, y le salta sobre el hombro. Él se vuelve, buscándolo, y lo ve cerca del tocador, donde se escurre entre un cepillo para el pelo y un peine, y luego se introduce en un joyero. Allí se paraliza y cambia de color, adoptando el del forro de la caja, pero cuando intenta atraparlo, el animal vuelve a salir corriendo, salta del tocador, cae al suelo, cruza la habitación y desaparece bajo la cama de Emily.

Decide dejarlo en paz.

Tal vez sea preferible. Cuando Paige y las niñas vuelvan a casa, los cuatro lo buscarán. Y cuando lo encuentren, lo matará delante de Charlotte, o quizá la obligue a hacerlo a ella misma. Sería una buena lección. Después de eso no volverá a traer a la casa de los Stillwater animales de compañía poco apropiados.

3

En el aparcamiento, frente al edificio de estilo español donde el doctor Guthridge tenía su consultorio –un complejo de tres plantas para oficinas–, con un borrascoso viento arrastrando las hojas muertas por el suelo asfaltado, Marty se quedó sentado frente al volante, leyendo el artículo que *People* había publicado sobre él. Dos fotografías y el equivalente a una página ocupaban tres páginas de la revista. Al menos durante los minutos en que se dedicó a leer el artículo, se olvidó de todas las demás preocupaciones.

El negro titular lo obligó a dar un respingo, aunque ya sabía de qué iba –MR. HOMICIDIO–, pero también lo inquietó el subtítulo, que aparecía en letras más pequeñas: «En el sur de California, el escritor de novelas de misterio, Martin Stillwater, ve maldad y oscuridad allí donde los demás sólo vemos brillar el sol».

Se sentía retratado como un tipo huraño y pesimista, vestido absolutamente de negro y merodeando por las playas entre las palmeras, mirando ceñudo a todos aquellos que se atrevieran a divertirse, exponiendo tediosamente las maldades inherentes a la especie humana. En el mejor de los casos, el artículo daba a entender que era un farsante de opereta que se vestía de un modo que consideraba la imagen más comercial para un escritor de novelas de misterio.

Lo más probable era que su reacción ante el reportaje fuese exagerada. Paige le diría que era demasiado sensible con esas cosas; era lo que siempre decía, y por lo general lograba que él se sintiera mejor, tanto si era capaz de creerle como si no.

Antes de leer el reportaje había examinado las fotografías.

En la primera foto, la más grande, aparecía de pie en el patio trasero de la casa, contra un fondo de árboles y un cielo de atardecer. Parecía un alucinado.

El fotógrafo, Ben Walenko, había recibido instrucciones para que indujera a Marty a posar de forma adecuada a un escritor de novelas de misterio, así que se había presentado con una utilería que supuestamente Marty debía blandir expresando malévolas intenciones: un hacha, un cuchillo enorme, un punzón para el hielo y una pistola. Cuando Marty se negó educadamente a utilizar aquellos objetos y también a ponerse una gabardina con el cuello vuelto hacia arriba y un sombrero flexible con el ala sobre la frente, el fotógrafo admitió que era ridículo que un adulto se disfrazase, y sugirió evitar los habituales clichés y retratarlo simplemente como una persona corriente.

Ahora era obvio que Walenko había sido lo bastante listo para conseguir lo que deseaba sin necesidad de accesorios, después de engañar a Marty dándole una falsa sensación de seguridad. Entonces el patio trasero le había parecido un decorado inocuo. Sin embargo, mediante una combinación de las profundas sombras del atardecer, el enmarañado follaje de los árboles, las amenazadoras nubes iluminadas desde detrás por la siniestra luz agonizante del día, la ubicación estratégica de los focos del estudio, y una cámara con un gran angular, el fotógrafo había conseguido que Marty pareciera un ser espectral. Además, de las veinte fotos tomadas en el patio trasero los editores habían elegido la peor: Marty entrecerraba los ojos, sus rasgos aparecían distorsionados, y los focos del fotógrafo se reflejaban en sus pupilas, que parecían brillar como las de un muerto viviente.

La segunda fotografía estaba tomada en su estudio. Él aparecía sentado ante el escritorio, de cara a la cámara. En ésta podía reconocerse a sí mismo, aunque a esas alturas prefería que nadie lo reconociese, pues parecía que el único medio de mantener una pizca de dignidad era que su auténtico aspecto continuara siendo un misterio; una combinación de sombras y la luz peculiar de la lámpara de cristales emplomados hacían que pareciese, incluso en una fotografía en blanco y negro, un mago de feria contemplando un terrible desastre en su bola de cristal.

Estaba convencido de que en buena medida los problemas del mundo moderno podían atribuirse a la saturación de los medios de comunicación más populares en la sociedad y a su tendencia no sólo a simplificar todos los temas hasta lo absurdo, sino a confundir ficción y realidad. Los noticiarios de la televisión daban preferencia al metraje dramatizado por encima de los hechos, al sensacionalismo por encima de la sustancia, buscando ganar audiencia con las mismas herramientas que utilizaban los productores de series policíacas o de juicios para la hora punta. Los documentales sobre auténticos personajes históricos se habían convertido en «docudramas», en los cuales los acontecimientos y detalles exactos de la vida de los famosos se veían continuamente subordinados a los patrones del entretenimiento, o incluso a las fantasías privadas de los creadores del espectáculo, distorsionando el pasado. Para la televisión se rodaban anuncios de medicamentos patentados con modelos que hacían de médicos en series de gran audiencia, como si se hubiesen graduado en la facultad de medicina de Harvard en vez de haber obtenido únicamente un diploma por haber asistido a un par de clases de interpretación. Los políticos aparecían como artistas invitados, interpretando su propio papel en algunas series de episodios en las cuales los actores tenían que aparecer en un mitin político. No hacía mucho tiempo, en una de esas series, el vicepresidente de Estados Unidos había mantenido una extensa polémica con un falso reportero televisivo. El público confundía a actores y políticos con los papeles que éstos interpretaban. Se suponía que un escritor de novelas de misterio no sólo debía ser como uno de los personajes de sus libros, sino como el arquetipo del personaje más representativo del género, transformado en caricatura. Y, año tras año, cada uno más problemático que el otro, había menos gente capaz de pensar con claridad sobre los temas importantes, o de determinar qué era fantasía y qué realidad.

Marty había decidido no contribuir a esta locura, pero se había visto succionado. Ahora había quedado grabado en la mente de la gente como Martin Stillwater, el lúgubre y misterioso autor de novelas lúgubres y misteriosas, preocupado por el lado oscuro de la vida, tan ensimismado y extraño como cualquiera de los personajes que había creado.

Más tarde o más temprano algún ciudadano desorientado confundiría la manipulación de gente ficticia que Marty llevaba a cabo en sus novelas con la manipulación de la gente de verdad en la vida real, y se presentaría en su casa con una vieja furgoneta cubierta de carteles acusándolo de haber matado a John Lennon, a John Kennedy, a Rick Nelson y sólo Dios sabía a quién más, a pesar de que él sólo era una criatura cuando Lee Harvey Oswald había disparado contra Kennedy (o cuando 17.037 conspiradores homosexuales habían apretado el gatillo, si había que hacer caso a la película de Oliver Stone). Algo parecido a esto le había ocurrido a Stephen King, ¿no? Y Salman Rushdie sin duda había experimentado unos años tan angustiosos como los de cualquier personaje en una complicada obra de Robert Ludlum.

Mortificado por la extravagante imagen que la revista daba de él, Marty, rojo de vergüenza, inspeccionó la zona de aparcamiento para cerciorarse de que nadie lo observaba leer acerca de sí mismo. Algunas personas iban hacia sus coches o salían de ellos, pero no le prestaron atención.

Las nubes habían cubierto el cielo soleado. El viento hacía girar las hojas muertas hasta formar un tornado en miniatura que danzaba por la desierta superficie asfaltada.

Leyó el artículo, entre suspiros y murmullos. Aunque contenía algunos pequeños errores, lo que se decía en el texto era generalmente cierto. Pero el estilo coincidía con el de las fotos. El espectral Martin Stillwater. Qué individuo más sombrío y adusto. Detrás de cada sonrisa ve la perversa mueca de un criminal. Trabaja en un estudio pobremente iluminado, casi a oscuras, y dice que sólo intenta reducir los reflejos sobre la pantalla del ordenador (centellea, centellea...).

Su negativa a permitir que fotografiaran a Charlotte y a Emily, basada en el deseo de proteger su intimidad e impedir que se convirtieran en el centro de las bromas de sus compañeros de la escuela, se interpretaba como temor a que unos secuestradores acecharan detrás de cada arbusto. Al fin y al cabo, años atrás había escrito una novela sobre un secuestro.

De Paige, «tan bonita y cerebral como una de las heroínas de Martin Stillwater», se decía que era una «psicóloga cuyo trabajo requería pensar en los secretos más ocultos de sus pacientes», como si en vez de dedicarse a aconsejar a niños con problemas provocados por el divorcio de sus padres o por la muerte de un ser querido, estuviera psicoanalizando a los más terribles asesinos en serie de la época.

–La espectral Paige Stillwater... –murmuró en voz alta–. Bueno, ¿cómo iba a casarse conmigo si no hubiese sido un poco rara?

Se dijo que estaba exagerando.

Cerró la revista y añadió:

–Gracias a Dios que no dejé participar a las niñas. Las habrían retratado como a los niños de *La familia Addams*.

De nuevo se dijo que exageraba, pero su estado de ánimo no mejoraba. Se sentía violado, trivializado, y el hecho de hablar en voz alta consigo mismo parecía, a su pesar, certificar su nueva reputación nacional como un excéntrico divertido.

Hizo girar la llave de contacto y el motor se puso en marcha. Mientras cruzaba el aparcamiento en dirección a la calle,

Marty se vio asaltado por la sensación de que a partir del ataque de amnesia del sábado su vida había dado algo más que un simple giro hacia lo peor, que el reportaje de la revista era otro poste de señalizaciones en aquel camino nuevo y oscuro, y que se vería obligado a recorrer un largo trayecto sobre un pavimento lleno de baches antes de redescubrir la suave autopista que acababa de perder.

Un remolino de hojas chocó contra el coche. Marty se asustó. El seco follaje se deslizó sobre el capó y el techo, como las garras de una bestia decidida a penetrar en el vehículo.

4

El hambre lo domina. Lleva sin dormir desde el viernes por la noche, ha cruzado medio país conduciendo a gran velocidad, casi siempre con mal tiempo, y ha pasado una hora y media llena de excitación y de emociones en casa de los Stillwater, enfrentándose a su destino. Sus reservas de energía se han agotado. Se siente tembloroso y las rodillas le fallan.

En la cocina asalta el frigorífico, amontonando comida sobre la mesa de roble del desayuno. Se come varias lonchas de queso de bola, media barra de pan, unos pocos encurtidos, buena parte de una libra de beicon, mezclándolo todo sin preocuparse de hacerse un emparedado, un poco de esto y otro poco de aquello, comiéndose el beicon crudo porque no quiere perder tiempo friéndolo, tragando rápidamente, concentrado en el banquete, famélico, indiferente a los buenos modales, empujándolo todo hacia abajo con grandes tragos de cerveza fría, cuya espuma le resbala por la barbilla. Son muchas las cosas que quiere hacer antes de que su esposa y sus hijas vuelvan a casa y no sabe muy bien a qué hora esperarlas. La grasa de la carne es empalagosa, de modo que de vez en cuando mete los dedos dentro de un frasco de mayonesa, los saca y se los chupa para lubricar un bocado de comida que le resulta difícil de tragar a pesar de la ayuda de otra botella de Corona. Concluye su almuerzo con dos gruesas porciones de tarta de chocolate, que acompaña también con cerveza, después de lo cual limpia aquel revoltijo con unas toallitas de papel y se lava las manos en el fregadero.

Se siente revitalizado.

Con la fotografía del marco de plata en la mano, regresa a la planta superior, subiendo por los peldaños de dos en dos. Entra en el dormitorio principal y enciende las dos lámparas de las mesitas de noche.

Por un instante se queda mirando la enorme cama, excitado ante la perspectiva de practicar el acto sexual con Paige. De hacer el amor. Cuando se hace con alguien a quien realmente se quiere, se dice «hacer el amor».

Y él la quiere.

Debe quererla.

Al fin y al cabo es su esposa.

Sabe que el rostro de ella es hermoso, fantástico, un óvalo delicado, de labios gruesos y ojos sonrientes, pero la foto no le permite saber gran cosa sobre su cuerpo. Imagina que sus pechos son firmes, el vientre plano, las piernas largas y torneadas, y está ansioso por acostarse con ella, para entrar profundamente en ella.

En el tocador, abre los cajones hasta que encuentra la ropa interior de ella. Acaricia una combinación, la lisa superficie de las cazoletas de un sujetador, una camiseta ribeteada de encaje. Del cajón saca unas braguitas de tela sedosa y se frota con ellas la cara, respirando hondo mientras susurra repetidas veces el nombre de ella.

Hacer el amor será inconcebiblemente distinto al sudoroso forcejeo sexual con las zorras que recoge en los bares, pues esas experiencias siempre hacen que se sienta vacío, desplazado, frustrado al comprobar que sus ansias desesperadas de una auténtica intimidad nunca llegan a satisfacerse. La frustración se transforma en rabia, la rabia conduce al odio, el odio genera violencia... y la violencia a veces es un alivio. Pero este patrón no es apropiado cuando se trata de hacer el amor a Paige, ya que él le pertenece a ella como no ha pertenecido a nadie. Con ella, tanto su necesidad como su deseo se verán satisfechos. Juntos lograrán una unión más allá de lo que cualquiera pueda imaginar, una concordancia perfecta, la gloria, la complementación tanto espiritual como física, eso que ha visto en innumerables películas, cuerpos bañados por una luz dorada, éxtasis, un placer extraordinariamente intenso que sólo es posible con la intervención del amor. Y luego no tendrá que matarla, porque serán como uno solo, dos corazones latiendo a la vez, sin motivos para matar a nadie, qué extraordinario, con todas las necesidades esplendorosamente satisfechas.

La perspectiva de un idilio amoroso casi le corta la respiración.

–Voy a hacerte feliz, Paige –promete a la foto.

Consciente de que no se ha bañado desde el sábado, y deseoso de estar limpio para ella, devuelve las braguitas al cajón de donde las ha sacado, cierra el cajón del tocador y se dirige al baño para tomar una ducha.

Se quita las ropas que cogió del armario de la autocaravana de Jack, el jubilado de pelo cano, el domingo en Oklahoma... De eso apenas hace veinticuatro horas. Después de estrujar cada prenda la deja dentro de una papelera de bronce.

El plato de la ducha es espacioso y el agua brota maravillosamente cálida. Con la pastilla de jabón forma un densa espuma, y las nubes de vapor se cargan enseguida de un aroma a flores casi embriagador.

Después de secarse con una toalla amarilla, busca en los cajones del baño hasta que encuentra sus artículos de tocador. Utiliza un desodorante de bola y luego se peina el húmedo cabello liso hacia atrás, para dejar que se seque de forma natural. Se afeita con una maquinilla eléctrica, se frota con una colonia que huele a limón y se cepilla los dientes.

Se siente como un hombre nuevo.

En su parte del enorme vestidor selecciona unos calzoncillos de algodón, unos tejanos, una camisa de franela a cuadros azules y negros, calcetines blancos de algodón y unas Nike. Todo le sienta a la perfección.

Es tan fantástico estar en casa...

5

Paige se detuvo ante una de las ventanas y contempló las nubes grises que flotaban hacia el oeste, bajo el impulso de un viento del Pacífico. A medida que se acercaban, la tierra se oscurecía abajo y un manto de sombra cubría los edificios un instante antes bañados por el sol.

El despacho privado de su consultorio de tres salas, situado en un sexto piso, tenía dos enormes paneles de cristal que le proporcionaban una vista nada estimulante de la autopista, un centro comercial y los apiñados tejados de los bloques de casas que se alejaban por el condado de Orange, aparentemente hasta el infinito. A Paige le habría gustado una ventana con vistas al océano o que diera a un patio interior exuberante de verdor, pero esto habría significado un alquiler más elevado, lo cual era algo impensable en los primeros años de la carrera de Marty como escritor, cuando ella era la principal encargada de ganar el sustento.

Ahora, a pesar del creciente éxito de Marty y de sus impresionantes ingresos, comprometerse con un alquiler más elevado, en una nueva zona, no dejaría de ser una imprudencia. Incluso una carrera literaria próspera era un medio de vida poco seguro. Cuando el dueño de una frutería enfermaba, tenía empleados que en su ausencia podían seguir vendiendo naranjas y manzanas, pero si Marty caía enfermo, toda la empresa se paralizaba bruscamente.

Y Marty estaba enfermo. Tal vez de gravedad.

Pero no, no debía pensar en aquello. No sabían nada con seguridad. Semejantes pensamientos eran propios de la vieja Paige, la de antes de conocer a Marty, que se preocupaba por simples probabilidades en vez de por lo que ya era un hecho.

«Hay que apreciar el momento», le diría Marty. Él era un terapeuta nato. A veces Paige pensaba que había aprendido más con él que en la facultad de psicología.

«Hay que apreciar el momento...»

Lo cierto era que el constante trajín que había al otro lado de la ventana resultaba vigorizador. Si bien en el pasado se había sentido tan predispuesta a la tristeza que el mal tiempo era capaz de afectar negativamente su estado de ánimo, todos aquellos años junto a Marty y la inalterable alegría habitual en él le habían permitido ver la melancólica belleza de una tormenta al aproximarse.

Paige había nacido y se había educado en una casa sin

amor, tan desolada y fría como una cueva en el Ártico. Pero aquellos días habían quedado muy atrás, y sus efectos se habían disipado hacía mucho tiempo.

«Hay que apreciar el momento...»

Después de comprobar la hora en su reloj, corrió las cortinas porque el ánimo de sus próximos dos clientes tal vez no fuera inmune a la influencia de un día gris.

Cuando las ventanas quedaron tapadas, el lugar resultó tan acogedor como cualquier sala de estar de una casa particular. El escritorio, los libros y los archivos estaban en el tercer despacho, raramente a la vista de aquellos a quienes aconsejaba. Siempre se reunía con ellos en aquella habitación más acogedora. El sofá, con su estampado de flores y sus almohadones, proporcionaba mayor encanto, y los tres sillones eran lo bastante cómodos para permitir que las visitas se acurrucaran totalmente en el asiento, encogiendo las piernas bajo su cuerpo si así lo querían. Las lámparas de Celadón, con pantalla de seda a rayas, proyectaban una luz cálida, que centelleaba sobre las chucherías que adornaban las mesitas a ambos lados del sofá, mientras que las figuritas de porcelana de Lladró brillaban sobre un bargueño de caoba.

Paige solía ofrecerles chocolate caliente y galletas, o pastas saladas con un vaso de refresco, y la conversación se hacía más fácil gracias a que daba la sensación de que se encontraban en casa de la abuela. O al menos así era la casa de la abuela en la época en que las abuelas no solían hacerse la cirugía estética, ni someterse a tratamientos de liposucción, ni divorciarse del abuelo, ni embarcarse en los cruceros a cabo San Lucas para solteros, ni volaban a Las Vegas con su novio para pasar el fin de semana.

En su primera visita, la mayoría de sus clientes se quedaban asombrados al no encontrarse con las obras completas de Freud, un sofá de terapeuta y la atmósfera excesivamente seria de un consultorio psiquiátrico. Incluso cuando les recordaba que ella no era psiquiatra ni doctora en medicina, sino una asesora graduada en psicología que no entrevistaba a «pacientes», sino a «clientes», a gente con problemas de comunicación en lugar de neurosis o psicosis, aproximadamente durante la primera media hora parecían desconcertados. Al final, el entorno de la habitación –y le gustaba creer que su relajado acercamiento hacia ellos– acababa por conquistarlos.

La cita que Paige había concertado a las dos, la última de ese día, era con Samantha Acheson y su hijo de ocho años, Sean. El primer marido de Samantha, el padre de Sean, había fallecido poco después de que el niño cumpliera cinco años. Dos años y medio después, Samantha había vuelto a casarse, y los problemas de conducta de Sean habían empezado casi el mismo día de la boda, lo cual era una consecuencia obvia de su errónea convicción de que ella había traicionado al padre muerto, y de que algún día podría traicionarlo a él también. Durante cinco meses, Paige se había reunido dos veces por semana con el niño, ganándose su confianza, abriendo vías de comunicación, de modo que podían hablar del dolor, el miedo y la rabia, temas todos que él no podía comentar con su madre. Ese día, Samantha iba a participar por primera vez; se trataba de un paso muy importante, ya que los progresos solían ser sumamente rápidos una vez que el niño estaba dispuesto a decir a sus padres lo que había contado a su consejero.

Se sentó en el sillón reservado para ella y tendió la mano hacia el teléfono, imitación de un modelo antiguo, que cumplía a la vez funciones de teléfono y de intercomunicador con la recepción. Su intención era pedirle a Millie, su secretaria, que hiciese pasar a Samantha y a Sean Acheson, pero en el instante en que se disponía a levantar el auricular sonó el zumbido del intercomunicador.

–Marty por la línea uno, Paige.

–Gracias, Millie. –Pulsó la tecla de la uno–. ¿Marty?

No obtuvo respuesta.

–Marty, ¿estás ahí? –preguntó, comprobando si había pulsado la tecla adecuada.

La línea estaba iluminada, pero seguía en silencio.

–¿Marty?

–Me gusta el sonido de tu voz, Paige. Es muy melódica.

Sonaba... extraño.

Se le aceleró el pulso e hizo un esfuerzo por dominar el temor que la atenazaba.

–¿Qué ha dicho el médico?

–Me gusta tu foto.

–¿Mi foto? –preguntó ella, confusa.

–Me gusta tu pelo, tus ojos...
–Marty, no...
–Eres lo que necesito.
Notaba la boca seca.
–¿Sucede algo malo?
De pronto él habló aceleradamente, enlazando una frase con otra:
–Quiero besarte, Paige..., besar tus pechos, estrecharte contra mí, hacer el amor contigo, te haré muy feliz, quiero estar dentro de ti, será como en las películas, la gloria.
–Marty, cariño, ¿qué...?
De pronto él colgó, dejándola con la palabra en la boca.
Tan sorprendida y confusa como preocupada, Paige escuchó el tono de marcar antes de colgar el auricular.
¿Qué diablos estaba ocurriendo?
Eran las dos de la tarde y dudó que la cita con el doctor Guthridge hubiese durado una hora, de modo que Marty no podía haber llamado desde el consultorio del médico. Por otro lado, tampoco tenía tiempo de haber llegado a casa, lo cual significaba que en el camino de regreso se había detenido para telefonearle.
Descolgó el auricular y marcó el número del teléfono que Marty tenía en su coche. Él contestó a la segunda llamada.
–Marty, ¿qué diablos sucede?
–¿Paige?
–¿A qué venía todo eso?
–¿A qué venía el qué?
–Lo de besar mis pechos, por el amor de Dios. Como en las películas, la gloria...
Marty vaciló y ella percibió el leve rumor del motor del Ford, lo cual significaba que estaba en ruta. Marty le contestó al cabo de un segundo:
–La verdad es que no te entiendo, cariño.
–Me has llamado hace un minuto, actuando como si...
–No, yo no.
–¿No me has telefoneado aquí?
–No.
–¿Es una broma?
–¿Quieres decir que alguien te ha llamado diciendo que era yo?

–Sí, él...

–¿Y hablaba como yo?

–Sí.

–¿Exactamente como yo?

Paige reflexionó un segundo al respecto.

–Bueno, no exactamente. Se parecía mucho a ti, pero... no del todo. Es difícil de explicar.

–Confío en que le colgaras en cuanto ha empezado a decir obscenidades.

–Tú... –comenzó ella, pero rectificó inmediatamente–: Ha sido él quien ha colgado. Además, no era una llamada obscena.

–¿Ah, no? ¿Y qué me dices de lo de besar tus pechos?

–Bueno..., no me ha parecido obsceno porque he pensado que eras tú.

–Paige, refresca tu memoria: ¿cuándo fue la última vez que te llamé al trabajo para decirte que quería besar tus pechos?

Ella se echó a reír.

–La verdad es que... nunca, supongo. –Y cuando él también se echó a reír, añadió–: Aunque no sería una mala idea que lo hicieras de vez en cuando. Animaría un poco el día.

–Lo cierto es que están para besarlos.

–Gracias.

–Y también tu trasero.

–Vas a hacer que me sonroje –protestó ella, y decía la verdad.

–Y también tu...

–No, esto ya sería una obscenidad.

–Sí, pero la víctima soy yo.

–¿A qué te refieres?

–Has sido tú quien me has llamado para pedirme que te dijera guarrerías.

–Sí, imagino que sí. Es la liberación de la mujer, ¿sabes?

–¿En qué terminará todo esto?

A Paige se le ocurrió una inquietante posibilidad, pero se negó a exteriorizarla; tal vez Marty la había llamado desde su coche mientras sufría un ataque de amnesia similar al de la tarde del sábado, cuando durante siete minutos había estado repitiendo monótonamente aquella palabra en el magnetófono y luego no recordó nada de lo sucedido.

Tuvo la sospecha de que el mismo pensamiento se le había ocurrido a él, ya que el repentino silencio de Marty coincidió con el de ella.

Al final fue Paige quien lo rompió:

–¿Qué te ha dicho Paul Guthridge?

–Cree que lo más probable es que sea estrés.

–¿Cree?

–Va a ordenar que me hagan unos análisis, mañana o el miércoles.

–Pero ¿no parecía preocupado?

–No. O al menos ha fingido no estarlo.

El estilo informal de Paul no se reflejaba en el modo que impartía información esencial a sus pacientes. Siempre se mostraba directo e iba al grano. Cuando Charlotte había estado tan enferma, cualquier otro médico habría expuesto poco a poco las posibilidades más alarmantes a fin de que los padres se familiarizaran gradualmente con la idea de que se debía esperar lo peor, pero Paul había expuesto claramente la situación a Paige y Marty. Él sabía que ni las medias verdades ni el falso optimismo debían confundirse con la compasión. Si Paul no parecía más preocupado que de costumbre en lo que se refería al estado y los síntomas de Marty..., entonces las noticias eran buenas.

–Me ha regalado un ejemplar del último *People* –anunció Marty.

–¿Sí? Lo dices como si te hubiese regalado una caca de perro.

–Bueno, no es lo que yo esperaba.

–No es tan malo como pensabas –replicó ella.

–¿Cómo lo sabes, si ni siquiera lo has visto?

–Porque te conozco, y sé cómo eres con estas cosas.

–En la primera foto parezco el monstruo de Frankenstein con una espantosa jaqueca.

–A mí siempre me ha gustado Boris Karloff.

Marty suspiró.

–Supongo que siempre puedo cambiarme el nombre, hacerme la cirugía estética e irme a vivir a Brasil. Pero antes de reservar billetes para Río, ¿quieres que pase por la escuela a recoger a las niñas?

–Ya iré yo por ellas. Hoy salen una hora más tarde.

–Ah, es cierto. Los lunes, lecciones de piano.

–Estaremos en casa a eso de las cuatro y media –dijo ella–. Podrás enseñarme el ejemplar de *People* y pasarte la velada llorando sobre mi hombro.

–De eso nada. Te enseñaré la revista y me pasaré la velada besándote los pechos.

–Te quiero, Marty.

–Yo también, cariño.

Cuando colgó, Paige estaba sonriendo. Él siempre conseguía hacerla reír, incluso en los momentos más amargos.

Se negó a pensar en nada relacionado con la extraña llamada telefónica, la enfermedad, la amnesia o las fotos que presentaban a Marty como un monstruo.

«Hay que apreciar el momento...»

Es lo que hizo durante un par de minutos, luego llamó a Millie por el intercomunicador y le pidió que hiciese pasar a Samantha y Sean Acheson.

6

Entra en su estudio y se sienta en el sillón de ejecutivo tras el escritorio. Es cómodo. Casi llega a creer que se ha sentado otras veces en él.

No obstante, está nervioso.

Conecta el ordenador. Es un PC IBM con un disco duro de considerable capacidad. Un buen aparato. No recuerda haberlo comprado.

Después de que el sistema cargue el programa, la enorme pantalla le presenta un menú de selección que incluye ocho archivos, en su mayor parte de tratamiento de textos. Elige el WordPerfect 5.1 y éste se carga.

No recuerda haber sido instruido en el manejo de un ordenador ni en la utilización del WordPerfect. Este adiestramiento aparece velado por una niebla de amnesia, lo mismo que su adiestramiento en armas o su misteriosa familiaridad con el entramado de calles de algunas ciudades. Es evidente que sus superiores creían necesario que entendiera las operaciones básicas de un ordenador y se familiarizara con ciertos programas a fin de llevar a cabo sus misiones.

La pantalla se despeja.

Lista.

En la esquina inferior de la derecha de la pantalla azul, unas letras y unos números blancos le informan de que se encuentra en el documento uno, página uno, línea uno, posición diez.

Listo. A punto para escribir una novela. Su trabajo.

Se queda mirando la pantalla en blanco, tratando de empezar. El comienzo es más difícil de lo que había esperado.

Se ha traído una botella de Corona de la cocina, pensando que tal vez necesite lubricar sus pensamientos. Bebe un trago largo. La cerveza está fría, es refrescante, y él sabe qué es lo que necesita para ponerse en marcha.

Después de tomarse media botella, con la confianza renovada, empieza a teclear. Escribe dos palabras, luego se detiene.

El hombre

¿El hombre qué?

Se queda mirando la pantalla un minuto, luego teclea «entró en la habitación». Pero ¿en qué habitación? ¿En una casa? ¿En un edificio de oficinas? ¿Qué aspecto tiene la habitación? ¿Qué más hay en ella? ¿Qué hace ese hombre en esa habitación, por qué se encuentra ahí? ¿Tiene que ser una habitación? ¿No podría subir a un tren, o a un avión, o entrar en un cementerio?

Borra la frase «entró en la habitación» y la sustituye por «era alto». De modo que el hombre es alto. Pero ¿importa que sea alto? ¿Acaso su estatura es importante para la historia? ¿Qué edad tiene? ¿Cuál es el color de sus ojos, de su cabello? ¿Es blanco, negro, asiático? ¿Cómo viste? Además, ¿es necesario que sea un hombre? ¿No podría ser una mujer? ¿O un niño pequeño?

Con todos estos interrogantes en su mente, borra lo escrito y empieza la historia desde el principio:

El

Se queda mirando la pantalla. Está aterradoramente vacía. Infinitamente más vacía que antes, no sólo seis letras más vacía, después de haber borrado «hombre». Las elecciones para proseguir después del simple artículo, «el», son ilimitadas, lo cual hace que la elección de la segunda palabra resulte mucho más intimidatoria de lo que había imaginado antes de sentarse en el sillón de piel negra y conectar el ordenador.

Borra la palabra «el».

La pantalla queda en blanco.

A punto.

Finaliza la botella de Corona. Está fría y resulta refrescante, pero no lubrica sus pensamientos.

Se dirige a la librería y saca ocho de las novelas que llevan su nombre: Martin Stillwater. Las lleva al escritorio y, durante un rato, se sienta y lee la primera página, luego la segunda, tratando de poner en marcha su cerebro.

Su destino consiste en ser Martin Stillwater. Esto está perfectamente claro.

Será un buen padre para Charlotte y Emily.

Será un buen marido y un buen amante para la hermosa Paige.

Y escribirá novelas. Novelas de misterio.

Por supuesto, ya ha escrito novelas con anterioridad, al menos una docena, de modo que puede volver a escribir. Simplemente necesita aprender de nuevo el modo de hacerlo, recuperar el hábito.

La pantalla está en blanco.

Coloca los dedos sobre las teclas, dispuesto a escribir.

La pantalla está vacía. Vacía, vacía, vacía. Mofándose de él.

Sospecha que sólo se siente inhibido a causa del persistente ronroneo del ventilador del monitor y el exigente campo electrónico azulado del documento uno, página uno. Apaga el ordenador. El silencio resultante es una bendición, pero el cristal plano y gris del monitor es incluso más burlón que la pantalla azul. Apagar el aparato ha sido lo mismo que admitir la derrota.

Necesita ser Martin Stillwater, lo cual significa que necesita escribir.

«El hombre. El hombre era. El hombre era alto, de ojos azules y cabello rubio, vestido con un traje azul, camisa blanca y corbata roja, de unos treinta años, e ignoraba qué estaba haciendo en la habitación en que acababa de entrar. Maldita sea. No es bueno. El hombre. El hombre. El hombre...»

Necesita escribir, pero cada intento conduce rápidamente a la frustración. La frustración pronto se transforma en rabia. El patrón ya familiar. La rabia genera un odio específico hacia el ordenador, una aversión, y también un odio menos centrado en su posición poco satisfactoria en el mundo, en el mundo en sí y en todos aquellos que lo habitan. Necesita tan poco, tan patéticamente poco, sólo pertenecer a algo, ser como los demás, tener un hogar y una familia, un propósito que pueda comprender. ¿Es esto pedir mucho? ¿Lo es? Él no quiere ser rico, ni codearse con los importantes y poderosos, ni cenar con la alta sociedad. No persigue la fama. Después de tantos esfuerzos, confusión y soledad, ahora tiene un hogar, una esposa y dos hijas, un sentido del rumbo, un destino, pero nota que se le escapa, que se le escurre entre los dedos. Necesita ser Martin Stillwater, ser capaz de escribir, y no lo consigue, no puede escribir, maldita sea. No puede escribir. Conoce el trazado de las calles de Kansas City y de otras ciudades, conoce todo sobre armas, sobre ganzúas, porque ellos se lo han inculcado –quienesquiera que sean esos «ellos»–, pero no han creído conveniente enseñarle cómo escribir novelas de misterio, que es lo que necesita desesperadamente si es que alguna vez va a ser Martin Stillwater, si es que espera conservar a su encantadora esposa Paige, a sus hijas y el nuevo destino, que se le escapa, se le escapa, se le escurre entre los dedos, su única posibilidad de ser feliz se evapora rápidamente, ya que ellos están contra él, el mundo entero, unidos contra él, decididos a mantenerlo solo y confuso. ¿Por qué razón? ¿Por qué? Los odia, odia sus esquemas y su poder sin rostro... Los desprecia tanto, a ellos y a sus máquinas, con una intensidad tan amarga, que...

... con un chillido de rabia, lanza un puñetazo contra la oscura pantalla del ordenador, golpeando tanto su propio reflejo como la máquina y lo que ésta representa. El ruido del cristal al romperse resuena en la casa silenciosa, y el vacío del interior del monitor estalla simultáneamente con el breve siseo del aire que se escapa.

Retira la mano del estropicio incluso cuando los fragmentos de cristal tintinean aún sobre el teclado, y se queda mirando el brillo de su propia sangre. Agudas astillas se alzan erectas, clavadas entre los dedos y en un par de nudillos. Un fragmento en espiral ha perforado la carne de la palma de la mano.

Si bien aún está rabioso, poco a poco recupera el control de sí mismo. La violencia a veces es un alivio.

Hace girar el sillón, apartándose del ordenador, se vuelve hacia el otro lado del escritorio en forma de U y se inclina para examinarse las heridas a la luz de la lámpara de cristales emplomados. Las astillas clavadas en su carne centellean como joyas.

Sólo experimenta un suave dolor, y sabe que éste pronto pasará. Él es duro y resistente; su capacidad de recuperación es verdaderamente asombrosa.

Algunos de los fragmentos de la pantalla no se han incrustado profundamente en la mano y puede sacarlos con las uñas. Pero otros están firmemente encajados en la carne.

Aparta el sillón del escritorio, se pone de pie y se dirige al dormitorio principal. Necesita unas pinzas para extraer las astillas más resistentes.

Aunque ha sangrado mucho al principio, ahora la hemorragia va menguando. Aun así mantiene el brazo elevado, la mano estirada, de modo que en vez de gotear sobre la moqueta, la sangre se escurre por la muñeca y por debajo del puño de la camisa.

Después de arrancarse los cristales, quizá vuelva a llamar a Paige a su trabajo.

Se ha sentido tan excitado al descubrir el número de su consultorio en la agenda del estudio, y tan emocionado de hablar con ella... Su voz era la de una mujer inteligente, segura de sí misma, amable. Y tenía un ligero timbre gutural que le ha parecido muy sexy. Sería maravilloso que, además, resultase que es una mujer sexy. Esta noche compartirán una cama. La hará suya más de una vez. Al recordar el rostro de la fotografía y la voz ronca del teléfono, se convence de que va a colmar sus deseos como nadie ha sido capaz hasta ahora, que no lo dejará insatisfecho y frustrado, como tantas mujeres con anterioridad.

Confía en que ella iguale o supere sus expectativas. Confía en que no haya razón para hacerle daño.

En el dormitorio principal encuentra unas pinzas, en el cajón donde Paige guarda su maquillaje, tijeras de la manicura, limas para las uñas, cartoncillos de lija y otros artículos de aseo.

Entra en el cuarto de baño y coloca la mano sobre el lavabo. Si bien ya ha dejado de sangrar, la hemorragia empieza de nuevo allí donde se arranca una astilla de cristal. Abre el agua caliente para que arrastre la sangre hacia el desagüe.

Puede que esta noche, después de hacer el amor, hable con Paige sobre su bloqueo como escritor. Si lo ha padecido con anterioridad, tal vez ella recuerde los pasos que dio en otras ocasiones para superar su crisis de creatividad. De hecho, está convencido de que ella conoce la solución.

Agradablemente sorprendido, y con una sensación de alivio, comprende que ya no tendrá que enfrentarse solo a sus problemas. Al ser un hombre casado, tiene una devota compañera con quien compartir las múltiples penalidades de la jornada.

Al levantar la cabeza, ve su imagen reflejada en el espejo y sonríe.

–Ahora tengo una esposa.

Advierte una mancha de sangre en la mejilla derecha y otra en un lado de la nariz.

–Menudo desastre estás hecho, Marty –murmura, y ríe por lo bajo–. Debes limpiar este estropicio. Ahora tienes una esposa, y a las esposas les gusta que su marido sea pulcro.

Vuelve a dirigir su atención a la mano y con las pinzas arranca uno de los últimos cristales puntiagudos.

Cada vez de mejor humor, se echa a reír.

–Lo primero que tendré que hacer mañana por la mañana es salir a comprar un nuevo monitor para el ordenador.

Sacude la cabeza, sorprendido ante su comportamiento infantil.

–A ti te pasa alguna cosa, Marty –dice–. Aunque se supone que los escritores son tipos temperamentales, ¿no?

Después de extraer la última astilla de cristal de entre dos dedos, deja a un lado las pinzas y coloca la mano bajo el agua caliente.

–No puedes seguir comportándote de esta manera. Ya no. Asustarás terriblemente a Emily y Charlotte. –Vuelve a mirarse en el espejo y sacude la cabeza, sonriendo–. Estúpido –dice para sí, como si hablara afectuosamente a un amigo cuyas flaquezas le parecen divertidas–. Qué tonto eres.

La vida es maravillosa.

7

El cielo plomizo se había combado bajo su propio peso. Según un boletín de la radio, la lluvia caería al atardecer, asegurando una hora punta llena de atascos para los que regresaban del trabajo, lo cual haría que el infierno fuera preferible a la autopista de San Diego.

Marty debía haber regresado directamente a casa desde el consultorio del doctor Guthridge. Estaba a punto de finalizar la novela en que trabajaba, y cuando daba el último empujón a una historia solía dedicarle el mayor tiempo posible, pues las distracciones eran fatales para el impulso creativo.

Además, sentía una extraña aprensión a conducir. Si reflexionaba sobre ello podía explicar qué había hecho minuto a minuto desde que había salido del consultorio del médico, y estaba seguro de que mientras iba al volante del Ford no había sufrido ningún ataque de amnesia durante el cual hubiese llamado a Paige. Claro que alguien con amnesia no recordaría haber sido víctima de semejante ataque, así que ni siquiera una meticulosa reconstrucción de la hora pasada podría revelar la verdad. En el transcurso de sus investigaciones para *Un obispo muerto*, había sabido de víctimas de estos ataques que en un estado de disociación viajaban cientos de kilómetros y se relacionaban con docenas de personas, y luego no podían recordar nada de lo que habían hecho. El peligro no era tan grave como conducir en estado de embriaguez, aunque manejar casi una tonelada y media de acero a gran velocidad, y en un estado alterado de conciencia, no era muy inteligente.

Sin embargo, en vez de regresar a casa había ido al centro comercial de Mission Viejo. Gran parte de su jornada laboral ya se había perdido, y él se sentía demasiado inquieto para leer o mirar la televisión hasta que Paige y las niñas volvieran a casa.

Cuando seguir se hace duro, el duro va de compras. Así que después de remover unos cuantos libros y algunos discos, compró una novela de Ed McBain y un compacto de Alan Jackson, con la esperanza de que tales actividades mundanas lo ayudaran a olvidar sus problemas. Pasó dos veces por delante de la tienda de galletas y se sintió tentado por las de trocitos de chocolate y las de pecanas, pero halló la fuerza de voluntad necesaria para resistirse a su atractivo.

«El mundo es un lugar mejor cuando se ignoran los consejos de la buena nutrición», pensó.

Cuando salió del centro comercial, unas frías gotas de lluvia dibujaban manchas de camuflaje sobre la acera de cemento. Mientras corría hacia el Ford, los relámpagos centellearon, haciendo rodar las compuertas de los truenos por un cielo en orden de batalla. Justo en el instante en que cerraba la puerta del coche y se ubicaba al volante, las gotas se convirtieron en un tupido aguacero.

Mientras conducía de regreso a casa, Marty disfrutó considerablemente con el tenue brillo plateado de las calles bajo la lluvia, las burbujeantes salpicaduras de los neumáticos al agitar los profundos charcos..., y la imagen de las palmeras meciéndose, como si peinaran la cabellera gris del cielo tormentoso, recordándole algunas historias de Somerset Maugham y una vieja película de Humphrey Bogart. Como la lluvia era un visitante tan poco asiduo a la California castigada por la sequía, su utilidad y novedad eran mayores que los inconvenientes que provocaba.

Aparcó en el garaje y entró en la casa por la puerta que comunicaba con la cocina, disfrutando de la húmeda pesadez del aire y el olor a ozono que siempre acompañaba el inicio de una tormenta.

En la penumbra de la cocina, la verde luminosidad del reloj electrónico que había en el horno señalaba las 4.10. Paige y las niñas estarían de regreso en veinte minutos.

Encendió lámparas y apliques a medida que iba de una habitación a otra. La casa nunca le parecía tanto un hogar como cuando estaba caliente y bien iluminada mientras la lluvia tamborileaba sobre el tejado y el palio gris de una tormenta ocultaba el mundo detrás de cada ventana. Decidió encender la chimenea de la sala y preparar un chocolate caliente para servirlo en cuanto Paige y las niñas llegasen.

Pero primero se dirigió a la planta superior para comprobar el fax y el contestador automático de su estudio. A esas alturas, la secretaria de Paul Guthridge ya habría llamado para informarle cuándo debía hacerse las pruebas en el hospital. Además tenía la extraña corazonada de que su agente literario le había dejado un mensaje sobre la venta de derechos de edición a algún país extranjero, o tal vez la noticia de una oferta para una adaptación al cine. Un motivo para celebrar... Curiosamente, la tormenta le había levantado el ánimo en vez de hacerlo más sombrío; quizá porque un tiempo desapacible tendía a centrar la mente en los placeres del hogar, aunque siempre era habitual en él buscar motivos de optimismo incluso cuando el sentido común sugería que lo más realista era sentirse pesimista. Él nunca había sido capaz de regodearse mucho tiempo en la melancolía, y desde el sábado lo habían asaltado suficientes pensamientos negativos para que le duraran un par de años.

Al entrar en el estudio tanteó la pared en busca del interruptor para encender la luz del techo, pero no llegó a pulsarlo, pues comprobó con sorpresa que la lámpara de cristales emplomados y un flexo estaban encendidos. Siempre apagaba las luces al salir de casa. Sin embargo, antes de marchar al consultorio del médico se había sentido inexplicablemente oprimido por la extraña sensación de que seguía el impulso de una fuerza desconocida e irresistible y, lógicamente, no había tenido suficiente presencia de ánimo para ir apagando las luces.

Al acordarse del peor momento de su ataque de pánico, en el garaje, cuando se había visto prácticamente incapacitado por el terror, Marty sintió que su globo de optimismo se desinflaba poco a poco.

El fax y el contestador automático se hallaban en el rincón más apartado del escritorio en forma de U. La luz roja del contestador parpadeaba, y en la bandeja del fax había un par de delgadas hojas de papel térmico.

Antes de llegar a cualquiera de los dos aparatos, Marty vio que la pantalla del ordenador estaba destrozada y alrededor del marco las puntas de cristal semejaban negras fauces. Un fragmento de cristal crujió bajo su zapato al apartar a un lado el sillón y bajar con incredulidad la vista hacia el ordenador.

Los erizados fragmentos de la pantalla cubrían el teclado.

Sintió náuseas y se le formó un nudo en el estómago. ¿Habría hecho también aquello durante un ataque de amnesia? ¿Habría golpeado la pantalla con un objeto romo hasta hacerla añicos? Su vida se desintegraba como el destrozado monitor.

Entonces, aparte de los cristales, advirtió algo más en el teclado. Bajo la escasa luz le pareció ver unas gotas de algo semejante a chocolate fundido.

Marty frunció el entrecejo y tocó una de las manchas con la yema del índice. Todavía estaba algo viscosa, y parte de aquello se le adhirió a la piel.

Acercó la mano a la lámpara de trabajo. La pegajosa sustancia del dedo era de color rojo oscuro, casi marrón. Pero no era chocolate.

Alzó el dedo manchado hasta la nariz, en busca de un olor característico. El olor era tenue, apenas detectable, pero enseguida supo de qué se trataba; probablemente lo había sabido desde el instante en que lo había tocado, ya que en lo más profundo de un nivel muy primario estaba programado para reconocerla. Era sangre.

Quienquiera que hubiese destrozado el monitor, se había cortado.

En las manos de Marty no había ninguna herida.

Se quedó absolutamente inmóvil y sintió un extraño hormigueo a lo largo de la espina dorsal que le erizó los pelos de la nuca.

Se volvió lentamente, esperando descubrir que alguien había entrado en el estudio tras él. Pero estaba solo.

La lluvia aporreaba el tejado y gorgoteaba al bajar por un canalón cercano. Un rayo parpadeó, visible a través de las rendijas de las anchas tablillas de las persianas coloniales, y el fragor del trueno hizo vibrar el cristal de la ventana.

Aguzó el oído.

Los únicos ruidos eran los de la tormenta. Y los acelerados latidos de su corazón.

Se acercó a la columna de cajones de la derecha del escritorio y abrió el segundo. Aquella mañana había dejado allí dentro la pistola Smith and Wesson 9mm, encima de unos papeles. Supuso que ya no estaría, pero de nuevo sus expectativas no se cumplieron. Incluso bajo la suave y engañosa luz de la lámpara de colores pudo ver que el arma brillaba en la oscuridad.

–Necesito mi vida.

La voz asustó a Marty, pero su efecto no fue nada comparado con la conmoción paralizadora que se apoderó de él cuando dejó de mirar la pistola y se volvió hacia el lugar de donde provenía la voz. La figura del hombre ocupaba el vano de la puerta que daba al pasillo. Llevaba lo que podrían haber sido unos tejanos y una camisa de franela de Marty. De hecho, si no hubiese sido por las ropas el intruso podría haber sido su reflejo en el espejo.

–Necesito mi vida –repitió el hombre en voz baja.

Marty no tenía hermanos, ni gemelos de ninguna otra clase. Sin embargo, sólo un hermano gemelo mellizo podía coincidir de modo tan perfecto con los rasgos de su cara, su estatura, su peso y su configuración física.

–¿Por qué me has robado mi vida? –preguntó el intruso con un tono que expresaba sincera curiosidad. Su voz sonaba serena y controlada, como si la pregunta no fuese del todo absurda, como si realmente fuera posible, al menos en su experiencia, robar una vida.

Al darse cuenta de que la voz del intruso también sonaba como la de él, Marty cerró los ojos e intentó negar lo que tenía ante sí. Supuso que se trataba de una alucinación, y que él mismo hablaba a través del fantasma mediante una especie de ventriloquia inconsciente. Amnesia, una pesadilla desacostumbradamente intensa, un ataque de pánico, ahora alucinaciones... Pero cuando abrió los ojos, el doble aún seguía allí, como una obstinada ilusión.

–¿Quién eres? –preguntó el doble.

Marty no pudo contestar porque sentía como si el corazón se le hubiese subido a la garganta y cada latido feroz estuviera a punto de asfixiarlo. Y tampoco se atrevía a hablar, porque entablar una charla con una alucinación sin duda soltaría las últimas amarras de su cordura y lo sumergiría del todo en la locura.

El fantasma rectificó la pregunta, hablando todavía con un tono de sorpresa y fascinación, pero aun así amenazador debido al susurro de su voz:

–¿Qué eres?

Sin la espectral fluidez ni el fantasmagórico brillo de una aparición psicológica o sobrenatural, ni transparente ni radiante, el doble dio un paso más hacia el interior del estudio.

Al avanzar, las sombras y la luz se deslizaron sobre él del mismo modo que habrían acariciado cualquier objeto tridimensional. Parecía tan sólido como un hombre de verdad.

Marty advirtió que el intruso sostenía una pistola en la mano derecha, contra el muslo, el cañón apuntando al suelo.

El doble avanzó otro paso y se detuvo a no más de dos metros y medio al otro lado del escritorio. Con una media sonrisa, que resultaba más enervante de lo que lo habría sido una carcajada, preguntó:

–¿Por qué ocurre esto? ¿Y ahora qué? ¿Nos convertiremos de algún modo en una sola persona, desapareceremos el uno dentro del otro como en una absurda película de ciencia ficción?

El terror había agudizado los sentidos de Marty. Como si estudiase a su doble a través de una lupa, podía ver cada arruga, cada poro de su rostro. A pesar de la tenue luz, los muebles y los libros de las zonas oscuras se veían tan claramente como los objetos sobre los cuales caía el resplandor de la lámpara. Aun así, con todos sus poderes de observación intensificados, no era capaz de reconocer la marca de la pistola de aquel individuo.

–¿O tendré que matarte para ocupar tu lugar? –prosiguió el desconocido–. Y si te mato…

Marty pensó que cualquier alucinación que él conjurase tendría que llevar, por fuerza, un arma con la que estuviese familiarizado.

–Una vez muerto, ¿volverán a ser míos los recuerdos que me has robado? Y si te mato…

Al fin y al cabo, si aquella figura era simplemente una amenaza simbólica, producto de su mente enferma, entonces todo –el fantasma, la ropa que vestía, su arma– tendría que ser producto de la experiencia y la imaginación de Marty.

–¿Voy a convertirme en un todo? Cuando estés muerto, ¿me veré restituido a mi familia? Y ¿sabré cómo volver a escribir?

Por el contrario, si el arma era real, significaba que el doble también tenía que serlo.

El intruso ladeó la cabeza, se inclinó ligeramente, como si le interesara la respuesta de Marty, y dijo:

–Si voy a ser lo que se supone que debo ser, necesito escribir. Pero las palabras no acuden a mí.

Aquel monólogo, con sus expresiones y sus giros, no dejaba de sorprender a Marty, que no soportaba la idea de que su psique enferma hubiese creado a aquel intruso.

La rabia apareció por primera vez en al voz del doble; era amargura más que irritación, pero pronto se inflamó:

–Me has robado esto también. Las palabras, el talento, y necesito recuperarlos. Lo necesito tanto que se me hace insoportable. Un propósito, un significado... ¿Te das cuenta? ¿Lo comprendes? Seas lo que seas, ¿puedes comprenderlo? El terrible vacío, el hueco, Dios mío... Un hueco tan profundo y oscuro... –Escupía las palabras, y lo miraba con ojos enfurecidos–. ¡Quiero lo que es mío, mío, maldita sea! Mi vida, la mía. Quiero mi vida, mi destino, a mi Paige, es mía, a mi Charlotte, a mi Emily...

La distancia que lo separaba del intruso, tres metros y medio en total, haría que el disparo fuese prácticamente a quemarropa.

Marty sacó la pistola del cajón del escritorio, la cogió con ambas manos y quitó el seguro con el pulgar. Apretó el gatillo sin siquiera apuntar. Le tenía sin cuidado que el blanco fuese real o alguna clase de espíritu. Todo cuanto le importaba era borrarlo del mapa antes de que lo matara.

El primer disparo arrancó un trozo del borde más alejado del escritorio; las astillas de madera salieron lanzadas como un enjambre de avispas enfurecidas que emprendieran vuelo. El segundo y el tercero acertaron al otro Marty en el pecho. No lo traspasaron como si fuese un ectoplasma ni lo hicieron añicos como si fuera una imagen en un espejo, sino que lo catapultaron hacia atrás, lo levantaron sobre sus pies, cogiéndole por sorpresa antes de que pudiera apuntar su propia arma, que se resbaló de su mano y cayó al suelo con un ruido sordo. El doble se estrelló contra la librería, se aferró con una mano a un estante y tiró varios libros; la sangre se extendió por su pecho –cielo santo, cuánta sangre–, una expresión de incredulidad apareció en su rostro, pero de su garganta no salió grito alguno, excepto un leve «ah» que era más una exclamación de sorpresa que de dolor.

El cabrón debería haber caído como una piedra en un pozo, pero sólo se tambaleó sobre sus pies. En el mismo instante en que golpeaba contra la librería se apartó del mueble, avanzó tambaleándose hacia la puerta abierta y salió al pasillo, perdiéndose de vista.

Más aturdido por el hecho de haber disparado realmente un arma contra alguien que porque ese «alguien» fuera la imagen exacta de sí mismo, Marty se apoyó contra el escritorio, jadeando en busca de aire tan desesperadamente como si no respirase desde el momento en que el doble había entrado en el estudio. Tal vez había sido así. Disparar de veras contra un hombre era algo terriblemente distinto a disparar contra el personaje de una novela. Casi había parecido como si, de alguna forma mágica, parte del impacto de las balas en el blanco hubiese repercutido en el propio tirador. Le dolía el pecho, se sentía mareado y la visión periférica sucumbió brevemente a una densa oscuridad rezumante que sólo consiguió disipar mediante un gran esfuerzo de voluntad.

Pero no podía desfallecer... Seguramente el otro Marty estaba gravemente herido, moribundo, quizá muerto... «Dios, la sangre esparciéndose por su pecho, los puntos escarlata transformándose de repente en rosas.» Pero no lo sabía con certeza. Tal vez las heridas sólo parecían mortales, quizá el breve atisbo que había tenido de ellas lo hubiese engañado, y podía ser que el doble no sólo siguiera con vida, sino con fuerzas suficientes para salir de la casa y huir. Si aquel tipo escapaba y lograba seguir con vida, más tarde o más temprano volvería, tan espectral y enloquecido como antes, sólo que más rabioso y mejor preparado. Marty tenía que terminar con lo que había empezado antes de que su doble tuviese ocasión de hacer lo mismo con él.

Miró el teléfono. Marcar el 911. Llamar a la policía, luego ir tras el herido.

Pero el reloj de escritorio estaba junto al teléfono, y vio la hora: las 4.26. Paige y las niñas. Regresando a casa desde la escuela, más tarde de lo habitual... Con retraso debido a las clases de piano. ¡Oh, Dios mío! Si entraban en la casa y veían al otro Marty, o lo encontraban en el garaje, pensarían que era su Marty y correrían hacia él, asustadas ante sus heridas, deseosas de ayudarlo, y quizá él aún conservase fuerzas suficientes para hacerles daño. ¿Sería su única arma la pistola que había dejado caer? No podía permitirse tal suposición. Además, aquel hijo de perra podía coger un cuchillo de la cocina, el de carnicero, y escondérselo en un costado, o detrás... Dejar que Emily se le acercara y luego clavárselo en el cuello, o hundirlo profundamente en el vientre de Charlotte.

Cada segundo contaba. Había que olvidarse del 911. Eso sería una pérdida de tiempo. Los polis no llegarían antes que Paige.

Cuando Marty rodeó el escritorio las piernas le temblaron, pero el temblor se hizo menos notorio cuando cruzó el estudio rumbo al pasillo. Vio manchas de sangre en la pared, en los lomos de sus libros, manchando su nombre. Una marea de oscuridad volvió a velar los bordes de su visión. Apretó los dientes y siguió avanzando.

Cuando llegó junto a la pistola del doble le dio un fuerte puntapié hacia el interior del estudio, lejos del umbral. Este acto tan sencillo le provocó una fuerte sensación de seguridad, ya que era algo que cualquier policía con la suficiente presencia de ánimo habría hecho para impedir que el asesino recuperara fácilmente su arma.

Tal vez fuese capaz de enfrentarse a aquello, de solucionarlo. Por extraño y desconcertante que fuera, con sangre y todo. Quizá no le ocurriese nada.

Atrapar a aquel individuo. Asegurarse de que se lo había cargado. Por completo.

Al escribir novelas de misterio había tenido que realizar un montón de investigaciones sobre el modo de actuar de la policía, no sólo estudiar los libros de texto y vídeos de adiestramiento de la academia de policía, sino acompañar a los agentes uniformados en sus rondas nocturnas y deambular con detectives de paisano, tanto dentro como fuera del horario de trabajo. Conocía perfectamente bien la mejor forma de cruzar el umbral en aquellas circunstancias.

«No seas demasiado confiado. Piensa que el maldito cabrón puede tener otra arma, aparte de la que dejó caer, una pistola o un cuchillo. No te expongas demasiado y cruza rápidamente el umbral. Es más fácil morir en un portal que en cualquier otro lugar, pues todas las puertas se abren hacia lo desconocido. Sujeta el arma con ambas manos mientras avanzas, los brazos al frente, rectos y paralelos, barriendo de izquierda a derecha mientras sales, haciendo oscilar el arma para cubrir ambos flancos. Luego te escabulles hacia un lado o hacia el otro, manteniendo la espalda pegada a la pared mientras avanzas, a fin de saber siempre que la tienes a salvo, preocupado tan sólo de las otras tres direcciones.»

Todos estos conocimientos pasaron por su mente como lo habrían hecho por la de cualquiera de sus obstinados policías de ficción..., pero se comportó como un civil dominado por el pánico, tropezando atolondradamente al salir al pasillo, sosteniendo el arma sólo con la mano derecha, los brazos fláccidos, respirando entre jadeos, convirtiéndose más en un blanco que en una amenaza, porque la verdad era que él no era ningún policía, sino un gilipollas que a veces escribía sobre ellos. No importaba cuánto tiempo se hubiera entregado a aquella fantasía, porque las fantasías no se podían vivir, no se podía actuar como un policía bajo presión a menos que uno se hubiese adiestrado para ser policía. Y fue tan culpable como los demás al confundir realidad y ficción, al pensar que era tan invencible como el héroe de una página impresa. Y fue condenadamente afortunado de que allí fuera no estuviese aguardándolo el otro Marty. El pasillo de la planta superior estaba completamente desierto.

«Su aspecto era idéntico al mío.»

No podía pensar en eso ahora, aún no había llegado el momento. Debía concentrarse en seguir con vida, en acabar con aquel cabrón antes de que hiciese daño a Paige o a las niñas. Si sobrevivía, ya habría tiempo para buscar una explicación a ese asombroso parecido, para resolver el misterio, pero no en ese momento.

Atención. ¿Movimiento?

Tal vez.

No. Nada.

Mantener la pistola levantada, con el cañón apuntando al frente.

Justo a la salida del estudio, la borrosa huella de una mano ensangrentada ensuciaba la pared. Una espantosa cantidad de sangre empapaba la moqueta beige. Al menos una parte del tiempo que Marty había pasado detrás del escritorio, aturdido y temporalmente inmovilizado por la violencia, el hombre herido había permanecido apoyado contra la pared del pasillo, tal vez tratando de taponar sin éxito sus sangrantes heridas.

Marty sudaba, sentía náuseas y miedo. El sudor se le escurría por el rabillo del ojo, le escocía, empañaba su visión. Se secó la resbaladiza frente con la manga de la camisa, parpadeó con furia para expulsar la sal del ojo.

Cuando el intruso se había apartado de la pared y había empezado a alejarse –probablemente mientras Marty seguía paralizado detrás de su escritorio–, había pisado su propio charco de sangre. Su rumbo estaba marcado por las fragmentarias huellas rojas que habían dejado el dibujo de la suela de sus zapatos de deporte, así como por un continuo goteo escarlata.

Silencio en la casa. Con un poco de suerte, quizá fuera el silencio de la muerte.

Tembloroso, Marty siguió con cautela el repulsivo rastro más allá del baño del pasillo, al doblar el recodo, y pasó por delante de la doble puerta del dormitorio principal, hasta llegar al inicio de las escaleras. Se detuvo allí donde el pasillo se convertía en una galería que daba al salón.

A su derecha había una descolorida barandilla de roble tras la cual colgaba la araña de bronce que antes, al pasar por el vestíbulo, había encendido. Debajo de la araña estaba la escalera que conducía al vestíbulo de la entrada –alto hasta el techo y con su suelo de baldosas– que daba directamente al salón.

A su izquierda, a un metro de distancia siguiendo por el pasillo, se hallaba la habitación que Paige utilizaba como despacho. Algún día se convertiría en otro dormitorio para Charlotte o para Emily, cuando decidieran que había llegado el momento de dormir separadas. La puerta estaba medio abierta. Negras sombras pululaban al otro lado, atenuadas tan sólo por la luz grisácea de la tormenta a última hora de la tarde, que apenas lograba atravesar las ventanas.

El rastro de sangre seguía más allá de ese despacho, al final de la galería, directamente hacia el dormitorio de las niñas, que permanecía cerrado. El intruso estaba allí dentro, y era exasperante pensar en él entre las pertenencias de las chiquillas, manoseando sus cosas, mancillando la habitación con su sangre y su rabia.

Recordó la voz del individuo, con un acento de locura pero aun así igual a la suya: «Mi Paige, es mía..., mi Charlotte, mi Emily...».

–Y un cuerno es tuya –exclamó Marty al tiempo que apuntaba con la Smiths and Wesson la puerta cerrada.

Miró su reloj de pulsera.

Las 4.28.

¿Y ahora qué?

Podía quedarse allí, en el pasillo, dispuesto a mandar al infierno a aquel cabrón si abría la puerta. O esperar a Paige y a las niñas y avisarles en cuanto entraran, decirle a Paige que telefoneara al 911. Luego ella podría llevarse a las niñas al otro lado de la calle, a casa de Vic y Kathy Delorio, donde estarían a salvo, mientras él cubría la puerta hasta que llegase la policía.

El plan parecía bueno, fiable, frío y sosegado. Los latidos de su corazón se hicieron menos insistentes, menos penosos.

Pero entonces su imaginación de escritor lo golpeó con fuerza, y un negro torbellino lo succionó hacia las oscuras posibilidades, a la maldición de «¿Y si, y si, y si...?». ¿Y si el otro Marty conservaba aún suficiente fuerza para abrir la ventana de la habitación de las niñas, salir al techo de la terraza en la parte trasera de la casa y desde allí saltar al césped? ¿Y si huía por el lateral de la casa y salía a la calle en el preciso instante en que Paige entraba con las niñas por la rampa?

Podía ocurrir. Era factible. Ocurriría. O quizá ocurriera otra cosa igualmente mala, o incluso peor. El torbellino de la realidad hacía girar posibilidades más terribles que los más oscuros pensamientos en la mente de cualquier escritor. En aquellos tiempos de descomposición social, incluso en las calles más pacíficas de los barrios más tranquilos podían tener lugar actos inesperados de la barbarie más grotesca, que la gente, conmocionada, encontraría horribles, pero no sorprendentes.

¿Y si estaba vigilando la puerta de una habitación vacía?

Las 4.29.

En aquel momento Paige podía estar doblando la esquina a dos manzanas de allí, entrando en su calle.

Tal vez los vecinos hubieran oído los disparos y hubiesen avisado a la policía. «Por favor, Dios mío, haz que sea así.»

No le quedaba otra elección razonable que abrir de un empujón la puerta del dormitorio de las niñas, entrar y comprobar si el Otro estaba allí dentro o no.

El Otro. En su estudio, cuando había empezado la confrontación, se había apresurado a desechar la idea inicial de que se estaba enfrentando con algo fuera de lo corriente. Un espíritu no podía ser tan sólido ni tridimensional como aquel tipo. Si las criaturas del otro lado de la línea divisoria entre la vida y la muerte existían en realidad, no podían ser vulnerables a las balas. Sin embargo, la sensación de que se trataba de algo sobrenatural persistía aún, y se hacía más consistente a cada momento que pasaba. Si bien sospechaba que la naturaleza de su adversario estaba muy alejada de la de los fantasmas o los demonios que cambiaban de forma, que a la vez resultaba más terrorífica y mundana, y que había nacido en este mundo y no en otro, en cambio no podía evitar pensar en él en términos habitualmente reservados a las historias de espíritus turbadores: Fantasma, Aparición, Espectro, Alma en Pena, Visión, el No Invitado, el No Muerto, el Ser.

El Otro.

La puerta aguardaba.

El silencio en la casa era más profundo que la muerte.

La atención de Marty, estrechamente centrada en la persecución del Otro, se concentró todavía más, hasta el punto de olvidarse de los latidos de su propio corazón, ciego a todo aquello que no fuese la puerta, sordo a cualquier sonido excepto los que pudieran llegar del dormitorio de las niñas, inconsciente a toda sensación ajena a la presión de su dedo sobre el gatillo de la pistola.

El rastro de sangre.

Rojos fragmentos de pisadas.

La puerta.

Esperando.

Estaba paralizado por la indecisión.

La puerta.

De pronto, algo repiqueteó encima de él. Echó de golpe la cabeza hacia atrás y miró el techo. Estaba justo debajo de un pozo de un metro cuadrado y dos y medio de altura, rematado por una claraboya de plexiglás en forma de bóveda. La lluvia golpeaba con fuerza sobre el plexiglás. Sólo la lluvia, el golpeteo de la lluvia.

Como si el esfuerzo de la indecisión lo hubiese catapultado

hacia el espectro total de la realidad, se vio de pronto asaltado por todas las voces de la tormenta, de las que había sido absolutamente inconsciente mientras seguía al Otro. Había estado escuchando intensamente «a través» del ruido de fondo de la tormenta, en busca de cualquier sonido furtivo que pudiera hacer su presa. Ahora el rumor, los gemidos y el ulular del viento..., el repiquetear de la lluvia, el rayo fulminante, el frotar de huesos de una rama contra un lateral de la casa, el pequeño golpeteo de un canalón que se había soltado, y otros ruidos menos identificables, cayeron sobre él.

Los vecinos no podían haber oído los disparos con el estruendo de aquella tormenta. Sería esperar demasiado.

Marty pareció sentirse arrastrado hacia delante por el fragor –primero un paso indeciso, luego otro–, siguiendo el rastro de sangre, inexorablemente hacia la puerta que aguardaba.

8

La tormenta se anunció con una penumbra temprana, sombría y amplia, y Paige tuvo que encender los faros en el trayecto a casa desde el colegio de las niñas. Aunque tenía conectados los limpiaparabrisas a la máxima velocidad, apenas podían con el torrente que caía del cielo. O aquella lluvia ponía fin a la sequía, o la naturaleza les estaba jugando una broma pesada levantando falsas expectativas que no llegarían a cumplirse. Los cruces se hallaban inundados, las alcantarillas se desbordaban, el BMW desplegaba unas grandes aletas blancas de agua al pasar por un profundo charco tras otro, y, más allá de la neblinosa oscuridad, los faros de los coches que se acercaban en dirección contraria se deslizaban sobre ellas como los reflectores de un batiscafo escudriñando las profundas fosas marinas.

–Estamos en un submarino –dijo Charlotte, excitada, sentada al lado de Paige, mirando por la ventanilla lateral a través de la neblina que levantaban los neumáticos–. Nadando con las ballenas. El capitán Nemo y el *Nautilus*, viajando veinte mil leguas bajo el mar, con calamares gigantes persiguiéndonos... ¿Te acuerdas del calamar gigante de la película, mamá?

–Me acuerdo –contestó Paige, sin apartar los ojos de la calzada.

–¡Arriba periscopio! –exclamó Charlotte al tiempo que cogía las manecillas del instrumento imaginario, forzando la vista a través del dispositivo ocular–. Surcando las rutas oceánicas, embistiendo barcos, ¡bummmm!, y el loco del capitán tocando el órgano. ¿Te acuerdas del órgano, mamá?

–Me acuerdo.

–Cada vez a mayor profundidad, el casco empieza a crujir por la presión, pero el loco del capitán Nemo sigue diciendo «Más profundidad». Sigue tocando el órgano y dice «Más profundidad», y todo el rato el calamar va siguiéndolos... –Y entonces empezó a tararear el tema musical de la película *Tiburón*–: ¡Dum-dum, dum-dum, dum-dum, du-dum, da-da-dum!

–Tonterías –murmuró Emily, en el asiento de atrás.

Charlotte se volvió todo lo que le permitió el cinturón de seguridad y asomó la cabeza entre los asientos de delante.

–¿Qué es lo que son tonterías?

–Un calamar gigante.

–Ah, ¿eso? Puede que no te pareciera una tontería si estuvieses nadando y uno de ellos se acercara a ti por debajo y te mordiera por la mitad, tragándote en dos bocados, y luego escupiera tus huesos como si fuesen pepitas de uva.

–Los calamares no se comen a la gente –dijo Emily.

–Claro que sí.

–Es todo lo contrario.

–¿El qué?

–Es la gente la que se come los calamares.

–No es verdad.

–Sí que lo es.

–¿De dónde has sacado una idea tan estúpida?

–Lo vi en el menú de un restaurante.

–¿En qué restaurante? –preguntó Charlotte.

–En varios. Y tú estabas allí. ¿No es cierto mamá que la gente come calamares?

–Sí, así es –respondió Paige.

–Le das la razón sólo para que no parezca una tonta de siete años –replicó Charlotte, escéptica.

–No, es cierto –le aseguró Paige–. La gente come calamares.

–¿Cómo? –preguntó Charlotte, como si la simple idea le hubiese agotado la imaginación.

–Bueno –dijo Paige al tiempo que frenaba ante un semáforo en rojo–, no entero, ¿sabes?

–¡Me imagino! No un calamar gigante, en todo caso.

–Puedes cortar a trocitos los tentáculos y saltearlos con ajo y mantequilla, por ejemplo –explicó Paige, y miró a su hija para ver el impacto que causaban en ella aquellas breves instrucciones culinarias.

Charlotte hizo una mueca de asco, pero insistió en el tema:

–¿Pretendes darme náuseas?

–Sabe muy bien –dijo Paige.

–Preferiría comer tierra.

–Saben mejor que la tierra, te lo aseguro.

–También puedes cortarlos en rodajas y freírlos como las patatas –volvió a intervenir Emily, desde el asiento de atrás.

–Así es –corroboró Paige.

El juicio de Charlotte fue sencillo y directo:

–¡Aggg!

–Son como pequeños aros de cebolla, sólo que de calamar –añadió Emily.

–Es repugnante.

–Pequeños aros de viscoso calamar frito chorreando viscosa tinta de calamar –dijo Emily, sonriendo pícaramente.

Charlotte se volvió otra vez en su asiento para mirar de frente a su hermana, y dijo:

–Eres una enana asquerosa.

–De todos modos –replicó Emily–, no estamos en un submarino.

–Por supuesto que no –admitió Charlotte–. Estamos en un coche.

–No, estamos en un idoplano.

–¿En un qué?

–Como eso que vimos en la tele el otro día –contestó Emily–. El barco que va entre Inglaterra y no sé dónde, y que va por encima del agua, zzzummmmm, a toda marcha.

–Cariño, te refieres a un hidroplano –la corrigió Paige. Sacó el pie del freno cuando el semáforo se puso en verde y aceleró con cautela al cruzar el cruce inundado.

–Eso, el hidorplano... –dijo Emily–. Estamos en un hidorplano, rumbo a Inglaterra a conocer a la reina. Voy a tomar el té con la reina. Beberemos té, comeremos calamares y hablaremos de las joyas de la familia.

Paige a punto estuvo de soltar una carcajada.

–La reina no sirve calamares –exclamó Charlotte, exasperada.

–Apuesto a que sí –dijo Emily.

–No, la reina sirve bizcochos, bollos, cortesanas y cosas así –replicó Charlotte.

Esta vez Paige no pudo contener la risa. De pronto imaginó a la muy rica y graciosa reina de Inglaterra preguntándole a un caballero invitado si le apetecería una cortesana con el té, señalando una llamativa buscona que esperaba por allí cerca vestida con la lencería de Frederik's, de Hollywood.

–¿Qué es lo que encuentras divertido? –preguntó Charlotte.

Ahogando su risa, Paige mintió:

–Nada. Pensaba sólo en algo, en otra cosa que ocurrió hace mucho tiempo. No os parecería gracioso ahora; es sólo un viejo recuerdo de mamá.

Lo último que le apetecía era inhibir su conversación. Cuando iba con ellas en el coche, raras veces ponía la radio. Nada de lo que ésta pudiera ofrecerle iba a ser la mitad de entretenido que el show de Charlotte y Emily.

La lluvia arreció, pero eso no impidió que Emily siguiese de lo más locuaz:

–Es mucho más divertido ir en hidorplano para ver a la reina que estar en un submarino con un calamar gigante dándole mordisquitos.

–La reina es una aburrida.

–No lo es.

–Que sí.

–Debajo de su palacio tiene una cámara de tortura.

De nuevo Charlotte se volvió en su asiento, interesada a pesar suyo.

–¿De veras?

–Sí –dijo Emily–. Y allí debajo guarda a un chico con una máscara de hierro.

–¿Una máscara de hierro?

–Una máscara de hierro –repitió Emily, lúgubremente.

–¿Y por qué?

–Porque es realmente monstruoso.

Paige llegó a la conclusión de que cuando sus hijas creciesen serían escritoras. Habían heredado la imaginación viva e inquietante de Marty, y probablemente estaban destinadas a ejercitarla, como hacía él. Pero ellas escribirían cada una a su manera, algo muy distinto de las novelas de su padre.

Estaba ansiosa por explicarle a Marty lo del submarino, el «hidorplano», los calamares gigantes, los aros de calamar fritos y las cortesanas de la reina.

Había decidido hacer caso del diagnóstico preliminar del doctor Guthridge, atribuir los síntomas de Marty sencillamente al estrés y dejar de preocuparse, al menos hasta que los análisis demostraran que se trataba de algo peor. Nada iba a ocurrirle a Marty. Poseía una naturaleza fuerte, una gran reserva de energía y optimismo, era indómito y animado. Se repondría tal como se había repuesto Charlotte cinco años atrás. A ninguno de ellos le ocurriría nada, porque aún les quedaba mucho por vivir. Tenían demasiadas cosas buenas por delante.

Un rayo furioso –de los que raras veces acompañaban las tormentas en el sur de California, pero que brillaban en toda su plenitud en esa época del año– chasqueó al cruzar el cielo, arrastrando consigo el estruendo del trueno, tan incandescente como cualquier carro celeste que Dios pudiera sacar del Paraíso el día del Juicio Final.

9

Marty estaba a sólo dos metros o dos metros y medio de la puerta del dormitorio de sus hijas. Se acercaba por el lado de las bisagras, a fin de coger el pomo y abrir la puerta de golpe sin quedar expuesto.

En un intento por no pisar el rastro de sangre, bajó la mirada sólo un segundo a la moqueta, donde las salpicaduras eran más pequeñas y escasas que en otros puntos a lo largo del pasillo. Entonces atisbó una anomalía, aunque al principio sólo subconscientemente, y avanzó otro paso con la mirada fija en la puerta antes de comprender del todo qué era lo que había visto: la huella de la mitad de la suela de un zapato, débilmente teñida de rojo, como las veinte o treinta que ya había pasado, sólo que la parte estrecha de la huella, la que correspondía a la punta, señalaba en una dirección distinta de las demás, en la dirección equivocada, como si hubiese desandado el camino.

Marty se quedó paralizado al comprender el significado de aquella huella.

El Otro había llegado a la habitación de las niñas, pero no había entrado en ella. Había dado media vuelta, después de reducir la pérdida de sangre en un modo tan asombroso que el rastro ya no quedaba marcado con claridad..., a excepción de una débil huella reveladora, y quizá algunas pocas más que Marty no había advertido.

Marty se volvió, sujetó el arma con ambas manos, y dejó escapar un alarido al ver que el Otro se arrojaba sobre el despacho de Paige, moviéndose con extraordinaria velocidad para un hombre que tenía varias heridas en el pecho y medio litro menos de sangre en las venas. Se estrelló con fuerza contra Marty, agachándose por debajo de la pistola al tiempo que le empujaba contra la barandilla de la galería y levantaba bruscamente los brazos.

Marty apretó el gatillo en un acto reflejo mientras se veía empujado hacia atrás, pero la bala se incrustó en el techo del pasillo. Sintió un fuerte dolor en la parte baja de la espalda al golpear contra la barandilla, y dejó escapar un grito medio estrangulado cuando un terrible dolor le cruzó horizontalmente los riñones y comenzó a subir por la nudosa escalera de su espina dorsal.

Y con el grito se le escapó la pistola... El arma saltó de sus manos, trazando un arco sobre su cabeza para entrar en el vacío abovedado que se abría a sus espaldas.

La maltratada barandilla de roble se estremeció, un fuerte crujido seco anunció la inminente caída, y Marty tuvo la certeza de que ambos iban a precipitarse por el hueco de la escalera. Pero los balaustres no cedieron y la barandilla se mantuvo firme en los dos postes que la sujetaban a cada extremo.

Sin dejar de presionar hacia delante, el Otro dobló a Marty hacia atrás, por encima de la barandilla, intentando estrangularlo. Sus manos eran de hierro. Los dedos parecían pinzas hidráulicas alimentadas por un potente motor. Le comprimían la arteria carótida.

Marty trató de golpear con la rodilla el escroto del asaltante, pero no lo consiguió. El intento le hizo perder el equilibrio. Se sintió todavía más empujado por encima de la barandilla, hasta que quedó sujeto y a la vez oscilando sobre el pasamanos.

Sin aliento, incapaz de respirar, consciente de que el peor peligro residía en la disminución del riego sanguíneo en su cerebro, Marty unió ambas manos y las elevó entre los brazos del Otro, tratando de abrirlas y así aflojar la presa que lo estrangulaba. El agresor redobló sus esfuerzos, decidido a mantener la presión. Marty aumentó también sus esfuerzos, y el corazón fatigado golpeó dolorosamente contra su esternón. ¡Ambos deberían tener la misma fuerza, maldita sea! Eran de la misma talla, del mismo peso, y tenían la misma constitución física... Según todas las apariencias eran el mismo hombre. Sin embargo, aunque el Otro tuviese dos heridas de bala potencialmente mortíferas, era el más fuerte, y no sólo porque tuviera la ventaja de ocupar la posición superior o un mejor apoyo, sino porque parecía poseer una fuerza sobrehumana.

Frente a frente a su duplicado, barrido por el aliento explosivo de ambos, Marty muy bien podía estar mirándose en un espejo, aunque la feroz imagen que tenía ante sí estaba contorsionada de un modo que él nunca había visto en su propio rostro. Una rabia bestial. Odio tan puramente tóxico como el cianuro. Espasmos de maníaco placer retorciendo los rasgos familiares mientras el desconocido se estremecía durante el acto de matar.

Con los labios retraídos enseñando los dientes, la saliva saliendo disparada mientras hablaba, tensando increíble pero repetidamente su llave de estrangulamiento para dar énfasis a sus palabras, el Otro le espetó:

–Necesito mi vida ahora. Mi vida, la mía, la mía. ¡Ahora! Necesito a mi familia, ahora, a la mía, la mía. ¡La necesito! ¡La necesito!

Luciérnagas en negativo cruzaron velozmente por el campo visual de Marty: en negativo porque eran la foto a la inversa de las luminosas luciérnagas de una noche de verano, no latidos de luz en la oscuridad, sino latidos de oscuridad en la luz. Cinco, diez, veinte, un centenar, todo un enjambre. La cara del Otro encima de él se desvanecía por secciones bajo el palpitante enjambre negro.

Desesperado por librarse de la presa del agresor, Marty extendió los brazos hacia aquella cara dominada por el odio. Pero no pudo alcanzarla. Con cada esfuerzo se sentía más débil, más inútil.

Eran muchas las luciérnagas en negativo.

Atisbó entre ellas y vio el rostro malévolo y rabioso del que pretendía ser el nuevo marido de su esposa, el rostro tiránico y severo del que pretendía ser el nuevo padre de sus hijas.

Luciérnagas. Por todos lados, en todas partes. Desplegando sus alas de extinción.

Bang. Potente como el disparo de un fusil. Una segunda explosión, una tercera, una cuarta..., una detrás de otra. Los balaustres se quebraban.

El pasamanos crujió y los balaustres, hechos astillas, dejaron de sostener su peso.

Marty dejó de oponer resistencia al agresor y trató frenéticamente de sujetarse con manos y piernas del pasamanos, con la esperanza de asirse a los restos que quedaran fijos, en vez de precipitarse a través del boquete que se abría. Pero la parte central de la barandilla se desintegró de tal modo, y con tal rapidez, que no halló ningún punto de apoyo, y el peso de su asfixiante agresor favoreció la gravedad más de lo necesario. Sin embargo, mientras se debatían justo en el borde, los movimientos de Marty alteraron la dinámica de sus movimientos desesperados lo bastante para que el Otro rodara por encima de él y fuese el primero en caer. El agresor soltó a Marty, pero lo arrastró consigo, sobre su cuerpo. Ambos cayeron por el hueco de la escalera, chocaron contra la parte exterior de la barandilla, destrozándola de inmediato y convirtiéndola en leña para quemar, y cayeron con estrépito sobre el suelo de baldosas del vestíbulo.

Habían caído desde unos cinco metros, lo cual no era una

altura tremenda, probablemente ni siquiera mortal, aparte de que su impulso había quedado frenado por la barandilla de abajo. No obstante, el impacto había hecho que Marty expulsase todo el aire que había logrado acumular durante la caída, y eso a pesar de que el Otro lo había amortiguado con su cuerpo al ser el primero en caer, de espaldas sobre las baldosas, produciendo un ruido seco y sordo, parecido al golpe de una almádena.

Jadeando y tosiendo, Marty se apartó de su doble y trató de arrastrarse lejos de su alcance. Estaba sin aliento, aturdido, y aún no sabía si se había roto algún hueso. Cuando jadeaba, el aire le producía fuertes pinchazos en la garganta desollada, y al toser el dolor no habría sido mayor de haber intentado tragar una pelota de alambre de púas con clavos retorcidos. Huir a cuatro patas, que era lo que estaba pensando, le resultó imposible, ya que sólo consiguió arrastrarse para cruzar el vestíbulo, moviéndose a empellones y retorciéndose como una cucaracha a la que hubiesen rociado con insecticida.

Después de parpadear para expulsar las lágrimas que una violenta tos le había provocado, vio la Smith and Wesson. Se hallaba a unos cuatro metros y medio de distancia, más allá del punto en que la transición del piso de baldosas al de madera marcaba el final del vestíbulo y el comienzo de la sala. Teniendo en cuenta la intensidad con que se había centrado en la pistola y la decisión con que había arrastrado su cuerpo medio entumecido y dolorido para cogerla, el arma bien podría haber sido el Santo Grial.

Entonces percibió un rumor sobre el fragor de la tormenta, al que siguió un golpe sordo, que Marty atribuyó confusamente a algo relacionado con el Otro. Pero no se volvió. Tal vez lo que había oído era el espasmo de la muerte, unos tacones tamborileando sobre el suelo, una convulsión final. Como mínimo, el muy cabrón tenía que estar gravemente herido. Inválido y moribundo. Pero Marty quería poner sus temblorosas manos sobre la pistola antes de celebrar que siguiese con vida.

Alcanzó la pistola, la cogió y dejó escapar un débil gemido de triunfo. Rodó de costado, se revolvió como una anguila y apuntó de nuevo hacia el vestíbulo, preparado para descubrir que su obstinado perseguidor se arrojaba sobre él.

Pero el otro seguía tendido sobre la espalda, con los brazos y las piernas extendidos. Inmóvil. Incluso podía estar muerto. Pero Marty no tuvo esa suerte. Su cabeza giró fláccidamente hacia él. Su rostro estaba pálido, satinado por el sudor, tan blanco y brillante como una máscara de porcelana.

–Estoy roto –resolló.

Al parecer, sólo podía mover la cabeza y los dedos de la mano derecha, aunque no la mano en sí. Una mueca, debido al esfuerzo más que al dolor, contorsionó sus facciones. Alzó la cabeza del suelo y los dedos aún con vida se curvaron y enderezaron como las patas de una tarántula moribunda, pero no pareció capaz de sentarse o doblar una pierna siquiera.

–Estoy roto –repitió.

Algo en el modo en que pronunció la palabra le recordó a Marty un soldadito de juguete, con los muelles retorcidos y los engranajes estropeados.

Apoyándose con una mano en la pared, Marty logró al fin ponerse en pie.

–¿Vas a matarme? –preguntó el Otro.

La perspectiva de meter una bala en el cerebro de un hombre herido e indefenso le resultó extremadamente repulsiva, pero Marty se sintió tentado de cometer semejante atrocidad y preocuparse más tarde de las consecuencias psicológicas y legales de su acto. Si se reprimió fue tanto por curiosidad como por consideraciones morales.

–¿Matarte? Me gustaría. –Su voz sonó ronca, y sin duda sonaría así durante un par de días, hasta que se recuperase del intento de estrangulamiento–. ¿Quién diablos eres tú? –Cada palabra le recordó lo afortunado que era al haber sobrevivido para poder formular aquella pregunta.

De nuevo percibió el rumor sordo, el mismo ruido que había oído cuando se arrastraba hacia la pistola. Pero esta vez lo reconoció: no eran las convulsiones ni el repiqueteo de los tacones de un moribundo, sino simplemente las vibraciones de la puerta automática del garaje, antes al subir y ahora al bajar.

En la cocina se oyeron voces cuando Paige y las niñas entraron en la casa desde el garaje.

Menos tembloroso a cada segundo que pasaba, y habiendo recuperado el aliento, Marty se apresuró a cruzar el salón, hacia el comedor, ansioso por detener a las niñas antes de que vieran lo que había sucedido. Les llevaría mucho tiempo volver a encontrarse cómodas en su propia casa al saber que un intruso se había colado en ella y había intentado matar a su padre. Pero se sentirían mucho más traumatizadas si veían los destrozos y a aquel hombre cubierto de sangre y paralizado, tendido en el suelo del vestíbulo. Teniendo en cuenta el hecho macabro de que el intruso era también un duplicado exacto de su padre, probablemente no podrían volver a dormir a gusto en aquella casa.

Cuando Marty entró en la cocina desde el comedor, permitiendo que la puerta oscilara con fuerza detrás de él, Paige se volvió con sorpresa desde el perchero donde estaba colgando su impermeable. Todavía con el chubasquero amarillo y el sombrero de vinilo flexible puestos, las niñas le sonrieron y ladearon la cabeza con expectación, probablemente imaginando que su entrada intempestiva era el comienzo de una broma, o una de las tontas representaciones improvisadas de papá.

–Llévatelas de aquí –le advirtió a Paige, tratando de parecer tranquilo, vencido por el ronquido de su voz y la tensión demasiado evidente.

–¿Qué te pasa?

–Rápido –insistió–. Ahora mismo. Llévatelas a casa de Vic y Kathy.

Las niñas advirtieron el arma en su mano. Sus sonrisas se desvanecieron y sus ojos se abrieron desmesuradamente.

–Estás sangrando –exclamó Paige–. ¿Qué…?

–Yo no –la interrumpió, comprendiendo demasiado tarde que la camisa se le había empapado con la sangre del Otro al caer encima de él–. Estoy bien.

–¿Qué ha sucedido? –preguntó Paige con tono perentorio.

–Tenemos una cosa ahí dentro –respondió él al tiempo que abría de un tirón la puerta que comunicaba con el garaje. Aunque la garganta le dolía al hablar, no paraba de balbucear en su ansioso deseo de verlas a salvo fuera de la casa, incoherente quizá por vez primera en su vida de continua obsesión por las palabras–: Un problema… Una cosa, ya sabes… Como esas cosas que pasan… Un problema…

–Marty…

–Anda, idos a casa de los Delorio… Todas. –Cruzó el umbral y entró en el oscuro garaje, apretó el botón del mando a distancia y la enorme puerta rugió al subir. Sus ojos coincidieron con los de Paige–: Estarán a salvo en casa de los Delorio.

Sin preocuparse de coger el impermeable del perchero, Paige empujó a las niñas por delante de él, al interior del garaje, hacia la puerta que subía.

–Llama a la policía –le gritó cuando ella ya se alejaba, y dio un respingo a causa del dolor que le produjo el grito.

Paige se volvió a mirarlo, con expresión de preocupación.

–Yo estoy bien –añadió–. Pero hay un tipo ahí. Le he disparado y está grave.

–Ven con nosotros –suplicó ella.

–No puedo. Avisa a la policía.

–Marty...

–Vete, Paige. ¡Vete ya!

Ella cogió a Charlotte y Emily de la mano; al salir del garaje, bajo el aguacero, se volvieron una vez más para mirarlo.

Él las vigiló hasta que llegaron al final de la rampa de entrada, miraron a derecha e izquierda para comprobar si venían coches, y luego empezaron a cruzar la calle. A cada paso, a medida que se alejaban a través de la plateada cortina de lluvia, parecían menos personas de carne y hueso y más tres espíritus en retirada. Entonces Marty experimentó la desconcertante sensación de que nunca más volvería a verlas con vida. Sabía que tan sólo era una reacción irracional provocada por la descarga de adrenalina, pero aun así el miedo anidó en él y fue creciendo.

Un viento frío y húmedo invadió los rincones más profundos del garaje, y Marty notó como si la sudoración que cubría su cara se hubiese transformado repentinamente en hielo.

Volvió a entrar en la cocina y cerró la puerta.

A pesar de que estaba tiritando, medio congelado, le apetecía una bebida fría, pues la garganta le ardía como si dentro tuviese una tea encendida.

Tal vez en aquel mismo instante el hombre del vestíbulo estuviese muriendo entre convulsiones, o sufriendo un ataque al corazón. Él estaba hecho una piltrafa. Así que quizá fuera mejor entrar y echarle un vistazo, por si necesitaba alguna clase de recuperación asistida antes de que llegaran las autoridades. A Marty le tenía sin cuidado que el tipo muriera –en realidad quería su muerte–, pero no hasta después de que respondiera a un montón de preguntas y los recientes acontecimientos cobraran algo de sentido.

Pero, antes de hacer cualquier otra cosa, tenía que beber para calmar su garganta. En aquel mismo momento, el simple hecho de tragar saliva ya era una tortura. Y tendría que estar preparado para hablar largo y tendido cuando llegase la policía.

El agua de grifo no le pareció lo bastante fría, de modo que abrió la nevera –hubiese jurado que estaba más vacía de lo que le había parecido por la mañana– y cogió un cartón de leche. Pero no, la idea de la leche le provocó náuseas. Al ser un líquido que provenía de un cuerpo le recordó la sangre. Lo cual era ridículo, por supuesto. Pero los acontecimientos de la última hora eran irracionales, de modo que supuso que algunas de sus reacciones también podían serlo. Devolvió la leche a su estante y fue a coger el zumo de naranja, pero entonces vio las botellas de Corona y unas latas de Coors. Nunca nada le había parecido tan apetecible como aquellas cervezas heladas. Cogió una de las latas porque contenía una tercera parte más de cerveza que una botella de Corona.

El primer trago, muy largo, avivó el fuego de su garganta en vez de aplacarlo. El segundo ya le dolió algo menos que el primero, y el tercero menos que el segundo, y a partir de ahí cada sorbo fue tan calmante como un jarabe medicinal.

Con la pistola en una mano y la lata de Coors medio vacía en la otra, temblando más por el recuerdo de lo ocurrido y la perspectiva de lo que le aguardaba que por la cerveza helada, volvió a cruzar la casa en dirección al vestíbulo.

El Otro había desaparecido.

Marty se quedó tan sorprendido que dejó caer la Coors. La lata rodó derramando cerveza espumosa sobre el suelo de madera del salón, tras él. Aunque la lata hubiese resbalado con tanta facilidad de su mano, como mínimo habrían hecho falta unas pinzas hidráulicas para forzarlo a soltar la pistola.

Por el suelo del vestíbulo se hallaban esparcidos balaustres rotos, una parte del pasamanos, y astillas por todos lados. Algunas de las baldosas aparecían cuarteadas o desportilladas por el impacto del duro roble y el acero de la Smith and Wesson. Pero no había ningún cadáver.

Desde el instante en que el doble había entrado en el despacho de Marty, la vigilia diurna se había convertido en una pesadilla sin los habituales requisitos del sueño. Los acontecimientos habían borrado las cadenas de la realidad y su propia casa se había convertido en una oscura fuga onírica. Pero, por muy surreal que fuera aquella confrontación, mientras se desarrollaba no había dudado ni un segundo de que fuera real. Tampoco dudaba de ella ahora. Él no había disparado a algo que había imaginado, ni había sido una ilusión lo que había intentado estrangularlo, ni se había caído solo a través de la barandilla de la galería. Tendido e inmóvil en el vestíbulo, el Otro había sido tan real como la destrozada barandilla que aún seguía esparcida sobre las baldosas.

Alarmado ante la posibilidad de que Paige y las niñas hubiesen sido atacadas en la calle antes de llegar a la casa de los Delorio, Marty se volvió hacia la puerta de la entrada. Estaba cerrada con llave. Por dentro. La cadena de seguridad seguía puesta. El loco no podía haber salido de la casa por allí.

No podía haber salido de ningún modo. ¿Cómo hubiese podido, en el estado que se encontraba? No debía dejarse dominar por el pánico. Tenía que tranquilizarse, pensar con calma.

Marty habría apostado un año de su vida a que las terribles heridas del Otro habían sido reales y no fruto de su imaginación. El cabrón se había roto la espalda. Su incapacidad para mover otra cosa que la cabeza y los dedos de una mano significaba que probablemente se había roto la columna vertebral.

Entonces, ¿dónde estaba?

Arriba no. Aunque no se hubiese dañado la columna, incluso aunque hubiese escapado a la parálisis total, no podía haber arrastrado su magullado cuerpo hasta la planta superior durante el poco tiempo que Marty había estado en la cocina.

Frente a la entrada del salón, junto al estudio, se abría una pequeña salita. La sucia luz grisácea del atardecer, lavada por la tormenta, penetraba entre las abiertas tablillas de las persianas, sin iluminar nada en especial. Marty cruzó el umbral y encendió la luz. En la salita no había nadie. Ante el armario, abrió la puerta con espejo; pero el Otro tampoco estaba allí.

El armario del vestíbulo. Nada. El baño de abajo. Nada. El profundo armario de debajo de la escalera. El lavadero. La sala de estar. Nada, nada, nada.

Marty buscó frenéticamente, descuidadamente, sin tener en cuenta su seguridad. Esperaba encontrar a su supuesto asesino por allí cerca y esencialmente indefenso, tal vez incluso muerto después de que en su intento de fuga hubiese agotado las últimas fuerzas que le quedaban.

En cambio, en la cocina encontró la puerta trasera abierta de par en par. Entró una ráfaga de viento frío que sacudió las puertas de los armarios. En el perchero próximo a la puerta que comunicaba con el garaje, el impermeable de Paige se agitó como si hubiese cobrado vida propia.

Mientras Marty regresaba al vestíbulo a través del comedor y el salón, el Otro se había dirigido a la cocina por otro camino. Debía de haber seguido por el corto pasillo que salía del vestíbulo, pasaba ante el baño auxiliar y el lavadero, y luego cruzaba un extremo del saloncito para la televisión. Pero arrastrándose no podía haber efectuado con tanta rapidez aquel recorrido. Tenía que haberse puesto de pie. Quizá tambaleándose, pero aun así de pie.

No; no era posible. Muy bien, tal vez aquel tipo no se hubiese roto la columna a fin de cuentas. Tal vez ni siquiera se la hubiese lesionado. Pero tenía que haberse hecho daño en la espalda... Era imposible que sencillamente se hubiese levantado de pronto y se hubiera largado brincando.

La pesadilla había vuelto a desplazar la realidad. Una vez más había llegado el momento de acechar y sentirse acechado por algo que poseía los poderes de regeneración de un monstruo en un sueño, algo que aseguraba haber venido en busca de una vida, y que parecía alarmantemente equipado para apoderarse de ella.

Marty salió por la puerta abierta a la terraza.

Un miedo renovado agudizó en él un elevado estado de conciencia, en el que los colores se hicieron más intensos, los olores más penetrantes y los sonidos más nítidos y depurados que nunca. La percepción era semejante a las sensaciones inexplicablemente agudas de ciertos sueños durante la infancia y la adolescencia, en especial aquellos en que el soñador viaja por el cielo con la misma facilidad que un pájaro, o experimenta una unión sexual con una mujer de formas tan exquisitas que luego le resulta imposible recordar su rostro o su cuerpo, sino únicamente el esplendor esencial de su belleza perfecta. Estos sueños especiales no parecían en absoluto una fantasía, sino atisbos de una realidad más inmensa y detallada que había tras la realidad del mundo consciente. El hecho de salir de la cocina, pasando del calor de la casa al frío dominio de la naturaleza, le recordó curiosamente a Marty la arrebatadora intensidad de aquellas visiones olvidadas desde hacía mucho tiempo, pues en aquellos instantes experimentaba sensaciones semejantes en intensidad, atento a cada matiz de lo que veía, oía, olía o tocaba.

En lo alto, desde el espeso dosel de la buganvilla, miles de gotas caían sobre los charcos, tan negros como el petróleo bajo la escasa luz. Y por encima de aquella negrura líquida flotaban flores de color escarlata que formaban dibujos al azar y, al mismo tiempo, intencionadamente misteriosos, tan portentosos y llenos de significado como la antigua caligrafía de algún místico chino fallecido hacía mucho tiempo.

En torno al perímetro del patio –pequeño y tapiado, como en la mayor parte de urbanizaciones del sur de California– los laureles indios y los setos de aconas se estremecían terriblemente bajo el fuerte viento. Cerca del rincón de la cara norte, las largas y tiernas ramas de unos eucaliptos australianos azotaban el aire, esparciendo sus oblongas hojas, tan oscuramente plateadas como las alas de las libélulas. Entre las sombras de los árboles –y detrás de algunos arbustos enormes– había huecos donde un hombre podría ocultarse.

Marty no tenía intención de buscar por allí. Si su presa se había arrastrado fuera de la casa para esconderse en una fría y húmeda maraña de jazmines y agapantos, debilitada a causa de la pérdida de sangre –y éste era el caso probablemente–, encontrarla no era perentorio. Lo más importante era asegurarse de que no escapaba sin que se la persiguiera.

Largamente adaptados a la sequía, y acostumbrados tan sólo al agua que les proporcionaba el aspersor de riego, un coro de sapos cantaba desde sus escondrijos; un conjunto de voces estridentes que por lo general resultaban fascinantes, pero que en aquel momento parecían sobrenaturales y amenazadoras. Por encima del coro se escuchó el aullido de unas sirenas, lejanas pero acercándose.

Si el intruso trataba de huir antes de que llegara la policía, eran pocas las vías de escape que le quedaban. Podía haber saltado alguna de las tapias, pero parecía algo improbable ya que, independientemente de cuán milagrosa fuera su recuperación, simplemente no había dispuesto de suficiente tiempo para cruzar el jardín, abrirse paso entre los arbustos y saltar al patio de los vecinos.

Marty se volvió hacia la derecha y salió corriendo de debajo del goteante techado de la terraza. Calado hasta los huesos aun cuando ni siquiera había dado media docena de pasos, siguió el sendero de detrás de la casa y avanzó a toda prisa por la parte posterior del garaje adosado.

El aguacero había hecho salir a los caracoles de sus refugios húmedos y oscuros, donde solían permanecer hasta la caída del sol. Sus cuerpos pálidos y gelatinosos se estiraban al máximo fuera del cascarón, y sus gruesas antenas tanteaban el aire. Inevitablemente pisó unos cuantos, aplastándolos hasta convertirlos en pulpa. Y por su mente centelleó la supersticiosa visión de que en cualquier momento, y con igual indiferencia, algún ser cósmico podría aplastarlo a él bajo su pie.

Cuando dobló por la esquina y entró por el sendero de servicio, flanqueado por una pared del garaje y el seto de acona, esperaba ver a su doble cojeando en dirección a la parte delantera de la casa. El sendero estaba desierto. Al final de éste, la reja se hallaba medio abierta.

Las sirenas se oían con mayor intensidad cuando Marty salió corriendo a la rampa que conducía al garaje. Cruzó chapoteando una cuneta por la que se deslizaban unos veinte centímetros de agua tan fría como la laguna Estigia, salió a la calle, y miró a derecha e izquierda. Aún no se veía ningún coche de la policía.

El Otro tampoco aparecía por ningún lado. Marty estaba solo en medio de la calle.

En la siguiente manzana hacia el sur, demasiado lejos para que pudiera reconocer la marca y el modelo, un coche se alejaba velozmente. Dudó que pudiera ser su doble quien lo conducía. Aun se hallaba bajo una tensión demasiado fuerte para creer que el herido fuese capaz de andar y mucho menos de llegar hasta su coche y alejarse a toda velocidad. Seguramente encontrarían al canalla por allí cerca, tendido entre unos arbustos, muerto o inconsciente. El coche dobló la esquina y el agudo chirrido de los neumáticos fue audible por encima del chapoteo y el susurro de la lluvia. Luego desapareció.

De pronto, por el norte se intensificó el fantasmal aullido de las sirenas, y Marty se volvió a tiempo para ver que un coche blanco y negro de la policía doblaba por aquella esquina casi tan veloz como el otro había desaparecido en dirección contraria. Unos reflectores de emergencia, rojos y azules, lanzaron haces de luz a través de la lluvia gris y por encima del asfalto. La sirena se interrumpió cuando el vehículo, dando un coletazo, frenó en el centro de la calle, a unos seis metros de Marty. Incluso en aquellas circunstancias, la espectacularidad de la exhibición le pareció a éste totalmente exagerada.

La sirena de un segundo coche patrulla se oyó a lo lejos mientras las puertas del coche blanco y negro se abrían de golpe. Dos agentes uniformados saltaron del vehículo, quedándose en cuclillas detrás de las puertas.

–¡Suéltala! –le gritaron–. ¡Rápido! ¡Vamos! ¡Suéltala ahora mismo o eres hombre muerto, cabrón! ¡Rápido!

Marty se dio cuenta de que todavía empuñaba la pistola. Los policías no sabían nada más que lo que Paige les había dicho al telefonar al 911 –que un hombre había sido herido–, de modo que debían de suponer que el asesino era él. Si no hacía lo que exigían, y cuanto antes, le dispararían a él. Y con razón.

Dejó que el arma resbalara de su mano.

Resonó al golpear el asfalto.

Entonces le ordenaron que de una patada la lanzara lejos. Obedeció.

Cuando los agentes se incorporaron detrás de las puertas abiertas del vehículo, uno de los policías exclamó:

–¡Al suelo! ¡Boca abajo y con las manos en la espalda!

Sabía que no era el momento de explicarles que él no era el agresor sino la víctima. Lo primero que debía hacer era obedecer, luego ya vendrían las explicaciones. Si hubiese estado en el lugar de los policías, él habría hecho lo mismo.

Se dejó caer sobre las manos y las rodillas, luego se tendió en la calle cuan largo era. Incluso a través de la camisa, el húmedo asfalto era tan frío que lo dejó sin aliento.

La casa de Vic y Kathy Delorio estaba justo al otro lado de

la calle, delante mismo de donde él permanecía tendido, y Marty confió en que hubiesen mantenido a Charlotte y a Emily apartadas de las ventanas. No debían ver a su padre boca abajo en el suelo, bajo las armas de la policía. Recordó los ojos desmesuradamente abiertos de sus pequeñas cuando había entrado bruscamente en la cocina con la pistola en la mano, y no deseaba que se asustaran todavía más.

El frío se le filtraba hasta los huesos.

La segunda sirena se oía más fuerte a cada segundo que pasaba. Confió en que el segundo coche patrulla hubiese doblado hacia el sur y se acercara por aquel lado de la manzana. El penetrante aullido era tan escalofriante como un carámbano en el oído.

Con un lado de la cara sobre el asfalto, pestañeando para apartar la lluvia de sus ojos, observó que los policías se acercaban. Mantenían las armas apuntando hacia abajo. Al pasar sobre un charco poco profundo, las salpicaduras parecieron enormes desde la perspectiva de Marty.

–No pasa nada... –les dijo cuando llegaron a su lado–. Vivo aquí; ésta es mi casa. –Su voz ronca sonó más distorsionada a causa de los estremecimientos que se habían apoderado de él, y temió que pudiera parecer que se trataba de un borracho o un loco–. Ésta es mi casa.

–¡Quieto en el suelo! –le espetó uno de los agentes–. Mantenga las manos en la espalda y quédese ahí.

–¿Tiene algo que sirva para identificarlo? –le preguntó el otro.

–Sí, claro –contestó Marty, estremeciéndose tan convulsivamente que los dientes le castañetearon–. En mi cartera.

Para no correr riesgos, lo esposaron antes de extraerle la cartera del bolsillo trasero del pantalón. Las esposas metálicas todavía estaban tibias a causa de la calefacción del coche patrulla.

Se sentía exactamente como si fuera uno de los personajes de sus novelas. Y, decididamente, aquélla no era una sensación muy agradable.

La segunda sirena dejó de sonar. Las portezuelas de un coche se cerraron de golpe. Oyó el chisporroteo de las interferencias de una radio, y voces lejanas de policías hablando a través de la banda local.

–¿No tiene alguna foto identificativa por ahí? –preguntó el policía que le había cogido la cartera.

Marty volvió la cabeza hacia la izquierda, tratando de ver con el rabillo del ojo algo más arriba de las rodillas del agente.

–Sí, claro. En una de las pestañas de plástico. El permiso de conducir...

En sus novelas, cuando los personajes inocentes eran sospechosos de algún delito que no habían cometido, a menudo se mostraban preocupados o asustados. Pero Marty nunca había escrito acerca de la humillación que suponía semejante experiencia: tendido sobre el helado suelo, boca abajo ante los agentes de policía, se sentía más mortificado que nunca, aun cuando no hubiese hecho nada malo. La situación en sí –encontrarse en una postura de total sumisión mientras unos representantes de la ley lo observaban con profunda sospecha –pareció despertar una congénita sensación de culpabilidad por alguna monstruosa transgresión que no podía identificar del todo, una sensación de vergüenza porque al fin iban a descubrirlo, a pesar de que sabía que no había nada de lo que pudieran culparlo.

–¿Cuánto tiempo tiene esa foto del permiso de conducir? –preguntó el policía que sostenía su cartera.

–No lo sé. Dos, tres años...

–Pues no se le parece mucho.

–Ya sabe cómo son esas fotos instantáneas –contestó Marty, desalentado al notar en su voz un tono de súplica más que de rabia.

–¡Dejen que se levante! ¡No pasa nada! ¡Es mi marido! ¡Es Martin Stillwater! –exclamó Paige mientras corría hacia ellos desde la casa de los Delorio.

Marty no podía verla, pero su voz lo animó y restauró la sensación de realidad en aquel ámbito de pesadilla.

Se dijo que todo se solucionaría. Los policías reconocerían su error, dejarían que se pusiese de pie, buscarían entre los arbustos alrededor de la casa y en los patios de los vecinos, pronto darían con su doble y encontrarían una explicación para todos los misteriosos acontecimientos de la última hora.

–Es mi marido –repitió Paige, mucho más cerca ahora, y Marty sintió que los policías se volvían a mirarla.

Por fortuna tenía una esposa atractiva a la que valía la pena contemplar, aun cuando estuviese aturdida y empapada por la lluvia. Pero no era sólo atractiva, sino también lista, encantadora, divertida, amorosa y singular. Y sus hijas eran unas criaturas estupendas. Él tenía una próspera carrera como novelista y disfrutaba profundamente con su trabajo. Nada iba a hacer que todo aquello cambiase. Nada.

Sin embargo, a pesar de que los policías le quitaban las esposas y lo ayudaban a ponerse de pie, a pesar de que Paige lo abrazaba y él la estrechaba agradecido entre sus brazos, Marty era plena e inquietantemente consciente de que el crepúsculo daba paso a la noche. Miró por encima del hombro de su esposa, escudriñando cada zona de sombra a lo largo de la calle, preguntándose de qué maraña de oscuridad vendría el próximo ataque. La lluvia parecía tan fría como el aguanieve, las luces de los coches patrulla le producían escozor en los ojos, la garganta le quemaba como si hubiese hecho gargarismos con ácido, el cuerpo le dolía debido a los golpes que había recibido, y su instinto le decía que lo peor aún estaba por llegar.

No.

No, no era el instinto el que hablaba. Era su imaginación enfebrecida la que estaba actuando. La maldición de la imaginación del escritor. Siempre en busca del siguiente giro en el argumento.

Pero la vida no era como la ficción... Las historias reales no tenían un segundo acto, ni un tercero, ni estructuras diáfanas, ni ritmo narrativo, ni un desenlace progresivo, sino únicamente cosas absurdas que ocurrían sin la lógica de la ficción, y luego la vida seguía, como de costumbre.

Todos los policías lo estaban observando mientras abrazaba a Paige.

Le pareció detectar una expresión de hostilidad en sus rostros.

Otra sirena aulló a lo lejos.

Tenía tanto frío...

CAPÍTULO III

1

A Drew Oslett lo intranquilizaba la noche de Oklahoma. Kilómetro tras kilómetro, y con raras excepciones, la oscuridad era tan profunda y rigurosa a los lados de la autopista interestatal, que parecía como si cruzaran un puente sobre un abismo inmenso y sin fondo. Miles de estrellas salpicaban el cielo nocturno, sugiriendo una vastedad en la que Oslett prefería no pensar.

Él era un hombre de ciudad, su espíritu estaba en armonía con el ajetreo urbano. Los mayores espacios abiertos en que se sentía completamente a gusto eran las anchas avenidas flanqueadas por altos edificios. Había vivido muchos años en Nueva York, pero nunca había visitado Central Park; aquellos campos y hondonadas estaban rodeados por la ciudad, y aun así a Oslett le parecían lo bastante grandes y bucólicos para ponerlo nervioso. Él sólo estaba en su elemento entre los bosques protectores de los rascacielos, en las aceras llenas de gente y en las calles atestadas de ruidoso tráfico. En el apartamento que tenía en el centro de Manhattan dormía con las cortinas descorridas a fin de que la luz de la ciudad inundara el dormitorio. Y cuando despertaba en plena noche, se sentía confortado con las habituales sirenas, los bocinazos, los gritos de los borrachos, el traqueteo de las tapas del alcantarillado al pasar los coches por encima, y otros ruidos más exóticos que se alzaban de las calles incluso durante las horas de reposo, si bien de modo menos intenso que durante el espléndido fragor de la mañana, la tarde o el anochecer. La continua estridencia de la ciudad y sus infinitas distracciones eran la seda de su capullo; lo protegían, proporcionándole la certeza de que nunca se encontraría en las apacibles circunstancias que propician la contemplación y la introspección.

La oscuridad y el silencio no ofrecían distracciones y, por

lo tanto, eran enemigos de la felicidad. Y la Oklahoma rural tenía mucho de ambas cosas.

Ligeramente hundido en el asiento del pasajero del Chevrolet alquilado, Drew Oslett desvió su atención del intranquilizador paisaje y la centró en el moderno mapa electrónico que sostenía en su regazo.

El aparato era del tamaño de un maletín de ejecutivo, aunque cuadrado en vez de rectangular, y funcionaba con la batería del coche a través del enchufe del encendedor. La superficie plana del mapa semejaba la pantalla de un televisor con una estrecha franja de metal brillante y una hilera de botones de control. Sobre un fondo suavemente luminoso de color verde limón, las autopistas interestatales aparecían indicadas con unas rayas verde esmeralda, las carreteras estatales en amarillo, y las comarcales en azul. Los desvíos sin asfaltar o caminos de grava se representaban mediante líneas negras intermitentes. Los centros de población, muy escasos en aquella parte del planeta, aparecían de color rosa.

Su coche era un punto de luz roja en medio de la pantalla. El punto avanzaba regularmente a lo largo de la línea verde esmeralda, que era la interestatal 40.

–Ahora se encuentra a unos cuatro kilómetros al frente –advirtió Oslett.

Karl Clocker, el conductor, no contestó. Clocker no se caracterizaba por su locuacidad, ni siquiera en las mejores ocasiones. Una piedra solía ser más comunicativa que él.

La pantalla cuadrada del mapa electrónico estaba puesta a mitad de la escala, exhibiendo un centenar de kilómetros cuadrados de territorio en una cuadrícula cada uno de cuyos lados equivalía a diez kilómetros. Oslett pulsó uno de los botones y el mapa desapareció, siendo sustituido casi de inmediato por un bloque que representaba un área de veinticinco kilómetros cuadrados, cinco kilómetros por cada lado, la cual era una ampliación del mapa anterior.

El punto rojo que representaba su coche apareció entonces cuatro veces mayor. Pero ya no estaba en el centro de la imagen, sino en el lado derecho.

Cerca del extremo izquierdo de la imagen, a una distancia equivalente a menos de cuatro kilómetros, una parpadeante X blanca permanecía inmóvil justo en una fracción de tres centímetros a la derecha de la interestatal 40. La X señalaba su objetivo.

Oslett disfrutaba trabajando con el mapa porque la pantalla era también en color, como el visor de un videojuego perfectamente diseñado. Y a él le encantaban los videojuegos. De hecho, aunque ya había cumplido los treinta y dos, algunos de sus locales favoritos eran los centros de juegos recreativos, donde una serie de frías máquinas torturaban la vista con sus parpadeantes luces multicolores y tentaban los oídos con sus incesantes bips, pips, bangs, zzzums, tac-tac-tacs, solos musicales y demás oscilantes tonalidades electrónicas.

Desgraciadamente, el mapa no disponía de ninguna de las acciones de los juegos. Y también carecía de efectos sonoros.

Sin embargo, lo excitaba, pues no todo el mundo podía poner sus manos en un artilugio como aquél, al que llamaban USAS (por Unidad de Seguimiento Asistida por Satélite). No se hallaba a la venta, en parte debido a que el costo era tan exorbitante que los potenciales compradores eran demasiado escasos para justificar una amplia comercialización. Además, la distribución de parte de su tecnología estaba estrictamente prohibida por motivos de seguridad nacional. Y, dado que el mapa era sobre todo un instrumento para llevar a cabo un seguimiento y una vigilancia altamente clandestinos, la mayor parte de las relativamente escasas unidades que existían estaba en poder de autoridades controladas federalmente y de agencias dedicadas a obtener información, o en manos de organizaciones similares en países aliados de Estados Unidos.

–Tres kilómetros –le dijo Oslett a Clocker.

El corpulento conductor ni siquiera gruñó a modo de respuesta.

Unos cables salían del USAS y terminaban en una ventosa de diez centímetros de diámetro que Oslett había fijado a la parte más alta del curvado parabrisas. Un dispositivo electrónico microminiaturizado, situado en la base de la ventosa, era el transmisor y el receptor de un paquete de conexiones vía satélite. A través de unos impulsos de microondas codificados, el USAS podía captar rápidamente múltiples comunicaciones terrestres simultáneas y satélites de vigilancia propiedad de la industria privada, así como distintos servicios de comunicación militar, pasando por encima de sus sistemas de seguridad, insertar su programa en sus unidades de lógica y recoger información sin alterar las funciones primordiales ni alertar los monitores de base.

Mediante la utilización de dos satélites para la búsqueda y localización de una señal única de determinado transmisor, el USAS podía triangular la situación exacta del portador del transmisor. Por lo general, el objetivo era un dispositivo imperceptible que habían colocado en el vehículo del individuo sujeto a vigilancia –por lo general coches, pero también una avioneta o una embarcación– a fin de poder seguirlo a distancia sin que advirtiera que estaba siendo vigilado.

En el caso que ahora los ocupaba, el transmisor iba escondido dentro del tacón y la suela de uno de los zapatos de la persona a la que seguían.

Oslett utilizó los controles del USAS para dividir por la mitad la zona representada en la pantalla, con lo cual aumentó espectacularmente los detalles del mapa. Después de estudiar la nueva imagen, comentó:

–Sigue sin moverse... Parece como si se hubiese detenido en el arcén o en un área de descanso.

Los microchips del USAS contenían mapas detallados de cada kilómetro cuadrado del territorio continental de Estados Unidos, Canadá y México. Si Oslett hubiese estado operando en Europa, Oriente Medio o cualquier otro lugar, podría haber instalado una biblioteca cartográfica adecuada al territorio.

–Dos kilómetros y medio –anunció Oslett.

Guiando con una mano, Clocker metió la otra bajo su chaqueta de deporte y extrajo el revólver de la sobaquera. Era un Colt 357 Magnum, un arma extravagante –y algo anticuada– para la clase de trabajo que hacía Karl Clocker. También le gustaban las chaquetas de *tweed* con botones forrados de piel, parches de piel en los codos y, a veces –como ahora–, solapas de piel. Tenía una estrafalaria colección de chalecos de punto con vistosos rombos, uno de los cuales lucía en aquellos momentos. A menudo elegía calcetines de vivos colores para que no conjuntaran con nada, y siempre, sin excepción, llevaba zapatos de gamuza. Teniendo en cuenta su talla y su carácter, nadie estaba dispuesto a hacerle un comentario negativo sobre su gusto en el vestir, y mucho menos una observación que él no había solicitado en lo que a sus preferencias en armas se refería.

–No necesitaremos armamento pesado –le dijo Oslett.

Sin pronunciar palabra, Clocker depositó el Colt 357 Magnum en el asiento a su lado, junto al sombrero, donde podría cogerlo fácilmente.

–Tengo la pistola de cápsulas tranquilizantes –añadió Oslett–. Con esto bastará.

Clocker ni siquiera se volvió a mirarlo.

2

Antes de que Marty accediera a abandonar la calle barrida por la lluvia y contar a las autoridades lo sucedido, insistió en que un agente uniformado vigilara a Charlotte y a Emily en casa de los Delorio. Estaba convencido de que Vic y Kathy harían cualquier cosa por proteger a sus hijas, pero no estaban preparados para enfrentarse a la implacable brutalidad del Otro.

No confiaba siquiera en que un agente bien armado fuera protección suficiente.

En el porche delantero de los Delorio, regueros de lluvia caían del alero. Bajo el resplandor de la lámpara de bronce parecían cintas de oropel navideño. Protegidos allí debajo, Marty intentó hacerle entender a Vic que las niñas aún estaban en peligro.

–No dejes que nadie entre, excepto la policía o Paige.

–Por supuesto, Marty. –Vic era profesor de educación física, entrenador del equipo de natación en el instituto local, jefe de grupo en los Boy Scouts, principal impulsor del programa de vigilancia vecinal y organizador de varias campañas anuales de recaudación de fondos para fines benéficos. Se trataba de un hombre serio y enérgico que disfrutaba ayudando a la gente y que calzaba zapatos de deporte incluso en las ocasiones en que llevaba traje y corbata, como si un calzado más formal no le permitiera moverse con la celeridad que deseaba para alcanzar sus objetivos–. Nadie excepto la policía o

Paige. Déjamelo a mí, a las niñas no les pasará nada conmigo y con Kathy... Jesús, Marty, ¿qué ha sucedido ahí dentro?

–Y, por el amor de Dios, no entregues las niñas a nadie, ni a la poli ni a nadie, a menos que Paige los acompañe. Ni siquiera me las des a mí, si Paige no está conmigo.

Vic Delorio apartó la mirada de los policías y pestañeó sorprendido.

Marty aún podía recordar la voz airada del Otro, ver las gotas de saliva saltar de su boca mientras exclamaba con rabia: «Quiero mi vida, a mi Paige, a mi Charlotte, a mi Emily...».

–¿Lo has entendido, Vic?

–¿Tampoco a ti?

–Sólo si Paige está conmigo. Sólo entonces.

–¿Qué...?

–Ya te lo explicaré luego –lo interrumpió Marty–. Me están esperando. –Dio media vuelta y se marchó corriendo por el sendero hacia la calle, volviéndose sólo una vez para repetir–: Sólo con Paige.

«... a mi Paige, a mi Charlotte, a mi Emily...»

Una vez en la cocina de su casa, Marty volvió a relatar el ataque de que había sido objeto al agente que había recogido la llamada y el primero en aparecer en escena. Luego permitió que un técnico de la policía le untara los dedos con tinta y los hiciera rodar sobre una cartulina de registro. Necesitaban diferenciarlas de las del intruso. Se preguntó si él y el Otro resultarían tan idénticos en ese aspecto como parecían serlo en todos los demás.

Paige también se sometió al proceso. Era la primera vez en la vida de ambos que los fichaban. Aunque Marty comprendía la necesidad de hacerlo, todo aquel proceso le parecía una agresión.

Después de obtener lo que pedía, el técnico humedeció con glicerina una toallita de papel y les aseguró que eliminaría cualquier rastro de tinta. No fue así. Por muy fuerte que frotaran, las yemas de sus dedos seguían manchadas.

Antes de sentarse para hacer una declaración más completa al oficial, Marty subió a cambiarse y ponerse ropa seca. También se tomó cuatro tabletas de Anacin.

Subió el termostato y pronto la casa se caldeó. Sin embargo, de vez en cuando aún sentía escalofríos, probablemente debido a la presencia de tantos agentes de policía.

Parecían haberse adueñado de la casa. Algunos iban de uniforme, otros de paisano, pero todos eran extraños cuya presencia hacía que Marty se sintiera todavía más humillado.

No había previsto hasta qué punto la víctima de un grave delito se veía desposeída de intimidad en el momento en que hacía su declaración. Policías y técnicos habían entrado en su estudio para fotografiar el lugar donde había empezado el violento enfrentamiento, extraer un par de balas de la pared, echar polvos en busca de huellas y obtener muestras de sangre de la moqueta. También estaban fotografiando el pasillo de arriba, la escalera, el vestíbulo. En su búsqueda de las pruebas que el intruso pudiese haber dejado, daban por sentado que estaban invitados a husmear en cualquier habitación o armario.

Claro que si se encontraban allí era para ayudarlo, y Marty agradecía sus esfuerzos. Sin embargo resultaba embarazoso pensar que unos desconocidos pudieran advertir la obsesión con que él y Emily ordenaban su ropa en el armario según los colores, el hecho de que él coleccionase centavos y monedas de diez en el interior de un frasco como haría un muchacho que estuviese ahorrando para comprarse la primera bicicleta, y otros detalles poco importantes de su vida, pero altamente personales.

Pero se sentía más inquieto por el detective de paisano encargado de la investigación que por todos los demás juntos. El tipo se llamaba Cyrus Lowbock y lo obligó a idear una compleja respuesta que le provocó algo más que simple turbación.

El detective podía haberse ganado muy bien la vida haciendo de modelo publicitario, ya fuera anunciando un Rolls-Royce, un esmoquin, caviar, o los servicios de un agente de bolsa. Tenía unos cincuenta años y era bien parecido, de cabello cano, tez bronceada incluso en noviembre, nariz aguileña, pómulos altos, y ojos extraordinariamente grises. Con sus mocasines negros, pantalón de pana gris, suéter de punto grueso azul marino y camisa blanca –se había quitado la cazadora–, Lowbock lograba parecer a la vez distinguido y deportivo, si bien los deportes con los que podía asociárselo no eran el fútbol o el béisbol, sino el tenis, la vela u otras actividades de las clases altas. Su aspecto no encajaba con la imagen que la gente suele tener de un policía sino con la de alguien nacido para ser rico, y que sabía cómo administrar y conservar la riqueza.

Lowbock estaba sentado frente a Marty ante la mesa del comedor, escuchando atentamente su narración del asalto, formulando preguntas mayormente para clarificar los detalles, y tomando notas en un bloc con una valiosa estilográfica Montblanc, negra y dorada. Paige estaba sentada junto a Marty, ofreciéndole su apoyo emocional. Los tres eran las únicas personas que había en la habitación, aunque de vez en cuando los interrumpían los agentes uniformados para conferenciar con Lowbock, y en dos ocasiones el detective se excusó para examinar unas pruebas que juzgaban relevantes para el caso.

Mientras bebía pepsi para calmar el ardor que le abrasaba la garganta y volvía a relatar su lucha a vida o muerte con el intruso, Marty experimentó un rebrote de la inexplicable sensación de culpabilidad que lo había invadido cuando estaba con las manos esposadas, tendido en la calle mojada. Ahora la sensación no era menos irracional que antes, considerando que el mayor delito del que podía acusárselo justificadamente era su habitual desdén hacia las limitaciones de velocidad en ciertas carreteras. Pero esta vez se dio cuenta de que parte de la inquietud era el resultado de su percepción de que el teniente Cyrus Lowbock lo observaba con muda desconfianza.

Lowbock se mostraba educado pero no decía gran cosa, y sus silencios eran vagamente acusatorios. Cuando no estaba tomando notas, miraba a Marty sin pestañear con sus penetrantes ojos color cinc.

No estaban muy claros los motivos por los cuales el detective sospechaba que él no estaba diciendo la verdad. Sin embargo, Marty suponía que después de tantos años de servicio en la policía, a lo largo de los cuales se había relacionado a diario con los peores elementos de la sociedad, era comprensible su tendencia al cinismo. Independientemente de lo que prometía la Constitución de Estados Unidos, un policía veterano probablemente sentía justificada su convicción de que todos los hombres –y mujeres– eran culpables hasta que no se demostrara su inocencia.

Marty terminó su historia y tomó otro sorbo de pepsi. Los líquidos fríos ya habían hecho todo cuanto podían para aliviar su magullada garganta; la mayor molestia se concentraba ahora en el cuello, allí donde las manos del agresor habían dejado la piel enrojecida y donde por la mañana sin duda aparecería un gran hematoma. Aunque el calmante empezaba a hacer su efecto, un dolor parecido a un latigazo le hacía dar un respingo cada vez que giraba bruscamente la cabeza en cualquier dirección, de modo que adoptó la postura y los movimientos de quienes llevan un collarín.

Durante lo que pareció un tiempo excesivo, Lowbock fue hojeando su bloc de notas, repasándolas en silencio, tamborileando silenciosamente con la Montblanc sobre las páginas.

El sonido de la lluvia aún animaba la noche, si bien la tormenta había amainado un poco.

Arriba, el piso de madera crujía de vez en cuando con el peso de los agentes que aún desarrollaban su cometido.

Por debajo de la mesa, Paige tanteó con su mano derecha en busca de la izquierda de Marty, y al hallarla se la apretó como para decirle que ya todo estaba arreglado.

Pero no era cierto. Nada se había explicado ni estaba resuelto. Y, por lo que él intuía, sus problemas acababan de empezar.

«... a mi Paige..., a mi Charlotte, a mi Emily...»

Por fin, Lowbock se volvió hacia Marty. Con un tono de voz impersonal, condenadamente preciso debido a una absoluta falta de inflexión que pudiera interpretarse de algún modo, el detective comentó:

–Es toda una historia...

–Ya sé que suena absurda. –Marty reprimió el impulso de asegurarle a Lowbock que no había exagerado el grado de parecido entre él y su doble, ni cualquier otro aspecto de su declaración. Había dicho la verdad, y no tenía por qué pedir excusas por el hecho de que la verdad, en este caso, fuera tan asombrosa como cualquier fantasía.

–¿Y dice que no tiene usted ningún hermano gemelo? –preguntó Lowbock.

–No, señor.

–¿Ni ningún hermano?

–Soy hijo único.

–¿Un hermanastro?

–Mis padres se casaron cuando cumplieron los dieciocho años. Ninguno de los dos volvió a contraer matrimonio. Se lo aseguro, teniente, no existe una explicación fácil para ese individuo.

–Bueno, no hacen falta otros matrimonios para que tenga usted un hermanastro..., o un hermano de sangre, por lo que hace al caso –dijo Lowbock, fijando de tal modo los ojos en él que desviar la mirada habría significado el reconocimiento de algo.

Mientras Marty digería el comentario del detective, Paige le apretó la mano por debajo de la mesa, como si quisiera advertirle que no debía dejar que Lowbock lo desconcertase. Intentó convencerse de que el detective sólo estaba estableciendo un hecho, pero habría sido más amable por su parte mirar el bloc de notas, o por la ventana, mientras sacaba sus conclusiones.

Marty replicó casi con la misma rigidez con que mantenía erguida la cabeza:

–Déjeme ver... Supongo que en tal caso dispongo de tres alternativas. O mi padre dejó embarazada a mi madre antes de casarse y dejaron a este hermano, a este bastardo, en adopción. O después de que mis padres se casaran, papá se entendía con alguna otra mujer, la cual dio como resultado un hermanastro. O mi madre quedó embarazada de otro tipo, ya fuera antes o después de casarse con mi padre, y que este embarazo constituya un oscuro secreto de familia...

–Lamento si lo he ofendido, señor Stillwater –dijo Lowbock, sin dejar de mirarlo fijamente.

–Yo también.

–¿No será usted algo susceptible al respecto?

–¿Usted cree? –inquirió Marty con tono mordaz, aunque se preguntó si en realidad no estaría exagerando.

–Algunas parejas tienen a su primer hijo antes de estar dispuestas a formalizar su relación –insinuó el detective–, y con frecuencia lo dejan en adopción.

–Mis padres no.

–¿Lo sabe con certeza?

–Los conozco.

–Tal vez debería preguntárselo.

–Tal vez lo haga.

–¿Cuándo?

–Lo pensaré.

Una sonrisa, tan débil y breve como la sombra de un pájaro en pleno vuelo, cruzó la cara de Lowbock.

Marty estaba convencido de que había visto sarcasmo en aquella sonrisa. Pero, por su vida que no comprendía por qué el detective lo consideraba algo más que una simple víctima.

Lowbock bajó la vista hacia sus notas, dejando que el silencio se prolongara unos momentos. Luego preguntó:

–Entonces, si este doble no es algún pariente suyo, hermano o hermanastro, ¿tiene usted alguna idea que explique tan extraordinario parecido?

Marty empezó a negar con la cabeza, pero dio un respingo cuando el dolor le atravesó el cuello.

–No, ni idea.

–¿Quieres una aspirina? –le preguntó Paige.

–Ya he tomado Anacin. Se me pasará.

–Sólo he pensado que tal vez tuviera usted alguna teoría –dijo Lowbock, y volvió a mirarlo fijamente.

–No, lo siento.

–Como es usted escritor...

Marty no captó el sentido de la observación del detective.

–No entiendo a qué se refiere.

–Usted utiliza la imaginación todos los días, se gana la vida con ello.

–¿Y qué?

–Pues que tal vez podría solucionar este pequeño misterio, si lo intentara.

–Yo no soy detective. Soy bastante hábil para construir situaciones misteriosas, pero no me dedico a desenmarañarlas.

–En la tele, cualquier escritor de novelas de misterio, o cualquier detective aficionado, lo que es lo mismo, siempre es más listo que la policía.

–Pues en la vida real no es así.

Lowbock garabateó al pie de la página de su bloc de notas y dejó pasar unos segundos de silencio antes de decir:

–No, no lo es.

–Yo no confundo realidad y fantasía –replicó Marty, con excesiva brusquedad.

–No se me habría ocurrido pensarlo –le aseguró Cyrus Lowbock, concentrado en sus garabatos.

Marty volvió cuidadosamente la cabeza para ver si Paige mostraba alguna señal de haber percibido hostilidad en el tono o los modales del detective. Ella miraba a Lowbock con expresión pensativa, lo cual hizo que Marty se sintiese mejor; tal vez no estuviese reaccionando de un modo exagerado a fin de cuentas, y no necesitara añadir la paranoia a la lista de síntomas que había expuesto a Paul Guthridge.

Envalentonado por la supuesta actitud de Paige, Marty volvió a enfrentarse a Lowbock.

–Teniente, ¿ocurre algo aquí?

Lowbock enarcó las cejas, como si le sorprendiera la pregunta, y contestó con tono burlón:

–Eso es justamente lo que creo, de lo contrario usted no nos habría llamado.

Conteniéndose para no responder con la causticidad que Lowbock se merecía, Marty dijo:

–Me refiero a que noto cierta hostilidad aquí, y no entiendo el motivo. ¿Cuál es la razón?

–¿Hostilidad? ¿De veras? –Sin alzar la vista de sus garabatos, Lowbock frunció el entrecejo–. Bueno, no querría que la víctima de un asalto se viese tan intimidada por nosotros como por el canalla que lo agredió. No sería una buena manera de llevar las relaciones públicas, ¿no le parece? –Con estas palabras, soslayó limpiamente contestar de un modo directo a la pregunta de Marty.

El garabato estaba acabado. Era el dibujo de una pistola.

–Señor Stillwater, el arma con que disparó al intruso... ¿era la misma que le quitaron en la calle?

–No me la quitaron. La dejé caer voluntariamente cuando me lo pidieron. Y sí, era la misma arma.

–¿Una Smith and Wesson de nueve milímetros?

–Sí.

–¿Y se la compró a un comerciante con licencia de venta de armas?

–Sí, por supuesto. –Marty le facilitó el nombre del establecimiento.

–¿Tiene usted un recibo de la tienda y la prueba de haber solicitado el correspondiente permiso oficial antes de la compra?

–¿Qué tiene esto que ver con lo que ha pasado hoy aquí?

–Simple rutina –contestó Lowbock–. Luego tengo que llenar todos los pequeños espacios en blanco del informe del delito. Es sólo rutina.

A Marty no le gustaba el modo en que la entrevista se convertía paulatinamente en un interrogatorio, pero no sabía qué hacer al respecto. Frustrado, se volvió hacia Paige para contestar a la pregunta de Lowbock, pues era ella quien se encargaba de guardar los papeles que luego le pasaba a su gestor contable.

–Todos los papeles de la compra del arma deben de estar grapados juntos y archivados con todos nuestros cheques cancelados y recibos de ese año –contestó ella.

–La compramos hará unos tres años –intervino Marty.

–Todo está guardado en el altillo del garaje... –añadió Paige.

–Pero ¿podrían facilitármelo? –preguntó Lowbock.

–Bueno..., removiendo un poco por allí... –contestó Paige mientras empezaba a ponerse de pie.

–Oh, no es necesario que lo haga ahora mismo –dijo Lowbock–. No es tan urgente. –Y de nuevo se dirigió a Marty–: ¿Qué me dice del Korth que hay en la guantera de su Taurus? ¿Lo compró en la misma tienda?

–¿Qué han estado haciendo en el Taurus? –preguntó Marty, sorprendido.

Lowbock fingió sorprenderse ante la reacción de Marty, pero parecía calculado, como si quisiese aguijonearlo.

–¿En el Taurus? Investigando el caso. Es lo que se nos ha pedido que hagamos, ¿no? Quiero decir, ¿hay algún sitio, algún tema, que usted prefiera que no investiguemos? Porque, desde luego, respetaremos sus deseos en ese aspecto.

El detective era tan sutil en su socarronería, y tan vago en sus insinuaciones, que cualquier réplica airada por parte de Marty habría parecido la reacción de alguien que tenía algo que ocultar. Estaba claro que Lowbock pensaba que él tenía algo que ocultar y que trataba de inducirlo a que lo reconociera inadvertidamente.

Marty casi deseó tener algo oculto que reconocer. La forma en que aquel juego se estaba desarrollando resultaba enormemente frustrante.

–¿Compró el Korth en la misma tienda donde adquirió la Smith and Wesson? –insistió Lowbock.

–Sí. –Marty bebió un sorbo de su pepsi.

–¿Tiene todos los papeles de éste?

–Sí, seguro.

–¿Lleva siempre esa arma en su coche?

–No.

–Hoy estaba en él.

Marty era consciente de que Paige lo miraba con cierto grado de sorpresa. No podía explicarle ahora su ataque de pánico ni hablarle de la extraña sensación que lo había precedido, de que una fuerza irresistible lo había asaltado obligándolo a tomar unas precauciones extraordinarias. Considerando el giro inesperado y menos inocente que tomaba el interrogatorio, aquélla no era una información que deseara compartir con el detective, por temor a parecer algo desequilibrado y ser recluido involuntariamente con el fin de obtener un diagnóstico psiquiátrico.

Marty sorbió otro poco de pepsi, no para calmarse la garganta, sino para ganar algo de tiempo y poder pensar antes de responder a Lowbock.

–¿No sabía usted que estaba en la guantera?

–No.

–¿Es usted consciente de que es ilegal llevar un arma cargada en el coche?

«¿Y qué es, si no, lo que ha estado haciendo su gente al meter las narices en mi coche?», pensó Marty, pero dijo:

–Como ya le he dicho, no sabía que estuviese allí. Así que tampoco podía saber que estuviese cargada.

–¿La cargó usted mismo?

–Probablemente.

–¿Quiere decir que no recuerda si la cargó o cómo la dejó en el Taurus?

–Lo que probablemente sucedió… Quizá la última vez que fui al campo de tiro la cargué y luego lo olvidé.

–¿Y la trajo a casa desde el campo de prácticas en la guantera?

–Así es.
–¿Cuándo fue la última vez que fue al campo de tiro?
–No lo sé... Hará tres, cuatro semanas...
–Entonces, ¿ha estado llevando por ahí el arma cargada en su coche durante un mes?
–Había olvidado que la llevaba ahí.
Una mentira, inventada para excusar un pequeño delito de posesión de armas, lo había conducido a todo un rosario de mentiras. Todas pequeñas falsedades, pero Marty sentía –aunque de mala gana– suficiente respeto hacia las habilidades de Cyrus Lowbock para saber que éste las percibía como falsas. Y dado que el detective ya parecía razonablemente convencido de que había que mirar a la supuesta víctima como a un sospechoso, supondría que cada embuste era una prueba más de los oscuros secretos que ocultaba.
Inclinando ligeramente la cabeza hacia atrás, mirando fría pero acusadoramente a Marty, utilizando su aspecto aristocrático para intimidarlo, pero manteniendo el tono tranquilo, monocorde, Lowbock preguntó:
–Señor Stillwater..., ¿siempre es usted tan descuidado con las armas?
–Yo no creo que lo sea.
Lowbock volvió a enarcar las cejas.
–¿No lo es?
–No.
El detective cogió su estilográfica y efectuó una misteriosa anotación en su bloc. Luego volvió a empezar a garabatear.
–Dígame, señor Stillwater, ¿tiene usted permiso para llevar un arma escondida?
–No, claro que no.
–Entiendo.
Marty bebió otro trago de pepsi.
Por debajo de la mesa, Paige volvió a buscar su mano. Se sintió agradecido ante el contacto.
El nuevo garabato iba tomando forma. Un par de esposas.
–¿Es usted aficionado a las armas? –preguntó Lowbock–. ¿Un coleccionista?
–No, la verdad es que no.
–Pero tiene usted muchas.
–No tantas.

Lowbock fue enumerándolas con los dedos de la mano:

–Bueno, la Smith and Wesson, el Korth, el fusil de asalto Colt M16 en el armario del vestíbulo...

«¡Oh, Dios mío!»

Lowbock apartó la vista de su mano, fijó la fría e intensa mirada en los ojos de Marty, y preguntó:

–¿Sabía usted que el M16 también estaba cargado?

–Compré todas esas armas principalmente por motivos de investigación. Para mis libros... No me gusta describir un arma sin haberla probado. –Era cierto, pero incluso a Marty le sonó increíble.

–¿Y las guarda cargadas, escondidas en cajones y armarios por toda la casa?

A Marty no se le ocurrió ninguna respuesta plausible. Si admitía que sabía que el fusil estaba cargado, Lowbock querría saber por qué alguien necesitaba guardar en ese estado un arma militar, en un pacífico y tranquilo barrio residencial. Era indudable que un M16 no era apropiado para la defensa del hogar, a no ser, tal vez, que uno viviese en Beirut, en Kuwait o en el centro sur de Los Angeles. Por otro lado, si le decía que no sabía que el fusil estuviese cargado, habría más preguntas sarcásticas sobre su descuido con las armas y descaradas insinuaciones de que estaba mintiendo.

Además, cualquier cosa que dijera parecería estúpida o extremadamente falaz si habían encontrado la escopeta Mossberg bajo la cama del dormitorio o la Beretta que había escondido en el armario de la cocina.

–¿Qué tienen que ver mis armas con lo que ha sucedido hoy? –preguntó tratando de no perder la calma–. A mí me parece que nos estamos desviando del asunto, teniente.

–¿Es eso lo que le parece? –preguntó Lowbock, como si estuviese realmente desconcertado ante la actitud de Marty.

–Sí, esto es lo que parece –replicó bruscamente Paige, sin duda consciente de que estaba en mejor posición que Marty para mostrarse dura con el detective–. Hace que parezca como si fuese Marty el que ha entrado en casa de alguien y haya tratado de estrangularlo.

–¿Ha ordenado a algunos de sus hombres que registren el vecindario? –preguntó Marty–. ¿Ha cursado una orden de busca y captura?

–¿Una orden?

Marty se irritó ante la intencionada torpeza del detective.

–Una orden de busca y captura contra el Otro.

–¿Contra quién? –preguntó Lowbock.

–Contra mi doble, contra el otro como yo.

–Ah, sí, él. –Aquello no era realmente una respuesta, pero Lowbock siguió con su plan antes de que Marty o Paige pudieran insistir en una respuesta más precisa–. ¿Es la Heckler and Koch otra de las armas que compró para su investigación?

–¿La Heckler and Koch?

–La P7. La que dispara balas de nueve milímetros.

–Yo no poseo ninguna P7.

–¿De veras? Bueno, estaba arriba, en el suelo de su despacho.

–Ésa era la de él –replicó Marty–. Ya le dije que llevaba un arma.

–¿Sabe que el cañón de la P7 está preparado para un silenciador?

–Todo lo que sé es que él llevaba un arma. No tuve tiempo de mirar si llevaba silenciador. En realidad no tuve tiempo de hacer un inventario de todas sus características.

–Lo cierto es que no llevaba puesto el silenciador, pero tiene una rosca para ponérselo. Señor Stillwater, ¿sabe que es ilegal equipar un arma de fuego con un silenciador?

–El arma no es mía, teniente.

Marty empezaba a preguntarse si debía negarse a contestar a más preguntas sin la presencia de un abogado. Pero eso sería una tontería. Él no había hecho nada. Era inocente. Por el amor de Dios, él era la víctima. La policía ni siquiera estaría allí si no le hubiese pedido a Paige que le avisara.

–Una Heckler and Koch P7 preparada para llevar silenciador... Es el arma de un profesional, señor Stillwater. De un asesino profesional, de un criminal, como quiera llamarlo... ¿Cómo lo llamaría usted?

–¿Qué quiere decir?

–Bueno, me preguntaba que si escribiese usted sobre un tipo de ésos, un profesional, ¿cuál de los muchos términos posibles utilizaría para referirse a él?

Marty percibió una implicación oculta en la pregunta, algo que se acercaba al núcleo del plan que Lowbock había trazado, pero todavía no estaba seguro de cuál podía ser ese plan.

Al parecer, Paige también lo percibió, ya que preguntó:

–¿Qué es exactamente lo que pretende decir, teniente?

Para frustración de ambos, Cyrus Lowbock volvió a soslayar la confrontación. De hecho, bajó la vista hacia sus notas y fingió que en su pregunta no había otra cosa que simple curiosidad por los sinónimos que pudiera utilizar un escritor.

–En cualquier caso, ha sido muy afortunado de que un profesional como ése, un tipo con una P7 dotada de silenciador..., no fuera capaz de acabar con usted.

–Lo cogí desprevenido.

–Es evidente.

–Gracias a una pistola que tenía en el cajón del escritorio.

–Siempre es mejor estar preparado –comentó Lowbock, pero enseguida añadió–: Sin embargo, ha sido también una suerte que fuera usted mejor que él en un combate cuerpo a cuerpo. Un profesional como ése debe de ser muy bueno en esa clase de combates. Tal vez incluso sepa taekwondo o algo por el estilo, como ocurre en los libros y en el cine.

–No estaba en muy buen estado de forma. De hecho, tenía dos disparos en el pecho...

El detective asintió.

–Sí, lo recuerdo... Dos disparos deberían haber tumbado a cualquier hombre corriente.

–Pues estaba bastante vivo –contestó Marty al tiempo que se acariciaba el cuello con suavidad.

Cambiando de tema con una brusquedad que pretendía ser desconcertante, Lowbock inquirió:

–Señor Stillwater, ¿ha estado usted bebiendo esta tarde?

–Teniente –exclamó Marty, dando rienda suelta a su rabia–, no pretenda descartar tan fácilmente el asunto con semejante explicación.

–¿No ha estado usted bebiendo esta tarde?

–No.

–¿Nada en absoluto?

–No.

–No pretendo llevarle la contraria, señor Stillwater. De veras que no. Pero, cuando nos hemos presentado, el aliento le olía a alcohol. A cerveza, creo. Y había una lata de Coors tirada en el suelo del vestíbulo, con la cerveza derramada sobre el parqué.

–Tomé unos tragos de cerveza después.

–¿Después de qué?

–Después de que todo hubiese acabado. Él estaba tendido en el suelo del vestíbulo con la espalda rota. O al menos eso creía yo.

–De modo que pensó que después de todos esos disparos y esa pelea, lo mejor sería una cerveza fría.

Paige traspasó con su mirada al detective.

–Está usted muy interesado en hacer que todo esto parezca una estupidez...

–Y a mí me gustaría que de una vez por todas nos dijera por qué no me cree –añadió Marty.

–Yo no dejo de creerle, señor Stillwater. Ya sé que esto resulta muy frustrante, que se siente atacado, trastornado aún, cansado. Pero yo sólo estoy asimilando; escuchando y asimilando... Eso es lo que hago. Es mi trabajo. Y la verdad es que todavía no me he formado ninguna teoría ni ninguna opinión.

Marty estaba convencido de que no decía la verdad. Lowbock ya se había formado muchas opiniones en el momento de sentarse a la mesa del comedor.

Después de apurar el resto de pepsi, Marty explicó:

–Estuve a punto de beber un poco de leche, o zumo de naranja, pero la garganta me dolía como si tuviese fuego en ella. Tragar saliva era una verdadera agonía. Al abrir la nevera, la cerveza me pareció simplemente mejor que cualquier otra cosa, lo más refrescante.

Lowbock volvió a dibujar garabatos con su estilográfica en una esquina de la página del bloc.

–De modo que sólo se tomó esa lata de Coors...

–No toda. Bebí la mitad, tal vez tres cuartas partes... Cuando noté que mi garganta estaba algo mejor, volví a entrar para ver cómo se encontraba el Otro..., mi doble. Me quedé tan sorprendido al ver que el cabrón había desaparecido, después de dejarlo medio muerto, que la Coors simplemente se me resbaló de la mano.

A pesar de verlo del revés, Marty fue capaz de identificar lo que el detective estaba dibujando: una botella de cerveza, de las de cuello largo.

–Así que sólo media lata de Coors... –murmuró Lowbock.

–En efecto.

–Tal vez tres cuartos.

–Sí.

–Pero nada más.

–No.

Después de finalizar su boceto, Lowbock alzó la vista del bloc de notas.

–¿Y qué me dice de las tres botellas de Corona vacías que hay en el cubo de la basura, debajo del fregadero de la cocina?

3

–Área de descanso, por esta salida –leyó Drew Oslett, luego se volvió hacia Clocker–. ¿Has visto el letrero?

Clocker no respondió.

Oslett volvió su atención a la pantalla del USAS.

–Muy bien. Ahí está él. Seguramente echando una meada en los lavabos, o quizá tumbado en el asiento trasero del coche que ahora esté conduciendo, descabezando un sueñecito.

Estaban a punto de entrar en acción contra un adversario formidable e impredecible, pero Clocker se mostró imperturbable. Aunque estuviera conduciendo, parecía como si estuviese en trance, o meditando profundamente. Su cuerpo de oso estaba tan relajado como el de un monje tibetano en pleno desmayo trascendental. Sus enormes manos descansaban sobre el volante, los gruesos dedos, ligeramente curvados, mantenían la mínima presión. A Oslett no le habría sorprendido enterarse de que el hombretón conducía el coche valiéndose de alguna clase de misterioso poder mental. Nada en su rostro ancho y de rasgos obtusos indicaba que Clocker conociese el significado de la palabra «tensión»: frente pálida y lisa como el mármol, mejillas sin una sola arruga, ojos azul zafiro, suavemente radiantes con el reflejo de las luces del tablero de mandos, mirando a lo lejos, aunque no sólo a la carretera que tenía al frente, sino posiblemente más allá de este mundo. Su boca ancha estaba abierta sólo lo necesario para admitir la delgada hostia de la comunión. Sus labios se hallaban curvados en la más tenue de las sonrisas, pero era imposible saber si se sentía complacido por algo que estaba contemplando en una ensoñación espiritual o por la inminente perspectiva de la violencia.

Karl Clocker poseía un gran talento para la violencia.

Por este motivo, y a pesar de sus gustos respecto a la forma de vestir, era un hombre de su tiempo.

–Ahí está el área de descanso –señaló Oslett cuando se acercaban al final de la carretera de acceso.

–¿En qué otro sitio podía estar? –preguntó Clocker.

–¿Qué?

–Está donde está.

El hombre corpulento no era muy hablador, y cuando tenía algo que decir, la mitad de las veces se mostraba enigmático. Oslett sospechaba que Clocker era una especie de existencialista de salón o, en el otro extremo de la gama, un místico posmoderno. Aunque lo más probable era que fuese tan absolutamente autónomo que no necesitara el contacto humano ni la interacción. Sus propios pensamientos y observaciones le tenían ocupado y le entretenían adecuadamente. No obstante, una cosa era segura: Cloker no era tan estúpido como parecía; de hecho, su coeficiente de inteligencia estaba muy por encima de la media.

El aparcamiento del área de descanso estaba iluminado por ocho farolas de vapor de sodio. Después de tanta monótona y desagradable oscuridad, que había empezado a parecerse al paisaje negro y desolado de una posguerra nuclear, el humor de Oslett se animó ante el resplandor de las altas farolas, aunque fuera el nauseabundo color amarillo orina que recordaba la ácida luminosidad de una pesadilla. Nadie habría confundido jamás aquel sitio con alguna zona de Manhattan, pero confirmaba que la civilización aún existía.

Una enorme autocaravana era el único vehículo a la vista. Estaba aparcada cerca del edificio en forma de bloque de cemento que albergaba los excusados públicos.

–Estamos justo encima de él. –Oslett desconectó la pantalla del USAS y depositó el aparato en el suelo, entre sus pies. Luego sacó de un tirón la ventosa del parabrisas y la colocó encima de la pantalla.

–No hay duda al respecto. Nuestro Alfie se halla escondido en esta caravana. Probablemente se haya cargado a algún pobre desgraciado, dado que huye con todas las comodidades del hogar.

Pasaron una zona de césped con tres mesas para *picnic* y aparcaron a unos seis metros de la Road King, del lado del conductor.

El vehículo estaba completamente a oscuras.

–No importa el grado de atribuciones que se haya saltado Alfie –dijo Oslett–. Todavía pienso que reaccionará bien cuando nos vea. Somos todo cuanto tiene, ¿no? Sin nosotros está solo en el mundo. Diablos, somos como su familia.

Clocker apagó los faros y el motor.

–Sea cual sea el estado en que se encuentre –añadió Oslett–, no creo que nos haga ningún daño. No el viejo Alfie. Puede que se cargase a cualquiera que se interpusiese en su camino, pero no a nosotros. ¿Tú qué opinas?

Mientras salía del Chevy, Clocker recogió del asiento su sombrero y el Colt 357 Magnum.

Oslett cogió una linterna y el arma con el tranquilizante. La enorme pistola tenía dos cañones, uno encima del otro, cada uno cargado con un grueso cartucho inyectable. Estaba diseñada para utilizarla en los zoológicos y aunque a más de quince metros no era muy precisa, resultaba más que suficiente para los propósitos de Oslett, dado que no planeaba ir en pos de algunos leones por la estepa africana.

Oslett se sentía agradecido por el hecho de que el área de descanso no estuviese atestada de viajeros. Confiaba en que Clocker y él pudieran terminar su asunto y largarse antes de que algún coche o camión llegara desde la autopista.

Por otro lado, cuando salió del Chevy y cerró la puerta a sus espaldas, se sintió turbado por la vacuidad de la noche. Exceptuando el ronroneo de los neumáticos y los zumbidos cortando el aire que hacía el tráfico al pasar por la interestatal, el silencio era tan opresivo como debía de serlo en el vacío del espacio. Un pequeño bosquecillo de abetos se levantaba como fondo de toda el área de descanso y, en la oscuridad del campo, sus pesadas ramas colgaban como festones de estameña en un funeral.

Echaba de menos el estruendo y el barullo de las calles urbanas, donde una incesante actividad le ofrecía continuas distracciones. La conmoción proporcionaba la posibilidad de escapar de la contemplación. En la ciudad, el alboroto, ajetreo y aturdimiento de la vida diaria le permitía dirigir su atención hacia fuera siempre que quisiese, con lo que le ahorraba los peligros inherentes al autoanálisis.

Oslett se unió a Clocker ante la portezuela del lado del conductor de la Road King y pensó que lo mejor, quizá, sería hacer una entrada lo más furtiva posible. Pero si Alfie se encontraba allí dentro, tal como el mapa electrónico USAS había señalado, lo más probable era que estuviese esperando que llegasen.

Además, en los niveles de conocimiento más profundos, Alfie estaba condicionado para responder a Drew Oslett con absoluta obediencia. Era casi inconcebible que intentara hacerle daño.

Casi.

Pero ellos también estaban convencidos de que la posibilidad de que Alfie desertara era tan pequeña como si en realidad no existiese. Y en esto se habían equivocado. Tal vez el tiempo probara que se habían equivocado en otras cosas...

Era por eso que Oslett llevaba el arma tranquilizante.

Y era por eso que no había intentado disuadir a Clocker de que trajera su 375 Magnum.

Dispuesto a enfrentarse a lo inesperado, Oslett llamó a la puerta de metal. Dadas las circunstancias, llamar a la puerta parecía el modo más absurdo de anunciarse. Pero aun así llamó. Esperó varios segundos y volvió a llamar, esta vez con más fuerza.

Tampoco obtuvo respuesta.

La puerta no estaba cerrada con llave. La abrió.

Por el parabrisas se filtraba suficiente luz amarillenta de las farolas para iluminar la cabina de la autocaravana. Oslett pudo comprobar que no les aguardaba ninguna amenaza inmediata.

Subió al estribo, se inclinó al interior y miró hacia el fondo de la Road King, que se alejaba como un túnel hacia una oscuridad tan profunda como la de las antiguas catacumbas.

–La paz sea contigo, Alfie –dijo en voz baja.

Pronunciar esta consigna debía dar como resultado una inmediata respuesta ritual, como una especie de letanía: «Estoy en paz, padre».

–La paz sea contigo, Alfie –repitió Oslett, menos esperanzado.

Silencio.

Si bien Oslett no era el padre de Alfie ni vestía hábitos, y por tanto no estaba en absoluto legitimado para reclamar tal honor, su corazón se habría alegrado de oír el susurro obediente de la respuesta: «Estoy en paz, padre». Aquellas cuatro sencillas palabras habrían significado que todo iba esencialmente bien, que el desvío de Alfie de las instrucciones recibidas no se debía tanto a una rebelión como a una confusión temporal de sus propósitos, y que la borrachera de asesinatos en que se había embarcado era algo que podía perdonarse y olvidarse.

Aunque sabía que era inútil, Oslett lo intentó por tercera vez, llamando más fuerte que antes:

–La paz sea contigo, Alfie.

Al ver que nadie le contestaba desde la oscuridad, encendió la linterna y subió a la Road King.

No pudo evitar pensar en la pérdida y la humillación que supondría el que lo matasen de un tiro en una extraña autocaravana al costado de la interestatal, en medio de la inmensidad de Oklahoma, a la tierna edad de treinta y dos años. Un joven tan brillante, una promesa tan singular (dirían en el funeral), con dos licenciaturas –una por Princeton y otra por Harvard– y un historial tan envidiable.

Oslett se apartó a un lado de la cabina mientras Clocker entraba tras él, y barrió con el foco de la linterna de izquierda a derecha. Las sombras oscilaron y aletearon como negros mantos, como alas de ébano, como almas en pena.

Sólo unos pocos miembros de su familia –y menos todavía entre aquel círculo de pintores, escritores y críticos que eran sus amigos en Manhattan– sabrían en qué cumplimiento del deber había perecido. Los demás probablemente considerarían los detalles de su muerte desconcertantes, extravagantes, posiblemente sórdidos, y se dedicarían a chismorrear con la misma compulsión de unos buitres arrancando la carroña.

La luz de la linterna reveló los armarios forrados de formica. Un hornillo. Un fregadero de acero inoxidable.

El misterio que envolvería su muerte tan peculiar aseguraría el que los mitos siguieran creciendo como arrecifes de coral, incorporando todos los colores del escándalo, y las suposiciones más viles, pero embelleciendo su recuerdo con un leve y precioso tinte de respeto. El respeto era una de las pocas cosas que tenían importancia para Drew Oslett. Había exigido respeto desde que sólo era un chiquillo, no sólo como un agradable bagaje heredado con su apellido, sino como un tributo que debía pagarse por todos los logros de la historia de su familia, y que ahora se personificaban en él.

–La paz sea contigo, Alfie –repitió con nerviosismo.

Una mano, tan blanca como el mármol y de aspecto igualmente sólido, había estado esperando a que el haz de luz de la linterna diese con ella. Los dedos de alabastro colgaban sobre la moqueta junto al acolchado banquillo de una alcoba comedor. Más arriba, el cuerpo canoso de un hombre aparecía caído sobre una mesa cubierta de sangre.

4

Paige se puso de pie y se acercó a la ventana más próxima, entreabrió las tablillas de la persiana y miró hacia fuera, a la tormenta que poco a poco se alejaba. Miró hacia el patio posterior, donde no había luces, y todo lo que consiguió ver con claridad fueron los regueros de la lluvia al otro lado del cristal, que le parecieron burujos de saliva, tal vez porque en ese momento lo que más deseaba era escupirle a Lowbock en pleno rostro.

Dentro de sí sentía una hostilidad mayor aún que la de Marty, no sólo hacia el detective, sino hacia el mundo en general... Durante toda su vida de persona adulta había luchado por resolver los conflictos de la infancia que constituían el origen de su rabia. Había hecho grandes progresos, pero ante provocaciones como aquélla sentía que los resentimientos y la amargura de su niñez volvían a resurgir. Y su rabia sin objetivo había encontrado un destinatario en Lowbock, lo cual hacía que le resultase difícil mantener su irritación bajo control.

Evitar la confrontación –mirando por la ventana, manteniendo al detective fuera de su vista– era una técnica comprobada para mantener el autocontrol. «Consejera, aconséjate a ti misma.» Se suponía que si se reducía el nivel de interacción, también se reducía el de ira.

Confió en que funcionara mejor con sus clientes de lo que funcionaba con ella, porque aún estaba «a punto de estallar».

En la mesa, con el detective, Marty parecía decidido a mostrarse razonable y cooperador. Conociendo a Marty, mientras le fuera posible se aferraría a la esperanza de que podía aplacar la misteriosa hostilidad de Lowbock. Por muy irritado que se sintiera –y lo estaba como su esposa nunca lo había visto con anterioridad–, aún tenía una gran fe en la fuerza de las buenas intenciones y las palabras –en especial de las palabras– para restaurar y mantener la armonía bajo cualquier circunstancia.

–Ha debido de ser él el que se bebió las cervezas –le dijo Marty a Lowbock.

–¿Quién? –preguntó el detective.

–El doble. Debe de haber permanecido un par de horas en la casa mientras yo estaba fuera.

–¿Así que ha sido el intruso quien se ha bebido las tres Coronas?

–Anoche vacié el cubo. El domingo por la noche... De modo que sé que no quedaban restos del fin de semana.

–Ese tipo entró en su casa porque... ¿Cómo dijo exactamente?

–Dijo que necesitaba su vida.

–¿Que necesitaba su vida?

–Sí. Me preguntó por qué le había robado su vida, que quién era yo.

–De modo que se presenta aquí –dijo Lowbock–, alterado, diciendo insensateces, muy bien armado..., pero mientras aguarda a que usted vuelva a casa, decide relajarse y tomarse tres botellas de Corona.

–Mi marido no se ha tomado esas cervezas, teniente –intervino Paige, sin dejar de mirar por la ventana–. No es un borracho.

–Estoy dispuesto a que me sometan a la prueba de alcoholemia, si lo desea –dijo Marty–. Si he bebido todas esas cervezas, una tras otra, seguro que mi nivel de alcohol en sangre lo demostrará.

–Bueno, si fuera ésa nuestra intención, deberíamos habérsela hecho enseguida. Pero no hace falta, señor Stillwater. Le aseguro que mi intención no es decir que estaba usted borracho y que por eso lo ha imaginado todo.

–Entonces, ¿qué pretende decir? –preguntó Paige.

–A veces la gente bebe para darse valor cuando tiene que enfrenarse a una dura prueba.

Marty suspiró hondo.

–Tal vez sea un poco duro de mollera, teniente. Sé que hay una desagradable implicación en lo que acaba de decir, pero por mi vida que no consigo imaginar qué debo deducir de ello.

–¿He dicho yo que deba deducir algo?

–¿Quiere hacer el favor de dejar de mostrarse misterioso y decirnos por qué me trata así, como si yo fuera el sospechoso en vez de la víctima?

Lowbock guardó silencio.

Marty insistió en el tema.

–Ya sé que la situación es increíble; todo este asunto del doble... Pero, si me dijera claramente las razones por las que es usted tan escéptico, estoy seguro de que podría disipar sus dudas. O al menos intentarlo.

Lowbock siguió sin responder durante tanto rato, que Paige estuvo a punto de volverse para mirarlo, intrigada por saber si la expresión de su rostro revelaría algo sobre el significado de su silencio.

–Vivimos en un mundo en litigio, señor Stillwater –contestó al fin–. Si un policía comete el más leve error al enfrentarse a una situación delicada, es posible que se demande al departamento y el agente vea cómo su carrera se va por el sumidero. Les pasa incluso a los mejores.

–¿Qué tiene que ver una demanda con todo esto? Yo no voy a demandar a nadie, teniente.

–Digamos que un tipo recibe una llamada telefónica avisando de que se está llevando a cabo un robo a mano armada, así que acude, cumple con su deber, se expone a un grave riesgo, lo reciben a tiros y en defensa propia se carga al delincuente. ¿Qué sucede a continuación?

–Confío en que usted me lo diga.

–No tarda en averiguar que la familia del delincuente y la Asociación Pro Derechos Civiles van tras el departamento por exceso de violencia y piden una indemnización económica. Quieren que el agente dimita, incluso lo demandan, acusándolo de fascista.

–Estoy con usted, esto apesta –dijo Marty–. Hoy en día parece que el mundo marcha al revés, pero...

–Y si ese mismo policía no replica con la fuerza y alguien que pasa por allí recibe una bala del asesino cuando menos se lo espera, los familiares de la víctima demandan igualmente al departamento por negligencia, y los mismos activistas nos saltan al cuello como perros rabiosos, aunque por distintos motivos. La gente dirá que si el agente no ha disparado antes es porque es insensible al grupo minoritario al cual pertenecía la víctima, que habría sido más eficiente si la víctima hubiese sido un blanco, o dirán que es un incompetente, o un cobarde...

–Sé lo duro que debe de ser su empleo, teniente –dijo Marty–. Pero aquí ningún policía ha disparado ni ha recibido ningún disparo, y no veo qué tiene esto que ver con nuestra situación.

–Un policía puede verse metido en tantos apuros haciendo acusaciones como disparando a un delincuente –concluyó Lowbock.

–Así que su posición es que se muestra escéptico respecto de mi historia, pero no quiere expresar los motivos hasta que no posea una prueba indiscutible de que es pura basura.

–Él ni siquiera admitiría que se muestra escéptico –intervino Paige, con acritud–. No quiere tomar ninguna posición, ni en un sentido ni en otro, porque tomar una posición significaría aceptar un riesgo.

–Pero, teniente –dijo Marty–, ¿cómo vamos a solucionar esto? ¿Cómo podré convencerlo de que todo ha ocurrido tal como se lo he contado, si usted no me dice por qué duda de mi palabra?

–Señor Stillwater, yo no he dicho que dude de su palabra.

–¡Dios! –exclamó Paige.

–Todo cuanto le pido es que haga lo posible para contestar a mis preguntas.

–Y todo cuanto nosotros le pedimos –replicó Paige, todavía de espaldas al oficial– es que encuentre al loco que ha intentado matar a Marty.

–¿A ese doble? –Lowbock pronunció la palabra llanamente, sin ninguna inflexión, lo cual hizo que sonase más sarcástico que si la hubiese pronunciado con una risita despectiva.

–Sí –respondió Paige entre dientes–. A ese doble.

Ella no había dudado de la historia de Marty, por muy extraña que ésta pareciera, y sabía que de algún modo la existencia del doble iba unida –y quizá la explicara– a la amnesia de su marido, a la extraña pesadilla y a otros problemas recientes.

Entonces la furia que sentía contra el detective se esfumó, al mismo tiempo que empezaba a aceptar la idea de que, por algún motivo, la policía no iba a ayudarlos. Y la rabia dio paso al miedo al comprender que se enfrentaban a algo muy extraño, y que tendrían que hacerlo completamente solos.

5

Clocker regresó de la parte delantera de la Road King para informar de que la llave de contacto estaba puesta, el depósito de combustible vacío (lo que era lógico) y la batería agotada. Las luces de la cabina no se encendían.

Preocupado por el hecho de que, visto desde fuera, el foco de la linterna pudiera parecer sospechoso a alguien que entrase en el área de descanso, Drew Oslett examinó rápidamente los dos cadáveres en la pequeña alcoba que hacía de comedor. Dado que la sangre derramada estaba completamente seca y endurecida, comprendió que el hombre y la mujer llevaban muertos algo más que unas horas. Sin embargo, aunque la rigidez cadavérica aún estaba presente en ambos cuerpos, todavía no estaban completamente tiesos. Como es lógico, la rigidez había alcanzado su punto máximo y empezaba a desaparecer, como solía ocurrir entre las dieciocho y las treinta y seis horas después del fallecimiento.

Los cadáveres aún no habían empezado a descomponerse

de forma perceptible. El único olor desagradable procedía de sus bocas abiertas, debido a los gases ácidos provocados por la comida que se pudría en sus estómagos.

–La estimación más aproximada sería... que llevan muertos desde ayer por la tarde –dijo Clocker.

La Road King había estado en el área de descanso durante más de veinticuatro horas, así que al menos un coche patrulla de los que vigilaban la autopista tenía que haberla visto durante dos turnos distintos. Las leyes del estado sin duda prohibían el uso de las áreas de descanso como lugar de acampada; no había conexiones eléctricas, ni abastecimiento de agua, ni bombas de extracción para los depósitos de desperdicios, lo cual podría crear graves problemas de salud. A veces los policías se mostraban indulgentes con los jubilados que temían conducir con un tiempo tan inclemente como la tormenta que se había abatido sobre Oklahoma el día anterior. Probablemente la pegatina de la Asociación Americana de Jubilados en el parachoques trasero de la autocaravana había facilitado cierta indulgencia a aquella pareja, pero ni siquiera un policía comprensivo les permitiría acampar allí dos noches seguidas. En cualquier momento un coche patrulla podía detenerse en el área de descanso y llamar a la portezuela.

Sin ningún deseo de agravar los serios problemas que ya tenían asesinando a un policía de la autopista, Oslett se apartó de la pareja muerta y se apresuró a registrar el vehículo. Ya no le preocupaba que el desobediente y trastornado Alfie pudiera meterle una bala en la cabeza. Hacía mucho tiempo que Alfie se había marchado de allí.

Encontró los zapatos abandonados sobre el mostrador de la cocina. Con un enorme cuchillo de sierra, Alfie había ido cortando los tacones hasta exponer el circuito electrónico y la ristra de pequeñas pilas que lo alimentaban.

Al descubrir los Rockport y la pila de virutas de goma, Oslett se quedó paralizado ante la premonición del desastre.

–A él nunca se le dijo nada sobre los zapatos. ¿Cómo se le habrá pasado por la cabeza aserrarlos?

–Bueno, pues porque sabe lo que sabe –murmuró Clocker.

Oslett interpretó que con su comentario Clocker había querido significar que parte del adiestramiento de Alfie incluía conocimientos sobre técnicas y modernos equipos de vigilancia electrónica. De modo que, si bien no se le había dicho que se lo mantenía «vigilado», sabía que un microtransmisor podía ser lo bastante pequeño para caber en el tacón de un zapato y que, a través de una señal remota activada mediante microondas, podía obtener de una serie de pilas de reloj la potencia necesaria para que su señal fuese rastreada como mínimo durante setenta y dos horas. Aunque era incapaz de recordar qué era o quién lo controlaba, Alfie era lo bastante inteligente para aplicar sus conocimientos de vigilancia a su propia situación, y llegar a la conclusión lógica de que sus controladores habían tomado prudentes medidas para localizarlo y seguirlo en el caso de que desertase, aunque estuvieran completamente convencidos de que la rebelión era imposible.

Oslett temía informar de las malas noticias a la oficina central en Nueva York. La organización no mataba al portador de malas nuevas, sobre todo si daba la casualidad de que su apellido era Oslett. Sin embargo, como principal entrenador de Alfie, sabía que una parte de la culpa caería sobre él, aunque la rebelión del agente no fuera en absoluto culpa suya. El error debía de estar en el condicionamiento general de Alfie, no en su adiestramiento.

Después de dejar a Clocker en la cocina para que vigilara la aparición de cualquier visitante no deseado, Oslett inspeccionó rápidamente el resto de la autocaravana.

No encontró nada más de interés, excepto una pila de prendas desechadas en el suelo del dormitorio, al fondo del vehículo. Bajo el foco de la linterna, le bastó remover ligeramente las prendas con la punta del zapato para comprobar que eran las que Alfie llevaba el sábado por la mañana en el momento de subir a bordo del avión.

Oslett regresó a la cocina, donde Clocker aguardaba en la oscuridad. Enfocó por última vez la linterna hacia la pareja de pensionistas.

–Menudo estropicio... Maldita sea, esto no tenía que haber ocurrido.

–Por Dios, ¿y a quién le importa eso? –exclamó Clocker, refiriéndose con desdén a los ancianos asesinados–. Al fin y al cabo no eran más que un par de jodidos Klingons.

Oslett no se había referido a las víctimas, sino al hecho de que ahora Alfie no fuese más que un renegado, un desertor al que no se le podía seguir el rastro, con lo cual exponía a la organización y a todos los que estaban integrados en ella. No sentía mayor compasión que Clocker por el hombre y la mujer muertos, no se sentía responsable de lo que les había ocurrido, y de hecho imaginaba que el mundo estaría mejor sin dos parásitos que no producían nada, chupaban la savia de la sociedad y obstaculizaban el tráfico con aquella bamboleante casa sobre ruedas... Él no sentía amor hacia la gente. Tal como él lo veía, el problema básico con el hombre y la mujer corrientes era precisamente eso, que fueran corrientes, y que hubiera tantos de esa clase, tomando del mundo más de lo que le daban, absolutamente incapaces de dirigir sus vidas inteligentemente, y mucho menos la sociedad, el gobierno, la economía o el medio ambiente.

Sin embargo, le había alarmado la forma en que Clocker había manifestado su desprecio hacia las víctimas. El término «Klingons» le inquietaba porque era el nombre de la raza extraterrestre que había guerreado con la humanidad durante tantos episodios televisivos y películas de la serie *Star Trek*, antes de que los acontecimientos de aquel futuro de ficción empezaran a reflejar la mejora de relaciones entre Estados Unidos y la Unión Soviética en el mundo de la realidad. Oslett encontraba tediosa aquella serie, insoportablemente aburrida. Nunca había entendido que tanta gente se apasionara con ella. Pero Clocker era un fervoroso entusiasta de la serie, y se consideraba abiertamente un *trekker*; fácilmente podía explicar el argumento de cualquier episodio o película de la saga y conocía la historia personal de todos los personajes como si fueran sus amigos más queridos. *Star Trek* era el único tema sobre el cual parecía deseoso o capaz de conversar, y en la misma medida que la mayor parte del tiempo se mostraba taciturno, se mostraba locuaz cuando surgía el tema de su fantasía favorita.

Oslett procuraba que éste no surgiera nunca.

En aquel instante temió que la palabra «Klingons» resonara como una campana de bomberos.

Con toda la organización en peligro a causa de la pérdida del rastro de Alfie, con algo nuevo y exquisitamente violento suelto por el mundo, el viaje de regreso a Oklahoma City a través de muchos kilómetros de tierra despoblada y sin luz iba a ser monótono y deprimente. Lo último que Oslett necesitaba era verse asaltado por uno de los monólogos agotadoramente entusiastas sobre el capitán Kirk, Mr. Spock, Scotty y el resto de la tripulación, y sus aventuras en los confines de un universo que, en las películas, aparecía repleto de un mayor significado y de más instantes de ingenua iluminación de lo que lo estaba el universo real, el de las decisiones duras, las horribles verdades y la crueldad sin sentido.

–Salgamos de aquí –exclamó Oslett al tiempo que pasaba ante Clocker y se dirigía a la parte delantera de la Road King. Él no creía en Dios, pero de todos modos rogó ardientemente que Karl Clocker se sumiera en su silencio habitual.

6

Cyrus Lowbock se excusó y se reunió con algunos de sus colegas, que deseaban hablar con él en otro lado de la casa.

Marty se sintió aliviado con su partida.

Cuando el detective abandonó el comedor, Paige regresó a la mesa y se sentó de nuevo en la silla junto a Marty.

Aunque la pepsi se había acabado, todavía quedaban unos cubitos de hielo derritiéndose en el vaso y Marty se bebió el agua helada.

–Todo cuanto quiero ahora es poner fin a esto... No deberíamos estar aquí, no con ese individuo suelto por ahí fuera.

–¿Crees que debemos preocuparnos por las niñas?

«... necesito ... a mi Charlotte, a mi Emily...»

–Sí –contestó Marty–. Estoy terriblemente preocupado.

–Pero tú le has disparado dos veces, en el pecho.

–También creía que lo había dejado en el vestíbulo, con la espalda rota, y sin embargo ha huido corriendo. O cojeando. O incluso puede que se haya desvanecido en el aire. No sé qué diablos ocurre aquí, Paige, pero es más fantástico que cualquier cosa que haya incluido en mis novelas. Y no se ha acabado aún; ni por asomo.

–Si sólo cuidaran de ellas Vic y Kathy..., pero también hay un agente allí.

–Si ese cabrón sabe que las niñas están allí, es capaz de cargarse al poli, a Vic y a Kathy en menos que canta un gallo.

–Tú pudiste con él.

–Fue cuestión de suerte, Paige. Una condenada suerte. Él nunca imaginó que yo tuviese un arma en el cajón del escritorio, o que fuera a utilizarla. Lo cogí por sorpresa, y no permitirá que suceda nunca más. Ahora todas las sorpresas están de su parte.

Marty inclinó el vaso sobre sus labios y dejó que un cubito de hielo medio derretido se deslizara sobre su lengua.

–Marty, ¿cuándo sacaste las armas del armario del garaje y las cargaste?

–Ya he visto que te sorprendió –dijo él, hablando con el cubito de hielo en la boca–. Lo hice esta mañana. Antes de salir a ver a Paul Guthridge.

–¿Por qué?

Marty describió lo mejor que pudo la curiosa sensación de que algo iba a arrojarse sobre él dispuesto a destruirlo antes incluso de que tuviese la oportunidad de identificar qué era. Intentó transmitir el modo en que aquella sensación se había intensificado hasta convertirse en un ataque de pánico que prácticamente lo había paralizado y cómo había llegado a la convicción de que necesitaría las armas para defenderse.

Le habría avergonzado decírselo –ya que habría parecido que estaba desquiciado– si los acontecimientos no hubiesen probado la validez de sus percepciones y sus precauciones.

–Y no hay duda de que algo se te echaba encima –dijo ella–. Ese doble. Percibiste su llegada.

–Sí, supongo que sí. De algún modo.

–¿Poderes psíquicos?

Marty negó con la cabeza.

–No, yo no lo llamaría así. No si te refieres a una especie de visión. No ha habido ninguna visión. No vi qué era lo que se me venía encima, no tuve una premonición clara. Sólo esto..., esta terrible sensación de presión, de gravedad, como cuando subes a uno de esos «látigos» de los parques de atracciones y al girar a gran velocidad te sientes clavado en el asiento, con una gran presión en el pecho. Ya sabes, has subido a esa clase de atracciones. A Charlotte siempre le han encantado.

–Sí, lo entiendo... Supongo.

–Pues esto empezó así, sólo que llegó a ser cien veces más intenso, hasta que apenas pude respirar. Luego, al salir de la consulta del médico, desapareció de repente. Y más tarde, cuando llegué aquí, el hijo de puta estaba esperándome, pero no presentí nada al entrar en la casa.

Por un instante, ambos guardaron silencio.

El viento lanzaba perdigones de lluvia contra la ventana.

–¿Cómo es posible que sea idéntico a ti? –preguntó Paige por fin.

–No lo sé.

–¿Y por qué dijo que le habías robado su vida?

–No lo sé. Sencillamente, no lo sé.

–Estoy asustada, Marty. Quiero decir que todo esto es tan extraño... ¿Qué vamos a hacer?

–Después de esta noche no lo sé. Pero hoy, como mínimo, no vamos a quedarnos aquí. Nos iremos a un hotel.

–Pero ¿y si la policía no lo encuentra muerto por algún sitio? Entonces habrá mañana..., y pasado mañana...

–Estoy magullado y cansado, y me cuesta pensar con claridad... Por ahora sólo puedo concentrarme en esta noche, cariño. Ya me preocuparé del día de mañana cuando éste se presente.

El hermoso rostro de Paige reflejaba una profunda ansiedad. Marty no la había visto tan turbada desde la enfermedad de Charlotte, y de eso hacía cinco años.

–Te quiero –dijo Marty, y le acarició cariñosamente una mejilla.

–Oh, Dios, yo también te quiero, Marty –dijo ella, posando una mano sobre la mano de él–. A ti y a las niñas, más que a nada en el mundo, más que a la vida misma. No podemos permitir que nos ocurra nada, ni a nosotros ni a lo que hemos creado juntos. Sencillamente, no podemos.

–No lo permitiremos –contestó él, pero sus palabras le sonaron tan huecas y falsas como la fanfarronada de un jovencito.

Marty era consciente de que ninguno de los dos había expresado la más leve esperanza de que la policía fuera a protegerlos. No pudo reprimir su rabia ante el hecho de que no recibieran nada parecido a la actitud de servicio, cortesía y consideración que los personajes de sus novelas siempre habían recibido de los agentes de la ley.

En el fondo, las novelas de misterio trataban del bien y del mal, del triunfo del primero sobre el segundo, y de la fiabilidad del sistema judicial en la democracia moderna. Eran populares porque aseguraban al lector que la mayor parte de las veces el sistema funcionaba, aun cuando en ocasiones las evidencias de la vida diaria indicaran lo contrario. Marty había sido capaz de trabajar en el género con gran convicción y un enorme placer porque le gustaba creer que por regla general las fuerzas de la ley y los tribunales impartían justicia, y que si a veces la obstaculizaban era inadvertidamente. Pero ahora que se dirigía al sistema por primera vez en su vida en busca de ayuda, estaba a punto de fallarle. Y su fallo no sólo ponía en peligro su vida, la de su mujer y la de sus hijas, sino que parecía poner en tela de juicio todo cuanto había escrito y la validez del objetivo al cual había dedicado tantos años de esfuerzos y trabajo duro.

El teniente Lowbock regresó con el mismo porte y los movimientos que si hubiese estado en plena sesión de fotos pasando modelos para la revista *Esquire*. Traía consigo una bolsa de plástico transparente para guardar pruebas, entre otras un estuche negro de cremallera, la mitad de pequeño que el de una máquina de afeitar. Dejó la bolsa sobre la mesa y volvió a sentarse.

–Señor Stillwater, ¿estaba la casa cerrada con llave cuando se fue esta mañana?

–¿Con llave? –inquirió Marty, preguntándose adónde pretendía ir ahora y tratando de no exteriorizar su rabia–. Sí, toda cerrada. Soy muy cuidadoso en ese aspecto.

–¿Se le ha ocurrido pensar en cómo pudo haber entrado ese intruso?

–Rompiendo una ventana, supongo. Forzando una cerradura.

–¿Sabe qué es esto? –preguntó al tiempo que daba unos golpecitos sobre el estuche de piel, a través de la bolsa de plástico.

–Me temo que no poseo rayos X en los ojos –replicó Marty.

–Pensaba que tal vez lo reconociera.

–No.

–Lo hemos encontrado en el dormitorio principal.

–Nunca lo había visto antes.

–Sobre el tocador.

–Vaya al grano, teniente –le espetó Paige.

La débil sombra de una sonrisa volvió a cruzar por la cara de Lowbock, como un espíritu cimbreante que apareciera brevemente sobre la mesa de una sesión espiritista.

–Es un juego completo de ganzúas.

–¿Es con eso con lo que ha entrado? –preguntó Marty.

Lowbock se encogió de hombros.

–Imagino que supuestamente es lo que debo deducir.

–Esto es agotador, teniente... Tenemos unas hijas por las que preocuparnos. Estoy de acuerdo con mi esposa... Vaya al grano.

El detective se inclinó sobre la mesa, miró fijamente a Marty y dijo:

–Hace veinte años que soy policía, señor Stillwater, y ésta es la primera vez que me encuentro con un intruso que se introduce en una residencia privada con un juego de ganzúas de profesional.

–¿Y?

–Pues que suelen romper un cristal o forzar una cerradura, como usted muy bien ha dicho. A veces hacen palanca en las puertas correderas o en una ventana para desplazarlas de la guía... Un vulgar ladrón dispone de un centenar de medios para entrar, todos ellos mucho más expeditivos que abrir una cerradura con una ganzúa.

–Éste no era un vulgar ladrón.

–Oh, ya he podido verlo –replicó Lowbock y se echó hacia atrás–. Este tipo es mucho más teatral que un vulgar ladrón. Se las ha arreglado para parecer idéntico a usted, escupe un montón de basura sobre que quiere que le devuelva su vida, va armado con una pistola con silenciador propia de un asesino profesional, utiliza herramientas típicas de un profesional del hurto en una película de ladrones al mejor estilo de Hollywood, recibe dos balas en el pecho y ni se inmuta, pierde suficiente sangre para matar a cualquiera pero se escapa. Es sumamente extravagante ese tipo, pero también muy misterioso. La clase de personaje que Andy García podría interpretar en una película, o mejor aún, comparable al Ray Liotta de *Uno de los nuestros.*

De pronto Marty comprendió adónde quería llegar el detective y por qué estaba allí. La inevitable finalidad del interrogatorio pronto se había hecho evidente, pero Marty no la había visto simplemente porque resultaba demasiado obvia. Como escritor, había estado buscando algún motivo más complejo para explicar la hostilidad y la incredulidad apenas disimulada de Lowbock, cuando todo el tiempo éste había estado apuntando hacia el tópico.

Sin embargo, el teniente aún tenía una desagradable sorpresa que revelar. Volvió a inclinarse para establecer un contacto visual que había dejado de ser un estilo efectivo de confrontación para convertirse en un tic personal tan aburrido y transparente como la humilde postura y el empedernido descuido de Peter Falk en su papel de Colombo, la mueca de Nero Wolf en los momentos de inspiración, la sonrisa irónica de James Bond, o cualquiera de los múltiples rasgos pintorescos con que se caracterizaba a Sherlock Holmes.

–Señor Stillwater, ¿tienen sus hijas animalitos de compañía?

–Charlotte los tiene... Varios.

–Una extraña colección...

–A Charlotte no se lo parece –replicó Paige, fríamente.

–¿Y a usted?

–No. Pero ¿qué importa si son extraños o no?

–¿Hace tiempo que los tiene? –preguntó Lowbock.

–Algunos más tiempo que otros –contestó Marty, desconcertado por aquel nuevo giro en el interrogatorio, aunque seguía convencido de que había descubierto la teoría que Lowbock intentaba probar.

–¿Quiere ella a sus animalitos?

–Sí, mucho. Como cualquier crío. Por extraño que pueda parecerle, los quiere.

Lowbock asintió, volvió a echarse hacia atrás y tamborileó con su pluma sobre el bloc de notas.

–Otro toque extravagante, pero convincente. Quiero decir que si uno fuese detective y estuviera predispuesto a dudar de toda la trama, tendría que pensárselo de nuevo si el intruso matara a todos los animalitos de las hijas.

A Marty el corazón empezó a hundírsele como una piedra que cae al fondo de un estanque.

–¡Oh, no! –exclamó Paige con tono lastimero–. No... Pobre *Bigotes*, pobre *Loretta, Fred*... ¿Todos ellos?

–El jerbo ha muerto aplastado –explicó Lowbock, mirando fijamente a Marty–. Al ratón le ha roto el cuello, a la tortuga la ha pisoteado, y lo mismo le ha sucedido al escarabajo. A los otros no los he examinado tan de cerca.

La rabia de Marty estalló con una furia apenas contenida, y por debajo de la mesa apretó las manos hasta formar un puño, consciente de que Lowbock lo acusaba de haber matado a los animalitos simplemente para dar credibilidad a una complicada mentira; nadie creería que un padre fuese capaz de machacar a la tortuga de su hijita y romperle el cuello a un pequeño ratón con el vil propósito que Lowbock pensaba había motivado a Marty a... El detective suponía perversamente que, en el fondo, era Marty quien lo había hecho, ya que un acto tan espantoso haría que pareciese inocente. El perfecto toque final.

–A Charlotte se le partirá el corazón –musitó Paige.

Marty se daba cuenta de que estaba rojo de rabia. Podía sentir el calor en su cara como si hubiese pasado una hora bajo una lámpara bronceadora, y las orejas le ardían. También se daba cuenta de que el policía interpretaría su cólera como un sonrojo de vergüenza, lo cual equivalía a una declaración de culpabilidad.

Cuando Lowbock volvió a mostrar aquella sonrisa fugaz, Marty sintió deseos de darle un puñetazo en la boca.

–Señor Stillwater, corríjame si me equivoco, por favor, pero ¿no ha entrado hace muy poco un libro suyo en la lista de *best-sellers* en edición de bolsillo, reimpresión de un libro en tapa dura que salió el año pasado?

Marty no contestó.

Lowbock, que no esperaba una respuesta, continuó:

–¿Y no saldrá otro libro suyo dentro de un mes, del cual algunos piensan que puede ser su primer gran éxito en tapa dura? Además, es posible que incluso ahora esté trabajando en un nuevo libro. En cualquier caso, hay un fragmento de un original sobre el escritorio de su despacho. Imagino que una vez que consiga un par de buenos aciertos en su carrera, bastará con mantener el pie en el acelerador, como si dijéramos, para aprovechar la ventaja del impulso...

Con el entrecejo fruncido y el cuerpo en tensión, Paige pareció a punto de captar con exactitud la absurda interpretación que el detective hacía de la denuncia de Marty sobre el asalto, la fuente de su antagonismo. Ella era la temperamental de la familia, y Marty, que apenas podía contener sus deseos de dar un puñetazo al policía, se preguntó cuál sería la reacción de su esposa cuando Lowbock hiciera explícitas sus estúpidas sospechas.

–La carrera de un escritor debe de experimentar un gran impulso cuando la revista *People* publica un reportaje acerca de él –prosiguió el detective–. Y supongo que si el propio míster Homicidio se convirtiese en el objetivo de un asesino muy misterioso, obtendría un montón de publicidad gratuita en los periódicos, precisamente en un momento tan crucial de su carrera.

Paige saltó en su silla como si la hubiesen abofeteado.

Su reacción distrajo a Lowbock.

–¿Sí, señora Stillwater?

–No puede usted creer...

–¿Creer el qué, señora Stillwater?

–Marty no es un mentiroso.

–¿He dicho yo que lo sea?

–Él odia la publicidad.

–Entonces deben de haberse mostrado muy insistentes los de *People*.

–¡Mire su cuello, por el amor de Dios! Las marcas rojas, la hinchazón... Estará cubierto de hematomas dentro de unas horas. No puede creer que él mismo se lo haya hecho.

–¿Es eso lo que usted cree, señora Stillwater? –preguntó Lowbock, manteniendo una absurda pretensión de objetividad.

Paige replicó apretando los dientes, diciendo lo que Marty sentía que no podía permitirse decir:

–Necio estúpido.

Lowbock enarcó las cejas y puso cara de sorpresa, como si fuese incapaz de imaginar qué había dicho que mereciera semejante hostilidad.

–Señora Stillwater, sin duda es consciente de que hay gente

por ahí, todo un mundo de cínicos, que diría que un intento de estrangulamiento es la forma más segura de fingir un asalto... Me refiero a que apuñalarse en un brazo o una pierna sería algo más convincente, pero siempre existe el peligro de calcular mal el golpe y cortarse una arteria, y luego te encuentras sangrando mucho más seriamente de lo que pretendías. Y por lo que se refiere a provocarse una herida con un arma de fuego... En fin, el riesgo es incluso mayor, con la posibilidad de que la bala rebote en un hueso y penetre más profundamente en la carne. Aparte de que siempre existe el peligro de un choque.

Paige se puso de pie con tal brusquedad, que derribó la silla.

–¡Fuera de esta casa! –exclamó.

Lowbock pestañeó, fingiendo inocencia más allá del punto capaz de calmar cualquier posible réplica.

–¿Cómo dice?

–Fuera de mi casa –le exigió ella–. Ahora mismo.

Aunque Marty comprendió que estaban abortando la última posibilidad de ganarse el apoyo del detective y conseguir la protección de la policía, también se incorporó de pie, tan furioso que temblaba.

–Mi esposa tiene razón... Creo que será mejor que usted y sus hombres se vayan, teniente.

Sin levantarse, porque permanecer sentado era una provocación hacia ellos, Cyrus Lowbock preguntó:

–¿Se refiere a que nos vayamos antes de haber finalizado nuestra investigación?

–Sí –replicó Marty–. Tanto si han finalizado como si no.

–Señor Stillwater... Señor Stillwater... ¿Se da cuenta de que va contra la ley denunciar un falso asalto?

–¡Nosotros no hemos denunciado ningún falso asalto! –protestó Marty.

–Lo único falso que hay en esta habitación es usted, teniente –replicó Paige–. ¿Se da cuenta de que va contra la ley suplantar a un oficial de la policía?

Habría sido una gran satisfacción ver cómo la cara de Lowbock enrojecía de ira, ver cómo entrecerraba los ojos y tensaba los labios antes de proferir un insulto, pero su ecuanimidad siguió coléricamente intacta.

Con gran lentitud, el detective se puso de pie antes de contestar:

–Si las muestras de sangre de la moqueta de arriba son... digamos que de sangre de cerdo, de vaca o de cualquier otro animal, no cabe duda de que en el laboratorio podrán determinar la especie con exactitud.

–Estoy enterado de los adelantos analíticos de la ciencia forense –le aseguró Marty.

–Oh, claro, tiene usted razón; es un escritor de novelas policíacas. Según la gente de la revista *People*, realiza gran cantidad de investigaciones para sus novelas.

Lowbock cerró su bloc de notas y sujetó su pluma en él.

Marty esperó.

–En sus múltiples investigaciones, señor Stillwater, ¿ha averiguado cuánta sangre hay en un cuerpo humano... digamos que aproximadamente de su talla?

–Cinco litros.

–Ah, correcto. –Lowbock puso el bloc sobre la bolsa de plástico que contenía el estuche de piel con las ganzúas–. En una suposición, aunque bastante aproximada, yo diría que hay entre uno y dos litros de sangre en la moqueta de arriba. Entre el veinte y el cuarenta por ciento de todas las existencias de su doble... Más cerca del cuarenta, a menos que me equivoque en mis suposiciones. ¿Y sabe qué es lo que esperaba encontrar junto con tanta sangre, señor Stillwater? Pues esperaba encontrar el cuerpo de donde ha salido, porque realmente hace falta mucha imaginación para suponer que un hombre tan gravemente herido es capaz de largarse por su propio pie.

–Ya se lo he dicho. Yo tampoco lo entiendo.

–Muy misterioso –dijo Paige, dotando a aquellas dos palabras de un desdén proporcional a la ironía con que el detective las había pronunciado con anterioridad.

Marty decidió que en todo aquel embrollo había al menos algo bueno: la forma en que Paige no había dudado ni un instante de él, ni aun cuando la lógica exigiera, como mínimo, la duda; el modo en que ella estaba de pie a su lado en aquel instante, furiosa e inflexible. En todos los años que llevaban juntos, nunca la había querido tanto como en ese momento.

Lowbock recogió su bloc y la bolsa con la prueba.

–Si se probara que la sangre de arriba pertenece a un ser humano, plantearía otra clase de interrogantes que exigirían el que finalizáramos la investigación, tanto si prefieren verse libres de nosotros como si no. Así que, de acuerdo a como sean los resultados del laboratorio, volverán a tener noticias de mí.

–Estaremos realmente encantados de volver a verlo –replicó Paige, sin un matiz de mordacidad en la voz, como si de pronto hubiera dejado de considerar a Lowbock una amenaza y no pudiera evitar contemplarlo como una figura cómica.

Marty se contagió de la actitud de su esposa y comprendió que tanto en él, como en ella, aquella repentina hilaridad era una reacción a la insoportable tensión de las últimas horas.

–Por supuesto, vuelva usted por aquí.

–Y tomaremos el té –añadió Paige.

–Con pastas.

–Y galletas.

–Y bizcocho.

–Y, por supuesto, traiga a su esposa –dijo Paige–. Aquí somos muy tolerantes. No nos importará conocerla, aunque sea de otra especie.

Marty era consciente de que Paige estaba peligrosamente cerca de echarse a reír, porque a él le faltaba poco. Sabía que su conducta era infantil, pero necesitó ejercer todo su control para no seguir burlándose de Lowbock mientras lo acompañaban a la puerta de la entrada, obligándolo a retroceder con sus bromas como había hecho el profesor Von Helsing con el conde Drácula al enseñarle un crucifijo.

Curiosamente, al detective lo desconcertó más su frivolidad que lo que lo había hecho su enfado o su continua insistencia en que el intruso había sido real. Una visible desconfianza en sí mismo pareció apoderarse de él, y dio la impresión de que estaba a punto de pedirles que tomaran asiento para empezar otra vez. Pero no estaba acostumbrado a desconfiar de sí mismo, y fue incapaz de soportar la situación mucho rato.

La inseguridad pronto dio paso a su habitual expresión de suficiencia.

–Nos llevaremos la Heckler and Koch del doble. Y también sus armas, por supuesto…, hasta que puedan presentar los papeles que les he pedido.

Por un espantoso momento, Marty tuvo la seguridad de que, del mismo modo que habían encontrado las demás armas, habían descubierto la Beretta en el armario de la cocina y la escopeta Mossberg debajo de la cama del dormitorio, y que iban a dejarlo indefenso.

Pero cuando Lowbock repasó la lista de las armas, sólo mencionó tres:

–La Smith and Wesson, el Korth y el M16...

Marty procuró no exteriorizar su alivio.

Y Paige distrajo a Lowbock diciéndole:

–Teniente, ¿quiere hacer el jodido favor de largarse de aquí?

Al final, el detective no pudo evitar dejar traslucir una expresión de ira.

–Es indudable que puede usted echarme de aquí, señora Stillwater, mientras repita su petición delante de otros dos agentes.

–Preocupándose siempre de una posible demanda –comentó Marty.

–Encantada de complacerlo, teniente... –dijo Paige–. ¿Desea que formule la petición utilizando el mismo lenguaje que acabo de utilizar ahora?

Nunca en su vida Marty había oído a su esposa pronunciar la palabra «jodido», excepto en los momentos de mayor intimidad, lo cual quería decir que, si bien disimulada por el tono ligero de su voz y la frivolidad de sus modales, su rabia era más intensa que nunca. Y eso era bueno... Después de que la policía se marchara, Paige necesitaría de toda su rabia para superar la noche que les aguardaba... La rabia le ayudaría a controlar el miedo.

7

Cuando cierra los ojos y trata de visualizar el dolor, puede verlo como una filigrana de fuego. Un bello encaje luminoso al rojo vivo con matices amarillentos, que parte de la base de su palpitante cuello, le recorre la espalda, le rodea los costados y por fin se enlaza y se anuda intrincadamente a través del pecho y el abdomen.

Mediante la visualización del dolor, obtiene una mejor percepción de hasta qué punto su estado mejora o se deteriora. En realidad, su única preocupación consiste en la rapidez de su mejoría. Ya lo han herido en otras ocasiones, aunque nunca de tanta gravedad, y sabe a qué atenerse; si prosiguiera el deterioro sería una experiencia alarmante, totalmente nueva para él.

El dolor ha sido brutal durante los dos primeros minutos posteriores al momento de recibir los disparos. Ha sentido como si un monstruoso feto despertara dentro de él y lo horadara para abrirse paso.

Afortunadamente, posee una singular tolerancia al dolor. También obtiene fuerzas de la certeza de que pronto el sufrimiento será menos desgarrador.

En el instante en que cruza tambaleándose la puerta posterior de la casa y se encamina hacia el Honda, la hemorragia cesa por completo, y los pinchazos del hambre son más terribles que el dolor de las heridas. El estómago se le contrae, luego se suelta con un espasmo, pero enseguida vuelve a contraerse, apretándose y relajándose repetidas veces con violencia, como si fuese una garra capaz de apoderarse del alimento que tan desesperadamente necesita.

Mientras se aleja de su casa a través del aguacero gris, en el momento en que la tormenta arrecia, se siente tan dolorosamente famélico que empieza a temblar. Pero no son sólo los temblores de necesidad lo que lo obligan a apretar los dientes, sino la tortura de los espasmos. Con las manos crispadas tamborilea impotente sobre el volante, incapaz de sujetarlo con la suficiente firmeza para controlar el vehículo. Lo asaltan fuertes jadeos convulsivos, oleadas ardientes que se alternan con escalofríos, y el sudor que cubre su cuerpo es más frío que la lluvia que aún le empapa el cabello y las ropas.

Su extraordinario metabolismo le proporciona una gran fuerza, mantiene muy elevado su nivel energético, lo libera de la necesidad de dormir cada noche, le permite curar con milagrosa celeridad y es, en general, un cúmulo de cualidades físicas; pero también le formula exigencias. Incluso en un día normal experimenta un apetito que supera al de dos leñadores. Y cuando se priva del sueño, o cuando recibe alguna herida, o cuando a su sistema se le exige algo inusual, la simple sensación de hambre pronto se transforma en una ansiosa voracidad, y ésta se convierte de inmediato en una terrible necesidad de nutrirse que ahuyenta de su mente los demás pensamientos y lo obliga a devorar como un rapaz cualquier cosa que pueda encontrar.

Si bien el interior del Honda está repleto de envases de comida vacíos –envoltorios, paquetes y bolsitas de todo tipo–, entre los restos no hay nada que llevarse a la boca. En la última bajada de los montes San Bernardino, hacia las tierras llanas del condado de Orange, ha consumido febrilmente las últimas migajas que le quedaban. Ahora sólo hay manchas secas de chocolate y mostaza, delgadas y brillantes películas de aceite, grasa y partículas de sal, pero nada de todo esto es lo bastante fortificante para compensar la energía que gastará al revolver entre esos restos en medio de la oscuridad y lamer lo que pueda.

Cuando por fin da con un restaurante de comida rápida que dispone de servicio de ventanilla, en el centro de su estómago hay un helado vacío dentro del cual parece a punto de desintegrarse, y cada vez se hace más vacío y helado, como si su propio cuerpo se consumiera a sí mismo para regenerarse, catabolizando dos células por cada una que creara. Casi se muerde la mano en un intento frenético y desesperado por aliviar los agotadores espasmos del hambre. Se imagina arrancando bocados de su carne con los dientes y engulléndolos ávidamente, succionando su propia sangre caliente, cualquier cosa, por repulsiva que pueda ser, que mitigue su sufrimiento. Pero se reprime porque, en la locura de su hambre inhumana, está convencido de que ya no le queda carne en torno a los huesos. Se siente absolutamente vacío, más frágil que el más delgado adorno de cristal que cuelga de un árbol de Navidad, y cree que puede romperse en miles de fragmentos sin vida en el instante en que sus dientes se hinquen en la piel quebradiza, destrozando con ello la ilusión de solidez.

El restaurante es un McDonald's. El pequeño micrófono del intercomunicador que hay en el poste de los encargos lleva suficientes años expuesto al sol del verano y al frío del invierno para que la bienvenida del invisible empleado se oiga temblorosa y en medio de un chisporroteo. Convencido de que ni la rigidez ni el temblor de su propia voz parecerán extraños, el asesino encarga comida suficiente para alimentar al personal de una pequeña oficina: seis hamburguesas con queso, Big Macs, patatas fritas, un par de bocadillos de pescado, dos batidos de chocolate... y refrescos tamaño gigante, pues su metabolismo acelerado se deshidrata tan rápidamente como sufre los efectos de la falta de alimentos.

Se pone al final de una larga cola de automóviles que avanza hacia la ventanilla de manera exasperantemente lenta. Pero no le queda otro remedio que esperar ya que con sus ropas empapadas en sangre y agujereadas por las balas no puede entrar en un restaurante normal o en una tienda de comestibles para obtener lo que desea, a menos que esté dispuesto a llamar la atención de todos.

De hecho, aunque los vasos sanguíneos ya estén obstruidos, las dos heridas de bala en el pecho aún no han curado debido a la escasez de combustible para desarrollar el proceso anabólico. Esos agujeros succionadores, en cuyo interior puede introducir el dedo a una inquietante profundidad, provocarían más comentarios que su camisa ensangrentada.

Una de las balas lo ha atravesado por completo y ha salido por la espalda, a la izquierda de la columna vertebral. Sabe que la herida de salida es mucho más grande que cualquiera de los dos agujeros del pecho. Y siente que sus dentados bordes se abren cada vez que se apoya contra el respaldo del asiento del coche.

Es una suerte que ninguno de los disparos le haya dado en el corazón, pues semejante cosa podría haber acabado con él para siempre. Esto o un disparo en la cabeza que le afecte al cerebro son las dos únicas heridas que teme.

Cuando llega a la ventanilla de la cajera, paga el pedido con parte del dinero que les robó a Jack y a Frannie en Oklahoma, de eso hace ya más de veinticuatro horas. La joven que está en la caja registradora puede verle el brazo cuando le tiende el dinero, de modo que intenta reprimir los fuertes temblores para no despertar su curiosidad. Mantiene apartado el rostro; con la noche y la lluvia, la muchacha no puede verle el pecho destrozado ni la angustia que contrae sus pálidas facciones.

Una vez ante la ventanilla de recogida, le entregan varias bolsas que contienen el pedido, que él apila sobre el asiento, a su lado, procurando, también, que el empleado no vea su rostro. Precisa de toda su fuerza de voluntad para reprimirse y no desgarrar las bolsas y abalanzarse inmediatamente sobre la comida a medida que se la entregan. Mantiene la suficiente claridad mental para darse cuenta de que no debe armar un escándalo bloqueando la cola de recogida.

Estaciona en el extremo más oscuro del aparcamiento del restaurante, apaga los faros y el limpiaparabrisas. Cuando se mira en el espejo retrovisor su rostro aparece tan demacrado que advierte que en la última hora ha perdido casi un kilo de peso; tiene los ojos hundidos y unas ojeras tan profundas que parecen tiznadas con hollín. Baja al máximo la intensidad de la luz del tablero de mandos, pero deja el motor en marcha porque, en su estado actual de debilidad, necesita calentarse con el aire que sale de los ventiladores de la calefacción. Las sombras lo rodean. La lluvia que se desliza sobre el cristal centellea con la luz de los letreros de neón y reduce el mundo nocturno a formas cambiantes, a la vez que le sirve de pantalla contra las miradas curiosas.

En esa cueva mecánica regresa a su primitivismo, y por unos instantes es algo menos que humano, abalanzándose sobre la comida con impaciencia animal, metiéndosela en la boca con mayor velocidad de lo que puede engullirla. La carne picada, los panecillos y las patatas fritas se desmenuzan contra sus labios, contra sus dientes, y dejan un creciente rastro de migajas sobre su pecho. La coca y el batido de chocolate le chorrean por la pechera de la camisa. Repetidas veces está a punto de atragantarse, salpicando restos de comida sobre el volante y el tablero de mandos, pero sigue tragando con la misma imperiosidad de una bestia, emitiendo pequeños gruñidos de avidez y leves gemidos de satisfacción.

Su frenético festín da paso a un período de modorra y silencioso recogimiento muy parecido al trance, del cual por fin resurge con tres nombres en sus labios, que musita como una plegaria:

–Paige... Charlotte... Emily...

Por experiencia sabe que en las horas que precedan al amanecer sufrirá nuevos ataques de hambre voraz, aunque ninguno tan devastador y obsesivo como el que acaba de padecer... Unas cuantas barritas de chocolate o unas latas de salchichas –depende de si lo que necesita son hidratos de carbono o proteínas– mitigarán los calambres.

Entonces podrá centrar su atención en asuntos cruciales sin tener que preocuparse por distracciones de naturaleza fisiológica. Lo más grave de esa crisis es que su mujer y sus hijas siguen en poder del hombre que le ha robado su vida.

«Paige... Charlotte... Emily...»

Las lágrimas enturbian su visión cuando piensa que su familia está en manos del odioso impostor. Ellas son preciosas para él. Son su única fortuna, su razón de vivir, su futuro...

Recuerda el asombro y la dicha con que ha explorado su casa, de pie en el dormitorio de sus hijas, más tarde acariciando la cama en la que él y su mujer hacen el amor. En el momento de ver sus rostros en la fotografía de su escritorio ha comprendido que ellas son su destino y que entre sus brazos hallará el fin de su confusión, de su soledad y de la callada desesperación que hasta ahora lo han consumido.

Recuerda también la primera confrontación con el impostor, la conmoción y el asombro que le produjo su misterioso parecido, la perfecta similitud del timbre y el tono de sus voces. De inmediato ha comprendido por qué ese hombre ha sido capaz de introducirse en su vida sin que nadie lo advirtiera.

Dado que el registro de la casa no le ha proporcionado ninguna pista que explique los orígenes del impostor, recuerda ciertas películas de las que podrá obtener alguna respuesta cuando tenga la posibilidad de volver a verlas... Las dos versiones de *La invasión de los ladrones de cuerpos*, la primera interpretada por Kevin McCarthy, la segunda por Donald Sutherland. La versión que John Carpenter había hecho de *La cosa*, aunque no la original. Tal vez incluso *Invasores de Marte*. Bette Midler y Lily Tomlin en una película cuyo título no puede recordar. *El príncipe y el mendigo. La luna sobre Parador*. Tiene que haber otras.

El cine posee todas las respuestas a los problemas de la vida. De las películas lo ha aprendido todo sobre los idilios, el amor y las alegrías de la vida en familia. En la oscuridad de las salas cinematográficas, pasando el rato entre asesinato y asesinato, ávido de significados, ha aprendido a anhelar lo que no tiene. Y a través de las grandes lecciones del cine finalmente podrá desentrañar los misterios de la vida que le han robado.

Pero primero tiene que actuar.

Ésta es otra lección que ha aprendido del cine. La acción debe aplicarse antes que la reflexión. En las películas la gente raramente se sienta a reflexionar sobre los apuros en que se encuentra. Pero, como hay Dios, que hacen algo hasta solucionar los problemas, por complicados que sean; siguen moviéndose, avanzando sin cesar, buscando decididamente el enfrentamiento con aquellos que se les oponen, llegando a las manos con sus enemigos, en una lucha a vida o muerte de la que siempre salen triunfadores, a condición de que sean lo bastante decididos y honrados.

Él es decidido.

Él es honrado.

A él le han robado su vida.

Es una víctima. Ha sufrido.

Ha conocido la desesperación.

Ha conocido el abuso, la angustia, la traición y la pérdida como Omar Sharif en *Doctor Zhivago*, o como William Hurt en *El turista accidental*, o Robin Williams en *El mundo según Garp*, o Michael Keaton en *Batman*, o Sidney Poitier en *En el calor de la noche*, o Tyrone Power en *El filo de la navaja*, o como Johnny Deep en *Eduardo Manostijeras*. Él es uno más entre los personajes avasallados, despreciados, pisoteados, incomprendidos, traicionados, desplazados y manipulados que han vivido en la pantalla plateada y han hecho frente heroicamente a las más terribles dificultades. Su sufrimiento es tan importante como el de ellos, su destino igualmente glorioso, como grandes sus esperanzas de triunfo.

Esta conclusión lo conmueve profundamente. Se ve asaltado por unos sollozos estremecedores; no llora de tristeza sino de alegría, pues el sentimiento de pertenecer a alguien, de hermandad, de ser común a la humanidad, lo abruma. Lo unen profundos lazos a aquellos cuyas vidas ha compartido en las salas de cine, y este glorioso renacimiento lo obliga a levantarse, ponerse en movimiento, avanzar, enfrentarse, disputar, luchar y vencer.

–Paige, voy en tu busca –murmura a través de su llanto.

Abre de golpe la puerta del lado del conductor y sale bajo la lluvia.

–Emily, Charlotte, no voy a fallaros. Dependéis de mí. Confiad en mí. Moriré por vosotras si es preciso.

Arroja fuera parte de los residuos de su glotonería, se dirige a la parte trasera del Honda y abre el maletero. Encuentra una barra de hierro para desmontar las ruedas, un extremo de la cual es una palanca para hacer saltar los tapacubos, y el otro una llave para aflojar las tuercas. La sopesa y la encuentra satisfactoria para sus propósitos.

Entra de nuevo en el coche, se sienta frente al volante y coloca la barra de hierro sobre el asiento del pasajero, repleto de desperdicios.

Mientras contempla mentalmente la foto de su familia, va murmurando:

–Moriré por vosotras.

Se está curando. Cuando explora los agujeros de las balas en el pecho, el dedo sólo puede penetrar en ellos la mitad que la vez anterior.

En la segunda herida, el dedo encuentra un bulto duro y retorcido que puede ser un trozo de cartílago dislocado. No tarda en darse cuenta de que se trata de la bala, que no lo ha atravesado. Su cuerpo la está rechazando. Tira de ella, hace palanca hasta que el proyectil se libera con un ruido sonoro y húmedo; entonces la arroja al suelo.

Si bien es consciente de que su metabolismo y su poder de recuperación son extraordinarios, no se ve a sí mismo muy distinto de los demás hombres. El cine le ha enseñado que en un sentido o en otro, todo los hombres son extraordinarios: algunos poseen un poderoso magnetismo para las mujeres, que son incapaces de resistírseles; otros poseen un valor que va más allá de toda medida; pero todavía hay otros, como esos cuyas vidas interpretan Arnold Schwarzenegger y Sylvester Stallone, capaces de atravesar intactos una andanada de balas y vencer en un combate cuerpo a cuerpo con media docena de hombres, y todo a un ritmo trepidante. En comparación, su rápida convalescencia parece menos excepcional que la habitual habilidad de los héroes de la pantalla para cruzar indemnes el mismísimo infierno.

Después de seleccionar entre la comida que queda un emparedado de pescado frío, y tragárselo en seis bocados, abandona el aparcamiento del McDonald's y empieza a buscar un centro comercial.

Dado que está en el sur de California no le resulta difícil encontrar lo que parece una gran superficie de almacenes y tiendas especializadas, cuyos tejados están compuestos de más planchas de metal que un barco de guerra, y cuyas paredes de cemento son tan espectaculares como las murallas de cualquier fortaleza del Mediterráneo. El lugar está rodeado de varias hectáreas de asfalto iluminado por farolas. La implacable naturaleza comercial del lugar queda disimulada por carriles de aparcamiento y setos de laurel indio y biznaga, sauces y palmeras.

Recorre interminables hileras de coches aparcados hasta que ve a un hombre con impermeable que sale a toda prisa del centro comercial cargado con dos bolsas de plástico llenas. El tipo se detiene detrás de un Buick blanco, deposita las bolsas en el suelo y tantea en busca de las llaves para abrir el portaequipajes.

Tres sitios más allá del Buick hay un espacio libre para aparcar. Después de todo el trayecto desde Oklahoma, el Honda ya ha cumplido con su cometido. Aquí tiene que abandonarlo.

Coge la palanca metálica con la mano derecha y sale del coche. Sujetándola por el extremo cónico, la mantiene pegada a la pierna a fin de no llamar la atención.

La tormenta empieza a perder algo de su fuerza. El viento amaina. Ya no hay rayos cruzando el cielo.

Aunque la lluvia no es menos fría que antes, la encuentra refrescante, pero ya no helada.

A medida que avanza hacia el centro comercial –y el Buick blanco– examina la enorme zona de aparcamiento. Hasta donde alcanza a ver no hay nadie observándolo. Ninguno de los coches aparcados en el carril se dispone a partir: no hay luces encendidas, ni humo saliendo de los tubos de escape. El vehículo más próximo en movimiento se halla tres carriles más abajo.

El comprador ha encontrado las llaves, abre el maletero del Buick y deposita en su interior la primera de las dos bolsas de plástico. Al inclinarse para recoger la segunda bolsa, el desconocido se da cuenta de que no está solo, vuelve la cabeza y desde su posición mira hacia atrás y a lo alto para ver la barra de metal que se dirige velozmente hacia su rostro, en el cual apenas si llega a aparecer una expresión de alarma.

El segundo golpe probablemente es innecesario. El primero habrá clavado fragmentos de huesos faciales en el cerebro del hombre. Pero aun así vuelve a golpear al inerte y silencioso comprador.

El asesino arroja al interior del maletero la palanca, que hace un ruido sordo al golpear contra algo.

«Ponerse en movimiento, avanzar, enfrentarse, disputar, luchar y vencer.»

Sin perder tiempo mirando alrededor para asegurarse de que aún nadie lo observa, levanta al hombre caído del mismo modo que un levantador de pesas se dispone a efectuar limpia y bruscamente un levantamiento. Deja caer el cuerpo dentro del portaequipajes y el coche se balancea con el impacto del peso muerto.

La noche y la lluvia le facilitan la pequeña cobertura que necesita para sacar el impermeable al cadáver mientras yace oculto en el interior del maletero. Uno de los ojos del muerto lo mira fijamente, mientras el otro gira suelto dentro de su cuenca. La boca se ha paralizado en un aullido roto que nunca llegará a brotar.

Se pone el impermeable sobre las ropas húmedas y advierte que le va algo holgado y le sobran un par de centímetros en las mangas, pero sirve perfectamente para su cometido, pues oculta sus ropas ensangrentadas, rotas y manchadas de comida y hace que parezca razonablemente presentable, que es lo único que le importa. Todavía está tibio, debido al calor corporal del muerto.

Más tarde se librará del cadáver, y mañana comprará ropa nueva. Ahora tiene mucho que hacer, y muy poco tiempo para hacerlo.

Coge la cartera del muerto, en cuyo interior encuentra un fajo de billetes agradablemente grueso.

Tira la segunda bolsa de compras encima del cadáver y cierra de golpe el maletero. Las llaves se bambolean en la cerradura.

Sube al Buick, enciende la calefacción, pone en marcha el motor y se aleja del centro comercial.

«Ponerse en movimiento, avanzar, enfrentarse, disputar, luchar y vencer.»

Empieza a buscar una gasolinera, no porque el Buick necesite combustible, sino porque tiene que encontrar un teléfono público.

Recuerda las voces en la cocina, mientras él se retorcía agónicamente en medio de los restos de la barandilla de la escalera. El impostor estaba apremiando a Paige y a las niñas para que salieran de la casa antes de que pudieran entrar en el vestíbulo y ver a su auténtico padre luchar por escapar a cuatro patas.

«... llévatelas a casa de Vic y Kathy...»

Y unos instantes después había surgido un nombre más útil todavía:

«... idos a casa de los Delorio...»

Aunque sean sus vecinos, no consigue recordar a Vic y a Kathy Delorio, ni cuál es su casa. Le han robado este conocimiento como han hecho con el resto de su vida. Sin embargo, si su teléfono figura en el listín no le costará encontrarlos.

Una gasolinera. El letrero azul de la Pacific Bell.

Se detiene junto a la cabina telefónica con paredes de plástico y a pesar de la penumbra puede ver el grueso listín asegurado con una cadena.

Deja el motor del Buick en marcha, se acerca a la cabina telefónica chapoteando entre los charcos. Cierra la puerta para que se encienda la luz del techo y hojea frenético las páginas blancas.

La suerte lo acompaña. Victor W. Delorio. El único que aparece con ese apellido. Mission Viejo. Su propia calle. Memoriza la dirección.

Corre hacia la gasolinera para comprar dulces. Veinte barritas. De caramelo, de chocolate con almendras, de maíz con miel, de chocolate blanco con arroz. Por el momento no necesita las barritas, pues aún no siente hambre. Pero la necesidad volverá a surgir dentro de poco.

Paga con algunos billetes del dinero que pertenecía al hombre que yace muerto en el Buick.

–No hay duda de que le gusta el dulce –comenta el empleado.

De nuevo en el Buick. Sale de la gasolinera para sumergirse

en el tráfico. Teme por su familia, que sin saberlo se encuentra en manos del impostor. Tiene que llevarse a su esposa y sus hijas a un lugar apartado, donde él no pueda encontrarlas. Si las hallase podría hacerles algún daño, o incluso matarlas. Puede suceder cualquier cosa... Acaba de ver su fotografía y no ha hecho más que empezar a familiarizarse con ellas, y ya es posible que las pierda antes siquiera de tener la oportunidad de besarlas o decirles lo mucho que las quiere. Es injusto. Cruel. El corazón le late con fuerza, reavivando parte del dolor de las heridas, que no paran de cicatrizar.

Oh, Dios, necesita a su familia. Necesita estrecharlas entre sus brazos y que ellas le correspondan. Necesita alentarlas y sentirse alentado, oír cómo pronuncian su nombre. Cuando las oiga pronunciar su nombre será por fin alguien.

Acelera para pasar un semáforo que cambia del ámbar al rojo, llama a sus hijas en voz alta y quebrada a causa de la emoción:

–Charlotte, Emily, ya voy. Tened valor. Papá ya viene. Papá ya viene. Papá... ya... viene...

8

El teniente Lowbock fue el último policía en abandonar la casa.

En el portal de la entrada, mientras las puertas de los coches patrulla se cerraban una tras otra, el teniente se volvió hacia Paige y Marty para obsequiarlos con una leve sonrisa, apenas perceptible. Era evidente que no quería que lo recordaran por la rabia tensa y controlada que finalmente habían conseguido provocar en él.

–Los veré tan pronto como obtenga los resultados del laboratorio.

–Nunca será demasiado pronto –replicó Paige–. Su visita ha sido tan encantadora que deseamos ansiosamente que se repita.

–Buenas noches, señora Stillwater –dijo Lowbock, luego se volvió hacia Marty–. Buenas noches, señor Stillwater.

Marty comprendió que era infantil cerrarle la puerta en las narices, pero también una gran satisfacción.

–¿Míster Homicidio? –preguntó Paige al tiempo que pasaba la cadena de seguridad mientras Marty corría el pestillo.

–Así es como me llaman en el reportaje de *People*.

–Aún no lo he visto.

–Justo en el titular. Oh, espera a leerlo. Me presenta como un Martin Stillwater ridículo, espectral, viejo y asustado, que se gana muy bien la vida con sus libros. Jesús, si por casualidad Lowbock ha leído el reportaje, no lo culpo por pensar que todo esto es una especie de engañifa para obtener publicidad.

–Es un idiota –replicó Paige.

–Debes admitir que la historia es condenadamente increíble.

–Pues yo te creo.

–Lo sé, y te quiero por eso.

Marty la besó y ella se apretó contra él. Al cabo de un instante se apartó y preguntó:

–¿Cómo va tu garganta?

–Sobreviviré.

–Ese idiota piensa que has sido capaz de provocarte esos morados.

–No lo he hecho, pero imagino que es posible.

–Deja ya de mirarlo desde su punto de vista o harás que me vuelva loca... ¿Y ahora qué? ¿No debíamos largarnos de aquí?

–Cuanto antes –dijo él–. Y no volveremos hasta no saber qué diablos significa todo esto. ¿Puedes preparar un par de maletas con lo imprescindible para unos días?

–Claro –contestó Paige, y se encaminó hacia la escalera.

–Yo telefonearé a Vic y a Kathy, para asegurarme de que todo va bien por allí. Luego subo a ayudarte. Ah, Paige... La Mossberg está debajo de la cama de nuestro dormitorio.

–Muy bien –contestó ella, y comenzó a subir, pasando por encima de las astillas de la barandilla.

–Sácala y déjala encima de la cama mientras haces el equipaje.

–De acuerdo –dijo Paige, que ya había subido una tercera parte de la escalera.

Marty pensó que no la había impresionado lo suficiente con la necesidad de mantener precauciones poco usuales.

–Y llévatela contigo cuando vayas al dormitorio de las niñas.

–Está bien.

Utilizando un tono lo bastante brusco para detenerla, y con el dolor atenazándole el cuello al levantar la cabeza a fin de mirarla, Marty exclamó:

–¡Maldita sea, Paige! ¡Hablo en serio!

Paige lo miró, sorprendida porque Marty nunca había utilizado aquel tono con ella.

–Entendido. La tendré siempre a mi lado.

–Está bien.

Marty se dirigió al teléfono de la cocina, pero no había llegado aún a la puerta del comedor cuando oyó que Paige soltaba un grito en la planta superior. Con el corazón latiéndole con tanta fuerza que apenas si podía respirar, Marty corrió hacia el vestíbulo, esperando encontrar a su esposa entre las garras del Otro.

Paige estaba de pie en lo alto de la escalera, horrorizada ante las espantosas manchas de sangre que cubrían la moqueta, y que ella contemplaba por primera vez.

–No imaginaba que... –Bajó la mirada hacia Marty–. Tanta sangre... Sencillamente..., ¿cómo ha podido... largarse?

–No habría podido si fuera... sólo un hombre. Por eso estoy tan seguro de que va a volver. Quizá no esta noche, ni mañana, puede que ni siquiera dentro de un mes, pero volverá.

–Marty, esto es absurdo.

–Lo sé.

–¡Dios mío! –exclamó, menos en un sentido profano que como una plegaria, y se fue presurosa hacia el dormitorio principal.

Marty regresó a la cocina y sacó la Beretta del armario. A pesar de que él mismo había cargado la pistola, hizo saltar el cargador, lo comprobó, volvió a meterlo en su sitio y deslizó una bala en la recámara.

Advirtió que en el suelo de baldosas había un montón de manchas de pisadas que se entrecruzaban. Muchas todavía estaban húmedas. Durante las últimas dos horas, la policía había entrado y salido, y era evidente que no todos habían sido lo bastante cuidadosos para limpiarse los zapatos en la estera de la entrada.

Aunque sabía que los agentes estaban ocupados y que tenían cosas mejores que hacer que preocuparse de dejar huellas por toda la casa, las pisadas –y la indiferencia que éstas representaban– parecían una violación casi tan profunda como el ataque del Otro. Marty notó que en su interior crecía una sensación de resentimiento sorprendentemente intensa.

Mientras el mundo estaba infestado de psicópatas antisociales, el sistema judicial actuaba según las premisas de que el principal motivo de la propagación del mal era la injusticia social. A los criminales se los consideraba víctimas de la sociedad del mismo modo que a las personas a quienes robaban o mataban se las consideraba víctimas de ellos. Recientemente habían liberado a un individuo de la prisión de California después de cumplir seis años por violar y asesinar a una niña de once. Seis años... La niña, por supuesto, seguía tan muerta como antes. En la actualidad, tales ultrajes eran tan corrientes que la noticia apenas recibía atención en la prensa. Si los tribunales no protegían a una inocente de once años, y ni el Parlamento ni el Senado dictaban leyes que obligasen a los tribunales a protegerla, entonces no podía contarse con los jueces ni con los políticos para que protegieran a nadie, en ninguna parte, en ningún momento.

Pero, maldita sea, al menos cabía esperar que a uno lo protegiera la policía, porque los polis pisaban la calle cada día, sabían qué ocurría en ella y cómo era el mundo en realidad... Los grandes potentados de Washington y las presuntuosas eminencias de los tribunales se habían aislado de la realidad con sus honorarios elevados, su continua presunción y sus generosas pensiones, vivían en urbanizaciones protegidas por guardias de seguridad, enviaban a sus hijos a colegios privados..., y perdían contacto con los daños que ellos mismos propiciaban. Pero no así la policía. Los polis pertenecían a la clase obrera. Eran hombres y mujeres trabajadores. En su trabajo veían el mal cada día, sabían que éste se hallaba ampliamente extendido, tanto entre los privilegiados como en la clase media o entre los pobres, y que la sociedad era menos culpable que la naturaleza imperfecta de la especie humana.

Se suponía que la policía era la última línea defensiva contra la barbarie. Pero si ellos se convertían en unos cínicos respecto al sistema que se les pedía que defendieran, si creían que eran los únicos que seguían preocupándose por la justicia, dejarían de preocuparse. Y cuando se los necesitara, realizarían sus inspecciones legales, rellenarían sus cuestionarios para complacer a la burocracia, dejarían sucias pisadas en los suelos antes limpios, y se marcharían después de haber conseguido que se les perdiera toda clase de consideración.

De pie en la cocina, sosteniendo la Beretta con una mano, Marty comprendió que en aquellos momentos sólo él y Paige constituían su última línea defensiva. Nadie más. Ninguna autoridad más elevada. Ningún guardián del bienestar social.

Necesitaba valor, pero también la imaginación desbordada que utilizaba en sus escritos. De pronto, le pareció como si viviese la trama de una novela de serie negra, en el ámbito amoral donde se desarrollaban los argumentos de James M. Cain o Elmore Leonard. La supervivencia en un mundo tan sombrío dependía de la celeridad de pensamiento, de la rapidez de acción, y de la absoluta falta de compasión. Pero sobre todo dependía de la habilidad de imaginar lo peor que la vida podía presentar a continuación y prepararse para enfrentarse a ello en lugar de dejarse sorprender.

Pero su mente estaba en blanco.

No tenía ni idea de adónde ir, ni de qué hacer. Preparar las maletas y salir de casa sí, pero... ¿y luego qué?

Se limitó a contemplar el arma que sostenía en la mano.

Aunque le gustaban las obras de Cain y de Leonard, las suyas no eran tan sombrías; ensalzaban la razón, la lógica, la virtud y el triunfo del orden social. Su imaginación no lo empujaba hacia soluciones tipo vigilantes del orden, éticas acomodaticias o el anarquismo liso y llano.

En blanco.

Preocupado por su habilidad para salir adelante cuando tantas cosas dependían de él, Marty descolgó el auricular del teléfono de la cocina y se dispuso a llamar a los Delorio.

–Soy Marty –dijo cuando Kathy respondió al primer timbrazo.

–¡Marty! ¿Estáis bien? Hemos visto que la policía se marchaba y luego se fue también el agente que habían dejado aquí, sin que nadie nos haya aclarado la situación. Quiero decir, ¿va todo bien? ¿Qué diablos ha sucedido?

Kathy era una buena vecina, y estaba sinceramente preocupada, pero Marty no estaba en disposición de perder el tiempo dándole una explicación detallada de lo que le había sucedido tanto con el presunto asesino como con la policía.

–¿Dónde están Charlotte y Emily?

–Mirando la televisión.

–¿Dónde?

–Bueno, en la salita.

–¿Habéis cerrado con llave todas las puertas?

–Sí, claro. Pienso que sí.

–Asegúrate. Compruébalo. ¿Tenéis armas?

–¿Armas? Marty, ¿qué ocurre aquí?

–¿Tenéis armas? –insistió.

–Yo no creo en las armas. Pero Vic tiene una.

–¿La tiene a mano ahora?

–No. Él está...

–Dile que la cargue y que la lleve encima hasta que Paige y yo pasemos a recoger a las niñas.

–Marty, esto no me gusta nada. Yo no...

–Diez minutos, Kathy. Recogeré a las niñas dentro de diez minutos, puede que menos. Lo antes que pueda.

Colgó el auricular antes de que ella pudiera replicar.

Corrió escaleras arriba y entró en la habitación de invitados que Paige utilizaba como despacho. Allí ella llevaba la contabilidad doméstica, controlaba los talonarios y revisaba los demás asuntos financieros.

En el último cajón de la derecha del escritorio de pino había carpetas con recibos, facturas y cheques cancelados. En el cajón estaban también su talonario y la libreta de ahorros, que Marty encontró unidos con una goma. Los metió en el bolsillo del pantalón.

Su mente ya no seguía en blanco. Había pensado en algunas precauciones que debían tomar, aunque eran demasiado débiles para considerarlas un plan de acción.

Luego se dirigió a su estudio y cogió cuatro cajas de cartón de la pila de treinta o cuarenta que había, todas de la misma medida. Cada una contenía veinte libros de tapa dura, y de una vez sólo podía trasladar dos al garaje. Fue colocándolas en el maletero del BMW; el cuello le dolía con el esfuerzo.

Después de su segundo traslado al coche, entró en el dormitorio principal, pero cuando se disponía a cruzar el umbral se detuvo en seco, al ver que Paige cogía la escopeta y se volvía en redondo.

–Lo siento –se disculpó al ver que era él.

–Has hecho lo que debías. ¿Has recogido ya las cosas de las niñas?

–No, estoy terminando aquí.

–Voy a empezar con lo de ellas –dijo él.

Marty siguió el rastro de sangre hasta el dormitorio de Charlotte y Emily, y al pasar ante el trozo roto de la barandilla de la galería miró hacia abajo, al suelo del vestíbulo. Todavía esperaba ver allí a un hombre muerto, tendido sobre las cuarteadas baldosas.

9

Charlotte y Emily estaban sentadas en el sofá de la salita de los Delorio, con las cabezas juntas. Fingían estar profundamente interesadas en una estúpida serie televisiva que trataba de una estúpida familia con unos hijos estúpidos y unos padres también estúpidos que hacían cosas estúpidas para resolver problemas estúpidos... Mientras ellas parecían interesarse por el programa, la señora Delorio estaba en la cocina, preparando la cena. El señor Delorio paseaba por la casa y de tanto en tanto se detenía ante las ventanas para observar a la policía allí fuera. Totalmente solas, las dos niñas tenían la oportunidad de cuchichear la una con la otra e intentar imaginar qué sucedía en su casa.

–Puede que a papá le hayan disparado –comentó Charlotte, preocupada.

–Ya te he dicho un millón de veces que no.

–¿Y tú qué sabes? Sólo tienes siete años.

Emily suspiró.

–Él nos dijo que estaba bien. En la cocina, cuando mamá pensó que estaba herido.

–Estaba cubierto de sangre –dijo Charlotte con impaciencia.

–Él dijo que no era suya.

–Yo no lo recuerdo.

–Yo sí –replicó Emily enfáticamente.

–Si papá no estaba herido, ¿quién lo estaba?

–Tal vez un ladrón.

–No somos ricos, Em. ¿Qué querría un ladrón en nuestra casa? ¡Oye, puede que papá haya disparado a la señora Sánchez!

–¿Y para qué iba a dispararle a la señora Sánchez? No es más que la señora de la limpieza.

–Quizá se puso furiosa –murmuró Charlotte, cuyas ansias de dramatismo se sentían atraídas por semejante posibilidad.

Emily negó con la cabeza.

–A la señora Sánchez no. Es una persona muy simpática.

–La gente simpática a veces se vuelve loca.

–No es cierto.

–Sí que lo es.

Emily cruzó los brazos sobre el pecho.

–Dime una.

–La señora Sánchez.

–Aparte de ella.

–Jack Nicholson.

–¿Y ése quién es?

–Ya sabes, el actor. En *Batman* hacía de Joker, y allí estaba absolutamente desquiciado.

–Entonces es posible que siempre esté desquiciado.

–No, a veces es muy simpático, como en aquella película con Shirley McLaine, en la que era un astronauta, y la hija de Shirley se ponía muy enferma y descubrían que tenía cáncer, y luego moría, y Jack era tan dulce y simpático…

–Además, hoy no era el día de la señora Sánchez –dijo Emily.

–¿Qué quieres decir?

–Que sólo viene los jueves.

–Mira, Em, si ella está desquiciada entonces no puede saber en qué día vive –replicó Charlotte, satisfecha con su respuesta, que le parecía muy sensata–. Tal vez haya salido de un manicomio y vaya por ahí buscando trabajos de mujer de la limpieza, y luego, a veces, cuando se vuelve loca, mata a una familia, la asa en el horno y después se la come para cenar.

–Eres una fantasiosa –sentenció Emily.

–No, créeme –insistió Charlotte, con un susurro de apremio–. Es como Hannibal Lecter…

–¿Hannibal *el Caníbal*?

Ninguna de las dos había visto la película –a la que Emily se empeñaba en llamar *El precio de los corderos*– porque sus padres opinaban que no eran bastante mayores, pero habían oído contar muchas cosas de ella a otros niños de la escuela, que la habían visto en vídeo un millón de veces.

Charlotte hubiese asegurado que Emily ya no estaba muy segura respecto a la señora Sánchez. A fin de cuentas, Hannibal *el Caníbal* había sido un médico que se había vuelto absolutamente loco y a la gente le comía la nariz y cosas así, de modo que la idea de una señora de la limpieza caníbal y desquiciada de pronto cobraba mucho sentido.

El señor Delorio entró en la salita para apartar las cortinas y examinar el patio trasero, que aparecía bastante iluminado gracias a las luces de la terraza. En la mano derecha sostenía un arma. Las otras veces que había entrado allí no la llevaba.

Dejó caer las cortinas, luego se apartó de la cristalera y sonrió a Charlotte y a Emily.

–¿Estáis bien, chicas?

–Sí, señor –contestó Charlotte–. Es un buen programa.

–¿Necesitáis algo?

–No, gracias, señor –respondió Emily–. Sólo queremos ver el programa.

–Es un buen programa –repitió Charlotte.

Cuando el señor Delorio salió de la habitación, tanto Charlotte como Emily se volvieron a mirarlo hasta que hubo desaparecido.

–¿Por qué lleva un arma? –preguntó Emily.

–Para protegernos. ¿Y sabes qué significa eso? Pues que la señora Sánchez aún está viva y en libertad, y buscando a alguien para comérselo.

–¿Y si ahora el señor Delorio también se volviese loco? Tiene un arma... Nunca podríamos escapar de él.

–¡No digas tonterías! –exclamó Charlotte, pero entonces comprendió que un profesor de educación física podía enloquecer lo mismo que una señora de la limpieza–. Oye, Em; ¿sabes lo que hay que hacer si él se vuelve loco?

–Llamar al nueve, uno, uno.

–No habría tiempo para eso, tonta. Así que lo que habría que hacer es darle una patada en las pelotas.

Emily frunció el entrecejo.

–¿Dónde?

–¿Recuerdas la película del sábado? –preguntó Charlotte.

Su madre se había molestado tanto con la película que había ido a quejarse al gerente del cine. Ella quería saber cómo anunciaban la película como tolerada, con el lenguaje y la violencia que había en ella, y el gerente le había dicho que ponía tolerada para mayores de trece años, lo cual era muy distinto.

Una de las cosas que había preocupado más a su madre era una escena en la que el chico bueno se escapaba del malo dándole una patada entre las piernas. Más tarde, cuando alguien le preguntaba al chico bueno qué era lo que quería el chico malo, el chico bueno respondía: «No sé qué quería, pero lo que necesitaba era una buena patada en las pelotas».

Charlotte había advertido que la frase molestaba a su madre. Luego, ella podía haberle pedido una explicación, y su madre se la habría dado. Mamá y papá creían que había que responder sinceramente a todas las preguntas que hiciera un niño. Pero a veces Charlotte consideraba más excitante tratar de averiguar la respuesta por sí misma, ya que entonces era algo que ella sabía y que ellos ignoraban que supiese.

En casa había buscado en el diccionario para ver si había alguna definición de «pelotas» que explicara lo que el chico bueno le había hecho al chico malo, y también por qué su madre se había molestado tanto con ello. Cuando vio que un significado de la palabra era «testículos», buscó aquella misteriosa palabra en el mismo diccionario, averiguando todo lo que pudo; luego se metió en el despacho de papá y utilizó su enciclopedia de medicina para averiguar todavía más. Era un tema bastante extraño, pero lo entendió. Al menos en parte. Quizá más de lo que hubiese querido entender. Se lo había explicado lo mejor que había podido a Em, pero ésta no le creyó ni una palabra y, lógicamente, pronto se olvidó del asunto.

–Justo como en la película del sábado –le recordó Charlotte–. Si las cosas se ponen realmente malas y él se vuelve loco, le damos una patada entre las piernas.

–Ah, sí –dijo Emily, con tono de duda–. Le damos una patada en los trículos.

–En los testículos.
–Era trículos.
–Era testículos –insistió Charlotte, con firmeza.
Emily se encogió de hombros.
–Como quieras.
La señora Delorio entró en la salita, secándose las manos con un paño de cocina amarillo. Llevaba un delantal sobre la falda y la blusa. Olía a cebollas, que era lo que había estado picando, pues en el momento en que ellas llegaron se disponía a preparar la cena.
–¿Os apetece una pepsi, chicas?
–No, señora –contestó Charlotte–. Estamos bien, gracias. Disfrutando con el programa.
–Es un buen programa –añadió Emily.
–Uno de nuestros favoritos –prosiguió Charlotte.
–Es sobre un chico al que todo el mundo quiere patearle los trículos –dijo Emily.
Charlotte estuvo a punto de darle un coscorrón a la pequeña enana.
Con expresión confusa, la señora Delorio miró la pantalla del televisor y luego a Emily.
–¿Trículos?
–En apuros –intervino Charlotte, haciendo un débil esfuerzo para disimularlo.
El timbre de la puerta sonó antes de que Emily empeorase aún más las cosas.
–Apuesto a que son vuestros padres –dijo la señora Delorio, y salió a toda prisa de la salita.
–Tonta –le espetó Charlotte a su hermana.
Emily se mostró altiva.
–Te fastidia porque he demostrado que todo es una mentira. Ella nunca ha oído que los chicos tengan trículos.
–Y una mier...
–Lo mismo te digo.
–Chinche.
–Chanche.
–Esto ni siquiera es una palabra.
–Lo es si yo quiero que lo sea.
El timbre no dejaba de sonar, como si alguien se hubiese apoyado en él.

Vic observó a través de la mirilla al hombre que estaba sobre el escalón de la entrada. Era Martin Stillwater.

Abrió la puerta y se retiró a un lado para que su vecino pudiera entrar.

–Dios mío, Marty, parecía como si hubiese una convención de la policía ahí fuera. ¿A qué viene todo esto?

Marty lo miró intensamente un momento, observó el arma que sostenía en la mano derecha, pareció tomar una decisión y parpadeó. Mojado a causa de la lluvia, su piel aparecía brillante y tan anormalmente pálida como el rostro de una figurita de porcelana. Parecía encogido, arrugado, como alguien que se recupera de una grave enfermedad.

–¿Te encuentras bien? ¿Está bien Paige...? –preguntó Kathy, entrando al vestíbulo, detrás de Vic.

Inseguro, Marty cruzó el umbral y se detuvo sin entrar lo suficientemente para que Vic pudiera cerrar la puerta.

–¿Y bien? –preguntó Vic–. ¿Tanto te preocupa mojar el suelo? Ya sabes que Kathy piensa que soy un descuidado, así que dispone de toda la gama Scotch para proteger la casa. Pasa, pasa.

Sin dar un paso más, Marty miró por encima del hombro de Vic hacia la salita de estar, luego hacia el pie de las escaleras. Llevaba un impermeable negro abrochado hasta el cuello que le iba demasiado grande y hacía que pareciese encogido.

Justo en el momento en que Vic pensaba que el hombre había perdido el habla, Marty le preguntó:

–¿Dónde están las niñas?

–Se encuentran bien –le aseguró Vic–. Están a salvo.

–Las necesito –dijo Marty; su voz ya no sonaba quebrada, como antes, sino inexpresiva–. Las necesito.

–Por el amor de Dios, amigo, ¿no puedes al menos entrar un momento y decirnos qué...?

–Las necesito ahora –repitió Marty–. Son mías.

De pronto, Vic Delorio comprendió que la voz de Marty no sonaba inexpresiva sino tensamente controlada, como si reprimiera la rabia, o el terror, o alguna otra emoción muy fuerte, por temor a perder el control. Se estremeció ligeramente. Parte de la lluvia que había en su cara podía ser sudor.

–Marty, ¿qué es lo que sucede? –preguntó Kathy, avanzando por el vestíbulo.

Vic había estado a punto de formular la misma pregunta. Marty Stillwater solía ser un tipo alegre, relajado, risueño incluso; sin embargo, en aquel momento estaba rígido y su actitud era extraña. Vic ignoraba qué le había sucedido aquella tarde, pero fuera lo que fuese había dejado profundas marcas en él.

Antes de que Marty pudiera responder, Charlotte y Emily aparecieron al final del pasillo, donde éste desembocaba en la salita de estar. Debían de haberse puesto los impermeables nada más oír la voz de su padre, porque cuando aparecieron estaban abrochándoselos.

–¿Papá? –preguntó Charlotte, con voz temblorosa.

Al ver a sus hijas, los ojos de Marty se llenaron de lágrimas. Y cuando Charlotte le habló, él avanzó hacia el interior de la casa, momento que Vic aprovechó para cerrar la puerta.

Las niñas pasaron corriendo junto a Kathy y Marty cayó de rodillas sobre el suelo del vestíbulo. Era tan fuerte el impulso de las dos niñas al echarse entre sus brazos, que poco faltó para que lo derribaran. Los tres se abrazaron, y las niñas comenzaron a hablar a la vez:

–Papá, ¿estás bien? Estábamos tan asustadas... ¿Te encuentras bien? Te quiero, papi. Estabas asqueroso con tanta sangre. Ya le decía que la sangre no era tuya. ¿Ha sido un ladrón? ¿La señora Sánchez? ¿Se ha vuelto loca? ¿Ha sido el cartero el que ha enloquecido? ¿Quién se ha vuelto loco? ¿Estás bien? ¿Mami está bien? ¿Ya se ha terminado? ¿Por qué la gente simpática se vuelve loca de pronto?

En realidad, los tres hablaban al mismo tiempo, ya que Marty iba intercalando frases entre las preguntas de las niñas:

–Mi Charlotte, mi Emily, mis niñas, os quiero... Os quiero tanto que no dejaré que vuelvan a secuestraros, nunca, nunca más –decía, y las besaba en las mejillas, en la frente, las abrazaba con fuerza, les alisaba el cabello con manos temblorosas, y en general actuaba como si llevara años sin verlas.

Kathy sonreía a la vez que lloraba en silencio, enjugándose las lágrimas con el paño de cocina.

Vic suponía que el encuentro era conmovedor, pero no se sentía tan afectado como su esposa, en parte porque Marty se comportaba y hablaba de un modo que le parecía peculiar, no extraño en el sentido que lo parecería un hombre después de luchar contra un intruso en su casa –si era eso lo que realmente había sucedido–, sino..., en fin, sólo extraño. Curioso. Las cosas que Marty decía eran algo raras.

–Mi Emily, Charlotte, mi Charlotte, tan bonita como en la foto, mías, estaremos juntos, es mi destino... –El tono de su voz era también inusual, demasiado tembloroso y apremiante teniendo en cuenta que la policía ya se había marchado, pero también un poco forzado. Dramático. Exageradamente melodramático. Marty no hablaba de forma espontánea, sino como si interpretara un papel sobre el escenario, esforzándose por recordar con exactitud lo que tenía que decir.

Todo el mundo aseguraba que los creadores eran gente muy extraña, sobre todo los escritores, y cuando Vic conoció a Martin Stillwater, esperaba que fuese un excéntrico. Pero Marty lo había decepcionado en este aspecto: había sido el vecino más normal y sensato que se pudiera desear. Hasta aquel instante.

–Tenemos que irnos –dijo Marty. Se puso de pie, cogió de las manos a sus hijas y se volvió hacia la puerta de entrada.

–Aguarda un segundo, Marty, amigo –le dijo Vic–. No puedes simplemente largarte de aquí de esta manera; explícanos al menos en parte qué ha pasado...

Marty había soltado a Charlotte sólo lo necesario para abrir la puerta. Volvió a cogerla de la mano mientras el viento entraba silbando en el vestíbulo y hacía vibrar el marco que colgaba de la pared y encerraba un bordado de pájaros volando y flores silvestres.

Cuando el escritor salió ignorando el pedido de Vic, éste miró a Kathy y vio que la expresión de su mujer cambiaba. Las lágrimas todavía le brillaban en las mejillas, pero sus ojos estaban secos, y parecía desconcertada.

«De modo que no sólo soy yo», pensó Vic.

También salió al escalón de la entrada y vio que el escritor se disponía a bajar por el sendero, en medio de la lluvia impulsada por el viento, cogiendo a las niñas de la mano. El aire era helado. Las ranas cantaban, pero su canto no era natural, sino frío y estridente, como el chirriar del cambio de marchas en un motor helado. Y el canto que hacían le hizo desear a Vic volver a entrar en la casa, sentarse frente al fuego y beberse una buena taza de café caliente con un chorro de coñac.

–¡Maldita sea, Marty! ¡Aguarda un segundo!

El escritor volvió la cabeza y miró hacia atrás, con las dos niñas pegadas a ambos costados.

–Somos amigos –dijo Vic–. Queremos ayudaros. Sea lo que sea que va mal, queremos ayudaros.

–No podéis hacer nada, Victor.

–¿Victor? Muchacho, sabes que aborrezco que me llamen Victor. Nadie me llama así, ni siquiera mi vieja y canosa madre, si sabe a lo que se expone.

–Lo siento..., Vic. Sólo... Tengo demasiadas cosas en la cabeza. –Con las niñas pisándole los talones, se dispuso a seguir bajando por el sendero.

Justo al final de éste había un coche aparcado. Un Buick nuevo. Parecía centellear bajo la lluvia. Tenía el motor en marcha. Los faros encendidos. No había nadie dentro.

Victor bajó el escalón de la entrada, exponiéndose a la tormenta, que no era el chaparrón de antes, pero aun así empapaba, y les dio alcance.

–¿Es ése tu coche?

–Sí –contestó Marty.

–¿Desde cuándo?

–Lo he comprado hoy.

–¿Y dónde está Paige?

–Vamos a reunirnos con ella. –La cara de Marty era tan pálida como el cráneo que se ocultaba debajo. Temblaba visiblemente, y sus ojos miraban de un modo extraño bajo el resplandor de la farola de la calle–. Escucha, Vic, las niñas van a empaparse hasta la médula.

–Yo soy el que se va a empapar –replicó Vic–. Ellas llevan el impermeable. ¿No está Paige en la casa?

–Se ha marchado ya. –Marty miró con expresión de preocupación la casa al otro lado de la calle, donde las luces seguían encendidas, tanto en la planta baja como en la superior–. Vamos a reunirnos con ella.

–¿Recuerdas lo que me dijiste...?

–Vic, por favor...

–Ya casi había olvidado lo que me dijiste, y de pronto, al bajar por el sendero, lo he recordado...

–Tengo que irme, Vic.

–Me has dicho que no entregara las niñas a nadie, si Paige no iba con ellos. A nadie. ¿Recuerdas que me lo dijiste...?

Marty bajó dos maletas grandes y las entró en la cocina.

Llevaba la Beretta 9 mm Parabellum metida entre el cinturón y el vientre, de modo que le oprimía incómodamente el estómago. Se había puesto un suéter de lana con dibujos de renos, que le disimulaba el arma, y no se había subido la cremallera del anorak rojo y negro a fin de poder llegar fácilmente a la pistola sólo con soltar las maletas.

Paige entró en la cocina tras él. Llevaba una maleta y la escopeta Mossberg del calibre 12.

–No abras la puerta exterior –le advirtió Marty, cruzando la estrecha puerta que comunicaba la cocina y el oscuro garaje.

No quería que la puerta permaneciese abierta mientras cargaba el coche, ya que entonces se convertirían en un objetivo vulnerable. Por lo que sabía, el Otro podía haber vuelto después de que la policía se hubiese marchado, y tal vez estuviese allí fuera en aquel mismo momento.

Paige lo siguió al interior del garaje y encendió los fluorescentes del techo. Las largas lámparas parpadearon, pues el mecanismo de encendido estaba averiado. Las sombras saltaron y oscilaron a lo largo de las paredes, por entre los coches y en medio de las vigas al descubierto.

De modo inconsciente, y torturando su cuello dolorido, Marty giró con brusquedad la cabeza hacia cada fantasma que allí aparecía. Pero ninguno de ellos tenía rostro, y mucho menos que fuera idéntico al suyo.

Por fin, los fluorescentes se encendieron. La dureza de la luz blanca, fría y plana como la del sol de la mañana invernal, paralizó las sombras danzantes.

Él está a unos pasos del Buick, sujetando con fuerza las manos de sus hijas, a punto casi de escapar con ellas. Su Charlotte. Su Emily. Su futuro, su destino, tan cerca, tan exasperantemente cerca.

Pero Vic no deja que se marche. El tipo es una lapa. Lo ha seguido todo el rato desde la casa, como si no le importara la lluvia, sin parar de hablar, haciendo preguntas. Un maldito entrometido.

Tan cerca del coche. El motor en marcha, los faros encendidos. Emily en una mano, Charlotte en la otra, y ellas lo quieren, realmente lo quieren. Lo han abrazado y besado allá en el vestíbulo, felices de verlo, sus niñitas. Ellas conocen a su papá, a su auténtico papá. Sólo con que pueda llegar hasta el coche, cerrar las puertas y largarse de allí, serán suyas para siempre.

Quizá pueda matar a Vic, el maldito entrometido. Entonces sería fácil escapar. Pero no está muy convencido de que pueda lograrlo.

–Me has dicho que no entregara a las niñas a nadie a menos que Paige estuviese presente –dice Vic–. A nadie. ¿Recuerdas que me lo dijiste?

Mira fijamente a Vic, pensando no tanto en una respuesta como en liquidar a ese hijo de perra. Pero vuelve a sentirse hambriento, tembloroso, las rodillas le tiemblan y empieza a anhelar las barritas dulces que guarda en el asiento delantero; azúcar, hidratos de carbono, más energía para las reparaciones que todavía se están llevando a cabo.

–¿Marty? ¿Recuerdas lo que me has dicho?

Además, no lleva un arma encima, lo cual habitualmente no sería problema. Está bien adiestrado para matar con las manos. Tal vez incluso le queden fuerzas suficientes para hacerlo, a pesar del estado en que se encuentra, y del hecho de que Vic parece lo bastante fuerte para plantarle cara.

–A mí me ha parecido extraño, pero es lo que me has dicho –prosigue Vic–. Me has dicho que ni siquiera te las entregue a ti, a menos que Paige venga contigo.

El problema reside en que el cabrón sí tiene un arma. Y además recela.

Las esperanzas de escapar se desvanecen por momentos, arrastradas por la lluvia. Las niñas aún lo cogen de la mano. Él también las sujeta con fuerza, pero ellas están a punto de escapársele, y no sabe qué hacer... Mira boquiabierto a Vic, la mente le da vueltas, se siente incapaz de decir algo como antes, ese mismo día, lo estaba al intentar escribir el comienzo de un nuevo libro.

«Ponerse en movimiento, avanzar, enfrentarse, disputar, luchar y vencer.»

De pronto, se da cuenta de que para enfrentarse a su problema y vencer necesita actuar como un amigo, del modo en que los amigos se tratan y hablan en las películas. Eso disipará toda sospecha.

Un río de recuerdos cinematográficos corre por su mente, inundándola:

–Vic, por todos los diablos, Vic... ¿He dicho yo...? ¿He dicho yo eso? –Se imagina que es James Stewart porque todo el mundo aprecia y confía en James Stewart–. No sé en qué estaría pensando. Debía de tener la cabeza en otras preocupaciones. Diablos, es que..., sin duda debía de estar sumamente trastornado con todo esto que ha pasado, con toda esta locura...

–¿Qué es lo que ha pasado, Marty?

Asustado pero gracioso, inseguro pero sincero, James Stewart en una película de Hitchcok:

–Es algo complicado, Vic... Es todo tan... descabellado e increíble, que ni yo mismo me lo creo del todo. Necesitaría una hora para explicártelo, y no dispongo de esa hora, no tengo una hora, no señor. Ahora no, te lo aseguro. Mis niñas, estas pequeñas, están en peligro, Vic, y que Dios se apiade de mí si algo les ocurre. No querría seguir viviendo.

Puede ver que su nueva actitud está produciendo el efecto deseado. Empuja a las niñas los últimos pasos hacia el coche, seguro de que el vecino no va a detenerlas.

Pero Vic los sigue, pisando un charco y salpicando.

–¿Y no puedes contarme nada?

Después de abrir la puerta trasera del Buick, y hacer subir a las niñas, se vuelve hacia Vic una vez más.

–Me da vergüenza decirlo, pero soy yo quien las pone en peligro. Yo, su padre. Por el modo en que me gano la vida...

Vic lo mira desconcertado.

–Tú escribes libros.

–Ya sabes lo obsesivos que pueden llegar a ser algunos admiradores, Vic.

Vic abre los ojos desmesuradamente, luego los entorna cuando una ráfaga de aire le lanza gotas de lluvia en la cara.

–¿Como aquella mujer y Michael J. Fox hace unos años?

–Exacto, exacto, como Michael J. Fox. –Las dos niñas ya están dentro del coche; cierra de golpe la puerta–. Sólo que es un tipo el que nos molesta, no una mujer enloquecida. Y esta noche ha ido demasiado lejos, ha entrado a la fuerza en mi casa, es un tipo violento y he tenido que dispararle. Yo. ¿Me imaginas a mí teniendo que hacer daño a alguien, Vic? Ahora tengo miedo de que regrese, así que debo llevarme a las niñas de aquí.

–Dios mío –murmura Vic, totalmente convencido de la historia.

–Ahora no dispongo de tiempo para contarte más; de hecho he empleado más tiempo del que dispongo, así que..., limítate a entrar de nuevo en la casa antes de que cojas una pulmonía. Te llamaré dentro de un par de días y te contaré el resto.

Vic vacila.

–Si podemos hacer algo para ayudar...

–Métete dentro, anda. Aprecio lo que ya has hecho por nosotros, pero por el momento lo que puedes hacer para ayudarme es resguardarte de la lluvia. Mírate, estás empapado, por el amor de Dios. Anda, no te mojes más. No querría que terminaras cogiendo una neumonía por mi culpa.

Paige se reunió con Marty detrás del BMW, y al lado de las maletas que él había depositado dejó una tercera y la Mossberg. Cuando Marty abrió el portaequipajes, ella vio las tres cajas que él ya había depositado allí dentro.

–¿Y esto qué es?

–Material que tal vez necesitemos.

–¿Como qué?

–Ya te lo explicaré luego –contestó él, y procedió a meter las maletas dentro del portaequipajes.

Al ver que sólo cabían dos, Paige dijo:

–Todo lo que he metido en ellas es imprescindible. Tendrás que dejar al menos una caja.

–No. Pondré la maleta más pequeña en el asiento trasero, en el suelo, bajo los pies de Emily. A fin de cuentas, los pies todavía no le llegan al suelo.

A medio camino de la casa, Vic se vuelve hacia el Buick.

Todavía en su papel de James Stewart, dice:

–Anda, Vic, entra. Kathy está en la puerta. Si no te metes dentro harás que ella también enferme. Los dos debéis entrar.

Da media vuelta, rodea el Buick y sólo se vuelve a mirar la casa cuando está delante de la puerta del lado del conductor. Vic está en la entrada con Kathy, demasiado lejos ahora para impedir que él escape, con arma o sin ella.

Con un gesto de la mano se despide de los Delorio, y ellos le devuelven el saludo. Sube al Buick, se coloca al volante, el enorme impermeable se hincha en torno a él. Cierra la puerta del coche.

Al otro lado de la calle, en su propia casa, todas las luces están encendidas. El impostor se encuentra allí dentro, con Paige. Su hermosa Paige. No puede hacer nada al respecto; todavía no. No sin un arma.

Cuando se vuelve a mirar hacia el asiento trasero, ve que Charlotte y Emily ya se han puesto los cinturones de seguridad. Son unas niñas buenas. Y tan bonitas, con sus impermeables amarillos y sombreritos a juego... Ni siquiera en la foto han salido tan bonitas.

Entonces las dos empiezan a hablar. La primera es Charlotte:

–¿Adónde vamos, papá? ¿Dónde has comprado este coche?

–¿Dónde está mamá? –pregunta Emily.

Antes de que pueda responder, las dos se lanzan a una despiadada salva de preguntas:

–¿Qué es lo que ocurrió cuando disparaste? ¿De veras has matado a alguien?

–¿Era la señora Sánchez?

–¿Se volvió loca como Hannibal *el Caníbal*, papá? ¿De veras se ha vuelto loca? –pregunta Charlotte.

Al asomarse por la ventanilla del lado del pasajero, ve que los Delorio entran juntos en la casa, cerrando la puerta tras de sí.

–¿Es eso cierto, papá? –pregunta Emily.

–Sí, papá, ¿es cierto lo que le has dicho a los Delorio, que es como con Michael J. Fox? ¿Es cierto? Michael J. Fox es muy simpático.

–Callaos –les ordena impaciente.

Pone la marcha y pisa el acelerador. El Buick da un salto sin moverse del sitio, pues ha olvidado quitar el freno de mano. Lo quita, pero entonces el coche da un salto hacia delante y el motor se ahoga.

–¿Por qué no ha venido mamá? –pregunta Emily.

La excitación de Charlotte va en aumento, y el sonido de su voz lo está mareando:

–¡Cuánta sangre llevabas en la camisa! Seguro que tuviste que matar a alguien. Era tan desagradable, realmente una porquería.

Las ansias de ingerir alimentos son muy intensas. Las manos le tiemblan de tal modo que le cuesta coger las llaves cuando trata de poner nuevamente el motor en marcha. Aunque esta vez el hambre no será tan insoportable como en la ocasión anterior, únicamente podrá recorrer unas cuantas manzanas antes de sentirse abrumado por la necesidad de ingerir aquellos dulces.

–¿Dónde está mamá?

–Seguro que él intentó dispararte a ti primero. ¿Intentó dispararte a ti primero? ¿Tenía un cuchillo? Debía de asustar mucho, con un cuchillo... ¿Qué llevaba él, papá?

El arranque chirría, el coche resopla, pero el motor no se pone en marcha, como si se hubiese ahogado.

–¿Dónde está mamá?

–¿De veras peleaste con él sólo con los puños? ¿Le quitaste un cuchillo o algo así, papá? ¿Cómo pudiste hacerlo? ¿Sabes karate?

–¿Dónde está mami? Quiero saber dónde está mami.

La lluvia golpea sobre el techo del coche. Rebota sobre el capó. El motor inundado se niega a responder. Los limpiaparabrisas van de un lado al otro. Incesantemente. Voces infantiles en el asiento trasero, cada vez más chillonas. Como el estridente zumbido de las abejas. Tiene que concentrarse en mantener firme su temblorosa mano sobre la llave. Los dedos resbalan, sudorosos. Teme perder el control, quizá que la llave se le caiga del contacto. Está hambriento. Necesita comer. Necesita largarse de allí. La lluvia golpea, rebota, repica incesantemente. El dolor rebrota en sus heridas ya casi curadas. Le duele cuando respira. Maldito motor. Se niega a ponerse en marcha. Papi, papi, papi, bla bla bla...

La frustración en rabia, la rabia en odio, el odio en violencia, y la violencia a veces es un alivio.

Ansioso por golpear algo, a alguien, se vuelve en su asiento, mira echando chispas a las niñas y les grita:

–¡Callaos! ¡Callaos! ¡Callaos!

Las dos se quedan pasmadas, como si nunca les hubiese hablado de esa manera.

La pequeña se muerde el labio, no se atreve a mirarlo, vuelve la cara hacia la ventanilla.

–¡Silencio, por el amor de Dios! ¡Estaos quietas!

Cuando se vuelve otra vez hacia delante y trata de poner el motor en marcha, la mayor estalla en sollozos, como si fuera una cría pequeña. El zumbido del limpiaparabrisas, el chirriar del arranque, la tos ahogada del motor, el repiqueteo continuo de la lluvia, y ahora el llanto de la niña, demasiado agudo para que lo pueda soportar. Le chilla sin pronunciar palabras, lo bastante fuerte para ahogar por un instante su llanto, junto con los demás ruidos. Considera la posibilidad de saltar al asiento trasero y golpear a aquella maldita chillona, obligarla a callar, sacudirla, apretar la mano sobre aquella nariz y aquella boca hasta que no pueda emitir sonido alguno, hasta que deje de llorar, de forcejear, hasta que pare, sólo que pare...

Y de pronto el motor se pone en marcha, ronronea suavemente.

–Enseguida vuelvo –le dijo Paige a Marty, dejando el maletín en el suelo, junto al asiento del conductor del BMW.

Marty alzó la vista a tiempo para ver que se dirigía al interior de la casa.

–Espera, ¿adónde vas?

–A apagar todas las luces.

–Al infierno con eso. No vuelvas ahí dentro.

Era una escena extraída de la ficción, directamente de una novela o de una película, y Marty la reconoció como tal. Después de haber hecho las maletas, de haber llegado incluso hasta el coche, tan cerca de escapar indemnes, volvían a entrar en la casa a fin de completar la tarea esencial, confiados en su seguridad, y de alguna manera el psicópata estaba allí, ya porque había vuelto cuando todos estaban en el garaje, ya porque se había ocultado inteligentemente en algún rincón disimulado mientras la policía registraba la casa. Entonces ellos irían de habitación en habitación apagando las luces, dejando que la oscuridad se extendiera por toda la casa..., después de lo cual el doble se materializaría, una sombra entre las sombras, empuñando un enorme cuchillo que habría sacado de su propia cocina, clavando y cortando, matando a uno de ellos, o a los dos.

Marty sabía que la vida real no era extravagantemente pintoresca como en la ficción más desbocada, ni la mitad de monótona que en las novelas llamadas «académicas»..., pero sí menos predecible que en ambos casos. Su miedo a volver a entrar en la casa a fin de apagar las luces era irracional, el producto de una imaginación demasiado fértil y de la predilección del novelista por anticipar el drama, la malevolencia y la tragedia en cada matiz del comportamiento humano, en cada cambio del tiempo, en cada plan, en cada sueño, en cada esperanza, en cada lanzamiento de los dados...

Aun así, ellos no iban a volver a entrar en la maldita casa. Ni pensarlo.

–Deja las luces encendidas –le dijo–. Cerremos con llave, subamos la puerta del garaje, vayamos a buscar a las niñas y salgamos de aquí.

Probablemente Paige había vivido con un novelista el tiempo suficiente para que su propia imaginación se contaminara, o quizá se acordase de toda la sangre que había visto allí arriba. Por alguna razón, no protestó argumentando que dejar tantas luces encendidas sería un derroche de electricidad. Pulsó el botón para abrir la puerta del garaje y con la otra mano cerró la puerta que comunicaba con la cocina.

Mientras Marty cerraba con llave el maletero del BMW, la puerta del garaje terminó de abrirse. Con un golpe final, la puerta quedó totalmente abierta.

Marty miró hacia la noche lluviosa, la mano derecha apoyada en la empuñadura de la Beretta que llevaba metida en la cintura. Su imaginación aún seguía desbordada, y estaba dispuesto a ver al indomable doble acercarse por la rampa que conducía al garaje.

Lo que vio, en cambio, fue mucho peor que cualquier imagen que su imaginación hubiese podido idear. Al otro lado de la calle, frente a la casa de los Delorio, había un coche aparcado. No era el coche de sus vecinos. Marty nunca lo había visto con anterioridad. Tenía los faros encendidos, aunque el conductor tenía dificultades en poner el motor en marcha; lo intentaba una y otra vez. Si bien el conductor no era más que una silueta oscura, el óvalo pequeño y pálido del rostro de una criatura era claramente visible en la ventanilla posterior; miraba hacia fuera desde el asiento trasero. Incluso a aquella distancia, Marty tuvo la certeza de que la niña del Buick era Emily.

Paige estaba de pie junto a la puerta de la cocina, buscando las llaves en el bolsillo de su chaqueta de pana.

Marty se vio en las garras de una conmoción paralizante. No podía llamar a Paige, no podía moverse...

Al otro lado de la calle, el motor del Buick prendió, soltó un par de explosiones y luego rugió lleno de vida. Nubes de vapor cristalizado salieron en torbellino del tubo de escape.

Marty no se dio cuenta de que se echaba a correr hasta que no estuvo fuera del garaje, en medio de la rampa, dirigiéndose a toda velocidad hacia la calle, en medio de la fría lluvia. Se sentía como si le hubiesen teletransportado unos diez metros en menos de un segundo, pero sólo se trataba de que, actuando por instinto, y bajo el puro terror animal, su cuerpo iba por delante de su mente.

La Beretta estaba en su mano. Tampoco recordaba haberla sacado de su cintura.

El Buick se apartó del bordillo y Marty giró hacia la izquierda para seguirlo. El coche avanzaba lentamente porque el conductor aún no se había dado cuenta de que lo perseguían.

Emily todavía era visible. Presionaba el rostro contra el cristal. Estaba mirando fijamente a su padre, asustada.

Marty ya estaba a tres metros del parachoques trasero del coche. Luego el vehículo aceleró y se alejó rápidamente; demasiado para lo que él podía correr. Sus ruedas levantaban pequeñas cortinas de agua cuando pisaban los charcos.

Como un pasajero en la barca de Caronte, Emily no era transportada a lo largo de la calle, sino a través de la laguna Estigia, hacia la tierra de los muertos.

Una oleada negra de desesperación se apoderó de Marty, pero el corazón empezó a latirle incluso con más fuerza que antes, y encontró fuerzas que no había imaginado que poseía. Corrió más rápido que nunca, sus pies parecían capaces de perforar el asfalto, echó la cabeza hacia delante, los ojos siempre fijos en la presa.

Al final de la manzana, el Buick aminoró la marcha y se detuvo por completo en el cruce.

Jadeando, Marty lo alcanzó. El parachoques trasero. El guardabarros. La portezuela.

La cara de Emily en la ventanilla.

En aquel instante estaba mirándolo.

El terror estimuló los sentidos de Marty, como si hubiese ingerido una de esas drogas que alteran la mente. Era alucinantemente consciente de cada uno de los detalles de las múltiples gotas de lluvia sobre el cristal que lo separaba de su hija –sus formas curvas y pendulares, las débiles espirales y los fragmentos de la luz de las farolas que se reflejaban en sus temblorosas superficies–, como si cada una de aquellas gotitas fuera tan importante como cualquier otra cosa en el mundo. Del mismo modo, no veía el interior del coche como una mancha borrosa, sino como un elaborado tapiz de sombras con innumerables matices de gris, azul y negro. Más allá del pálido rostro de Emily, en un complicado tejido de oscuridad y penumbra, había otra figura, una segunda criatura: Charlotte.

Justo cuando se puso a la altura del conductor y tendió la mano hacia la puerta con la intención de abrirla, el coche se puso nuevamente en marcha y giró hacia la derecha, por el cruce.

Marty resbaló y a punto estuvo de caer al suelo. Recuperó el equilibrio, sujetó con fuerza el arma, y de nuevo corrió hacia el Buick, cuando éste doblaba por la calle transversal.

El conductor miraba hacia la derecha, ajeno a la presencia de Marty a su izquierda. Llevaba un impermeable negro. A través de los regueros de lluvia que resbalaban sobre la ventanilla sólo se le veía la parte posterior de la cabeza. Su cabello era más oscuro que el de Vic Delorio.

Debido a que el coche seguía avanzando lentamente mientras completaba el giro, Marty consiguió ponerse de nuevo a su altura. Esta vez no tendió la mano hacia la puerta, ya que probablemente estaba cerrada con el seguro. Intentándolo echaría a perder el elemento sorpresa. Levantó la Beretta y apuntó a la nuca de aquel hombre.

Las niñas podían resultar heridas por alguna astilla de cristal. Pero tenía que arriesgarse. De lo contrario, las perdería para siempre.

Aunque había muy pocas posibilidades de que el conductor fuera Vic Delorio o cualquier otra persona inocente, Marty no podía apretar el gatillo sin estar completamente seguro de a quién disparaba. Todavía en movimiento, paralelo al vehículo, gritó:

–¡Eh! ¡Eh! ¡Eh!

El conductor volvió bruscamente la cabeza para mirar, y al final del cañón de su pistola Marty vio su propio rostro. El Otro. El cristal que tenía ante sí parecía un espejo maldito en el cual su reflejo no estaba sujeto a una mímica idéntica, sino que era libre de revelar emociones tan malévolas que ningún ser humano querría verlas; al enfrentarse a él, aquella cara de cristal se contrajo con una expresión de furia y odio.

Sorprendido, el conductor dejó que su pie aflojara la presión sobre el acelerador. Por un breve instante, el Buick redujo la velocidad.

A poco más de un metro de la ventanilla, Marty efectuó dos disparos. Un segundo antes de que el trueno del primer disparo resonara contra la infinita cantidad de superficies húmedas, a través de la noche lluviosa creyó ver al conductor dejarse caer hacia un lado, sujetando aún el volante con una mano mientras intentaba apartar la cabeza de la línea de tiro. La boca del arma centelleó y una lluvia de cristales oscureció el destino de aquel canalla.

En el momento mismo en que el fragor del segundo disparo se superponía sobre el primero, las ruedas del coche chirriaron. El Buick saltó hacia delante, del mismo modo que lo habría hecho un caballo al abrírsele la puerta en un rodeo.

Marty corrió en pos del coche, pero éste se alejó con una turbulenta explosión de aire y humo procedente del tubo de escape. Su doble todavía estaba vivo, herido tal vez, pero aún así con vida y decidido a escapar.

Lanzándose como una exhalación hacia la derecha, el Buick empezó a desviarse hacia el lado contrario de la calle. Si seguía aquella trayectoria, acabaría por subirse a la acera y meterse en alguno de los jardines delanteros.

Con su engañoso ojo mental, Marty imaginó que el coche subía a la acera a gran velocidad, perdía el control y chocaba contra alguno de los árboles o contra el costado de alguna casa, para luego estallar en llamas atrapando a sus hijas en un ataúd de acero llameante. En el rincón más oscuro de su mente, incluso pudo oírlas gritar mientras el fuego chamuscaba sus carnes hasta los huesos.

Entonces, mientras corría tras el Buick, éste volvió a regresar al centro de la calle, hacia su propio carril. Se alejaba con excesiva rapidez, y Marty comprendió que no había manera de alcanzarlo.

Pero siguió corriendo como si le fuera la vida en ello. Como respiraba con la boca abierta, la garganta comenzó a arderle de nuevo. Le dolía el pecho, y unos pinchazos lacerantes le recorrían las piernas. La mano derecha empuñaba con tal fuerza la culata de la Beretta que los músculos del brazo le palpitaban desde la muñeca hasta el hombro. Y, con cada paso desesperado, los nombres de sus hijas formaban eco en su mente, con un mudo alarido de pérdida y dolor.

Cuando su padre les gritó que se callaran, Charlotte se sintió tan dolida como si la hubiese abofeteado, porque en sus nueve años nada de lo que hubiese dicho o hecho lo había puesto nunca tan furioso. Aun así, no comprendía qué lo había enfurecido tanto, porque ella no le había hecho más que unas pocas preguntas... Su comportamiento era injusto, y el que él nunca hubiese sido injusto añadía más dolor a la reprimenda. Parecía como si él estuviese enfadado con ella por el simple hecho de ser ella, como si algo en su naturaleza de pronto le repugnara o le disgustase, lo cual era un pensamiento desesperante, porque ella nunca podría cambiar su forma de ser, y tal vez por ese motivo su padre nunca más la quisiera. Él nunca podría borrar de su rostro aquella expresión de rabia y odio, y ella nunca podría olvidarlas mientras viviese. En la fracción de un segundo, incluso antes de que él terminara de gritar, Charlotte comprendió que todo había cambiado para siempre entre los dos, y estalló en sollozos.

Apenas consciente de que el coche finalmente se ponía en marcha, se apartaba de la acera y llegaba al final de la manzana, Charlotte salió parcialmente de su desdicha sólo cuando Em se volvió, la cogió del brazo, la sacudió y susurró:

–¡Papá!

Al principio Charlotte pensó que su hermana se enojaba injustamente con ella por hacer enfadar a papá, y le pedía que se callara. Sin embargo, antes de que comenzara a discutir con Em advirtió que en la voz de ésta había una especie de jubilosa excitación.

Algo importante estaba sucediendo.

Parpadeando para librarse de las lágrimas, Charlotte vio que Em volvía a pegar la cara a la ventanilla. Y cuando el coche enfiló por el cruce y giró a la derecha, siguió la dirección de la mirada de su hermana.

Tan pronto como divisó a papá corriendo al lado del coche, supo que era su verdadero padre. El que iba al volante –el papá con aquella mirada de odio, que chillaba a sus hijas sin motivo– era un impostor. Algún otro. O alguna otra cosa, quizá, que como en las películas había salido de una vaina procedente de otra galaxia para al día siguiente transformarse en un doble de papá. Pero ella no se confundiría al ver a dos padres idénticos, no tendría ninguna dificultad en reconocer al de verdad, como tal vez le ocurriera a una persona mayor, pues ella era una niña pequeña, y las niñas sabían de esas cosas.

Manteniéndose a la altura del coche cuando éste giraba por la otra calle, y apuntando su pistola hacia la ventanilla del conductor, su papá gritó:

–¡Eh! ¡Eh! ¡Eh!

Y mientras el impostor comprendía quién iba a dispararle, Charlotte estiró el brazo todo lo que le permitía su cinturón de seguridad, agarró un trozo del impermeable de Em y tiró de su hermana apartándola de la ventanilla.

–¡Abajo! ¡Cúbrete la cara, rápido!

Se inclinaron la una hacia la otra y se acurrucaron muy juntas, protegiéndose mutuamente la cabeza con los brazos.

¡Bang!

El disparo fue el ruido más fuerte que Charlotte había oído en su vida. Le resonaron los oídos.

A punto estuvo de ponerse a llorar otra vez, de miedo en esta ocasión, pero tenía que mantenerse firme por Em. En momentos como aquél, la hermana mayor debía pensar en sus responsabilidades.

¡Bang!

Aunque el segundo disparo sonó un instante después que el primero, Charlotte supo que el padre impostor había sido herido, porque soltó un chillido de dolor y una maldición, escupiendo una y otra vez la palabra que empezaba por M. Pero aún estaba en buenas condiciones para seguir conduciendo, y el coche salió disparado.

Parecían estar fuera de control, desviándose hacia la izquierda, a gran velocidad, y luego regresando bruscamente a la derecha.

Charlotte percibió que iban a chocar contra algo. Si se hacían añicos en el accidente, ella y Em tendrían que estar preparadas para moverse rápidamente cuando se detuvieran, salir a toda velocidad del coche y apartarse a un lado para que papá pudiera enfrentarse al impostor.

Ella no dudaba de que papá sería capaz de vencer al otro. Aunque no era lo bastante mayor para haber leído alguna de sus novelas, sabía que él escribía sobre asesinos, armas, persecuciones en coche y esa clase de cosas, así que sabría exactamente qué hacer... El impostor lamentaría haberse metido con papá, pues terminaría en prisión durante mucho, mucho tiempo.

El coche volvió a desviarse a la izquierda, y en el asiento de delante el impostor soltaba pequeños ruiditos, como si se quejara de dolor, los cuales le recordaban los que *Wayne*, el jerbo, soltó aquella vez que metió la pata dentro del mecanismo de la rueda giratoria de su jaula. Pero *Wayne* nunca maldecía, claro, y en cambio aquel hombre no paraba de hacerlo, cada vez más enfadado, no sólo utilizando la palabra M, sino el nombre de Dios en vano, junto con toda clase de palabras que ella nunca había oído, pero que sin duda eran de lo peor.

Sin soltar a Em, Charlotte tanteó con su mano libre a lo largo del cinturón de seguridad, en busca del botón para liberarlo. Lo halló, y con suavidad posó en él el pulgar.

El coche rebotó sobre algo y el conductor pisó los frenos. El coche se deslizó de lado sobre la calle mojada, su negra cola giró bruscamente a la izquierda, y a Charlotte el estómago le dio un vuelco, como si estuvieran en una de las atracciones de la feria.

La parte del coche donde estaba el conductor chocó con fuerza contra algo, pero no lo bastante como para matarlas.

Charlotte pulsó el pulgar sobre el botón y su cinturón de seguridad desapareció tras ella. Palpando en torno a la cintura de Em, no tardó más de dos segundos en encontrar el botón del cinturón de ésta.

–¡El cinturón! ¡Quítate el cinturón!

La puerta del lado de Em estaba empotrada contra lo que habían chocado. Tendrían que salir por el lado de Charlotte.

Ésta tiró de Em hacia ella, abrió la puerta de golpe y empujó fuera a su hermana.

Al mismo tiempo, Em tiraba de ella como si fuese la que llevaba a cabo el rescate, y Charlotte estuvo a punto de decirle: «¡Eh! ¿Quién es aquí la hermana mayor?».

El papá impostor vio u oyó que salían, porque se abalanzó sobre ellas por encima del respaldo del asiento.

–¡Pequeñas zorras! –exclamó al tiempo que cogía el sombrero que Charlotte llevaba contra la lluvia.

Ella se escabulló de debajo del sombrero y cayó de bruces sobre el asfalto. Al levantar la vista, vio que Em ya cruzaba la calle trotando hacia la acera de enfrente, tambaleándose como una criatura que aprendiese a andar. Charlotte se levantó y salió corriendo detrás de su hermana.

Alguien estaba gritando sus nombres.

Papá.

El de verdad.

A una distancia de casi tres cuartas partes de la manzana, el acelerado Buick golpeó contra la rama de un árbol que había caído dentro de un profundo charco y resbaló sobre la espuma borboteante del agua.

Marty se sintió animado ante la posibilidad de reducir la distancia, pero le aterrorizaba la idea de lo que pudiese ocurrirles a sus hijas. La imagen de un coche chocando no volvió a cruzar por su mente, sino que en ningún momento había dejado de estar en ella. Ahora estaba a punto de saltar fuera de su imaginación, tal como las escenas dejaban de ser imágenes mentales para traducirse en palabras sobre una página. Sólo que esta vez se disponía a dar un paso más, saltándose el mecanografiado y traduciendo directamente de la imaginación a la realidad. Y lo asaltó la absurda idea de que el Buick no habría perdido el control si él no hubiese imaginado que lo perdía, lo mismo que sus hijas morirían quemadas en el coche simplemente porque había imaginado que así ocurría.

De pronto, el Buick chocó con gran estrépito contra el lateral de un Ford Explorer aparcado. A pesar de que el estrépito de la colisión hizo que la noche se estremeciera, el coche no volcó ni se incendió.

Para sorpresa de Marty, la puerta trasera del lado del pasajero se abrió de golpe y sus hijas salieron disparadas como un par de serpientes de broma saliendo de una lata con tapa de resorte.

Por lo que podía ver, ninguna de las dos estaba gravemente herida, y les gritó que se alejaran del Buick. Pero ellas no necesitaban su consejo. Habían trazado su propio plan, e inmediatamente cruzaron la calle a rastras, buscando ponerse a cubierto.

Marty siguió corriendo. Ahora que las niñas estaban fuera del coche, su furia era mayor que su miedo. Deseaba hacer daño a aquel individuo, matarlo. Pero su rabia no era apasionada, sino fría, una insensata ferocidad animal que lo aterrorizaba a la vez que se rendía a ella.

Se encontraba a menos de un tercio de manzana del coche cuando el motor volvió a chirriar y las ruedas giraron echando humo. El Otro trataba de escapar, pero los vehículos estaban pegados el uno al otro. De repente, el torturado metal crujió y el Buick empezó a soltarse del Explorer.

Marty hubiese preferido estar más cerca cuando abrió fuego, a fin de tener más posibilidades de acertar, pero comprendió que se hallaba lo más cerca que podía estar. Se detuvo bruscamente, levantó la Beretta y la sujetó con ambas manos, pero temblaba de tal modo que no pudo mantener la puntería sobre su objetivo. Maldiciéndose por su debilidad, trató de ser como una roca.

El retroceso del primer disparo le levantó el cañón de la pistola, y Marty tuvo que bajarlo antes de hacer el siguiente.

El Buick se liberó por fin del Explorer y avanzó a saltos algo más de un metro. Por un instante los neumáticos giraron sin avanzar sobre el asfalto resbaladizo, salpicando tras de sí una plateada cortina de agua.

Marty apretó nuevamente el gatillo, gruñendo de satisfacción mientras la ventanilla posterior del Buick estallaba hacia dentro, y de inmediato efectuó otro disparo, apuntando esta vez al conductor, tratando de ver cómo el cráneo de aquel cabrón estallaba como antes lo había hecho la ventanilla, con la esperanza de que lo que imaginaba se tradujera en realidad. Cuando las ruedas por fin mordieron el asfalto, el coche salió disparado alejándose de él. Marty efectuó un disparo y luego otro, pero el Buick ya se hallaba fuera de su alcance. Las niñas no estaban en la línea de tiro y nadie más parecía haber salido a la calle azotada por la lluvia, pero habría sido de irresponsables seguir disparando, pues eran muy pocas las posibilidades que tenía de herir al Otro. Lo más probable era que le diese a un inocente que en aquel instante decidiera cruzar alguna calle transversal, o que destrozara la ventana de alguna de las casas de allí cerca, cargándose a alguien que estuviese sentado ante el televisor. Pero no le importó, no podía parar. Ansioso de sangre, de venganza, vació el cargador, apretando repetidamente el gatillo hasta que hubo gastado la última bala, mientras dejaba escapar primitivos gruñidos de rabia, totalmente fuera de control.

Paige se saltó la señal de stop. El BMW resbaló al doblar la esquina, rodando casi sobre dos ruedas antes de volver a recuperar el equilibrio y dirigirse hacia la derecha por la transversal.

Lo primero que vio después de cruzar la esquina fue a Marty de pie en mitad de la calle. Estaba de espaldas a ella, con las piernas muy separadas, disparando contra el Buick que se alejaba.

Se quedó sin aliento y sintió que el corazón dejaba de latirle. Las niñas debían de ir dentro del coche que huía.

Apretó a fondo el acelerador, con la intención de alcanzar al hijo de puta que conducía el Buick, golpearlo por detrás, obligarlo a salir de la calle, luchar con uñas y dientes hasta arrancarle los ojos. Lo que fuera preciso, cualquier cosa. Pero entonces vio a las niñas con su vistoso impermeable amarillo, en la acera de la derecha, de pie bajo una farola. Las dos se abrazaban mutuamente. Parecían tan pequeñas y tan frágiles bajo la llovizna y aquella ácida luz amarillenta...

Paige pasó junto a Marty, frenó junto a la acera, abrió de golpe la puerta y salió del BMW, dejando los faros encendidos y el motor en marcha.

Mientras corría hacia las niñas se oyó a sí misma murmurar:

–Gracias, Dios mío. Gracias, Dios mío. Gracias, Dios mío. Gracias, Dios mío...

No podía dejar de repetirlo siquiera cuando se agachó y estrechó entre sus brazos a las dos niñas a la vez, como si en cierto nivel subconsciente creyera que aquellas palabras poseían poderes mágicos y que de repente sus hijas se desvanecerían entre sus brazos en cuanto dejara de murmurar aquel mantra.

Las niñas la abrazaron desesperadamente. Charlotte enterró la cara en el cuello de su madre. Emily tenía los ojos desmesuradamente abiertos.

Marty cayó de rodillas junto a ellas, acariciando a las niñas, sobre todo sus caras, como si le costara creer que su piel todavía estaba caliente y vivos sus ojos, asombrado de que su aliento formara nubecillas de vapor. Y no paraba de preguntar:

–¿Estáis bien? ¿Estáis heridas? ¿Os encontráis bien?

La única herida que pudo encontrar fue un pequeño rasguño en la palma izquierda de Charlotte, que se había producido al saltar del Buick y caer sobre las manos y las rodillas.

La única diferencia importante y preocupante en las niñas era su insólita contención. Estaban tan alicaídas que parecían sumisas, como si se las hubiera castigado severamente. La breve experiencia con el secuestrador las había dejado temerosas e introvertidas. Tal vez durante algún tiempo no recuperaran su confianza en sí mismas, quizá nunca fueran tan fuertes como lo habían sido hasta entonces; por ese único motivo Paige hubiese querido ver sufrir al tipo del Buick.

A lo largo de la manzana, un par de personas habían salido al porche de la entrada de sus casas para ver el motivo de tanto alboroto..., ahora que el tiroteo había finalizado. Otros se asomaban a las ventanas.

Las sirenas aullaron a lo lejos.

–Larguémonos de aquí –dijo Marty al tiempo que se ponía de pie.

–Es la policía –le advirtió Paige.

–Precisamente por eso.

–Pero ellos...

–Serán tan inútiles como la otra vez, si no peores.

Cogió a Charlotte entre sus brazos y corrió con ella hacia el BMW, mientras el sonido de las sirenas se acercaba.

Unas astillas de vidrio se le han alojado en el ojo izquierdo. La mayor parte del cristal de la ventanilla trasera se ha deshecho en una masa elástica y no le ha producido cortes en la cara, si bien pequeñas astillas se le han clavado profundamente en los tejidos más blandos del ojo y el dolor le resulta insoportable. Cada movimiento del ojo hace que los cristales penetren más profundamente, provocando una lesión aún mayor.

El dolor que siente en el ojo hace que parpadee inconscientemente a pesar de que esto supone una tortura. Con el fin de dejar de parpadear, apoya los dedos de la mano izquierda contra el párpado cerrado y aplica una leve presión. Siempre que le es posible, conduce únicamente con la mano derecha.

A veces, sin embargo, no puede evitar que el ojo se le crispe, pues necesita la mano izquierda para conducir. Con la derecha arranca el envoltorio de una de las barritas de chocolate y la engulle tan rápidamente como es capaz de masticar. Su caldera metabólica está exigiéndole combustible.

Una bala le ha rozado la frente, encima mismo del ojo. El surco es tan ancho como su dedo índice, y su longitud casi alcanza los tres centímetros. Hasta el hueso. Al principio ha sangrado copiosamente. Ahora la sangre rezuma espesa sobre su ceja, y resbala entre los dedos con que se inmoviliza el párpado.

Sólo con que la bala se hubiese desviado un par de centímetros a la izquierda, le habría acertado en la sien y le habría perforado el cráneo, clavándole astillas de hueso en el cerebro.

Las heridas en la cabeza le dan miedo... No está seguro de que pudiera recuperarse de una lesión cerebral con la misma rapidez con que se recupera de las otras. Tal vez no pudiera recuperarse en absoluto.

Medio ciego, conduce con cautela. Al disponer únicamente de un ojo ha perdido la percepción de profundidad, y las calles llenas de charcos son traicioneras.

Ahora la policía tiene una descripción del Buick, tal vez incluso el número de la matrícula. Deben de estar buscándolo, aunque sólo sea por rutina, y los daños sufridos en el lateral del vehículo harán que sea fácil identificarlo.

Pero no está en condiciones de robar otro coche. No sólo está medio ciego, sino que tiembla a consecuencia de las heridas de bala que ha sufrido hace tres horas. Si lo cogen en el momento de robar un coche aparcado, o si encuentra resistencia al tratar de matar a otro conductor como el del impermeable, y que en aquellos momentos yace temporalmente en el portaequipajes del Buick, lo más probable es que lo detengan, o que lo hieran de mayor gravedad.

Conduciendo hacia el norte y el oeste desde Mission Viejo, cruza rápidamente los límites de la ciudad para entrar en El Toro. A pesar de encontrarse en una nueva población, no se siente seguro. Si se ha lanzado una orden de búsqueda contra el Buick, lo más probable es que sea por todo el condado.

El mayor peligro reside en estar circulando, pues incrementa el riesgo de que algún policía lo vea. Si puede encontrar algún sitio resguardado donde aparcar el coche, donde esté seguro de que no lo descubrirán, al menos hasta la mañana siguiente, podrá tumbarse en el asiento trasero y descansar.

Necesita dormir y dar a su cuerpo la posibilidad de restablecerse. Lleva dos noches sin pegar ojo, desde que salió de Kansas City. Normalmente puede permanecer tres noches alerta y activo, tal vez incluso cuatro, sin que por ello disminuyan sus facultades. Pero el tributo que debe pagar por sus heridas, combinado con la escasez de sueño y el tremendo desgaste físico, requiere tiempo para la convalescencia.

Mañana volverá en busca de su familia, a reclamarles su destino. Ha vagado solo y en la oscuridad durante tanto tiempo, que un día más carece de importancia.

Ha estado tan cerca del éxito... Por un breve instante sus hijas han vuelto a pertenecerle. Su Charlotte. Su Emily.

Recuerda la dicha que lo embargó en el vestíbulo de la casa de los Delorio en el momento de estrechar contra su pecho los cuerpecitos de las niñas. Eran tan suaves. Sus besos parecían mariposas posándose sobre sus mejillas. Y sus voces armoniosas –«¡Papá! ¡Papá!»– estaban repletas de amor hacia él.

Al acordarse de lo cerca que ha estado de apoderarse de ellas para siempre, por poco se le saltan las lágrimas. Pero no debe llorar. La convulsión de los músculos del ojo dañado harán que el dolor se vuelva insoportable, y las lágrimas del ojo sano lo reducirán casi a la ceguera.

Sin embargo, mientras cruza los barrios residenciales de El Toro y entra en Laguna Hills, donde las luces de las casas brillan cálidamente entre la lluvia y lo torturan con imágenes de doméstico bienestar, recuerda que las niñas se rebelaron contra él y lo abandonaron, y sus lágrimas se convierten en rabia. No entiende por qué esas dulces muchachitas han preferido al charlatán por encima de su auténtico padre, cuando minutos antes lo han obsequiado con aquellos enternecedores besos y su adoración. Su traición lo turba. Lo corroe.

Mientras Marty conducía, Paige permanecía en el asiento de atrás con Charlotte y Emily cogidas de la mano. Emocionalmente, aún se sentía incapaz de soltarlas.

Marty siguió una ruta indirecta para cruzar Mission Viejo, al principio alejándose todo lo posible de las calles principales, soslayando con éxito a la policía. Manzana tras manzana, Paige seguía vigilando el tráfico a la espera de que el abollado Buick apareciese y tratara de hacerlos salir de la calzada. En dos ocasiones se volvió a mirar por la ventanilla trasera, convencida de que el Buick los seguía, pero sus temores no se vieron corroborados en ningún momento.

Cuando Marty cogió la carretera principal de Marguerite y se dirigió hacia el sur, Paige por fin le preguntó:

–¿Adónde vamos?

Él la miró a través del espejo retrovisor.

–No lo sé. Sólo nos alejamos de aquí. Todavía estoy pensando adónde.

–Puede que esta vez la policía te hubiese creído.

–No lo creas.

–La gente habrá visto el Buick.

–Es posible. Pero no han visto quién lo conducía. Nadie podría avalar mi historia.

–Vic y Kathy tienen que haberlo visto.

–Y han creído que era yo.

–Pero ahora se darán cuenta de que no era así.

–No nos han visto juntos, Paige. ¡Esto es lo que importa, maldita sea! Que alguien nos vea juntos. Un testigo imparcial.

–Charlotte y Emily... Ellas os han visto a ti y a él al mismo tiempo.

Marty sacudió la cabeza.

–Esto no cuenta. Ojalá fuera así. Pero Lowbock no se fiaría del testimonio de unas niñas pequeñas.

–No tan pequeñas –saltó Emily, y su voz sonó más infantil de lo que realmente era.

Charlotte permanecía extrañamente callada. Las dos niñas todavía estaban temblando, pero Charlotte de un modo más intenso que Emily. Se pegaba a su madre en busca de calor, la cabeza encogida como la de una tortuga dentro del cuello de su impermeable.

Marty había puesto la calefacción al máximo. El interior del BMW tendría que estar caldeado. Pero no lo estaba.

Incluso Paige tenía frío.

–Aun así –dijo Paige–, deberíamos regresar e intentar convencerlos.

–No podemos, cariño –replicó Marty, inflexible–. Piensa en ello. Lo primero que harían sería quitarnos la Beretta. He disparado a un tipo con ella. Desde su punto de vista, sea una cosa u otra, ha habido un delito, y el arma se ha utilizado para cometerlo. O alguien ha intentado secuestrar a las niñas y yo he intentado matarlo, o todo sigue siendo un montaje para vender más libros y subir en la lista de *best-sellers*. Puedo haber contratado a un amigo para que conduzca el Buick, dispararle con balas de fogueo e inducir a mis hijas a mentir, con lo cual estaría efectuando una nueva denuncia falsa a la policía.

–Después de todo esto, Lowbock no seguirá defendiendo esa ridícula teoría.

–¿Que no? Y un cuerno.

–No puede, Marty.

Él suspiró.

–Muy bien, de acuerdo, quizá no la defienda, probablemente no la defienda...

–Comprenderá que está pasando algo mucho más grave...

–Pero tampoco va a creer mi historia, que, debo admitir, suena más estúpida que un vino de reserva en envase de cartón. Y si lees el artículo de *People*... Sea como sea, me quitarán la Beretta. ¿Y qué pasará si descubren la escopeta en el maletero?

–No hay razón para que él te la quite.

–Puede buscarse una excusa. Créeme, Paige, Lowbock no va a cambiar de opinión tan fácilmente sólo porque las niñas le digan que todo es verdad. Seguirá sospechando más de mí que de un tipo en un Buick al que nunca ha visto. Y si se lleva las dos armas que tenemos, quedaremos indefensos. Supón que la policía se marcha y que luego, al cabo de dos minutos, ese canalla, ese doble mío, entra en la casa. Entonces no tendríamos nada con qué protegernos.

–Pues si la policía sigue sin creerlo, si se niega a darnos protección, entonces nos quedamos en casa...

–No, Paige. Lo que quiero decir es que si ese tipo se presenta a los dos minutos de que la policía se haya marchado, ¿qué posibilidades tendremos de largarnos?

–No es probable que se arriesgue.

–¡Oh, por supuesto que sí! ¿No ha regresado ya, inmediatamente después de que la policía se marchase? Haciendo gala de todo su valor, se ha presentado sencillamente ante la puerta de los Delorio y ha pulsado el maldito timbre. Parece como si se creciera con el riesgo. Ese canalla es capaz de introducirse en nuestra casa incluso estando allí la policía, y disparar a todo aquel que se le ponga por delante. Está loco. Todo esto es una locura, y no estoy dispuesto a arriesgar mi vida, ni la tuya, ni la de las niñas, por lo que ese cerdo vaya a hacer a continuación.

Paige sabía que Marty tenía razón.

Aun así, resultaba difícil –doloroso incluso– aceptar que su situación era hasta tal punto horrible que se les negaba la ayuda de los representantes de la ley. Si ellos no podían recibir asistencia o protección oficial, entonces el Gobierno les había fallado en una de sus obligaciones primordiales: proveer el orden civil a través de la aplicación justa pero estricta del código penal. A pesar de la compleja maquinaria en que se movían, a pesar de las modernas autopistas por las que viajaban y del gran despliegue de luces suburbanas que cubrían la mayor parte de las colinas y valles del sur de California, semejante fracaso significaba que no vivían en un mundo civilizado. Los centros comerciales, los complicados sistemas para la regulación del tráfico, los deslumbrantes centros del mundo del espectáculo, los campos de deportes, los impresionantes edificios gubernamentales, las multisalas cinematográficas, los rascacielos de oficinas, los refinados restaurantes franceses, las iglesias, los museos, los parques, las universidades y las plantas de energía nuclear, todo eso no era más que una mera fachada de civilización, endeble como un pañuelo de papel a pesar de su aparente solidez, pues lo cierto era que vivían en una anarquía de alta tecnología, que se sostenía mediante la esperanza y el autoengaño.

El continuo zumbido de las ruedas provocaron en Paige una creciente sensación de temor, un estado de ánimo que presagiaba una inminente calamidad. Aquel sonido, tan habitual –el de los neumáticos girando a gran velocidad sobre el asfalto–, sólo era una parte de la música cotidiana de la vida diaria, pero de repente se había transformado en el zumbido amenazante de unos bombarderos aproximándose.

Cuando Marty giró hacia el sur por la carretera de Crown Valley hacia Laguna Niguel, Charlotte por fin rompió su silencio:

–¿Papá?

Paige vio la mirada de Marty a través del retrovisor, y por su expresión de preocupación supo que a él también le había inquietado la desacostumbrada introversión de su hija.

–¿Sí, pequeña? –preguntó Marty.

–¿Qué era esa cosa?

–¿Qué cosa, cariño?

–Esa que se parecía a ti.

–Oh, ésa es la respuesta del millón de dólares... Pero, sea quien sea, no es una cosa sino un hombre. Un hombre que se parece endiabladamente a mí.

Paige pensó en toda la sangre que había visto en el pasillo de la planta superior, en lo rápidamente que aquel doble se había recuperado de dos disparos en el pecho para huir y regresar al cabo de poco tiempo, lo bastante fuerte para reanudar su ataque. No parecía un ser humano. Y las afirmaciones de Marty sobre lo contrario no eran, estaba segura, más que la obligatoria necesidad de un padre de tranquilizar a sus hijas, consciente de que a veces los niños necesitan creer en la omnisciencia y la firme ecuanimidad de los adultos.

Charlotte guardó silencio por un instante y luego replicó:

–No, no era un hombre. Era una cosa. Malvada. Fea por dentro. Una cosa fría. –Un estremecimiento se apoderó de ella, haciendo que las palabras que siguieron brotaran trémulas–: Lo besé y le dije «te quiero», pero no era más que una cosa.

Un amplio terreno ajardinado rodea una veintena o más de grandes edificios, que contienen de diez a doce apartamentos cada uno. La urbanización se extiende a la sombra de un bosquecillo.

Las calles de la urbanización son sinuosas. Los residentes disponen de unos cobertizos abiertos para aparcar, unas estructuras de secuoya con sólo una pared negra al fondo y un techo, y entre ocho y diez plazas de aparcamiento cada uno. Unas buganvillas trepan por las columnas que sostienen los techos, dándoles una nota graciosa, si bien por la noche las vistosas flores pierden gran parte de su color bajo la luz azul de las farolas de seguridad.

Por toda la urbanización hay zonas de aparcamiento sin techado, en cuyos bordillos blancos han escrito con letras negras: SÓLO PARA VISITANTES.

Al final de un profundo callejón sin salida encuentra una zona para visitantes que le proporciona un lugar perfecto para pasar la noche. Ninguna de las seis plazas está ocupada, y la última se halla flanqueada por un seto de adelfas de metro y medio de altura. Cuando hace retroceder el coche dentro de la plaza señalada, muy pegado al seto, las adelfas ocultan los daños visibles en el lado del conductor.

A una acacia se le ha permitido crecer hasta la farola, y sus tupidas ramas bloquean gran parte de la luz que ésta desparrama. La mayor parte del Buick queda en la oscuridad.

Hasta que amanezca es probable que la policía sólo patrulle la urbanización un par de veces. Y cuando lo hagan no irán comprobando las matrículas de los coches, sino inspeccionando el terreno asegurándose de que no se está perpetrando ningún robo o cualquier otra clase de delito.

Apaga los faros y el motor, recoge todo cuanto le queda de sus provisiones de dulces, sale del coche y se sacude los restos del flexible cristal de la ventanilla que se le han adherido.

Ha dejado de llover.

El aire es frío y limpio.

La noche conserva sus propios designios, silenciosa a excepción del golpeteo de las gotas que aún caen de los árboles.

Sube al asiento trasero y cierra la puerta con suavidad. No es un lecho confortable, pero los ha conocido peores. Se coloca en posición fetal, curvado en torno a las barritas de dulces como si de un cordón umbilical se tratara, y se cubre con el holgado impermeable.

Mientras aguarda a que el sueño se presente, piensa de nuevo en sus hijas y en el modo en que lo han traicionado.

Inevitablemente, se pregunta si preferirán su padre falso al real. Es una posibilidad espantosa pero tiene que considerarla. Si es así, significa que aquellas a las que más quiere no son víctimas, como él, sino participantes activas de una compleja trama en su contra.

Lo más probable es que su falso padre sea indulgente con ellas. Que les permita comer lo que quieran. Que les deje acostarse todo lo tarde que ellas deseen.

Todos los chiquillos son anárquicos por naturaleza. Necesitan reglas y modelos de conducta, o de lo contrario con el tiempo se transforman en seres salvajes y antisociales.

Cuando mate al odioso falso padre y recupere el control de su familia, establecerá reglas para todo y hará que se cumplan estrictamente. La desobediencia se castigará de inmediato. El castigo es uno de los grandes maestros de la vida, y él es un experto en la aplicación del castigo. El orden volverá a imperar en el hogar de los Stillwater, y sus hijas no harán nada sin antes reflexionar sensatamente sobre las reglas que él establecerá.

Como es lógico, al principio lo odiarán por ser tan severo e intransigente. No comprenderán que lo hace en bien de sus propios intereses.

No obstante, cada lágrima que sus castigos les provoquen, será dulce para él. Cada grito de dolor será como música alegre. Será implacable con ellas, pues sabe que con el tiempo comprenderán que si les ha impuesto sus enseñanzas es sólo porque las quiere profundamente. Y ellas lo querrán por esta severa preocupación de padre. Lo adorarán por facilitarles la disciplina que necesitan –y que en secreto desean–, pero que está en su naturaleza resistirse a ella.

Paige también va a necesitar disciplina. Él conoce las necesidades de las mujeres. Recuerda una película con Kim Basinger en la que se demostraba que el sexo y las ansias de disciplina están intrincadamente entrelazados. Y con especial placer anticipa las instrucciones para Paige.

Desde el día en que lo desposeyeron de su carrera, de su familia y de sus recuerdos –de lo cual, por lo que intuye, puede hacer tanto un año como diez–, ha vivido sobre todo a través del cine. Las aventuras que ha experimentado y las dolorosas lecciones que ha aprendido en innumerables salas oscuras le parecen tan reales como el asiento del coche donde ahora permanece acostado, o la barra de chocolate que se disuelve sobre su lengua. Recuerda haber hecho el amor a Sharon Stone, a Glenn Close, de quienes aprendió que la obsesión sexual y la traición son inherentes a toda mujer. Recuerda la extraordinaria alegría que supuso el sexo con Goldie Hawn, el éxtasis de Michelle Pfeiffer, el excitante y sudoroso apremio de Ellen Barkin al sospechar él equivocadamente que ella era una asesina, y aun así la inmovilizó contra la pared de su apartamento y la penetró. John Wayne, Clint Eastwood, Gregory Peck y muchos otros hombres lo habían tomado bajo su protección y le habían enseñado a ser valiente y decidido. Sabe que la muerte es un misterio infinitamente complejo, porque ha aprendido muchas lecciones conflictivas al respecto... Tim Robbins le ha enseñado que la otra vida no es más que ilusión, y Patrick Swayze que es un lugar dichoso y que aquellos a quienes se ama (como a Demi Moore) volverán a reunirse con uno cuando finalmente abandonen este mundo... Sin embargo, Freddy Krueger le ha enseñado que la otra vida es una horrible pesadilla de la cual se puede regresar para llevar a cabo una agradable venganza. Cuando Debra Winger moría de cáncer, dejando destrozada a

Shirley MacLaine, él se había sentido desolado, pero al cabo de pocos días había vuelto a verla, viva de nuevo, más joven y hermosa que nunca, reencarnada en una nueva existencia en la que disfrutaba de un nuevo destino al lado de Richard Gere. Paul Newman había compartido a menudo con él fragmentos de sabiduría sobre la vida, la muerte, los billares, el póquer, el amor y el honor, de modo que considera a ese hombre uno de sus maestros más importantes. Y lo mismo le sucede con Wilford Brimley, con Gene Hackman, con el fornido Edward Asner, con Robert Redford, con Jessica Tandy... A menudo absorbe lecciones absolutamente contradictorias de tales amigos, pero ha oído decir que esta gente asegura que todas las creencias tienen el mismo valor, y que por lo tanto no existe una verdad única. De modo que se siente cómodo con las contradicciones con las que vive.

Pero la más secreta de todas las verdades no la ha aprendido en una sala de cine ni en las películas de alquiler que pueden verse en la habitación de un hotel, sino que ese instante de asombrosa revelación le llegó en la sala de proyecciones privada de un hombre a quien le habían ordenado matar.

Su objetivo era un senador de Estados Unidos. Y uno de los requisitos del trabajo consistía en que tenía que parecer que se trataba de un suicidio.

Había tenido que entrar en la residencia del senador una noche en que se sabía que estaría solo. Le habían facilitado una llave a fin de que no hubiera señales de que la puerta de entrada había sido forzada.

Una vez dentro de la casa, había encontrado al senador en la sala de proyecciones provista de ocho butacas, sonido THX y un sistema de proyección de calidad profesional, capaz de reproducir programas de televisión, cintas de vídeo o imágenes de discos láser sobre una pantalla de metro y medio por dos. Era una sala lujosa, sin ventanas. Más tarde averiguaría que incluso había una antigua máquina expendedora de coca cola en las clásicas botellas de cristal, además de una máquina de golosinas repleta de toda clase de dulces.

Debido a la música de la película que el senador estaba viendo, le fue fácil deslizarse detrás de él y dormirlo con un algodón empapado en cloroformo, que segundos antes había sacado de una bolsa de plástico. Luego había llevado al político al recargado baño del piso de arriba, lo había desnudado y suavemente lo había colocado dentro de una bañera romana llena de agua caliente, utilizando periódicamente el cloroformo para asegurarse de que seguía inconsciente. Con una navaja de afeitar había practicado una incisión profunda y limpia en la muñeca derecha del senador, ya que éste era zurdo y lo más probable era que utilizase esa mano para hacerse el primer corte. Luego había dejado caer el brazo en el agua, que rápidamente se tiñó de rojo debido a la sangre que salía de la arteria. Antes de dejar caer la navaja en el agua, hizo unos leves cortes en la muñeca izquierda, procurando que las heridas no fueran profundas, dado que el senador habría sido incapaz de sujetar firmemente la navaja con la mano derecha después de cortarse los tendones y ligamentos junto con la arteria de aquella muñeca.

Sentado en el borde de la bañera, administrando cloroformo al político cada vez que éste gemía o parecía a punto de despertar, compartió agradecido con él la sagrada ceremonia de la muerte. Y cuando fue el único hombre vivo de la habitación, agradeció al difunto la preciosa oportunidad de compartir con él la más íntima de todas las experiencias.

Normalmente, en ese momento habría abandonado la casa. Pero lo que había visto de la película que se proyectaba sobre la pantalla le impulsó a regresar a la sala de proyecciones de la planta baja. Ya había visto con anterioridad filmes pornográficos, en cines para adultos de muchas ciudades, y de tales experiencias había aprendido todas las posiciones y técnicas sexuales posibles. Pero la pornografía que aparecía en aquella pantalla privada era muy distinta de todo cuanto había visto con anterioridad, pues en las imágenes aparecían cadenas, grilletes, látigos, cintos con remaches metálicos, así como una extensa variedad de utensilios de sometimiento y castigo. Increíblemente, las hermosas mujeres de la pantalla parecían excitarse con la brutalidad. Cuanto más cruelmente se las trataba, más deseosas estaban de entregarse al placer orgásmico; de hecho, a menudo suplicaban que se las tratara con mayor dureza, que se las forzara sádicamente.

Se había instalado en el asiento que momentos antes ocupara el senador y había contemplado fascinado la pantalla, asimilándolo todo, aprendiendo.

Cuando la cinta de vídeo llegó a su final, una rápida inspección le descubrió un cuartito abovedado –por lo general oculto tras un paño de la pared, pero que en aquellos momentos estaba abierto–, en cuyo interior había toda una colección de material similar. Allí realizó un descubrimiento todavía más sorprendente, consistente en cintas en las que aparecían niños practicando actos carnales con adultos, hijas con padres, madres con hijos, hermanas con hermanos, hermanas con hermanas. Había permanecido allí sentado durante horas, paralizado, casi hasta el amanecer.

Asimilándolo.

Aprendiendo, aprendiendo.

Para llegar a ser senador de Estados Unidos, un líder aclamado, el hombre muerto de la bañera debía de haber sido extremadamente sabio. Por lo tanto, su filmoteca privada debía de contener diverso material de naturaleza trascendente, que reflejara sus puntos de vista intelectuales y morales, sintetizando filosofías demasiado complejas para estar al alcance del público medio que suele frecuentar las salas de cine. Había sido realmente afortunado al encontrar al político entreteniéndose en la sala de proyecciones, en vez de en la cocina preparándose un bocadillo, o en la cama leyendo un libro. De lo contrario, nunca se le habría presentado la oportunidad de compartir la sabiduría que el gran hombre guardaba en aquella especie de caja fuerte.

Ahora, acurrucado en posición fetal sobre el asiento trasero del Buick, puede estar temporalmente ciego de un ojo, marcado y perforado por las balas, débil y cansado, momentáneamente vencido, pero no desespera. Aparte de la ventaja que supone poseer un cuerpo mágicamente elástico, un vigor incomparable y un conocimiento exhaustivo de las distintas artes de matar, cuenta con otra igualmente importante: una gran sabiduría adquirida a través de las pantallas cinematográficas tanto públicas como privadas, y que esta sabiduría le asegurará el triunfo final... Conoce lo que imagina son los grandes secretos que las personas más sabias guardan en cajas fuertes ocultas, esas cosas que las mujeres realmente necesitan, pero que tal vez no sepan que desean subconscientemente, esas cosas que los niños quieren pero que no se atreven a expresar. Él sabe que su esposa y sus hijas apreciarán y mejorarán mediante la dominación más absoluta, la dura disciplina, los maltratos físicos, el sometimiento sexual, e incluso la humillación. A la primera oportunidad que se le presente, intentará colmar sus deseos más profundos y primitivos, eso que el indulgente padre impostor al parecer nunca conseguirá, y juntos formarán una familia, viviendo en armonía y amor, compartiendo un destino, unidos para siempre gracias a su singular sabiduría, a su fortaleza y a su carácter exigente.

Se desliza hacia el sueño reparador, seguro de que dentro de unas horas despertará lleno de salud y vigor.

A menos de un metro de distancia, en el maletero del coche, yace muerto el propietario del Buick: frío y rígido, y sin ninguna perspectiva que pueda resultarle atractiva.

¡Qué maravilloso es saberse especial, que lo necesiten a uno, tener un destino!

Segunda parte

LA HORA DEL CUENTO EN LA CASA DE LOCOS

En el punto donde esperanza y razón se separan reside el lugar en que la locura se dispara...
Se espera conseguir un mundo mejor y en libertad, pero la flor de la esperanza brota en la realidad.

No puede existir la paz para el cordero y el león como no sea en un mundo más allá de Orión.
No se debe enseñar al búho a respetar al ratón, pues no es vicio que el búho actúe según su condición.

La tempestad no responde a las súplicas sinceras, ni el hombre con su palabra calmará las tormentas.
La Naturaleza –siempre cruel y caritativa– ni por un sabio ni por un tonto cambiaría.

Que la humanidad comparta las imperfecciones de la Naturaleza, se ve sin complicaciones.
Resistirse a las mejoras es el rasgo humano.
El ideal de la utopía, su destino trágico.

EL LIBRO DE LAS PENAS CONTADAS

Sentimos que la vida es una comedia de humor negro, y tal vez podamos vivir con esto. Sin embargo, debido a que está escrita para el entretenimiento de los dioses, muchas de las bromas son a nuestra costa.

MARTIN STILLWATER,
Dos víctimas desaparecidas

CAPÍTULO IV

1

Inmediatamente después de abandonar el área de descanso al borde de la carretera, donde los jubilados muertos descansaban para siempre en el interior de su confortable autocaravana, y mientras regresaba por la interestatal 40 a Oklahoma City con el inescrutable Karl Clocker tras el volante, Drew Oslett utilizó su moderno teléfono celular para llamar a la oficina central en Nueva York, informar de los últimos acontecimientos y solicitar instrucciones.

El teléfono que utilizaba no era de los que se vendían al público en general. El ciudadano medio nunca podría adquirir uno que poseyera todas las características que ofrecía el modelo de Oslett.

Se conectaba al enchufe del encendedor del coche, al igual que los demás teléfonos celulares. Sin embargo, a diferencia de éstos, podía funcionar en casi todos los países del mundo, no sólo dentro del estado o del área de servicio en que se utilizara. Al igual que el mapa electrónico USAS, el teléfono tenía incorporado un enlace directo vía satélite. Como mínimo podía acceder directamente al noventa por ciento de los satélites de comunicaciones que estaban en órbita en aquellos momentos, saltándose las estaciones de control con base en la tierra, anulando los programas de seguridad, y conectar con cualquier teléfono que el usuario deseara, sin dejar indicio alguno de que la llamada se hubiese realizado. La compañía telefónica burlada jamás enviaría una factura por la llamada de Oslett a Nueva York, pues nunca se enterarían de que habían utilizado su sistema para realizarla.

Oslett habló libremente con su contacto en Nueva York sobre lo que había encontrado en el área de descanso, sin temor a que alguien pudiera oírlo, ya que su teléfono incluía también un aparato codificador que se activaba con una simple palanca. Un aparato idéntico en el teléfono de la oficina central hacía que su mensaje resultara inteligible para quien lo recibía, pero para aquellos que pudieran interceptar la señal entre Oklahoma y Nueva York las palabras de Oslett sonarían como un puro galimatías.

En la oficina central se mostraron preocupados por el asesinato de los jubilados, no porque hubiesen muerto, sino ante la posibilidad de que las autoridades de Oklahoma pudieran relacionar aquellas muertes con Alfie o con la Red, que era el nombre que utilizaban entre sí para referirse a la organización.

–No habrás dejado allí los zapatos, ¿verdad? –preguntó Nueva York.

–Por supuesto que no –replicó Oslett, ofendido ante la insinuación de incompetencia.

–Todos esos mecanismos electrónicos en el tacón...

–Los zapatos están aquí.

–Esto es material salido directamente del laboratorio. Si cualquier entendido lo viera se pondría muy contento, y tal vez...

–He dicho que tengo los zapatos –repitió Oslett, con voz tensa.

–Bien. De acuerdo. Entonces dejemos que encuentren los cadáveres y se devanen los sesos intentando resolverlo. No es asunto nuestro. Que otros arreen con la basura.

–Exacto.

–No tardaré en ponerme en contacto contigo.

–Cuento con ello –dijo Oslett.

Después de desconectar, y mientras aguardaba una respuesta desde la oficina central, se sintió inquieto ante la perspectiva de cruzar más de ciento sesenta kilómetros de campos desiertos y oscuros sin más compañía que Clocker. Afortunadamente, se había preparado un entretenimiento algo más complicado y ruidoso. De detrás del asiento del conductor sacó un Game Boy y se puso los auriculares. No tardó en distraerse felizmente del inquietante paisaje rural gracias a los retos que le planteaba un juego informatizado a un ritmo moderadamente rápido.

Las luces del extrarradio salpicaban la noche cuando Oslett alzó nuevamente la vista de la pantalla en miniatura como respuesta a unos golpecitos que Clocker le había dado en el hombro. En el suelo, entre sus pies, el teléfono celular estaba sonando.

La voz del contacto de Nueva York era tan sombría como si acabara de regresar del funeral de su propia madre.

–¿Cuánto tiempo puede llevaros llegar al aeropuerto de Oklahoma City?

Oslett miró a Clocker, quien con el rostro impasible contestó:

–Media hora, cuarenta minutos... Dando por sentado que el tejido de la realidad no se desgarre antes de llegar...

Oslett sólo transmitió a Nueva York el tiempo estimado del trayecto, dejando a un lado la ciencia ficción.

–Trasladaos allí lo antes posible –ordenó Nueva York–. Os vais a California.

–¿A qué parte de California?

–Al aeropuerto John Wayne, en el condado de Orange.

–¿Tenéis alguna pista sobre Alfie?

–No sabemos qué demonios tenemos.

–Haz el favor de no dar respuestas tan condenadamente técnicas –dijo Oslett–, que me pierdo.

–Cuando llegues al aeropuerto de Oklahoma City, busca un quiosco de periódicos. Cómprate el último número de *People*. Mira las páginas sesenta y seis, sesenta y siete y sesenta y ocho. Entonces sabrás lo mismo que sabemos nosotros.

–¿Es una broma?

–Acabamos de enterarnos.

–¿De qué? –preguntó Oslett–. Mira, me tiene sin cuidado el último escándalo de la familia real británica o la dieta que sigue Julia Roberts para conservar su figura.

–Busca las páginas sesenta y seis, sesenta y siete y sesenta y ocho. Cuando lo hayas hecho, llámame. Es como si estuviésemos metidos hasta las rodillas en un charco de gasolina y alguien acabara de encender una cerilla.

Nueva York desconectó antes de que Oslett pudiera responder.

–Nos vamos a California –le dijo a Clocker.

–¿Por qué?

–La revista *People* cree que nos encantará el lugar –contestó, decidido a darle al grandullón una dosis de su propio lenguaje críptico.

–Es lo más probable –replicó Clocker, como si lo que acababa de decirle Oslett tuviera un perfecto significado para él.

Mientras circulaban por las afueras de Oklahoma City, Oslett se sintió aliviado al reencontrarse nuevamente con signos de civilización; aunque se habría saltado la tapa de los sesos antes de quedarse a vivir allí. Ni siquiera en la hora punta Oklahoma City estimularía sus cinco sentidos del mismo modo que lo conseguía Manhattan. Esta sobrecarga sensorial era tan esencial para él como la comida o el agua, e incluso más importante que el sexo.

Seattle sería preferible a Oklahoma City, a pesar de que aún no había alcanzado el nivel de Manhattan. La verdad era que había demasiado cielo para una ciudad, y muy poca gente. Las calles eran extraordinariamente tranquilas en comparación y la gente parecía inexplicablemente... relajada. Cualquiera creería que ellos no sabían que, como todo el mundo, más tarde o más temprano tendrían que morir.

El día anterior, lunes, él y Clocker habían estado en el aeropuerto internacional de Seattle a las dos de la tarde esperando el vuelo en que se suponía debía llegar Alfie procedente de Kansas City, Missouri. El 747 había aterrizado con dieciocho minutos de retraso, pero Alfie no venía en él.

Durante los aproximadamente catorce meses que Oslett llevaba dirigiendo a Alfie (que era, en realidad todo el tiempo que Alfie llevaba de servicio), nunca había sucedido nada como aquello. Alfie aparecía fielmente en el sitio donde supuestamente tenía que aparecer, viajaba allí donde se le enviaba, realizaba la tarea que se le había asignado, y era tan puntual como un maquinista japonés.

Hasta el día anterior.

Al principio no se habían dejado vencer por el pánico. Era posible que un imprevisto de lo más normal, como un accidente de tráfico, hubiese retrasado a Alfie camino del aeropuerto, haciéndole perder el vuelo.

Claro que supuestamente en el momento mismo en que se salía del plan debía activarse un «dispositivo celular» implantado en lo más profundo de su cerebro, obligándolo a telefonear a un número de Filadelfia para informar del cambio de planes. Pero ése era el problema con los dispositivos celulares: que a veces se enterraba tan hondo en la mente del sujeto, que el disparador no funcionaba y se quedaba allí, simplemente enterrado.

Mientras Oslett y Clocker aguardaban en al aeropuerto de Seattle para ver si su muchacho aparecía en el último vuelo, un contacto de la Red se había presentado en el hotel donde Alfie debía hospedarse para comprobar si estaba allí. Lo verdaderamente preocupante era que el muchacho se hubiese desprendido de todo su entrenamiento, de modo muy parecido a como se perdía la información cuando se estropeaba el disco duro de un ordenador, en cuyo caso el pobre payaso se habría quedado sentado en su habitación, en estado catatónico.

Pero no estaba en el hotel.

Y tampoco había aparecido en el siguiente vuelo de Kansas City a Seattle.

A bordo de un jet Lear privado, propiedad de un miembro de la Red, Oslett y Clocker habían salido volando de Seattle. A su llegada a Kansas City, el domingo por la noche, supieron que el coche de alquiler de Alfie había aparecido abandonado en un barrio residencial de Topeka, más o menos a una hora en coche hacia el oeste. Ya no podían evitar enfrentarse a la verdad. Tenían a un niño malo entre sus manos. Alfie era un desertor.

Por supuesto, era imposible que Alfie se hubiese convertido en un desertor. En estado catatónico, sí. Ausente sin licencia, no. Todos los que se hallaban íntimamente relacionados con el programa estaban convencidos de ello. Se sentían tan seguros como la tripulación del *Titanic* antes de recibir el beso del iceberg.

Debido a la intervención de las comunicaciones de la policía de Kansas City, la Red se había enterado de que Alfie había liquidado a los dos objetivos que se le habían asignado, entre la medianoche del sábado y la una de la madrugada del domingo, mientras dormían. Hasta ese momento, todo había funcionado según el plan.

A partir de ahí, nadie podía dar razón de su paradero. Ellos suponían que se había vuelto loco y que había emprendido la huida, lo más temprano a la una de la madrugada del domingo, hora central, lo cual quería decir que al cabo de tres horas haría dos días completos que había desertado.

«¿Y puede haber llegado a California en cuarenta y ocho

horas, conduciendo todo el rato?», se preguntó Oslett mientras Clocker giraba por la carretera que conducía al aeropuerto de Oklahoma City.

Sospechaban que Alfie iba en coche porque se había denunciado el robo de un Honda en una calle residencial, no muy lejos de donde habían encontrado el coche de alquiler.

De Kansas City a Los Angeles había unos dos mil ochocientos kilómetros. Alfie podía haber recorrido aquella distancia en menos de cuarenta y ocho horas, suponiendo que hubiese conducido sin parar y no hubiese dormido. Alfie podía pasar tres o cuatro días sin dormir. Y era capaz de concentrarse en un sólo propósito lo mismo que un político en busca de un dólar falso.

El domingo por la noche, Oslett y Clocker habían ido a Topeka para examinar el coche de alquiler abandonado. Albergaban la esperanza de encontrar algún rastro de su díscolo asesino.

Como Alfie era lo bastante listo para no utilizar las falsas tarjetas de crédito que le habían facilitado –a través de las cuales habrían podido seguirle la pista–, y como poseía todas las habilidades necesarias para efectuar con éxito cualquier robo a mano armada, habían utilizado los contactos de la Red para acceder a los archivos informatizados del departamento de policía de Topeka. Por ellos habían descubierto que una persona desconocida había atracado una tienda aproximadamente a las cuatro de la madrugada del domingo; al empleado le habían disparado un tiro en la cabeza, con fatales consecuencias, y por el cartucho de la bala que habían encontrado en el lugar del crimen se podía asegurar que el arma asesina disparaba munición de 9mm. El arma que habían facilitado a Alfie para la misión de Kansas City era una pistola Heckler and Koch P7 9 mm Parabellum.

El dato decisivo era la naturaleza de la última venta que había efectuado el dependiente minutos antes de que lo mataran, y que la policía había confirmado mediante un examen de los registros de caja. Era una compra extraordinariamente grande para una tienda especializada en necesidades de última hora: muchos paquetes de salchichas, galletitas de queso, cacahuetes, rosquillas, dulces y otros comestibles ricos en calorías. Con su metabolismo acelerado, Alfie habría almacenado aquella clase de alimentos si su intención era pasarse algún tiempo sin dormir.

A partir de ahí, su rastro se perdía.

Desde Topeka podía haber cogido la interestatal 70 siguiendo hasta Colorado. Al norte por la autopista 75. Al sur por diversas rutas a Chanute, Fredonia, Coffeyville. Al sudoeste hacia Wichita. Por cualquiera de ellas.

En teoría, minutos después de que se le hubiese considerado un desertor, debería haber sido posible activar el transmisor que llevaba en su zapato mediante una señal de microondas, emitida vía satélite por todo el territorio continental de Estados Unidos. Luego tendrían que haber utilizado una serie de satélites de seguimiento geosincrónico a fin de descubrir su localización, capturarlo y traerlo a casa en pocas horas.

Pero había habido problemas. Siempre había problemas. El beso del iceberg.

No fue hasta el lunes por la tarde que localizaron la señal del transmisor. En Oklahoma, al este de la frontera con Texas. Oslett y Clocker, que aguardaban en Topeka, habían volado a Oklahoma City para desde allí dirigirse hacia el oeste en un coche de alquiler por la interestatal 40, equipados con un mapa electrónico, que les había conducido a los jubilados muertos y al par de zapatos Rockport con el tacón cortado hasta dejar al descubierto los dispositivos electrónicos.

Ahora volvían a estar en el aeropuerto de Oklahoma City, rodando de un sitio a otro como bolas de la máquina de *pinball* más lenta del universo conocido. Cuando entraron en el aparcamiento de la agencia de alquiler, para devolver el coche, Oslett estuvo a punto de echarse a gritar. Si no lo hizo fue porque no había nadie que pudiera oírlo, a excepción de Karl Clocker. Habría sido lo mismo que gritarle a la Luna.

En la terminal encontró un puesto de periódicos y compró el último ejemplar de la revista *People*.

Clocker compró un paquete de goma de mascar con sabor a frutas, una chapa que rezaba HE VISITADO OKLAHOMA... AHORA YA PUEDO MORIR, y la novelización de la serie *Star Trek* en edición de bolsillo.

Fuera, en el paseo, donde el tránsito humano no era tan denso ni pintoresco como en los aeropuertos JFK o La Guardia de Nueva York, Oslett se sentó en un banco rodeado de una mareante vegetación que salía de unas enormes jardineras. Hojeó la revista en busca de las páginas sesenta y seis y sesenta y siete.

MR. HOMICIDIO
En el sur de California, el escritor de novelas de misterio Martin Stillwater ve maldad y oscuridad allí donde los demás sólo vemos brillar el sol.

Las dos páginas contiguas que abrían el reportaje de tres páginas estaban ocupadas en su mayor parte por una fotografía del escritor. Penumbra. Nubes amenazadoras. Árboles espectrales como fondo. Un ángulo deformante. Parecía como si Stillwater se abalanzara sobre la cámara, los rasgos distorsionados, los ojos chispeando a causa de los focos que se reflejaban en ellos, todo lo cual le confería el aspecto de un muerto viviente o un asesino enloquecido.

El tipo era obviamente un necio capaz de disfrazarse de Agatha Christie si conseguía vender más libros. O de ceder su nombre a una marca de cereales para el desayuno: Misteriosos Smacks de Martin Stillwater, hechos con avena y enigmáticos ingredientes molidos, con una figurita en cada caja, representando once víctimas de asesinato, cada una muerta de manera distinta, con todas las heridas Rojo Carmesí... «Empiece hoy mismo su colección y permita que la fibra haga un favor a sus intestinos.»

Oslett leyó el texto de la primera página, pero aún no comprendía por qué aquel reportaje había puesto al contacto en Nueva York al borde del infarto. Mientras leía las declaraciones de Stillwater, pensaba que el titular del reportaje debería haber sido «Mr. Aburrido». Si alguna vez cedía su nombre para una marca de cereales, haría falta mucha cantidad de fibra para animar las funciones corporales.

A Drew Oslett los libros le disgustaban tanto como a cierta gente ir al dentista, y pensaba que aquellos que los escribían –en especial los novelistas– habían nacido en la mitad del siglo equivocada y que deberían buscarse un empleo en el campo del diseño informatizado, en la aplicación cibernética, en las ciencias espaciales o en la aplicación de las fibras ópticas, industrias que de algún modo habían contribuido a la calidad de vida propia del fin del milenio. Como entretenimiento, los libros eran demasiado «lentos». Los escritores insistían en trasladar al lector al interior de la mente de los personajes, a fin de mostrar qué pensaban éstos. En el cine eso no era necesario. El cine nunca llevaba al espectador al interior de la mente de los personajes. Y aunque las películas pudieran mostrar lo que la gente pensaba, ¿a quién le interesaría saber qué había en la mente de Sylvester Stallone, Eddie Murphy o Susan Sarandon, por el amor de Dios? Los libros eran demasiado íntimos. No importaba lo que la gente pensara, sólo lo que hacía. Acción y velocidad... A las puertas de un nuevo siglo dominado por la alta tecnología, sólo había dos consignas: acción y velocidad.

Entonces volvió la tercera página del reportaje y vio la otra fotografía de Martin Stillwater.

–¡Cielo santo!

En la segunda fotografía, el escritor estaba sentado detrás de su escritorio, sonriendo a la cámara. La iluminación era extraña, ya que parecía provenir de una lámpara con pantalla de colores situada detrás y a un costado del escritor, pero éste no se parecía en absoluto al muerto viviente de las páginas anteriores.

Clocker estaba sentado en el otro extremo del banco, como un enorme oso amaestrado, vestido como un hombre y aguardando pacientemente a que la orquesta del circo iniciara su sintonía musical. Se hallaba inmerso en el primer capítulo de la novelización de *Star Trek* cuyo título no llegaba a leer.

Sosteniendo la revista para que Clocker pudiera ver la foto, Oslett dijo:

–Mira esto.

Después de tomarse el tiempo necesario para finalizar el párrafo que estaba leyendo, Clocker echó un vistazo al ejemplar de *People*.

–Es Alfie.

–No, no lo es.

Después de romper de un mordisco el paquete de goma de mascar, Clocker dijo:

–Pues no hay duda que se le parece.

–Aquí pasa algo raro.

–Parece idéntico a él.
–El beso del iceberg –murmuró Oslett con tono sombrío.
–¿Cómo? –preguntó Clocker, frunciendo el entrecejo.

En la cómoda cabina del jet privado con cabida para doce pasajeros decorada con tonos cálidos y elegantes, suave pelo de camello contrastando con piel de acabado cuarteado en tonos verde otoño, Clocker se sentó en la primera fila y se enfrascó en la lectura de *La amenaza de la proctología extraterrestre*, o como diablos se titulara aquella maldita novela. Oslett se sentó hacia la mitad del avión.

Mientras se elevaban por encima de Oklahoma City, telefoneó a su contacto en Nueva York.

–Muy bien, ya he visto *People*.

–Como una patada en los morros, ¿eh? –preguntó Nueva York.

–¿Qué demonios está ocurriendo?

–Todavía no lo sabemos.

–¿Crees que el parecido es sólo una coincidencia?

–No, cielos. Son idénticos, como hermanos gemelos.

–¿Para qué voy a California? ¿Para echar un vistazo a ese estúpido escritor?

–Y tal vez encontrar a Alfie.

–¿Crees que Alfie está en California?

–Bueno, tiene que estar en algún sitio... Además, en cuanto ese ejemplar de *People* cayó en nuestras manos, empezamos a averiguar todo lo posible sobre Martin Stillwater, y enseguida descubrimos que, a última hora de la tarde, y luego a primera hora de esta noche, había habido problemas en su casa de Mission Viejo.

–¿Qué clase de problemas?

–El informe de la policía está redactado a mano y aún no lo han metido en el ordenador, así que no tenemos acceso a él. Necesitamos conseguir una copia y estamos trabajando en ello. Hasta el momento, sabemos que alguien entró en su casa. Al parecer, Stillwater le disparó a alguien, pero el tipo logró escapar.

–¿Y crees que tiene algo que ver con Alfie?

–Aquí nadie es muy dado a creer en las coincidencias.

La vibración de los motores del Lear cambió de tono. El jet dio por finalizada su ascensión, se niveló y siguió a velocidad de crucero.

–Pero ¿cómo iba a conocer Alfie la existencia de Stillwater? –preguntó Oslett.

–Tal vez lea *People* –comentó Nueva York, y soltó una risita nerviosa.

–Si creéis que el intruso era Alfie..., ¿para qué iba a ir detrás de ese tipo?

–Aún no tenemos una teoría.

Oslett suspiró hondo.

–Me siento como si estuviera en un retrete cósmico y Dios acabara de tirar de la cadena.

–Tal vez deberías tener más cuidado con la forma en que lo controlas...

–Esto no es un fallo en el control –replicó Oslett, colérico.

–¡Eh, que no estoy haciendo acusaciones! Sólo te informo de una de las teorías que empiezan a circular por aquí.

–Pues a mí me parece que la gran cagada está en la vigilancia por satélite.

–Después de que se deshiciera de los zapatos resultaba prácticamente imposible localizarlo.

–¿Y cómo es que han necesitado día y medio para encontrar los malditos zapatos? ¿Mal tiempo en el Medio Oeste? ¿Actividad en las manchas solares? ¿Interferencias magnéticas? ¿Demasiados centenares de kilómetros cuadrados en la zona de búsqueda inicial? Excusas, excusas, excusas...

–Al menos tienen algo –dijo Nueva York, con tono afectado.

Oslett resopló en silencio. Odiaba estar lejos de Manhattan. En cuanto la sombra de su avión cruzaba los límites de la ciudad, aparecían los cuchillos y los ambiciosos pigmeos trataban de reducir su reputación a su mismo tamaño.

–En California os estará esperando un contacto –dijo Nueva York–. Él te pondrá al corriente.

–Fantástico.

Oslett miró ceñudo el teléfono y apretó la tecla FIN, dando por finalizada la llamada.

Necesitaba una copa.

Aparte del piloto y el copiloto, la tripulación incluía una

azafata. Mediante la tecla del brazo de su sillón podría hacer que acudiera desde su pequeña cocina en la parte trasera del avión. Cuando apareció al cabo de pocos segundos Oslett le encargó un whisky doble con hielo.

Era una rubia atractiva, con una blusa granate, falda gris y una chaqueta a juego. Oslett se volvió en su asiento para ver cómo regresaba a la cocina.

Se preguntó si sería una chica fácil. Si la conquistaba, quizá le permitiera llevarla al lavabo y hacerlo allí de pie.

Por espacio de un minuto se entretuvo en aquella fantasía, pero luego regresó a la realidad y la alejó de sus pensamientos. Aunque fuera una chica fácil, las consecuencias podían ser desagradables. A continuación ella querría sentarse a su lado, probablemente hasta llegar a California, y compartir con él sus pensamientos y sus sentimientos sobre todo, desde el amor y el destino hasta la muerte y el significado de la crema de queso fundido. Le tenía sin cuidado lo que ella pensase o sintiera, y no estaba de humor para fingir ser el típico tipo sensible de los noventa.

Cuando ella le trajo el whisky, le preguntó qué cintas de vídeo había disponibles. La azafata le dio una lista con cuarenta títulos. La mejor película de todos los tiempos estaba en el catálogo del avión: *Arma Letal 3*. Había perdido la cuenta de cuántas veces la había visto, y siempre había sentido el mismo placer. Era la película ideal porque su argumento era lo bastante insensato como para no molestarse en seguirlo; no se esperaba que los espectadores desearan ver a los personajes cambiar o crecer, estaba compuesta de una serie de secuencias basadas en la violencia de la acción, y era más estrepitosa que una carrera de *stockcar* y un concierto de Megadeth juntos.

Cuatro monitores independientes permitían proyectar simultáneamente cuatro películas a distintos pasajeros. La azafata colocó *Arma Letal 3* en el monitor más próximo a Oslett y le dio un par de auriculares.

Él se los puso, subió el volumen y, sonriente, se recostó en el asiento.

Más tarde, después de terminarse el whisky, mientras Danny Glover y Mel Gibson se intercambiaban a gritos diálogos ininteligibles, las ametralladoras vomitaban fuego, los explosivos detonaban y la música tronaba, se quedó dormido.

2

El lunes por la noche se quedaron en un motel de Laguna Beach, en dos habitaciones que se comunicaban. El alojamiento no podía considerarse como merecedor de cinco estrellas, ni siquiera de cuatro, pero las habitaciones estaban limpias y en los baños había gran cantidad de toallas. Finalizado el fin de semana festivo, y con la temporada turística del verano a varios meses de distancia, al menos la mitad de las habitaciones del motel estaban desocupadas y, a pesar de hallarse al lado de la autopista de Pacific Coast, reinaba el silencio.

Los acontecimientos del día se habían cobrado su precio. Paige se sentía como si llevase despierta una semana. Incluso el colchón excesivamente blando y ligeramente ondulado del motel era tan tentador como un lecho de nubes en el que los dioses y diosas pudieran dormir.

Para cenar comieron pizza en su habitación. Marty salió a comprarlas –junto con ensaladas y pasteles de crema– al restaurante que había a dos manzanas del motel.

Al regresar con la comida, llamó a la puerta con insistencia, y cuando entró cargado con las cajas de comida estaba pálido y ojeroso. Al principio Paige pensó que su esposo había visto a su doble en el aparcamiento, pero luego comprendió que lo que Marty temía era hallarlas muertas o descubrir que habían desaparecido.

Las puertas exteriores de las dos habitaciones tenían sólidos candados provistos de pestillo y cadena de seguridad. Pusieron ambas cosas, y además hicieron cuña bajo el pomo con el respaldo de una silla.

Ni Paige ni Marty podían imaginar de qué medios se valdría el Otro para seguirlos, pero aun así hicieron cuña con las sillas bajo el pomo. Y apretaron con fuerza.

Por increíble que pareciera, y a pesar del horror por el que habían pasado, las niñas querían que Marty las convenciera de que pasar la noche fuera de casa era un obsequio especial. No estaban acostumbradas a quedarse en moteles, así que todo –desde el colchón vibrador que funcionaba con monedas, pasando por los artículos de escritorio gratuitos, hasta las aromáticas pastillas de jabón en miniatura– era lo bastante exótico para fascinarlas.

Quedaron especialmente intrigadas al ver que el asiento del retrete de las dos habitaciones estaba cubierto por una tira de papel blanco en la que se certificaba, en tres idiomas, que el asiento estaba esterilizado. De esto Emily dedujo que algunos clientes del motel debían de ser unos «auténticos cerdos» que no se preocupaban de limpiar después de usarlo. Charlotte especuló sobre si tal advertencia no indicaría que, en vez de utilizar jabón y lejía para esterilizarlos, quizá se valieran de lanzallamas o radiaciones nucleares.

Marty era lo bastante listo para comprender que los refrescos de múltiples sabores que había en las máquinas expendedoras del motel, y que las niñas no acostumbraban a tener en casa, les encantarían y contribuirían a levantarles el ánimo. Compró un buen surtido, y los cuatro se sentaron en las dos camas gemelas de una de las habitaciones, con los recipientes de comida desplegados alrededor sobre el colchón y las botellas de coloridos refrescos sobre las mesitas de noche. Charlotte y Emily quisieron probar un poco de cada refresco durante la comida, lo cual no dejó de provocar ciertas náuseas a Paige.

Mediante su práctica como consejera familiar, hacía tiempo que había averiguado que los niños asimilaban las situaciones traumáticas y se recuperaban de ellas con mayor facilidad que los adultos. Y este potencial se desarrollaba con mayor facilidad cuando disfrutaban de una estructura familiar estable, recibían grandes dosis de afecto y se consideraban respetados y queridos. Experimentó una sensación de orgullo al comprobar que sus hijas eran emocionalmente fuertes, y de inmediato, por mera superstición, golpeó con un nudillo el cabezal de una madera, suplicando en silencio a Dios que no la castigara a ella, ni a las niñas, por su arrogancia.

Pero lo más sorprendente fue que, una vez que Charlotte y Emily se hubieron bañado y luego acostado en las camas de la habitación contigua, quisieron que Marty cumpliera con su habitual hora del cuento y continuara con los versos sobre el diabólico hermano gemelo de Papá Noël. Paige reconoció una inquietante y de hecho misteriosa similitud entre el imaginario poema y los terribles acontecimientos que habían trastornado sus vidas. Estaba convencida de que su esposo y las niñas también eran conscientes de la relación. No obstante, Marty pareció tan complacido por la oportunidad de compartir la historia como ávidas estaban las niñas de oírla.

Marty colocó una silla entre las dos camas. A pesar de que habían hecho el equipaje a toda prisa para salir de la casa cuanto antes, se había acordado de traer el bloc titulado *Cuentos para Charlotte y Emily*, junto con la linterna de pinzas para leer. Se sentó en la silla y sostuvo el bloc a una distancia cómoda para leer.

A su lado, en el suelo, tenía la escopeta.

La Beretta estaba en el tocador, donde Paige podía cogerla en menos de dos segundos.

La escena se parecía notablemente a otra que Paige había presenciado a menudo en el dormitorio de las niñas en casa, excepto por dos cosas: el tamaño desmesurado de las dos camas gemelas hacía que Charlotte y Emily parecieran más pequeñas, dándoles el aspecto de unas criaturas en un cuento de hadas, niñas sin hogar que habían entrado sigilosamente en el castillo del gigante para robarle parte de sus gachas y disfrutar de su habitación para invitados; y el que la diminuta lámpara de lectura pinzada en un extremo del bloc no fuera la única fuente de luz, ya que una de las lámparas de las mesitas de noche también estaba encendida. Aparentemente la única concesión de las niñas al miedo.

Paige, sorprendida de que ella también esperara con placer la continuación de la historia, se sentó a los pies de la cama de Emily.

Se preguntó qué era lo que había en el hecho de narrar historias que hacía que la gente lo necesitara casi tanto como comer y beber, y más aún en las épocas malas que en las buenas. El cine nunca había arrastrado a tantos espectadores como durante la Gran Depresión. Las ventas de libros a menudo se incrementaban en épocas de recesión. Y la necesidad iba más allá del simple deseo de entretenimiento o de huir de los propios problemas; era algo más profundo y misterioso que todo eso.

Cuando el silencio se hubo instalado en el dormitorio y el momento pareció el adecuado, Marty empezó a leer. Dado que Charlotte y Emily habían insistido en que empezara por el comienzo, recitó los versos que ya habían escuchado las noches del sábado y el domingo, hasta llegar al momento en que el diabólico hermano gemelo de Papá Noël se detenía ante la puerta de la cocina de los Stillwater e intentaba entrar a la fuerza.

> Mediante ganchos, horquillas, punzones y ganzúas,
> rápido y en silencio abre las dos cerraduras.
> Penetra en la cocina sin hacer ningún ruido.
> Muchas son las posibilidades de hacer el pillo.
> Abre el frigorífico y se come todo el pastel
> mientras piensa en el estropicio que puede hacer.
> La leche derrama por el suelo de la cocina,
> junto con encurtidos, ketchup, budín y cecina.
> Desparramar el pan supone para él un disfrute
> y, para terminar, justo sobre la tarta escupe.

–¡Oh, qué asco! –exclamó Charlotte.

–Escupe un moco –dijo Emily, entre risitas.

–¿De qué es la tarta? –preguntó Charlotte.

–De picadillo de carne –explicó Paige.

–¡Agggg! Entonces no me extraña que escupa en ella.

> En el corcho que hay junto al teléfono y la banqueta
> ve los dibujos que las niñas hacen en la escuela.
> Una cara bonita y sonriente Emily ha pintado,
> y Charlotte un elefante el espacio cruzando.
> El canalla de un rotulador rojo se apodera,
> lo sacude, le quita el tapón y se carcajea,
> y en ambos dibujos la palabra «caca» escribe.
> Siempre sabe cómo hacer las cosas más terribles.

–¡Es un crítico! –exclamó Charlotte, conteniendo el aliento y apretando los puños antes de empezar a dar puñetazos en el aire sobre la cama.

–Críticos… –murmuró Emily, exasperada, y puso en blanco los ojos, como había visto hacer a su padre muchas veces.

–¡Dios mío! –exclamó Charlotte, y se cubrió la cara con las manos–. Tenemos a un crítico en casa.

–Ya sabíais que ésta iba a ser una historia de miedo –les dijo Marty.

Carcajadas de su boca van surgiendo
a medida que en más problemas se va metiendo.
Es más repugnante y diabólico que valeroso
así que después de meter el maíz en el horno,
cinco kilos del que se usa para hacer palomitas
(¡oh, cómo odiaremos al malvado de por vida!),
da media vuelta y sale corriendo de la habitación
¡porque el microondas está a punto de hacer explosión!

–¡Cinco kilos! –La imaginación de Charlotte se había disparado: se apoyó en los codos, levantó la cabeza de encima de la almohada y exclamó–: ¡Cielos! Hará falta una pala mecánica y un camión de basura para sacarlo cuando haya estallado. Porque será como una nevada, sólo que de palomitas de maíz, montañas de palomitas de maíz. Necesitaremos un tonel de caramelo y un millón de kilos de nueces para hacer bolitas de maíz. Nos saldrán por el culo.

–¿Qué es lo que has dicho? –inquirió Paige.

–He dicho que hará falta una pala y...

–No, esa palabra que has utilizado.

–¿Qué palabra?

–Culo –dijo Paige, pacientemente.

–Ésta no es una palabra mala –protestó Charlotte.

–¿Ah, no?

–En la televisión la dicen todo el rato.

–No todo lo que se dice en la televisión es inteligente y de buen gusto –explicó Paige.

Marty bajó la vista hacia el bloc de los cuentos.

–La verdad es que casi nada de lo que dicen lo es.

–En la televisión –amonestó Paige a Charlotte– he visto gente que lanzaba el coche por los acantilados, envenenaba a sus padres para poder cobrar la herencia de la familia, luchaba con espadas, robaba bancos..., un montón de cosas que más te vale no me entere que estás haciendo.

–Sobre todo por lo que respecta a eso de envenenar a tu padre –dijo Marty.

–De acuerdo, no diré culo –prometió Charlotte.

–Muy bien.

–Entonces ¿qué debo decir a cambio? ¿Está bien «trasero»?

–¿Qué te parece «fondillo»? –preguntó Paige.

–Supongo que podré soportarlo.

Con gran esfuerzo para no echarse a reír, y sin atreverse a mirar a Marty, Paige le contestó:

–Tú di «fondillo» por algún tiempo. Cuando hayas crecido un poco, empiezas con lo de «trasero». Y cuando seas realmente una persona adulta, puedes utilizar «culo».

–Me parece bien –concedió Charlotte, y volvió a posar la cabeza en la almohada.

Emily, que había permanecido pensativa y en silencio todo el rato, cambió de tema:

–Cinco kilos de maíz para hacer palomitas no caben en un microondas.

–Claro que caben –le aseguró Marty.

–Yo creo que no.

–Lo he investigado antes de empezar a escribir –replicó Marty, firmemente.

Emily hizo una mueca de escepticismo.

–Tú sabes que yo lo investigo todo –insistió él.

–Puede que esta vez no –replicó Emily, recelosa.

–Cinco kilos –repitió Marty.

–Eso es mucho maíz.

–Parece que tenemos otro crítico en casa –dijo Marty, volviéndose a Charlotte.

–Muy bien –aceptó Emily–. Sigue leyendo.

Marty enarcó una ceja.

–¿De veras quieres oír más cosas de esta fábula poco convincente y pobremente investigada?

–Un poco más, a pesar de todo –admitió Emily.

Con un suspiro exagerado, de profunda aflicción, Marty miró solapadamente a Paige, volvió a levantar el bloc, y prosiguió con la lectura:

> Merodea por la planta baja el muy mezquino
> buscando causar todavía un mayor estropicio.
> Al encontrar los regalos bajo el árbol expuestos
> se dice: «¡Menuda juerga, ir cambiando los objetos!
> Voy a sacar todos los regalos realmente buenos,
> luego envolveré caca de gato y un pescado muerto.
> Y por la mañana los Stillwater van a encontrar
> posos de café y piel de naranja para empezar.

En vez de los bonitos jerseys, juegos y juguetes
hallarán cosas viscosas, hediondas, que molesten».

–¡No se saldrá con la suya! –exclamó Charlotte.

–Ya verás que sí –dijo Emily.

–No podrá.

–¿Quién va a impedírselo?

Charlotte y Emily acostadas están en su lecho
llena la cabeza con sueños navideños.
De pronto un ruido sobresalta a las dormilonas.
Se sientan de golpe y abren los ojos. Ni una mosca
debería moverse, absolutamente nada,
pero las chicas perciben a un pillo en la casa.
Podríamos llamarlo presentimiento, ósmosis,
o puede que del canalla huelan la halitosis.
Saltan de la cama, olvidando las zapatillas,
estas dos valerosas y temerarias chiquillas.
«¡Algo sucede!», dice Emily, muy alarmada.
Pero pueden vencerlo, ¡que por eso son hermanas!

Que Charlotte y Emily fueran hermanas encantó a las niñas. Cada una volvió la cara hacia la otra y ambas sonrieron.

Entonces Charlotte repitió la pregunta que antes había hecho Emily:

–¿Quién va a impedírselo?

–¡Nosotras! –exclamó Emily.

–Bueno... –dijo Marty-. Quizá...

–¡Oh, no! –protestó Charlotte.

Emily se hizo la experta.

–No te preocupes; papi sólo trata de mantenernos en suspense. Seremos nosotras quienes le paremos los pies a ese asqueroso.

Abajo en la salita, bajo el árbol navideño,
ríe con júbilo el diabólico hermano gemelo.
Tiene una colección sustitutiva de regalos
que ha obtenido en vertederos, cloacas, sótanos...
Cambia un espléndido reloj que para Charlotte era
por el asqueroso regalo a una chica traviesa:

una cosa que la pequeña Lottie nunca ha sido;
no tomar las vitaminas su peor maldad ha sido.
En lugar del reloj le envolverá como regalo
un horroroso, verde y nauseabundo coágulo.
De un paquete para Emily una muñeca roba
y le pone otro regalo que seguro la asombra.
Es viscoso, rezumante y empieza a burbujear.
Lo que es, ni el muy canalla lo podría explicar.

–¿Tú qué crees que será, mamá? –preguntó Charlotte.

–Probablemente aquellas medias sucias que extraviaste hace medio año.

Emily soltó una risita y Charlotte protestó:

–Ya te decía yo que más tarde o más temprano las encontraría.

–Si es eso lo que hay en el paquete, entonces seguro que no lo abro –dijo Emily.

–No lo abriré –la corrigió Paige.

–Nadie va a abrirlo –admitió Emily, sin darse por enterada–. ¡Vaya!

En pijama y sin las zapatillas ahora rondan
las niñas en busca de esa alimaña apestosa.
Justo en lo alto de la escalera se esfuman
haciendo menos ruido que una pulga en una tumba.
Las dos son tan delicadas, astutas y chiquitas,
y tan rosaditos los pies de las dos niñitas…
¿Cómo piensan esas dos pequeñas que van a vencer
a un Papá Noël dispuesto a patear y a morder?
¿Acaso se han entrenado en karate o en taekwondo?
No, no, me temo que la respuesta va a ser que no.
¿Llevan granadas en los bolsillos de sus pijamas?
¿Rayos láser implantados en el fondo de sus miradas?
No, no, me temo que la respuesta va a ser que no.
Aun así, descienden por la escalera un ciclón hechas.
No se dan cuenta de que abajo el peligro acecha.
Este Papá Noël sin duda ha perdido el juicio.
Es peor que la gripe, la jaqueca y las almorranas.
Pero ellas son también muy valerosas: ¡son hermanas!

–¡Hermanas! –gritó Charlotte, lanzando un puño al aire.

–¡Hermanas! –repitió Emily, lanzando también el puño al aire.

Cuando descubrieron que habían alcanzado el punto final por aquella noche, le pidieron a Marty que volviese a leer todo de nuevo, y Paige descubrió que a ella también le apetecía oír el relato una segunda vez.

Aunque Marty fingió estar cansado y se hizo de rogar, lo cierto era que se habría sentido decepcionado si las chiquillas no hubiesen insistido.

Cuando su padre llegó al final del último verso, Emily, amodorrada, sólo fue capaz de murmurar:

–Hermanas...

Charlotte ya roncaba suavemente.

Marty devolvió en silencio la silla al rincón de donde la había cogido. Comprobó las cerraduras de la puerta y de las ventanas, luego se aseguró de que no hubiera rendijas en las cortinas, a través de las cuales alguien pudiera atisbar desde el exterior.

Paige arropó a las niñas y luego dio a cada una un beso de buenas noches. El cariño que sentía por ellas era tan intenso que casi le producía una opresión en el pecho.

Cuando ella y Marty se retiraron, llevándose consigo las armas, no apagaron la luz de la mesita de noche y dejaron abierta de par en par la puerta que comunicaba ambas habitaciones. Aun así, le pareció que sus hijas estaban peligrosamente lejos de ella.

Sin haber hablado antes de ello, decidieron de común acuerdo tenderse uno junto al otro en una de las camas gemelas. La idea de estar separados, aunque sólo fuera por un metro de distancia, era insoportable.

Una de las lamparitas estaba encendida, pero Marty la apagó. A través de la puerta de la habitación contigua salía suficiente luz para iluminar la mayor parte de la estancia. Las sombras cubrían todos los rincones, pero aun así la oscuridad no era absoluta.

Ambos se cogieron de la mano y se quedaron mirando al techo, como si su destino pudiera leerse en los dibujos extrañamente fabulosos que formaban las luces y las sombras sobre el cielorraso. Pero no se trataba sólo del techo: en las últimas horas, todo cuanto Paige miraba le parecía lleno de malos presagios, amenazadoramente significativo.

Ni ella ni Marty se desvistieron para pasar la noche. Aunque era difícil creer que podían haberlos seguido sin que ellos se dieran cuenta, querían estar preparados para actuar con rapidez.

Hacía ya dos horas que había dejado de llover, pero el ritmo del agua aún los arrullaba. El motel estaba en unos riscos sobre el Pacífico, y el cadencioso golpear de las olas era, con su seguridad de metrónomo, un sonido apacible y tranquilizador.

–Dime una cosa –pidió ella, hablando en voz baja para evitar que sus hijas la oyeran.

–Sea cual sea la pregunta –dijo Marty con voz cansada–, lo más probable es que no tenga la respuesta.

–¿Qué es lo que ha sucedido ahí?

–¿Ahora mismo? ¿En la otra habitación?

–Sí.

–Magia.

–Hablo en serio.

–Yo también –dijo Marty–. Es imposible analizar los profundos efectos que esa historia ha tenido sobre nosotros, no podemos figurarnos por qué ni cómo, del mismo modo que el rey Arturo no entendía cómo podía Merlín hacer y saber las cosas que hacía y sabía.

–Hemos llegado aquí destrozados, aterrorizados. Las niñas estaban calladas, medio paralizadas por el miedo. Nosotros dos estábamos que mordíamos el uno con el otro.

–No tanto.

–Sí, lo estábamos.

–Muy bien –admitió él–, pero sólo un momento.

–Lo cual para nosotros es mucho. Los cuatro estábamos... incómodos, agarrotados.

–Yo no creo que fuera tan grave.

–Haz caso a una consejera familiar con experiencia; era así de grave. Luego has contado ese cuento, un poema encantador pero sin sentido, y nos hemos relajado. De algún modo ha contribuido a que volviéramos a unirnos. Nos hemos divertido, hemos reído... Las niñas se han tranquilizado poco a poco y, antes de que nos diésemos cuenta, ya estaban medio dormidas.

Por unos minutos ninguno de los dos dijo nada.

El rítmico susurro del oleaje nocturno era como el continuo y pausado latido de un gran corazón.

Cuando Paige cerró los ojos, imaginó que volvía a ser una niña pequeña, acurrucada en el regazo de su madre como pocas veces se le había permitido estar, la cabeza contra su pecho, explorando el rumor de su oculto corazón a la espera de oír algún sonido que no fuera meramente biológico, un suspiro especial que pudiera reconocer como el preciado sonido del amor. Ella nunca había oído otra cosa que el tam-tam del ventrículo, vacío, mecánico...

Aun así, se tranquilizaba. Tal vez en los más hondo del subconsciente, escuchar el corazón de su madre le recordaba los nueve meses que había pasado en su vientre, durante los cuales aquel mismo ritmo la había acompañado las veinticuatro horas del día. En aquel vientre había una paz que nunca más volvía a experimentarse; mientras se aguardaba el nacimiento sólo se experimentaba el amor, pero ninguna de las miserias que surgen cuando uno se ve privado de él.

Paige se sentía agradecida por tener a Marty, a Charlotte y a Emily. Pero mientras viviera, instantes como aquél se repetirían siempre que algo tan sencillo como el batir de las olas le recordara el profundo pozo de tristeza y aislamiento en el que había vivido su infancia.

Ella siempre se había esforzado por asegurarse de que sus hijas no dudaran ni un instante que eran amadas. Ahora estaba igualmente decidida a que la intrusión de aquella locura y aquella violencia en sus vidas no les robara a Charlotte y a Emily ni una mínima fracción de su infancia, como a ella le había sido negada por completo. Dado que el alejamiento entre sus padres se había visto superado por el alejamiento de éstos de su propia hija, Paige se había visto obligada a crecer rápidamente, por su propia supervivencia emocional... Ya en la escuela primaria fue consciente de la fría indiferencia del mundo, y comprendió que era imprescindible una fuerte confianza en sí misma si quería hacer frente a las crueldades que a veces la vida solía infligir. Pero, maldita sea, sus hijas no necesitarían aprender esas duras lecciones aquella noche. No a la tierna edad de siete y nueve años. Ni pensarlo. Ella quería desesperadamente protegerlas unos cuantos años más de las duras realidades de la existencia humana, y darles la posibilidad de crecer poco a poco y felizmente, sin amarguras.

Marty fue el primero en romper el apacible silencio.

–Cuando Vera Conner sufrió el ataque y aquella semana pasamos tanto tiempo en la sala contigua a la unidad de cuidados intesivos, mucha gente entraba y salía a la espera de saber si sus amigos o familiares morirían o sobrevivirían.

–Resulta difícil creer que ya hace dos años que Vera se fue.

Vera Conner había sido profesora en la UCLA, una especie de guía para Paige en sus años de estudiante de psicología y más tarde una amiga ejemplar. Ella todavía echaba de menos a Vera. Siempre la había echado en falta.

–Algunas de las personas que esperaban en aquella sala se limitaban a permanecer sentadas y mirar –dijo Marty–. Otras paseaban, se asomaban a las ventanas, se entretenían... Se calzaban unos cascos y escuchaban música o jugaban con un Game Boy. Pasaban el rato de muchas maneras. Sin embargo... ¿Te diste cuenta? Los que parecían soportar mejor su miedo o su dolor, los que parecían más en paz consigo mismos, eran aquellos que leían novelas.

Aparte de Marty, y a pesar de los cuarenta años de diferencia, Vera había sido la mejor amiga de Paige y la primera persona que se había preocupado por ella. La semana en que Vera estuvo hospitalizada –primero desorientada y sufriendo, luego en estado de coma– había sido la peor en la vida de Paige; casi dos años después, se le llenaban los ojos de lágrimas cuando recordaba el último día, la hora final, de pie junto a la cama de Vera, sosteniendo la mano cálida pero ya insensible de su amiga. Intuyendo que el final estaba cerca, Paige había dicho cosas que confiaba que Dios permitiese escuchar a la moribunda: «Te quiero y siempre te echaré de menos. Tú has sido para mí la madre que mi madre nunca pudo ser».

Las largas horas de aquella semana quedaron grabadas indeleblemente en el recuerdo de Paige, con detalles más vívidos de lo que a ella le hubiese gustado, pues la tragedia suele ser un buril extraordinariamente incisivo. No sólo recordaba con melancólica nitidez la disposición y el mobiliario de la sala de espera de la UCI, sino que aún podía recordar las caras de muchos de los desconocidos que durante algún tiempo habían compartido aquella sala con ella y su esposo.

–Tú y yo pasábamos el tiempo leyendo novelas –añadió Marty–, lo mismo que otras personas, no sólo para evadirnos, sino porque..., porque en el mejor de los casos la ficción es una especie de medicina.

–¿Una medicina?

–La vida es tan condenadamente desordenada; las cosas simplemente pasan, y no parece haber ningún sentido en todo lo que tenemos que sufrir... A veces parece que el mundo es un manicomio. Narrar historias condensa la vida, le da cierto orden. Las historias tienen un comienzo, un nudo y un desenlace. Y cuando la historia se termina quiere decir algo. Dios, quizá no algo complejo, puede que lo que haya que decir sea sencillo, incluso ingenuo, pero tiene un significado. Y eso nos proporciona esperanza. Es como una medicina.

–La medicina de la esperanza –dijo Paige, pensativa.

–O puede que sólo esté diciendo tonterías.

–No, no, te aseguro que no.

–Bueno, puede que no del todo... Al menos quizá en esto.

Paige sonrió y le estrechó afectuosamente la mano.

–No lo sé –prosiguió él–, pero pienso que si alguna universidad realizara un estudio a largo plazo, se descubriría que la gente que lee literatura de ficción no sufre tantas depresiones, no suele suicidarse con tanta frecuencia, es más feliz en su vida. No cualquier clase de ficción, claro. No las novelas todos-los-seres-humanos-son-basura, o la-vida-apesta, o Dios-no-exite, repletas de desesperación.

–El doctor Stillwater, recetando el medicamento de la esperanza.

–Tú crees que sólo digo tonterías.

–No, cariño, no. Creo que eres maravilloso.

–Pues no lo soy. Tú eres maravillosa. Yo sólo soy un escritor neurótico. Por naturaleza, los escritores somos demasiado presumidos, egoístas, inseguros y a la vez estamos demasiado pendientes de nosotros mismos para ser maravillosos.

–Tú no eres neurótico, ni presumido, ni egoísta, ni inseguro, ni engreído.

–Esto sólo prueba que no me has estado escuchando todos estos años.

–Muy bien, estoy dispuesta a admitir que tal vez seas un poco neurótico.

–Muchas gracias, querida. Es agradable saber que al menos una parte de ese tiempo has estado escuchándome.

–Pero también eres maravilloso. Un escritor maravillosamente neurótico. Ya querría yo ser también una escritora maravillosamente neurótica, recetando medicina.

–Muérdete la lengua.

–Hablo en serio –protestó ella.

–Tal vez puedas vivir con un escritor, pero dudo que yo tuviera estómago para soportarlo.

Paige se volvió sobre su costado derecho para mirarlo, y Marty giró sobre su costado izquierdo a fin de besarla. Unos besos tiernos. Suaves. Por un momento permanecieron abrazados, escuchando el oleaje.

Sin recurrir a las palabras, ambos habían acordado no seguir hablando de sus preocupaciones ni de lo que habría que hacer por la mañana. A veces una caricia, un beso o un abrazo eran más elocuentes que todas las palabras que un escritor pudiera concebir, más que todos los consejos cuidadosamente razonados y la terapia que un consejero pudiese proporcionar.

En el centro de la noche, el gran corazón del océano latía lentamente, tranquilizadoramente. Desde la perspectiva del ser humano, la marea era una fuerza eterna; desde el punto de vista divino, sólo transitoria.

De pronto, Paige se sorprendió al darse cuenta de que se deslizaba hacia el sueño. Como la repentina agitación de las alas de un mirlo, la alarma aleteó sobre ella ante la perspectiva de permanecer desprevenida –y por lo tanto vulnerable– en un sitio que le era desconocido. Sin embargo, su cansancio era mayor que su miedo, y el consuelo del mar la envolvió y la transportó, sobre la marea de los sueños, hacia su infancia, donde nuevamente descansó contra el pecho de su madre, escuchando el susurro secreto y especial del amor en algún lugar de los vibrantes latidos del corazón.

3

Todavía con los auriculares puestos, Drew Oslett despertó con el tiroteo, las explosiones, los alaridos y la música lo bastante fuerte y estridente como para ser el tema de fondo de

Dios para el día del juicio final. En la pantalla del televisor, Glover y Gibson corrían, saltaban, golpeaban, disparaban, regateaban y giraban, saltando en medio de edificios en llamas en el espeluznante ballet de la violencia.

Sonriendo y bostezando a la vez, Oslett miró su reloj de pulsera y descubrió que había estado durmiendo más de dos horas y media. Evidentemente, después de que la película finalizara su primer pase, la azafata, al advertir que le servía de canción de cuna, la había rebobinado y se la había vuelto a pasar.

Debían de estar cerca de su destino, sin duda a mucho menos de una hora del aeropuerto John Wayne del condado de Orange. Se quitó los auriculares, se levantó y se acercó a Clocker para informarle de lo que había averiguado antes en su conversación telefónica con Nueva York.

Clocker estaba dormido en su asiento. Se había quitado la chaqueta de *tweed* con piel en las solapas y en los codos, pero aún llevaba el sombrero marrón de ala ancha, con la pequeña pluma marrón y negra de pato en la cinta. No roncaba, pero tenía los labios separados y un hilillo de baba se escapaba por la comisura de la boca. La mitad de la barbilla le brillaba de manera repugnante.

A veces Oslett creía que la Red le había jugado una broma colosal al emparejarlo con Karl Clocker.

Su propio padre era promotor y miembro destacado de la organización, y se preguntaba si el viejo no le habría ligado a un personaje tan absurdo como Clocker simplemente como una manera de humillarlo. Detestaba a su padre, y sabía que el sentimiento era mutuo. Sin embargo, en el fondo no podía creer que el viejo, a pesar del profundo antagonismo, le jugara semejantes bromas; sobre todo porque, con ello, se exponía a dejar en ridículo el apellido Oslett, y proteger el honor y la integridad del nombre de la familia siempre había estado por encima de cualquier sentimiento personal.

Entre los Oslett, ciertas lecciones se aprendían siendo tan jóvenes que Drew sentía como si ya hubiese nacido con ese conocimiento, como si una profunda comprensión del valor del apellido Oslett estuviera enraizada en sus genes. Nada –excepto una enorme fortuna– era tan valioso como un buen apellido que hubiese perdurado a lo largo de varias generaciones. De un buen apellido podía derivarse tanto poder como de una inmensa fortuna, pues, tanto a los políticos como a los jueces les resultaba mucho más fácil aceptar un maletín repleto de dinero si la oferta de soborno provenía de gente cuyo linaje había producido senadores, secretarios de Estado, magnates de la industria, notables defensores del medio ambiente y elogiados mecenas del arte.

El que lo emparejaran con Clocker había sido simplemente un error, pero finalmente conseguiría poner remedio a aquella situación. Si la burocracia de la Red era demasiado lenta para reordenar las asignaciones, y si recuperaban a su desertor en condiciones que permitieran controlarlo como antes, Oslett cogería a Alfie por su cuenta y le ordenaría acabar con Clocker.

La edición de bolsillo de *Star Trek* yacía, con el lomo cuarteado y las páginas boca abajo, sobre el pecho de Clocker. Oslett cogió el libro procurando no despertar a su compañero.

Lo abrió por la primera página, sin preocuparse por marcar el punto donde Clocker se había detenido, y empezó a leer con la esperanza de hallar una explicación a por qué tanta gente se sentía fascinada por la nave *Enterprise* y su tripulación. Al cabo de unos pocos párrafos, el maldito autor le había transportado dentro de la mente del capitán Kirk, territorio mental que Oslett hubiese deseado explorar sólo si sus alternativas se limitaran a las idiotizadas mentes de todos los candidatos a la presidencia en las últimas elecciones. Se saltó un par de capítulos, volvió a sumergirse en el libro y se encontró dentro de la remilgada mente racional de Spock. Se saltó unas cuantas páginas más y descubrió que se hallaba dentro de la mente del doctor McCoy.

Fastidiado, cerró el libro y golpeó con él el pecho de Clocker para despertarlo.

Clocker se enderezó con tal brusquedad que el sombrero de ala ancha saltó de su cabeza y cayó en su regazo.

–¿Qué? ¿Qué? –preguntó soñoliento.

–No tardaremos en aterrizar.

–Por supuesto –contestó Clocker.

–Estará esperándonos un contacto.

–La vida es contacto.

Oslett estaba de un humor de perros. Ir a la caza de un asesino desertor, pensar en su padre, reflexionar sobre la posible catástrofe que Martin Stillwater representaba, leer varias páginas de la novelización de *Star Trek*, y ahora hacer frente a los criptogramas de Clocker era demasiado para que cualquier hombre pudiera soportarlo, y aun así esperar que estuviese de buen humor.

–O has estado babeado mientras dormías –le dijo–, o un montón de caracoles se ha estado paseado por tu barbilla y tu boca.

Clocker levantó uno de sus musculosos brazos y con la manga de la camisa se limpió la parte inferior de la cara.

–Es posible que a estas horas el contacto ya tenga una pista sobre Alfie –dijo Oslett–. Debemos estar alerta, listos para ponernos en movimiento. ¿Estás despierto del todo?

Los ojos de Clocker parecían hinchados y húmedos.

–Ninguno de nosotros está jamás despierto del todo.

–¡Oh, por favor! ¿Quieres acabar de una vez con esas absurdas tonterías místicas? En este momento no estoy de humor para eso.

Clocker lo miró fijamente y dijo:

–Tienes un corazón turbulento, Drew.

–Te equivocas. Es mi estómago el que está turbulento al tener que escuchar toda esta basura.

–Una tempestad interna de ciega hostilidad.

–Vete a tomar por el culo –exclamó Oslett.

El ruido de los motores del jet cambió de pronto. Unos segundos después la azafata se acercó para anunciar que el avión se aproximaba al aeropuerto del condado de Orange, y les pidió que se abrocharan los cinturones.

Según el Rolex de Oslett, era la 1.52 de la madrugada, pero eso era en Oklahoma City. Cuando el Lear empezó a descender, rectificó la hora; ahora faltaban ocho minutos para la medianoche.

Cuando aterrizaron, el lunes se había transformado en martes como el tictac de una bomba de relojería marcando el tiempo que falta para la detonación.

Su contacto –un hombre de unos treinta años, aunque no mucho más joven que Drew Oslett– los aguardaba en el vestíbulo de la terminal privada del aeropuerto. Se presentó como Jim Lomax, si bien lo más probable era que ése no fuese su verdadero nombre.

Oslett le contestó que ellos se llamaban Charlie Brown y Dagwood Bumstead.

El contacto no pareció captar la broma. Los ayudó a transportar el equipaje hasta el aparcamiento, donde lo cargó en el maletero de un Olsmobile verde.

Lomax era uno de esos californianos que habían hecho de su cuerpo un templo y habían procedido a transformarlo con una complicada arquitectura. La ética del ejercicio y la dieta sana se había extendido hacía mucho tiempo por cada rincón del país, y durante años los norteamericanos se habían esforzado por tener unos músculos firmes y un corazón saludable hasta los extremos más lejanos del nevado Maine. Sin embargo, era en California donde se había servido el primer cóctel de zumo de zanahoria, donde se había fabricado la primera barrita de sésamo con miel, y todavía era el único lugar donde un importante número de personas creía que unos palitos de rábano crudo eran un buen sustituto de las patatas fritas. De modo que tan sólo ciertos californianos fanáticamente entregados a ello tenían la suficiente fuerza de voluntad para exceder los requisitos estructurales de un templo. Jim Lomax tenía un cuello como una columna de granito, unos hombros como un dintel de piedra caliza, un pecho que podría apuntalar la pared de una nave y un vientre tan plano como la piedra de un altar, con lo cual había hecho de su cuerpo algo más que una catedral.

A pesar de que un frente tormentoso había pasado a primera hora de la noche y el tiempo aún estaba húmedo y frío, Lomax sólo vestía unos tejanos y una camiseta con una imagen estampada de Madonna (la cantante de rock, no una Virgen italiana) con los pechos al descubierto. Como si los elementos lo afectaran tan poco como podrían haber afectado los muros de una imponente fortaleza. En lugar de andar, parecía apuntalarse, realizando cada labor con gracia calculada, y perfectamente consciente de que la gente solía mirarlo y envidiarlo.

Oslett sospechaba que Lomax no era simplemente un hombre orgulloso de sí mismo, sino profundamente vanidoso, narcisista incluso. El único dios que se adoraba en la catedral de su cuerpo era el ego que habitaba en su interior.

Sin embargo, a Oslett le gustaba el muchacho. Lo más atractivo que había en Lomax era que, a su lado, Karl Clocker parecía el más pequeño de los dos. De hecho, era el único atractivo de aquel individuo; pero ya era suficiente. En realidad, Lomax sólo era ligeramente más corpulento que Clocker, si es que lo era, pero más musculoso y asentado... En comparación, Clocker parecía lento, lerdo, viejo y blando. Dado que a veces se sentía intimidado por el físico de Clocker, Oslett disfrutó con la idea de que éste se sintiera intimidado por Lomax. Aunque, para su frustración, no lo demostró en momento alguno.

Lomax conducía. Oslett iba sentado delante y Clocker hundido en el asiento de atrás.

Después de salir del aeropuerto, giraron a la derecha para entrar en el bulevar MacArthur. Estaban en una zona de lujosos rascacielos para oficinas, muchos de los cuales parecían el centro regional de compañías de primera fila, apartados de la calle mediante grandes extensiones de césped, parterres de flores, setos y gran cantidad de árboles, todo iluminado mediante focos artísticamente colocados.

–Debajo de tu asiento –le dijo Lomax a Oslett– encontrarás una fotocopia del informe de la policía de Mission Viejo sobre el incidente en casa de los Stillwater. No ha sido fácil hacernos con él. Léelo ahora, porque tengo que llevármelo y destruirlo.

Sujeta al informe había una pequeña linterna de bolsillo. Mientras seguían hacia el sur por el bulevar MacArthur y hacia el oeste por Newport Beach, Oslett encendió la linterna y estudió el documento con creciente sorpresa y desaliento. Llegaron a la autopista de Pacific Coast y giraron hacia el sur; antes de que finalizara la lectura del informe dejaron atrás Corona del Mar.

–Este policía, el tal Lowbock –dijo Oslett, apartando la vista del informe–, cree que todo es un truco publicitario, que ni siquiera ha habido ningún intruso.

–Lo cual realmente es una suerte para nosotros –dijo Lomax, con una sonrisa; lo cual era un error por su parte, ya que hacía que se pareciese todavía más a un cartel anunciando algún acto benéfico en favor de los estúpidos por voluntad propia.

–Considerando que toda la maldita Red puede irse a pique por este asunto –dijo Oslett–, creo que necesitaremos algo más que suerte. Vamos a necesitar un milagro.

–Déjame ver –pidió Clocker.

Oslett pasó el informe y la linterna al asiento trasero, luego se volvió hacia Lomax.

–¿Cómo sabía nuestro chico malo que Stillwater vivía aquí? ¿Cómo lo averiguó?

Lomax encogió sus hombros de piedra caliza.

–Nadie lo sabe.

Oslett soltó un gruñido de disgusto.

A la derecha de la autopista se extendía un campo de golf exclusivo y con guardias de seguridad en la entrada, después del cual el oscuro Pacífico se perdía hacia el oeste, tan vasto y oscuro que parecía que circulasen por el borde de la eternidad.

–Habíamos pensado que si manteníamos vigilado a Stillwater, más tarde o más temprano nuestro hombre se presentaría y podríamos recuperarlo.

–¿Dónde se supone que está Stillwater ahora?

–No lo sabemos.

–Fantástico.

–Bueno, verás, menos de media hora después de que se marchase la policía se produjo otro incidente en casa de los Stillwater; antes de ponernos en contacto con ellos y después de que ellos se... perdieran de vista, supongo que diríais.

–¿Qué otro incidente?

Lomax frunció el entrecejo.

–Nadie está seguro. Ocurrió justo al doblar la esquina de su casa. Algunos vecinos vieron algo, pero al parecer todos coinciden en que un tipo cuya descripción encaja con la de Stillwater disparó un montón de balas contra otro tipo que iba en un Buick. El Buick chocó contra un Explorer que había allí aparcado y se quedó enganchado unos segundos. Dos criaturas, cuya descripción coincide con las niñas de Stillwater, saltaron por la puerta trasera del coche y echaron a correr... El Buick huyó, Stillwater vació su arma, pero luego un BMW, cuya descripción coincide con uno de los coches que poseen los Stillwater, dobló por la esquina como alma que lleva el diablo. Lo conducía la esposa de Stillwater; y todos subieron a él y salieron a toda marcha.

–¿Detrás del Buick?

–No. El Buick ya se había largado. Lo más probable es que trataran de largarse de allí antes de que llegase la policía.

–¿Ha visto alguno de los vecinos al tipo del Buick?

–No. Estaba demasiado oscuro.

–Era nuestro chico malo.

–¿Lo crees de veras? –preguntó Lomax.

–Bueno, si no era él, tenía que ser el Papa.

Lomax le echó una extraña mirada, luego se volvió pensativo hacia la autopista que tenía al frente.

Antes de que el estúpido pudiera preguntar cómo era que el Papa estaba metido en todo aquello, Oslett preguntó:

–¿Cómo es que no disponemos del informe de la policía sobre el segundo incidente?

–Porque no lo hay. No hay quejas. Ninguna víctima del delito. Sólo la denuncia de unos daños contra el Explorer.

–De acuerdo con lo que Stillwater contó a la policía, nuestro Alfie piensa que él es Stillwater, o que debería serlo... Piensa que le han robado la vida. El pobre diablo está totalmente chalado, sonado, así que para él lo único que tiene sentido es regresar y robarle las niñas a Stillwater, porque de algún modo cree que las chicas son suyas... Dios, que lío.

Un letrero de la autopista les indicó que pronto llegarían a los límites de la ciudad de Laguna Beach.

–¿Adónde nos dirigimos? –preguntó Oslett.

–Al hotel Ritz-Carlton de Dana Point –contestó Lomax–. Tenéis reservada una *suite* allí. He cogido la ruta más larga a fin de que los dos leyeseis el informe de la policía.

–En el avión ya hemos dormido. Así que pensaba que, una vez aterrizáramos, estaríamos a punto de ponernos en acción.

Lomax lo miró sorprendido.

–¿Para hacer qué?

–Para ir a casa de los Stillwater para empezar. Echar un vistazo, ver qué podemos encontrar.

–Allí no hay nada que ver. Además, se supone que debo llevaros al Ritz. Vais a dormir un rato y estar a punto a las ocho de la mañana.

–¿Para ir adónde?

–Ellos confían en tener alguna pista sobre Stillwater, o sobre nuestro muchacho, o quizá sobre los dos. Por la mañana, a las ocho, alguien vendrá al hotel para daros instrucciones, y tenéis que estar descansados, a punto para entrar en acción. Y debería ser así, dado que estáis en el Ritz. Quiero decir que es un hotel fantástico, con una comida extraordinaria y un estupendo servicio de habitación. Podréis tomar un desayuno excelente y muy sano, no esa basura grasienta típica de todos los hoteles. Tortillas sin yema de huevo, pan de siete semillas, toda clase de fruta fresca, yogur desnatado...

–Confío en poder conseguir un desayuno como el que todos los días tomo en Manhattan –dijo Oslett–. Embriones de caimán y cabezas de anguila bien fritas sobre una capa de algas salteadas con ajo y mantequilla, y una doble ración de sesos de ternera. ¡Ah, muchacho! Nunca en tu vida volverías a estar ni la mitad de hinchado que ahora después de un desayuno así...

Lomax, sorprendido hasta el punto de que levantó el pie del acelerador del Oldsmobile, miró a Oslett con expresión de azoramiento.

–Bueno, en el Ritz tienen comida excelente –dijo–, aunque tal vez no tan exótica como la que tomas en Nueva York... –Se volvió de nuevo hacia la carretera, y el coche recuperó velocidad–. De todos modos, ¿estás seguro que esa comida es saludable...? En mi opinión contiene mucho colesterol.

No hubo ni una pizca de ironía, ni rastro de humor en la voz de Lomax. Estaba claro que se había creído que Oslett desayunaba cabezas de anguila, embriones de caimán y sesos de ternera.

De mala gana, Oslett tuvo que enfrentarse al hecho de que había compañeros potencialmente peores que el que le había tocado en suerte... Karl Clocker sólo parecía estúpido.

En Laguna Beach, el mes de diciembre era temporada baja y a la una menos cuarto de la madrugada de un martes las calles estaban casi desiertas. En el cruce de tres vías que constituía el centro de la ciudad, con la playa pública a la derecha, se detuvieron ante un semáforo en rojo, a pesar de que no había ningún otro coche a la vista.

Oslett pensó que la ciudad estaba tan inquietantemente muerta como cualquier lugar de Oklahoma y echó de menos el bullicio de Manhattan; el paso veloz durante toda la noche de los coches de la policía y las ambulancias, la estridente música de las sirenas, los continuos bocinazos de los coches. Las risotadas, los gritos de los borrachos, las discusiones y la absurda jerga de los traficantes callejeros bajo los efectos de la droga, que llegaban hasta su apartamento incluso en las horas más profundas de la noche, se echaban dolorosamente en falta en aquella soñolienta villa junto al mar invernal.

Cuando estaban a punto de salir de Laguna, Clocker le devolvió el informe que había redactado la policía de Mission Viejo. Oslett esperaba algún comentario por parte de su compañero. Al ver que éste no decía nada, e incapaz de seguir soportando el silencio que se había instalado dentro del coche y que parecía a punto de borrar el mundo de allí fuera, se volvió a medias hacia Clocker y preguntó:

–¿Y bien?

–¿Y bien qué?

–¿Qué opinas?

–Nada bueno –contestó Clocker, desde su nido de sombras en el asiento trasero.

–¿Nada bueno? ¿Es eso todo cuanto tienes que decir? A mí me parece un enredo colosal.

–Bueno –dijo Clocker, con acento filosófico–, en toda organización secretamente fascista, siempre es fácil que caiga un poco de lluvia.

Oslett se echó a reír. Luego se volvió hacia delante, echó una mirada al serio Lomax, y rió con más fuerza.

–Karl, a veces pienso que no eres un mal tipo.

–Bueno o malo –dijo Clocker–, todo resuena con el mismo movimiento de partículas subatómicas.

–Por favor, no eches a perder un hermoso momento –le advirtió Oslett.

4

En el momento más escurridizo de la noche, surge de un vívido sueño con gargantas cercenadas, cabezas destrozadas a balazos, pálidas muñecas abiertas con navajas de afeitar y prostitutas estranguladas, pero no se levanta, ni jadea, ni grita como un hombre al despertar de una pesadilla, pues él siempre se siente aliviado con sus sueños. Yace en posición fetal sobre el asiento trasero del coche, mitad dentro y mitad fuera de un sueño convaleciente.

Un lado de la cara está húmedo con una sustancia espesa, pegajosa. Acerca una mano a la mejilla y con cuidado, soñoliento, palpa aquella sustancia tratando de discernir qué es. Al descubrir restos puntiagudos de cristal en la cuajada viscosidad, se da cuenta de que su ojo está mejor y rechaza las astillas del cristal de la ventanilla junto con la materia ocular dañada, que ha sido sustituida por tejido sano.

Parpadea, abre los ojos, y de nuevo puede ver bien, tanto con el ojo izquierdo como con el derecho. Incluso en el Buick invadido por la oscuridad percibe claramente las formas, las variaciones de textura y la oscuridad menos intensa de la noche que presiona contra las ventanillas.

Dentro de unas horas, cuando al amanecer la larga sombra de las palmeras se extienda hacia el oeste y las ratas se escurran hacia sus refugios secretos entre la fronda exuberante a la espera de que transcurra el día, se hallará completamente curado. Una vez más listo para reclamar su destino.

–Charlotte... –suspira.

Fuera se levanta una inquietante luminosidad. Las nubes que siguen a la tormenta son tenues y deshilachadas. Entre algunas de las irregulares franjas se asoma el rostro frío de la Luna.

–Emily...

Al otro lado de las ventanillas la noche brilla suavemente, como un objeto de plata mate bajo el leve resplandor de la llama de una única vela.

–Papá se pondrá bien... Bien... No os preocupéis... Papá va a ponerse bien.

Ahora comprende que si se siente atraído hacia su doble es por un magnetismo que surge debido a su esencial unicidad, y que él percibe a través de un sexto sentido. Él ignoraba que el otro yo existiera, pero aun así se ha sentido absorbido por él como si la atracción fuera una función automática de su cuerpo, del mismo modo que los latidos de su corazón, la producción y conservación de sus provisiones de sangre, y el funcionamiento de los órganos internos son funciones autonómicas que se desarrollan por completo sin la necesidad de que intervenga la voluntad consciente.

Todavía medio dominado por el sueño, se pregunta si podrá aplicar a voluntad ese sexto sentido y encontrar al falso padre siempre que lo desee.

Medio en sueños, se imagina como una figura esculpida en hierro y magnetizada. El otro yo, escondido en algún lugar, es una figura similar. Cada imán tiene un polo negativo y otro positivo, e imagina que su polo positivo se halla alineado con el negativo del falso padre. Y los opuestos se atraen...

Busca la atracción y la encuentra casi de inmediato. Oleadas invisibles de energía tiran de él, primero suavemente, luego con mayor brusquedad.

Hacia el oeste. Al oeste y al sur.

Al igual que durante su frenético y compulsivo viaje a través de más de medio país, experimenta la fuerza de la creciente atracción, hasta que casi se parece a la poderosa fuerza de gravedad de un planeta atrayendo un satélite menor hacia la ardiente promesa de su atmósfera.

Al oeste y al sur. No muy lejos. A varios kilómetros.

La atracción es exigente, curiosamente agradable al principio, pero luego casi dolorosa. Siente como si, en caso de salir del coche, instantáneamente fuera a levitar, a salir volando, arrastrado por los aires a gran velocidad hasta entrar en la órbita del odioso falso padre que le ha robado su vida.

De pronto, siente que su enemigo es consciente de que lo busca, y percibe las líneas de energía que los conectan.

Deja de imaginar esa magnética atracción y de inmediato retrocede hacia su interior, se encierra. Todavía no está a punto para volver a entrar en combate con su enemigo y no quiere alertarlo sobre el hecho de que en pocas horas se producirá otro encuentro.

Cierra los ojos.

Se interna en el sueño. Sonríe.

El sueño reparador.

Al principio sus sueños se refieren al pasado, están poblados por aquellos a quienes ha asesinado y por las mujeres con quienes ha mantenido relaciones sexuales para a continuación matarlas. Luego se siente transportado por escenas que seguramente son proféticas, en las cuales intervienen aquellas a quienes ama: su dulce esposa, sus preciosas hijas, en momentos de gran ternura y sumisión, bañados por una encantadora luz dorada con destellos de plata, rubí, amatista, jade e índigo.

Marty despertó de una pesadilla con la sensación de que lo estaban machacando. Incluso cuando el sueño se hizo añicos y desapareció, a pesar de saber que estaba despierto y en la habitación del motel, no pudo respirar ni mover siquiera un dedo. Se sentía pequeño, insignificante, y estaba extrañamente seguro de que alguna fuerza cósmica más allá de toda comprensión iba a golpearlo, a convertirlo, en miles de millones de átomos disociados.

El aire le llegó de pronto con una implosión, y la parálisis se convirtió en un espasmo que lo estremeció de la cabeza a los pies.

Miró a Paige en la cama, a su lado, temiendo haber perturbado su sueño. Ella murmuró algo ininteligible, pero no despertó.

Marty se levantó lo más rápido posible, se dirigió a la ventana que daba a la fachada, separó cautelosamente la cortina y examinó el aparcamiento del motel así como la autopista de Pacific Coast que había más allá. Nadie se movía por delante de los coches ni entre éstos. Por lo que recordaba, las mismas sombras que había por allí en aquellos momentos eran las que había visto antes. No vio a nadie acechar por los rincones. La tormenta se había llevado consigo el viento hacia el este, y Laguna estaba tan quieta que los árboles podían haber estado pintados en el decorado de un escenario. Un camión pasó por la autopista rumbo hacia el norte, pero aquél fue el único movimiento que perturbó la quietud de la noche.

En la pared opuesta a la ventana había unas cortinas que cubrían unas puertas correderas tras las cuales estaba la galería que daba sobre el mar. Más allá de las puertas y de la barandilla de la terraza, abajo, a los pies del farallón, había una pálida franja de arena sobre la cual las olas rompían formando guirnaldas de espuma plateada. Nadie podía escalar fácilmente hasta aquella galería, y la extensión de césped que había frente al aparcamiento estaba desierta.

Tal vez sólo hubiese sido una pesadilla.

Se apartó del cristal, dejó caer la cortina y miró la esfera luminosa de su reloj de pulsera. Las tres de la madrugada.

Llevaba durmiendo cinco horas. No demasiado, pero con eso bastaría.

El cuello le dolía y notaba la garganta algo irritada.

Se dirigió al cuarto de baño, cerró la puerta y encendió la luz. Del neceser extrajo un tarro de Excedrin extra fuerte. La etiqueta advertía que la dosis no debía ser superior a dos tabletas por toma, ni a ocho en veinticuatro horas. Sin embargo, el momento parecía propicio a vivir peligrosamente, así que se tomó cuatro pastillas con un vaso de agua del grifo, luego se metió en la boca una pastilla contra el dolor de garganta y empezó a chuparla.

Después de regresar al dormitorio y coger la escopeta de cañón corto que había dejado junto a la cama, cruzó la puerta que comunicaba con la habitación de las niñas. Charlotte y Emily dormían acurrucadas en sus mantas como tortugas bajo su caparazón, para evitar la molesta luz de la lámpara de la mesita de noche.

Miró hacia fuera por sus ventanas. Nada.

Antes había devuelto la silla a su rincón, pero ahora la ubicó en el centro de la estancia, donde la luz lo alcanzara. No quería alarmar a sus hijas si se despertaban antes del amanecer y veían a un hombre irreconocible entre las sombras.

Se sentó con las rodillas separadas, la escopeta sobre los muslos.

Aunque poseía cinco armas –tres de las cuales estaban en aquellos momentos en poder de la policía–, y era un buen tirador, y aunque había escrito muchas historias en las que la policía u otros personajes manejaban armas con la soltura que otorgaba la familiaridad, Marty se sorprendía por la facilidad con que había recurrido a las armas en cuanto habían empezado los problemas. A fin de cuentas, él no era un hombre de acción ni un experto en matar.

Su propia vida, y luego la de su familia, se había visto en peligro, pero estaba convencido –antes de descubrir lo contrario– que sentiría algún reparo a la hora de apretar el gatillo... Había esperado sentir al menos un leve remordimiento después de disparar a un hombre en el pecho, aunque aquel cabrón se lo tuviese merecido.

Recordaba claramente el siniestro regocijo que había experimentado al vaciar el cargador de la Beretta sobre el Buick que huía. El ser salvaje que moraba agazapado en su herencia genética era tan accesible para él como para cualquier otro hombre, independientemente de sus estudios, sus lecturas y lo civilizado que fuese.

Y lo que había averiguado sobre sí mismo no le desagradaba tanto como tal vez debiera.

Sabía que era capaz de matar a quien fuese necesario con tal de salvar su vida, la de Paige, la de Charlotte, la de Emily. Y aunque estaba inmerso en una sociedad donde era intelectualmente correcto abrazar el pacifismo como única esperanza de que la civilización pudiera sobrevivir, no se veía como un revolucionario desesperado, ni como un involucionista, ni como un degenerado, sino simplemente como un hombre que actuaba, sencillamente, como la naturaleza pretendía.

La civilización empezaba con la familia, con los niños bajo la protección de unos padres dispuestos a sacrificarse, e incluso morir, por ellos.

Si la familia ya no podía estar segura, si el Gobierno no podía o no quería proteger a la familia de los depredadores, de los violadores, de los que maltrataban a los niños o de los asesinos, si los psicópatas homicidas salían de las prisiones después de estar encerrados menos tiempo que los fraudulentos evangelistas que embelesaban desde sus iglesias o que las codiciosas multimillonarias que no pagaban sus impuestos, entonces era que la civilización había dejado de existir. Si los niños eran objeto legítimo de explotación –como sin duda confirmaría cualquier ejemplar de la prensa diaria–, entonces el mundo se había entregado a la barbarie. La civilización sólo existía en pequeñas unidades, dentro de los muros de aquellas casas donde los miembros de una familia compartían un amor lo bastante fuerte como para desearles unir sus vidas en defensa mutua.

Menudo día el que habían pasado. Un día terrible. La única cosa buena que les había deparado era que había descubierto que su ataque de amnesia, sus pesadillas y demás síntomas no eran el resultado de una enfermedad física o mental. El problema no estaba dentro de él, a fin de cuentas. Aquel hombre temible era real.

Pero Marty no podía hallar la menor satisfacción en aquel diagnóstico. Aunque había recuperado la confianza en sí mismo, también había perdido mucho más.

Todo había cambiado.

Para siempre.

Era consciente de que no tenía ni idea de cuán terriblemente se habían alterado sus vidas. En las horas que quedaban hasta el amanecer, mientras intentaba pensar en qué pasos debían dar para protegerse, y mientras se atrevía a considerar los pocos orígenes posibles del Otro que la lógica dictaba, su situación le parecía cada vez más inevitable, más difícil, y sus opciones más escasas de lo que podía intuir o admitir.

Por ejemplo, lo dominaba la sospecha de que nunca más podrían volver a su casa.

Despierta media hora antes del amanecer, curado y restablecido.

Regresa al asiento delantero, enciende la luz interior y se examina la frente y el ojo izquierdo en el espejo retrovisor. El surco de la bala en la ceja ha cicatrizado sin dejar ninguna herida que pueda detectarse. Su ojo ya no sufre lesión alguna, ni siquiera manchas de sangre.

Sin embargo, la mitad de su cara está cubierta de sangre seca y de los repugnantes restos de sustancia orgánica que ha producido el acelerado proceso curativo. Una parte de su rostro parece una imagen salida de *El abominable Dr. Phibes* o de *Darkman*.

Rebusca en la guantera y encuentra un pequeño paquete de pañuelos de papel. Debajo de éstos hay una pequeña caja de toallitas húmedas dentro de unos sobres de papel de aluminio. Huelen a limón. Es un olor muy agradable. Utiliza los pañuelos y las toallitas para limpiar la porquería de su cara, luego se alisa el enmarañado cabello con ambas manos.

No quiere asustar a nadie ahora, pero todavía no está lo bastante presentable como para no llamar la atención, y eso es lo que menos desea. Aunque el holgado impermeable, abrochado hasta el cuello, oculta la camisa agujereada por las balas, ésta huele a sangre y a los restos de comida que ha derramado sobre ella mientras se alimentaba frenéticamente en el aparcamiento del McDonald's, dentro del ahora abandonado Honda, antes de que encontrara al desafortunado propietario del Buick. No obstante, sus pantalones están inmaculados.

Ante la posibilidad de encontrar algo que le sea útil, saca las llaves del contacto, sale del coche y abre el maletero. Desde el oscuro interior, iluminado tan sólo parcialmente por un rayo perdido de la farola de seguridad medio oculta por un árbol cercano, el hombre muerto lo mira con enormes ojos de asombro, como si se sorprendiera de verlo de nuevo.

Sobre el cadáver yacen las dos bolsas de plástico con las compras. Vacía encima del muerto el contenido de ambas y descubre que el dueño del Buick había comprado una gran variedad de productos. Lo que por el momento le parece más útil es un grueso suéter de cuello alto.

Sosteniendo el suéter con la mano izquierda, cierra suavemente el maletero con la derecha, procurando hacer el menor ruido posible. La gente no tardará en levantarse, pero el sueño aún domina a la mayoría de los residentes de los apartamentos, si no a todos... Cierra con llave el portaequipajes y se guarda las llaves en el bolsillo.

El cielo está oscuro, pero las estrellas han desaparecido. En menos de un cuarto de hora amanecerá.

Una urbanización tan grande debe de tener como mínimo dos o tres salas comunitarias de lavandería, y sale en busca de una. En un minuto encuentra un poste de señalización que le indica dónde se encuentra el edificio de esparcimiento, la piscina, la oficina de la administración y la lavandería más cercana.

Los senderos que conectan los edificios serpentean a través de unos patios ajardinados, amplios y atractivos, bajo frondosos laureles y peculiares faroles de hierro forjado con una pátina verdosa. El diseño está muy bien concebido y resulta agradable. No le importaría vivir en un lugar así. Claro que su propia casa en Mission Viejo es todavía más atractiva, y está seguro de que tanto Paige como las niñas se sienten tan apegadas a ella que nunca querrían abandonarla.

La puerta de la lavandería está cerrada con llave, pero no supone un gran obstáculo. La dirección ha colocado una cerradura barata, con pestillo de resorte. Anticipando la necesidad, ha cogido las tarjetas de crédito de la cartera del cadáver, y desliza una entre la placa de embellecimiento y el pestillo. La desliza arriba, encuentra el resorte, aplica una leve presión y hace saltar la cerradura.

En el interior encuentra seis lavadoras automáticas que funcionan con monedas, cuatro secadoras, una máquina expendedora llena de pequeñas bolsas de detergente y de suavizante, una mesa larga donde poder doblar la ropa limpia y un par de lavaderos hondos. Todo se ve limpio y pulcro bajo las luces fluorescentes.

Se quita el impermeable y la manchada camisa de franela. Hace un bulto con ambas prendas y las mete dentro de un enorme cubo de basura que hay en un rincón.

En su pecho no hay marcas de las heridas de bala. No necesita mirarse la espalda para saber que la única herida de salida también está curada.

Se lava las axilas en uno de los lavaderos y se seca con papel de toalla que cuelga de un bastidor en la pared.

Ansía poder darse una larga ducha caliente antes de que finalice el día, en su propio cuarto de baño, en su propia casa. Una vez haya localizado al falso padre y lo haya matado, una vez haya recuperado a su familia, dispondrá del tiempo necesario para estos placeres sencillos. Paige se duchará con él. A ella le encantará.

Si es preciso, puede incluso quitarse los tejanos y lavarlos en una de las lavadoras automáticas, utilizando las monedas que ha quitado al propietario del Buick. Pero cuando rasca con las uñas la comida seca de los pantalones, y frota con papel de toalla mojado las pocas manchas que hay en ellos, el resultado es satisfactorio.

El suéter supone una agradable sorpresa. Esperaba que, al igual que el impermeable, le fuera demasiado grande, pero es evidente que el muerto no lo había comprado para sí. Le va a la perfección. El color –rojo arándano– armoniza muy bien con los tejanos azules, y también con su tez. Si en la sala hubiera algún espejo, seguro que confirmaría que su aspecto no sólo pasará inadvertido, sino que es el de un hombre totalmente respetable, atractivo incluso.

Fuera, el amanecer es sólo una luz fantasmal por el este.

Los pájaros comienzan a trinar en los árboles.

El aire tiene un olor dulzón.

Después de tirar las llaves entre unos arbustos y abandonar el coche con el hombre muerto en su interior, se dirige a la zona de aparcamiento más cercana y va probando las puertas de los vehículos estacionados bajo el techo cubierto de buganvillas. Justo cuando piensa que todos van a estar cerrados con llave, encuentra un Toyota Camry abierto.

Se coloca al volante. Comprueba detrás del visor en busca de las llaves de recambio. Debajo del asiento. No tiene esa suerte.

Pero no importa. Él es muy ingenioso. Antes de que el cielo se haya aclarado apreciablemente, hace un puente en el coche y sale de nuevo a la carretera.

Lo más probable es que el dueño del Camry descubra su ausencia dentro de un par de horas, cuando se disponga a salir para su trabajo, y que rápidamente denuncie el robo. Eso no es problema. Para entonces las matrículas estarán ya en otro coche, y el Camry lucirá un nuevo conjunto de placas que lo harán invisible para la policía.

Se siente reconfortado mientras conduce por las colinas de Laguna Niguel bajo la luz rosada del amanecer. El cielo de primera hora de la mañana es de un azul muy pálido, pero las formaciones de nubes estriadas son como riachuelos de un luminoso color rosa.

Es el primer día de diciembre. El día uno. Y está emprendiendo un nuevo comienzo. A partir de ahora, todo irá según sus deseos, porque ya no volverá a subestimar a su enemigo.

Antes de matar al falso padre, le sacará los ojos como pago a la herida que él mismo ha sufrido. Y obligará a sus hijas a mirar, porque eso supondrá una importante lección para ellas, les demostrará que a la larga los falsos padres no pueden triunfar, y que su verdadero padre es un hombre al que no se debe desobedecer si no se quiere correr un grave peligro.

CAPÍTULO V

1

Poco después del amanecer, Marty despertó a Charlotte y a Emily.

–Hay que darse una ducha y salir a la carretera, señoritas. Tenemos un montón de cosas que hacer.

Emily despertó por completo en un instante. Salió de debajo de las sábanas y se puso de pie sobre la cama con su pijama amarillo narciso, lo cual la situó casi a nivel de los ojos de Marty. La niña le exigió un abrazo y un beso de buenos días.

–Esta noche he tenido un supersueño...

–Deja que adivine. Has soñado que eras lo bastante mayor para citarte con Tom Cruise, conducir un coche descapotable, fumar cigarrillos, emborracharte, y luego vomitar la primera papilla.

–¡Tonto! –exclamó ella–. He soñado que para desayunar ibas a las máquinas de ahí fuera y nos traías un helado muy grande y muchos dulces.

–Lo siento por ti, pero no era un sueño profético.

–Papá, no seas tan escritor, usando esas palabras.

–Quiero decir que tu sueño no se hará realidad.

–Me lo temía –murmuró ella–. Tú y mamá perderíais los estilos si tomáramos dulces para desayunar.

–Se dice estribos, no estilos.

Emily arrugó el entrecejo.

–¿De veras es tan importante?

–No, supongo que no. Estilos, estribos, lo que tú digas.

Emily se liberó de su abrazo y saltó de la cama.

–Me voy al baño –anunció.

–Es un buen comienzo. Luego dúchate, lávate los dientes y vístete.

Como de costumbre, Charlotte fue mucho más lenta en despertar del todo. Cuando Emily ya estaba cerrando la puerta del cuarto de baño, Charlotte tan sólo había logrado apartar el cobertor y sentarse en el borde de la cama. Contemplaba ceñuda sus pies descalzos.

Marty se sentó a su lado.

–Se llaman dedos de los pies –dijo.

–¿Qué? –murmuró ella.

–Los necesitas para llenar las puntas de los calcetines.

Charlotte bostezó.

–Pero vas a necesitarlos mucho más si piensas ser bailarina de ballet. Sin embargo, para la mayoría de las demás profesiones no son esenciales. De modo que si no vas a ser bailarina de ballet, entonces puedes hacer que te los extirpen quirúrgicamente. Sólo el dedo gordo o todos ellos, eso depende de ti.

Charlotte ladeó la cabeza y lo miró como diciendo: «Papá es tan bueno, así que dejémosle que haga sus chistes».

–Creo que voy a conservarlos.

–Como tú quieras –dijo él, y la besó en la frente.

–Parece como si mis dientes tuvieran pelitos –se quejó ella–. Y también mi lengua.

–Puede que durante la noche te hayas comido un gato.

Charlotte estaba lo bastante despierta para soltar una risita.

En el baño se oyó la descarga del depósito y un segundo después se abrió la puerta.

–Charlotte, ¿necesitas el baño o me ducho ahora? –preguntó Emily.

–Sigue tú y dúchate –contestó Charlotte–, que hueles.

–¿Sí? Pues tú apestas.

–Y tú hiedes.

–Eso es porque quiero –replicó Emily, probablemente porque no se le ocurrió una réplica adecuada ante la mención de la palabra «hiedes».

–Qué graciosas son mis hijas, todas unas señoritas.

Mientras Emily desaparecía en el baño y abría los grifos de la ducha, Charlotte murmuró:

–Voy a quitarme esta pelusa de los dientes... –Se levantó y se encaminó hacia la puerta abierta. En el umbral se volvió hacia Marty–. Papá, ¿tenemos que ir a la escuela hoy?

–No, hoy no.

–Ya me parecía. –Luego vaciló–. ¿Y mañana?

–No lo sé, cariño. Probablemente no.

–¿Vamos a ir a la escuela alguna vez?

–Bueno, seguro. Claro.

Ella lo miró fijamente por un instante, luego asintió y entró en el cuarto de baño.

La pregunta había desconcertado a Marty. No estaba seguro de si ella sólo fantaseaba sobre una existencia sin escuela, como la mayoría de chicos hacían de vez en cuando, o si expresaba una preocupación más auténtica sobre la gravedad del problema que se había abatido sobre ellos.

Mientras estaba sentado en el borde de la cama junto a Charlotte, había oído que en la otra habitación se ponía en marcha el televisor, lo que significaba que Paige se había levantado. Se levantó para darle los buenos días.

Cuando se acercaba a la puerta que comunicaba ambas habitaciones, Paige lo llamó:

–Cariño, rápido, mira esto.

Marty entró a toda prisa y vio a Paige de pie frente al televisor. Estaba mirando las noticias de primera hora.

–Es acerca de nosotros –le dijo.

Marty reconoció su propia casa en la pantalla. Una periodista estaba de pie en la calle, de espaldas a la casa y de cara a la cámara.

Marty se puso en cuclillas frente al televisor y subió el volumen.

«... de modo que el misterio continúa, y a la policía le encantaría poder hablar con Martin Stillwater esta mañana...»

–Vaya, esta mañana quieren oírme –comentó él, asqueado.

Paige lo hizo callar.

«¿... un engaño irresponsable por parte de un escritor ansioso por dar un empujón a su carrera o algo mucho más siniestro? Ahora que los laboratorios de la policía han confirmado que la gran cantidad de sangre que había en casa de los Stillwater era efectivamente sangre humana, la necesidad de las autoridades por conocer la respuesta a este interrogante se ha hecho por momentos más urgente.»

Éste fue el final del reportaje. Mientras la periodista daba su nombre y localización, Marty advirtió que en la esquina superior de la izquierda de la pantalla aparecía la palabra «Directo». A pesar de que aquellas siete letras habían estado allí todo el rato, no había captado de inmediato su importancia.

–¿En directo? –inquirió Marty–. La televisión no envía periodistas para retransmitir en directo a no ser que la noticia se esté desarrollando en ese mismo instante.

–Y así es –replicó Paige, de pie con los brazos cruzados sobre el pecho, mirando con ceño el televisor–. Ese lunático todavía está por ahí, en algún sitio.

–Me refiero a algo parecido a un atraco en el momento de llevarse a cabo, o a un secuestro con un grupo de asalto a punto de embestir contra el objetivo... Según los principios de la televisión, esto es aburrido, no hay acción, no hay nadie en el escenario al que se le pueda meter un micrófono ante las narices, sólo una casa vacía para ver. No es la clase de historia por la que se envía un equipo en directo; demasiado caro y poca emoción.

La conexión se había devuelto al estudio. Para su sorpresa, el presentador no era uno de los de segunda fila en la emisora de Los Angeles, como los que comúnmente estaban de servicio a primeras horas del día, sino un rostro de la cadena muy conocido.

–¡Esto es un programa de difusión nacional! –exclamó Marty, asombrado–. ¿Desde cuándo un reportaje sobre la entrada subrepticia en una casa merece salir en las noticias nacionales?

–También te han atacado –dijo Paige.

–¿Y qué? Hoy en día, en el país se comete un delito mucho mayor que éste cada diez segundos.

–Pero tú eres una celebridad.

–Y un cuerno.

–Puede que no te guste, pero lo eres.

–Sólo he publicado dos *best-sellers* en edición de bolsillo, ¿cómo quieres que sea una celebridad? ¿Sabes lo difícil que es aparecer en ese programa un par de segundos como artista invitado? –Con los nudillos dio unos golpecitos sobre la imagen del presentador que aparecía en la pantalla–. ¡Es más difícil que conseguir una invitación a cenar en la Casa Blanca! Aunque contratase a un publicista dispuesto a vender su alma al diablo, no podría conseguir que yo saliese en este programa, Paige. No soy lo bastante importante. No soy nadie para ellos.

–Entonces... ¿qué pretendes decir?

Marty se acercó a la ventana que proporcionaba una vista

de la zona del aparcamiento y separó las cortinas. Una pálida luz solar. Tráfico continuo por la autopista de Pacific Coast. Los árboles se mecían perezosos bajo la suave brisa procedente de la costa.

No había nada que resultara amenazador o inusual. Sin embargo, a Marty la vista le pareció siniestra. Sintió como si mirara hacia un mundo que ya no era familiar para él, un mundo que había cambiado para peor. Las diferencias eran indefinibles, subjetivas más que objetivas, perceptibles para el espíritu más que para los sentidos, pero aun así reales. Y el ritmo de aquel oscuro cambio era acelerado. Pronto aquella vista desde su habitación, o cualquier otra, sería para él como algo visto a través del portillón de una nave espacial en un lejano planeta del universo con un leve parecido a su propio mundo, pero que por debajo de su apariencia engañosa fuera infinitamente extraño y adverso a la vida humana.

–No creo que la policía tenga por costumbre completar con tanta celeridad los análisis de unas muestras de sangre... –dijo Marty–. Y sé que no es práctica habitual que faciliten tan a la ligera a los medios de comunicación los resultados del laboratorio criminológico. –Soltó las cortinas y se volvió hacia Paige, que lo miraba con expresión de preocupación–. ¿En las noticias nacionales? ¿En directo desde el lugar del suceso? No sé qué diablos está pasando, Paige, pero es incluso más extraño de lo que me temía anoche.

Mientras Paige se duchaba, Marty ubicó una silla delante del televisor y empezó a cambiar de canal, buscando nuevos programas de noticias. Consiguió captar el final de un segundo reportaje sobre él en un canal local, y luego un tercero, esta vez completo, en un programa de difusión nacional.

Intentaba protegerse de la paranoia, pero tenía la clara impresión de que ambos reportajes sugerían, sin efectuar acusaciones directas, que la conclusión inevitable era que sus declaraciones a la policía de Mission Viejo resultaban falsas, y que los motivos reales eran o vender más libros, o algo mucho más oscuro y extraño que un simple montaje publicitario. Los dos programas habían utilizado la fotografía del último ejemplar de *People*, en la que parecía un muerto viviente de ojos saltones que salía dando tumbos de entre las sombras, violento y enloquecido. En ambos se hacía mención de las tres armas que la policía le había confiscado, como si él fuera un superviviente suburbano que vivía dentro de un búnker repleto de armas y municiones. Hacia el final del tercer reportaje, Marty creyó percibir una implicación de que tal vez pudiera ser peligroso, si bien se había insertado de forma tan suave y sutil que residía más en el tono de voz y las expresiones del periodista que en las palabras que éste utilizaba.

Desconcertado, apagó el televisor.

Por un momento se quedó mirando la pantalla, el tono gris de cuya superficie coincidía con su estado de ánimo.

Después de que todos se hubieron duchado y vestido, las niñas subieron al asiento trasero del BMW y obedientemente se pusieron los cinturones de seguridad mientras sus padres colocaban las maletas en el portaequipajes.

Mientras Marty bajaba la tapa de éste y la cerraba con llave, Paige le habló en voz baja para que Charlotte y Emily no pudieran oírlo:

–¿De veras piensas que es preciso ir tan lejos, hacer estas cosas? ¿Realmente es tan grave?

–No lo sé... Ya te he dicho que llevo reflexionando sobre ello desde que me levanté a las tres de la madrugada, y todavía no sé si estoy reaccionando de forma exagerada.

–Son pasos muy serios los que vamos a tomar; incluso arriesgados.

–Ocurre que... por muy extraño que esto sea, con el Otro y con todo lo que me dijo, lo que subyace detrás es aún más extraño... Más peligroso que un lunático con un arma. Mucho más mortífero e importante que eso. Algo tan grande que nos aplastará si pretendemos hacerle frente. Así es como me sentí en mitad de la noche, atemorizado, más asustado incluso que cuando él tenía a las niñas en su coche. Y después de lo que he visto en la televisión esta mañana, me siento cada vez más inclinado a seguir los consejos de mi instinto.

Comprendió que sus temores podían parecer excesivos, fruto de la paranoia. Pero él no era un alarmista, y estaba seguro de que podía confiar en sus instintos... Los acontecimientos habían disipado todas sus dudas respecto a su salud mental.

Hubiese querido identificar a otro enemigo distinto del inverosímil doble, pues sabía intuitivamente que existía otro enemigo, y habría sido un alivio tenerlo localizado. La Mafia, el Ku Klux Klan, los neonazis, algún consorcio de malvados banqueros, la junta de directores de algún conglomerado de empresas multinacionales ferozmente codiciosas, unos generales de la extrema derecha intentando instaurar una dictadura militar, una conspiración de fanáticos enloquecidos procedentes de Oriente Medio, unos científicos desquiciados intentando hacer añicos el mundo por el puro placer de hacerlo, o el mismísimo Satanás... Cualquiera de los típicos villanos de las series de televisión o de innumerables novelas, independientemente de lo improbable que fuera el cliché, hubiera sido preferible a un adversario sin rostro, sin forma y sin nombre.

Mientras se mordía el labio inferior, absorta en sus pensamientos, Paige dejó que su mirada recorriera los árboles mecidos por la brisa, los demás coches aparcados y la fachada del motel, antes de echar hacia atrás la cabeza y contemplar las tres estridentes gaviotas que giraban en el plácido cielo.

–¿Tú también lo has notado? –preguntó Marty.

–Sí.

–Es como una opresión... No están vigilándonos, pero la sensación es casi la misma.

–Es más que eso –dijo Paige–. Es distinto. El mundo ha cambiado, o al menos tal como yo lo veo.

–A mí también me ocurre.

–Como si hubiese perdido algo.

«Que nunca volveremos a encontrar», pensó él.

2

El Ritz-Carlton era un hotel extraordinario, de un gusto exquisito, con generosa aplicación de mármoles, piedra caliza, granito, objetos artísticos y antigüedades... Los enormes arreglos florales, que podían verse allí donde se mirara, eran de una concepción artística como Oslett no había visto en su vida. El personal, elegante, atento, omnipresente, parecía superar en número a los huéspedes. En conjunto, a Oslett aquello le recordaba su hogar, la finca de Connecticut donde se había criado. Sólo que la mansión de su familia era más grande que el Ritz-Carlton, todos sus muebles eran antigüedades propias de un museo, había seis sirvientes por cada miembro de la familia y contaba con una zona vallada lo bastante grande para acomodar los helicópteros militares con que a veces les visitaba el presidente de Estados Unidos y todo su séquito.

La suite de dos dormitorios con una espaciosa sala que les habían reservado a Oslett y a Clocker disponía de todos los detalles: desde un bar completamente surtido a un plato de ducha de mármol, tan espacioso que habría permitido que un bailarín de ballet efectuara sus *entrechats* durante sus abluciones matinales. Las toallas no eran de Pratesi, como las que Oslett había utilizado toda su vida, pero sí de excelente algodón egipcio, suave y absorbente.

A las ocho menos diez de la mañana Oslett estaba vestido con camisa blanca de algodón y botones de hueso de ballena de Theophilus Shirtmakers, de Londres, una chaqueta de cachemira azul marino confeccionada con especial esmero por su sastre personal en Roma, pantalones de lana grises, zapatos negros tipo Oxford (un toque de excentricidad) fabricados a mano por un zapatero italiano que vivía en París, y una exclusiva corbata a rayas azul marino, marrón y dorado. El color del pañuelo de seda que llevaba en el bolsillo era exactamente del mismo tono dorado que la corbata.

Ataviado de esta manera, animado por la perfección de su atuendo, fue en busca de Clocker. No deseaba la compañía del grandullón, por supuesto, pero por su propia tranquilidad deseaba saber en todo momento qué estaba haciendo. Y albergaba la esperanza de que algún venturoso día encontrase a Karl Clocker muerto, vencido por un infarto masivo, por una hemorragia cerebral o por un rayo mortal extraterrestre como los que aparecían en las novelas que siempre leía.

Clocker estaba sentado en un sillón en la galería de la sala de estar, ignorando la impresionante vista del Pacífico, concentrado en el último capítulo de *Los ginecólogos mutantes de la Oscura Galaxia*, o como diablos se titulara. Llevaba el mismo sombrero con la misma pluma, la misma chaqueta de *tweed* y los mismos zapatos de gamuza, aunque se había puesto calcetines nuevos, color púrpura, otros pantalones y una camisa blanca limpia. También se había cambiado el chaleco; esta vez los rombos eran azules, rosados, amarillos y grises. A pesar de que no lucía corbata, era tanto el vello negro que asomaba por el cuello desabrochado de la camisa que, a primera vista, parecía como si la llevara.

Después de pasar por alto el primer «buenos días» de Oslett, Clocker respondió a la repetición de aquellas dos palabras con el absurdo chasquido de dedos con que se saludaban los personajes de *Star Trek*, sin levantar la cabeza del libro. Si Oslett hubiese dispuesto de una sierra mecánica o de un hacha, habría rebanado la mano de Clocker por la muñeca y la habría lanzado al océano. Se preguntó si el servicio de habitaciones podría facilitarle algún afilado instrumento similar, de la colección que sin duda tendría el jefe de cocina.

El día era cálido, en torno a los veinte grados. El cielo azul y la brisa suave suponían un agradable cambio comparado con el frío de la noche anterior.

A las ocho en punto –justo a tiempo para evitar que Oslett enloqueciera con los estridentes chillidos de las gaviotas, el tranquilizador rugido de las olas al romper, y las lejanas risas de los primeros surfistas que salían al mar con sus tablas– hizo su aparición el representante de la Red para informarles del desarrollo de los acontecimientos. Era un ejemplar muy distinto del tipo corpulento que horas antes los había conducido desde el aeropuerto hasta el Ritz-Carlton. Traje de Savile Row. Corbata a rayas. Excelentes zapatos Bally de vestir. A Oslett le bastó con echarle un vistazo para saber con seguridad que no tendría ninguna prenda en la que apareciese una foto de Madonna con los pechos al aire.

Se presentó como Peter Waxhill, y probablemente fuera su nombre verdadero. Ocupaba un puesto lo bastante alto en la organización para saber que los auténticos nombres de ellos eran Oslett y Clocker –a pesar de que habían sido registrados en el hotel como John Galbraith y John Maynard Keynes–, de modo que no había razón para que les falseara el suyo.

Waxhill debía de rondar la cuarentena, lo cual significaba que era diez años mayor que Oslett, pero el corte de cabello a la navaja descubría muchas canas en las sienes. Su metro ochenta y pico de estatura hacía que pareciese alto, pero no altanero. Era delgado aunque musculoso, atractivo pero viril, encantador aunque no excesivamente familiar... Se comportaba no sólo como un diplomático con décadas de experiencia, sino como si se lo hubiese programado genéticamente para desempeñar esa carrera.

Después de hacer las presentaciones y algunos comentarios sobre el tiempo, Waxhill dijo:

–Me he tomado la libertad de preguntar a través del servicio de habitaciones si ya habían desayunado, y como me han dicho que no, me temo que me he tomado más libertades y he ordenado para los tres, a fin de poder desayunar y discutir nuestro asunto al mismo tiempo... Espero que no les importe.

–En absoluto –dijo Oslett, impresionado por la suavidad y la eficiencia de aquel hombre.

Tan pronto como terminaba de responder, sonó el timbre de la *suite* y Waxhill hizo pasar a dos camareros que empujaban un carrito cubierto con un mantel blanco y repleto de bandejas. En el centro de la sala, los camareros desplegaron unas alas ocultas en el carrito, convirtiéndolo en una mesa redonda, y empezaron a distribuir bandejas, platos, servilletas, tazas, platillos, copas y cubiertos con la gracia y la celeridad de un mago al manipular las cartas. De un compartimiento de debajo de la mesa, sacaron una gran variedad de comida, hasta que de repente, como por arte de magia, el desayuno apareció dispuesto sobre la mesa: huevos revueltos con pimiento rojo, beicon, salchichas, diversos ahumados, tostadas, cruasanes, fresas de invernadero acompañadas de azúcar moreno y pequeñas jarritas de nata espesa, zumo de naranja natural, y un termo plateado lleno de café.

Waxhill felicitó a los camareros, les dio las gracias, les entregó una propina, firmó la cuenta y les devolvió el resguardo del servicio de habitaciones y la pluma al tiempo que los dos hombres cruzaban el umbral que daba al pasillo.

Cuando Waxhill hubo cerrado la puerta y regresó a la mesa, Oslett le preguntó:

–¿Harvard o Yale?

–Yale. ¿Y usted?

–Princeton. Luego Harvard.

–En mi caso, Yale y luego Oxford.

–El presidente fue a Oxford –advirtió Oslett.

–¿Ah, sí? –inquirió Waxhill, enarcando ambas cejas y fingiendo que aquello era nuevo para él–. Bueno, Oxford es algo que siempre perdura, ¿sabe usted?

Finalizado ya, al parecer, el último capítulo del libro que estaba leyendo, Karl Clocker entró desde la galería; una vergüenza andante, en opinión de Oslett. Waxhill dejó que le presentara al «Trekker», le estrechó la mano y no dio la impresión de que se sorprendiera, de que le produjera repulsión o hilaridad.

Acercaron tres sillas de respaldo alto y se sentaron para desayunar. Clocker no se quitó el sombrero.

Mientras llenaban los platos, Waxhill comentó:

–Esta noche hemos obtenido algunos fragmentos interesantes del historial de Martin Stillwater, el más importante de los cuales se refiere a la hospitalización de su hija mayor hace unos cinco años.

–¿Qué padecía la niña? –preguntó Oslett.

–Todavía no se tiene una pista muy clara. Basándose en los síntomas, sospecharon que se trataba de cáncer. Charlotte..., así se llama la niña, que en aquel entonces tenía cuatro años, estuvo bastante enferma algún tiempo, pero finalmente se comprobó que sufría de un desequilibrio químico en la sangre, bastante inusual, pero tratable.

–Una suerte para ella... –comentó Oslett, a quien le tenía sin cuidado que la niña de Stillwater viviera o muriese.

–Sí, lo fue –dijo Waxhill–. Pero en su momento más bajo, cuando los médicos se inclinaban por un final trágico, su padre y su madre se sometieron a una aspiración de médula... La extracción de parte de la médula espinal con una aguja especial.

–Suena doloroso.

–Sin duda... Los médicos necesitaban muestras para determinar cuál de los dos padres era el mejor donante en caso de que se hiciera imprescindible efectuar un trasplante de médula. La de Charlotte producía poca sangre nueva, y los indicios eran de que un cáncer maligno inhibía la formación de células sanguíneas.

Oslett tomó un bocado de huevos revueltos. Los habían aderezado con perejil y su sabor era exquisito.

–No veo qué relación puede tener la enfermedad de la niña con nuestro actual problema.

Después de hacer una pausa en busca del efecto deseado, Waxhill contestó:

–Estaba hospitalizada en el Cedars-Sinai de Los Angeles.

Oslett se quedó paralizado un segundo, con el tenedor a medio camino hacia la boca.

–Hace cinco años –añadió Waxhill con tono enfático.

–¿Qué mes?

–Diciembre.

–¿Qué día de diciembre se obtuvieron las muestras de médula?

–El 16 de diciembre.

–¡Maldita sea! Pero nosotros teníamos un análisis de sangre, un historial...

–Stillwater también tenía análisis de sangre. Uno de ellos sin duda acompañaría la muestra de médula para los trabajos del laboratorio.

Oslett se llevó el tenedor a la boca. Masticó. Luego tragó antes de hablar.

–¿Cómo pudo nuestra gente fastidiarlo así?

–Bueno, probablemente nunca se enteraron. De todos modos, ahora el cómo no importa tanto como el hecho de que lo fastidiaron, y que tenemos que enfrentarnos a ello.

–¿De modo que nunca empezamos donde creíamos...?

–O con quien creíamos que habíamos empezado –lo corrigió Waxhill.

Clocker comía como un caballo sin el bozal. Oslett hubiese deseado lanzar una toalla sobre la cabeza del grandullón para evitarle a Waxhill tan desagradable espectáculo. Al menos el «Trekker» no había intervenido en la conversación con sus comentarios inexcrutables.

–El arenque ahumado es excepcional –comentó Waxhill.

–Voy a probarlo –dijo Oslett.

Después de sorber un poco de zumo de naranja y limpiarse la boca con la servilleta, Waxhill prosiguió:

–En cuanto a cómo su Alfie supo de la existencia de Stillwater y fue capaz de dar con él, existen dos teorías, por el momento...

Oslett fue consciente de que Waxhill dijo «su Alfie» en vez de «nuestro Alfie», lo cual podía no significar nada en especial..., o indicar que ya se hacían esfuerzos para echarle a él la culpa a pesar del hecho incontrovertible de que el desastre era consecuencia directa de la chapuza de aquellos científicos y no del modo en que se había controlado al muchacho durante sus catorce meses de servicio.

–En primer lugar –añadió Waxhill–, hay una facción que piensa que Alfie debió de dar con un libro de Stillwater en el que aparecía la foto de éste en la solapa.

–No puede ser algo tan sencillo.

–Estoy de acuerdo. Aunque, por supuesto, el parágrafo dedicado al autor aparecido en sus dos últimos libros informa de que Stillwater vive en Mission Viejo, lo cual le habría proporcionado a Alfie una buena pista.

–Cualquiera que viese una foto de un hermano gemelo cuya existencia desconoce, sin duda se sentiría lo bastante intrigado para hacer averiguaciones –dijo Oslett–. Cualquiera menos Alfie... Mientras una persona corriente posee la libertad de perseguir una cosa, Alfie no la tiene. Está altamente enfocado.

–¿Apuntando como una bala?

–Exacto. Para conseguirlo debería romper el adiestramiento, lo cual implicaría un trauma extraordinario. Diablos, se trata de algo más que un adiestramiento. Adiestramiento es sólo un eufemismo. Lo suyo es adoctrinamiento, lavado de cerebro...

–¿Programado?

–Sí, programado. Es lo más próximo a una máquina, y el simple hecho de ver una foto de Stillwater no lo obligaría a dar vueltas sin control, del mismo modo que el ordenador personal de su despacho no empezaría a producir esperma por el simple hecho de introducir en su disco duro una foto de Marilyn Monroe.

Waxhill rió por lo bajo.

–Me gusta la analogía. Creo que la utilizaré para cambiar algunas mentalidades. Aunque, por supuesto, atribuyéndosela a usted.

Oslett se sintió complacido ante la aprobación de Waxhill, que comentó:

–Excelente beicon.

–Sí, sin duda.

Clocker se limitó a seguir engullendo.

–La segunda facción, y la más pequeña –prosiguió Waxhill–, propone una hipótesis más exótica, pero más creíble, al menos para mí, según la cual Alfie posee una habilidad secreta de la que no tenemos conocimiento, y que él mismo puede que no entienda o controle del todo.

–¿Una habilidad secreta?

–Alguna clase de percepción psíquica rudimentaria, tal vez. Muy primitiva..., pero lo bastante fuerte para efectuar una conexión entre él y Stillwater que los atraiga mutuamente debido a... En fin, debido a todo lo que ellos comparten.

–¿No es eso ir algo lejos?

Waxhill sonrió y asintió.

–Tengo que admitir que suena como algo sacado de una película de *Star Trek*...

Oslett dio un respingo y se volvió hacia Clocker, pero éste no apartó la mirada de la comida apilada en su plato.

–Aunque todo el proyecto huele a ciencia ficción, ¿no lo cree? –concluyó Waxhill.

–Supongo que sí –admitió Oslett.

–El hecho es que los ingenieros genéticos le han otorgado a Alfie algunas habilidades excepcionales. Intencionadamente. ¿No es posible entonces que sin querer, inadvertidamente, le hayan dado algunas otras cualidades superhumanas?

–Incluso inhumanas –intervino Clocker.

–Bueno, la verdad es que su forma de considerarlo es aún más desagradable –dijo Waxhill, mirando seriamente a Karl Clocker–, pero posiblemente mucho más exacta. –Se volvió hacia Oslett–. Algunos vínculos psíquicos, algunas extrañas conexiones mentales pueden haber alterado el condicionamiento de Alfie..., borrando su programa o haciendo que lo pase por alto.

–¡Por el amor de Dios! Nuestro muchacho estaba en Kansas City y Stillwater en el sur de California...

Waxhill se encogió de hombros.

–Un programa de televisión llega a todas partes, hasta el fin del universo... Lanzas un rayo láser desde Chicago hasta el extremo de la galaxia, y esta luz volverá aquí algún día, miles de años después, cuando Chicago sólo sea polvo, y seguirá viajando. De modo que tal vez la distancia sea insignificante cuando uno se enfrenta a los impulsos mentales, o como se llame eso que ha conectado a Alfie con ese escritor.

Oslett había perdido el apetito.

En cambio, Clocker parecía haberlo encontrado y haberlo sumado al suyo.

–Éstos son excelentes –dijo Waxhill, señalando el cestito de los cruasanes–. Y, si no le apetecen, aquí tiene de dos clases... Unos solos y otros rellenos de mazapán.

–Los cruasanes de mazapán son mis favoritos –dijo Oslett, pero no cogió ninguno.

–Los mejores cruasanes del mundo... –empezó a decir Waxhill.

–Se consiguen en París –lo interrumpió Oslett–, en un pintoresco café a menos de una manzana de...

–Los Campos Elíseos –concluyó Waxhill, sorprendiendo a Oslett.

–El propietario, Alfonse...

–Y su esposa, Mireille...

–Son unos genios de la repostería, y anfitriones sin parangón.

–Una gente encantadora –admitió Waxhill.

Ambos se sonrieron mutuamente.

Clocker se sirvió más salchichas, y Oslett deseó arrancarle de un manotazo aquel estúpido sombrero que llevaba sobre la cabeza.

–Si existe alguna posibilidad de que nuestro muchacho posea poderes extraordinarios, por débiles que sean, y que nunca pretendimos que tuviera –puntualizó Waxhill–, entonces debemos considerar la posibilidad de que algunas cualidades que sí queríamos que tuviese no hayan resultado como pretendíamos.

–Me temo que me he perdido –dijo Oslett.

–Específicamente, me refiero al sexo.

Oslett lo miró sorprendido.

–A él no le interesa eso.

–¿Tenemos la certeza al respecto?

–En apariencia es un varón, por supuesto, pero impotente.

Waxhill no dijo nada.

–¡Se le diseñó para que fuera impotente! –insistió Oslett.

–Un hombre puede ser impotente y aun así sentir interés por el sexo. De hecho, para el caso podría establecerse un buen razonamiento argumentando que su incapacidad para conseguir una erección podría frustrarlo, y que esa frustración podría hacer que se obsesionara con el sexo, con lo que no puede tener...

Oslett había estado negando con la cabeza durante toda la argumentación de Waxhill.

–No. Le repito que no es tan sencillo. Alfie no es sólo impotente. Ha recibido cientos de horas de intenso condicionamiento psicológico para eliminar su interés sexual, algunas cuando estaba inmerso en una profunda hipnosis, otras bajo la influencia de drogas que hacían que su subconsciente fuera permeable a cualquier sugestión; otras mediante realidad virtual subliminal durante horas de sueño autoinducido. Para este muchacho, la principal diferencia entre hombres y mujeres reside en como van vestidos.

Sin dejarse impresionar por el argumento de Oslett, Waxhill respondió mientras extendía mermelada de naranja sobre una tostada:

–Los lavados de cerebro, incluso los más complejos, pueden fracasar. ¿No está de acuerdo?

–Sí, pero con un individuo corriente se tienen dificultades al instalar una nueva actitud o una nueva memoria porque hay que contar con la experiencia de toda una vida. En cambio, con Alfie era diferente. Él era una página en blanco, una magnífica página en blanco, de modo que no había ninguna resistencia a ninguna clase de actitud, recuerdos o sensaciones que quisiéramos introducir en su preciosa cabeza hueca. No había necesidad de lavarle previamente el cerebro porque no había nada en él.

–Tal vez el control mental fallara con Alfie precisamente porque estábamos convencidos de que era un objetivo fácil.

–La mente es su propio control –intervino Clocker.

Waxhill le dirigió una extraña mirada.

–No creo que éste fallara... –insistió Oslett–. De todos modos, aún queda el pequeño problema de superar la impotencia que se le inculcó.

Waxhill se tomó tiempo en masticar y tragar un trozo de tostada, que luego concluyó con un sorbo de café.

–Tal vez su cuerpo la superara por él.
–¿Podría repetirlo?
–Su increíble cuerpo, con sus superhumanos poderes de recuperación...
Oslett se removió en su silla como si la idea pinchara como una aguja.
–Aguarde un segundo. Es cierto que sus heridas curan con sorprendente rapidez. Pinchazos, cortes, huesos rotos... Una vez herido, su cuerpo puede restaurarse a sí mismo según la condición originalmente diseñada, y en un tiempo milagrosamente breve. Pero ahí está la clave: «Según la condición originalmente diseñada». No puede empezar a reconstruirse en ningún nivel fundamental, no puede alterarse, por Dios.
–¿Estamos seguros de eso?
–¡Sí!
–¿Por qué?
–Bueno... Porque... de lo contrario... sería impensable.
–Imaginemos que Alfie goza de potencia sexual –dijo Waxhill–, que siente interés por el sexo. El muchacho ha sido diseñado para tener un tremendo potencial de violencia, para ser una máquina biológica de matar, sin escrúpulos ni remordimientos, capaz de cualquier barbaridad. Imaginemos esa bestialidad emparejada con un impulso sexual, y consideremos que las compulsiones sexuales y los impulsos violentos se alimentan mutuamente, estimulándose mutuamente cuando no hay un espíritu civilizado o moral que pueda moderarlos...
Oslett empujó su plato a un lado. La visión de la comida empezaba a provocarle náuseas.
–Ese aspecto ya ha sido considerado. Es por ello que se tomaron tantas malditas precauciones.
–Como con el *Hindenburg*.
«Y como con el *Titanic*», pensó Oslett, sombrío.
Waxhill también apartó su plato y colocó ambas manos en torno a la taza de café.
–De modo que Alfie ha encontrado a Stillwater y quiere a su familia. Ahora es un hombre completo, al menos físicamente, y las consideraciones sobre el sexo conducen finalmente a pensar en la procreación. Una esposa. Hijos. Dios sabe qué extraña y retorcida idea tiene del significado y el

propósito de una familia. Pero aquí tiene una familia a punto. Y la quiere. La quiere desesperadamente. No hay duda de que siente que ésta le pertenece.

3

El banco ofrecía más horas de atención al público como parte de su campaña competitiva. Marty y Paige pretendían estar en la entrada, con Charlotte y Emily, cuando el director abriera a las ocho de la mañana del martes.

No le gustaba tener que volver a Mission Viejo, pero imaginaba que podrían efectuar las transacciones con mayor facilidad si acudían a la sucursal donde tenían sus cuentas. Ésta se encontraba a sólo unas nueve manzanas de su casa, y muchas de las cajeras los reconocerían.

El banco estaba en un edificio de ladrillos independiente, en la esquina noroeste de la zona de aparcamiento de un centro comercial, bellamente ajardinado y a la sombra de unos pinos, flanqueado por sendas calles en dos de sus lados, y por unas áreas asfaltadas en los otros dos. En el extremo más alejado del aparcamiento, hacia el sur y el este, había una serie de edificios en forma de L que albergaban de treinta a cuarenta negocios, incluido un supermercado.

Marty aparcó en el lado sur. El corto trayecto hasta la puerta del banco, con las niñas entre él y Paige, fue angustioso, ya que se habían visto obligados a dejar las armas en el coche. Se sentía absolutamente vulnerable.

Pero no habían podido imaginar la forma de llevar consigo secretamente una escopeta, ni siquiera una como la Mossberg, cuya empuñadura era compacta como la de una pistola. Y no quería correr el riesgo de llevar la Beretta debajo de su anorak, pues ignoraba si el sistema de seguridad del banco incluía un dispositivo capaz de detectar un arma oculta. Si uno de los empleados lo confundía con un atracador y se avisaba a la policía mediante algún sistema de alarma, los agentes nunca le concederían el beneficio de la duda, sobre todo considerando la reputación que se había creado entre ellos la noche anterior.

Mientras Marty se dirigía directamente a una de las ventanillas de caja, Paige se llevó a Charlotte y a Emily a una zona con dos sofás y dos sillones en un extremo del largo vestíbulo, donde aguardaban los clientes cuando tenían alguna cita con los inspectores de préstamos. El banco no era un monumento al dinero en forma de bóveda forrada de mármol y con macizas columnas dóricas, sino un lugar relativamente pequeño, con techo de losetas y una moqueta verde adecuada para todas las épocas del año. Aunque Paige y las niñas no se hallaban más que a unos quince metros de él y le bastaba con volver la cabeza para verlas, a Marty no le gustaba estar separado de ellas siquiera por aquella distancia.

La cajera era una mujer joven –Lorraine Arakadian, según el letrero de su ventanilla–, a la que unas gafas de montura redonda le daban aspecto de búho. Cuando Marty le dijo que quería retirar setenta mil dólares de su cuenta de ahorros –en la que había un saldo de más de setenta y cuatro mil–, ella se confundió, creyendo que deseaba transferir la cantidad a la cuenta corriente. Al presentarle ella el impreso de la transacción, Marty la corrigió, pidiéndole que le entregara el total en billetes de cien dólares, si era posible.

–Oh –exclamó ella–, ya entiendo. Bueno..., verá señor Stillwater, no me está permitido hacer transacciones por este monto. Tendré que consultar a la jefa de cajeros o a la subgerente.

–Por supuesto –contestó Marty, indiferente, como si estuviese acostumbrado a retirar cantidades como aquélla cada semana–. Lo comprendo.

La joven se dirigió al fondo del reservado de caja para consultar con una mujer mayor, que estaba examinando documentos ante una larga hilera de archivadores. Marty la reconoció: era Elaine Higgens, la adjunta a la gerencia. La señora Higgens y Lorraine Arakadian miraron hacia Marty y luego juntaron sus cabezas para volver a conferenciar.

Mientras las esperaba, Marty inspeccionó las entradas sur y este del vestíbulo, tratando de parecer indiferente aunque temiera que el Otro apareciese por una de aquellas puertas en cualquier momento, esta vez armado con una Uzi.

La imaginación de escritor. Al fin y al cabo, tal vez no fuera una maldición. O al menos no del todo. Quizá en ocasiones fuese un instrumento de supervivencia. De una cosa estaba seguro: incluso el escritor más imaginativo tendría dificultades para ir al paso de la realidad en aquellos días.

Necesita más tiempo del que esperaba para encontrar las placas de la matrícula con que cambiar las del Toyota Camry robado. Ha dormido hasta muy tarde y se ha entretenido demasiado poniéndose presentable. Ahora el mundo está despertando y él no dispone de las ventajas que la intimidad de la noche le proporcionaría para efectuar el cambio sin facilidad. Las grandes urbanizaciones ajardinadas con sus sombreados cobertizos repletos de vehículos aparcados, le ofrecen la oportunidad ideal para lo que necesita, pero cada vez que lo intenta descubre que hay demasiadas personas circulando por allí, dirigiéndose a sus lugares de trabajo.

Por fin su diligente búsqueda se ve recompensada en el aparcamiento que hay detrás de una iglesia. En aquellos momentos tiene lugar un servicio matutino. Puede oír las notas de un órgano. Los feligreses han dejado catorce coches entre los cuales puede elegir. No es una gran multitud para el Señor, pero sí adecuada para sus propósitos.

Deja el motor del Toyota en marcha mientras busca un coche cuyo propietario haya dejado las llaves. En el tercero, un Pontiac verde, hay todo un juego colgando del contacto.

Abre el maletero del Pontiac con la esperanza de que al menos contenga un juego de herramientas de emergencia con un destornillador. Dado que ha tenido que hacer un puente en el Toyota, carece de llaves del maletero de éste. Una vez más la suerte le sonríe: halla un juego completo de emergencia en carretera con señales luminosas, artículos de primeros auxilios y un paquete de herramientas que incluye cuatro clases diferentes de destornilladores.

Dios está de su parte.

En cuestión de minutos cambia las matrículas del Toyota por las del Pontiac. Devuelve el juego de herramientas al maletero de éste e introduce las llaves en el contacto.

Cuando se dirige hacia el Toyota, el órgano de la iglesia inicia un himno que no le es familiar. El que no sepa el nombre del himno no es una sorpresa para él, dado que sólo ha estado tres veces en una iglesia, que recuerde. En dos ocasiones ha ido a la iglesia para pasar el tiempo hasta que abrieran las salas de cine. En la tercera ocasión había estado siguiendo a una mujer que había visto en la calle y con la cual le habría gustado compartir el sexo y la peculiar intimidad de la muerte.

La música lo turba. Se queda de pie, cierra los ojos y se mece melancólicamente en la suave brisa de la mañana. Se siente conmovido por el himno. Tal vez tenga talento musical... Debería averiguarlo. Quizá tocar alguna clase de instrumento y componer canciones sea más fácil que escribir novelas.

Cuando la canción termina, sube al Toyota y se marcha.

Marty intercambió algunos comentarios amables con la señora Higgens cuando ésta se acercó con la cajera. Era evidente que nadie en el banco había visto las noticias sobre él, ya que ninguna de las dos mujeres mencionó el asalto. Su suéter de cuello redondo y la camisa abrochada ocultaban los cardenales en su cuello. La voz aún era levemente ronca, pero no lo suficiente para despertar comentarios.

La señora Higgens observó que retirar en efectivo una cantidad como la que pretendía era poco habitual, induciéndolo con el comentario a que le explicase por qué se arriesgaba a llevar tanto dinero por allí. Él se limitó a admitir que, en efecto, era una cantidad desacostumbradamente importante, y expresó el deseo de que esto no les causara demasiados trastornos. La continua afabilidad era probablemente esencial para completar la transacción lo antes posible.

–No estoy muy segura de que podamos dárselo todo en billetes de cien –dijo la señora Higgens. Hablaba suave y discretamente, aunque en aquellos momentos sólo había otros dos clientes en el banco, y ninguno cerca–. Tendré que comprobar nuestras existencias.

–Algunos de veinte o de cincuenta también me irán bien –le aseguró Marty–. Sólo trataba de evitar que hicieran mucho bulto.

Aunque tanto la subgerente como la cajera le sonreían educadamente, él estaba convencido de que sentían curiosidad y preocupación. Estaban en el negocio del dinero, al fin y al cabo, y sabían que no había muchas razones legítimas –y mucho menos sensatas– para que alguien retirara setenta mil dólares en efectivo.

Aunque se hubiera sentido más tranquilo dejando a Paige y a las niñas en el coche, Marty no lo habría hecho. Lo primero que habría sospechado un banquero es que necesitaba el dinero para efectuar el pago de un rescate, y la prudencia requeriría avisar a la policía. Con toda la familia presente, la posibilidad de un secuestro quedaba descartada.

La cajera de Marty empezó a consultar con otros cajeros, sumando el número de billetes de cien que tenían en sus cajones, mientras la señora Higgens desaparecía por la puerta de un despacho.

Marty miró a Paige y a las niñas. La entrada que daba al este. La que daba al sur. El reloj. Sonriendo, sonriendo todo el tiempo, sonriendo como un idiota.

«Estaremos fuera de aquí en quince minutos –pensó–. Tal vez en diez. Fuera de aquí y camino de nuestra seguridad.»

Entonces la oleada negra lo golpeó.

En un Denny's utiliza los lavabos, luego selecciona una mesa junto a la ventana y encarga dos desayunos.

La camarera que lo atiende es una morena bonita llamada Gayle. Hace bromas sobre su apetito. Lo está buscando. Considera la posibilidad de concertar una cita con ella. Tiene un cuerpo precioso, y unas piernas esbeltas.

Pero hacerlo con Gayle sería adulterio, porque está casado con Paige. Se pregunta si seguiría siendo adulterio en el caso de que, después de haber mantenido relaciones con Gayle, la matara.

Le deja una buena propina y decide que volverá dentro de un par de semanas para pedirle una cita. Gayle tiene una nariz graciosa, y labios sensuales.

De nuevo en el Toyota, antes de poner el motor en marcha, cierra los ojos, despeja su mente e imagina que está imantado, lo mismo que el falso padre: polos opuestos que se atraen mutuamente. Busca la atracción.

Esta vez se siente atraído hacia la órbita del otro con mayor rapidez que cuando intentaba hacer contacto en mitad de la noche, y la fuerza es mucho más potente que antes. De hecho, tira de él con tal fuerza, de forma tan instantánea, que gruñe con sorpresa y cierra las manos en torno al volante, como si realmente corriera el peligro de verse arrancado del Toyota a través de la ventanilla y lanzado como una bala recto al corazón del falso padre.

Su enemigo es inmediatamente consciente del contacto. El hombre está asustado, se siente amenazado.

Hacia el este.

Y al sur.

Eso lo llevará de nuevo en dirección a Mission Viejo, aunque duda que el impostor se sienta lo bastante seguro para haber vuelto ya a su hogar.

Una ola expansiva, como de una explosión enorme, chocó contra Marty y casi hizo que se tambaleara. Para no perder el equilibrio se agarró con ambas manos al borde del mostrador, frente a la ventanilla de la cajera. Se inclinó sobre él, sujetándose.

La sensación fue totalmente subjetiva. Pareció como si el aire se comprimiera hasta el punto de licuefacción, pero nada se desintegró, ni se cuarteó, ni cayó al suelo. Pareció como si el único afectado fuese él.

Después del choque inicial de la ola, Marty experimentó la misma sensación que si lo hubiese sepultado un alud. Comprimido bajo miles de toneladas de nieve. Sin aliento. Paralizado. Helado.

Sospechó que su rostro estaba pálido, céreo. Sabía con seguridad que si tenía que hablar sería incapaz de hacerlo. Si alguien hubiese vuelto a la ventanilla de la cajera cuando el ataque se había apoderado de él, el miedo que se escondía bajo su aparente indiferencia habría aflorado. Se habría visto expuesto como un hombre desesperadamente preocupado, y el banco se habría mostrado reacio a entregar tanto dinero a alguien que sin duda estaba enfermo o trastornado.

Pero se sintió mucho más helado al notar otra vez la caricia mental de aquella presencia, maligna, fantasmagórica, tal como lo había sentido el día anterior en el garaje, cuando se disponía a salir para el consultorio del médico. La helada mano del espíritu presionó contra la desnuda superficie de su cerebro, como si leyera su localización tanteando unos datos impresos con sistema Braille en los enmarañados tejidos de la masa encefálica. Entonces comprendió que el espíritu era en realidad el Otro, cuyos poderes sobrenaturales no se limitaban a la recuperación espontánea de las heridas forzosamente mortales que había sufrido en el pecho.

Él interrumpe la conexión magnética.

Sale del aparcamiento del restaurante.

Enciende la radio. Michael Bolton está cantando acerca del amor.

La canción es enternecedora. Se siente profundamente conmovido por ella, casi al borde de las lágrimas. Ahora que por fin es alguien, ahora que una esposa lo espera y que dos niñas pequeñas necesitan su guía, conoce el significado y el valor del amor. Se pregunta cómo pudo vivir tanto tiempo sin él.

Se dirige hacia el sur. Al este.

El destino lo llama.

De repente, la mano espectral soltó a Marty.

La aplastante presión se relajó y el mundo regresó de golpe a la normalidad, si era que realmente existía algo que aún fuese normal.

Se sintió aliviado, pues esta vez el ataque sólo había durado de cinco a diez segundos. Ninguno de los empleados del banco pareció darse cuenta de que le sucedía algo.

Sin embargo, la necesidad de obtener el dinero en efectivo y largarse de allí era perentoria. Miró a Paige y a las niñas, que seguían en la gran sala. Luego dirigió con preocupación la vista hacia la entrada este, después hacia la entrada sur, luego otra vez a la este.

El Otro sabía dónde estaban. En unos minutos, como máximo, su misterioso e implacable enemigo estaría encima de ellos.

4

Los huevos revueltos del plato abandonado de Oslett habían adquirido un tono ligeramente gris al enfriarse y cuajarse. Y el aroma del beicon, antes tan apetitoso, le provocaba una vaga sensación de náuseas.

Asombrado ante la posibilidad de que Alfie se hubiera convertido en una criatura con impulsos sexuales y con la habilidad de satisfacerlos, Oslett estaba, no obstante, decidido a no demostrar preocupación, al menos delante de Peter Waxhill.

–Bueno, todo esto no son más que conjeturas.

–Sí –admitió Waxhill–, pero estamos investigando el pasado para ver si la teoría está bien fundamentada.

–¿Qué pasado?

–Los archivos policiales de todas las ciudades donde se ha enviado a Alfie a realizar alguna misión en los últimos catorce meses. Violaciones y asesinatos con violación que coincidan con las horas en que él no estaba trabajando realmente.

Oslett notaba la boca seca. El corazón le latía con fuerza.

Le tenía sin cuidado lo que le pasara a la familia Stillwater. Diablos, no eran más que Klingons.

Y tampoco le importaba que la Red se hundiera y que todas las grandes ambiciones de ésta no llegaran a realizarse. Más tarde o más temprano se levantaría una nueva organización parecida y el sueño volvería a reanudarse.

Pero si no conseguían capturar o detener a su chico malo, existía la posibilidad de que una mancha se extendiera profundamente sobre el apellido Oslett, poniendo en peligro su fortuna y disminuyendo seriamente su poder político durante las próximas décadas. Pero, por encima de todo, lo que Drew Oslett pedía era respeto. Y la garantía esencial para conseguir el respeto siempre había sido la familia, el linaje. La perspectiva de que el apellido Oslett se convirtiera en objeto del ridículo y el escarnio, el blanco del ultraje público, el centro de las pueriles bromas de todos los cómicos televisivos, y tema de embarazosos reportajes en periódicos tan diversos como el *New York Times* y el *National Enquirer*, lo hizo estremecer.

–¿Acaso nunca se ha preguntado qué hacía su chico en sus ratos libres, entre una misión y otra? –le preguntó Waxhill.

–Durante las primeras seis semanas lo vigilamos de cerca, por supuesto. Iba al cine, a restaurantes, al parque, miraba la televisión, hacía lo que hace la gente para pasar el rato... Tal como queríamos que actuase fuera de un ámbito controlado. Nada sospechoso. Nada fuera de lo normal. Y seguro que nada relacionado con las mujeres.

–Es lógico suponer que si sabía que lo estaban vigilando llevara una conducta intachable.

–Pero no lo sabía. No podía saberlo. Nunca vio a nuestros agentes de vigilancia. Imposible. Son los mejores. –Oslett se dio cuenta de que protestaba demasiado. Aun así, no pudo evitar añadir–: Imposible.

–Tal vez fuera consciente de su presencia... lo mismo que lo ha sido de la de Martin Stillwater. Alguna clase de percepción psíquica de baja intensidad.

Waxhill empezaba a caerle mal a Oslett. Aquel tipo era un tremendo pesimista.

–Y el hecho de que sólo fuera al cine, o mirara la televisión... –dijo Waxhill al tiempo que cogía el termo y servía más café para los tres–, ¿no le preocupó?

–Mire, se suponía que era el asesino perfecto. Programado. Sin remordimientos ni reflexiones a posteriori. Difícil de atrapar, difícil de matar. Y si alguna vez se daba el caso de que hiciese algo malo, sería imposible seguirlo hasta sus programadores. Él no sabe quiénes somos ni por qué queremos que liquide a esa gente, de modo que nunca podría testificar contra nosotros. Él no es nada, un caparazón, un hombre totalmente vacío... Pero tiene una función en sociedad: pasar inadvertido, actuar como un tipo corriente, hacer cosas que la gente corriente hace para pasar el rato. Si lo tuviéramos sentado en las habitaciones de los hoteles contemplando la pared, las camareras lo comentarían unas con otras, pensarían que es muy extraño, lo recordarían. Además, ¿qué mal hay en ir al cine o mirar un poco la televisión?

–Las influencias culturales. Podrían cambiarlo de algún modo.

–Es su naturaleza lo que importa, cómo ha sido diseñado, no qué ha hecho con su tarde del sábado. –Oslett se repantigó en su asiento; aunque tal vez no hubiese convencido a Waxhill, al menos se había convencido hasta cierto punto a sí mismo–. Indaguen en su pasado, que no encontrarán nada.

–Puede que ya lo hayamos encontrado. Una prostituta en Kansas City. Estrangulada en un hotel barato frente a un bar llamado Blue Life Lounge. Dos camareras del local facilitaron a la policía de Kansas City la descripción del hombre con el que ella había salido. Es muy parecida a la de Alfie.

Oslett había percibido que un vínculo de clase y experiencias lo unía a Waxhill. Incluso había considerado la posibilidad de iniciar una amistad. Ahora percibía la inquietante sensación de que Waxhill disfrutaba siendo portador de todas aquellas malas noticias.

–Uno de nuestros contactos ha logrado obtener una muestra del esperma que la división de investigación científica de la policía de Kansas City logró recuperar de la vagina de la prostituta –dijo Waxhill–. En estos instantes vuela hacia nuestro laboratorio en Nueva York. Si se trata del esperma de Alfie, sabremos que...

–No puede producir esperma. Está diseñado...

–Bueno, si fuera suyo lo sabríamos. Tenemos un cuadro de su estructura genética, lo conocemos mejor de lo que Rand McNally conoce el mundo. Y es único. Más individual que las huellas digitales.

Los hombres de Yale... Eran todos iguales. Presumidos, unos gilipollas pagados de sí mismos.

Clocker cogió un enorme fresón entre el pulgar y el índice. Lo examinó de cerca, como si fuera extraordinariamente exigente en el tema de los alimentos y no comiese nada que no lograra pasar su detallada inspección.

–Si Alfie se siente atraído hacia Martin Stillwater –dijo–, entonces lo que necesitamos saber es dónde encontrar a Stillwater ahora. –Seguidamente depositó el fresón entero, del tamaño de medio limón, sobre su lengua, y luego introdujo ésta dentro de la boca, como haría un sapo al tragarse una mosca.

–Anoche enviamos a un hombre a su casa para que echara un vistazo –dijo Waxhill–. Todo indica que hicieron apresuradamente las maletas. Los cajones del tocador estaban abiertos, las prendas desparramadas por el dormitorio, unas cuantas maletas abandonadas después de descartarlas. A juzgar por las apariencias, su intención es no volver a casa en los próximos días. Pero mantenemos el lugar vigilado, por si acaso.

–Y no tienen la menor idea de dónde encontrarlos –dijo Oslett, que experimentó un perverso placer en poner a Waxhill a la defensiva.

–No, no podemos asegurar dónde se encuentran en este preciso momento –repuso Waxhill sin inmutarse.

–Ya...

–Pero podemos prever un sitio donde hallar una pista. Los padres de Stillwater viven en Mammoth Lakes. Él no tiene otros parientes en la Costa Oeste, y, a menos que exista algún amigo íntimo del que no tenemos conocimiento, lo más seguro es que llame a sus padres, si es que no se dirige directamente allí.

–¿Y qué me dice de los padres de la esposa?

–Cuando ella tenía dieciséis años, su padre mató a su madre de un disparo en la cabeza y luego se suicidó.

–Qué interesante. –Lo que Oslett quería decir era que la falta de elegancia en la vida de las personas corrientes nunca dejaba de sorprenderlo.

–En efecto, muy interesante –dijo Waxhill, tal vez queriendo significar algo distinto de lo que había pretendido Oslett–. Al volver de la escuela, se encontró con sus cadáveres. Durante unos pocos meses estuvo bajo la tutela de una tía. Pero no le gustaba la mujer, de modo que presentó una solicitud en los juzgados para que la declararan legalmente adulta.

–¿A los dieciséis?

–El juez quedó lo suficientemente impresionado con ella para sentenciar a su favor. Es raro, pero a veces ocurre.

–Debió de tener un magnífico abogado.

–Supongo que sí. Estudió los estatutos aplicables al caso y los precedentes, y luego se representó a sí misma.

La situación era cada vez más sombría. Aunque él fuera afortunado, Martin Stillwater tenía en sí lo mejor de Alfie, lo cual quería decir que era un hombre más formidable que el imbécil de *People*. Y ahora parecía que también su esposa tenía una fortaleza superior a la media, lo cual lo convertía en un digno adversario.

–Para incitar a Stillwater a que se ponga en contacto con sus padres –dijo Oslett– tendremos que utilizar a los miembros de la Red metidos en los medios de comunicación. Hacer que exageren los incidentes ocurridos anoche en su casa, a fin de que aparezcan en primera página.

–Ya lo hemos hecho –replicó Peter Waxhill con tono de suficiencia al tiempo que con ambas manos encuadraba unos titulares imaginarios–: «¡Autor de *best-sellers* dispara contra un intruso! ¿Engaño o auténtica amenaza? Escritor y su familia desaparecen. ¿Se ocultan del asesino o evitan la investigación de la policía?». Esa clase de cosas. Cuando Stillwater vea los periódicos o las noticias por la televisión, llamará inmediatamente a sus padres porque sabrá que ellos habrán visto también las noticias y no querrá que se preocupen.

–Y nosotros habremos intervenido su teléfono.

–Exacto. Hemos puesto un localizador de llamadas en su línea. En el instante en que se produzca la conexión, tendremos el número desde el que Stillwater llame.

–¿Y qué haremos mientras tanto? –preguntó Oslett–. ¿Permanecer aquí sentados, haciéndonos la manicura o comiendo fresones?

Al ritmo con que Clocker se comía los fresones, las existencias del hotel no tardarían en agotarse, y muy pronto los seguiría toda la cosecha de invernadero de California y los estados próximos.

Waxhill bajó la vista hacia su Rolex de oro.

Drew Oslett intentó detectar algún indicio de ostentación en la forma que Waxhill consultaba el lujoso reloj. Le habría complacido advertir algún gesto revelador que pusiese al descubierto un burdo impostor bajo aquella apariencia de gracia y refinamiento.

Pero Waxhill parecía mirar su reloj de pulsera del mismo modo que Oslett miraba su Rolex de oro: como si no fuera distinto de un Timex comprado en un mercadillo.

–En realidad, ustedes volarán a Mammoth Lakes a última hora de esta mañana.

–¿A pesar de que no hay ninguna certeza de que Stillwater vaya a asomar la cabeza por allí?

–Pero es una suposición razonable –replicó Waxhill–. Si aparece, existen muchas posibilidades de que Alfie lo siga. Allí estarán ustedes en excelente posición para recuperar a su muchacho. Y si Stillwater no se presenta y se limita a llamar a sus queridos padres, entonces podrán coger un avión o conducir hasta el sitio desde donde haya realizado la llamada.

Reacio a seguir allí sentado por más tiempo, temiendo que Waxhill lo utilizara para darle más noticias malas, Oslett dejó la servilleta sobre la mesa y empujó la silla hacia atrás.

–Entonces pongámonos en marcha. Cuanto más tiempo esté suelto nuestro muchacho, mayores serán las posibilidades de que alguien los vea a él y a Stillwater juntos. Si eso llegara a ocurrir, entonces la policía empezaría a creerse la historia.

–Otra cosa –dijo Waxhill, sin moverse de su silla, cogiendo su taza de café.

Oslett ya se había levantado y parecía poco dispuesto a volver a sentarse, ya que en ese caso habría parecido que Waxhill controlaba la situación. Y así era, en realidad, pero sólo porque poseía la información deseada, no porque fuera superior a Oslett en rango ni en algún otro aspecto. En el peor de los casos, ambos tenían igual peso dentro de la organización, y lo más probable era que Oslett fuera el que más peso tenía de los dos. Siguió de pie junto a la mesa, mirando fijamente al hombre de Yale.

Aunque ya había terminado de comer, Clocker siguió en su silla. Oslett no sabía si la actitud de su socio era una pequeña traición o sólo una prueba de que en aquel momento su mente estaba junto a Spock y su banda en algún rincón lejano del universo.

Después de tomar un sorbo de café, Waxhill prosiguió:

–Si se viese en la obligación de liquidar a nuestro muchacho, sería lamentable pero comprensible. Si puede traerlo de vuelta al redil, al menos hasta que se encuentre en algún lugar seguro y sin poder salir, mucho mejor... No obstante, ocurra lo que ocurra, Stillwater, su esposa y sus hijas deben ser eliminados.

–Así se hará.

5

La directora de la sucursal, la señora Takula, se acercó a Marty mientras éste esperaba ante la ventanilla, poco después de que la oleada oscura chocara contra él para desaparecer al cabo de unos segundos. De haber podido contemplar su imagen, habría esperado ver que aún tenía los labios tensos y la tez pálida, con la mirada de un animal salvaje en sus ojos. Sin embargo, si la señora Takula advirtió algo extraño en su aspecto, fue lo bastante discreta para mencionarlo. Primero le preguntó con preocupación si su decisión de retirar la mayor parte de sus ahorros se debía a que estaba descontento con el banco.

Marty se sorprendió de poder mostrar una sonrisa lo bastante convincente y encantadora al asegurarle que no tenía ninguna queja contra el banco. Por dentro se sentía helado y tembloroso, pero aun así se mantuvo firme y no le tembló la voz.

Cuando la señora Takula acudió en ayuda de Elaine Higgens en la caja fuerte, Marty volvió a mirar a Paige y las niñas, la entrada sur, su Timex. La visión de la mano roja borrando los segundos de la esfera hizo que la frente se le cubriera de sudor. El Otro se estaba acercando... ¿Cuánto tardaría? ¿Diez minutos, dos minutos, cinco segundos?

Otra oleada se abatió sobre él.

Cruza una ancha avenida. El sol de la mañana centellea sobre el cromado de los coches que pasan. En la radio, Phil Collins canta acerca de la traición.

Simpatiza de inmediato con Collins e imagina de nuevo el magnetismo. Clic. Contacto. Siente una irresistible atracción que lo empuja hacia el este y hacia el sur, lo que significa que sigue a dirección correcta.

Interrumpe el contacto pocos segundos después de establecerlo, con la esperanza de conseguir una nueva orientación sobre el falso padre sin delatarse. Pero, incluso durante ese breve contacto, el enemigo percibe la intrusión.

Aunque la duración de la segunda oleada fue más corta que la primera, no por ello fue menos intensa. Marty sintió como si le hubiesen golpeado con un martillo en el pecho.

La cajera regresó a la ventanilla acompañada de la señora Higgens. Traía dinero suelto, junto con paquetes de billetes de cien y de veinte dólares. Todo cabía en dos pilas de unos diez centímetros de altura cada una.

La cajera empezó a contar los setenta mil dólares.

–Está bien –le dijo Marty–. Sólo póngamelos dentro de dos sobres de papel.

–Oh –exclamó sorprendida la señora Higgens–, pero, señor Stillwater... Usted ha firmado una solicitud de reintegro... Tenemos que contarlo en su presencia.

–No, estoy seguro de que ya lo han contado correctamente.

–Pero las normas del banco...

–Confío en ustedes, señora Higgens.

–Bueno, muchas gracias, pero en realidad pienso...

–Por favor.

6

Por el simple hecho de permanecer sentado ante la mesa del desayuno, mientras Drew Oslett seguía impacientemente de pie a su lado, Waxhill ejerció el control. Aunque Oslett lo admiraba a regañadientes, al mismo tiempo le irritaba.

–Es casi seguro que la esposa y las niñas vieron a Alfie en el segundo incidente de anoche –dijo Waxhill–. Sin duda saben muy poco sobre lo que está pasando, pero, si saben que Stillwater estaba diciendo la verdad sobre la existencia de un doble, entonces ya saben demasiado.

–Ya he dicho que no hay ningún problema –le recordó Oslett, con impaciencia.

Waxhill asintió.

–Sí, está bien, pero la central quiere que se haga de un modo determinado.

Oslett dejó escapar un suspiro y volvió a sentarse.

–¿De qué modo?

–Hay que hacer que parezca que Stillwater se ha vuelto loco.

–¿Asesinato con suicidio?

–Sí, pero no un asesinato con suicidio cualquiera. A la central le gustaría que pareciese que Stillwater estaba reproduciendo una determinada alucinación psicopática.

–Lo que ellos quieran.

–A la esposa hay que dispararle un tiro en cada pecho y otro en la boca.

–¿Y a las niñas?

–Primero hay que desnudarlas. Atarles las muñecas a la espalda. Con fuerza y limpiamente. Hay una marca especial de alambre de espino que nos gustaría que utilizaran. Se lo facilitaremos. Luego les disparan dos tiros a cada una. Uno en… sus partes, y luego entre los ojos. En cuanto a Stillwater, debe parecer que se ha disparado en el paladar. ¿Se acordará de todo?

–Por supuesto.

–Es importante que lo hagan exactamente de ese modo, sin cambios de guión.

–¿Y cuál es la historia que intentamos explicar? –preguntó Oslett.

–¿No ha leído el artículo de *People*?

–No del todo –admitió Oslett–. Stillwater me pareció un imbécil, y aburrido, además.

–Hace unos años –explicó Waxhill–, en Maryland, un tipo mató a su mujer y a sus dos hijas exactamente así. Era un pilar de la comunidad, así que sorprendió a todo el mundo. Una historia trágica. Todos se quedaron intrigados por los motivos. Parecía algo sin sentido, absolutamente inusitado. Stillwater se sintió intrigado por el crimen y consideró la posibilidad de escribir una novela basada en él, explorar las eventuales motivaciones que había detrás de aquello. Pero después de un montón de investigaciones abandonó el proyecto. Asegura que la ficción, al menos la que él escribe, pone orden en el caos, pero que no ha podido hallar ningún significado en lo que ocurrió en Maryland.

Oslett permaneció sentado en silencio unos instantes, tratando de odiar a Waxhill, pero descubrió que su antipatía hacia aquel hombre se desvanecía rápidamente.

–Debo admitir que es muy… sutil.

Waxhill sonrió y se encogió de hombros.

–¿Es suya la idea? –preguntó Oslett.

–Sí, mía. La propuse a la central, y a ellos les pareció bien.

–Es ingeniosa –admitió Oslett, con sincera admiración.

–Gracias.

–Muy limpio. Martin Stillwater mata a su familia del mismo modo que el tipo de Maryland, y parece como si la auténtica razón de que no pudiera escribir la novela sobre el caso original se debía al hecho de que lo afectaba muy de cerca. A que era lo que secretamente deseaba hacerle a su propia familia.

–Exacto.

–Y desde entonces ha estado atormentándolo.

–Lo ha perseguido en sueños.

–El impulso psicópata de violar simbólicamente…

–Y asesinar literalmente…

–A sus hijas.

–Y también matar a la mujer que…

–Les dio la vida –concluyó Oslett.

Los dos volvieron a sonreír el uno al otro, como habían hecho con anterioridad, al comentar las maravillas de aquel encantador café próximo a los Campos Elíseos.

–Nadie debe nunca sospechar que el asesinato de su familia tiene algo que ver con esa estúpida denuncia del intruso idéntico a él –dijo Waxhill–, sino que el doble también forma parte de su alucinación.

–Ahora entiendo. En los análisis de sangre de Stillwater aparecerán muestras de Alfie tomadas en la casa de Mission Viejo…

–Así es. ¿Se sacaría cada tanto un poco de sangre, conservándola para el engaño? Y ¿por qué? Sin duda aparecerán muchas teorías, pero al final surgirá un misterio mucho menos interesante que lo que le hizo a su familia. Nadie desentrañará jamás la verdad de todo eso.

Oslett empezaba a confiar en la posibilidad de recuperar a Alfie, salvar la Red y mantener su reputación intacta.

Waxhill se volvió hacia Clocker y le preguntó:

–¿Y usted qué dice, Karl? ¿Tiene algún problema con todo esto?

Aunque permanecía sentado a la mesa, Clocker parecía estar muy lejos en espíritu. Volvió a prestarles su atención como si sus pensamientos hubiesen estado hasta entonces con la tripulación de la *Enterprise*, en un planeta hostil de la nebulosa de Cáncer.

–Hay cinco mil millones de seres en la Tierra –dijo–, de modo que pensamos que está superpoblada. Pero, por cada uno de nosotros, el universo contiene innumerables estrellas, una infinidad de estrellas para cada uno de nosotros.

Waxhill se quedó mirando a Clocker, a la espera de una aclaración. Cuando vio que éste no iba a añadir nada más, se volvió hacia Oslett.

–Pienso que lo que Karl ha querido decir –explicó Oslett– es que... En fin, en el vasto plan de las cosas, ¿qué más da si alguna gente muere antes de lo que debería haber muerto si los acontecimientos hubiesen seguido su curso normal?

7

El sol está alto sobre las lejanas montañas, cuyos picos más elevados aparecen cubiertos de nieve. Resulta extraño disfrutar de una visión tan primaveral en esa mañana de diciembre, repleta de palmeras y de flores.

Conduce hacia el sur y hacia el este, en dirección a Mission Viejo. La justicia sobre ruedas. Rodando, rodando...

Considera la posibilidad de localizar una armería donde comprar una escopeta o un fusil de caza, cualquier arma para la que no necesite un período de prueba antes de tener derecho a comprarla. Su adversario va armado, pero él no.

Sin embargo, no quiere retrasar la persecución del secuestrador que le ha robado la familia. Si consigue mantener desconcertado y en movimiento a su enemigo, lo más probable es que cometa errores. Una presión constante es mejor que cualquier arma.

Además, él representa la venganza, la justicia y la virtud. Es el héroe de su película, y los héroes no mueren. Se les puede disparar, apalear, perseguir a toda velocidad con un coche por la carretera, cortar con un cuchillo, empujar desde un acantilado, encerrar en una mazmorra repleta de serpientes venenosas, que ellos no morirán. Con Harrison Ford, Sylvester Stallone, Steven Seagal, Bruce Willis, Wesley Snipes y muchos otros héroes comparte la invulnerabilidad de la virtud y los nobles propósitos.

Ahora comprende por qué cuando el día anterior atacó por primera vez al falso padre en su casa estaba condenado al fracaso a pesar de ser un héroe... Se ha sentido arrastrado hacia el oeste por una poderosa atracción entre él y su doble, y del mismo modo que era consciente de que algo tiraba de él, el doble tenía que haberlo sido de que algo se aproximaba a lo largo del domingo y del lunes. De modo que cuando ambos finalmente se encontraron en el despacho del primer piso, el falso padre ya estaba alerta, preparado para la batalla.

Ahora sabe que puede iniciar y terminar a voluntad la conexión entre los dos; que, al igual que la corriente eléctrica en el circuito de cualquier casa, puede controlarse con un interruptor. Y que en vez de dejar éste en posición de encendido todo el rato, sólo puede conectarlo unos breves instantes, justo lo necesario para notar el tirón del falso padre y localizarlo.

La lógica sugiere que también puede modificar la potencia que fluye a través del cable psíquico. Imaginando que el control psíquico es una especie de regulador de potencia –un reóstato–, debe ser capaz de rebajar el amperaje de la corriente del circuito, haciendo que el contacto sea más sutil de lo que lo ha sido hasta entonces. A fin de cuentas, utilizando un interruptor reostático la luz de una lámpara puede reducirse gradualmente hasta convertirse en un resplandor apenas perceptible. De idéntico modo, imaginando el interruptor psíquico como otro reóstato, tiene que poder abrir la conexión con un amperaje tan bajo que sea capaz de seguir al adversario sin que éste se dé cuenta de que está buscándolo.

Al detenerse ante un semáforo en rojo en el centro de Mission Viejo, imagina un interruptor en forma de esfera, con trescientos sesenta y cinco grados de marcas luminosas. Gira sólo hasta noventa grados y de inmediato siente el tirón del falso padre, ligeramente más hacia el este y ahora algo al norte.

Fuera del banco, a medio camino hacia el BMW, Marty percibió de repente la presión de otra oleada..., y tras ella la fuerza aplastante e inexorable de su pesadilla. La sensación no fue tan fuerte como en el banco, pero lo cogió a medio paso y le hizo perder el equilibrio. Se tambaleó, dio un traspiés y cayó. Los dos sobres de papel llenos de dinero cayeron de su mano y sobre el asfalto.

Charlotte y Emily se agacharon de inmediato a coger los sobres y Paige ayudó a Marty a ponerse de pie.

A medida que la oleada pasaba, Marty se detuvo tembloroso.

–Ten, coge las llaves –le dijo a Paige–. Será mejor que conduzcas tú. Él me está persiguiendo. Se acerca.

Paige miró alrededor, presa del pánico.

–No –dijo Marty–, todavía no ha llegado... Ha sido como la otra vez. La sensación de estar en el paso de algo muy rápido y potente.

Dos manzanas. Quizá menos.

Conduce lentamente. Inspecciona la calle al frente, a izquierda y derecha. Buscándolos.

Un coche hace sonar el claxon tras él... El conductor se impacienta.

Lentamente, lentamente, atisbando a derecha e izquierda, estudiando a la gente que camina por las aceras, que va en los coches que pasan.

El claxon detrás de él. Hace un gesto obsceno, lo cual parece asustar al tipo, ya que no insiste.

Lentamente, lentamente.

No los ve.

De nuevo intenta el reóstato mental. Un giro de sesenta grados esta vez. Todavía un contacto muy fuerte, un tirón apremiante, irresistible.

Al frente. Por la izquierda. Al centro comercial.

Mientras Marty estaba en el asiento del pasajero cerrando la puerta, con los sobres llenos de dinero que las niñas habían recuperado, volvió a sentir el estremecimiento del contacto con el Otro. Aunque el impacto de la prueba fue menos turbador que las veces anteriores, el que la potencia fue inferior no supuso alivio alguno.

–Salgamos de aquí a toda velocidad –dijo con tono apremiante mientras cogía de debajo del asiento la Beretta cargada.

Paige puso el motor en marcha y Marty se volvió hacia las niñas, que ya estaban abrochándose el cinturón de seguridad.

Mientras Paige ponía la marcha atrás y el BMW retrocedía para salir del aparcamiento, los ojos de Marty buscaron los de sus hijas. Estaban asustadas.

Sentía demasiado respeto por sus intuiciones para mentirles. De modo que, en vez de fingir que todo saldría bien, les aconsejó:

–Agarraos bien, que vuestra madre va a conducir como suelo hacerlo yo.

Paige cambió de marcha y preguntó:

–¿Por dónde se acerca?

–No lo sé. Pero no salgas por el mismo sitio que entramos. No estoy tranquilo al respecto. Ve por la otra calle.

Ya no se siente atraído hacia el centro comercial sino hacia el banco, y aparca cerca de la entrada este.

En el momento en que apaga el motor, oye un breve chirriar de neumáticos. Con el rabillo del ojo advierte que un coche se aleja velozmente por el extremo sur del edificio. Se vuelve y a unos veinticinco o treinta metros de distancia descubre un BMW blanco; se dirige hacia el centro comercial y pasa a su lado como una exhalación.

Sólo puede ver una parte del rostro del conductor: una mejilla, el perfil de la mandíbula, la curva de la barbilla. Y un destello de cabello rubio.

A veces es posible identificar una canción favorita con sólo escuchar tres notas, pues la melodía ha dejado una huella imborrable en la mente. Del mismo modo, a través de aquel perfil parcial, atisbando en un vislumbre de sombra y de luz, con la imprecisión del movimiento, reconoce a su preciosa esposa. Gente desconocida ha erradicado de su mente los recuerdos que pudiera tener de ella, pero la foto que descubrió ayer ha quedado grabada en su corazón.

–Paige –musita.

Pone en marcha el Toyota, retrocede para salir del aparcamiento y gira en dirección al centro comercial.

Más de una hectárea de asfalto permanece desierta a una hora tan temprana, pues sólo han abierto el supermercado, una tienda de donuts y una de material de oficina. El BMW atraviesa a toda velocidad el aparcamiento, sorteando los coches aparcados, hacia la vía de servicios que pasa por delante de las tiendas. Luego gira a la izquierda y se dirige hacia el extremo norte del centro.

Los sigue, pero no agresivamente. Si los pierde, volver a localizarlos será fácil gracias al misterioso pero fiable vínculo que existe entre él y el odioso hombre que ha usurpado su vida.

El BMW alcanza la salida norte y dobla a la derecha justo en la calle. Para cuando él llega a ese mismo cruce, el BMW se encuentra ya a dos manzanas de distancia, ante un semáforo en rojo, apenas visible.

Durante más de una hora los sigue discretamente, al norte por las autopistas de Santa Ana y Costa Mesa. Luego al este, por la Riverside, permaneciendo a cierta distancia. Entre los vehículos que componen el denso tráfico de la mañana, su pequeño Toyota apenas resulta visible.

En la autopista de Riverside, al oeste de Corona, conecta el interruptor entre él y el falso padre. Imagina el reóstato y gira unos cinco grados de los trescientos sesenta. Con eso le basta para sentir la presencia del intruso entre el tráfico, allí delante, si bien no le da la posición exacta. Seis grados, siete, ocho. Ocho es demasiado. Siete. Siete es lo ideal. Con el interruptor abierto sólo hasta el siete, la atracción es lo bastante potente para servirle de guía sin alertar al enemigo de que ha vuelto a establecer el vínculo. En el BMW, el impostor se dirige hacia el este, a Riverside, tenso y alerta, pero ignorante de que está siguiéndolo.

Aun así, en la mente del cazador la señal de la presa se registra como una parpadeante luz roja sobre un mapa electrónico.

Ahora que domina el control de su extraño poder, quizá sea capaz de sorprender hasta cierto punto al falso padre.

Aunque el hombre del BMW espera un ataque y huye para

evitarlo, también está acostumbrado a que le avise. Cuando pase algún tiempo sin percibir trastornos en el éter, cuando no advierta nada particularmente inquietante, recuperará la confianza. Y con ésta bajará la guardia, volverá a ser vulnerable.

Al cazador le basta con seguir el rastro, las huellas, esperar su oportunidad, y aguardar el momento ideal para dar el golpe.

Cuando dejan atrás Riverside, el tráfico de la mañana se reduce alrededor. Modera la marcha hasta que el BMW es un punto distante e incoloro que a veces se desvanece temporalmente, como un espejismo, entre el polvo y el reflejo del sol sobre el asfalto.

Hacia delante y al norte. A través de San Bernardino. Por la interestatal 15. Por el extremo norte de los montes de San Bernardino. A través de Cajon Pass, a mil trescientos metros de altura.

Poco después, al sur de la ciudad de Hesperia, el BMW abandona la interestatal y se dirige directamente al norte por la nacional 395, por los límites más occidentales del impresionante desierto de Mojave. Los sigue a suficiente distancia para que no puedan advertir que el puntito negro que aparece en el espejo retrovisor es el mismo vehículo que los ha seguido a través de tres condados.

Al cabo de un par de kilómetros, pasa por delante de un letrero de la carretera que indica la distancia hacia Ridgecrest, Lone Pine, Bishop y Mammoth Lakes... Mammoth es la distancia más larga: cuatrocientos cincuenta kilómetros.

El nombre del pueblo le produce una inmediata asociación de ideas. Posee una memoria eidética. Puede ver las palabras en la página de la dedicatoria de una de sus novelas de misterio, una que conserva en la librería de su estudio en Mission Viejo:

«Dedico esta obra a mi padre y a mi madre, Jim y Alice Stillwater, que me enseñaron a ser un hombre honesto... y a quienes no se debe culpar si soy capaz de *pensar* como un criminal.»

Recuerda también la tarjeta del archivo Rolodex, con los nombres de ellos y su dirección. Viven en Mammoth Lakes.

De nuevo es dolorosamente consciente de lo que ha perdido. Aunque consiga reclamarle su vida al impostor que lleva su nombre, tal vez nunca pueda recuperar los recuerdos que le han robado. Su infancia. Su adolescencia. Su primera cita. Las experiencias del instituto. Tampoco recuerda el amor de sus padres. Y le parece atroz, monstruoso, que se le hayan robado incluso los recuerdos más esenciales, entrañables.

Durante más de noventa kilómetros oscila entre la desesperación y el alejamiento que conforman la principal cualidad de su existencia, y la dicha ante la perspectiva de reclamar su destino.

Ansía desesperadamente estar con su padre, con su madre, contemplar sus queridos rostros (que se le han borrado de los archivos de la memoria), abrazarlos y restablecer el profundo lazo entre él y los dos seres a quienes debe su existencia. Por las películas que ha visto sabe que los padres pueden ser una maldición –la demoníaca madre que ya había muerto en la escena inicial de *Psicosis*, o los padres egoístas que echan a perder al pobre Nick Nolte en *El príncipe de las mareas*–, pero cree que sus padres serán de los positivos, comprensivos y fiables, como James Stewart y Donna Reed en *¡Qué bello es vivir!*

La autopista está flanqueada por secos lagos de sal, rastrojos, llanuras de bórax y, a lo lejos, escarpas de negra roca. Por todos lados hay pruebas del cataclismo geológico y los ríos de lava que recorrieron la zona milenios atrás.

En Red Mountain, el BMW abandona la autopista y se detiene en una gasolinera.

Los sigue hasta cerciorarse de sus intenciones, pero pasa ante la gasolinera sin detenerse. Ellos tienen armas. Él no. Ya encontrará un mejor momento para liquidar al impostor.

Vuelve a entrar en la nacional 395 y sigue hacia el norte durante un breve trayecto… Hasta Johannesburg, situado al oeste de los montes Lava. Sale otra vez y se detiene en otra gasolinera a llenar el depósito del Toyota. En las máquinas expendedoras compra galletas, barritas de dulces y cacahuetes, para alimentarse durante el largo trayecto que le espera.

Debido tal vez a que Charlotte y Emily han tenido que utilizar los lavabos en la parada de Red Mountain, ahora va delante del BMW por la autopista, pero eso poco importa, pues ya no necesita seguirlos. Sabe muy bien adónde se dirigen.

Mammoth Lakes, California.

Jim y Alice Stillwater. Aquellos que le enseñaron a ser un hombre honesto. Aquellos a quienes no se debe culpar por ser capaz de pensar como un criminal. A quienes ha dedicado una novela. Queridos. Apreciados. Aquellos cuya presencia le han robado, pero que muy pronto va a reclamar para sí.

Está ansioso por reclutarlos en su cruzada para recuperar a su familia y su destino. Tal vez el falso padre pueda embaucar a sus hijas, o incluso la propia Paige puede que se vea engañada hasta el punto de aceptar al impostor como al auténtico Martin Stillwater... Pero sus padres lo reconocerán como a su verdadero hijo, sangre de su sangre, y no se dejarán engañar por la astuta imitación de aquel fraudulento ladrón de familias.

Desde que ha entrado en la Nacional 395, donde el tráfico es fluido, el BMW ha mantenido una velocidad regular entre noventa y cinco y cien kilómetros por hora, a pesar de que la autopista permite velocidades mayores en muchos trechos. Ahora él conduce el Toyota hacia el norte entre una velocidad que oscila entre ciento veinte y ciento treinta kilómetros por hora. Debería llegar a Mammoth Lakes entre las dos y las dos y cuarto, de media hora a cuarenta minutos antes que el impostor, lo cual le dará tiempo para alertar a su padre y a su madre de las diabólicas intenciones de la criatura que se hace pasar por su hijo.

La autopista dobla hacia el noroeste a través del valle Indian Wells, con las montañas de El Paso al sur. Kilómetro tras kilómetro, su corazón se hincha de emoción ante la perspectiva de reunirse con mamá y papá, de quienes tan cruelmente lo han separado... Sufre a causa de las ansias de abrazarlos y de disfrutar de su amor, un amor incuestionable, un amor inmarcesible y perfecto.

8

El helicóptero de ejecutivos Bell jet Ranger que transportaba a Oslett y a Clocker a Mammoth Lakes pertenecía a un estudio cinematográfico afiliado a la Red. Con sus asientos negros de piel de ternera, apliques de bronce, y las paredes de la cabina tapizadas con piel de lagarto verde esmeralda, el ambiente era más lujoso incluso que el compartimiento de pasajeros del Lear. El helicóptero también ofrecía una serie de lecturas más entretenida que la del jet, entre las cuales se hallaba la edición de aquel día de *The Hollywood Reporter* y de *Daily Variety*, además de los últimos números de las revistas *Premier*, *Rolling Stone*, *Mother Jones*, *Forbes*, *Fortune*, *GQ*, *Spy*, *The Ecological Watch Society Journal* y *Bon Appétit*.

Para ocupar su tiempo durante el vuelo, Clocker sacó otra novela de *Star Trek*, que había comprado en la tienda de regalos del hotel Ritz-Carlton antes de partir. Oslett estaba convencido de que la exhibición de semejante literatura fantástica en tiendas tan elegantes y amuebladas con tanto gusto en un hotel de cinco estrellas –antiguamente tiendas que surtían a la gente culta y con influencia, no sólo a los ricos– era un signo alarmante de la inminencia del hundimiento de la sociedad, comparable a aquellos traficantes de crack y cocaína, fuertemente armados, que vendían su mercancía en los patios de las escuelas.

Mientras el jet Ranger cruzaba rumbo al norte por los parques nacionales de Sequoia y King's Canyon, a lo largo del flanco occidental de Sierra Nevada, y finalmente recto sobre aquellas magníficas montañas, Oslett no paraba de moverse de un lado al otro del helicóptero, decidido a no perderse nada de tan asombroso panorama. Las inmensidades que había allí abajo aparecían tan dispersamente pobladas, que muy bien podían activar su aversión casi agorafóbica a los espacios abiertos y a los paisajes rurales. Pero el terreno cambiaba a cada minuto, presentando nuevas maravillas y espléndidos panoramas que él jamás había visto, y con la suficiente celeridad para llegar a entretenerlo.

Por otra parte, el jet Ranger volaba a menor altura que el Lear, lo cual le daba a Oslett la sensación de zambullirse de cabeza. El interior del helicóptero era más ruidoso y vibraba más que el compartimiento de pasajeros del jet, y eso también le gustaba.

Por dos veces llamó la atención de Clocker hacia las maravillas naturales que se veían tras las ventanillas. En ambas ocasiones, el grandullón se limitó a echar un vistazo al panorama durante un par de segundos y luego, sin hacer comentario alguno, volvió a dirigir su atención a *Las amazonas de seis pechos del Planeta Viscoso*, o como se llamara.

–¿Qué hay de condenadamente interesante en ese libro? –preguntó por fin Oslett, dejándose caer en el asiento frente a Clocker.

El hombretón terminó el párrafo que estaba leyendo antes de levantar la vista hacia su compañero.

–No podría decírtelo.

–¿Por qué no?

–Porque incluso después de decirte qué es lo que me parece interesante de este libro, seguiría sin ser interesante para ti.

–¿Y eso qué se supone que quiere decir?

Clocker se encogió de hombros.

–Que no creo que te guste.

–Odio las novelas. Siempre las he odiado, en especial esa clase de basura como la ciencia ficción.

–Pues ya ves.

–¿Y eso qué se supone que quiere decir?

–Sólo que acabas de confirmar lo que te decía, que no te gusta esta clase de novelas.

–Por supuesto que no.

Clocker volvió a encogerse de hombros.

–Pues ya ves.

Oslett lo miró furioso.

–¿Cómo puede gustarte esa basura? –preguntó al tiempo que señalaba el libro.

–Existimos en universos paralelos –dijo Clocker.

–¿Qué?

–En el tuyo, Johannes Gutenberg inventó la máquina de *pinball*.

–¿Quién?

–En el tuyo, tal vez Faulkner fue un virtuoso del banjo.

Oslett lo miró ceñudo antes de responder.

–Ninguna de esas tonterías tiene sentido para mí.

–Pues ya ves –concluyó Clocker, volviendo a dirigir su atención al libro.

Oslett sintió deseos de matarlo. Esta vez, en la jerga de Karl Clocker había detectado una falta de respeto sutilmente expresada, aunque profundamente sentida. Le habría gustado coger el estúpido sombrero del grandullón y prenderle fuego con pluma y todo, quitarle de las manos la novelita y hacerla pedazos, y tal vez meterle a quemarropa en el cuerpo un millar de balas de 9 mm con la punta hueca.

En cambio, se volvió hacia la ventanilla para tranquilizarse con la majestuosidad de las cumbres de las montañas y los bosques, contemplados a una velocidad de doscientos cuarenta kilómetros por hora.

Por encima de ellos, las nubes se acercaban desde el noroeste. Hinchadas y grises, se dirigían como flotas de dirigibles hacia las cumbres de las montañas.

A la una y diez de la tarde del martes, en una pista de aterrizaje de las afueras de Mammoth Lakes, iban a encontrarse con un representante de la Red cuyo nombre era Alec Spicer. Éste estaba esperándolos en la pista de asfalto, cerca del hangar de cemento y techo de metal ondulado junto al cual el avión se detuvo.

Aunque Spicer conocía sus verdaderos nombres y por lo tanto era, como mínimo, de igual rango que Peter Waxhill, no iba tan bien vestido ni era de modales tan refinados ni hablaba tan bien como el caballero con que habían compartido el desayuno. Y, a diferencia del musculoso Jim Lomax que la noche anterior los había recibido en el aeropuerto John Wayne del condado de Orange, éste dejó que cargaran su propio equipaje hasta el Ford Explorer de color verde que estaba a su disposición en el aparcamiento, detrás del hangar.

Spicer debía de tener unos cincuenta años, mediría un metro setenta y cinco, pesaría unos setenta y cuatro kilos, y llevaba el cabello cano cortado a cepillo. Su rostro estaba formado por planos duros, y sus ojos se escondían detrás de unas gafas de sol a pesar de que era un día nublado. Llevaba botas de asalto, pantalones y camisa caqui y una gastada cazadora de aviador con numerosos bolsillos con cremalleras. Su postura erguida, sus modales disciplinados y su forma tajante de hablar lo identificaban como un militar retirado –o de baja– del Ejército que se mostraba reacio a cambiar las actitudes, los hábitos y la indumentaria de un militar de carrera.

–No van adecuadamente vestidos para Mammoth Lakes

–les comentó Spicer con tono áspero mientras caminaban hacia el Explorer; al respirar salían de su boca blancas nubecillas de vapor.

–No imaginé que hiciese tanto frío aquí –dijo Oslett, temblando descontroladamente.

–Es Sierra Nevada –explicó Spicer–. A casi dos mil quinientos metros sobre el nivel del mar. Diciembre. ¿Acaso pretendía encontrar palmeras, faldas hawaianas y piña colada?

–Sabía que haría frío, pero no tanto.

–Se les congelará el culo –sentenció Spicer, lacónicamente.

–Esta chaqueta calienta –dijo Oslett, a la defensiva–. Es de cachemira.

–Si usted lo dice... –replicó Spicer. Levantó la puerta trasera del Explorer y se hizo a un lado para que ellos cargaran el equipaje.

Spicer se colocó al volante, Oslett se sentó a su lado, y Clocker en el asiento de atrás, donde reanudó su lectura.

Mientras abandonaban la pista de aterrizaje y partían en dirección al pueblo, Spicer estuvo un rato sin decir nada.

–Esta tarde, a última hora, se espera que caigan las primeras nieves de la temporada –dijo al fin.

–El invierno es mi estación favorita –contestó Oslett.

–Puede que no le guste tanto con la nieve hasta el culo y esos bonitos zapatos poniéndosele tan duros como unos zuecos de madera.

–¿Sabe usted quién soy? –preguntó Oslett, con impaciencia.

–Sí, señor –dijo Spicer con aspereza, aunque inclinó ligeramente la cabeza, como si admitiese sutilmente su inferior posición.

–Bien –replicó Oslett.

En algunas zonas, los altos abetos poblaban ambos lados de la carretera. Muchos de los moteles, restaurantes y bares de la carretera exhibían una imitación de la construcción alpina, y en algunos casos incorporaban palabras que evocaban imágenes de películas tan diversas como *Sonrisas y lágrimas* y algunas de Clint Eastwood: Bavaria ésta, Suiza la otra, Eiger, Matterhorn, Ginebra, Hofbrau...

–¿Dónde está la casa de los Stillwater? –preguntó Oslett.

–Ahora vamos a su motel.

–Tenía entendido que había una unidad de vigilancia ante la casa de los Stillwater –insistió Oslett.

–Sí, señor… Frente a la casa hay apostada una furgoneta con ventanillas reflectoras.

–Quiero reunirme con ellos.

–No es una buena idea. Éste es un pueblo pequeño; ni siquiera llega a los cinco mil habitantes, sin contar los turistas. Mucha gente entrando y saliendo de una furgoneta aparcada en una calle residencial llamaría la atención, y eso es algo que no nos interesa.

–¿Qué sugiere, entonces?

–Telefonear al equipo de vigilancia, hacerles saber dónde pueden localizarlo, y entonces esperar en el motel… En el momento en que Martin Stillwater telefonee a sus padres, o se presente ante su puerta, se le notificará.

–¿No ha llamado aún?

–Su teléfono ha sonado varias veces en las últimas horas, pero ellos no estaban en casa para contestarlo, de modo que ignoramos si era su hijo o no.

Oslett le dirigió una mirada de incredulidad y dijo:

–¿Y no tienen contestador automático?

–La verdad es que el ritmo de vida que se lleva aquí no lo requiere.

–Asombroso. Bueno, si no están en su casa, ¿dónde se supone que están?

–Han ido de compras esta mañana, y no hace mucho se pararon en un restaurante de la carretera 203 para almorzar. En una hora o así estarán de regreso.

–¿Hay alguien siguiéndolos?

–Por supuesto.

Anticipándose a la anunciada tormenta, los esquiadores llegaban ya al pueblo con los portaesquís cargados sobre el techo de sus vehículos. En un parachoques, Oslett distinguió una placa que rezaba: MI VIDA VA DE BAJADA… ¡Y ME ENCANTA!

Cuando en un semáforo rojo se detuvieron detrás de una ranchera que parecía atestada de jovencitas rubias con jerséis de esquiar, suficientes para realizar media docena de anuncios de cerveza o de protector labial, Spicer preguntó:

–¿Saben lo de la prostituta de Kansas City?

–Estrangulada –dijo Oslett a modo de respuesta–. Pero no hay pruebas de que sea nuestro muchacho quien lo hizo, aunque alguien que se le parece saliera con ella del local.

–Entonces no saben lo último. La muestra de esperma ha llegado a Nueva York. Lo han analizado. Pertenece a nuestro muchacho.

–¿Están seguros?

–Absolutamente.

Las cumbres de las montañas desaparecían en los cielos descendentes. El color de las nubes se había hecho más intenso, pasando de un tono de acero mate a un jaspeado de gris ceniciento y negro carbón.

También el humor de Oslett era cada vez más sombrío.

El semáforo cambió al verde.

Mientras seguía el coche lleno de rubias a través del cruce, Alec Spicer comentó:

–Así que es capaz de tener relaciones sexuales.

–Pero no fue diseñado para... –Oslett no pudo siquiera finalizar la frase. Ya no tenía fe alguna en la labor de los ingenieros genéticos.

–Hasta el momento –dijo Spicer–, a través de los contactos con la policía, la oficina central ha recopilado una lista de quince homicidios sexuales que pueden ser atribuidos a nuestro muchacho. Casos sin resolver. Mujeres jóvenes y atractivas. En ciudades que él ha visitado, mientras estaba allí. El mismo tipo de actuación en cada caso, incluyendo violencia extrema después de dejar inconsciente a la víctima, a veces con un golpe en la cabeza, pero habitualmente mediante un puñetazo en la cara... Sin duda para asegurarse el silencio durante el auténtico asesinato.

–Quince... –musitó Oslett, atónito.

–Puede que más. Muchas más. –Spicer dejó de mirar la carretera y se volvió hacia Oslett. Sus ojos no sólo eran inexpresivos, sino que se ocultaban detrás de unas gafas absolutamente opacas–. Y por Dios que confiamos que matara a cada mujer que se haya tirado.

–¿Qué quiere decir?

–Pues que tiene una gran cantidad de esperma –dijo Spicer, volviéndose de nuevo hacia la carretera–. Y un esperma extraordinariamente activo. Es muy fértil.

Aunque se había negado a admitirlo hasta que Spicer lo pronunció en voz alta, Oslett era consciente de que se avecinaban malas noticias.

–¿Sabe qué significa eso? –preguntó Spicer.

La voz de Clocker surgió desde el asiento de atrás:

–Pues que el primer clon humano de generación Alfa operativo es un renegado, que ha mutado en formas que no podemos entender, y que es capaz de infectar las reservas de genes humanos con material genético que podría producir una nueva raza de superseres completamente hostiles y prácticamente invulnerables.

Por un momento, Oslett pensó que Clocker había leído un párrafo de la novela de *Star Trek* que en aquellos momentos tenía entre manos, luego comprendió que había resumido sucintamente la naturaleza de la crisis.

–Si nuestro muchacho no ha liquidado a cada nena que se ha tirado –dijo Spicer–, si ha hecho por ahí unos cuantos bebés y por algún motivo ellas no han abortado... Aunque sólo se trate de un bebé... Entonces ya estamos con la mierda hasta el cuello. No sólo nosotros tres, no sólo la Red, sino todo el género humano.

9

Dirigiéndose al norte a través del Owens Valley, con los montes Inyo al este y la alta Sierra Nevada al oeste, Marty se encontró con que el teléfono celular no siempre funcionaba como pretendía, pues la espectacular topografía interfería con las ondas de la transmisión. Y las veces en que era capaz de efectuar la llamada a casa de sus padres en Mammoth Lakes, su teléfono sonaba y sonaba sin que nadie respondiese.

Después de dieciséis llamadas, pulsó el botón que daba por finalizada la transmisión.

–Aún no han vuelto a casa –comentó.

Su padre tenía sesenta y seis años, su madre sesenta y cinco. Los dos habían sido maestros de escuela, y ambos se habían retirado el año anterior. Todavía eran jóvenes, según los patrones actuales; sanos y vigorosos, enamorados de la vida, así que no era de extrañar que salieran por ahí en vez de pasarse el día en casa sentados en dos mecedoras, mirando la televisión.

–¿Cuánto tiempo vamos a quedarnos con los abuelos? –preguntó Charlotte, desde el asiento trasero–. ¿Lo bastante para que la abuela me enseñe a tocar la guitarra tan bien como ella? Creo que soy bastante buena con el piano, pero creo que también me gustaría tocar la guitarra. Y si voy a ser una intérprete famosa, que es lo que de momento me interesa, aunque estoy abierta a otras posibilidades..., entonces resultaría mucho más fácil llevarme mi instrumento a todas partes, mientras que un piano no puede llevarse a la espalda por ahí...

–No vamos a quedarnos con los abuelos –contestó Marty–. De hecho, ni siquiera vamos a detenernos allí.

Charlotte y Emily protestaron, decepcionadas.

–Ya los visitaremos –dijo Paige–, dentro de un par de días. Ya veremos... Por el momento nos vamos a la cabaña.

–¿Sí? –preguntó Emily.

–¡Bien! –exclamó Charlotte.

Marty oyó que levantaban los brazos al aire y hacían entrechocar la palma de las manos.

La cabaña, que los padres de Marty habían comprado cuando éste era un muchacho, estaba ubicada entre las montañas, a varios kilómetros más allá de Mammoth Lakes, entre el pueblo y los mismos lagos, no lejos del poblado todavía más pequeño de Lake Mary. Era un lugar hermoso en el que su padre había hecho mejoras en el transcurso de los años, protegido por pinos y abetos de treinta metros de altura. Para las niñas, la cabaña era tan especial como las que aparecían en los cuentos de hadas.

Marty necesitaba varios días para reflexionar antes de decidir qué iban a hacer a continuación. Quería analizar las noticias y ver qué explicación se daba de su historia; según el modo en que los medios de comunicación la tratasen, podría valorar la fuerza, si no la identidad, de sus auténticos enemigos, quienes sin duda no se limitaban al sobrenatural y trastornado doble que lo había asaltado en su casa.

No podían quedarse en casa de sus padres. Ésta sería demasiado accesible a los reporteros si la policía seguía aumentando como una bola de nieve. Y también lo sería para los desconocidos conspiradores que había detrás del doble, quienes habían logrado que una pequeña noticia sobre un asalto se convirtiera en un tema de amplia cobertura periodística, pintándolo como un individuo de dudosa estabilidad psíquica y emocional.

Además, Marty no quería poner en peligro a sus padres buscando refugio en su casa. De hecho, cuando lograra ponerse en contacto con ellos insistiría para que acondicionaran enseguida su autocaravana y se largaran de Mammoth Lakes por unas semanas, un mes, o tal vez más. Mientras estuvieran viajando, cambiando de campamento cada día o cada dos, nadie podría intentar llegar a él a través de ellos.

Desde el intento de establecer contacto en el banco de Mission Viejo, Marty no había padecido más pruebas por parte del Otro. Tenía la esperanza de que la rapidez y la decisión con que habían escapado hacia el norte les hubiese proporcionado seguridad. Incluso la clarividencia o la telepatía –o lo que diablos fuera– debía de tener sus límites. Por otra parte, tal vez no sólo se enfrentaran a una fantástica fuerza mental, sino a la pura magia. Sin embargo, aunque por experiencia propia Marty estaba dispuesto a dar crédito a las posibilidades de la fuerza psíquica, no podía, en cambio, creer sencillamente en la magia. Después de haber puesto varios cientos de kilómetros entre ellos y el Otro, lo más probable era que estuvieran lejos del alcance de su indagatorio sexto sentido. Las montañas, que periódicamente interferían la conexión de su teléfono celular, tal vez los aislaran también de la detección telepática.

Quizá hubiese sido más seguro quedarse lejos de Mammoth Lakes y ocultarse en una ciudad en la que no tuviera contactos. Sin embargo, había optado por la cabaña porque incluso aquellos que pudieran pensar en la casa de sus padres como un posible refugio para él, no estarían al corriente de la existencia de la casa de las montañas y era improbable que lo averiguaran por casualidad. Además, dos de sus compañeros del instituto habían sido ayudantes del *sheriff* de Mammoth Lakes durante una década, y la cabaña estaba cerca del pueblo donde había crecido y en el que todavía era muy conocido. Dado que en su juventud nunca había sido un gamberro motorista podía confiar en que las autoridades lo tomaran en serio y le proporcionaran protección en caso de que el Otro volviera a establecer contacto con él. En cambio, en un lugar desconocido, sería un forastero al que mirarían con mayor desconfianza incluso que la que había mostrado hacia él el detective Cyrus Lowbock. En los alrededores de Mammoth Lakes, si lo malo iba a peor, no se sentiría tan aislado ni extraño como sin duda se sentiría en cualquier otro lugar.

–No me extrañaría que más adelante topáramos con mal tiempo –comentó Paige.

El cielo era intensamente azul por el este, pero hacia el oeste unas masas de nubes oscuras surgían por encima de los picos y entre los pasos de Sierra Nevada.

–Será mejor que en Bishop nos detengamos en una gasolinera –dijo Marty– y averigüemos si las brigadas de la autopista aconsejan llevar cadenas para subir a Mammoth.

Tal vez debieran agradecer una fuerte nevada. Esto dejaría más aislada la cabaña y la haría más inaccesible a cualquier enemigo que los persiguiera. Pero sólo sentía inquietud ante la perspectiva de una tormenta. Si la suerte no los acompañaba, podía llegar el momento en que necesitaran salir a toda prisa hacia Mammoth Lakes, y las carreteras cerradas por una tormenta de nieve podían provocar un retraso lo bastante importante, con el consiguiente peligro de muerte para ellos.

Charlotte y Emily quisieron jugar a «Mira quién es el mono ahora», un juego de palabras que Marty había inventado años atrás para entretenerlas durante los viajes largos en coche. Ya lo habían jugado dos veces desde que habían salido de Mission Viejo. Paige declinó la oferta de unirse al juego, alegando que necesitaba concentrarse en la conducción, y Marty por fin tuvo que ser el mono con mayor frecuencia que lo habitual, debido a que las preocupaciones lo distraían.

Las altas cumbres de la Sierra desaparecieron entre la niebla. Las nubes eran cada vez más oscuras, como si los rayos del oculto sol lo quemaran todo hasta extinguirlo y sólo dejaran ruinas carbonizadas en el cielo.

10

Los propietarios del motel se referían a su establecimiento como «la mansión». Los edificios estaban rodeados de pinos de Oregón de treinta metros de altura, otros pinos más pequeños y alerces. El efecto era artificialmente rústico.

Las habitaciones no podían compararse con las del Ritz-Carlton, por supuesto; el diseño de los interiores, con sus paneles de pino, pretendía recordar Bavaria, y el mobiliario de madera maciza era insípido, pero, a pesar de todo, Drew Oslett encontró agradables los complementos. Una gran chimenea de piedra, en la que ya habían dispuesto unos troncos y todo lo necesario para encender el fuego, resultaba especialmente atractiva. A los pocos minutos de su llegada, el fuego ya estaba ardiendo.

Alec Spicer telefoneó al equipo de vigilancia que ocupaba la furgoneta al otro lado de la calle, frente a la casa de los Stillwater. Con un lenguaje todavía más críptico que algunas de las afirmaciones de Clocker, les informó de que los encargados de Alfie se hallaban ya en el pueblo y que se alojaban en el motel.

–Nada nuevo –les dijo Spicer después de colgar el auricular–. Jim y Alice Stillwater aún no han vuelto a casa. El hijo y su familia tampoco han aparecido. Y, por supuesto, no hay señales de nuestro muchacho.

Spicer encendió todas las luces de la habitación y descorrió las cortinas porque aún llevaba puestas las gafas de sol, si bien se había quitado su cazadora de aviador. Oslett sospechaba que Spicer no se quitaba las gafas ni siquiera para hacer el amor o acostarse para dormir.

Los tres se sentaron en unas sillas de respaldo alto y curvo, en torno a una mesita con tablas formando espina de pescado, junto a la diminuta cocina. La ventana que había al lado, dividida en paneles, proporcionaba una vista de la ladera poblada de árboles, detrás del motel.

Del interior de un maletín de piel negro, Spicer extrajo algunos objetos que Oslett y Clocker necesitarían para preparar el escenario del asesinato de los Stillwater tal como la oficina central deseaba.

–Dos carretes de alambre de espino –dijo, poniendo los carretes envueltos en plástico sobre la mesa–. Con él hay que atar las muñecas y los tobillos de las hijas. Firmemente, tal como se hizo en el caso de Maryland.

–De acuerdo –dijo Oslett.

–No corten el alambre –los instruyó Spicer–. Después de atarles las muñecas, dirijan el mismo alambre a los tobillos. Un carrete para cada niña. También ocurrió así en Maryland.

El siguiente objeto que sacó del maletín fue una pistola.

–Es una SIG 9 mm –explicó Spicer–. Diseñada por el fabricante suizo, pero en realidad manufacturada por Sauer en Alemania. Una pieza muy buena.

–¿Es con esto con lo que debemos liquidar a la esposa y a las crías? –preguntó Oslett al tiempo que cogía el arma.

Spicer asintió.

–Y luego al mismo Stillwater.

Oslett se familiarizó con la pistola mientras Spicer sacaba del maletín una caja de munición.

–¿Es el mismo modelo que utilizó el tipo de Maryland?

–Exacto. Los informes señalarán que Martin Stillwater la compró hace tres semanas en la misma armería donde adquirió las otras armas. Hay un dependiente al que se le ha pagado para que recuerde que se la vendió.

–Muy hábil.

–La caja donde venía esta pistola y la factura de la compra ya se han dejado en el fondo de un cajón del escritorio de Stillwater, en su estudio de la casa de Mission Viejo.

Sonriente, henchido de auténtica admiración, cada vez más convencido de que lograrían salvar la Red, Oslett comentó:

–Una espléndida atención a los detalles.

–Siempre –admitió Spicer.

La maquiavélica complejidad del plan encantaba a Oslett, del mismo modo que de niño le habían encantado los complicados planes del Coyote en los dibujos animados del Correcaminos, sólo que en este caso los coyotes serían los inevitables ganadores. Echó un vistazo a Karl Clocker, esperando que él también se sintiera cautivado.

Pero el «Trekker» estaba entretenido limpiándose las uñas con la punta de una navaja de bolsillo, y su expresión era sombría. Según todos los indicios, su mente estaba como mínimo a diez mil años luz y a dos dimensiones más allá de Mammoth Lakes, California.

Spicer extrajo del maletín una funda de plástico que contenía una hoja de papel doblada.

–Es la nota de suicidio. Falsa... Pero tan bien elaborada que cualquier grafólogo se convencerá de que ha sido escrita por la propia mano de Stillwater.

–¿Qué dice? –preguntó Oslett.

Citando de memoria, Spicer recitó:

–«Hay un gusano. Excavando por dentro. Todos estamos contaminados. Esclavizados. Parasitados por dentro. No podemos vivir así. No podemos.»

-¿Es del caso de Maryland? –inquirió Oslett.

–Palabra por palabra.

–El tipo era un agorero.

–Eso no se lo discuto.

–¿La dejamos junto al cadáver?

–Sí. Utilicen guantes en todo momento. Presionen los dedos de Stillwater por todos lados después de matarlo. El papel tiene un acabado firme y satinado. Las huellas se imprimirán muy bien.

Spicer volvió a introducir la mano en el maletín y sacó otra funda de plástico que contenía un bolígrafo negro.

–Lo hemos sacado de una caja que hay en uno de los cajones del escritorio de Stillwater.

–¿Han escrito con él la nota de suicidio?

–Sí. Déjenlo en algún sitio cerca del cadáver, pero antes quítenle la tapa.

Sonriendo, Oslett revisó los objetos desperdigados sobre la mesa.

–Va a ser realmente divertido.

Mientras aguardaban un aviso por parte del equipo de vigilancia que estaba apostado ante la casa de los Stillwater, Oslett se arriesgó a visitar una tienda de prendas de esquí que había en el centro comercial al otro lado de la calle, frente al motel. El clima parecía haberse vuelto más desapacible en el breve tiempo que habían permanecido en la habitación, y el cielo había adquirido un tono morado.

El material de la tienda era de primera calidad. No tardó en proveerse de magnífica ropa interior térmica importada de Suecia y de un traje para tormentas de Gore-Tex/Thermolite negro. La prenda estaba provista de unas cintas plateadas reflectoras, capucha plegable, rodilleras anatómicas, nailon a prueba de balas, puños aislantes con tiras de goma y suficientes bolsillos para satisfacer a un prestidigitador. Sobre éste llevaba un chaleco de campaña con aislante de Thermoloft, forro reflector, piezas elásticas en las articulaciones y refuerzos en los hombros. También se compró unos guantes italianos de piel y nailon, casi tan flexibles como una segunda piel. Consideró la idea de comprarse unas gafas de esquiador, pero se decidió por un buen par de gafas de sol, dado que en realidad no tenía intención de hacer descensos por las pistas. Sus impresionantes botas para la nieve parecían ideales para que un robot Terminator pudiera abrirse paso a patadas a través de un muro de cemento.

Se sentía un tipo increíblemente duro.

Dado que hacía falta probarse cada prenda, había aprovechado la ocasión y se las había dejado puestas. El obsequioso dependiente le dobló la ropa con que había entrado en la tienda, y se la metió en una bolsa de asas, que Oslett se llevó consigo cuando emprendió el trayecto de regreso al motel luciendo su nueva indumentaria.

A cada minuto que pasaba, se sentía más optimista en lo que a sus perspectivas se refería. Nada levantaba tanto el ánimo como ir de compras.

Aunque había estado fuera más de media hora, cuando regresó a la habitación seguía sin haber novedades.

Spicer estaba sentado en un sillón, todavía con las gafas puestas, mirando un programa de entrevistas en la televisión. Una robusta mujer negra de abundante cabellera rizada estaba haciendo preguntas a cuatro varones travestidos que habían intentado alistarse como mujeres en el Cuerpo de Marines de Estados Unidos y habían sido rechazados, aunque ellos creían que el presidente iba a intervenir a su favor.

Clocker, lógicamente, estaba sentado ante la mesa junto a la ventana, bajo la plateada luz que presagiaba tormenta, leyendo *Huckleberry Kirk y las rezumantes zorras de Alpha*

Centauri, o como diablos se titulara la endiablada novelita. Su única concesión al clima de la Sierra había sido cambiarse el chaleco de lana a rombos por un suéter de cachemira de manga larga de un vomitivo color anaranjado.

Oslett trasladó el maletín negro a uno de los dos dormitorios que flanqueaban la sala de estar. Vació el contenido sobre una de las dos camas de matrimonio, se sentó con las piernas cruzadas sobre el colchón, se quitó sus nuevas gafas de sol y examinó los hábiles accesorios que en la autopsia confirmarían que Martin Stillwater había cometido un asesinato múltiple y luego se había suicidado.

Tenía cierta cantidad de problemas a los que debía hallar solución, incluido cómo matar a toda aquella gente sin hacer ruido. No le preocupaban los disparos, que podían disimularse de un modo u otro. Lo que de verdad le preocupaba eran los gritos. Dependiendo de dónde fuera a llevarse a cabo el trabajo, podía haber vecinos. Y si éstos se daban cuenta, avisarían a la policía.

Al cabo de un par de minutos, volvió a ponerse las gafas de sol y se dirigió a la sala de estar.

–Una vez que los liquidemos, ¿qué cuerpo de la policía va a encargarse de la investigación? –preguntó, obligando a Spicer a desviar su atención del programa televisivo.

–Si lo hacen aquí –dijo Spicer–, probablemente el departamento del *sheriff* del condado de Mammoth.

–¿Tenemos algún amigo en el departamento?

–Por el momento no, pero seguro que lo tendremos.

–¿Y el forense?

–Por ahí, en las montañas... Lo más probable es que sea un empleado de pompas fúnebres.

–¿Sin conocimientos específicos?

–Imagino que distinguirá el agujero del culo de uno de bala, pero nada más.

–O sea, que si liquidáramos primero a la mujer y a Stillwater, nadie sería tan puntilloso como para detectar el orden de los homicidios...

–A un magnífico laboratorio de la capital le costaría sudor y trabajo averiguarlo, si la diferencia fuera... digamos que de menos de una hora.

–Estaba pensando en que si nos cargamos primero a las niñas, podríamos tener problemas con Stillwater y su esposa –dijo Oslett.

–¿Y eso?

–Tanto Clocker como yo podemos vigilar a los padres mientras el otro se lleva a las niñas a otra habitación. Pero atar las muñecas y los tobillos de las niñas con el alambre llevará entre diez minutos y un cuarto de hora, para hacerlo bien, como en Maryland. Incluso con uno de nosotros amenazando a Stillwater y su mujer con una pistola, no van a estarse quietos. Los dos se echarán encima de mí o de Clocker, de quien los esté vigilando, y juntos pueden llegar a dominarlo.

–Lo dudo.

–¿Cómo puede estar tan seguro?

–La gente no tiene agallas hoy en día.

–Stillwater se enfrentó a Alfie.

–Es cierto –admitió Spicer.

–Cuando ella tenía dieciséis años, se encontró a su padre y a su madre muertos. El tipo había matado a su mujer, y luego se había suicidado...

Spicer sonrió.

–Bonita relación con nuestro montaje.

Oslett no había caído en la cuenta.

–Excelente observación. Tal vez pueda explicar por qué Stillwater no pudo escribir la novela relacionada con el caso de Maryland. De todos modos, tres meses después ella pedía al tribunal que la liberara de su tutora y la declarara legalmente adulta.

–Una zorra con agallas, ¿eh?

–El tribunal claudicó. Le concedió lo que ella pedía.

–Entonces será mejor liquidar primero a los padres –le aconsejó Spicer, cambiando de postura en el sillón, como si el trasero empezara a entumecérsele.

–Eso es lo que había pensado –admitió Oslett.

–Todo esto es jodidamente absurdo...

Por unos momentos, Oslett pensó que Spicer se estaba refiriendo a sus planes respecto de los Stillwater. Pero su comentario estaba relacionado con el programa de la televisión, hacia el cual había vuelto a dirigir su atención.

La entrevistadora de la gran melena había despedido a los

travestidos y había introducido a un nuevo grupo de invitados. Cuatro mujeres de aspecto airado aparecían sentadas en el estudio, todas luciendo extraños sombreros.

Cuando Oslett salió de la sala, miró a Clocker con el rabillo del ojo. El hombretón seguía ante la mesa junto a la ventana, absorto en el libro, pero Oslett se negó a permitir que le echara a perder su buen humor.

En el dormitorio, volvió a sentarse sobre la cama en medio de sus juguetes, se quitó las gafas de sol y repasó mentalmente, una y otra vez, los homicidios, planificando cada posible contingencia.

Fuera, el viento había arreciado. Se percibía como el aullido de una manada de lobos.

11

Se detiene en una gasolinera para preguntar las señas de la dirección que recuerda de la tarjeta del Rolodex. El joven empleado se las da.

A las dos y diez llega al barrio donde sin duda se ha criado. Los solares son amplios, con numerosos abedules deshojados por el invierno y una amplia variedad de abetos.

La casa de sus padres está en el centro de la manzana. Es modesta, de dos plantas, estructura de tablas de madera blancas, con persianas pintadas de verde oscuro. El amplio porche delantero tiene gruesos balaustres blancos, un pasamanos verde y unos decorativos festones a lo largo del alero.

El lugar parece cálido y acogedor. Es como las casas de las películas antiguas. James Stewart podría vivir en ella. Basta echarle un vistazo para darse cuenta de que allí dentro reside una familia encantadora, gente decente con mucho que compartir, con mucho que dar.

No consigue recordar nada de aquella manzana, y mucho menos de la casa en que aparentemente ha transcurrido su infancia y su adolescencia. Podría muy bien tratarse del hogar de unos completos desconocidos en un pueblo en el que nunca hubiese estado hasta ahora.

Lo enfurece que le hayan lavado el cerebro hasta tal punto, que le hayan arrancado sus recuerdos más preciados. Pensar en los años perdidos es una verdadera tortura. La total separación de aquellos a quienes ama es tan cruel y devastadora que se siente al borde de las lágrimas.

Sin embargo, reprime su rabia y su dolor. No puede permitirse dar rienda suelta a sus emociones, cuando la situación sigue siendo tan precaria.

Lo único que reconoce en el vecindario es una furgoneta aparcada al otro lado de la calle, frente a la casa de sus padres. Nunca ha visto esa furgoneta en particular, pero conoce el modelo. Y el descubrimiento lo alarma.

Es uno de esos vehículos que se usan para salir de vacaciones. Color manzana acaramelada. Una base ampliada proporciona un interior más espacioso. Con una cúpula ovalada de acampada en el techo. Enormes guardabarros con letras cromadas: FUN TRUCK. El parachoques trasero está repleto de pegatinas rectangulares, redondas y triangulares que recuerdan visitas al parque nacional de Yosemite, al de Yellowstone, al rodeo anual de Calgary, a Las Vegas, a la presa de Coulder y a otros lugares de interés turístico. Unas decorativas rayas paralelas, de color verde y negro, recorren los laterales, interrumpidas tan sólo por unas amplias ventanas con cristales reflectantes.

Tal vez la furgoneta sólo sea lo que aparenta ser, pero nada más verla está convencido de que es un puesto de vigilancia. Para empezar, su aspecto es excesivamente llamativo. Gracias a su adiestramiento en técnicas de vigilancia sabe que a veces tales furgonetas buscan convencer de su inocuidad llamando la atención sobre su presencia, pues los potenciales sujetos sometidos a vigilancia esperan que un vehículo destinado a tal fin sea discreto, y nunca imaginan que se los pueda vigilar desde, digamos, un carromato de circo. Luego está el asunto de las ventanas laterales reflectantes, las cuales permiten que la gente de dentro vea sin ser vista, proporcionando una intimidad que cualquiera de vacaciones podría desear, pero que es también ideal para los agentes clandestinos.

No reduce la marcha al acercarse a la casa de sus padres, y hace todo lo posible por no demostrar interés por la residencia ni por la furgoneta color manzana acaramelada. Se rasca la frente con la mano derecha y de ese modo consigue también cubrirse el rostro mientras pasa frente a las ventanillas reflectantes.

Los ocupantes de la furgoneta, si es que hay alguno, deben de estar a las órdenes de esos desconocidos que tan cruelmente lo han estado manipulando hasta Kansas City. Representan un vínculo con sus misteriosos superiores, y está tan interesado en ellos como en volver a establecer contacto con sus queridos padres.

Dos manzanas más allá, dobla a la derecha y se dirige de nuevo a la zona comercial, en la que antes divisó una tienda de artículos de deporte. Sin una pistola y, en cualquier caso, sin poder comprar una que esté provista de silenciador, necesita conseguir un par de armas sencillas.

A las dos y veinte sonó el teléfono en la habitación del motel.

Oslett se puso las gafas de sol, saltó de la cama y se asomó a la sala de estar.

Spicer contestó al teléfono, escuchó, murmuró una palabra que podía haber sido «bien», y colgó. Luego se volvió hacia Oslett, y dijo:

–Jim y Alice Stillwater acaban de regresar a casa después del almuerzo.

–Confiemos en que Marty les telefonee ahora.

–Lo hará –replicó Spicer, convencido.

Alzando la vista del libro, Clocker comentó:

–Ya que hablamos de almuerzo, vamos retrasados.

–La nevera de la cocina está cargada con comida –le informó Spicer–. Fiambres, ensalada de patata, ensalada de macarrones, tarta de queso. No se morirán de hambre.

–Para mí nada –replicó Oslett, que se sentía demasiado excitado para comer.

Ya son las tres menos cuarto cuando regresa al barrio donde viven sus padres, media hora después de haber pasado ya por allí. Es plenamente consciente de que los minutos pasan volando. El falso padre, Paige y las niñas pueden presentarse en cualquier momento. Tanto si han efectuado otra parada para ir al baño después de Red Mountain, como si han seguido a toda velocidad tal como iban cuando él los seguía, es casi seguro que llegarán en un cuarto de hora o veinte minutos.

Quiere ver desesperadamente a sus padres antes de que el maldito impostor se presente ante ellos. Necesita prepararlos para lo que ha sucedido, y conseguir su ayuda en la batalla para reclamar a su esposa y a sus hijas. Le preocupa que el impostor se adelante a él y les hable. Si esa criatura ha logrado convencer hasta tal punto a Paige y las niñas, existe la posibilidad, aunque muy remota, de que también lo consiga con sus padres.

Cuando dobla por la esquina de la manzana donde ha pasado la infancia que no recuerda, ya no conduce el Toyota que robó en Laguna Hills al amanecer. Ahora va al volante de la furgoneta de reparto de una floristería, una afortunada adquisición que ha conseguido por la fuerza después de salir de la tienda de deportes.

Esta última hora la suerte ha sido muy favorable con él. Aun así, el tiempo se le escapa entre las manos.

A pesar de que el día es cada vez más gris, conduce con la visera bajada. Lleva una gorra de béisbol echada hacia delante y una chaqueta universitaria forrada de lanilla que pertenece al joven repartidor de la floristería Murchison. Enmascarado por la visera del coche y por la gorra, será irreconocible para cualquiera que lo observe detrás del volante.

Se acerca a la acera y aparca justo detrás de la furgoneta en la cual sospecha que hay un equipo de vigilancia. Se apea y se dirige rápidamente a la parte trasera del vehículo sin dar tiempo a sus ocupantes de que lo observen.

Abre la puerta posterior de la furgoneta de la floristería, cuyas bisagras chirrían pues hace tiempo que no las engrasan.

En el suelo del compartimiento destinado a la carga yace de espaldas el cadáver del repartidor. Tiene las manos dobladas sobre el pecho y se halla rodeado de flores, como si estuviese a punto para el funeral.

De la bolsa de plástico que hay junto al cadáver, coge el piolet que ha comprado del amplio surtido de material de escalada que había en la tienda de deportes. La pieza de acero va provista de una empuñadura de goma en torno al mango. Uno de los dos extremos de la parte superior del instrumento tiene la forma de un martillo normal, mientras que el otro es endiabladamente puntiagudo. Mete el mango en el espacio entre el cinturón y los tejanos.

De la misma bolsa de plástico saca un aerosol de líquido anticongelante. Del mismo modo que si se pulveriza sobre hielo éste se funde rápidamente, si se aplica a los cristales, a la cerradura o a los limpiaparabrisas del coche evita que se forme hielo en ellos. Al menos eso es lo que garantiza la etiqueta. En realidad, a él poco le importa que sirva o no para tales fines.

Quita la tapa del envase, exponiendo la boquilla. Ésta tiene dos posiciones: pulverización y chorro. Elige esta última y luego mete el frasco en el bolsillo de su chaqueta.

Entre las piernas del muerto hay un enorme arreglo floral hecho con rosas, claveles, florecillas blancas y helechos, dentro de un jarrón azul celadón. Lo saca de la furgoneta, sosteniéndolo con ambas manos, y cierra la puerta empujándola con el hombro.

Acarreando el arreglo de forma completamente natural, aunque de modo que oculte su rostro a los observadores que pueda haber en la furgoneta roja, se dirige a la puerta de la casa ante la cual se hallan aparcados los dos vehículos. Las flores no son para ninguno de los que viven en la casa y confía en que no haya nadie. Pero, si acude alguien a abrir la puerta, fingirá que se ha equivocado de casa con el fin de poder regresar a la calle todavía con la protección del arreglo floral.

Está de suerte. Nadie responde a la llamada. Pulsa el timbre varias veces y hace gestos de impaciencia.

Se aparta de la puerta y regresa por el sendero de entrada.

A través del abanico de flores y de verdor que mantiene ante sí, observa que en la parte de atrás de la furgoneta roja hay también un par de ventanillas con cristal reflectante. Teniendo en cuenta lo desierta que está la calle, imagina que, a falta de algo mejor que hacer, los de allí dentro deben de estar observándolo.

No pasa nada. Él no es más que el frustrado repartidor de una floristería. Sin duda no verán razón alguna para sospechar de él. En vez de perder el tiempo vigilándolo, lo dejarán tranquilo y volverán su atención a la blanca casa de madera.

Deja atrás el vehículo de vigilancia. Sin embargo, en vez de proseguir por la agrietada y combada acera hacia la parte posterior de la furgoneta de la floristería, baja el bordillo entre la parte posterior del vehículo rojo y la delantera del de reparto.

En la parte posterior de la furgoneta roja hay una ventanilla rectangular, también con cristal reflectante. Por si aún están vigilando, simula un accidente: da un traspiés, permite que el arreglo floral se le resbale de las manos, y farfulla con rabia al tiempo que el jarrón se hace añicos sobre el asfalto.

–¡Oh, mierda! Perfecto, realmente perfecto. ¡Maldita, maldita sea!

A medida que lanza juramentos se agacha por debajo de la ventanilla posterior y saca del bolsillo de su chaqueta el aerosol anticongelante. Con la mano izquierda coge la manija de la puerta.

Si han echado el seguro se darán cuenta de que pretende abrirla. Si fracasa, sin duda se verá metido en graves dificultades, ya que lo más probable es que ellos vayan armados.

Sin embargo, ellos no tienen motivo alguno para esperar un ataque, e imagina que la puerta no estará cerrada con llave. Su suposición es correcta: la manija baja sin dificultad.

No se vuelve para comprobar si alguien ha salido a la calle y está observándolo. Mirar por encima del hombro haría que pareciese más sospechoso.

De un tirón abre la puerta, sube al interior en semipenumbras de la furgoneta y, antes de asegurarse de si hay alguien allí dentro, aprieta con el dedo el botón del frasco del aerosol, rociando de izquierda a derecha.

El vehículo está ocupado por gran cantidad de equipos electrónicos. Paneles de instrumentos de control débilmente iluminados. Dos sillas giratorias, atornilladas al suelo. El grupo de vigilancia está compuesto de dos hombres.

Parece como si el más cercano se hubiera levantado de su silla un segundo antes y se hubiese vuelto hacia la puerta posterior, con el objeto de mirar por la ventanilla. Al abrirse de golpe la puerta se ha visto sorprendido.

El espeso chorro del anticongelante químico le da en pleno rostro, cegándolo. Al inhalarlo, también le quema la garganta, los pulmones. Se ahoga antes de poder gritar.

Ahora se pone en movimiento. Como una máquina. Programado. A toda velocidad.

El piolet. Liberado de su cintura. Un arco continuo, potente, desciende con toda su fuerza. A la sien derecha. Un crujido. El tipo se desploma. De un tirón libera el arma.

El segundo hombre. La segunda silla. Lleva auriculares. Sentado ante un papel de instrumentos detrás de la cabina, de espaldas a la puerta. Los auriculares amortiguan los resuellos de su compañero... Percibe movimiento. Siente que la furgoneta oscila cuando el primer agente cae al suelo. Se vuelve. Sorprendido, lleva la mano al arma que carga en la sobaquera. Pero es demasiado tarde; él ya ha pulverizado el contenido del aerosol sobre su cara.

«Ponerse en movimiento, avanzar, enfrentarse, disputar, luchar y vencer.»

El primer agente en el suelo, víctima de inútiles espasmos. Pasa sobre él y sigue avanzando, avanzando, una exhalación, directo hacia el segundo agente.

Piolet. Una vez más. Piolet. Piolet.

Silencio. Quietud.

El cuerpo del suelo ha dejado de moverse.

Todo ha ido a la perfección. Nada de chillidos, ni de gritos, ni disparos.

Sabe que es un héroe, y los héroes siempre ganan. Aun así, es un alivio cuando el triunfo no sólo se anticipa, sino que se consigue.

Ahora se siente más relajado que durante todo el día.

Vuelve a la puerta trasera, se asoma y mira a la calle. Nadie a la vista. Todo tranquilo.

Cierra la puerta, deja caer el piolet al suelo y contempla con gratitud a los hombres muertos. Se siente muy próximo a ellos por lo que acaban de compartir.

–Gracias –musita tiernamente.

Registra los dos cadáveres. Aunque ambos llevan una tarjeta de identificación en sus carteras, supone que son falsas. No encuentra nada de interés, excepto setenta y seis dólares en efectivo, que se guarda.

Un rápido registro de la furgoneta no le proporciona archivos, bloc de notas, anotaciones o cualquier otro documento que identifique la organización a la cual pertenece el vehículo. Están llevando a cabo una operación secreta, limpia.

Una sobaquera y un arma cuelgan del respaldo de la silla

donde había estado sentado el primer agente. Es un Smith and Wesson del 38 Chief's Special.

Se despoja de su chaqueta de universitario, se pone la sobaquera sobre el suéter, se la ajusta hasta que la nota cómoda, y vuelve a ponerse la chaqueta. Desenfunda el revólver y abre el cilindro. La cabeza de las balas centellea. El cargador está lleno. Cierra el cilindro de golpe y vuelve a enfundar el arma.

El tipo muerto del suelo lleva una bolsita de piel colgada del cinturón. En ella hay dos cargadores rápidos.

La coge y se la ata a la cintura, disponiendo así de más munición de la que necesita para enfrentarse al falso padre. No obstante, parece que sus jefes sin rostro quieren darle alcance, e ignora contra qué dificultades tendrá que enfrentarse antes de recuperar su nombre, su familia y la vida que le han robado.

El segundo hombre muerto, hundido en su silla, la barbilla contra el pecho, nunca conseguirá desenfundar el arma que pretendía alcanzar. Sigue en su sobaquera.

La saca. Otro Chief's Special. Como el cañón es corto, le cabe en el bolsillo relativamente holgado de la chaqueta.

Plenamente consciente de que va con retraso, abandona la furgoneta y cierra la puerta al salir.

Los primeros copos de nieve de la tormenta forman espirales con la helada brisa procedente del noroeste. En un primer momento no son muy abundantes, pero sí de gran tamaño y con formas afiligranadas.

Al cruzar la calle hacia la casita blanca de persianas verdes, saca la lengua para recoger algunos de aquellos copos. Probablemente hacía lo mismo cuando, siendo un muchacho que vivía en aquel barrio, se deleitaba con las primeras nieves de la temporada.

No recuerda que hiciera muñecos de nieve, ni que entablara batallas de bolas de nieve con otros muchachos, o participara en carreras de trineos. Aunque tiene que haber hecho todas estas cosas, se las han robado junto con muchas otras, y le han negado la dulce alegría de los recuerdos nostálgicos.

Un sendero de losas de pizarra atraviesa el césped, ya marrón por el invierno, que cubre el jardín delantero.

Sube por los tres peldaños y cruza el amplio porche.

Ya ante la puerta, se queda paralizado por el miedo. Su pasado yace dentro de aquella casa. Y también su futuro… Tan lejos ha llegado desde su repentina concienciación y desesperada ruptura por la libertad. Puede que éste sea el momento más crucial de su campaña por la justicia. El paso decisivo. Los padres pueden ser unos fieles aliados en momentos de dificultad. Su fe. Su confianza. Su amor imperecedero. Pero teme hacer algo que, a punto de alcanzar el éxito, vaya a enemistarlo con ellos y destruir las posibilidades que tiene de recuperar su vida. Es mucho lo que se juega si se atreve a pulsar el timbre.

Intimidado, se vuelve para mirar la calle y se siente hechizado por la escena, pues la nieve cae con mayor intensidad que cuando se acercaba a la casa. Los copos son aún enormes y esponjosos, los hay a millones, revoloteando al impulso del suave viento del noroeste. Son tan intensamente blancos, que parecen luminosos, cada forma de encaje cristalizado parece llena de una suave luz interior, y el día ha dejado de ser deprimente. El mundo es tan silencioso y sereno –dos cualidades extrañas en su experiencia– que ya no parece del todo real, como si mediante un hechizo mágico se hubiese visto transportado al interior de una de esas semiesferas de cristal que contienen un diorama con una bonita escena de invierno, y que se llenan de una lluvia de escamas cada vez que se las agita.

Esta fantasía le resulta atractiva. Una parte de él anhela el éxtasis de un mundo bajo una cúpula de cristal, una cárcel benigna, donde no existan el tiempo ni los cambios, en paz, limpia, sin temores ni luchas, sin pérdidas, donde el corazón nunca se sienta afligido.

Hermoso, hermoso, la nieve cayendo, blanqueando el cielo antes de aterrizar abajo, una efervescencia en el aire. Es tan encantador, y lo conmueve tan profundamente, que las lágrimas acuden a sus ojos.

Es demasiado sensible. En ocasiones las experiencias más corrientes son las más dolorosas. La sensibilidad puede ser una maldición en un mundo tan agresivo como en el que le ha tocado vivir.

Hace acopio de todo su valor, se vuelve de nuevo hacia la casa. Pulsa el timbre, aguarda unos segundos, y vuelve a llamar.

Su madre abre la puerta.

No la recuerda, pero intuitivamente sabe que ésa es la mujer que le dio la vida. Su cara es regordeta, relativamente poco arrugada para su edad, y la mismísima esencia de la bondad. Sus rasgos son un eco de los de ella: tiene el mismo tono de azul en los ojos que él ha visto cuando se mira en un espejo, aunque los de ella le parecen ventanas al interior de un alma más pura que la de él.

–¡Marty! –exclama sorprendida, y, con una instantánea y cálida sonrisa, abre los brazos.

Conmovido por su inmediata aceptación, cruza el umbral y la estrecha con fuerza entre sus brazos, como si temiera asfixiarse si la dejara escapar.

–¿Qué sucede, querido? ¿Ocurre algo? –pregunta ella.

Sólo entonces se da cuenta de que está sollozando. Se siente tan conmovido por el amor de esa mujer, tan agradecido por haber encontrado el lugar al que pertenece y donde es bien recibido, que no puede controlar sus emociones.

Hunde su rostro en el cabello cano de la mujer, que huele débilmente a champú. Ella parece tan cálida... Más que la otra gente. Y se pregunta si serán así todas las madres.

–¡Jim! –llama ella–. ¡Jim, ven rápido!

Él intenta hablar, decirle que la quiere, pero su voz se quiebra antes de que pueda formar una sola palabra.

Entonces aparece en el pasillo, acercándose a toda prisa.

Las lágrimas no pueden impedir que reconozca a su padre. Se parece mucho más a él que a su madre.

–Marty, hijo... ¿Qué ocurre?

Se abrazan, inexpresivamente agradecido por los brazos abiertos que le tiende su padre, ya nunca más solo, pues a partir de ahora vivirá en un mundo bajo una campana de cristal, será apreciado y querido. Amado.

–¿Dónde está Paige? –pregunta su madre, mirando a través de la puerta abierta, hacia el día cubierto de nieve–. ¿Y dónde están las niñas?

–Estábamos almorzando en el restaurante –le dice su padre–, y Janey Torreson dijo que habías salido en las noticias... Algo sobre que habías disparado a alguien, pero que tal vez fuera todo un engaño. No parecía tener sentido...

Todavía se siente embargado por la emoción, incapaz de responder.

–En cuanto llegamos a casa intentamos telefonearte –dice su padre–, pero ha respondido el contestador automático, así que te he dejado un mensaje.

Su madre vuelve a preguntarle por Paige y las niñas.

Debe recuperar el control sobre sí mismo, pues de un momento a otro puede llegar el falso padre.

–Mamá, papá, tenemos problemas –les dice–. Tenéis que ayudarnos, por favor. ¡Oh, Dios, tenéis que ayudarnos!

Su madre cierra la puerta al frío aire de diciembre y lo acompañan a la salita de estar, uno a cada lado, envolviéndolo con su amor, enterneciéndolo, sus rostros llenos de preocupación y de compasión. Está en casa. Por fin en casa.

No recuerda la salita de estar más de lo que recuerda a su madre, a su padre o la nieve de su infancia. El suelo de madera formando espiga está cubierto casi en su mitad por una alfombra estilo persa, en tonos melocotón y verde. Los asientos están tapizados con una tela azul grisácea oscura, y la madera visible es de un tono rojo cereza amarronado. Sobre la repisa de la chimenea, entre dos jarrones en los que se repite el dibujado de un paisaje con unos templos chinos, un reloj desgrana solemnemente su tictac.

–Querido, ¿qué chaqueta es esa que llevas? –le pregunta su madre, haciendo que se siente en el sofá.

–La mía –contesta.

–Pero si es el nuevo estilo de chaqueta universitaria...

–¿Están bien Paige y las niñas? –pregunta su padre.

–Hace tan sólo dos años que el colegio universitario adoptó este modelo –comenta su madre, tocando con los dedos la chaqueta.

–Es mía –repite, y se quita la gorra de béisbol antes de que su madre pueda ver que le va algo grande.

En una pared hay una serie de fotos suyas, de Paige, de Charlotte y de Emily a distintas edades. Aparta los ojos de aquella exposición, ya que le afecta profundamente y amenaza con arrancarle más lágrimas.

Tiene que recuperar el control sobre sus emociones y mantenerlo, a fin de poder comunicar a sus padres lo esencial de aquella situación compleja y misteriosa. Los tres disponen de poco tiempo para idear un plan de acción antes de que llegue el impostor.

Su madre se sienta a su lado en el sofá. Le sujeta la mano derecha entre las suyas y se la aprieta suavemente, para infundirle ánimos.

Su padre, a su izquierda, se sienta en el borde de un sillón y se inclina hacia delante, atento, frunciendo el entrecejo con gesto de preocupación.

Tiene muchas cosas que decirles, pero no sabe por dónde empezar. Vacila, por un momento teme que nunca encuentre la palabra justa, que enmudezca, abrumado por un bloqueo psicológico incluso peor que el que le asaltó cuando, sentado frente al monitor del ordenador, en su estudio, intentaba escribir la primera frase de una nueva novela.

Sin embargo, cuando de repente empieza a hablar, las palabras salen de él como un torrente.

–Un hombre, hay un hombre que se parece a mí, exacto a mí, ni siquiera yo puedo ver ninguna diferencia, y me ha robado mi vida... Paige y las niñas piensan que él soy yo, pero no lo es, no sé quién es ni cómo ha logrado engañar a Paige. Me ha robado mis recuerdos, me ha dejado sin nada, y no sé cómo, no sé cómo ha logrado robarme tantas cosas y dejarme tan vacío...

Su padre parece alarmado, y es lógico que lo esté ante esas terribles revelaciones. Pero hay algo extraño en la inquietud de su padre, cierta cualidad sutil que elude cualquier definición.

Las manos de su madre se tensan sobre su mano derecha, de una forma que parece más reflexiva que intencional. No se atreve a mirarla a la cara.

Se apresura, consciente de que ambos están confusos, ávido por hacerse entender.

–Habla igual que yo, se mueve y se comporta igual que yo, parece como si fuera yo, así que he pensado mucho en ello, tratando de comprender quién puede ser, de dónde ha venido, y siempre vuelvo a la misma explicación, por increíble que parezca. Debe de ser como en las películas, ya sabéis, como con Kevin McCarthy, o como con Donald Sutherland en la segunda versión de *La invasión de los ladrones de cuerpos*. Algo que no es humano, de otro mundo, algo que puede imitarnos perfectamente y arrancarnos nuestros recuerdos, convertirse en nosotros. Sólo que algo le falló al intentar matarme y deshacerse de mi cuerpo, después de quitarme lo que había en mi mente.

Se interrumpe, jadeante.

Sus padres permanecen en silencio por un instante. Intercambian una mirada. A él no le gusta esa mirada. No le gusta en absoluto.

–Marty –dice su padre–, tal vez deberías empezar otra vez desde el principio, poco a poco, decirnos exactamente qué es lo que ha sucedido, paso a paso.

–Estoy intentando decíroslo –exclama, exasperado–. Sé que parece increíble, pero os lo estoy diciendo, papá.

–Y yo quiero ayudarte, Marty. Quiero creerte. Así que tranquilízate y cuéntanos todo desde el principio, dame la posibilidad de entenderte.

–No disponemos de mucho tiempo. ¿No os dais cuenta? Paige y las niñas vienen hacia aquí con ese..., con esa criatura, ese ser inhumano. Tengo que apartarlas de él. Con vuestra ayuda tengo que matarlo de algún modo y recuperar a mi familia antes de que sea demasiado tarde.

Su madre está pálida, se muerde el labio. Tiene los ojos arrasados en lágrimas y sus manos se han cerrado con tal fuerza sobre la suya que casi le hace daño. Él confía en que comprenda lo apremiante de la situación y la terrible naturaleza de la amenaza.

–Todo se arreglará, mamá –le dice–. De algún modo lo solucionaremos. Juntos tendremos una posibilidad.

Se vuelve hacia las ventanas que dan al exterior. Espera ver el BMW llegar por la calle nevada, subir por la rampa del garaje. Todavía no. Todavía disponen de algún tiempo, quizá sólo de unos minutos, de unos segundos, pero tiempo al fin.

Su padre carraspea antes de hablar.

–Marty, no sé qué está pasando aquí...

–¡Ya os lo he dicho! –exclama–. Maldita sea, papá, no sabes lo que he tenido que padecer. –Las lágrimas asoman de nuevo y se esfuerza por reprimirlas–. He sufrido tanto... He tenido tanto miedo hasta donde logro recordar... Tanto miedo, tan solo, y tratando de entender...

Su padre tiende una mano hacia él, la apoya sobre su rodilla. Está preocupado, pero no del modo que debería estarlo. No está visiblemente irritado por el hecho de que un ser desconocido haya robado la vida a su hijo, no está asustado como debería ante la noticia de que una presencia sobrenatural se hace pasar por un ser humano. Parece preocupado, sencillamente, y… triste. En su voz hay una tristeza inconfundible e inadecuada.

–No estás solo, hijo –dice su madre–. Nosotros estaremos siempre contigo. Lo sabes muy bien.

–Si Paige está a punto de llegar, como aseguras –añade su padre–, nos sentaremos juntos cuando llegue y discutiremos esto, trataremos de entender qué ha ocurrido.

Sus voces suenan vagamente condescendientes, como si hablaran a una criatura inteligente y perceptiva, pero aun así una criatura.

–¡Callaos! ¡Callaos ya! –De un tirón libera su mano de entre las de su madre y se pone de pie, temblando de frustración.

La ventana. Sigue nevando. La calle. Ningún BMW. Pero pronto.

Deja de mirar por la ventana y se vuelve hacia sus padres.

Su madre está sentada en el borde del sofá, el rostro enterrado entre sus manos, los hombros encogidos, en una postura de dolor, o desesperación.

Es imprescindible que entiendan. Se siente consumido por esa necesidad y frustrado por su incapacidad para transmitirles los rasgos fundamentales de su situación.

Su padre se levanta del sillón. Parece indeciso, los brazos caídos a los lados del cuerpo.

–Marty, has venido en busca de ayuda y nosotros queremos ayudarte, Dios sabe que sí, pero no podemos si no nos dejas…

Su madre se descubre el rostro, las lágrimas corren por sus mejillas, le suplica:

–Por favor, Marty, por favor…

–Todo el mundo comete errores de vez en cuando –dice su padre.

–Si se trata de drogas –insinúa su madre, entre lágrimas, hablando tanto para su padre como para él–, podremos arreglarlo, querido. Podremos solucionarlo. Encontrar algún tratamiento.

Su mundo encerrado bajo una campana de cristal –hermoso, pacífico, donde no pasa el tiempo–, en el que ha estado viviendo durante unos preciosos minutos desde que su madre lo abrazara al llegar a casa, se rompe de pronto. Una grieta horrible y dentada aparece sobre la lisa curva del cristal. La atmósfera dulce y limpia de ese breve paraíso escapa con un siseo, admitiendo el aire contaminado del odioso mundo en que la existencia es una lucha interminable contra la desesperanza, la soledad y la exclusión.

–No me hagáis esto –suplica–. No me traicionéis. ¿Cómo podéis hacerme eso? ¿Cómo podéis poneros contra mí? Soy vuestro hijo. –La frustración se transforma en rabia–. Vuestro único hijo. –La rabia conduce al odio–. Necesito... Necesito... ¿No os dais cuenta? –Está temblando de ira–. ¿Acaso no os importa? ¿Es que no tenéis corazón? ¿Por qué podéis ser tan malos conmigo, tan crueles? ¿Cómo habéis podido llegar a esto?

12

En una gasolinera de Bishop se detuvieron el tiempo necesario para comprar cadenas para la nieve y pagarle a un empleado para que se las colocara en las ruedas del BMW. La patrulla de la autopista recomendaba –aunque aún no exigía– que todos los vehículos que se dirigían a Sierra Nevada fueran equipados con cadenas.

La nacional 395 se convertía en una autopista de dos direcciones al oeste de Bishop y, a pesar de la espectacular subida, lograron una buena marcha mientras dejaban atrás Rovanna y Crowley Lake, luego McGee Creek y Convict Lake, abandonando la 395 para entrar en la carretera 203, ligeramente al sur de Casa Diablo Hot Springs.

Casa Diablo. La casa del diablo...

Hasta entonces, el significado de ese nombre le había pasado inadvertido a Marty.

Ahora todo era un mal presagio.

Antes de que llegaran a Mammoth Lakes había empezado a nevar.

Los gruesos copos de nieve estaban tan flojamente engarzados como el encaje barato, y caían con tal abundancia que parecía como si la mitad del espacio que separaba el cielo de la tierra estuviera ocupado por la nieve. Ésta había empezado a cuajar de inmediato, adornando el paisaje con su falsa piel de armiño.

Paige condujo a través de Mammoth Lakes sin detenerse, y dobló al sur en dirección a Lake Mary. En el asiento de atrás, Charlotte y Emily se hallaban tan absortas contemplando la nevada que, por el momento, no necesitaban que se las distrajera.

Al este de las montañas, el cielo, gris y negro, tenía un aspecto turbulento. En cambio, en el corazón de la sierra parecía el ojo del Cíclope cubierto por una catarata blanquecina.

El desvío de la carretera 203 estaba marcado por un grupo de pinos, el más alto de los cuales mostraba las cicatrices del impacto de un rayo diez años atrás. Éste no sólo había dañado el pino, sino que lo había deformado hasta convertirlo en una especie de torre maligna y retorcida.

Los copos de nieve eran más pequeños que antes, pero caían con mayor intensidad, empujados por el viento del noroeste. Después de un inicio juguetón, la tormenta se arreciaba.

Los prados de montaña comenzaron a ceder paso a los bosquecillos, y la empinada carretera finalmente pasó por delante de una finca de unas cuarenta hectáreas, a la derecha, vallada por una alambrada. Aquella finca había sido adquirida once años atrás por la Iglesia Profética del Éxtasis, un culto que seguía las enseñanzas del reverendo Jonathan Caine y que creía que los creyentes pronto ascenderían levitando al Cielo, dejando en la Tierra a los no bautizados y los auténticos malvados, que soportarían mil años de guerras y tragedias abrumadoras antes de que llegara el día del juicio final.

Luego resultó que Caine abusaba de los menores y que grababa en vídeo sus orgías con los hijos de los miembros del culto. Había terminado en la cárcel, en tanto que sus dos mil seguidores se habían dispersado con los vientos de la desilusión y de la traición, y la propiedad, con todas sus dependencias, se había visto paralizada por los litigios durante casi cinco años.

Algunas fantasías terminaban siendo destructivas.

La valla de rejilla de acero, rematada por espirales de peligroso alambre de espino, aparecía rota en algunos sitios. A lo lejos, el campanario de la iglesia se elevaba por encima de los árboles. Debajo aparecían los inclinados tejados de un conjunto de edificios en los cuales los fieles habían dormido, comido y esperado el momento en que Dios Todopoderoso los elevara al Cielo con su mano derecha. El campanario seguía intacto. Pero a los edificios les faltaban las puertas y las ventanas, y, despojados de su gloria y cubiertos de escombros, eran guarida de ratas, zarigüeyas y mapaches. En ocasiones los vándalos eran seres humanos, pero el viento, el hielo y la nieve habían provocado la mayor parte de los destrozos. Como si Dios, doblegando el clima a su voluntad, hubiese juzgado ya la Iglesia del Éxtasis comunicándole que aún no estaba dispuesto a admitir al resto de la humanidad.

La cabaña también estaba a la derecha de la estrecha carretera comarcal, la siguiente propiedad después del enorme terreno perteneciente al culto extinguido. Se alzaba a unos cien metros de la carretera asfaltada, al final de un camino de tierra, y era uno más de los muchos refugios similares que se desparramaban por las colinas de los alrededores, la mayor parte de los cuales sobre unos terrenos de más de cuatro mil metros cuadrados.

Era una construcción de una sola planta, con paredes de cedro plateadas por el tiempo, tejado a dos aguas, porche delantero protegido por mamparas y cimientos hechos con piedras del río. Con el paso de los años, sus padres habían ampliado la cabaña original hasta completarla con dos dormitorios, cocina, sala de estar y un par de cuartos de baño.

Aparcaron delante de la cabaña y salieron del BMW. Los abetos, pinos de azúcar y pinos ródenos del entorno eran enormes y antiguos, y el aroma dulzón que desprendían impregnaba el aire puro. Una gran acumulación de hojas muertas y montones de piñas cubrían el terreno de la propiedad. La nieve había formado una capa sólo entre la separación de los árboles y los ocasionales resquicios que dejaba la techumbre que formaban sus ramas.

Marty se dirigió al cobertizo de madera que había detrás de la cabaña. La puerta estaba cerrada con un simple pasador. A la derecha de la entrada, junto a la pared, enterrada en el suelo bajo un centímetro y medio de tierra, estaba la llave de repuesto envuelta en plástico.

Cuando Marty regresó a la parte delantera de la cabaña, Emily estaba dando vueltas acuclillada en torno a uno de los árboles más grandes, examinando de cerca las piñas que habían caído del árbol. Charlotte estaba interpretando un ballet exageradamente frenético en medio de un claro entre los árboles, donde un amplio cono de nieve caía sobre ella lo mismo que un reflector en el escenario.

–¡Soy la Reina de las Nieves! –anunciaba Charlotte, sin parar de girar y saltar–. ¡Tengo poder sobre el invierno! ¡Puedo ordenar a la nieve que caiga! ¡Puedo hacer que el mundo sea brillante, y blanco, y hermoso!

Al ver que Emily había recogido ya una brazada de piñas, Paige le advirtió:

–Cariño, no vas a entrar esto en la casa.

–Quiero hacer un poco de escultura.

–Están sucias.

–Son bonitas.

–Son bonitas y están sucias –replicó Paige.

–Pues haré escultura aquí fuera.

–¡Nieve, cae! ¡Nieve, cae! ¡Nieve, gira y gira y brinca! –ordenaba la danzante Reina de las Nieves, mientras Marty subía por los peldaños de la entrada y abría la puerta del porche.

Aquella mañana las niñas se habían vestido con tejanos y jerséis de lana, acorde con el clima de la sierra; además, llevaban anoraks de nailon muy aislantes y guantes de lana. Querían quedarse fuera para jugar, pero, aunque hubiesen llevado botas, el exterior les estaba prohibido. Esta vez la cabaña no era un simple lugar de recreo, sino un refugio aislado al que había que transformar en una fortaleza; por otra parte, los árboles de los alrededores podían ocultar algo mucho más peligroso que lobos.

El interior desprendía un leve olor a moho. En realidad, hacía más frío ahí dentro que fuera, a pesar de la nieve.

Había unos troncos preparados en el hogar, y una alta fila de leña a un lado de la ancha y profunda chimenea. Más tarde encenderían el fuego. Para caldear rápidamente la cabaña, Paige fue de habitación en habitación encendiendo los calefactores instalados en las paredes.

De pie junto a una de las ventanas que daban al porche y al camino de tierra que llegaba hasta la carretera comarcal,

Marty utilizó el teléfono celular, que había traído del coche, para intentar una vez más ponerse en contacto con sus padres en Mammoth Lakes.

–Papá –lo llamó Charlotte, cuando tecleaba el número–, se me acaba de ocurrir... ¿Quién va a darles de comer a *Sheldon*, *Bob*, *Fred* y los demás animalitos de casa mientras estemos aquí?

–Ya le he pedido a la señora Sánchez que se encargue de eso –mintió Marty, pues aún no había hecho acopio de valor para decirle que todas sus mascotas habían muerto.

–Ah, bueno. Entonces es una suerte que no fuera la señora Sánchez la que se volviese loca.

–¿A quién estás llamando, papi? –preguntó Emily, mientras sonaba el primer timbrazo al otro extremo de la línea.

–A los abuelos.

–Entonces diles que voy a hacer una escultura para ellos.

–Puedes estar segura de que eso les hará vomitar, muchacha –le dijo Charlotte.

El teléfono sonó por tercera vez.

–A ellos les gustan mis esculturas –insistió Emily.

–No les queda otro remedio –dijo Charlotte–, para eso son tus abuelos.

Cuatro timbrazos.

–Sí, bueno... En realidad tú tampoco eres la Reina de las Nieves –dijo Emily.

–Sí lo soy.

Cinco.

–No, tú eres la Enana de las Nieves.

–Y tú el Sapo de las Nieves –replicó Charlotte.

Seis.

–Gusano de las Nieves.

–Larva de las Nieves.

–Moco de las Nieves.

–Vómito de las Nieves.

Marty les lanzó una mirada de advertencia que puso fin a aquella competición de nombres, aunque las dos terminaron sacándose la lengua.

Después del séptimo timbrazo, posó el dedo sobre la tecla FIN. Sin embargo, antes de poder apretarla, alguien descolgó el auricular al otro extremo de la línea.

Quien fuera el que lo hizo, no dijo nada.

–¿Hola? –dijo Marty–. ¿Mamá? ¿Papá?

Con un tono que sonaba a la vez triste y colérico, el hombre al otro extremo de la línea preguntó:

–¿Qué has hecho para ganarte su voluntad?

Marty sintió que la sangre se le helaba en las venas, no sólo a causa del intenso frío que reinaba en la cabaña, sino porque la voz que había contestado era una perfecta imitación de la suya.

–¿Por qué ellos te quieren más que a mí? –preguntó el Otro con voz trémula por la emoción.

Un manto de terror cayó sobre Marty, y una sensación de irrealidad tan desorientadora como cualquier pesadilla se apoderó de él. Parecía como si soñara despierto.

–No te atrevas a tocarlos, maldito hijo de puta –dijo Marty–. No pongas un dedo sobre ellos.

–Me han traicionado.

–¡Quiero hablar con mi madre y con mi padre!

–Mi madre y mi padre, querrás decir –replicó el Otro.

–Deja que se pongan al teléfono.

–¿Para poder contarles más mentiras?

–Haz que se pongan ahora mismo –insistió Marty, apretando los dientes.

–Ellos ya no pueden seguir escuchando tus mentiras.

–¿Qué les has hecho?

–Han terminado de hacerte caso.

–¿Qué les has hecho?

–No han querido darme lo que necesitaba.

Al comprender súbita y brutalmente qué había ocurrido, el terror se transformó en dolor. Y por un momento Marty fue incapaz de articular palabra.

–Todo cuanto pedía era que me quisieran –añadió el Otro.

–¿Qué les has hecho? –preguntó por fin Marty–. ¿Quién eres? ¿Qué eres, maldita sea? ¿Qué les has hecho?

Sin hacer caso de sus preguntas, el Otro contestó formulando sus propias preguntas:

–¿Has puesto a Paige en mi contra? ¿A mi Paige? ¿A mi Charlotte? ¿A mi pequeña y dulce Emily? ¿Me queda alguna esperanza de recuperarlas o tendré que matarlas a ellas también? –La voz se le quebró por la emoción–. Oh, Dios, ¿acaso les queda una gota de su propia sangre en las venas? ¿Siguen siendo humanas o las has convertido en alguna otra cosa?

Marty comprendió que era imposible tratar de conversar con aquel ser. Era una locura intentarlo. Por idéntico que fuese su aspecto y su forma de hablar, sus raíces eran completamente distintas. En lo fundamental, eran tan opuestos como si pertenecieran a especies distintas.

Marty pulsó la tecla poniendo fin a la conexión.

Las manos le temblaban de tal modo que el teléfono se le cayó.

Cuando se volvió de la ventana, vio que las niñas estaban juntas, de pie, cogidas de la mano. Lo miraban, pálidas y asustadas.

Sus gritos habían hecho salir a Paige de uno de los dormitorios donde estaba encendiendo el calefactor.

Imágenes de los rostros de sus padres y preciados recuerdos de una vida llena de amor se acumularon en la mente de Marty, pero los rechazó con determinación. Si ahora cedía a la pena, perdería en lágrimas un tiempo precioso y condenaría a Paige y a las niñas a una muerte segura.

–Él está aquí –dijo Marty–. Va a venir, y no disponemos de mucho tiempo.

Tercera parte

NUEVOS PLANOS DEL INFIERNO

Los que borrarían el pecado de la codicia
abrazarían el de la envidia como su credo.
Y aquellos que pretenden borrar también la envidia
sólo consiguen trazar nuevos planos del infierno.

Aquellos que quieren cambiar el mundo con su sueño,
se consideran unos santos, como una bendición,
y, lanzándose ciegamente a tan noble empeño,
esquivan para siempre la temida introspección.

EL LIBRO DE LAS PENAS CONTADAS

Reíros de los tiranos y de la tragedia que ellos infligen.
Tales hombres acogen con agrado nuestras lágrimas como
prueba de subordinación, pero nuestra risa los condena
a la ignominia.

LAURA SHANE,
Río interminable

CAPÍTULO VI

1

Está en la cocina de sus padres, contemplando caer la nieve a través de la ventana que hay sobre el fregadero, temblando de hambre y engullendo las sobras de un pastel de carne.

Es uno de esos momentos decisivos que separan a los auténticos héroes de los simuladores. Cuando todo es oscuridad, cuando la tragedia se acumula encima de la tragedia, cuando la esperanza parece ser un juego sólo para idiotas o para tontos, ¿abandonarían Harrison Ford, o Kevin Costner, o Tom Cruise, o Wesley Snipes, o Kurt Russell? No. Nunca. Impensable. Ellos son héroes. Ellos perseveran. Hay que estar a la altura de las circunstancias. Ellos no sólo se enfrentan a la adversidad, sino que la vencen. Gracias a compartir los peores momentos de la vida de esos grandes hombres, sabe cómo enfrentarse a la devastación emocional, a la depresión, a gran cantidad de abusos físicos, e incluso a una amenaza extraterrestre.

«Ponerse en movimiento, avanzar, enfrentarse, disputar, luchar y vencer.»

No debe entretenerse en la tragedia de la muerte de sus padres. A fin de cuentas, las criaturas que ha eliminado seguramente ya no eran ni su madre ni su padre, sino imitaciones como el que le ha robado su vida. Tal vez nunca llegue a averiguar cuándo mataron y sustituyeron a sus verdaderos padres, y, en cualquier caso, debe aplazar la pena que siente por ellos.

Pensar excesivamente sobre sus padres, o sobre cualquier otra cosa, no sólo es una pérdida de tiempo precioso, sino antiheroico. Los héroes no piensan. Los héroes actúan.

«Ponerse en movimiento, avanzar, enfrentarse, disputar, luchar y vencer.»

Al terminar de comer, se dirige al garaje a través del lavadero que hay al lado de la cocina. Enciende los fluorescentes y descubre que hay dos coches a su disposición: un viejo Dodge azul y una ranchera Jeep Wagoneer aparentemente nueva. Se decide por el Jeep, ya que tiene tracción en las cuatro ruedas.

Las llaves del vehículo cuelgan de un gancho en el lavadero. En un armario encuentra también una caja de detergente. Lee la lista de ingredientes químicos y lo que descubre le complace.

Regresa a la cocina.

Al final de la hilera de armarios bajos hay un botellero lleno de botellas de vino. Después de localizar un sacacorchos en uno de los cajones, abre cuatro de las botellas y vacía el contenido en el fregadero.

En otro cajón de los armarios, entre otro surtido de utensilios de cocina, encuentra un embudo de plástico. Un tercer cajón está repleto de paños limpios, y en un cuarto encuentra tijeras y una caja de cerillas.

Lleva las botellas y los demás objetos al lavadero y los coloca sobre la repisa de baldosas que hay junto al fregadero.

De nuevo en el garaje, de un estante que hay a la izquierda del banco de labor coge una lata de gasolina de veinte litros. Al desenroscar el tapón, los vapores del combustible de alto octanaje salen despedidos del interior de la lata. De primavera a otoño, su padre probablemente utilizaba la lata a fin de guardar la gasolina para la segadora del césped. Pero ahora está vacía.

Removiendo en los cajones y armarios que hay alrededor del banco de trabajo, en una caja con utensilios para reparar el sistema de filtración de la cocina encuentra un rollo de tubo de plástico flexible. Éste le sirve de sifón para sacar gasolina del Dodge y ponerla en la lata de veinte litros.

En el fregadero del lavadero se vale del embudo para poner algo más de dos centímetros de detergente en el fondo de cada botella de vino vacía. Luego añade gasolina. Corta en tiras los paños de cocina.

Aunque dispone de dos revólveres y de veinte balas, quiere sumar unos cuantos cócteles Molotov a su arsenal. Sus experiencias en las últimas veinticuatro horas, desde que tuvo que enfrentarse al falso padre, le han enseñado a no subestimar a su adversario.

Aún confía en salvar a Paige, a Charlotte y a la pequeña Emily. Sigue deseando reunirse con ellas y reanudar juntos su vida.

Sin embargo, debe enfrentarse a la realidad y estar preparado ante la posibilidad de que su esposa e hijas ya no sean las que fueron en el pasado. Sencillamente, es posible que el otro las haya esclavizado mentalmente. Por otra parte, también es posible que las hayan infectado con parásitos que no son de este mundo, que sus cerebros ahora estén vacíos o llenos de monstruosidades. O puede que no sean ellas en absoluto, sino simples réplicas de las auténticas Paige, Charlotte y Emily, del mismo modo que el falso padre es una réplica de él mismo, surgida de una vaina procedente de una estrella lejana.

La variedad de infecciones extraterrestres es ilimitada y extraña, pero existe un arma que en más de una ocasión ha salvado al mundo: el fuego. Cuando Kurt Russell era miembro de un destacamento científico en la Antártida había tenido que enfrentarse a un extraterrestre mutante capaz de adoptar múltiples formas con gran habilidad; se trataba, probablemente, del extraterrestre más temible y poderoso de los que habían intentado colonizar la Tierra, y el fuego había sido el arma más efectiva contra aquel formidable enemigo.

Se pregunta si cuatro cócteles Molotov serán suficientes. De todos modos, seguramente no tendría tiempo para utilizar más. Si algo estalla de dentro del falso padre, de Paige o de las niñas, y si es tan hostil como las cosas que hacen explotar los miembros del destacamento científico de Kurt Russell, sin duda se verá arrollado incluso antes de que pueda lanzar las cuatro bombas de gasolina, teniendo en cuenta que debe encenderlas de a una por vez. Le gustaría disponer de un lanzallamas…

2

De pie junto a una de las ventanas delanteras, contemplando la densa nieve que se filtraba entre los árboles y se posaba sobre el camino que conducía a la carretera comarcal, Marty fue sacando puñados de munición de 9 mm de las cajas que había traído desde Mission Viejo. Distribuyó los proyectiles por los numerosos bolsillos provistos de cremallera de su anorak rojo y negro, así como en los bolsillos de los tejanos.

Paige cargó la cámara de la Mossberg. Ella había practicado menos horas que Marty con la pistola en el campo de tiro, y se sentía más cómoda con la escopeta.

Disponían de ochenta cartuchos para la Mossberg y de aproximadamente doscientos proyectiles para la Beretta.

Aun así, Marty se sentía indefenso.

Ninguna cantidad de armamento habría hecho que se sintiera mejor.

Después de colgar el teléfono, había considerado salir de la cabaña y seguir huyendo. Pero si el Otro los había seguido tan fácilmente hasta allí, podría seguirles los pasos allá donde fueran. Era mejor hacerse fuertes en un lugar defendible que verse acosados en una solitaria autopista, o cogidos por sorpresa en un lugar más vulnerable que la cabaña.

Había estado a punto de telefonear a la policía local para que fueran a casa de sus padres, pero sin duda el Otro ya se habría marchado cuando ellos llegaran, y las pruebas que obtendrían –huellas dactilares y Dios sabía qué otras cosas– sólo darían a entender que era él quien los había asesinado. Los medios de comunicación ya lo habían retratado como un individuo de carácter inestable. Lo que hallasen en la casa de Mammoth Lakes sólo favorecería la fantasía que ellos estaban vendiendo. Si lo arrestaban en aquel mismo momento, al día siguiente o al cabo de una semana –o aunque sólo lo detuvieran unas horas sin llegar a formular cargos en su contra–, Paige y las niñas quedarían a merced de sus propios recursos, una situación que a él le parecía intolerable.

No tenían otra elección que atrincherarse y luchar. Lo cual era menos una elección que una sentencia de muerte.

Sentadas muy juntas en el sofá, Charlotte y Emily todavía llevaban puesto el anorak y los guantes. Las dos se cogían de la mano, dándose fuerzas mutuamente. Aunque parecían asustadas, no lloraban ni pedían que se las tranquilizara, como habrían hecho muchas criaturas de haberse encontrado en la misma situación. Ellas siempre habían sido auténticos soldados, cada una a su manera.

Marty no sabía muy bien cómo aconsejar a sus hijas. Por

lo general, a diferencia de Paige, no encontraba palabras para darles el asesoramiento que ellas necesitaban a fin de enfrentarse a los problemas de la vida. Paige bromeaba diciendo que ellos eran la Estupenda Maquinaria Progenitora Stillwater, una frase que escondía tanta ironía como auténtico orgullo. Pero si en esta ocasión él no encontraba las palabras se debía a que nunca había intentado mentirles y no iba a empezar ahora, a pesar de que no se atrevía a compartir con ellas su opinión acerca de que las posibilidades que tenían de sobrevivir eran escasas.

–Muchachitas, acercaos y haced algo por mí –les dijo.

Ansiosas por distraerse, las dos bajaron del sofá y se unieron a él junto a la ventana.

–Quedaos aquí –les dijo–, vigilando la carretera asfaltada. Si un coche gira por el camino o pasa con demasiada lentitud, haciendo algo que os parezca sospechoso, me llamáis a gritos. ¿Entendido?

Las dos asintieron gravemente. Luego, Marty se dirigió a Paige:

–Vamos a comprobar las otras ventanas para asegurarnos de que están bien cerradas, y corramos las cortinas.

Si el Otro conseguía arrastrarse hasta la cabaña sin que ellos lo advirtieran, Marty no quería que el cabrón pudiera verlos –o incluso dispararles– a través de una ventana.

Todas las que él comprobó tenían el seguro puesto.

En la cocina, mientras cubría una ventana que daba a un profundo bosque detrás de la cabaña, recordó que su madre había cosido a máquina aquellas cortinas en el dormitorio que no utilizaban en Mammoth Lakes. Se le apareció mentalmente la imagen de ella, sentada ante la Singer, los pies sobre el pedal, intentando vigilar la aguja mientras ésta subía y bajaba.

El corazón se le encogió de dolor. Respiró hondo, dejó que el aire saliera con un estremecimiento, y repitió la operación en un intento de expulsar el dolor y con él el recuerdo que lo había engendrado.

Más tarde ya habría tiempo para el dolor, si es que acaso sobrevivían.

En aquel momento sólo tenía que pensar en Paige y las niñas. Su madre había muerto. Ellas estaban vivas. Sentir pena era un lujo que no podía permitirse.

Se encontró con Paige en el segundo de los dos dormitorios pequeños, justo cuando ella terminaba de correr las cortinas. Había encendido la lámpara de la mesita de noche a fin de no quedar a oscuras cuando cerrara las ventanas, y se acercó para apagarla.

–Déjala encendida... –le dijo Marty–. Con la tormenta habrá un atardecer largo y adelantado. Desde fuera, lo más probable es que él pueda saber qué habitaciones están iluminadas y cuáles no. No tiene sentido facilitarle la tarea de saber exactamente en qué habitación nos encontramos.

Paige guardó silencio. Miró fijamente la tela ambarina de la pantalla, como si su futuro pudiera profetizarse en las vagas formas que sobre ella se dibujaban.

Por fin, ella levantó la vista hacia él.

–¿Cuánto tiempo nos queda?

–Dos minutos, o tal vez dos horas. Depende de él.

–¿Qué va a ocurrir, Marty?

Ahora le tocó a él el turno de guardar silencio unos instantes. Tampoco a ella quería mentirle.

Cuando por fin habló, se sorprendió al oír lo que le decía, ya que brotaba de lo más profundo de su inconsciente, era auténtico, e indicaba un mayor optimismo del que experimentaba a nivel consciente:

–Vamos a matar a este cabrón.

Optimismo, o un autoengaño que podía ser fatal.

Paige se acercó a él. Se abrazaron. Ella se sentía tan bien entre sus brazos que por un momento el mundo ya no le pareció tan demencial.

–Todavía no sabemos quién es –dijo Paige–, ni qué es, ni de dónde viene.

–Y puede que nunca lo sepamos. Es posible que incluso después de haber acabado con ese hijo de puta, nunca sepamos qué significado tenía todo esto.

–Y si no lo averiguamos nunca podremos reconstruir las piezas.

–Así es.

Paige apoyó la cabeza en el hombro de Marty y besó suavemente los hematomas de su cuello.

–Nunca podremos sentirnos seguros.

–Nunca en lo que nos quede de vida. Pero mientras estemos juntos, los cuatro, puedo prescindir de todo lo demás.

–La casa, todo lo que hay en ella, mi carrera, la tuya...

–Nada de todo eso importa realmente.

–Una vida nueva, nuevos nombres... ¿Qué futuro van a tener las niñas?

–El mejor que podamos darles. La vida nunca ofrece garantías de nada.

Paige apartó la cara del hombro de Marty y lo miró fijamente a los ojos.

–¿Podré enfrentarme a él cuando se presente aquí?

–Por supuesto.

–Sólo soy una consejera familiar especializada en los problemas de conducta de los niños, en las relaciones entre padres e hijos. No la heroína de una novela de aventuras.

–Y yo no soy más que un escritor de novelas de misterio. Pero lo conseguiremos.

–Estoy asustada.

–Yo también.

–Pero, si ahora estoy tan asustada, ¿de dónde sacaré valor para empuñar una escopeta y defender a mis hijas de algo..., de algo como esto?

–Imagina que eres la heroína de una novela de aventuras.

–Si fuera así de fácil...

–En cierto modo... puede que lo sea –dijo él–. Sabes que no soy muy dado a las explicaciones freudianas, y que la mayor parte de las veces pienso que en el fondo somos nosotros quienes decidimos qué queremos ser... Tú misma eres un ejemplo, después de lo que tuviste que pasar en tu infancia.

Paige cerró los ojos.

–De todos modos, me resulta más fácil imaginarme como una consejera familiar que como Kathleen Turner en *Tras el Corazón Verde*.

–Cuando nos conocimos, tampoco podías imaginarte como una esposa y una madre. Una familia no era más que una cárcel para ti, una cárcel y una cámara de tortura. No querías volver a formar parte de una familia...

Paige abrió los ojos.

–Tú me enseñaste a conseguirlo.

–Yo no te enseñé nada. Sólo te indiqué cómo imaginar una familia buena, una familia sana. Una vez que fuiste capaz de imaginarla aprendiste a creer en tal posibilidad. A partir de ahí, fuiste tú quien aprendió por sí misma.

–Entonces la vida es una especie de ficción, ¿no? –dijo ella.

–Toda vida es una novela. La escribimos a medida que la vivimos.

–De acuerdo. Intentaré ser Kathleen Turner.

–O alguien todavía mejor.

–¿Quién?

–Sigourney Weaver.

Paige sonrió.

–Me gustaría tener una de aquellas armas futuristas, condenadamente enormes, que utilizaba en su papel de Ripley.

–Vamos, será mejor comprobar si nuestras centinelas siguen en su puesto.

En la sala de estar, sustituyó a las niñas en su vigilancia ante la única ventana con las cortinas sin correr, y les sugirió que calentaran un poco de agua para hacer unas tazas de cacao caliente. La cabaña siempre estaba surtida con alimentos enlatados, entre los cuales había una lata de leche en polvo con sabor a cacao. Los calefactores aún no habían caldeado el ambiente, de modo que sería mejor utilizar un poco de calefacción interna. Además, preparar un cacao caliente era una tarea tan normal que podía eliminar parte de la tensión y calmar los nervios de todos.

Miró a través de la ventana, más allá del porche, más allá del BMW. Había tantos árboles entre la cabaña y la carretera comarcal que los cien metros de camino que los separaban estaban salpicados de manchas de profunda sombra, pero aun así podía ver que nadie se aproximaba, ni en coche ni a pie.

Marty estaba razonablemente seguro de que el Otro aparecería por el frente en vez de hacerlo por detrás de la cabaña. En primer lugar, porque su propiedad estaba pegada a las cuarenta hectáreas de la iglesia, colina abajo, y a una parcela más grande colina arriba, lo cual haría que una aproximación indirecta resultara bastante ardua y le hiciese perder más tiempo.

A juzgar por su conducta en las anteriores ocasiones el Otro siempre había preferido la acción temeraria y un acercamiento directo. Parecía faltarle habilidad o paciencia para la estrategia. Era un hombre de acción, más que de ideas, lo cual casi garantizaba un ataque furioso, en vez de uno furtivo. Esta característica podía constituir una debilidad fatal. En todo caso, era una posibilidad que valía la pena tener en cuenta.

Seguía nevando. Las sombras eran cada vez más profundas.

3

Desde la habitación del motel, Spicer llamó a la furgoneta de vigilancia para que los pusiera al corriente. Dejó que el teléfono sonara una docena de veces, luego colgó y volvió a intentarlo, pero aun así siguió sin obtener respuesta.

–Algo ha pasado –dijo–. No pueden haber abandonado la furgoneta.

–Tal vez el teléfono se ha estropeado –sugirió Oslett.

–Está sonando.

–Quizá no en su terminal.

Spicer lo intentó una vez más, con idéntico resultado.

–Vámonos –dijo, cogiendo su cazadora de aviador y dirigiéndose a la puerta.

–¿Es que piensa ir allí? –preguntó Oslett–. ¿Ya no le preocupa echar a perder su tapadera?

–Ya se ha echado a perder. Algo va mal.

Clocker se había puesto la chaqueta de *tweed* sobre su llamativo suéter anaranjado de cachemira. No se preocupó de ponerse el sombrero porque en ningún momento se había preocupado de quitárselo... Después de meterse la novelita de *Star Trek* en el bolsillo, se encaminó también hacia la puerta.

Oslett cogió su maletín negro y mientras iba tras ellos preguntó:

–Pero ¿qué es lo que ha podido ocurrir? Todo volvía a ir tan bien ahora...

La tormenta había depositado ya en el suelo un par de centímetros de nieve. En aquellos momentos los copos eran más finos y secos, y las calles más blancas. Las ramas de los abetos habían empezado a adquirir una apariencia navideña.

Spicer se puso al volante del Explorer y en pocos minutos llegaron a la calle donde vivían los padres de Stillwater. Les indicó la casa cuando aún se encontraban a media manzana de ella.

Al otro lado de la calle, frente a la casa, había dos vehículos aparcados junto a la acera. Oslett identificó la furgoneta roja como el puesto de vigilancia, debido a las ventanillas con cristales reflectantes en la parte posterior.

–¿Qué hace ahí la furgoneta de una floristería? –inquirió Spicer.

–Entregar unas flores –supuso Oslett.

–Y un cuerno.

Spicer pasó junto a la furgoneta de vigilancia y aparcó el Explorer delante.

–¿Cree que es realmente una buena idea? –preguntó Oslett.

Utilizando el teléfono celular, Spicer llamó una vez más al equipo de vigilancia. No hubo respuesta.

–No nos queda otra elección –dijo Spicer, y se apeó.

Los tres se encaminaron hacia la parte trasera de la furgoneta.

Sobre el asfalto, entre ésta y la furgoneta de reparto, descubrieron los restos de un enorme arreglo floral. El jarrón de cerámica estaba hecho añicos. Los tallos de las flores y los helechos aún estaban embutidos en el esponjoso material verde que las floristerías solían utilizar para fijar los arreglos, de modo que la brisa no había arrastrado todavía ninguno de los componentes, aunque al parecer los habían pisado más de una vez. El color de algunas flores aparecía enmascarado por la nieve, lo cual significaba que nadie las había importunado en los últimos treinta o cuarenta y cinco minutos.

Las arruinadas flores y los congelados helechos tenían una extraña belleza. De haberles sacado una foto y haberla expuesto en una galería de arte con un título parecido a *Idilio*, o *Pérdida*, lo más probable era que la gente se hubiese quedado un buen rato frente a ella, meditando.

Mientras Spicer llamaba a la puerta trasera del vehículo de vigilacia, Clocker dijo:

–Voy a echar un vistazo a la furgoneta de la floristería.

Nadie contestó a la llamada de Spicer, de modo que éste abrió temerariamente la puerta y subió al vehículo.

Mientras lo seguía, Oslett oyó que Spicer exclamaba en voz baja:

–¡Oh, mierda!

El interior de la furgoneta estaba a oscuras. A través de los espejos que cubrían las ventanillas entraba muy poca luz. Sólo los aparatos de vigilancia y las pantallas del equipo electrónico proporcionaban algo de iluminación.

Oslett se quitó las gafas de sol, vio al hombre muerto y cerró la puerta a sus espaldas.

Spicer también se había quitado las gafas de sol. Sus ojos eran de un extraño color amarillo, maléfico. O quizá sólo fuese el reflejo de los aparatos de control.

–Alfie debe de haber venido a la casa de los Stillwater, habrá visto la furgoneta y la habrá reconocido por lo que realmente era... –dijo Spicer–. Antes de entrar seguramente se detuvo aquí y se hizo cargo de la situación, para que no lo importunaran al otro lado de la calle.

El equipo electrónico operaba a través de baterías conectadas a unas placas solares instaladas en el techo. Cuando el equipo de vigilancia tenía que actuar por la noche, las baterías podían cargarse de la manera tradicional, si era preciso, poniendo en marcha el motor de la furgoneta durante períodos cortos. Sin embargo, incluso en días nublados las placas recogían suficiente luz solar para mantener operativo el sistema.

A pesar de que el motor no estaba en marcha, la temperatura en el interior de la furgoneta era agradable, aunque ligeramente fresca. El vehículo debía de estar extraordinariamente aislado, aparte de que las placas solares alimentaban un pequeño calefactor.

Al pasar por encima del cadáver que yacía en el suelo, Oslett atisbó a través de las ventanas.

–Si Alfie se ha visto arrastrado hacia la casa, eso quiere decir que Martin Stillwater ya está aquí.

—Supongo.

–Aun así, este equipo no lo ha visto entrar ni salir.

–Es evidente que no –admitió Spicer.

–¿No nos habrían avisado si hubiesen visto a Stillwater, a su mujer o a sus hijas?

–Por supuesto.

–Entonces... ahora debe de estar ahí. Puede incluso que estén todos. La familia al completo, junto con Alfie...

–O puede que no –replicó Spicer, mirando por la otra ventanilla. Alguien ha salido de ahí no hace mucho. ¿No ve las huellas en la rampa del garaje?

Un vehículo de ruedas anchas había salido del garaje adosado a la blanca casita. Había hecho marcha atrás hacia la izquierda, luego había cambiado de dirección y se había alejado por la derecha. La nieve apenas había empezado a cubrir las huellas de los neumáticos.

Entonces Clocker abrió la puerta trasera, sobresaltándolos. Entró en la furgoneta y cerró la puerta a sus espaldas, pero no hizo ningún comentario acerca del ensangrentado piolet o los dos agentes asesinados.

–Parece que Alfie ha robado la furgoneta de la floristería para utilizarla como tapadera. El repartidor está en el compartimiento de atrás, con las flores. Más muerto que la Luna.

A pesar de que la ampliación del chasis proporcionaba espacio extra en el interior de la furgoneta, el que no ocupaban el instrumental de vigilancia y los cadáveres era insuficiente para acomodar a los tres con cierta holgura. Oslett empezó a sentir claustrofobia.

Spicer tiró del hombre muerto que seguía sentado en la silla giratoria y el cadáver cayó al suelo. Spicer comprobó si había sangre en la silla antes de sentarse y volverse hacia la serie de monitores y palancas, con los cuales parecía familiarizado.

Al darse cuenta de que Clocker se inclinaba sobre él para mirar, Oslett preguntó:

–¿No cabe la posibilidad de que exista una llamada telefónica a la casa y que estos muchachos no hayan tenido la oportunidad de informarnos antes de que Alfie se los cargase?

–Es lo que pretendo averiguar –contestó Spicer.

Mientras sus dedos aleteaban sobre el teclado del ordenador, unos gráficos de brillantes colores y otros aparatos medidores aparecieron en la media docena de pantallas de vídeo.

Ingeniándoselas para meter el codo en el estómago de Clocker, con la excusa del reducido espacio, Oslett se volvió de nuevo hacia la primera de las ventanillas laterales. Se quedó mirando la casa al otro lado de la calle.

Clocker se agachó para mirar por la otra. Oslett supuso que el «Trekker» imaginaría estar en la cabina de una nave interestelar, atisbando un mundo desconocido a través de un cristal de medio metro de grosor.

Pasaron un par de coches. Un camión de mudanzas. Un perro negro corriendo por la acera; debido a la nieve que se le había adherido a las patas, parecía como si llevara calcetines blancos. La casa de los Stillwater seguía tranquila, serena.

–¡Ya lo tengo! –exclamó Spicer al tiempo que se quitaba los auriculares que se había puesto mientras Oslett miraba hacia fuera a través de la ventanilla.

Lo que tenía, al parecer, era una llamada telefónica interceptada, localizada y grabada por el equipo automático, probablemente unos treinta minutos, como máximo, después de que Alfie liquidara al equipo de vigilancia. De hecho, Alfie estaba en casa de los Stillwater cuando se había producido la llamada, y había contestado al cabo de siete timbrazos. Spicer volvió a reproducirla, pero esta vez no a través de los auriculares sino de un altavoz, a fin de que los tres pudieran escucharla al mismo tiempo.

–La primera voz que van a oír es la del que efectuó la llamada –explicó Spicer–, pues al principio el hombre que descuelga el auricular en casa de los Stillwater no dice nada.

«¿Hola? ¿Mamá? ¿Pápa?»

«¿Qué has hecho para ganarte su voluntad?»

Spicer detuvo la cinta y comentó:

–La segunda voz es de quien recibe la llamada..., y pertenece a Alfie.

–Las dos suenan como la de Alfie.

–La otra es de Stillwater. Alfie es también quien habla a continuación.

«¿Por qué ellos te quieren más que a mí?»

«No te atrevas a tocarlos, maldito hijo de puta. No pongas un dedo sobre ellos.»

«Me han traicionado.»

«¡Quiero hablar con mi madre y con mi padre!»

«Mi madre y mi padre, querrás decir.»

«Deja que se pongan al teléfono.»

«¿Para poder contarles más mentiras?»

Escucharon toda la conversación, la cual adquirió un tono extremadamente inquietante, pues sonaba como si un hombre con una personalidad radicalmente desdoblada hablase consigo mismo. Y peor aún, era obvio que su díscolo muchacho no sólo era un desertor, sino declaradamente un psicópata.

Cuando finalizó la grabación, Oslett murmuró:

–De modo que después de todo Stillwater no se ha detenido en casa de sus padres...

–Es evidente que no.

–Entonces, ¿cómo ha averiguado Alfie dónde estaba? ¿Y para qué ha venido aquí? ¿Por qué estaba interesado en los padres, y no sólo en Stillwater?

Spicer se encogió de hombros.

–Tal vez tenga usted la ocasión de preguntárselo personalmente, si consigue recuperarlo.

A Oslett no le gustaba que hubiese tantas preguntas sin respuesta. Hacía que se sintiera como si hubiese perdido el control.

Miró a través de la ventanilla, las huellas de los neumáticos sobre la rampa cubierta de nieve.

–Lo más probable es que Alfie ya no esté ahí.

–Habrá ido en busca de Stillwater –dijo Spicer.

–¿Desde dónde efectuó la llamada?

–De un teléfono celular.

–Aun así, se puede localizar, ¿no? –preguntó Oslett.

–Tenemos triangulación vía satélite –contestó Spicer al tiempo que señalaba tres líneas de números en un monitor.

–Esto no tiene significado para mí. Sólo son números.

–El ordenador puede señalar el origen de la señal sobre un mapa. Con un margen de error de treinta metros.

–¿Y cuánto tiempo tardaría?

–Cinco minutos como máximo –dijo Spicer.

–Bien. Encárguese de ello. Nosotros inspeccionaremos la casa.

Oslett salió de la furgoneta, con Clocker pegado a los talones.

Mientras cruzaban la calle batida por la nieve, a Oslett le tuvo sin cuidado que media docena de vecinos curiosearan tras las ventanas. La situación ya había estallado del todo y no había manera de salvarla. Él, Clocker y Spicer se largarían con sus muertos en menos de diez minutos, y luego nadie podría probar que habían estado allí.

Los dos subieron con arrojo al porche de los Stillwater y Oslett pulsó el timbre. Nadie contestó. Volvió a llamar y probó el pomo de la puerta. No estaba cerrada con llave. Desde el otro lado de la calle parecería como si Jim y Alice Stillwater hubiesen abierto y los hubieran invitado a pasar.

Ya en el recibidor, Clocker cerró la puerta a sus espaldas y extrajo de la sobaquera su Colt 357 Magnum. Se quedaron inmóviles unos segundos, escuchando la silenciosa casa.

–La paz sea contigo, Alfie –murmuró Oslett, aunque dudaba que su chico malo todavía estuviera por allí. Al no obtener la respuesta ritual a su saludo, alzó la voz y repitió las cinco palabras.

Silencio.

Con cautela, se internaron más en la casa... y hallaron a la pareja muerta en la primera habitación que registraron. Los padres de Stillwater. De algún modo, cada uno de ellos se parecía al escritor. Y también a Alfie, por supuesto.

Durante una rápida inspección de la casa, repitiendo la frase de saludo antes de cruzar cada umbral, sólo en el lavadero encontraron algo de interés. El pequeño cuartito olía a gasolina. Fuera lo que fuese aquello que Alfie había estado preparando, estaba hecho, al parecer, con tiras de tela, un embudo y parte del contenido de una caja de detergente, un poco del cual aparecía derramado sobre la repisa, junto al fregadero.

–Esta vez no quiere correr riesgos –comentó Oslett–. Va detrás de Stillwater como si fuera a la guerra.

Tenían que detener al muchacho..., y pronto. Si mataba a toda la familia, o siquiera al propio escritor, sería imposible preparar el escenario de la masacre y posterior suicidio que tan limpiamente ataría tantos cabos sueltos. Y según cuál fuera el plan demencial y feroz que tuviera en mente, podía llamar de tal modo la atención sobre sí mismo que haría imposible mantener en secreto su existencia y devolverlo al redil.

–Maldita sea –murmuró Oslett, sacudiendo la cabeza.

–Los clones psicópatas siempre son un gran problema –dijo Clocker, como si tratara de irritarlo.

4

Mientras tomaba a sorbos su cacao, Paige se encargó de hacer la guardia frente a la ventana.

Marty permanecía sentado en el suelo de la sala, con las piernas cruzadas, junto a Charlotte y Emily, jugando con unas cartas que habían encontrado en la caja de los juegos. Era el juego menos animado que Paige hubiese visto en su vida, llevado a cabo sin ningún comentario ni ninguna protesta. Su expresión era sombría, como si no estuvieran jugando a las cartas, sino consultando un Tarot que sólo les trajera malas noticias.

Paige contemplaba la nieve que caía cuando de pronto comprendió que ni ella ni Marty debían esperar en la cabaña.

–Esto es una equivocación –dijo, y se apartó de la ventana.

–¿El qué? –preguntó Marty, alzando la vista de las cartas.

–Me voy fuera.

–¿Para qué?

–A la peña que hay allí, bajo los árboles, a medio camino de la carretera comarcal. Allí puedo tenderme y vigilar el camino.

Marty dejó las cartas en el suelo.

–¿Y qué sentido tiene eso?

–Tiene perfecto sentido. Si él viene de frente, como ambos pensamos que hará, como probablemente tiene que hacer, pasará justo por delante de mí, directo hacia la cabaña, y yo quedaré detrás de él... Puedo meterle un par de cartuchos en la nuca a ese mal nacido antes de que sepa qué está pasando.

–No –dijo Marty al tiempo que se ponía de pie y negaba con un movimiento de cabeza–. Es demasiado arriesgado.

–Si los dos nos quedamos aquí dentro será como intentar defender un fuerte.

–Pues lo del fuerte a mí me parece bien.

–¿No te acuerdas de aquellas películas sobre la caballería en el Viejo Oeste, defendiendo el fuerte? Más tarde o más temprano, independientemente de lo resistente que fuese el lugar, los indios acababan entrando.

–Eso sólo ocurría en las películas.

–Sí, pero es probable que él también las haya visto. Acércate –insistió ella, y cuando Marty estuvo a su lado, junto a la ventana, Paige señaló hacia la peña, apenas visible en las negras sombras bajo los abetos–. Es perfecto.

–No me gusta.

–Funcionará.

–No me gusta.

–Sabes que es ideal.

–Muy bien, puede que sea ideal, pero sigue sin gustarme –replicó él con aspereza.

–Voy a salir.

Marty la miró fijamente a los ojos, tal vez en busca de señales de miedo que pudiera explotar para obligarla a cambiar de idea.

–Te crees la heroína de una novela de aventuras, ¿eh?

–Tú has despertado mi imaginación.

–Ojalá hubiese mantenido la boca cerrada. –Marty contempló unos instantes la peña envuelta en sombras, luego suspiró–. Muy bien, pero seré yo quien salga ahí fuera. Tú te quedas aquí, con las niñas.

Paige negó con la cabeza.

–De esa forma no funcionará, nene.

–No me montes el numerito feminista ahora.

–No lo pretendo. Ocurre sencillamente que... tú eres su punto de mira psíquico.

–¿Qué quieres decir?

–Que él puede percibir dónde estás, y, que según lo refinado que sea su talento, puede que perciba si te ocultas entre las rocas. Tienes que quedarte en la cabaña a fin de que sienta que estás aquí, para que venga directo hacia ti... y pase de largo a mi lado.

–Puede que también perciba tu presencia.

–Hasta el momento las pruebas indican que sólo te percibe a ti.

Marty sentía un angustioso temor por ella, y no pudo evitar que sus sentimientos se reflejaran en su rostro.

–Esto no me gusta.

–Eso ya lo has dicho. Voy a salir.

5

Cuando Oslett y Clocker abandonaron la casa de los Stillwater y cruzaron la calle, Spicer ya los aguardaba tras el volante de la furgoneta de vigilancia.

El viento había arreciado y el aire empujaba la nieve a lo largo de la calle.

Oslett se acercó a la ventanilla del conductor de la furgoneta de vigilancia.

Spicer había vuelto a ponerse las gafas de sol, a pesar de que el anochecer ya estaba encima de ellos. Sus ojos, amarillos o de otro color, seguían ocultándose.

Bajó la mirada hacia Oslett y anunció:

–Voy a llevarme de aquí esta ruina de coche, cruzar la frontera del condado y salir de esta jurisdicción antes de llamar a la oficina central para solicitar alguna ayuda para deshacerme de los cadáveres.

–¿Y qué pasa con el repartidor de la furgoneta de la floristería?

–Dejemos que ellos se encarguen de su propia basura –contestó Spicer.

Entregó a Oslett una típica hoja de mecanografiar, tamaño folio, en la que el ordenador había impreso un mapa; en ella aparecía señalado el punto exacto desde donde Martin Stillwater había telefoneado a sus padres. En él sólo aparecían unas pocas carreteras. Oslett se metió la hoja en el bolsillo del chaquetón de esquiador, antes de que el viento se la arrebatara de la mano o el papel se humedeciera a causa de la nieve.

–Está a sólo unos kilómetros de aquí... –señaló Spicer–. Pueden coger el Explorer. –A continuación puso el motor de la furgoneta en marcha, cerró la puerta y desapareció entre la tormenta.

Clocker ya estaba al volante del Explorer, de cuyo tubo de escape salieron unas nubes de humo en forma de espiral.

Oslett rodeó el coche, ocupó el asiento del acompañante, cerró la puerta y del bolsillo de su chaquetón sacó el mapa impreso por el ordenador.

–En marcha. El tiempo se nos acaba.

–Sólo a escala humana –replicó Clocker, apartándose de la

acera y poniendo en marcha los limpiaparabrisas para quitar la nieve impulsada por el viento–. Desde el punto de vista cósmico, puede que el tiempo sea la única cosa de la que hay tanta cantidad que es prácticamente inagotable.

6

Paige besó a las niñas y les hizo prometer que serían valientes y harían exactamente lo que su padre les ordenase. Abandonarlas por la incertidumbre que la aguardaba allí fuera fue una de las decisiones más difíciles que tuvo que tomar en su vida. Fingir que no estaba asustada, a fin de ayudarlas en su propia búsqueda de valor, fue incluso más difícil.

Marty acompañó a su esposa hasta el porche. Las ráfagas de viento silbaban a través de las mamparas de protección y hacían traquetear la puerta al pie de los escalones.

–Existe otra solución –dijo, inclinándose para que ella pudiera oírlo por encima de la tormenta sin tener que gritar–. Si soy yo el que lo atrae, tal vez debiera salir corriendo de aquí, yo solo, alejarlo todo lo que pueda de vosotras.

–Olvídalo.

–Si no tengo que preocuparme de ti y las niñas tal vez pueda vencerlo.

–¿Y si en cambio te matara?

–En ese caso al menos no moriríamos todos.

–¿Crees acaso que luego no vendría a por nosotras? Él quiere tu vida, recuérdalo. Tu vida, tu esposa, tus hijas...

–Pero, si después de acabar conmigo fuese detrás de ti, todavía tendrías la oportunidad de saltarle la tapa de los sesos.

–¿Ah, sí? Y cuando se presentara, en ese pequeño margen de oportunidad que tendría antes de que saltara sobre mí, ¿cómo sabría si eras tú o él?

–No... lo sabrías –admitió Marty.

–Entonces lo haremos a mi modo.

–Eres condenadamente fuerte.

Pero Marty no podía saber que ella sentía el estómago

como si fuera gelatina, ni oír que su corazón latía violentamente, ni notar el débil sabor metálico del terror en su boca reseca.

Se abrazaron, aunque brevemente.

Empuñando la Mossberg, Paige cruzó la puerta del porche, bajó por los peldaños, cruzó el jardín delantero, pasó junto al BMW y se internó en el bosque sin mirar atrás, temiendo que él se diera cuenta del profundo miedo que la embargaba e insistiese en que volviese a la cabaña.

Bajo el manto protector de las ramas de los abetos, el viento sonaba hueco y distante, excepto cuando pasó por debajo de unas aberturas semejantes a chimeneas que se elevaban hacia el cielo invisible. Unas impresionantes ráfagas aullaban al bajar por aquellas aberturas, tan frías como el ectoplasma y tan estremecedoras como el espíritu de la muerte.

A pesar de que el terreno era pendiente, recorrerlo resultaba bastante sencillo, ya que la maleza era muy escasa debido a la falta de luz directa... Muchos de aquellos árboles eran tan viejos que las ramas más bajas nacían por encima de su cabeza, y la visión entre los gruesos troncos no se veía obstaculizada hasta la carretera comarcal.

El suelo era rocoso. Placas y formaciones graníticas afloraban a la superficie aquí y allá, todas lisas y milenarias.

La peña que le había señalado a Marty estaba a medio camino entre la cabaña y la carretera comarcal, sólo a seis metros de pendiente del camino de tierra. El lugar parecía una media luna de dientes romos, de aproximadamente un metro de altura. Como la dentadura fosilizada de un dinosaurio herbívoro, mucho más grande que cualquiera de los que hubiese podido imaginar con anterioridad.

Al acercarse al promontorio granítico, donde las sombras tan condensadas como la brea de pino se acumulaban detrás de los «dientes», Paige fue de pronto consciente de que el doble ya podía estar allí, vigilando la cabaña desde aquel escondite. Se detuvo bruscamente a tres metros de su destino y resbaló sobre la alfombra de agujas de abeto.

Si él estuviera realmente allí, la habría visto llegar y habría podido matarla en cuanto le diese la gana. De modo que el hecho de que aún siguiera con vida era un argumento en contra de la presencia del doble. Aun así, cuando intentó ponerse nuevamente en marcha, sintió como si se zambullera en un profundo océano y luchara por nadar contra la poderosa fuerza del agua.

Con el corazón latiéndole con fuerza, rodeó la formación rocosa y se internó por detrás en la oscura convexidad. El doble no estaba esperándola...

Se tumbó sobre el vientre. Sabía que con su anorak azul oscuro y la capucha que cubría su rubia cabellera era prácticamente invisible.

Entre las rendijas de la roca podía dominar todo el trecho del camino sin tener que levantar la cabeza, con lo cual se habría arriesgado a que la viera.

Más allá del refugio que le proporcionaban los árboles, la tormenta se había transformado rápidamente en una fuerte ventisca. Era tan enorme la cantidad de nieve que penetraba en el camino a través de las hileras de árboles que lo flanqueaban, que Paige creyó mirar directamente el centro espumoso de una catarata.

El anorak mantenía caliente la parte superior de su cuerpo, pero los tejanos no conseguían frenar el penetrante frío de la roca sobre la cual estaba tendida. A medida que el cuerpo perdía calor, la cadera y las rodillas empezaban a dolerle. Hubiese querido llevar mallas aislantes de esquiar, y cayó en la cuenta de que al menos podría haber cogido una manta para extenderla sobre la superficie rocosa.

A causa de la creciente fuerza del viento las ramas más altas de los abetos y los pinos chirriaban como un centenar de puertas que se abrieran sobre bisagras herrumbrosas. Pero ni siquiera las amortiguadoras ramas de los abetos conseguían suavizar el creciente ulular del viento.

La luz cada vez más escasa del atardecer tenía el tono metálico de la superficie congelada de un estanque en invierno.

Todo cuanto veía u oía era frío, y esa sensación comenzó a exacerbar el entumecimiento de su cuerpo. Paige empezó a preguntarse cuánto tiempo podría resistir antes de verse obligada a regresar a la cabaña en busca de calor.

Entonces una ranchera Jeep azul oscuro apareció subiendo la colina por la carretera comarcal, y con un giro brusco y violento entró en el camino de tierra. Parecía el *jeep* de los padres de Marty.

El reóstato a siete grados. Al sur desde Mammoth Lakes, a través de ondulantes cortinas de nieve, a través de copos de nieve subiendo en espiral, a través de coletazos, ráfagas, torrentes, cataratas y muros voladores de nieve, a lo largo de la autopista apenas definida bajo el espeso manto blanco, adelantando a toda velocidad el lento tráfico, haciendo centellear los faros para que los más lentos se aparten y lo dejaran pasar, adelantando incluso a una máquina quitanieves y a un camión que esparce cenizas, coronados ambos por las luces ámbar y roja de emergencia que transforman al instante los millones de copos blancos en ascuas encendidas. Un giro a la izquierda. Una carretera estrecha. Colina arriba. Entre laderas arboladas. Una larga valla a la derecha, rematada con una espiral de alambre de espino, rota en algunos sitios. Todavía no. Un poco más allá. Cerca. Pronto.

Los cuatro cócteles Molotov van dentro de una caja de cartón, en el suelo, frente al asiento del pasajero, encajada en el espacio para poner las rodillas. Ha puesto papel de periódico entre las botellas para evitar que choquen entre sí.

Penetrantes vaharadas suben de las húmedas mechas de trapo; es el perfume de la destrucción.

Guiado por la atracción magnética del falso padre, efectúa un brusco giro por un camino de tierra medio cubierto ya por la nieve. Frena lo imprescindible, resbalando hacia el recodo, y vuelve a pisar el acelerador aun cuando el Jeep todavía no se ha adherido al suelo y las dos ruedas traseras giran chillando furiosamente.

Justo al frente, a menos de cien metros entre los árboles, se yergue la cabaña. Suave luz en las ventanas. El tejado cubierto de nieve.

Aunque no hubiese visto el BMW aparcado a la izquierda del lugar, sabría que ha encontrado su presa. La presencia magnética del odioso impostor tira de él hacia delante.

Nada más ver la cabaña, decide efectuar un ataque frontal, independientemente de lo que le dicten los conocimientos o las consecuencias. Su madre y su padre están muertos, y es probable que su esposa y sus hijas también lo estén, formas y rostros imitados grotescamente por los malvados seres extraterrestres que le han robado su propio nombre y sus recuerdos. La rabia lo consume, el odio es tan intenso que resulta físicamente doloroso, la angustia es como un fuego ardiendo en su corazón, y sólo una justicia rápida le proporcionará el alivio que necesita desesperadamente.

Los neumáticos baten la tierra a través de la nieve.

Aprieta a fondo el acelerador.

El *jeep* sale disparado hacia delante.

Un grito de venganza y furia salvaje escapa de su boca, y el reóstato mental pasa de los siete grados a los trescientos sesenta.

Marty estaba ante la ventana del frente de la casa cuando unos rayos de luz horadaron la nieve que caía sobre la carretera comarcal, pero al principio no consiguió ver de dónde procedían. Al subir por la colina el vehículo había quedado oculto por los árboles y arbustos que crecían al lado de la carretera. Luego apareció de pronto; era un *jeep*. Giró a toda velocidad por el camino de entrada, dando bandazos, despidiendo cortinas de nieve y barro entre las ruedas traseras.

Un instante después, cuando todavía estaba reaccionando ante la llegada del vehículo, se vio asaltado por una brutal oleada psíquica, tan potente como lo más fuerte que hubiese experimentado en su vida, sólo que de una calidad diferente... Esta vez no era sólo la fuerza apremiante e inquisitiva que lo había golpeado en otras ocasiones, sino una sensación negra y amarga, pura y desnuda, que lo situó dentro de la mente de su enemigo de un modo que ningún otro ser humano había experimentado jamás. Era un reino surrealista de rabia enloquecida, desesperación, ensimismamiento infantil, terror, confusión, envidia, deseo y anhelos apremiantes y tan perversos que ni el desbordamiento de una cloaca o unos cadáveres en descomposición podrían haber sido tan repulsivos.

Durante los instantes que duró aquel contacto telepático Marty se sintió como si lo hubiesen arrojado a una de las regiones más profundas del infierno. Aunque el contacto no duró más de tres o cuatro segundos, le pareció interminable. Y cuando se interrumpió, se descubrió a sí mismo con las manos apretadas contra las sienes, la boca abierta en un grito silencioso.

Jadeó en busca de aire y se estremeció violentamente.

El rugido de un motor lo obligó a enfocar de nuevo la vista y atrajo su atención hacia lo que había al otro lado de la ventana. La ranchera *jeep* avanzaba rápidamente por el camino en dirección a la cabaña.

Era probable que hubiese juzgado mal el grado de temeridad y locura del Otro, pero había estado dentro de su mente, y creyó saber qué iba a ocurrir a continuación. Se volvió hacia las niñas.

–¡Corred! ¡Salgamos por detrás! ¡Rápido!

Charlotte y Emily abandonaron el juego en que estaban enfrascadas, se pusieron de pie y salieron corriendo hacia la cocina cuando Marty terminó de gritarles la advertencia.

Y él corrió tras ellas.

De pronto se le ocurrió una estrategia alternativa: permanecer en la sala de estar, confiar en que el *jeep* quedara incrustado en el porche y nunca llegase a alcanzar la pared frontal de la cabaña, y después del impacto salir corriendo y disparar contra aquel cabrón antes de que pudiera abandonar el coche.

Pero un segundo después comprendió los riesgos que entrañaba aquella estrategia: si el *jeep* conseguía su propósito –tablas de cedro que se quebraban, cables eléctricos, trozos de escayola, cristales rotos estallando junto con todo lo demás en la sala, las vigas que se combaban, el techo que se desplomaba, y las placas de pizarra cayendo encima de ellos– él moriría bajo los escombros o sobreviviría pero atrapado bajo los escombros, con las piernas rotas o inmovilizadas.

Entonces las niñas tendrían que apañárselas solas. No. No podía correr ese riesgo.

Fuera, el rugido del motor se acercaba.

Alcanzó a las niñas cuando Charlotte ya se disponía a abrir la puerta de la cocina. Pasó la mano por encima de la cabeza de la niña y descorrió el pestillo superior mientras ella hacía lo propio con el de abajo.

El chirrido del motor pareció llenarlo todo, pero curiosamente no tanto como el rugido de una máquina, sino como el grito salvaje de algo enorme y primitivo.

La Beretta. Trastornado por la conexión telepática y la embestida del *jeep*, había olvidado la Beretta. Estaba sobre la mesita de la sala de estar.

No había tiempo para volver a por ella.

Charlotte hizo girar el pomo. El aullante viento le arrancó la puerta de la mano y luego la empujó hacia ella. Con el impacto, la pequeña perdió el equilibrio.

Y entonces se oyó un gran estrépito en la fachada de la casa, como si hubiese estallado una bomba.

La enorme ranchera pasó a tal velocidad frente al escondite de Paige que ésta comprendió que no tendría ocasión de esperar a que el hijo de perra aparcase para luego acercarse a él subrepticiamente de árbol en árbol, de sombra en sombra, al estilo de la gran heroína de novela de aventuras que imaginaba ser. Él estaba jugando según sus propias reglas, lo cual quería decir que no había reglas en absoluto y que todas sus reacciones serían impredecibles.

Cuando Paige logró ponerse de pie, el *jeep* ya estaba a unos veinticinco metros de la cabaña. Y seguía acelerando.

Rogando para que sus ateridas piernas no sufrieran ningún calambre, bajó casi gateando de la peña. Corrió hacia la cabaña, paralelamente al camino, manteniéndose a la sombra del bosque, serpenteando entre los troncos de los árboles.

Dado que el BMW no estaba aparcado delante de la cabaña, sino a la izquierda, el *jeep* disponía de un blanco perfecto en los peldaños del porche. Dos centímetros de nieve no eran suficientes para obligar al atacante a reducir la velocidad. Bajo aquella capa blanca, el suelo no estaba lo bastante helado como para adquirir la solidez de la roca, tal como ocurriría más tarde, en pleno invierno. De modo que los neumáticos se adherían a la tierra desnuda, obteniendo la tracción que necesitaban.

Parecía como si el conductor hiciese cuña sobre el pedal del acelerador. O era un suicida, o estaba convencido de su invulnerabilidad. El motor chirrió.

Paige todavía estaba a unos treinta metros de la cabaña cuando la rueda delantera izquierda del *jeep* impactó contra los peldaños de cemento del porche y subió por ellos como si fueran una rampa. La rueda delantera derecha giró por un instante en el vacío, luego se adhirió al suelo del porche mientras el parachoques atravesaba la mampara.

Paige confió en que el porche cediera bajo el peso. Pero pareció como si el *jeep* volara cuando la rueda posterior izquierda lo lanzó por encima de los tres peldaños.

Volando. Llevándose por delante las mamparas y los marcos que las sujetan. Como si fueran gasas muy finas, telarañas.

Recto contra la puerta. Como la carga de un mortero al ser disparada. Una bomba de dos toneladas.

Cierra los ojos, el parabrisas puede estallar hacia el interior del vehículo.

Un impacto lo hace estremecer, lo lanza hacia delante. El cinturón de seguridad lo lanza hacia atrás. Exhala como una explosión. Descargas de dolor le traspasan el pecho.

Una sinfonía de tablas astilladas, los pilares de la entrada se parten por la mitad, el quicio de la puerta se desintegra, el dintel se quiebra. Luego cesa el avance y el *jeep* colisiona estrepitosamente.

Abre los ojos.

El parabrisas aún sigue intacto.

El *jeep* está en la sala de estar de la cabaña, frente al sofá y a un sillón volcado. Apunta con el morro hacia abajo porque las ruedas delanteras han roto el entarimado y se han hundido en el espacio vacío de abajo.

Las puertas del *jeep* han quedado a nivel del suelo de la cabaña, pero sin obstrucciones. Se suelta el cinturón de seguridad y baja del vehículo con uno de los dos revólveres del 38 en la mano derecha.

«Ponerse en movimiento, avanzar, enfrentarse, disputar, luchar y vencer.»

Oye unos crujidos sobre su cabeza y mira hacia arriba. El techo está roto y combado, pero probablemente aguantará. Nieve en polvo y agujas de pino marrones se filtran por las grietas.

El piso se halla cubierto de cristales rotos y las ventanas que flanquean la puerta de entrada están destrozadas.

Se estremece ante la destrucción; eso inflama su ira.

La sala parece desierta. A través del arco puede ver gran parte de la cocina, y allí tampoco hay nadie.

Dos puertas cerradas destacan en el ancho pasillo que hay

entre la sala de estar y la cocina, una a la derecha y otra a la izquierda. Avanza hacia la de la derecha.

Si el falso padre está esperando al otro lado, el mismo acto de abrir la puerta provocará una descarga.

En la medida de lo posible quiere evitar que le disparen, pues no desea tener que alejarse arrastrándose y ocultarse hasta estar curado. Lo que quiere es acabar de una vez. Ahora. Allí.

Si su esposa y sus hijas todavía no son unas réplicas o no las han sustituido por formas extrañas, sin duda no les permitirán seguir siendo humanas durante mucho tiempo. La noche se acerca. Está a menos de una hora. Por las películas sabe que esas cosas siempre ocurren de noche: ataques extraterrestres, invasiones parasitarias, asaltos de mutantes y de ladrones de almas, cosas que chupan la sangre... Siempre de noche, tanto si hay luna llena como si no hay luna, pero siempre de noche.

En vez de abrir la puerta de golpe, incluso desde la posición segura en uno de los laterales, levanta el 38 y abre fuego. La puerta no es de madera maciza, sino un modelo de contrachapado y relleno de espuma, de modo que al disparar a quemarropa las balas de punta hueca producen grandes agujeros.

La sacudida del Chief's Special es enormemente satisfactoria, casi como una experiencia sexual, lo alivia ligeramente de su intensa frustración y de su rabia. Sigue apretando el gatillo hasta que el percutor golpea sobre la recámara vacía.

Cuando se extingue el eco del último disparo de la habitación no surge ruido alguno.

Lanza el arma al suelo y extrae la otra de la pistolera que cuelga del hombro, debajo de su chaqueta universitaria.

De un puntapié abre la puerta y entra en la habitación de un salto, empuñando el arma frente a sí.

Es un dormitorio. No hay nadie.

El dolor de la frustración enardece las llamas de la rabia.

Regresa al pasillo y se enfrenta a la otra puerta cerrada.

Por un instante, la visión del *jeep* volando sobre el porche y atravesando la pared frontal de la cabaña obligó a Paige a detenerse.

Aun cuando estaba sucediendo delante de ella y no tenía ninguna duda de que era real, la colisión tuvo la calidad irreal de un sueño. Pareció como si la ranchera quedara colgando del aire por un tiempo increíblemente prolongado, como si virtualmente flotara en medio del porche, con las ruedas girando. Fue como si, a través de la pared, se disolviera dentro de la cabaña desapareciendo cual si nunca hubiese existido. Y la destrucción estuvo acompañada de un ruido espantoso, pero en cierto modo no lo bastante discordante, ni la mitad de estridente que si hubiese ocurrido en una película... Inmediatamente después, el ruido comparativamente silencioso de la tormenta reclamó su atención, pues sólo era el aullido del viento y el mudo diluvio de la nieve.

Las niñas.

Imaginó la pared derrumbarse sobre ellas, y el implacable *jeep* a continuación.

Echó a correr de nuevo sin ser plenamente consciente de que lo hacía. Directamente en dirección a la cabaña.

Sostenía la escopeta con ambas manos: la izquierda sobre el extremo anterior del cerrojo, la derecha en torno a la empuñadura, con el dedo sobre la protección del gatillo. Todo lo que tendría que hacer sería detenerse, dirigir la boca del cañón hacia el objetivo, deslizar el dedo sobre el gatillo y disparar. Antes, al cargar la Mossberg, había metido un cartucho en la recámara, a fin de disponer de un cartucho extra en el cargador.

Al salir corriendo de entre los árboles y entrar en el camino, cuando se hallaba a tan sólo unos nueve metros de los peldaños del porche, de la cabaña le llegó el sonido de una fuerte descarga. Cinco disparos en rápida sucesión. En vez de obligarla a detenerse, los disparos la espolearon por el camino y el jardín delantero, tan velozmente como se lo permitían sus piernas.

Entonces resbaló en la nieve y cayó sobre una rodilla, justo en el momento de llegar al pie de los peldaños del porche. El dolor la obligó a soltar una involuntaria maldición en voz baja.

Sin embargo, de no haber tropezado habría cruzado el porche y se habría encontrado en la sala de estar en el momento en que Charlotte doblaba por la esquina de la cabaña.

Marty y Emily aparecieron inmediatamente detrás de ella, corriendo cogidos de la mano.

Efectúa tres disparos contra la puerta de la izquierda del pasillo, la abre de una patada, entra rápidamente, agachado, y descubre otro dormitorio vacío.

Fuera, la puerta de un coche se cierra con estrépito.

Marty dejó la puerta del conductor abierta mientras se colocaba al volante y se inclinaba tanteando con una mano debajo del asiento, en busca de las llaves, pero no se le ocurrió advertir a Charlotte y a Emily de que no cerraran de un portazo, hasta que ya fue demasiado tarde y el eco vibró a través de los árboles del entorno.

Paige aún no había subido al BMW. Estaba de pie ante la puerta abierta, vigilando la casa, con la Mossberg levantada y a punto para disparar.

¿Dónde diablos estaban las malditas llaves?

Se inclinó todavía más, tratando de tantear más al fondo por debajo del asiento.

En el instante en que los dedos de Marty se cerraron sobre las llaves, la Mossberg sonó con estrépito. Alzó bruscamente la cabeza justo cuando un disparo de respuesta pasaba junto a Paige, atravesaba la puerta abierta del coche y se incrustaba en el saplicadero, a unos centímetros de su cara. Uno de los indicadores saltó hecho pedazos, salpicándolo con fragmentos de plástico.

–¡Al suelo! –les gritó a las niñas, que estaban en el asiento de atrás.

Paige volvió a disparar, y de nuevo obtuvo un disparo como respuesta.

El Otro se erguía en el hueco donde antes había estado la puerta de la cabaña, con el brazo derecho extendido, disparando. Luego volvió a zambullirse dentro de la sala, tal vez para recargar el arma.

Aunque la escopeta impediría que se acercara, estaba demasiado lejos como para recibir una herida de gravedad, sobre todo teniendo en cuenta su extraordinaria facultad de recuperación. En cambio, su arma había demostrado poseer un considerable alcance a aquella distancia.

Marty introdujo la llave en el contacto, la giró y el motor se puso en marcha. A continuación soltó el freno de mano y metió la directa.

Paige entró en el coche y cerró la puerta de un tirón.

Marty miró por encima del hombro hacia la ventanilla trasera, pasó haciendo marcha atrás por delante de la cabaña y luego giró a la izquierda, por encima de las huellas que había dejado el *jeep* en su carrera suicida.

–¡Ahí viene! –gritó Paige.

Todavía con la marcha atrás, Marty miró a través del parabrisas y vio que el Otro saltaba del porche, bajaba por los peldaños y cruzaba el jardín; en las manos llevaba sendas botellas de vino de cuyos cuellos salían unas tiras de tela en llamas. Jesús. Ardían furiosamente... En cualquier momento podían estallar entre sus manos. Pero a él no parecía preocuparle su propia seguridad. Había una mirada salvaje en sus ojos, casi de júbilo, como si hubiera nacido para aquello, sólo para aquello. Entonces frenó, casi resbalando, y echó el brazo hacia atrás, lo mismo que un jugador de rugby dispuesto a lanzar la pelota al receptor.

–¡Corre! –aulló Paige.

Marty ya había acelerado y no necesitaba ánimos para ir más rápido.

En vez de volverse a fin de mirar por la ventanilla trasera, utilizó el espejo retrovisor para asegurarse de que seguía por el camino y no se desviaba hacia los árboles, la cuneta o las rocas que sobresalían, de modo que fue perfectamente consciente de que la primera botella trazaba un arco a través de la nieve y se estrellaba frente al parachoques delantero del BMW. La mayor parte de su contenido salió despedido inofensivamente por el camino de tierra; fue como si la nieve estallara en llamas.

La segunda botella cayó sobre el capó, a unos quince centímetros del parabrisas, directamente delante de Paige. La botella estalló y el ardiente líquido saltó por los aires cubriendo el cristal: por un momento la única visión que tuvieron hacia delante fue la de un fuego rabioso.

En el asiento trasero, sujetas por el cinturón de seguridad, con la cabeza gacha y cogidas de la mano, las niñas chillaron aterrorizadas.

Marty no podía hacer nada para tranquilizarlas, excepto seguir retrocediendo, tan rápidamente como le fuera posible, con la esperanza de que el capó dejara de arder y el calor no hiciese estallar el parabrisas hacia dentro.

Faltaba la mitad del trayecto hasta la carretera comarcal. Un tercio. Acelerando. Todavía un centenar de metros.

Las llamas del parabrisas se extinguieron casi de inmediato, al consumirse la delgada capa de gasolina sobre el cristal, pero las del capó seguían extendiéndose hasta el guardabarros de la derecha. La pintura había prendido.

A través del fuego y de la ondulante columna de humo Marty vio que el Otro echaba a correr de nuevo hacia ellos, prácticamente a la misma velocidad que el coche.

Paige sacó dos cartuchos del bolsillo de su anorak y los metió en el cargador, sustituyendo los que ya había disparado.

Sesenta metros todavía hasta la carretera comarcal.

Cincuenta.

Cuarenta.

Debido a los árboles y a la vegetación que se interponía, Marty no podía ver colina abajo, y temía cruzarse en el camino de algún vehículo que se acercara por allí. Aun así, no se atrevió a reducir la marcha.

El rugido del BMW le impidió oír el disparo. El agujero de una bala apareció en el parabrisas con un ruido seco, justo debajo del espejo retrovisor, entre él y Paige. Un instante después, un segundo disparo perforó el parabrisas a unos siete centímetros a la derecha del primero, tan cerca de Paige que fue un milagro que no la hiriese. Con este segundo impacto un millón de diminutas estrías en cadena se tejieron sobre el cristal, volviéndolo tan opaco como la leche.

La transición entre el final del camino de tierra y el asfalto no se produjo con suavidad. Al salir a la carretera marcha atrás, lo hicieron con la suficiente brusquedad como para que todos saltaran en sus asientos y los fragmentos elásticos del cuarteado cristal cayeran dentro del coche.

Marty giró el volante a la derecha, efectuó marcha atrás colina arriba, y frenó hasta detenerse por completo cuando se hallaron de cara a la carretera de bajada. Podía percibir el calor de las llamas que consumían la pintura del capó, pero éstas no penetraban dentro del vehículo.

Entonces una bala rebotó sobre el metal.

Cambió la marcha.

A través de la ventanilla, vio que el Otro se había detenido a unos quince metros del final del camino de tierra: permanecía de pie con las piernas separadas, sujetando el arma con ambas manos.

En el instante en que Marty pisaba a fondo el acelerador, otro proyectil golpeó contra la puerta de su lado, por debajo de la ventanilla, pero no llegó a atravesarla.

El Otro echó de nuevo a correr mientras el BMW salía disparado colina abajo, alejándose de él.

A pesar de que el viento desplazaba la mayor parte del humo hacia la derecha, de repente brotó en mayor cantidad, y más negro que nunca, penetrando lo bastante en el coche para hacer que todos se sintieran terriblemente mal. Paige empezó a toser, las niñas respiraban con dificultad en el asiento de atrás, y Marty no lograba ver claramente la carretera que tenía delante.

–¡Se está quemando una rueda! –gritó Paige, por encima del aullido del viento.

Al cabo de unos doscientos metros colina abajo, el neumático estalló y el BMW giró fuera de control sobre el asfalto cubierto de nieve. Marty hizo girar el volante en la dirección en que el coche se desplazaba, pero la física aplicada no funcionó esta vez. El BMW efectuó un giro de unos ciento ochenta grados al mismo tiempo que se desplazaba lateralmente, y sólo se detuvo cuando salió de la carretera y chocó contra la alambrada que marcaba el perímetro de la propiedad perteneciente a la desaparecida Iglesia Profética del Éxtasis.

Marty saltó del vehículo. Abrió de un tirón la puerta trasera, se inclinó dentro y ayudó a las asustadas niñas a liberarse de los cinturones de seguridad.

Ni siquiera se volvió para comprobar si el Otro se acercaba, ya que estaba seguro de que el muy cabrón corría hacia ellos. Aquel tipo nunca se detendría, nunca, al menos hasta que no lo hubiese liquidado, y tal vez ni siquiera entonces.

Mientras Marty se dedicaba a sacar a Emily del asiento trasero, Paige saltaba por encima del asiento del conductor, ya que su puerta había quedado empotrada en la alambrada. Después de recoger los sobres con el dinero y metérselos en los bolsillos del anorak, cerró la cremallera y miró colina arriba.

–¡Mierda! –exclamó, y la escopeta soltó un fogonazo.

Marty ayudó a Charlotte a salir del coche cuando la Mossberg rugía de nuevo. Creyó oír también el seco chasquido de una pequeña arma de fuego, pero la bala debió de pasar lejos de ellos.

Haciendo de escudo a las niñas al tiempo que las alejaba del coche en llamas, miró pendiente arriba.

El Otro se erguía arrogantemente en el centro de la carretera, a un centenar de metros de donde estaban, convencido de que se hallaba fuera del alcance de la escopeta y protegido por su habilidad sobrenatural para recuperarse de los percances, por graves que fueran. Era exactamente de la misma estatura que Marty, y sin embargo a lo lejos parecía una figura sombría y amenazante que se elevaba por encima de todos. Tal vez el efecto fuera producto de la perspectiva. Casi imperturbable, abrió el cilindro de su revólver y tiró sobre la nieve los casquillos utilizados.

–¡Está recargando! –exclamó Paige, aprovechando la ocasión para volver a meter unos cartuchos en su escopeta–. Larguémonos de aquí.

–¿Adónde? –preguntó Marty, mirando frenéticamente alrededor, al paisaje cubierto de nieve.

Ansió que apareciera un coche, en una dirección o en otra.

Pero de inmediato comprendió que de nada serviría, pues sabía que el Otro mataría a cualquiera que pretendiese intervenir.

Corrieron cuesta abajo, contra el mordiente viento, y, mientras ponían cierta distancia entre ellos y su perseguidor, aprovecharon para idear qué podían hacer a continuación.

Marty descartó cualquier intento de llegar a una de las otras cabañas desperdigadas entre los altos árboles. En su mayor parte eran casas de vacaciones. Un martes de diciembre era imposible que hubiese gente en ellas, a menos que la nieve los hubiese atraído para esquiar a la mañana siguiente. Y si daban con una cabaña en la que hubiera alguien, Marty no quería tener sobre su conciencia la muerte de unos inocentes a manos del Otro.

Al fondo de la carretera comarcal cruzaba la 203; incluso al comienzo de una ventisca la circulación era continua entre los lagos y Mammoth Lakes; si había muchos testigos, tal vez el Otro no los matara y se viese obligado a retirarse.

Pero el cruce de la carretera comarcal estaba muy lejos. Nunca lograrían llegar antes de que se les agotaran las municiones de la escopeta con que mantenían a raya a su enemigo..., o antes de que la mayor precisión y alcance del revólver de éste fuera liquidándolos uno tras otro.

Entonces llegaron a un boquete en la abollada alambrada.

–¡Por aquí, venid! –gritó Marty.

–¿No es un lugar abandonado? –dijo Paige a modo de objeción.

–No hay otro sitio adonde ir –dijo Marty al tiempo que cogía a Charlotte y a Emily de la mano y las ayudaba a pasar al otro lado de la alambrada.

Su esperanza residía en que alguien apareciera pronto, viese el BMW medio chamuscado e informara al departamento del *sheriff*. En vez de avivar el fuego que había prendido en la pintura, el viento lo había apagado, pero el neumático seguía ardiendo, y era difícil que el coche pasara inadvertido... Si un par de agentes bien armados se acercaba para echar un vistazo a la zona y podía conseguir que se uniesen a él, probablemente no comprenderían por qué el Otro era tan formidable, pero tampoco serían tan ingenuos e inútiles como un ciudadano corriente.

Después de titubear por un instante, durante el cual miró colina arriba hacia su perseguidor, Paige siguió a Marty y a las niñas a través del boquete abierto en la alambrada.

Al sacar el cargador de la bolsa que cuelga de su cinturón, le resbala de entre los dedos y cae sobre la nieve... Es el último de los dos que le ha quitado al muerto de la furgoneta de vigilancia.

Se detiene, lo recoge y lo limpia frotándolo contra el suéter granate que lleva debajo de la chaqueta universitaria. Lo acerca al revólver abierto, lo coloca dentro del cilindro, lo hace girar y cierra el tambor.

Tendrá que utilizar con cuidado esas últimas balas, pues no será fácil matar a los impostores.

Ahora sabe que la mujer es un duplicado, lo mismo que el falso padre. Carne extraterrestre. Inhumana. Ella no puede ser su Paige, porque es demasiado agresiva. Su Paige habría sido sumisa, ávida de que la dominasen, como las mujeres de la colección de películas del senador. Sin duda su Paige está muerta. Tiene que aceptarlo, por difícil que sea. Esta cosa sólo se hace pasar por Paige, y no excesivamente bien. Pero lo peor es que si Paige se ha ido para siempre, lo mismo debe de haberles ocurrido a sus encantadoras hijitas. Las niñas, bonitas y convincentemente humanas, son también unas réplicas: demoníacas, extraterrestres y peligrosas.

Su antigua vida ya es irrecuperable.

Su familia ha desaparecido para siempre.

Un negro abismo de desesperanza se abre a sus pies, pero no debe caer en él. Tiene que encontrar la fuerza para seguir adelante y luchar hasta conseguir la victoria en nombre de toda la humanidad... o perecer. Tiene que ser tan valeroso como lo fueron Kurt Russell y Donald Sutherland cuando se encontraban en apuros similares, pues él es el héroe, y los héroes deben perseverar.

Colina abajo, las cuatro criaturas desaparecen a través de un boquete abierto en la alambrada. Todo lo que quiere ahora es verlos muertos, chafarles los sesos, desmembrarlos y decapitarlos, sacarles las vísceras, prenderles fuego, cerciorarse de que no puedan resucitar, pues no sólo son los asesinos de su auténtica familia, sino una amenaza para el mundo entero.

Esta idea lo lleva a pensar que, si sobrevive, todas estas horribles experiencias le proporcionarán material para una novela. Sin duda conseguirá pasar de la primera frase, un logro que ayer fue incapaz de conseguir. Aunque haya perdido para siempre a su esposa y a sus hijas, tal vez logre salvar de la ruina su carrera como escritor.

Resbalando y deslizándose, se apresura hacia el boquete abierto en la alambrada.

Los limpiaparabrisas estaban envueltos en nieve, que se endurecía hasta convertirse en hielo. Se deslizaban sobre el cristal a empellones, a sacudidas.

Oslett consultó el mapa impreso por el ordenador, luego señaló un cruce al frente.

–Allí, a la derecha.

Clocker puso el intermitente para girar.

Al igual que el buque fantasma *Mary Celeste* materializándose en medio de una extraña niebla, con sus velas deshilachadas y la cubierta vacía de tripulación, la abandonada iglesia apareció entre la nieve que caía.

Al principio, en medio de la oscuridad de la tormenta y la menguante luz grisácea de los instantes previos a la noche, Marty pensó que el edificio había sido reparado, pero aquella impresión fue transitoria. Al acercarse vio que del tejado habían caído muchas tejas. Faltaban algunas secciones del canalón de cobre para la lluvia, en tanto que otras secciones colgaban precariamente, meciéndose y chirriando al impulso del viento. Casi todas las ventanas estaban rotas, y los gamberros habían escrito con aerosol obscenidades en las paredes de ladrillo en otro tiempo inmaculadas.

Un complejo de edificios irregulares –oficinas, talleres, una guardería, dormitorios, un comedor– se alzaba inmediatamente detrás y a ambos lados de la estructura principal con su torre. La Iglesia Profética del Éxtasis había sido un culto que requería que sus miembros contribuyeran con todos sus bienes terrenales a cambio de ser admitidos y vivir en una comuna férreamente gobernada.

Avanzaron sobre los tres centímetros de nieve acumulada, con la rapidez que permitía el paso de las niñas. Si se encaminaron hacia la entrada del templo en vez de dirigirse hacia cualquiera de los demás edificios, fue porque estaba más cerca, y ellos necesitaban resguardarse lo antes posible. Aunque el Otro fuera capaz de seguirlos a través de la conexión con Marty, independientemente de hacia dónde se dirigieran, como mínimo no podría dispararles si no lograba verlos.

Una docena de amplios escalones conducían hasta dos entradas, cada una con una doble puerta de roble de unos tres metros de altura, y un montante de abanico de metro y medio sobre cada una. Excepto unos pocos fragmentos ámbar y rubí, todos los cristales de los abanicos estaban rotos, dejando unos oscuros boquetes entre las gruesas nervaduras de plomo. Las puertas se hallaban embutidas en un arco de seis metros de altura, sobre el cual destacaba un rosetón enorme y primorosamente diseñado que aún conservaba el veinte por ciento de la cristalera original, probablemente porque era un blanco difícil para los lanzadores de piedras.

Las cuatro puertas de roble estaban gastadas por el tiempo, rayadas, resquebrajadas, pintadas con más obscenidades que brillaban suavemente bajo la cenicienta luz del prematuro anochecer. En una, un gamberro había dibujado en blanco una sinuosa silueta femenina parecida a un reloj de arena, completada con unos pechos y un pubis definido con la letra Y, junto a éste, la imagen de un falo tan grande como un hombre. Unas letras talladas por un maestro cantero repetían una misma promesa en el dintel de granito que había sobre cada una de las entradas: ÉL NOS ELEVARÁ AL CIELO. Sin embargo, sobre estas palabras, los vándalos habían escrito con aerosol rojo: Y UN CUERNO.

El culto había sido para temerlo, y su fundador –Jonathan Caine– había resultado un fraude y un pederasta, pero a Marty le producían más escalofríos aquellos vándalos que la desorientada gente que había seguido a Caine. Al menos los fieles del culto habían creído en algo, por muy desencaminados que fueran, y se habían sacrificado por sus creencias, aunque al final sus sacrificios resultaran estúpidos; ellos se habían atrevido a soñar, aunque sus sueños se hubiesen convertido en tragedia. El odio insensato que destilaban los escritos de aquellos adictos al aerosol era la obra de unas personas vacías, que no creían en nada, gente incapaz de soñar, que se alimentaba del dolor de los demás.

Una de las puertas aparecía entornada unos quince centímetros. Marty agarró el borde y tiró con fuerza. Las bisagras estaban oxidadas y la madera combada, pero la puerta chirrió hasta abrirse otros treinta centímetros.

Paige fue la primera en entrar. Charlotte y Emily la siguieron de cerca.

Marty no oyó el disparo que lo hirió.

Cuando se disponía a seguir a las niñas, un dardo de hielo lo atravesó, entrando por el cuadrante superior izquierdo de la espalda y saliendo a través de músculos y tendones por debajo de la clavícula del mismo lado. El helado dolor fue tan intenso que comparado con él la ventisca que azotaba la iglesia pareció una tormenta tropical, provocándole un violento escalofrío.

De repente se encontró tendido sobre el rellano alfombrado de nieve, ante la puerta, preguntándose cómo había llegado hasta allí. Por un instante creyó que acababa de tumbarse para echar un sueñecito, pero el dolor en sus huesos indicaba que había caído duramente sobre aquel improbable lecho.

Alzó la mirada a través de la nieve que caía y la luz invernal que se reflejaba en las letras de granito. Letras sobre granito.

ÉL NOS ELEVARÁ AL CIELO.

Y UN CUERNO.

Sólo se dio cuenta de que había sido herido cuando Paige salió corriendo de la iglesia y se agachó a su lado, exclamando:

–¡Marty! ¡Oh, Dios! ¡Dios mío, estás herido! ¡Ese hijo de puta te ha disparado!

Y Marty pensó: «Oh, sí. Claro, es eso. Me ha disparado. No se trataba de una lanza de hielo».

Paige se levantó detrás de él, empuñando la Mossberg, y Marty oyó dos disparos. A diferencia de la bala que lo había derribado sobre el ladrillo fueron extremadamente fuertes.

Dominado por la curiosidad, volvió la cabeza para ver cuán cerca estaba su incansable enemigo. Esperaba descubrir al doble cargando contra él, a sólo unos metros de distancia, irritado por los perdigonazos de la escopeta.

En cambio, el Otro permanecía a cierta distancia de la iglesia, fuera del alcance de los dos disparos que Paige había efectuado. Era una figura negra sobre un fondo blanco, y los detalles de aquel rostro tan familiar aparecían borrosos bajo la menguante luz grisácea. Moviéndose de un lado a otro, hacia atrás y hacia delante, desgarbado y ágil a la vez, parecía un lobo acechando un rebaño de ovejas, vigilante y paciente, esperando la ocasión, hasta que llegara el momento decisivo en que fueran más vulnerables.

El estilete de hielo que había traspasado a Marty se convertía, por momentos, en un puñal de fuego. Y con el calor vino el lacerante dolor que le hizo abrir la boca en busca de aire. Al final, el concepto abstracto de una herida de bala se había traducido al lenguaje de la realidad.

Paige volvió a levantar la Mossberg.

Marty, que con el dolor había recuperado la lucidez, le aconsejó:

–No desperdicies munición, Paige. Déjalo de momento. Ayúdame a levantarme.

Con su ayuda, Marty logró ponerse de pie.

–¿Es grave? –preguntó ella, preocupada.

–No me estoy muriendo. Vayamos dentro, antes de que se decida a disparar otra vez.

Marty la siguió hasta el atrio, donde la oscuridad se veía aliviada tan sólo por los débiles rayos que penetraban a través de la puerta y de los abanicos sin cristales.

Las niñas lloraban, Charlotte con más fuerza que Emily, y Marty intentó tranquilizarlas.

–No pasa nada, estoy bien... Es sólo una pequeña herida. Todo cuanto necesito es una tirita, de ésas que llevan el dibujo de Snoopy, y ya me sentiré mejor.

La verdad era que notaba el brazo izquierdo medio entumecido. Sólo podía utilizarlo parcialmente, y cuando flexionaba la mano no conseguía apretar el puño por completo.

Paige se acercó al hueco de unos treinta centímetros que había entre la enorme puerta y el bastidor, a través del cual el viento silbaba. Se asomó para vigilar al Otro.

En un intento por obtener una mejor apreciación de los destrozos que le había hecho la bala, Marty deslizó la mano derecha dentro del anorak y exploró con cuidado la parte frontal del hombro izquierdo. Incluso el toque más ligero encendió en él una llamarada de dolor que le hizo rechinar los dientes. Su suéter de lana estaba empapado en sangre.

–Llévate a las niñas más adentro –le susurró Paige con tono apremiante, aunque era imposible que su enemigo la oyese desde fuera, en medio de la tormenta–. Al fondo de la iglesia.

–¿Qué quieres decir?

–Voy a esperarlo aquí.

Las niñas protestaron:

–¡No, mamá!

–Mami, ven con nosotros. Tienes que venir.

–¡Por favor, mamá!

–No me pasará nada –las tranquilizó Paige–. De veras. Todo irá bien... ¿No lo entendéis? Marty..., cuando este canalla advierta que estás retrocediendo, entrará en la iglesia. Creerá que estamos todos juntos. –A medida que hablaba, iba poniendo más cartuchos en la Mossberg a fin de sustituir los que había gastado–. No sospechará que estoy esperándolo aquí.

Marty recordaba haber mantenido aquella misma discusión con anterioridad, en la cabaña, cuando ella quería salir para atisbar sobre la peña. Su plan no había funcionado entonces, aunque no por defecto. El Otro había pasado por delante de ella evidentemente sin darse cuenta de que estaba allí tendida, esperándolo. Si entonces él no hubiese puesto en práctica aquel ardid impredecible, embistiendo la casa con la ranchera, ella habría podido acercarse a él por detrás y dispararle.

Sin embargo, Marty no quería dejarla sola junto a la puerta. Pero no había tiempo para discusiones, pues sospechaba que su herida pronto iba a reclamarle las fuerzas que aún le quedaban; aparte de que tampoco podía sugerir un plan mejor.

En la penumbra, apenas podía reconocer el rostro de Paige.

Confió en que no fuera la última vez que lo veía.

Guió a Charlotte y a Emily fuera del atrio y entró en la nave. Allí olía a polvo, humedad y los restos de las criaturas salvajes que habían anidado allí desde que los fieles del culto se habían marchado para reanudar sus destrozadas existencias, en vez de levitar a la diestra de Dios Padre.

En el lado norte, el encrespado viento empujaba la nieve a través de las rotas ventanas. Si el invierno tuviera un corazón, inanimado y tallado en hielo, no sería más gélido que aquel lugar. Ni la muerte podría ser tan glacial.

–Tengo fríos los pies –exclamó Emily.

–Chisss –la obligó a callar–, ya lo sé.

–Yo también –musitó Charlotte.

–Lo sé.

Tener algo tan común de lo cual quejarse, contribuía a que la situación pareciese menos absurda, menos pavorosa.

–Fríos de verdad –añadió Charlotte.

–Sigue avanzando. Hasta el fondo.

Ninguno de ellos llevaba botas; sólo zapatillas de deporte. La nieve había cubierto la lona, rellenando cada pliegue, y se había transformado en hielo. Marty supuso que aún no había que preocuparse por una posible congelación. Hacía falta algún tiempo para que eso sucediera, y tal vez no llegaran a vivir lo suficiente.

Las sombras colgaban como banderas a través de la nave, pero en aquella gran estancia había más luz que en el atrio. A ambos lados de la nave, a unas dos terceras partes de la distancia que separaba el suelo del techo abovedado, se veía una hilera de ventanas ojivales a las que hacía mucho tiempo habían aliviado del peso de las cristaleras. A través de ellas pasaba la suficiente luz para perfilar las hileras de bancos, el largo pasillo central que conducía hasta la reja del presbiterio, el gran coro, e incluso parte del elevado altar que había al frente.

Pero lo más luminoso de la iglesia era la profanación de los vándalos, que con aerosoles habían escrito obscenidades en las paredes interiores, y con mayor profusión que las que habían visto en el exterior. Marty ya había sospechado que la pintura debía de ser fosforescente al verla en el exterior del edificio. Efectivamente, en las dependencias más oscuras, los ondulantes bosquejos anaranjados, azules, verdes y amarillos se entrecruzaban, se retorcían y se entrelazaban, hasta el punto de parecer auténticas serpientes culebreando por las paredes.

Marty estaba tenso ante la expectativa del tiroteo.

La reja de la puerta del presbiterio había desaparecido.

–Seguid adelante –apremió a las niñas.

Los tres avanzaron por la plataforma del altar mayor, del que habían retirado los objetos del culto. En la pared del fondo destacaba una enorme cruz de madera, de unos nueve metros de altura, de cuyos brazos colgaban guirnaldas de telaraña.

Marty tenía el brazo izquierdo entumecido, pero aun así se daba cuenta de que estaba hinchado. El dolor se parecía al de un flemón que se hubiese trasladado al hombro. Sentía náuseas, aunque no sabía si se debía tanto a la pérdida de sangre como al miedo que sentía por Paige, o por el desconcertante aspecto sobrenatural de la iglesia.

Paige se apartó de la entrada y retrocedió hasta una zona del atrio que permanecería a oscuras aunque el Otro abriese más la puerta.

Mirando a través del hueco entre la puerta y el quicio, vio movimientos fantasmagóricos en la borrosa luminosidad y los remolinos de nieve. No paraba de levantar y bajar la escopeta. Y cada vez que parecía que había llegado el momento de la confrontación, el aliento se le paralizaba en la garganta.

No tuvo que aguardar mucho rato... El Otro apareció al cabo de unos tres o cuatro minutos, y no lo hizo con la cautela que habría esperado de él. Captando al parecer los movimientos de Marty al fondo de la iglesia, entró confiado, temerario.

Cuando cruzó el umbral, recortándose contra la menguante luz del día, Paige le apuntó justo en el centro del pecho. La escopeta le temblaba en la mano incluso antes de apretar el gatillo, y le dio un brinco hacia arriba con el retroceso. De inmediato volvió a cargar otro cartucho y efectuó otro disparo.

El contenido del primer cartucho lo alcanzó de lleno, pero el del segundo sin duda causó más destrozos al bastidor que a él, ya que dio un salto hacia atrás, y se apartó del umbral, donde no podía verlo.

Paige sabía que le había hecho mucho daño, y sin embargo no se oían alaridos ni gritos de dolor, de modo que se acercó a la puerta con más esperanza que precaución, dispuesta a descubrir su cadáver tendido en el rellano de la entrada. Pero había desaparecido, y de algún modo esto tampoco fue una sorpresa, si bien la forma en que lo había hecho era tan desconcertante que Paige volvió la cabeza y alzó la mirada hacia la fachada de la iglesia, como si el Otro hubiese podido escalar la lisa pared con la celeridad de una araña.

Paige hubiese podido seguir sus huellas sobre la nieve e intentar darle caza, pero sospechó que era precisamente eso lo que él pretendía.

Nerviosa, volvió a entrar en la iglesia y echó a correr.

Matarlos, matarlos a todos, ahora mismo.

Fragmentos de plomo. En la garganta, perforando abrasadoramente su carne. A todo lo largo de un costado del cuello. Duros bultos empotrados en la sien izquierda. La oreja izquierda destrozada y colgando. La mejilla izquierda y la barbilla cubiertas de agujeros semejantes a acné. El labio inferior desgarrado. Los dientes rotos y desportillados. Escupe perdigones. Un estallido de dolor, pero no hay daños en el ojo, su visión sigue intacta.

Se escabulle a lo largo del lado sur de la iglesia, a través de una penumbra tan homogénea y gris, tan protegida tras la bruma de la nieve, que no deja sombras. Ni esposa, ni hijas, ni madre, ni padre, desaparecidos, ni vida, todo robado, usar y tirar, sin espejo en el cual mirarse ni un reflejo que confirme su solidez, ni una sombra, sólo las huellas sobre la nieve sosteniendo su reclamación de existencia, las huellas y su odio, como Claude Rains en *El hombre invisible*, definido por sus huellas y su furia.

Inspecciona a toda prisa cada ventana buscando frenéticamente un modo de entrar.

Virtualmente han desaparecido todos los paneles de las cristaleras emplomadas, pero aún permanecen los montantes metálicos. Gran parte del plomo que definía los dibujos originales aguanta entre los montantes, si bien en muchos sitios está doblado, torcido o colgado, por efectos del tiempo o de los gamberros, haciendo irreconocibles los perfiles de las figuras religiosas originales; en su lugar han dejado formas monstruosas, tan vacías de significado como las velas a medio derretir.

En la penúltima ventana de la nave ha desaparecido el bastidor metálico, los montantes y el plomo. La repisa de granito que marca la base de la ventana se halla a algo más de metro y medio del suelo. Se eleva con la agilidad de un gimnasta y se acuclilla sobre la ancha repisa. Se asoma a las innumerables sombras delimitadas por extrañas y sinuosas y radiantes figuras anaranjadas, azules, verdes y amarillas.

Oye el chillido de una criatura.

Mientras corría por el pasillo central de la iglesia cuyas paredes estaban cubiertas con la pintura fosforescente, Paige experimentó la extraña sensación de que se hallaba bajo el agua en un clima tropical: en el fondo de una cala en el Caribe, en cuevas de coral brillantemente multicolor, con algas ecuatoriales meciendo sus ondulantes y radiantes frondas alrededor de ella.

Entonces Charlotte gritó.

Paige, que había llegado ya a al verja del presbiterio, se volvió hacia la nave. Girando la Mossberg a derecha e izquierda, buscó presa del pánico la amenaza, y descubrió la presencia del Otro en el instante en que Emily exclamaba:

–¡En la ventana! ¡Dale!

En efecto, estaba en el alféizar de una de las ventanas del lado sur; una oscura silueta que parecía sólo medio humana se recortaba contra la débil luminosidad y la blanqueante cortina de nieve. Los hombros encorvados, la cabeza gacha, los brazos colgando le conferían un aspecto simiesco.

A Paige no le fallaron los reflejos. Disparó la Mossberg sin vacilar.

Aunque la distancia no hubiese estado a favor de él, aun así habría logrado escapar indemne, ya que se movía incluso cuando ella se disponía a apretar el gatillo. Con la agilidad de un lobo, pareció como si se «derramara» del alféizar de la ventana y cayera en el suelo. La lluvia de perdigones pasó inofensivamente por el espacio que acababa de ocupar e impactó sonoramente contra las jambas que lo habían enmarcado.

Sin duda debió de escurrirse entre las hileras de los bancos, donde se abatían las sombras más profundas de la iglesia... Si Paige se atrevía a seguirlo, la arrastraría al suelo y la mataría allí mismo.

De modo que ella retrocedió hasta el lugar en que se encontraban Marty y las niñas, sin dejar de apuntar con la escopeta.

Los cuatro se dirigieron entonces a la sala adyacente, que podía haber sido la sacristía. Un par de ventanas de batiente dejaban pasar apenas la suficiente luz para revelar tres puertas, además de aquélla por la que acababan de entrar.

Paige cerró esta última e intentó poner el seguro, pero no tenía pestillo. Y tampoco había muebles que pudieran utilizar para apuntalarla o bloquearla.

Marty trató de abrir una de las otras puertas.

–Cerrada.

El viento helado y la nieve irrumpieron por la puerta que abrió Charlotte, así que volvió a cerrarla de golpe.

–Unas escaleras –dijo Emily, al comprobar la tercera posibilidad.

Entre los bancos. Atrastrándose. Con cautela.

Oye una puerta que se cierra con estrépito.

Aguarda.

Escucha.

Hambre. El ardiente dolor pronto se reduce a un suave calor. La hemorragia se queda en un hilillo de sangre. Ahora el hambre se apodera de él, como si su cuerpo le exigiera enormes cantidades de energía para reconstruir los tejidos dañados.

Su cuerpo ya está metabolizando grasa y proteína a fin de reparar urgentemente los vasos sanguíneos rotos. Su metabolismo se acelera implacablemente, una función totalmente automática sobre la cual no ejerce poder alguno.

Esa facultad que lo hace mucho menos vulnerable que los demás seres humanos, pronto empezará a cobrarse su precio. Bajará de peso. El hambre se intensificará hasta volverse tan insoportable como la agonía de una herida mortal. El hambre se transformará en avidez, y ésta en desesperada necesidad.

Considera la posibilidad de retirarse, pero está muy cerca, demasiado cerca... Huyen. Están aislados. No podrán contra él. Si persiste, en unos minutos estarán muertos.

Además, su odio y su rabia son tan enormes como su hambre. Está frenético ante la dulce satisfacción que sólo la violencia extrema puede asegurarle.

Sobre la pantalla cinematográfica de su mente, imágenes homicidas parpadean seductoramente: cráneos destrozados a balazos, rostros brutalmente desfigurados, pechos llenos de cortes, cuchillos, hachas, piquetas, miembros arrancados, mujeres ardiendo en llamas, criaturas chillando, amoratados cuellos de jóvenes prostitutas, carne disolviéndose bajo un chorro de ácido...

Sale a rastras de entre los bancos, al pasillo central, y se pone en cuclillas.

Las paredes están repletas de luminosos jeroglíficos extraterrestres. Está en la guarida del enemigo.

Desconocido y extraño. Hostil e inhumano.

Su miedo es enorme. Pero sólo contribuye a alimentar su rabia.

Corre hacia el fondo de la nave, a través de una abertura en la reja, hacia la puerta tras la cual ellos han desaparecido.

Una luz tenue como el caldo de pescado se derramaba por unas invisibles ventanas, más arriba, y bajaba en espiral por la escalera de caracol.

Los edificios anexos a la iglesia eran de dos plantas. Debía de haber un pasadizo que conectase aquellas escaleras con otra estructura, pero Marty no tenía ni idea de adónde conducían. Por ese motivo casi hubiera preferido la puerta que conducía al exterior.

Sin embargo, el entumecimiento de su brazo, que empeoraba por momentos, suponía un serio gasto de energía. En el edificio no había ninguna fuente de calor y hacía casi tanto frío como fuera, pero al menos les ofrecía protección contra el viento. Entre su herida y la tormenta, no creía que lograra sobrevivir más allá de las paredes de aquella iglesia.

Las niñas subían delante de él.

Paige venía detrás, quejándose en voz alta de que la puerta de la escalera, al igual que la de la sacristía, careciera de cerradura. Subía medio de espaldas, peldaño a peldaño, cubriendo el terreno que dejaban atrás.

Pronto llegaron a la ventana de múltiples lóbulos embutida en la pared exterior, que era la fuente de la débil luminosidad de abajo. En su mayor parte los cristales transparentes estaban intactos... La luz que llegaba de lo alto de la escalera de caracol tenía la misma cualidad deprimente, de modo que lo más probable era que procediese de una ventana del mismo tamaño y estilo.

Marty avanzaba con mayor lentitud y su respiración se hacía más trabajosa a medida que subían, como si alcanzaran alturas en las que el oxígeno contenido en el aire se redujera drásticamente. El dolor del brazo derecho se intensificó, y los ataques de náusea se hicieron más frecuentes.

Las sucias paredes de yeso, los grises peldaños de madera y la luz grisácea que se filtraba le recordaron las deprimentes películas suecas de los años cincuenta y sesenta, filmes sobre la desesperanza, la angustia y el triste porvenir.

Al principio, la barandilla no había sido esencial para su avance. Sin embargo, pronto se convirtió en una muleta necesaria. Preocupado, advirtió que no podía fiarse de la fortaleza de sus piernas, cada vez más temblorosas, y también necesitó impulsarse hacia arriba mediante el brazo sano.

Al llegar a la segunda ventana y descubrir que aún quedaban más peldaños, y que desde arriba llegaba la misma luminosidad grisácea, supo que se encontraban en el campanario.

La escalera no conducía a un pasadizo que conectara con la planta superior de un edificio anexo, pues ya habían subido más de dos pisos. Cada peldaño adicional era un compromiso irreversible hacia una única opción.

Agarrado al pasamanos con su mano derecha, Marty se sintió mareado hasta el punto de temer perder el equilibrio, y se detuvo para avisar a Paige de que tal vez fuera mejor considerar la posibilidad de retroceder. Quizá la perspectiva de la escalera, al tener que avanzar de espaldas, le hubiera impedido darse cuenta de la naturaleza de aquella trampa.

Antes de que lograse articular palabra, la puerta de abajo resonó al abrirse.

Su último pensamiento claro es el descubrimiento repentino de que ya no tiene el revólver 38 Chie's Special. Debe de haberlo perdido cuando recibió el disparo en la entrada principal de la iglesia. Se le habrá caído sobre la nieve, y no se ha dado cuenta hasta este momento. Aun cuando supiese dónde encontrarlo no tiene tiempo de ir en su busca. Ahora su arma principal es su cuerpo, sus manos, sus habilidades de asesino, y su fuerza excepcional. También su odio feroz es un arma, pues lo impulsa a aceptar cualquier riesgo, a enfrentarse a cualquier peligro extremo, y a soportar crueles sufrimientos que incapacitarían a un hombre corriente. Pero él no es un ser corriente, es un héroe, es la sentencia y la venganza, la furiosa mano ejecutora de la justicia, el vengador de su familia asesinada, castigo de todas las criaturas que no son de esta tierra pero que la reclaman como suya, salvador de la humanidad. Ésta es la razón de su existencia. Por fin su vida tiene un significado y un propósito: salvar el mundo de este azote inhumano.

Justo antes de que la puerta se abriera debajo de Paige, la estrecha espiral de la escalera le trajo a la memoria algunos faros que había visto en el cine. Y de la imagen del faro saltó a la certeza de que se encontraban en el campanario de la iglesia. Entonces la puerta de abajo se abrió, invisible tras la curvada pared de la espiral, y ya no les quedó otro remedio que seguir subiendo.

Por un breve instante consideró la posibilidad de cargar hacia abajo, abriendo fuego en cuanto estuviera a punto de caer sobre él. Pero si la oía bajar podría retroceder hasta la sacristía, donde el denso tejido del atardecer se estaba comprimiendo para convertirse en oscuridad, y donde podría acercarse furtivamente a ella al amparo de la penumbra, atacándola cuando su atención se distrajera con el entramado de sombras.

También podía esperar allí donde estaba, dejar que él se acercara y saltarle la tapa de los sesos en cuanto asomase la cabeza. Pero si advertía que ella estaba esperándolo y abría fuego nada más rodear la curva de la espiral, no podía fallar en un espacio tan reducido. Cabía la posibilidad de que ella muriese incluso antes de poder apretar el gatillo, o, en el mejor de los casos, que el cartucho impactara en el techo de la escalera antes de caer ella, produciendo destrozos únicamente en la escayola.

Al recordar la negra silueta en el alféizar de la ventana de la nave, y la extraña agilidad con que había saltado, tuvo la certeza de que los sentidos del Otro eran mucho más agudos que los suyos. Así que tenderse en el suelo con la esperanza de sorprenderlo era probablemente un juego de estúpidos.

Continuó subiendo, siempre de espaldas, tratando de convencerse de que estaban en la mejor de las posiciones posibles: defender el terreno alto contra un enemigo al que sólo se le permitía avanzar por un espacio estrecho. Daba la sensación de que la plataforma del campanario tuviera que ser un reducto inexpugnable.

A merced de las agonías del hambre, sudando de rabia y necesidad, con perdigones brotando de sus carnes, a medida que sube se va curando, pero a un alto precio. La grasa corporal se ha consumido, y algunos tejidos musculares y masa ósea se han sacrificado a fin de curar las heridas producidas por los perdigones. Hace rechinar los dientes con la compulsiva necesidad de masticar, masticar y tragar, desgarrar y romper, comer, comer, aunque no haya alimentos que sacien el hambre terrible que lo atormenta.

En lo alto del campanario, la mitad del espacio estaba completamente protegido por paredes, proporcionando un rellano a la escalera. Una puerta daba acceso desde el rellano a la otra mitad de la plataforma, que estaba expuesta a los elementos por tres de sus cuatro lados. Charlotte y Emily abrieron la puerta sin dificultad y salieron rápidamente de la escalera.

Marty las siguió. Se sentía desalentadoramente débil, pero incluso más mareado que débil. Se sujetó al quicio de la puerta y luego a la capa de cemento que cubría la parte superior del murete que le llegaba hasta la cintura y bordeaba los tres lados restantes de la plataforma del campanario.

Debido al viento, la sensación térmica debía de ser de menos de diez grados bajo cero. Dio un respingo cuando el mordiente vendaval le azotó la cara, y no se atrevió a imaginar cuanto más insoportable sería al cabo de quince minutos o una hora.

Aunque Paige dispusiera de suficiente munición para impedir que el Otro llegara hasta allí, lo más probable era que no sobreviviesen a aquella noche.

Y si los partes meteorológicos eran correctos y la tormenta duraba hasta mucho después del amanecer, no podrían utilizar la Mossberg para intentar llamar la atención sobre su estado hasta la mañana. El aullido del viento dispersaría las detonaciones de los disparos antes de que aquel ruido delatador traspasara los límites de la propiedad de la iglesia.

La plataforma tendría unos tres metros de lado, y su suelo era de baldosas e imbornales para vaciar el agua de lluvia. Encima del perímetro del murete se alzaban dos postes de unos dos metros de altura que, junto con la pared completa del lado este, sostenían el puntiagudo tejado del campanil.

En éste no colgaba campana alguna... Cuando Marty atisbó hacia el oscuro fondo de aquel espacio cónico, divisó unas siluetas negras que muy bien podían haber sido los altavoces a través de los cuales salían los tañidos de unas campanas previamente grabados.

A medida que oscurecía la nieve parecía volverse cada vez más blanca. Impulsada por el viento del noroeste, no paraba de penetrar en el interior del campanil, y ya se estaba acumulando en la base del murete del lado sur.

Las niñas habían corrido en línea recta al fondo de la plataforma, lo más lejos posible de la puerta, pero Marty se sentía demasiado inseguro para cruzar siquiera aquella corta distancia sin apoyarse. Mientras bordeaba la plataforma para reunirse con ellas, apoyándose con la mano derecha en el murete, las baldosas le parecieron resbaladizas a pesar de la textura con que las habían fabricado a fin de que fueran menos traicioneras cuando estaban mojadas.

Entonces cometió el error de mirar por encima del borde del murete hacia el manto fosforescente de la nieve, seis o siete pisos más abajo. La visión le provocó un ataque de vértigo tan fuerte, que casi se desmayó antes de apartar los ojos de aquel abismo.

Cuando por fin llegó junto a sus hijas, Marty sentía más náuseas que antes, y temblaba de tal modo que cualquier intento por hablar se habría convertido en una estremecedora cadena de sonidos que sólo vagamente habrían parecido palabras. A pesar del frío, el sudor le resbalaba a lo largo de la espina dorsal. El viento aullaba, la nieve formaba remolinos, la noche caía y el campanario parecía dar vueltas como un tiovivo.

El dolor de la herida en el hombro se había extendido por toda la parte superior del cuerpo, hasta el punto de que el ardiente núcleo de la herida se había convertido en el centro de un dolor más generalizado que palpitaba con cada latido de su acelerado corazón. Se sentía desvalido e inútil, y se maldijo por ser tan ineficaz en aquellos momentos en que su familia más lo necesitaba.

Paige aún no se había reunido con Marty y las niñas en la

plataforma. Estaba al otro lado de la puerta abierta, en el rellano, atisbando hacia abajo por la espiral de la escalera.

Entonces las llamas brotaron por la boca de la escopeta, provocando un baile de sombras. El estruendo del disparo y los ecos que éste provocó rebotaron por toda la plataforma, y del pozo de la escalera les llegó un alarido de dolor y rabia que podía ser cualquier cosa menos humano, al que siguió inmediatamente un segundo disparo y un chillido todavía más escalofriante y sobrenatural.

Marty sintió que las esperanzas renacían en él... para desvanecerse un segundo después, cuando al alarido agonizante del Otro lo siguió el grito de Paige.

A lo largo de la curvada pared, peldaño a peldaño, consumido por el hambre, repleto de fuego, la caldera del cuerpo cargada por un ardor al rojo vivo, torturado por la necesidad, alerta a cualquier sonido, subiendo, subiendo, subiendo en medio de la oscuridad, revolviéndose por dentro, agitado, desesperado e impulsado, movido por la necesidad, y entonces aquella cosa allí arriba, la cosa Paige sobre el rellano, en lo alto, una silueta envuelta en sombras pero aun así reconocible como la cosa Paige, repulsiva y mortífera, una semilla extraterrestre. Él cruza los brazos sobre la cara para protegerse los ojos, recibe el primer estallido, un millar de pinchazos de dolor, penetrando profundamente, casi arrojándolo hacia atrás escaleras abajo, oscila sobre los talones, los brazos paralizados por un instante, perforados y sangrantes, ardiendo de necesidad, necesidad, el dolor interno peor que el externo, «ponerse en movimiento-avanzar-enfrentarse-disputar-luchar-y-vencer», saltando hacia delante, hacia arriba, aullando sin querer, el segundo impacto es un martillazo en el pecho, el corazón pierde el compás, farfulla, la oscuridad se precipita, el corazón tartamudea, el pulmón izquierdo estalla como un globo, no puede respirar, sangre en la boca. La carne se desgarra, la sangre brota. Inhala, inhala y sigue subiendo, arriba, hacia la mujer. Nunca ha soportado una agonía semejante, un mundo de dolor, una caldera de fuego, lava en sus venas, una pesadilla de hambre que lo consume por dentro poniendo a prueba los límites de su cuerpo milagroso, oscilando al borde de la muerte, y se lanza contra ella, la tira de espaldas, las garras sobre el arma, se la arrebata, la tira a un lado, directo a la garganta de ella, a su cara, intentando alcanzarle la cara, morderle la cara, su cara suave y pálida, carne extraterrestre, sustancia para aplacar la necesidad, necesidad, la terrible e interminable necesidad que lo consume.

El Otro arrebató la escopeta a Paige, la lanzó a un lado, se arrojó sobre ella y la derribó de espaldas al otro lado de la puerta.

La zona debajo del campanil parecía más iluminada por la fosforescencia natural de la nieve que caía que por la luz del día que se extinguía con rapidez. Marty observó que el Otro había sufrido heridas horribles y había padecido extraños cambios –de hecho, aún estaba padeciéndolos–, si bien el gris anochecer amortiguaba los detalles de su metamorfosis.

Paige cayó sobre la plataforma del campanario y el Otro saltó encima de ella como un depredador sobre su presa, desgarrándole el anorak, soltando un seco siseo de excitación, enseñando los dientes con la ferocidad de una criatura salvaje que surgiera del bosque en la montaña.

En aquellos momentos no era un hombre sino una cosa... Le estaba ocurriendo algo espantoso, aunque imposible de definir.

Empujado por la desesperación, Marty descubrió dentro de sí un último brote de fuerza. Venció el mareo que bordeaba la absoluta desorientación y emprendió una veloz carrera hacia la odiosa cosa que ansiaba su vida. El puntapié le dio de lleno en la cabeza. A pesar de que llevaba zapatos de deporte, la patada provocó un tremendo impacto, haciendo añicos el hielo que se había formado en la suela.

El Otro aulló y rodó hasta dar contra el murete del lado sur, pero de inmediato se puso de rodillas y luego de pie, impredecible como un gato.

Mientras aquella cosa aún daba volteretas, Paige se arrastró hasta donde estaban las niñas, protegiéndolas con su cuerpo.

Marty saltó hacia la olvidada escopeta del rellano, a unos centímetros al otro lado de la puerta. Se agachó y, con la mano derecha, cogió la Mossberg por el cañón.

Paige y una de las niñas gritaron para avisarle.

No disponía de tiempo para cambiar de posición la escopeta y meter un cartucho en la recámara. De modo que se levantó y se volvió con un solo movimiento, soltando un alarido salvaje, no muy distinto de los que había emitido su adversario, y blandió el arma sujetándola por el cañón.

La culata de la Mossberg golpeó contra el costado izquierdo del Otro, pero no con la fuerza necesaria para romperle alguna costilla. Marty se había visto obligado a empuñar el arma con una mano, ya que no podía utilizar la izquierda, y el impacto del golpe rebotó en su propio brazo, enviándole una fuerte oleada de dolor por todo el pecho, perjudicándole más que al Otro.

Después de arrancarle a Marty la Mossberg, el doble no la utilizó a su favor. Era como si hubiese involucionado a un estado subhumano en el cual ya no supiese diferenciar un arma de un palo. De modo que lanzó la Mossberg al aire y el arma cayó por encima del murete, hacia la nevada noche.

Ya no podía decirse que aquella cosa fuese el doble de nadie. Marty aún reconocía ciertos aspectos de sí mismo en esos rasgos retorcidos, pero nadie podría haberlos considerado humanos, ni siquiera en aquella lóbrega penumbra. Y no se debía a los destrozos causados por los disparos de la escopeta. Aquel pálido rostro era extrañamente delgado y afilado, la estructura ósea demasiado prominente, los ojos excesivamente hundidos en las profundas cuencas; era un rostro cadavérico.

La Mossberg todavía daba vueltas en el aire cuando aquella cosa corrió hacia Marty y lo empujó hacia el murete norte. La barandilla de cemento del parapeto se le clavó con tal fuerza en los riñones, que lo despojó de las pocas fuerzas que había logrado acumular.

El Otro lo agarró de la garganta. La escena que había tenido lugar en lo alto de las escaleras de la casa de Mission Viejo volvía a repetirse. El Otro lo empujaba hacia atrás mientras él se doblaba sobre la barandilla de la galería. Esta vez la caída sería más profunda, dentro de una oscuridad más negra que la noche, dentro de una frialdad más profunda que una tormenta de invierno.

Las manos en torno a su cuello ya no las sentía como manos. Eran duras como los dientes de metal de una trampa para osos. Ardientes a pesar de la fría noche; tan ardientes que casi quemaban.

El Otro no sólo quería estrangularlo, sino que trataba de morderlo lo mismo que había intentado morder a Paige, estrujándolo como una serpiente, siseando. Gruñendo desde el fondo de la garganta. Lanzaba dentelladas al vacío, a un par de centímetros de la cara de Marty. El aliento ácido y denso. El hedor de la podredumbre. Entonces Marty tuvo la sensación de que aquella cosa lo devoraría si pudiera, le desgarraría la garganta y le chuparía la sangre.

La realidad superaba la ficción.

Eliminado cualquier resto de razón.

Las pesadillas eran reales. Los monstruos existían.

Con su mano sana, Marty lo cogió por los cabellos y tiró con fuerza, obligándolo a apartar la cabeza, frenético por mantener lejos de su cara aquellos dientes centelleantes.

Los ojos de su adversario brillaron y se pusieron en blanco, y una saliva espumosa salió disparada cuando soltó el alarido.

Entonces el calor traspasó aquel cuerpo, haciéndolo tan abrasador al tacto como el asiento de vinilo del coche recalentado por el sol del verano.

El Otro soltó la garganta de Marty, pero siguió manteniéndolo inmovilizado contra el parapeto al tiempo que tanteaba hacia atrás y atrapaba la mano con la que Marty lo cogía por los cabellos. Unos dedos huesudos. Inhumanos. Una garra dura. Parecía desprovista de carne, quebradiza y, sin embargo, cada vez más terrible y vigorosa, hasta casi fracturarle la mano antes de soltarlo. Entonces movió súbitamente la cabeza a un lado para morderle el brazo, le desgarró la manga del *anorak*, pero no la carne. Lanzó otra dentellada, le clavó los dientes en la mano, y Marty gritó. Entonces aquella cosa lo agarró del *anorak*, apartándole del parapeto mientras él trataba de inclinarse sobre el vacío para evitar que su adversario lo mordiera una vez más. Los dientes se cerraron a un centímetro de su mejilla a la vez que de su ronca garganta salía una única palabra:

–Necesito…

Y lanzó una nueva dentellada, intentando devorarle los ojos.

–La paz sea contigo, Alfie.

Marty registró las palabras, pero al principio no tenía la cabeza lo bastante despejada para entender qué querían decir o captar que aquélla era una voz que nunca había oído hasta entonces.

El Otro apartó la cabeza como si se dispusiera a hacer la última embestida contra el rostro de Marty, pero se detuvo, con los ojos desorbitados, el esquelético rostro tan débilmente iluminado como la nieve, enseñando los dientes, girando la cabeza de un lado al otro, soltando un débil sonido ininteligible, como si no estuviera seguro del motivo por el cual vacilaba.

Marty supo que debía aprovechar aquel momento para incrustar una rodilla en la ingle de su adversario, intentar empujarlo hacia atrás por la plataforma, hacia el parapeto del otro lado, arriba, al frente y por encima de éste. Podía imaginar lo que tenía que hacer, verlo con sus ojos de escritor, un instante de acción completamente factible en una novela o en una película, pero ya no le quedaban fuerzas. El dolor en la herida de bala, en la garganta y en el mordisco de la mano se acrecentó, el mareo y las náuseas lo arrollaron, y comprendió que estaba a punto de perder el conocimiento.

–La paz sea contigo, Alfie –repitió la voz, con más firmeza.

Sin soltar a Marty, que permanecía indefenso entre sus feroces garras, el Otro volvió la cabeza hacia quien hablaba.

La linterna se encendió y su foco iluminó directamente el rostro de la criatura.

Pestañeando en dirección a la fuente de luz, Marty vio a un hombre alto y fornido como un oso, y a otro más pequeño, con un traje negro de esquiador. No conocía a ninguno de los dos.

Ambos parecieron levemente sorprendidos, pero no conmocionados u horrorizados como Marty habría esperado.

–¡Jesús! –exclamó el individuo más pequeño–. ¿Qué le está pasando?

–Consunción metabólica –contestó el corpulento.

–¡Jesús!

Marty miró hacia la pared oeste del campanil, donde Paige seguía acuclillada junto a las niñas, protegiéndolas, sosteniéndoles la cabeza contra su pecho para que no vieran a aquella criatura.

–La paz sea contigo, Alfie –repitió el más pequeño.

Con una voz torturada por la rabia, el dolor y la confusión, el Otro consiguió graznar:

–Padre... Padre... ¿Padre?

Marty aún estaba firmemente inmovilizado, y de nuevo su atención se dirigió hacia aquella cosa que antes había sido prácticamente idéntico a él.

El rostro iluminado por la linterna era más horrible de lo que había parecido en la penumbra. En algunas de sus partes se elevaban jirones de vapor, confirmando su impresión de que estaba ardiendo. Múltiples heridas de perdigones salpicaban una parte de su cabeza, pero no estaban sangrando, en realidad, sino que parecían medio curadas. Y mientras Marty miraba, un negro fragmento de plomo brotó de la sien de aquella criatura, resbalándole por la mejilla junto con un rastro de fluido amarillento.

Pero las heridas eran sus rasgos menos repulsivos. A pesar de la fuerza física que aún poseía, estaba tan escasamente cubierto de carne como algo que hubiera salido de un ataúd después de permanecer un año enterrado. La piel se tensaba sobre los huesos faciales. Sus orejas se habían resecado formando duros nódulos cartilaginosos y se le habían pegado al cráneo. Los labios agrietados se habían contraído sobre las encías, dando a sus dientes una mayor prominencia, de modo que su boca parecía el hocico incipiente de un perverso depredador.

Era la Muerte en persona, la Parca sin su túnica negra ni su guadaña, dirigiéndose al baile de disfraces con un traje de piel tan tenue y de tan baja calidad que ni por un instante podía resultar convincente.

–¿Padre? –repitió la criatura al tiempo que se volvía hacia el desconocido con el traje negro de esquiador–. ¿Padre?

–La paz sea contigo, Alfie –insistió el desconocido.

El nombre de Alfie encajaba tan poco con la grotesca aparición que todavía sujetaba a Marty, que éste sospechó que la llegada de aquellos dos hombres era una alucinación.

El Otro apartó la vista del haz de luz de la linterna y volvió a mirar a Marty. Pareció dudar acerca de qué debía hacer a continuación.

Entonces bajó su rostro cadavérico hacia él y ladeó la cabeza en un gesto de curiosidad.

–¿Y mi vida? ¿Y mi vida?

Marty no supo qué significaba aquella pregunta, y se sentía tan débil a causa de la pérdida de sangre o la conmoción –o ambas cosas a la vez–, que sólo pudo empujarlo débilmente con la mano derecha.

–Suéltame...

–Necesito... –replicó el Otro–. Necesito. Necesito ¡Necesito! ¡Necesitoooo!

La voz subió en espiral hasta convertirse en un alarido estremecedor, y su boca se abrió en una sonrisa sin humor antes de embestir contra el rostro de Marty.

Entonces se oyó el estruendo de un disparo y la cabeza del Otro se sacudió hacia atrás. Marty se combó encima del parapeto en el instante mismo en que la criatura lo soltaba, y el alarido de furia demoníaca provocó gritos de terror en Emily y Charlotte.

El Otro apretó sus esqueléticas manos a ambos lados de su destrozado cráneo, como si tratara de sostenerse a sí mismo.

El foco de la linterna osciló hasta encontrarlo.

Las fisuras en el hueso estaban curando y el agujero de la bala empezó a cerrarse, forzando a la bala de plomo a salir del cráneo. Pero el costo de tan milagrosa curación se hizo evidente cuando el cráneo del Otro empezó a cambiar espectacularmente de forma, volviéndose más pequeño, estrecho y lobuno, como si los huesos se fundieran y reformaran bajo la tensa cobertura de la piel, cogiendo masa de un lado para reconstruir los destrozos provocados en el otro.

–Se está canibalizando para cerrar la herida –murmuró el hombre más corpulento.

Más nubes de vapor surgían de la criatura, que empezó a desgarrarse la ropa como si no pudiera soportar aquel calor.

El hombre más pequeño volvió a dispararle. A la cara.

Todavía sujetándose la cabeza, el Otro se tambaleó por la plataforma, chocó contra el murete del lado sur y poco faltó para que cayera al vacío.

Allí se encogió sobre sus rodillas y dejó caer los jirones de ropa que se había arrancado, como si fueran los restos de un capullo, retorciéndose mientras se convertía en una forma aún más imprecisa y absolutamente sobrenatural, que se contorsionaba convulsivamente.

Ya no chillaba ni siseaba. Sollozaba. Pero, a pesar de su aspecto cada vez más monstruoso, los sollozos lo hacían menos amenazador, incluso más digno de compasión.

Implacable, el hombre más pequeño avanzó hacia él y le disparó por tercera vez.

El sollozo que siguió al disparo provocó en Marty un escalofrío, quizá porque percibió algo humano y patético en aquel sonido. Demasiado débil para ponerse de pie, se fue arrastrando por el suelo, la espalda apoyada contra el parapeto, incapaz de seguir mirando a la agonizante criatura.

Transcurrió una eternidad antes de que el Otro se quedara totalmente inmóvil y en silencio.

Marty oyó que sus hijas lloraban.

De mala gana, volvió los ojos hacia el cuerpo que yacía justo delante de él, al otro lado de la plataforma, bañado por el implacable rayo revelador de la linterna.

El cadáver era un amasijo de huesos negros y carne reluciente medio consumida en su frenético intento por curarse a sí mismo y conservar la vida. Los retorcidos y angulosos restos se parecían más a una forma de vida alienígena que a los de un hombre.

El viento soplaba.

La nieve caía.

El frío iba en aumento.

Al cabo de unos instantes, el hombre del traje negro de esquiador se apartó de los restos y se acercó al hombre corpulento.

–Un muchacho realmente malo, sin duda.

El hombre corpulento no dijo nada.

Marty hubiera querido preguntarles quiénes eran. Pero se sentía tan débil que pensó que el esfuerzo de hablar podía hacerle perder el conocimiento.

–¿Qué te parece la iglesia? –preguntó el más pequeño a su compañero–. Tan fantasmal como cualquier enclave que Kirk y su tripulación pudieran encontrar, ¿verdad? Todas estas obscenidades chillonas escritas en las paredes... Harán que nuestra representación resulte más convincente, ¿no lo crees?

Aunque se sentía tan mareado como si hubiese estado bebiendo y le resultaba difícil centrar sus ideas, Marty confirmó lo que había sospechado cuando aquellos dos individuos habían aparecido: que no eran sus salvadores, sino unos nuevos ejecutores, y sólo algo menos misteriosos que el Otro.

–¿Piensas hacerlo? –preguntó el hombre corpulento al más pequeño.

–Sería demasiado complicado llevarlos de nuevo a la cabaña. ¿No crees que esta fantasmagórica iglesia es un escenario todavía mejor?

–Drew –dijo el grandullón–, hay ciertas cosas de ti que me gustan.

El tipo más pequeño pareció confuso. Se restregó la nieve que el viento había adherido a sus pestañas.

–¿A qué te refieres?

–A pesar de que has ido a Princeton y a Harvard eres condenadamente listo. Tienes un gran sentido del humor, de veras que sí. Me haces reír, incluso cuando es a mi costa... Diablos, especialmente cuando es a mi costa.

–¿Qué quieres decir con eso?

–Pero estás rematadamente loco, maldito hijo de puta –murmuró el hombre corpulento y, levantando su propia arma, disparó a su compañero.

Drew –así se llamaba– cayó sobre el suelo de baldosas como si su cuerpo fuese de piedra. Cayó de lado, de cara a Marty. Tenía la boca abierta, lo mismo que los ojos, aunque su mirada era la de un ciego, y no parecía que tuviese gran cosa que decir.

En el centro de la frente de Drew había un horrible agujero de bala. Mientras fue capaz de conservar la conciencia, Marty mantuvo la mirada fija en la herida, pero no pareció que fuera a curarse por sí sola.

El viento soplaba.

La nieve caía.

El frío iba en aumento... como la oscuridad.

7

Marty despertó con la frente pegada al helado cristal. Al otro lado de la ventanilla caía una fuerte nevada.

El coche estaba aparcado cerca de los surtidores de una gasolinera. Entre éstos, y a través de la nieve que caía, distinguió una cafetería y tienda de comestibles perfectamente iluminada, con grandes escaparates.

Apartó la cabeza del cristal y se sentó erguido. Estaba en el asiento trasero de un coche tipo ranchera, un Explorer o un Cherokee.

Al volante iba sentado el tipo corpulento del campanario. Miraba hacia atrás.

–¿Qué tal va eso?

Marty intentó responder. Tenía la boca seca, la lengua adherida al paladar, y la garganta le dolía. Intentó hablar, pero sólo consiguió lanzar una especie de graznido.

–Creo que se va a curar –dijo el desconocido.

Marty se llevó una mano temblorosa al hombro izquierdo. Tenía el anorak abierto y bajo el ensangrentado suéter de lana notó una extraña masa abultada.

–Un vendaje provisional –explicó el tipo corpulento–. Lo mejor que pude hacer con las prisas. Cuando salgamos de estas montañas y crucemos la frontera del condado, limpiaré la herida y volveré a vendársela.

–Duele.

–No he dicho que no.

Marty no sólo se sintió débil, sino frágil. Él vivía de las palabras y nunca fallaba a la hora de encontrar las adecuadas cuando las necesitaba; resultaba frustrante descubrir que apenas le quedaba suficiente energía para hablar.

–¿Paige? –preguntó con esfuerzo.

–Allí dentro, con las niñas –contestó el desconocido, señalando hacia la tienda de comestibles–. Las niñas utilizando el baño. La señora Stillwater pagando al cajero, comprando un poco de café caliente. Yo acabo de llenar el depósito.

–¿Usted es…?

–Clocker. Karl Clocker.

–Le disparó.

–Así es.

–¿Quién…? ¿Quién… era él?

–Drew Oslett. Pero la gran pregunta es: ¿Qué era él?

–¿Qué?

Clocker sonrió.

–Nacido de hombre y de mujer, pero no era mucho más humano que el pobre Alfie. Si existe una especie de malvados alienígenas en algún lugar de por ahí, acechando por la galaxia, nunca querrán mezclarse con nosotros si averiguan que somos capaces de producir individuos como Drew.

Clocker conducía y Charlotte ocupaba el asiento del pasajero. Él se refería a ella como «primer oficial Stillwater», y le había asignado la tarea de «pasarle al capitán su café cuando él necesite dar otro sorbo para de ese modo impedir la catástrofe de que lo derrame y contamine irreparablemente la nave».

Charlotte se mostraba anormalmente contenida, reacia a seguirle el juego.

A Marty le procupaban las heridas psicológicas que la penosa prueba pudiera dejar en ella..., y los problemas y traumas adicionales que pudieran aguardarles.

En el asiento trasero, Emily iba sentada detrás de Karl Clocker, Marty detrás de Charlotte, y Paige entre los dos. Emily no sólo permanecía quieta, sino completamente en silencio, y Marty también se preocupó por ella.

Saliendo de Mammoth Lakes por la carretera 203 y al sur por la nacional 395, el avance fue lento. En el asfalto se habían acumulado más de cinco centímetros de nieve, y la ventisca rugía con toda su fuerza.

Clocker y Paige bebían café, y las niñas cacao caliente. Los aromas debían de ser tentadores, pero sólo conseguían aumentar las náuseas de Marty.

A él se le permitió un poco de zumo de manzana. Paige había comprado un paquete de seis latas.

–Es lo único que podrá aguantar en el estómago –dijo Clocker–. Y aunque le dé náuseas, tiene que beber cuanto pueda, ya que, con esta herida, si no bebe es indudable que se deshidratará, y eso es muy peligroso.

Marty temblaba de tal modo que ni siquiera con su mano derecha podía sostener el envase de zumo sin derramarlo. Paige introdujo en la abertura una pajita y se lo sostuvo, secándole la barbilla cuando goteaba.

Se sentía desvalido, y se preguntó si su herida no sería más grave de lo que le habían dicho, o de lo que él creía.

Intuitivamente sentía que estaba muriéndose, pero no sabía si se trataba de una percepción acertada o de su maldita imaginación de escritor.

La noche se llenó de blancos copos de nieve, como si el día no se hubiese desvanecido del todo, sino tan sólo roto en múltiples fragmentos que flotaran eternamente a la deriva en una oscuridad interminable.

Por encima del chirriar de las cadenas de las ruedas y el rugir del motor, mientras bajaban de la Sierra en una hilera de coches retenidos tras una pala quitanieves y un camión que esparcía ceniza, Clocker les habló de la Red.

Consistía en una alianza de gente poderosa, procedente del Gobierno, del campo de los negocios y de los medios de comunicación, a quienes había unido la convicción compartida de que la tradicional democracia occidental era un sistema ineficaz para mantener el orden en la sociedad, y que inevitablemente estaba destinado a la catástrofe. Estaban convencidos de que la inmensa mayoría de los ciudadanos eran indulgentes consigo mismos, entregados a sus pasiones, carentes de valores espirituales, codiciosos, perezosos, envidiosos, racistas y tristemente ignorantes en casi todos los temas de importancia.

–Ellos piensan que la historia es una prueba de que las masas siempre han sido irresponsables –les explicó Clocker–, y que la civilización ha progresado por cuestión de suerte o por los diligentes esfuerzos de unos pocos visionarios.

–¿Y creen que esta idea es nueva? –preguntó Paige con tono de desdén–. ¿Es que no han oído hablar de Hitler, de Stalin, de Mao Zedong?

–Lo que ellos consideran nuevo es que hemos alcanzado una era en la que los puntales tecnológicos de la sociedad son tan complejos, y vulnerables debido a esta misma complejidad, que la civilización, y de hecho el planeta mismo, no podrá sobrevivir si el Gobierno toma las decisiones basándose en los caprichos y las motivaciones egoístas de las masas, que son las que tiran de los hilos mediante las elecciones.

–Basura –murmuró Paige.

Marty habría manifestado su acuerdo con su esposa si se hubiese sentido lo bastante fuerte para unirse a la conversación. Pero sólo le quedaba energía para ir chupando el zumo de manzana y tragárselo.

–Lo que ellos persiguen, en realidad –dijo Clocker–, es el poder absoluto. Lo único nuevo que hay en ellos, independientemente de lo que piensen, es que trabajan juntos desde diferentes extremos del espectro político. Aquellos que quieren proscribir de las librerías *Huckleberry Finn* y aquellos que quieren prohibir los libros de Anne Rice tal vez estén motivados por distintas preocupaciones, pero en espíritu son como hermanos y hermanas.

–Por supuesto –admitió Paige–. Ambas tendencias comparten una misma motivación: no sólo controlar lo que la otra gente hace, sino lo que piensa.

–Los más radicales defensores del medio ambiente, aquellos que quieren reducir la población mundial en un par de décadas utilizando medidas extremas, sólo porque piensan que el ecosistema del planeta está en peligro, simpatizan, en cierta medida, con las personas a las que les gustaría reducir drásticamente la población mundial sólo porque opinan que hay demasiados negros y mestizos en el mundo.

–Una organización con tales extremos no podrá aguantar mucho tiempo –aseguró Paige.

–Estoy de acuerdo. Pero si lo que pretenden es conseguir mucho poder, un poder total, es posible que colaboren mutuamente para conseguirlo... Entonces, cuando posean el control, empezarán a dispararse los unos a los otros, y a nosotros nos cogerán en medio del tiroteo.

–¿Hasta qué punto es grande esa organización de la que estamos hablando? –preguntó Paige.

Clocker vaciló por un instante y luego respondió:

–Grande.

Marty sorbió un poco de zumo, extraordinariamente agradecido por el nivel de civilización que facilitaba la complicada integración del cultivo de los frutales, el proceso alimentario, el embalaje y la distribución de un producto tan satisfactorio como frío: el dulce zumo de manzana.

–Los directores de la Red piensan que la moderna tecnología supone una amenaza para la humanidad –explicó Clocker al tiempo que reducía la velocidad de los limpiaparabrisas–, pero no dudan en utilizar el filo cortante de esta tecnología en su carrera hacia el poder absoluto.

La creación de un ejército de clones absolutamente controlable, para utilizarlos como una policía y un ejército obediente en el próximo milenio, era sólo uno de los múltiples programas de investigación que se pretendía utilizar para alcanzar el nuevo mundo, aunque había sido uno de los primeros en dar resultados: el primer individuo de la primera generación, o Alfa, de clones dirigibles.

Dado que la sociedad estaba atestada de pensadores equivocados que ocupaban puestos de autoridad, los primeros clones iban a emplearse para asesinar a importantes personalidades del mundo de los negocios, la política y los medios de comunicación que eran demasiado retrógrados para dejarse convencer de la necesidad del cambio. El clon no era una persona real, sino más o menos una máquina hecha de carne; por tanto, se trataba de un asesino ideal. No tenía ni idea de quién lo había creado o instruido, de modo que no podía traicionar a quienes lo dirigían, ni poner en peligro la conspiración a la cual servían.

Clocker frenó cuando la larga cola de vehículos redujo la marcha en una pronunciada pendiente barrida por la nieve.

–Puesto que no tiene que soportar el peso adicional de la religión, de un sistema filosófico o de creencias, ni de una familia o un pasado, no hay peligro de que un clon asesino empiece a dudar de la moralidad de las atrocidades que comete, que desarrolle una conciencia o muestre cualquier rasgo de libre albedrío que pueda interferir con su actuación en las misiones que se le encomienden.

–Pero es indudable que con Alfie algo no funcionó –dijo Paige.

–Sí, y nunca sabremos qué fue exactamente.

«¿Por qué era idéntico a mí?», quiso preguntar Marty, pero su cabeza cayó sobre el hombro de Paige, y perdió el conocimiento.

Una sala de espejos deformantes en un parque de atracciones. Buscando frenéticamente una salida. Los reflejos de su imagen lo miran con rabia, con envidia, con odio, sin conseguir imitar sus expresiones y movimientos, saltando de un espejo al otro, persiguiéndolo, un ejército cada vez mayor de dobles de Martin Stillwater, tan parecidos a él por fuera, tan oscuros y fríos por dentro... Ahora también delante de él, sacando sus brazos de los espejos por delante de los cuales pasa y contra los que choca, intentando atraparlo, todos ellos diciendo al unísono: «Necesito mi vida».

Los espejos se rompieron a la vez, y él despertó.

Luz de una lámpara.

Techo en penumbras.

Tendido en una cama.

Frío y calor, temblaba y sudaba.

Intentó sentarse. Imposible.

–¿Cariño?

Apenas le quedaban fuerzas para volver la cabeza.

Paige. En una silla. Junto a la cama.

Detrás de ella otra cama. Unos bultos bajo las mantas. Las niñas. Durmiendo.

Cortinas en las ventanas. La noche entre los bordes de las cortinas. Ella sonreía.

–¿Me oyes, cariño?

Intentó humedecerse los labios. Estaban agrietados. Notaba la lengua seca, pastosa.

Paige sacó una lata de zumo de manzana de una cubitera de plástico donde se estaba enfriando, le alzó la cabeza de la almohada y ubicó la pajita entre sus labios.

Después de beber, Marty consiguió preguntar:

–¿Dónde?

–En un motel de Bishop.

–¿No es... lejos?

–Por el momento, así es como tiene que ser.

–¿Él?

–¿Clocker? Volverá.

Se moría de sed. Paige le dio más zumo.

–Preocupado –susurró.

–No, no debes preocuparte. Ahora todo va bien.

–Él.

–¿Clocker? –preguntó ella.

Asintió.

–Podemos fiarnos de él.

Confió en que Paige tuviese razón.

Incluso beber lo agotaba. Volvió a apoyar la cabeza sobre la almohada.

El rostro de Paige era como el de un ángel. Se desvaneció.

Huye de la sala de los espejos por un largo túnel negro. Luz en el lejano final, corre hacia allí, pisadas detrás, una legión de perseguidores, acercándose a él, los hombres que han salido de los espejos. La luz es su salvación, una salida del parque de atracciones. Sale del túnel como una exhalación, a la deslumbrante luz, que resulta ser el campo nevado frente a la iglesia abandonada, por donde huye hacia las puertas de entrada con Paige y las niñas. El Otro los persigue, y suena un disparo, un dardo de hielo se clava en su hombro, el hielo se transforma en fuego, en fuego...

El dolor era insoportable.

Su visión estaba empañada por las lágrimas. Pestañeó, desesperado por saber dónde estaba.

La misma cama, la misma habitación.

Las mantas habían sido retiradas a un lado.

Estaba desnudo hasta la cintura. El vendaje había desaparecido.

Otro estallido de dolor en el hombro lo obligó a gritar. Pero no tenía suficiente fuerza para hacerlo, de modo que el grito se convirtió en un débil gemido.

Parpadeó, más lágrimas comenzaron a rodar por sus mejillas.

Las cortinas todavía estaban corridas. La luz del día había sustituido la oscuridad entre los bordes.

Clocker se inclinó sobre él; estaba haciéndole algo en el hombro.

Al principio, el dolor era tan insoportable que pensó que Clocker pretendía matarlo. Luego vio a Paige al lado de Clocker y supo que ella no permitiría que le ocurriera nada malo.

Ella intentó explicarle algo, pero sólo consiguió captar algunas palabras sueltas: «Polvos de azufre... Antibiótico... Penicilina...».

Volvieron a vendarle el hombro.

Clocker se disponía a ponerle una inyección en el brazo sano. Él lo miraba, pero le dolía tanto todo el cuerpo que no pudo sentir el pinchazo.

Durante un rato se encontró otra vez en el salón de los espejos.

Cuando se descubrió de nuevo en la cama del motel, volvió la cabeza y vio a Charlotte y a Emily sentadas al borde de la cama de al lado, observándolo. Emily sostenía a *Mirón*, la piedra en que había pintado un par de ojos; su mascota.

Las dos niñas parecían terriblemente serias.

Logró sonreír.

Charlotte saltó de la cama, se acercó a él y le besó la sudada mejilla.

Emily también lo besó, y entonces depositó a *Mirón* sobre su mano sana. Marty consiguió cerrar los dedos en torno a la piedra.

Más tarde, mientras emergía de un profundo sueño, oyó que Clocker y Paige estaban hablando:

–No creo que sea aconsejable moverlo de aquí... –dijo Paige.

–Tiene que hacerlo –replicó Clocker–. Aún no estamos lo bastante lejos de Mammoth Lakes y son pocas las carreteras que podemos coger.

–No sabe de nadie que esté persiguiéndonos.

–Tiene usted razón. Pero es la suposición más segura. Más tarde o más temprano alguien nos buscará... Y probablemente por el resto de nuestras vidas.

Marty fluctuaba entre la conciencia y la inconsciencia, una y otra vez, y cuando volvió a ver a Clocker junto a la cama le preguntó:

–¿Por qué?

–La eterna pregunta –murmuró Clocker, y sonrió.

–¿Por qué usted? –insistió Marty, perfeccionando la eterna pregunta.

Clocker asintió.

–A usted le intriga, claro. Bien..., yo nunca he sido uno de ellos... Cometieron el grave error de creer que yo era un auténtico creyente. Toda mi vida había perseguido la aventura, el heroísmo, pero al parecer no aparecían en mi destino. Luego surgió esto. Pensé que si fingía ser uno de ellos llegaría un día en que tendría la oportunidad de causar graves estropicios en la Red, si es que no conseguía volatilizarla, ¡puf!, con un lanzarrayos nuclear.

–Gracias –musitó Marty, sintiendo que la conciencia se le escurría de nuevo y ansioso por expresar su gratitud mientras aún estaba a tiempo.

–Eh, que todavía no hemos escapado del peligro –le dijo Clocker.

Cuando Marty recuperó la conciencia, ya no sudaba ni temblaba, pero aún se sentía débil.

Estaban en un coche, en una solitaria autopista en el instante en que el sol se ponía. Paige iba al volante, y él en el asiento de al lado, con el cinturón de seguridad abrochado.

–¿Qué tal te encuentras? –le preguntó ella.

–Mejor –contestó, y su voz sonó menos temblorosa que las últimas veces–. Sediento.

–Tienes un poco de zumo de manzana en el suelo, entre tus pies. Buscaré un sitio donde parar.

–No, puedo cogerlo –dijo, aunque no estaba muy seguro de que lo consiguiera.

Al inclinarse y estirar el brazo hacia el piso, observó que llevaba el izquierdo en cabestrillo. Logró coger la lata y sacarla del paquete de seis. La sujetó con ambas rodillas, tiró de la anilla y la abrió.

El zumo apenas estaba frío, pero nunca nada le había parecido tan delicioso; en parte porque había conseguido apañárselas sin ayuda de nadie. En tres tragos dio cuenta del contenido de la lata.

Cuando volvió la cabeza al asiento de atrás, vio a Charlotte y a Emily dormitando, encorvadas en sus cinturones de seguridad.

–Apenas han podido dormir estas últimas noches… –le explicó Paige–. Pesadillas. Y la preocupación por ti… Pero supongo que estar en movimiento hace que se sientan más seguras. Y el balanceo del coche también ayuda.

–¿Has dicho noches? ¿En plural? –Sabía que habían huido de Mammoth Lakes la noche del martes, y suponía que estaban a miércoles–. ¿Qué día es hoy?

–Viernes.

De modo que había estado tres días inconsciente.

Miró alrededor, a la enorme extensión de terreno llano que se apagaba con el anochecer.

–¿Dónde estamos?

–En Nevada. En la carretera 301 cerca de Walter Lane. Cogeremos la autopista 905 y viajaremos al norte hasta Fallon. Allí pasaremos la noche en un motel.

–¿Y mañana?

–Wyoming, si te encuentras bien.

–Estaré bien. Supongo que habrá algún motivo para que vayamos a Wyoming.

–Allí Karl conoce un sitio donde podremos quedarnos.

Luego Marty le preguntó por el coche, que no había visto con anterioridad.

–De nuevo Karl –contestó ella–. Lo mismo que los polvos de azufre y la penicilina con que hemos estado curándote. Siempre parece saber dónde obtener lo que necesita. Es todo un personaje.

–La verdad es que ni siquiera lo conozco –dijo Marty al tiempo que cogía otra lata de zumo de manzana– pero ya lo quiero como a un hermano. –Abrió la lata y se bebió al menos un tercio de su contenido–. Hasta me cae bien su sombrero.

Paige rió de manera desproporcionada a la escasa gracia de su observación, pero Marty la acompañó en su risa.

–Dios –suspiró ella, conduciendo hacia el norte a través de aquella tierra despoblada y gris–. Te quiero, Marty... Si hubieses muerto jamás te lo habría perdonado.

Aquella noche tomaron dos habitaciones en un motel de Fallon, utilizando un nombre falso y pagando en efectivo y por adelantado. Cenaron pizza y Pepsi en el motel. Marty estaba muerto de hambre, pero con dos trozos de pizza tuvo bastante.

Mientras comían, jugaron al juego de «Mira quién es el mono ahora», cuyo propósito era nombrar la mayor cantidad de alimentos que empezaran con la letra P. Las niñas no estaba en su mejor forma para jugar; en realidad, estaban tan alicaídas que Marty llegó a sentirse preocupado por ellas.

Tal vez sólo estuvieran cansadas. Después de cenar, y a pesar de la siesta en el coche, Charlotte y Emily se durmieron a los pocos segundos de apoyar la cabeza en la almohada.

Dejaron abierta la puerta que comunicaba ambas habitaciones. Karl Clocker había proporcionado a Paige una Uzi manipulada ilegalmente para convertirla en una arma totalmente automática. La dejaron sobre la mesita de noche, donde pudieran alcanzarla con facilidad.

Paige y Marty compartieron una cama. Ella se tendió a su derecha, a fin de poder cogerle la mano sana.

Mientras hablaban, Marty averiguó que ella conocía la respuesta a la pregunta que él nunca había tenido ocasión de formularle a Karl Clocker: «¿Por qué era idéntico a mí?».

Uno de los hombres más poderosos de la Red, principal dueño de un imperio de los medios de comunicación de masas, había perdido a su hijo de cuatro años a consecuencia de un cáncer. Mientras el pequeño agonizaba en el hospital Cedars-Sinai, cinco años atrás, se le habían tomado muestras de sangre y de médula espinal porque el mayor deseo de su padre era que la serie Alfa de clones se desarrollara en base al material genético del hijo desaparecido. Si los clones funcionales llegaban a hacerse realidad, serían una especie de monumento viviente a su hijo.

–¡Jesús! –exclamó Marty–. Es nauseabundo. ¿Qué padre puede pensar que una raza de asesinos diseñada genéticamente será un mausoleo adecuado? Dios todopoderoso.

–Dios no tiene nada que ver en eso.

Los representantes de la Red que debían obtener las muestras de sangre y de médula del laboratorio se habían confundido, llevándose las muestras pertenecientes a Marty, las que le habían sacado para averiguar si era un donante adecuado en caso de que Charlotte necesitara un trasplante.

–¿Y ésos pretenden dominar el mundo? –dijo Marty, con asombro. Aún no estaba totalmente recuperado y necesitaba dormir más, pero antes de rendirse tenía que saber otra cosa–. Si hace sólo cinco años que lograron diseñar a Alfie, ¿cómo es posible que fuera ya un hombre adulto?

–Según Clocker –explicó Paige–, en algunos aspectos han «mejorado» el diseño básico humano.

A Alfie le habían otorgado un metabolismo fuera de lo habitual, y un poder de curación tremendamente acelerado. También habían logrado una maduración extraordinariamente rápida mediante hormonas humanas del crecimiento, haciendo que evolucionara de un feto a un adulto de treinta años utilizando alimentación intravenosa ininterrumpida y precipitanto el desarrollo muscular mediante estimulación electromecánica; todo eso en un período inferior a los dos años.

–Como un maldito vegetal hidropónico o algo por el estilo –dijo Paige.

–¡Jesús! –exclamó Marty, y se volvió hacia la mesita de noche para asegurarse de que la Uzi seguía allí–. ¿Y no tuvieron sus dudas al ver que el clon no se parecía al muchacho?

–En primer lugar, el niño había sido consumido por el cáncer antes de cumplir los cuatro años. Ellos no podían saber qué aspecto habría tenido si hubiese estado sano todo ese tiempo. Además, habían manipulado de tal modo el material genético, que les resultaba imposible asegurarse de que la generación Alfa se pareciera al muchacho... Se le enseñó lenguaje, matemáticas y muchísimas otras cosas a través de una sofisticada instilación subliminal, mientras dormía y se desarrollaba.

Paige tenía más cosas que contarle, pero su voz se perdía gradualmente a medida que él se sumía en un sueño poblado de invernaderos repletos de formas humanas que flotaban en tanques de líquido viscoso...

... están conectados a una maraña de tubos de plástico y de máquinas capaces de controlar la vida, pasando con celeridad del estado fetal al de una criatura completamente adulta, todos dobles de él, y de repente los ojos de un millar de esos seres se abren a la vez, a lo largo de hileras e hileras de tanques transparentes, de edificio en edificio, y todos dicen al unísono: «Necesito mi vida».

8

La cabaña de troncos se levantaba en medio de varias hectáreas de bosque, a unos pocos kilómetros de Jackson Hole, Wyoming, que ya había disfrutado de las primeras nieves de la estación. Las señas que Karl les había dado eran precisas y encontraron el sitio sin dificultad, llegando allí a última hora de la tarde del sábado.

La cabaña necesitaba que la aireasen y limpiasen, pero la despensa estaba llena de provisiones. Y cuando el óxido se hubo desprendido de las cañerías, el agua del grifo salió transparente y con buen sabor.

El lunes, un Range Rover giró por la carretera comarcal y se detuvo delante de la puerta. Todos observaron tensos detrás de las ventanas. Paige empuñaba la Uzi, a la que había quitado el seguro, y no se relajó hasta que vio que del vehículo descendía Karl.

Llegaba a tiempo de compartir con ellos el almuerzo, que Marty había preparado con la ayuda de las niñas. Consistía en huevos deshidratados, salchichas en conserva y galletas de lata.

Mientras los cinco comían en la larga mesa de pino de la cocina, Karl les informó de sus nuevas identidades. Marty se sorprendió ante la cantidad de documentos. Certificados de nacimiento para los cuatro. Un diploma de la escuela superior para Paige, expedido en Newark, New Jersey, y otro para Marty de una escuela de Harrisburg, Pennsylvania. Una licencia con honores de la Armada de Estados Unidos para Marty, concedida después de tres años de servicio. Ambos tenían permisos de conducir expedidos en Wyoming, cartillas de la Seguridad Social, y demás documentos.

Su nuevo nombre era Gault. Ann y John Gault. El certificado de nacimiento de Charlotte informaba de que su nombre era Rebecca Vanessa Gault, y Emily sería en adelante Suzie Lori Gault.

–Tuvimos que elegir nuestros nuevos nombres y apellidos –explicó Charlotte, más animada de lo que se había mostrado los últimos días–. Yo soy Rebecca, como en la película, una mujer bella y misteriosa, vagando eternamente por Manderley.

–Pero no pudimos elegir exactamente el nombre que queríamos –protestó Emily–. Al menos la primera elección.

Cuando habían elegido los nombres, allá en Bishop, California, Marty dormía profundamente a consecuencia de la herida.

–¿Y cuál fue tu primera elección? –le preguntó a Emily.

–Bob –dijo la niña.

Marty se echó a reír, y Charlotte estalló en risitas explosivas.

–Me gusta Bob –replicó Emily.

–Bien, tienes que admitir que no es muy apropiado –dijo Marty.

–Suzie Lori es lo bastante mono, como para vomitar –se burló Charlotte.

–Bueno, pues si no puede ser Bob, entonces quiero ser Suzie Lori –dijo Emily–. Y quiero que todos me llamen siempre por los dos nombres, nunca Suzie a secas.

Mientras las niñas lavaban los platos, Karl fue a buscar un maletín al Range Rover, lo abrió sobre la mesa y comentó el contenido con Marty y Paige. Había un montón de disquetes de ordenador, con los archivos de la Red que Karl había copiado en secreto durante aquellos años, además de un centenar –como mínimo– de cintas de microcasete con las conversaciones que había grabado, una de ellas en el Ritz-Carlton de Dana Point que involucraba a Oslett y a un agente llamado Peter Waxhill.

–Ésta explica, en pocas palabras, toda la crisis de los clones –dijo Karl mientras volvía a meter el material dentro del maletín–. Esto son copias, tanto los disquetes como los casetes. Disponen de dos juegos completos. Yo tengo otros duplicados.

Marty lo miró sin comprender.

–¿Para qué quiere que tengamos esto?

–Usted es un buen escritor –dijo Karl–. Desde el martes por la noche he leído un par de sus libros. Coja todo esto y escriba una explicación de lo que les ha ocurrido a usted y a su familia. Voy a dejarle los nombres del propietario de un importante periódico y de un alto cargo en el FBI. Tengo la certeza de que ninguno de los dos forma parte de la Red, pues ambos aparecían en la lista de futuros objetivos de Alfie. Envíe a cada uno su explicación y un juego de disquetes y cintas. Mándelo por correo sin identificación, por supuesto. No ponga dirección en el remite, y envíelo desde otro estado, no de Wyoming.

–¿Por qué no lo hace usted mismo? –preguntó Paige.

–Yo volvería a intentarlo si usted no desencadenara la clase de reacción que espero consiga. Pero es mejor que primero venga de usted. Su desaparición, el asalto en Mission Viejo, la muerte de sus padres, los cadáveres que me he asegurado que encontraran en el campanario cerca de la cabaña de sus padres..., todo eso ayudará a que su historia suene real. La Red hará todo lo posible para que siga en el candelero, pues están desesperados por dar con ustedes. Permitamos que su notoriedad se convierta en un disparo de rebote contra ellos, si es posible.

Corría una brisa fresca, pero no hacía frío, y el cielo era de un azul transparente.

Marty y Karl se fueron a dar un paseo alrededor del claro en el bosque, sin perder en ningún momento la cabaña de vista.

–Ese Alfie... –dijo Marty.

–¿Qué sucede con él?

–¿Era el único?

–El primero y el único clon operativo. Los otros están creciendo.

–Hay que parar esto.

–Lo conseguiremos.

–Muy bien, supongamos que desarticulamos la Red... –reflexionó Marty–. Que su castillo de naipes se desmorona. ¿Y luego? ¿Podremos regresar a casa, reanudar nuestras vidas?

Karl negó con la cabeza.

–Yo no lo intentaría. No me atrevería. Algunos de ellos se librarán de la trampa. Es gente muy rencorosa, se lo aseguro. Y muy buena cuando se trata de odiar. Usted no sólo arruinará sus vidas, sino también la de sus familias, y antes o después alguien haría que los mataran a todos ustedes.

–Entonces ¿el apellido Gault no es una tapadera momentánea?

–Es la mejor identidad que pueda usted conseguir. Tan buena como un documento real. Lo he conseguido de fuentes a las que la Red no tiene acceso. Nadie podrá averiguar nada a través de esta identidad, ni seguirles la pista.

–Mi carrera, las ganancias de mis libros...

–Olvídese de ello –dijo Karl–. Ha emprendido un nuevo viaje de descubrimiento hacia mundos desconocidos.

–¿Usted también tiene otro nombre?

–Claro.

–Y no es asunto mío saber cuál es, ¿verdad?

–Verdad.

Karl se fue aquella misma tarde, una hora antes de que anocheciera.

Cuando lo acompañaban al Range Rover, del bolsillo interior de su chaqueta de *tweed* sacó un sobre que entregó a Paige, explicándole que era la escritura de la cabaña y del terreno donde ésta se levantaba.

–Compré y preparé dos propiedades para una posible huida, una en cada extremo del país, a fin de estar preparado cuando este día llegara. La compra de ambas se efectuó bajo nombres a los que no se pudiera seguir la pista. He transferido ésta a Ann y John Gault, dado que sólo podré utilizar una de las dos.

Cuando Paige lo abrazó, el hombretón pareció turbado.

–Karl –dijo Marty–, ¿qué habría sido de nosotros sin usted? Se lo debemos todo.

Esta vez el grandullón se sonrojó.

–Habrían salido adelante, de todos modos. Ustedes son unos supervivientes. Cualquiera habría hecho lo mismo por ustedes.

–No en estos tiempos –objetó Marty.

–Incluso en estos tiempos –replicó Karl–. Hay más gente buena de lo que pensamos. Al menos así lo creo. Necesito creerlo.

En el Range Rover, Charlotte y Emily dieron a Karl un beso de despedida, pues todos sabían, aunque nadie lo hubiese comentado, que nunca más volverían a verlo.

Emily le regaló a *Mirón*.

–Necesitará a alguien –le dijo–. Está usted muy solo. Además, él nunca se acostumbraría a llamarme Suzie Lori. Ahora será su mascota.

–Gracias, Emily. Cuidaré de él.

Cuando Karl se sentó finalmente al volante y cerró la puerta del coche, Marty se apoyó en la ventanilla abierta.

–Si conseguimos desarticular la Red, ¿cree usted que alguna vez volverán a ponerla a flote?

–Ésta, u otra parecida –contestó Karl, sin vacilar.

–Imagino que si lo consiguen lo sabremos –dijo Marty, inquieto–. En cuanto supriman las elecciones...

–Oh, las elecciones nunca se suprimirán, o al menos no de modo que sea aparente. –Karl puso en marcha el Range Rover–. Ellos seguirán como de costumbre, con partidos políticos, convenciones, debates, duras campañas, elecciones, con todo el revuelo y el griterío de siempre. Pero todos los candidatos serán elegidos entre los leales de la Red. Si alguna vez consiguen tomar el poder, John, sólo ellos lo sabrán...

De repente, Marty sintió un frío tan intenso como el que había sentido en plena ventisca el martes por la noche.

Karl alzó una mano e hizo chasquear los dedos, saludo que Marty reconoció de la serie *Star Trek*.

–Larga y próspera vida –les dijo, y se fue.

Marty permaneció en el sendero de grava contemplando el Range Rover hasta que éste llegó a la carretera comarcal, giró a la izquierda y se perdió de vista.

9

Aquel diciembre y durante el año que siguió, cuando los titulares proclamaban el escándalo de la Red y hablaban de traición y conspiración política, de asesinatos, y una crisis mundial seguía a la otra, John y Ann Gault no prestaron tanta atención a los periódicos o a las noticias de la televisión como habían imaginado que harían. Tenían una nueva vida por construir, lo cual no era una tarea sencilla.

Ann se cortó el cabello y se lo tiñó de castaño. Antes de conocer a cualquiera de los vecinos que habitaban en las desperdigadas cabañas y ranchos de aquella zona rural, John se dejó crecer la barba: no supuso una sorpresa para él ver que le salía medio gris, y que gran cantidad de canas poblaban también sus cabellos.

Un tinte sencillo convirtió el cabello rubio de Charlotte en castaño rojizo, y Suzie Lori quedó suficientemente cambiada con un peinado nuevo y mucho más corto. Las dos niñas crecían rápidamente. El tiempo no tardaría en empañar la semejanza entre ellas y las que alguna vez habían sido.

Acordarse de utilizar los nuevos nombres resultó fácil comparado con crear y memorizar un falso pasado que fuera sencillo pero creíble. Lo convirtieron en un juego, algo parecido a «Mira quién es el mono ahora».

Las pesadillas persistían. A pesar de que el enemigo que habían conocido resultaba inquietante tanto de día como de noche..., irracionalmente esperaban cada anochecer con un desasosiego que la humanidad había conocido en épocas dominadas por la superstición. Y cualquier ruido inesperado les hacía saltar.

El día de Nochebuena fue la primera vez en que John se atrevió a confiar en que realmente serían capaces de imaginar una nueva vida y encontrar de nuevo la felicidad. Fue entonces cuando Suzie Lori le preguntó por las palomitas de maíz.

–¿Qué palomitas de maíz? –inquirió John.

–El diabólico hermano gemelo de Papá Noël puso cinco kilos de maíz en el microondas, a pesar de que es imposible que quepan tantos kilos. Pero aun cuando hubiera espacio suficiente, ¿qué habría sucedido cuando el maíz empezara a estallar?

Aquella noche, por primera vez en tres semanas, tuvo lugar la hora del cuento. A partir de entonces, se convertiría en una rutina.

A finales de enero ya se sintieron lo bastante seguros para matricular a Rebecca y a Suzie Lori en la escuela pública.

En primavera ya tenían nuevos amigos, y una creciente provisión de recuerdos de la familia Gault que no eran inventados.

Como poseían setenta mil dólares en efectivo y la propiedad absoluta de la cabaña, no tenían la imperiosa necesidad de buscar un trabajo. También tenían cuatro cajas llenas con las primeras ediciones de las primeras novelas de Martin Stillwater. En la portada de *Time* había aparecido una pregunta que jamás sería respondida –*¿Dónde está Martin Stillwater?*–, y las primeras ediciones que antes se vendían a unos doscientos dólares en el mercado de los coleccionistas, en primavera habían empezado a venderse a cinco veces ese valor, y en los años venideros probablemente seguirían apreciándose con mayor celeridad que las mejores acciones del mercado. Vendiendo uno o dos de aquellos ejemplares a la vez, en ciudades muy distantes entre sí, podrían mantener sus buenos ahorros familiares en los años de penuria.

John se presentó a los nuevos vecinos y conocidos como un antiguo agente de seguros de Nueva York. Explicó que había recibido una herencia importante, aunque no enorme, que le permitiría hacer realidad el sueño de toda su vida: vivir en una zona rural y esforzarse por llegar a ser un poeta.

–Y si dentro de unos años no he conseguido vender mis

poemas, entonces tal vez escriba una novela –comentaba a veces–. Y si esto no funciona..., entonces habrá llegado la hora de empezar a preocuparme.

Ann ya estaba satisfecha con ser ama de casa. Sin embargo, libre de las presiones del pasado –clientes con problemas y viajes por la autopista–, volvió a descubrir su talento para el dibujo, que no había practicado desde la escuela superior. Empezó ilustrando los poemas y cuentos que su esposo había ido escribiendo en un bloc de notas durante años, y que había titulado: *Historias para Rebecca y Suzie Lori.*

Ya llevaban cinco años viviendo en Wyoming cuando *El diabólico hermano gemelo de Papá Noël*, de John Gault, con ilustraciones de Ann Gault, se convirtió en un extraordinario éxito de ventas por Navidades. En la editorial permitieron que la foto del escritor y la ilustradora no aparecieran en la solapa del libro, y ellos declinaron amablemente las ofertas de viajes promocionales y entrevistas, prefiriendo una existencia tranquila y la posibilidad de crear más libros infantiles.

Las niñas crecían saludables, cada vez más altas, y Rebecca había empezado a salir con algunos chicos, de todos los cuales Suzie Lori acababa enamorándose, por una razón u otra.

A veces John y Ann tenían la sensación de que vivían excesivamente en una fantasía, y se esforzaban por mantenerse al corriente de los acontecimientos, atentos a la aparición de señales y augurios que ni siquiera les gustaba comentar entre sí. Pero el mundo era infinitamente problemático y tedioso. Era muy poca la gente capaz de imaginar la vida sin la mano opresora de un gobierno u otro, de una guerra u otra, de una forma de odio u otra, así que los Gault siempre perdían interés por las noticias y regresaban al mundo que habían imaginado para sí mismos.

Un día les llegó por correo una novela en edición de bolsillo. En el sencillo sobre de color marrón no había ningún remite, y tampoco se incluía nota alguna dentro del libro. Se trataba de una novela de ciencia ficción ambientada en un futuro lejano en el cual la humanidad había conquistado las estrellas pero aún no había superado todos sus problemas. Su título era *La rebelión de los clones*. John y Ann la leyeron y les pareció admirablemente imaginativa, pero lamentaron el hecho de que nunca tendrían la oportunidad de decirle al autor cuánto lo admiraban.

ÍNDICE

Título de la edición original: *Mr. Murder*
Traducción del inglés: Antoni Puigrós,
cedida por Plaza & Janés Editores, S.A.
Diseño: Winfried Bährle
Ilustración: Xavier Martínez
Foto de solapa: © Jerry Bauer

Círculo de Lectores, S.A.
Valencia, 344, 08009 Barcelona
3 5 7 9 6 9 0 4 8 6 4

Licencia editorial para Círculo de Lectores
por cortesía de Plaza & Janés Editores, S.A.

Depósito legal: B. 6818-1996
Fotocomposición: Fotoletra, S.A., Barcelona
Impresión y encuadernación: Printer industria gráfica, s.a.
N. II, Cuatro caminos s/n, 08620 Sant Vicenç dels Horts
Barcelona, 1996. Impreso en España
ISBN 84-226-6004-0
N.º 35717